猎人笔记

[俄]屠格涅夫 著　爱德少儿编委会 编译

爱德少儿编委会

主　编：童　丹
副主编：陈慧颖
编　委：安　心　董　悦　方舒梦　郭怡杉
　　　　雷蕴涵　李　恒　李可宜　刘国华
　　　　任仕之　桑一诺　沈　晨　向志楠
　　　　许　超　杨　丹　张重庆

浙江古籍出版社

图书在版编目（CIP）数据

猎人笔记 /（俄罗斯）屠格涅夫著；爱德少儿编委会编译. —杭州：浙江古籍出版社，2022.5（2024.5 重印）

（青少版经典名著书库）

ISBN 978-7-5540-2240-5

Ⅰ.①猎… Ⅱ.①屠… ②爱… Ⅲ.①随笔—作品集—俄罗斯—近代 Ⅳ.①I512.64

中国版本图书馆 CIP 数据核字（2022）第 058091 号

猎人笔记

［俄］屠格涅夫　著　　爱德少儿编委会　编译

出版发行	浙江古籍出版社
	（杭州体育场路 347 号　电话：0571-85068292）
网　　址	https://zjgj.zjcbcm.com
责任编辑	张　莹
责任校对	张顺洁
装帧设计	爱德少儿
责任印务	楼浩凯
照　　排	湖北省爱德森森文化传播有限公司
印　　刷	河南华彩实业有限公司
开　　本	695mm×980mm　1/16
印　　张	26
字　　数	340 千字
版　　次	2022 年 5 月第 1 版
印　　次	2024 年 5 月第 5 次印刷
书　　号	ISBN 978-7-5540-2240-5
定　　价	39.80 元

如发现印装质量问题，影响阅读，请与印刷厂联系调换。

前 言

　　《猎人笔记》以一个猎人的行猎为线索,描述了俄罗斯大自然的美好风光,刻画了地主、农民、磨坊主妇、县城医生、农家孩子等各具特色、形象丰满的人物,真实地展现了旧时代俄国农奴制背景下城乡各阶层人民的生活情景,体现出作者对农奴制的批判与控诉,揭露了沙皇专制制度下地主、贵族等农奴主对广大农奴的残害与压迫。同时,本作品的意义还在于,这是俄国文学史上第一次如此大胆的批判与揭发,揭露了统治者的面具与伪装,体现了俄罗斯人民对自由幸福生活的向往。在这部小说中,作者并没有把"我"这个猎人定位成一个高高在上的老爷,俯视、居高临下地对待农民;也并未如以往作家般,以描述农民的悲惨生活为主,将农民描写成无知蠢笨、愚昧不堪、缺少思想的行尸走肉;而是以平等随和的普通朋友身份与农民交谈,通过敏锐的观察与切身的体会描写普通劳动人民的优秀品质,表现出作者深厚的人道主义精神和民主思想。

　　屠格涅夫在这部小说中还刻画出许多生动美丽的女性农民形象,如塔吉亚娜·鲍里索夫娜——虽没有学识,但善解人意,耗尽一切供养自己纨绔的侄儿;阿丽娜——为奴时尽心尽力,忠诚服侍,有着追求幸福的勇气,不会畏惧;阿库丽娜——一位痴情而卑微,纯真且漂亮的农家女孩,她满心欢喜等待着自己的意中人,却以伤心绝望而收场。而在整本书中，最让作者深情细腻地去刻画的女性是露凯丽娅：她能歌善舞，笑容明媚，曾是男子们的梦中情人。谁知命运弄人，一场意外让她失去健康，终日瘫痪于床，日渐消瘦成为一具"活骷髅"。但她并未堕落、颓废，相反，她执着乐观，积极面对生活，这为她增添了一丝独特的魅力。

1818年11月9日，屠格涅夫出生于俄罗斯中部城市奥廖尔，父亲是一位骠骑兵上校，母亲是个拥有五千农奴的大农奴主。她对农奴、仆役十分专横残忍，常对他们施以酷刑。这样的成长环境使屠格涅夫亲身陷于黑暗，看透人性，从小就厌恶泯灭人性的农奴制度。屠格涅夫曾就读于莫斯科大学和彼得堡大学，受别林斯基思想影响较大。屠格涅夫四十余年的创作生涯里，有六部长篇小说被誉为"社会生活的艺术编年史"。他还创作了大量中短篇小说以及诗作、戏剧等各种体裁作品。他的代表作有《父与子》《前夜》《处女地》等长篇小说，《初恋》《木木》等中短篇小说。

《猎人笔记》是屠格涅夫的成名之作，也是一篇集散文、诗歌于一体的小说，对俄罗斯文学产生了很大影响。

《猎人笔记》真实地展现了农奴制背景下城乡各阶层人民的生活风貌。作品以抒情的笔调，表现了农民淳朴善良的天性、人格的尊严以及人道主义的神圣和高贵的主题思想。对人民的热爱，对劳苦大众蕴藏的精神伟力、智慧和天才的赞美，对农奴制度的无言控诉，使作品具有睿智的思想和巨大的艺术感染力。

本书对自然风光的描写，也值得我们去品味去学习。作者从视觉、嗅觉等方面，运用通感等手法，为我们展现了俄罗斯乡间的日月星辰、晨光暮霭、夕阳沉落、虫鱼鸟兽、香花野草，无不诗意盎然。

目 录
CONTENTS

霍尔和卡里内奇……………………………………… 1

叶尔莫莱和磨坊主妇………………………………… 17

草莓泉………………………………………………… 32

县城的医生…………………………………………… 44

我的邻居拉季洛夫…………………………………… 57

独院地主奥夫谢尼科夫……………………………… 67

利戈夫………………………………………………… 90

别任草地……………………………………………… 104

美丽的梅恰河畔的卡西扬…………………………… 128

总管…………………………………………………… 151

管理处………………………………………………… 169

孤狼…………………………………………………… 192

两地主 ……………………………………………… 204

列别江 ……………………………………………… 216

塔吉亚娜·鲍里索夫娜和她的侄儿 ……………… 232

死 …………………………………………………… 247

歌手 ………………………………………………… 262

彼得·彼得罗维奇·卡拉塔耶夫 ………………… 282

幽会 ………………………………………………… 301

希格雷县的哈姆雷特 ……………………………… 313

契尔托普哈诺夫和聂道漂斯金 …………………… 340

活骷髅 ……………………………………………… 361

车轮响声 …………………………………………… 377

树林与草原 ………………………………………… 394

《猎人笔记》读后感(一) ………………………… 402

《猎人笔记》读后感(二) ………………………… 404

参考答案 …………………………………………… 406

霍尔和卡里内奇

M 名师导读

《霍尔和卡里内奇》是《猎人笔记》的开篇，也是最出色的一篇。19世纪中叶，俄国农奴制压抑着人们的天性，地主阶层抑制着农民的人性。或许有很多描写农民悲惨生活的著作，可屠格涅夫向我们展示的却是俄罗斯农民的卓越才能和富足的精神世界。霍尔和卡里内奇性格不同，生活状态不同，分别代表着俄罗斯农民的理性与感性。我们总是在经典中了解悲剧，却忘了在黑暗中寻找光明，霍尔和卡里内奇就是两个在黑暗中活出自我的代表人物。想要知道在大变革时代农奴制的奴役下，性格互补、互为好友的霍尔和卡里内奇是怎么认识和对待自己的生活的吗？请仔细品味这篇文章吧。

关于奥廖尔省和卡卢加省，谁要是去过波尔霍夫县和日兹德拉县，一定会对两地农民的差异感到吃惊。奥廖尔省的农民们个子都很小，整日伛偻着背，无精打采，眼神里充满了忧郁。他们住着破烂的白杨木小屋，衣不蔽体，食不果腹，穿着树皮鞋，并且服着沉重的劳役。而卡卢加省的代役租农民们，身材高大，看着精神又清爽，他们住在宽敞明亮的松木房屋里，总是那么的快活，他们做着黄油和焦油的买卖，逢年过节，还会快活地穿上长筒靴。除了农民外形特征差异，两地的居住环境也有显著不同。奥廖尔省的东部，通常四周都是耕地，附近有冲沟，日子一长，冲沟就变为脏水塘。除了那些可任人砍伐的爆竹柳和两三棵根本长不大的白桦树外，周围一俄里 [一俄里相当于

猎人笔记

<u>1.067公里</u>之内看不到一棵树;房屋一座挨着一座,屋顶盖的是烂麦秸……这一切都显得如此破败。卡卢加省的村庄则完全不一样,一切都是那么的欣欣向荣。村庄周围是枝繁叶茂的大树;房屋排列宽松而整齐,屋顶盖的是木板;大门关得紧紧的,后院的篱笆也很整齐,不欢迎任何过路的猪来访……对一个猎人来说,卡卢加省也明显要好些。在奥廖尔省,或许再过五六年,那一点瘦弱可怜的树木和灌木丛甚至是沼泽都会消失不见。卡卢加省却不同,保护林绵延数百俄里,泥沼地往往一连几十俄里,濒临灭绝的黑琴鸟在这里也还看得见,还有温顺的沙锥鸟,有时忙忙碌碌的山鹑[一种善于奔跑和隐蔽的活泼的鸟类]会扑棱一声飞起来,叫猎人和猎犬又高兴又吓一跳。

有一次我到日兹德拉县去打猎,在一片荒芜的田地里遇到了一个热爱打猎、性格极好的小地主波鲁德金。他打猎的技术精湛,对待别人也和善友好。可惜的是,他向省里所有的富家小姐求过婚,不仅遭到了拒绝,还被禁止再次登门。他常带着悲伤的心情向朋友诉说自己的痛苦,还会将自己果园里酸酸甜甜的果子摘下来送给那些拒绝过他的姑娘们的父母。他喜欢翻来覆去地讲同一个笑话,尽管他认为那笑话很有意思,却从来不曾使任何人笑过;他赞赏阿基姆·纳希莫夫[俄国19世纪初的诗人、寓言作家]的作品和小说《宾娜》[俄国作家马尔可夫的作品,别林斯基严厉地讥讽这部小说,称它为"呓语"];他管自己的一条狗叫"天文学家";他说话有些结巴,还带着些乡音,总是惹人发笑;他在家推行法国式膳食方法,据他家厨师的说法,秘诀就在于将所有食材的原本味道都彻底改变,肉经过他的手会有鱼的味道,鱼会有蘑菇的味道,通心粉会有火药的味道,胡萝卜不切成菱形或者梯形,绝不放进汤里去。当然,除了这些微不足道的缺点,总的来说,波鲁德金先生是个极好的人。

<u>我和他相识的第一天,他就邀我到他家去过夜。</u>【写作借鉴:承上启下,承接上文波鲁德金先生的热情友好,也为下文"我"认识霍尔和卡里内

奇做铺垫。]

"到我家有五六俄里,"他说,"步行过去有些远,不如我们先去霍尔家里休息一会儿吧。"(请读者原谅我不去描述他的口吃。)

"霍尔[俄语谐音,意为黄鼠狼]是谁?"我问。

"他是我的一个佃农……他家离这儿很近。"

我们便朝霍尔家走去。霍尔的庭院矗立在一片林中空地上,整整齐齐。宅院由好几座松木房屋组成,周围用栅栏连接起来;主房前面有一座长长的、用细木柱撑起的草棚。我们走了进去。迎接我们的是一个高高瘦瘦、长得很漂亮的二十几岁的年轻小伙。

"噢,菲佳!霍尔在家吗?"波鲁德金先生向他问道。

"不在家,霍尔进城去了,"小伙子露出整齐洁白的牙齿,笑眯眯地回答,又接着问道,"您要车吗?"

"是的,伙计,要一辆车。还要给我们弄点儿克瓦斯[俄罗斯一种自制的清凉饮料]来。"

我们走进屋子。洁净的松木墙上,没有挂当地常见的苏兹达尔木版画(苏兹达尔是知名的木版画产地,当地农民都会在家里挂这种画。);一张椴木桌子,不久前才擦洗得干干净净;松木缝里和窗框上没有机灵的普鲁士甲虫在奔跑,也没有隐藏在暗处的蟑螂。[写作借鉴:通过对房间布局细致的描写,我们能从侧面了解霍尔理智、自尊自信的性格。没有别的农民常有的版画,对房屋设施的描述,处处都在暗示着霍尔对生活的追求。]那年轻小伙子很快就进来了,他很热情,端来了一杯非常好喝的克瓦斯,还用小木盆端来一大块白面包和十来条腌黄瓜。他把这些食品在桌子上摆好,就靠到门框上,时而转头微笑着看看我们。我们愉快地吃着,这时有一辆大马车停到台阶前。我们走出屋,看见一个满头鬈发、正吃力勒着一匹很健壮的花斑马的漂亮男孩子,他坐在车夫的位置上,有十五六岁的样子。还有五六个身材高大的男孩子围着马车,和菲佳十分相像。"都是霍尔的孩子!"波鲁德金说。"都是小霍

猎人笔记

尔，"菲佳陪着我们来到台阶上说道，"还没有到齐呢，波塔普在林子里，西多尔跟老霍尔上城里去了……小心点儿，瓦夏。"他转身对赶车的孩子说："你可得小心点，把车赶得舒适一点，可别把老爷颠着，遇到磕绊的地方尽量绕开，咱们不怕磕坏车子，可要当心不要让老爷难受呀！"听到菲佳的俏皮话，小霍尔们都嘻嘻哈哈地笑了。波鲁德金先生庄重地喊了一声："把'天文学家'放上车！"菲佳开开心心地把摇头摆尾的狗放进马车里。瓦夏放开马缰，我们的马车平稳地向前驶去。波鲁德金先生忽然指着一座矮小房子，对我说："那是我的办事处，怎么样，想去看看吗？""可以啊，咱们去瞧瞧。"他一面从车上往下爬，一面说："这会儿已经不在这儿办事了，不过还是值得看看。"这办事处共有两间空屋子。看守房子的是一个独眼老头儿，听见响声从后院跑了出来。"你好，米尼奇，"波鲁德金先生说，"可以给我们来些水吗？"老头儿立刻跑进去，一会儿就拿来一瓶水和两只杯子。波鲁德金说这可是上好的泉水，我们各喝了一杯。"好，现在咱们可以走啦，"我的新朋友说，"在这儿，我卖了四俄亩[俄制面积单位，一俄亩等于1.09公顷]树林给商人阿里鲁耶夫，开的价钱不错，这是一笔很不错的买卖。"我们重新上了马车，一路欣赏风景讨论生活，好不快活，不到半个钟头，就到了波鲁德金家的院子。

"请问，"在吃晚饭的时候，我向波鲁德金问道，"为什么那个霍尔是独自居住，没有和别的佃农一起住呢？"

"是这样的：霍尔可是个精明能干的佃农。在二十五年前吧，他家的房子在一场大火里化为灰烬，他走投无路来祈求我的父亲：'尼古拉·库兹米奇老爷，请您允许我搬到您家树林边上的沼泽地上居住，我可以交给您更高的租钱。''那你每年要交给我五十卢布！''好的，就这样说定了。''你要知道，我是不允许拖欠租金的。''是的老爷，我绝不会拖欠。'就这样，他搬到了那片沼泽地，一直住到现在，好像从那个时候开始，人们就都叫他霍尔了。"【名师点睛：这里关于霍尔过往的讲述，体现了霍尔作为俄罗斯农民的独立和智慧。虽然搬到树林边上的沼泽地居住，比较荒凉且不方便，但他保全了自己独立的生活空间，也可以做自己想要做的事情。用租金换取相应的自由，不难看出霍尔的机智，以及在大变革时代农奴制下农民的反抗与自我解救。】

"怎么样，他发财了吗？"我问。

"发财了。现在他交给我一百卢布的租金，也许我还要加租。我已经不止一次对他说过：'霍尔，你赎身吧，你怎么还不赎身呢？'可霍尔是个滑头！他总是推脱自己没有钱。……哼，才不是这么回事儿呢！……"【名师点睛：这里是为后文"我"和霍尔交谈问答做的铺垫。】

第二天，我们喝过茶以后，又出发去打猎。从村子里经过的时候，波鲁德金先生吩咐车夫在一座矮小的房子前面停了车，大声呼唤道："卡里内奇！"院子里的人热切地回复："马上就来，老爷请稍等！我穿好树皮鞋就来啦！"我们的马车缓慢向前走着，才到村头，就有一个四十多岁的人追了上来，高高瘦瘦，小脑袋瓜向后仰着。这就是卡里内奇。我一看到他那张黑黑的有些麻子却很和善的脸就很喜欢。卡里内奇每天都会跟着主人一块儿去打猎，给东家背猎袋，有时还背猎枪，侦察哪儿有野物，取水、采草莓、搭帐篷、找车子，没有他，波鲁德金先生寸步难行。【名师点睛：这一部分对卡里内奇多方面才能的描写，体现了他虽为农奴却不曾放弃生活，未放弃纯朴的内心，也是作者在赞美俄罗斯农民的卓越能力。】卡里内奇总是笑嘻嘻的，是个乐天派，活泼温和，总是哼着小曲儿。他时常四处张望，说话带着鼻音，微笑时他那水蓝色的眼睛就会眯起来，有事没事就爱抚弄他稀疏的山羊胡子。他走路不快，步子却很大，用一根细长的棍子当作拐杖。这一天他不止一次同我搭话，伺候我时毫无卑躬屈膝之态，但是照料东家却像照料小孩子一样。【名师点睛：卡里内奇作为农奴，与"我"说话也是大方自然，像照顾孩子一样照顾东家，体现出他拥有独立的人格和对东家无微不至的关爱。】中午时分烈日当头，酷暑逼迫着我们找个阴凉地歇一会儿。卡

猎人笔记

里内奇把我们带到了他的养蜂场。养蜂场在密林深处的某个角落。卡里内奇给我们打开一间小屋，里面挂满一束束清香四溢的干草。他让我们躺在新鲜的干草上，自己却把一件带网眼的袋状东西套到头上，拿了刀子、罐子和一块烧过的木头，到养蜂场去给我们割蜜。我们喝着清冽的加了蜂蜜的泉水，香甜可口，解热降燥，伴着蜜蜂的嗡嗡声和树叶落地的沙沙声，不知不觉睡着了……【名师点睛：这一部分是对我们在干草上休息，卡里内奇收割蜂蜜的描写，就如一幅乡村美景图，舒适而又静谧。通过描绘蜜蜂、落叶的声音来衬托这份恬淡清雅。】一阵微风拂面，我便醒了。一睁眼就看见坐在门框上的卡里内奇，半开着门，他正专心致志地用小刀又挖又刻。没看错的话，他是在做一柄木头勺子。他的表情柔和而开朗，就像傍晚的天空，我就这样静静地看着他，看了好久。波鲁德金先生也醒了，我们没有马上起身。跑了很多路，又酣睡一阵子之后，一动不动地在干草上躺一躺，是很惬意的。全身松散，懒洋洋的，微风夹着些热气拂面而过，一种甜蜜的倦意让人不愿睁开双眼。但我们终于还是爬了起来，在山林间漫步，呼吸着清新的空气，直到晚霞遍布，太阳落山。吃晚饭的时候，我谈起霍尔，又谈起卡里内奇。【名师点睛："我"主动谈起霍尔和卡里内奇，可以看出"我"对这两人充满好感与好奇，为下面"我"独自借宿在霍尔家埋下伏笔。】"卡里内奇是个善良的庄稼人，"波鲁德金先生对我说，"他是个很勤劳的农人，也很乐于助人，但却总是因为我，干不了什么活，我打猎总是要带着他的，而我又每天都要打猎。你说他又哪有时间去做农活呢，是吧。其实他的活做得可好了。"我点了点头，不一会，我就去睡觉了。

第二天一早，波鲁德金就上城里去了，今天他要和他的邻居比丘科夫打一场官司。比丘科夫强行耕了他的土地，并且在田庄上打了他的一个农妇。【名师点睛：没有多费笔墨，一两句话就体现出农奴制下旧地主的专横霸道。】他不在，我就只能自己去打猎了。晚霞满天的时候，我顺路来到霍尔家。我在房门口遇到一个老头儿，他是个秃顶的小老头儿，肩宽体阔，看起来健康又精神——这就是霍尔。强烈的好奇心驱使着我仔细地打量着霍尔。他的脸形有点像古希腊哲学家苏格拉底：都是高高的额头，满是小疙瘩，眼睛小小的却透着智慧，鼻子向上翘着，还有一点翻鼻孔。我们一同走进房里。招待我的，还是那天的菲佳，他给我端上了黑面包和牛奶。霍尔坐在一条长板凳上，一边跟我聊天，一边抚弄着他长长的胡须。他大概觉得自己是有分量的，说话和动作都是慢腾腾的，有时从长长的唇髭(zī)[嘴巴周围的胡须]下还露出微笑。

我们聊种地，聊收成，也聊乡下的日子……但是，他好像同意我所有的观点，即使那些我自己都觉得有些不对的话。不管我说什么，他都是点头表示赞同。到了后来，我自己都觉得有些过意不去，我们说话也不再像之前那么和谐。霍尔有时说的话让我有些难以理解，或许是他太拘谨。【名师点睛：这是"我"与霍尔的初次见面，在还未熟识时，他避免与"我"有任何的意见冲突；但又因为他的自尊自信，无法盲目地恭维或是赞同"我"。在这里，我们能看到霍尔审时度势的机警聪慧，也能看到他不被他人左右的独立思想。】

"我问你，霍尔，"我对他说，"你为什么不向你的东家赎身呀？"

"我赎身干吗呢？我交得起租，和东家也相处得不错……我的东家那么好，我为什么要赎身？"

"有了自由，总归好一些。"我说。

霍尔斜看我一眼。

"那当然。"他说。

"那么，你究竟为什么不赎身？"

霍尔摇了摇头。

"可是老爷，我能用什么赎身呢？"

"哼，算啦，你这老头儿……"

"霍尔要是成了自由人，"他似乎是自言自语，"那些嘴上没毛的家

猎人笔记

伙不就要来欺压霍尔了吗？"

"那你也把胡子刮掉嘛。"

"胡子不算什么的，不过和草一样，想刮就刮掉了。"

"那你怎么不刮呢？"

"啊，霍尔还想经商呢，商人的日子挺舒坦的，还能留胡子呢。"

"你不是已经在经商了吗？"我接着问他。

"就那点小买卖，就只卖些黄油和焦油算什么呢……好了，老爷，现在你要套车了吗？"

我心想："这个精明的小老头，说话可真谨慎啊。"

但我却只是说着："不用给我准备车，我明天打算在你家周围转一转，如果方便的话，我能在你家干草房住一晚吗？"

"我当然是非常欢迎的，只是让您在干草房里过夜，我非常过意不去啊，肯定会不太舒服的。我叫娘儿们给你铺上褥单，放好枕头。喂，娘儿们！"他站起身来，喊道，"娘儿们，到这儿来！……菲佳！你和老爷一块过去，那些老婆子蠢得很，你去告诉她们应该准备什么。"

过了一刻钟，菲佳提着灯把我领到干草棚里。我躺在舒适的干草上，温馨淡雅的味道萦绕鼻尖，让我感到格外惬意，还有一只狗蜷卧在我脚下。菲佳给我道了一声晚安就关上门离开了。我久久不能入睡。不知道什么时候，一头母牛走到我门口，猛地"哼哧哼哧"大呼了几口气，粗鲁得让人难以接受。但它仿佛没有感觉到已经吵到了客人的清梦。此时，狗恶狠狠地冲着母牛狂吠；一头猪看架似的从门口哼哼着路过；附近什么地方有一匹马嚼起干草，还不住地打响鼻……【写作借鉴：对于环境的描写，我们可以通过直观的视觉来进行，也可以从侧面通过听觉、嗅觉和触觉等来进行。此处作者是通过听觉的描写，以动衬静，衬托出乡村夜晚的静谧，让人身临其境，感受到田园独有的风光。】这真的不是一个可以让人好眠的夜晚。您一定能了解那种无奈，翻来覆去，急切地想要进入梦乡，却能格外清晰地感觉到外界的一响一动……终于，我睡着了。

黎明时分，菲佳叫醒了我。我很喜欢这个开朗、活泼的小伙子，而且我也看出来，霍尔也特别喜欢这个儿子。这爷俩总是喜欢互相逗趣。这时霍尔出来招呼我，可能是我在他家待了一晚的缘故，他对我可比昨天亲热多了。

"茶已经烧好了，"霍尔微笑着对我说，"咱们去喝茶吧。"

我们在桌旁坐了下来。一个健壮的娘儿们，是他的一个儿媳妇，端来一钵子牛奶。他的小霍尔们，一个接着一个地进屋来。

"你的孩子们都这样健硕，儿孙满堂，你可真有福气啊。"我对着霍尔说。

"是啊，"霍尔咬着一小块糖，很开心地说，"他们对我和我的老婆子都挺好的，我也没什么好抱怨的。"【名师点睛：霍尔开心满足的回答以及后文对"我"说孩子们愿意和他住一块儿，都能让读者看出他有一个美满幸福的大家庭。】

"他们都跟你一起住吗？"

"他们愿意住在一起，那就住在一起呗。"

"都娶妻了吗？"

"只有这个调皮蛋还没有娶妻，"他指着菲佳，菲佳习惯性靠着门框，"还有就是瓦夏了，不过他还小，不着急，还能再等几年。"

"我干吗要娶亲？"菲佳反驳说，"我这样不好吗，娶老婆干吗呢？娶来吵架给你逗趣吗？"

"哼，说得好听，你个小坏蛋……我知道你怎么想的！戴着个银戒指到处拈花惹草，就是个风流鬼……整天和那些丫头们胡闹，'不要闹啦，你这个讨厌鬼！'"霍尔学着那些姑娘们，"我还不知道你那些鬼主意，就图自己快活，你个坏蛋！"

"讨老婆有什么用处？"

"老婆是个极好的长工，"霍尔很严肃地说，"老婆会听你使唤，还

猎人笔记

能伺候男人，能干活。"【名师点睛：通过人物对话揭示当时俄国劳动妇女的地位低下，反映当时社会的腐朽落后。】

"我要长工干什么？"

"你看吧，你就知道自己清闲快活，我还能不知道你的鬼心思。"

"那行啊，你要是这么说，你就给我娶个老婆吧。咦！怎么的？说不出话了吧，你怎么不说话了？"

"哼！算啦，算啦，你这调皮鬼。唉，你也不怕吵得老爷心烦。你放心，我会给你娶个老婆的……唉！老爷你可别见怪，这孩子还小，不懂事。"

菲佳摇了摇头……

"霍尔在家吗？"门外传来熟悉的声音。卡里内奇走进房来，他手里拿着自己采的草莓，这是他专门采来送给自己的好朋友霍尔的。霍尔亲热地把他迎进来。我惊讶地看了卡里内奇一眼：说实话，我没想到一个庄稼人会有这种"温情"。

这一天我出门打猎比平常晚三四个钟头。之后的三天我都住在霍尔家里。两位新相识使我很感兴趣。不知道什么时候我们的关系变得亲密起来，他们无拘无束地和我谈天论地。我很喜欢听他们谈话，观察他们。这两个朋友彼此一点都不像。霍尔做事情认真务实，善于思考，对经营管理格外擅长，是个纯理性主义者；卡里内奇则不同，他是一个浪漫主义[指一种充满理想，富于想象和昂扬向上的精神状态]者，是一个理想家，他对所有人都充满热情，还是一个热爱幻想的人。霍尔讲求实际，所以他造房子，攒钱，跟东家和其他有权有势的人搞好关系；卡里内奇穿的是树皮鞋，日子过得勉勉强强。【名师点睛：将本章两位主人公的特征对比描写。截然不同的性格对比，能使人物形象更加丰满，更加鲜活。卡里内奇是具代表性的浪漫主义者，有丰富的想象力，热情洋溢，待人温和；霍尔则是具代表性的理性主义者，注重客观事实，思考严谨，追求效率。他们两人的形象都与以往俄罗斯农民受苦受难的痛苦

形象不同，他们积极向上，奋力拼搏，具有丰富的内心世界，是全新的俄罗斯农民形象。】

霍尔家人丁兴旺，子孙满堂，大家和和美美地住在一起；卡里内奇也是娶过老婆的，可他是个"妻管严"，没有孩子，最后还是自己一个人。

霍尔看透了波鲁德金先生的为人；卡里内奇非常崇敬自己的东家。霍尔很喜欢卡里内奇，总是维护他；卡里内奇也很喜欢霍尔，他很敬重霍尔。霍尔很少说话，不时笑一笑，有什么看法放在心里；卡里内奇很喜欢说话，虽然不像能说会道的人那样花言巧语……不过卡里内奇还是有很多技能特长的，就算是霍尔也对他相当服气。卡里内奇会念咒止血，能治惊风和狂犬病，能驱蛔虫，会养蜂，而且手气好。所以当霍尔请卡里内奇把他新买的一匹难以驯服的烈马牵进马棚时，卡里内奇毫不犹豫地去完成了好友的请求。霍尔不见到事实，是不肯轻易相信的。卡里内奇更接近自然，霍尔更接近人和社会；卡里内奇不喜欢深思熟虑，对一切都盲目相信；霍尔则眼光长远，自视甚高，总是玩世不恭地对待生活。霍尔确实见多识广，我从他那儿学到了不少。比如，我从霍尔的叙述中得知，每年夏天，割草季节快到的时候，村子里都会来一辆样式别致的小四轮车，车上坐一个穿长衣的人，专门来卖割草的大镰刀。如果是现钱现买，价格就在一卢布二十五戈比到一个半卢布纸币之间；若是赊账，就需要三卢布纸币甚至一个银卢布币。当然，庄稼人大多都会选择赊账。过两三个星期，他再来收钱。庄稼人刚刚收完燕麦，有钱清账了。庄稼人跟买卖人一起上酒店去，就在酒店里清账。但总有些地主想要从中捞点油水，就会在庄稼人之前用现钱买下所有镰刀，再赊账给庄稼人来赚取里面的差价。可是庄稼人都不太喜欢找地主们买镰刀，因为他们不能再用手指去弹镰刀，去听镰刀清脆的响声，也不能把镰刀放在手里来回翻看，更不能再同狡猾的镰刀贩子们讨价还价了："嘿，兄弟，你看吧，这次镰刀可不怎么样，再便宜一点吧？"<u>买卖小镰刀也用同样一套办法，不同的是，这时候娘</u>

猎人笔记

儿们也参与了，有时缠得小贩子不得不打她们，只要一动手，她们就能捞到便宜了。【名师点睛：虽然旧时代的俄国女性地位低下，但也有自己的一套生存方式。】但是就算是这些娘儿们也会有吃大亏的时候。造纸厂的原料采办人委托一些专门人员收购破布，在一些县城里，人们称这类人为"鹰"。这种"鹰"从商人手里领得二三百卢布纸币，便出来打食儿。但是，他们和那种因捕猎凶猛而闻名的鸟截然不同，他们不靠果敢进攻去捕获，而是靠阴谋诡计、狡猾善辩。他们把车子停在村子附近的树丛里，自己却来到人家的后院或后门口转悠，装作过路人或者无事闲逛的人。娘儿们凭感觉猜测到他们的到来，就偷偷地前去跟他们会面，匆匆忙忙中把交易做好。娘儿们为了几个铜板，可不只是将家里的破布卖给"鹰"，甚至是自己的衣裙、丈夫的小褂子都会一股脑地拿出来。最近，这些娘儿们又想到了新的办法，她们将家里的麻和布料全偷出来卖给"鹰"。这样一来，"鹰"的业务范围不是更大了吗？较之以前，赚得可是更多啊！不过，男子汉们也学乖了，稍微有一点儿可疑，一听到远处有"鹰"来到的响声，他们就立刻开启警戒模式，开始防备和思考对策。说实话这很丢人吗？卖麻是男子汉的事，而且他们的确也在卖麻，不是到城里去卖——到城里卖，还要亲自运去——是卖给外来的小贩。这些小贩因为不带秤，总是拿四十把当作一普特[俄制重量单位，1普特约等于16.38千克]。读者们应该也是知道一把有多少的，更何况是俄罗斯人的手掌，特别是在他"使劲"的时候！像这样的事，对我这个不谙人事，没在农村"泥巴地里打滚"（正如我们奥廖尔省人所说）的人来说，真是听了不少。不过，霍尔不是一个劲儿地自己讲，他也问了我许多事。当他知道我去过国外，好奇心就更浓了，就有更多的问题来问我了……卡里内奇的好奇心有过之而无不及。卡里内奇喜欢听我描述自然风光，描述高山、瀑布、奇特的建筑物和大都市；霍尔却对国家体制和行政管理这些大事更感兴趣。他逐个儿对一切进行分析、询问：

"这种事儿他们那儿跟我们一样吗，还是有什么不同？""老爷，你说说，到底怎么回事儿？"卡里内奇在听我叙说的时候却只是表示惊讶："啊！天啊！竟然会这样！"霍尔则不作声，皱紧浓眉，只是有时插一两句：

"这样做在我们这儿可行不通，得这样才行，才符合情理。"请读者见谅，我无法一一向你们转述他的问题，而且也无此必要。但是从我们的交谈中，我得到一种信念，这恐怕是读者怎么也预料不到的。这信念就是：彼得大帝展现出来的俄罗斯人的重要精神特征，就是他的革命创新精神。俄罗斯人非常相信自己的力量，不怕改变自己；很少留恋自己的过去，总是勇于直视前方，面向未来。凡是好的，他们都喜欢；凡是合理的，他们都接受。至于这些观点来自何方，他们从不在意。

【名师点睛：通过对俄国人积极大胆、创新改革精神的分析，表达作者对那个时代俄国农民们自强不息、昂扬向上精神的赞扬。】他们喜欢嘲笑德国人死板不知变通的理性。但是，拿霍尔的话来说，德国人是一些很有意思的人，他也愿意向他们学习。由于霍尔特殊的地位和他实际上的独立性，他跟我谈了许多话，这些话从别人嘴里是听不到的，是别的庄稼人用棍子撬不出，用石磨磨不出的观点。他确实很明白自己的地位。因为和霍尔交谈，我才第一次这么明确地听到俄罗斯庄稼人淳朴而智慧的语言。就一个庄稼人来说，他的知识是非常渊博的，但是他不识字；卡里内奇却识字。"这个鬼家伙还认识字，"霍尔别扭地说，"他养的蜂从来也不死。""你让你家小霍尔们识字了吗？"霍尔沉默了一会儿，"菲佳识字。""别的孩子呢？""别的都不认识字。""为什么呢？"他没有回答，只是不动声色地转换了话题。如此看来，不管霍尔如何聪明，在某些事情上面，他还是固执己见的。比如，他从心眼儿里瞧不起妇女，开心的时候就拿她们取乐，做恶作剧来嘲弄她们。他的妻子是个爱唠叨的老婆子，一天到晚不离炕头，喋喋不休地咒骂；儿子们都不理睬她，可是媳妇们都被她治得百依百顺，每天把她奉若神明。难

▶ 猎人笔记

怪在一支俄罗斯民歌里婆婆这样唱:"你不打老婆,不打年轻妻子,算什么成家的人,算我什么儿子……"有一回我想为媳妇们说说话,试图唤起霍尔的怜悯心,不承想,他只是不变神色地反驳我说:"这些小事不用管,让那些臭娘儿们吵去吧,她们不吵架还能干什么消遣呢……要是劝说,她们会更来劲的,这种小事,犯不着我来操心。"【名师点睛:当"我"为了女性的不公平待遇说话的时候,霍尔不以为然的表现,能看得出他对这样的情况已经习以为常了,我们能从他的态度中感受到当时女性社会地位的低下,以及俄国农民思想的封建偏执。】有时这凶恶的婆娘从炕上下来,把看家狗从过道里唤出来,嘴里嘟囔着:"狗,你来,你来!"拿拨火棍照干瘦的狗背直打,或者站在敞棚底下,跟所有过路的人"骂街解闷儿"(霍尔是这么理解的)。不过,她还是怕丈夫的,只要他一声令下,她马上就回到自己的炕上去。最有趣的还是听卡里内奇和霍尔争论,特别是牵扯到波鲁德金先生就更激烈了。卡里内奇说:"霍尔,你别在我面前说他。"霍尔反驳说:"那他干吗连一双靴子也不给你做呀?""哼,不就是靴子,看你说的!……我是个庄稼人,我要靴子干什么?""我也是庄稼人嘛,你瞧……"霍尔说到这里,把脚抬起来,让卡里内奇看看他的皮靴,那皮靴好像是用毛象[指猛犸象,实际上已经灭绝]皮做的。卡里内奇回答说:"哎呀!谁能和你比啊?""那几双树皮鞋的钱总要给你吧,你整天陪着他打猎,你说你哪双树皮鞋能穿到第二天?""树皮鞋的钱,老爷是给我了的。""对啊,赏得可多了,去年赏了足足十个戈比呢!"卡里内奇懊恼地扭过头去,霍尔便哈哈大笑起来。

卡里内奇歌唱得很好听,还弹了一阵子三弦琴[俄罗斯民间乐器,呈三角形,有三根弦]。霍尔听着听着,忽然把头一歪,用伤感的调子唱了起来。他特别喜欢《我的命运呀,命运》这支歌。菲佳自然不会放过打趣自己父亲的机会:"小老头,这会儿怎么这么伤心啊?"霍尔却反常地没有反驳他,只是用手托腮,双眼微闭,感叹世道岁月的不公。

【写作借鉴:通过对霍尔的动作描写、神态描写,生动自然地写出霍尔对命运的感叹。】可是,在别的时候,再没有比他更勤劳的人了:一双手总是闲不住——不是去修理马车,就是整理栅栏,再不然就是仔细查看马具。不过他不喜欢太干净。有一次我提到这一点时,他回答说:"屋子里总得有人味儿啊。"

"你去看看,"我反驳他说,"卡里内奇的蜂房里多么干净啊。"

"老爷,蜂房要是不干净,蜜蜂们哪会住呢?"他叹着气说道。

有一次他问我说:"怎么样,您也有领地吗?""有。""离这儿远吗?""大约一百俄里。""那么,老爷,您也住在自己的领地上吗?""是的,住在领地上。""那您肯定也经常打打猎当作消遣吧。""实话告诉你,是这样没错。""这样挺好的,老爷,您放心打松鸡吧,不过要注意经常更换村长。"【名师点睛:此处或多或少能体现霍尔在人事管理上的才能。】

第四天傍晚,波鲁德金先生派人来接我。我跟霍尔依依难舍。

我和卡里内奇一起上了马车。"好了,霍尔,再见吧,祝你幸福安康。"临别时我说,"菲佳,再见了。""再见,老爷,可要记得我们呀。"我们动身了。天边的晚霞刚刚溢出火红色。"明天阳光一定很充足。"我望着晴朗的天空自言自语。"不,要下雨啦。"卡里内奇却说出不同的看法,"瞧,鸭子拼命在泼水呢,而且现在青草的气味挺浓的。"

我们的大车来到树丛里,卡里内奇在驾车座位上轻轻颠动着,我轻声哼起歌,不住地抬头看晚霞铺满整片天空……

次日,我离开了波鲁德金先生好客的家。

Z 知识考点

1.填空题。

(1)《猎人笔记》的作者是俄国的_____,这是一部以反对_____制为主题的作品。

(2)卡里内奇的表情柔和而开朗,就像傍晚的_____,我就这样

▶ 猎人笔记

静静地看着他,看了好久。波鲁德金先生也醒了,我们没有马上起身。跑了很多路,又酣睡一阵子之后,_____地在干草上躺一躺,是很惬意的。全身松散,_____的,微风夹着些热气拂面而过,一种甜蜜的_____让人不愿睁开双眼。但我们终于还是爬了起来,在山林间漫步,呼吸着_____,直到晚霞遍布,太阳落山。

2.选择题。

作者用大量的笔墨描绘了霍尔的人物性格,给我们留下了深刻的印象,以下哪一个性格特征不符合霍尔的人物形象?(　　)

A.浪漫主义　　　B.理性主义　　　C.务实　　　D.睿智

3.问答题。

根据文中内容,简述"我"在霍尔家留宿时体验到的乡村夜晚。

_____
_____

阅读与思考

1.霍尔和卡里内奇分别是什么样的人物形象?

2.本文以第一人称叙述,"我"在文中有什么作用?

3.根据时代背景,思考作者在本文中想要表达的主题思想。

叶尔莫莱和磨坊主妇

M 名师导读

在此之前,我们已经认识了霍尔与卡里内奇两位具有积极向上精神的俄罗斯农民,他们有着迥然不同的性格,却是很好的朋友。而本篇要向大家介绍的是一直追随着"我"的猎人叶尔莫莱,以及与他相识的磨坊老板娘。他们虽然也和霍尔与卡里内奇一样在地主手中讨生活,可命运却完全不同,他们没有遇见光明,只能在黑暗中挣扎求生。

暮色初临,我和猎人叶尔莫莱相约去"伏击狩猎"。可能读者们不太理解"伏击狩猎",那么请让我给您细细说一说吧。

春色正好,余晖泼洒在林间时,您背上猎枪,不要带猎狗,静静地到林间去,在树林边儿找一个您认为合适的地方,认真瞧一瞧四周,再检查一下猎枪的引火帽,和伙伴对对眼神。不过一刻钟,太阳就会落山,但树林里还是明亮的,有清新舒适的空气,叽喳悦耳的鸟鸣,还有些初冒头的嫩草,所有的一切,都会让您觉得无比清新自由……此刻您只需静心等待。

光线逐渐消失在树木间,四周便暗了下来;晚霞的红光慢慢地从树根和树干上滑过,越滑越高,从那低处孕育着新生绿芽的树干,到那沉睡多时浸入梦乡的树梢……终于树梢也暗了,天空的绯红慢慢被暗蓝替代。【写作借鉴:这一段描写,生动地写出了树林里光线变暗的过程,从下往上,生动形象。关于时间推移的具体表现情况,我们可以利用树木或是别的物体在客观现实中光影变化的规律来描写。】树林的气息渐渐浓

> 猎人笔记

烈，微微散发出暖烘烘的湿气;春天柔和的风也会停下来陪伴您。鸟儿渐渐入睡，当然不是所有鸟儿一起睡去，鸟儿们总是排了先后顺序的:最先睡着的是燕雀，过一会儿是红尾鸲(qú)[旧大陆的雀形目、鸫科、红尾鸲属约11种鸟类的通称，因尾巴是红色而得名。主要栖息地在山林河谷，尤其常见于居民点和附近的丛林、花园]，最后就是迟迟不肯入梦的黄鹂了。树林里越来越暗，直至完全黑暗，所有树木都隐藏其中，恍然瞧去似一个庞然大物在那里蛰伏;星星们羞羞答答地跃上天空，向着林间眨眼。所有的鸟儿都睡了。只有红尾鸲和小啄木鸟还耷拉着脑袋在低鸣……

  终于红尾鸲和小啄木鸟也安静了。这时，柳莺会再一次从您头顶飞过且伴着它那清脆的鸣啼，不知哪里的黄莺会时不时凄婉地惨叫吸引着您的注意力，夜莺也到了初启歌喉的时间了。您正等得心焦，突然——这种感觉只有猎人才清楚——在一片寂静中响起一种很特别的呱呱声和沙沙声，然后你就会听见翅膀有节奏扇动的声音——就有山鹬(yù)[即丘鹬，又名大水行。羽毛多为淡黄褐色交杂，体形肥胖，短腿，有又尖又长的嘴巴]姿态优美地弯着自己的长嘴，轻快地从昏暗一片的白桦树后面掠过，迎着您为它们布下的枪林弹雨而来。

  不知我是否介绍清楚，这就是"伏击狩猎"。

  这一次，我和叶尔莫莱一块儿去"伏击狩猎"。哦，对了，请允许我为大家介绍一下叶尔莫莱。

  他四十五岁左右，是个瘦高个儿，鼻子又细又长，窄脑门儿，有一双灰色的小眼睛，头发总是蓬乱仿佛没梳理一样，厚嘴唇总带着一丝嘲笑的意味。这人无论冬夏总穿一件黄黄的德国式土布褂，腰间却系一条宽带子;穿一条蓝色灯笼裤，头上是一个破落地主高兴时赏他的破旧羊羔帽子。腰带上系两个袋子，一个袋子在前面，被他巧妙地分成两半，分别装火药和霰(xiàn)弹[早期多用于民用猎枪，后多用于军事武器];另一个袋子在后面，是装猎物的。至于引火用的棉絮，叶尔莫莱定是放在他那个魔术袋一样的帽子里。其实他卖猎物的钱早可以让他为自己买一个弹药袋和背袋了，但是他好像从来没有这个打算。只管用老办法装他的枪，而且从来不会让霰弹和火药洒落，也从没有弄混过，这令我们这些旁观的人格外惊奇。他的猎枪是单筒的，装有燧石，天生就是有"后坐力"[枪弹、炮弹等射出时产生的反冲力]暴脾气的枪，长期使用这杆枪使叶尔莫莱的右颊比左颊肥硕多了。

　　他是怎么用这杆枪打中猎物的呢？就算是最精明机灵的人也想不通。他有一条猎狗，名叫瓦列特卡，是一条非常奇特的狗。叶尔莫莱从来不喂它。"我才不喂狗哩。狗这东西可聪明了，它自己肯定找得到食物的。"虽然说得没错，可这狗也真的是瘦得离奇，连漠不关心的过路人见了也吃惊，但是它照样活着，而且活得很长久。【名师点睛：通过对狗的描写，体现叶尔莫莱的生活状况。】甚至于，不管遇到什么危险，它从不会抛下它的主人自己逃走。只有一次，在它年轻不懂事的时候，爱上了一只小母狗，跟着小母狗离家游荡了几天，可也就傻了那么一回。

　　瓦列特卡最了不起的特点是它对世上的一切都异常淡漠……如果瓦列特卡不是一只狗，那它每日的神情可以用"悲观"来形容。它常常坐着，把短短的尾巴蜷在身子底下，眉头紧皱，不时哆嗦两下，从来不笑。（众所周知，狗是很爱笑的，而且笑起来非常可爱。）它的模样奇丑无比，不管是哪个仆人，只要一闲下来总是会去嘲笑、踢打它。【名师点睛：作者通过对瓦列特卡悲惨遭遇的描写，影射出农奴制下俄国农民的痛苦生活。】瓦列特卡对这类嘲笑甚至挨打毫不在乎。但是它和别的狗一样，都有一个弱点，就是会跑到有香喷喷味道的厨房里，把饥饿多时的嘴巴拱进去，厨子们就立刻丢下手头的活儿，似恼怒又似开心地边骂边追着跑出来。在出猎的时候，它从不感到疲劳，而且嗅觉极其灵敏。如果偶然追到一只受伤的兔子，它一定飞快地冲上前叼走，再远远地躲开，压根不管叶尔莫莱大声的骂，钻到凉荫底下，津津有

猎人笔记

味地享受这顿美餐，直到把兔子啃得只剩下骨头。【名师点睛：此处描写的是叶尔莫莱对瓦列特卡的剥削奴役，瓦列特卡吃力不讨好，面对麻木不仁的叶尔莫莱，它连基本的生存保障都没有。瓦列特卡就像是农奴制下农民生活的真实写照。】

　　叶尔莫莱是我的邻村一个旧式地主家的农奴。相比起"鹬鸟"，旧式地主们更爱吃家禽。除非在特殊情况下，譬如生日、命名日或选举日，旧式地主家的厨子才烧起长嘴鸟。可能俄罗斯人就是有这么个爱好，越不会做什么，做什么越是有劲头，一旦来了劲儿，就会发明千奇百怪的调制法儿。所以绝大多数的客人都只是好奇地望着桌上的美味佳肴，却没几个人动手去品尝。

　　主人只是规定叶尔莫莱每月给厨房送两对松鸡和山鹑，其余的一切由他，想去哪儿就去哪儿，想干什么就干什么。【名师点睛：这一句从侧面描写出叶尔莫莱的卑微。在农奴制地主的眼里，叶尔莫莱的价值就只相当于两对松鸡和山鹑。】人们都不爱搭理他，认为他身无长物，帮不上什么忙，像我们奥廖尔人说的——窝囊。火药和霰弹自然是不发给他的，这都是有来源依据的，就像他从不喂狗一样。叶尔莫莱是一个非常古怪的人，他很健谈，看起来又懒懒散散的，就像一只无忧无虑却没什么用途的鸟；他非常喜欢喝酒，走到哪里住到哪里，绝不会在那个地方多待；他喜欢两只脚擦着地面走路，摇摇摆摆、拖拖拉拉地走，一昼夜还能走上个五六十俄里。他经历过各种各样的惊险事，沼泽地里、树上、屋顶上、桥洞里都是他的冒险之地。他不止一次被关在阁楼里、地窖里、棚子里，枪丢了，狗没了，就连最后一件衣服都不见了，还被人毒打。然而过不了多久，他又晃晃悠悠地回家了，衣服是整整齐齐的，猎枪是牢牢绑在背后，就连那狗，也是乖乖顺顺地跟着，别提多老实了。不能说他是一个快活人，虽然每次遇见他，他都是心情不错的样子。总而言之，他是一个古怪人。

　　叶尔莫莱很喜欢和有教养的人聊，尤其是在喝酒的时候，不过，他也不会喋喋不休说个没完,总是到了点站起来就走人。"嘿,你这鬼东西,哪里去啊?天都这么黑了。""我要去恰普林村。""恰普林村离这儿可有十俄里路,你跑那儿去干吗?""去找那儿的一个庄稼汉索夫龙,我要去他家过夜。""你今天就住这儿呗。""不,我不在这儿。"

于是叶尔莫莱就带着他的瓦列特卡走进沉沉的夜幕,穿过一丛丛树林,走过一道道水沟,终于到了恰普林村,【名师点睛:叶尔莫莱不愿接受任何人的邀请,体现了他强烈的自尊。】可那个庄稼汉索夫龙却并不让他进门,说不定还要打他两记耳光,怪他扰了他们一家人夜晚的好梦。然而叶尔莫莱有些本事是没有人能比的,比如在春汛的时候他就展现出高超的技术,能徒手捉虾,凭着嗅觉就能定位那些野物,招引鹌鹑,训练猎鹰更是不在话下,至于捕捉会唱"魔笛""夜莺飞来"[喜欢夜莺的人都熟悉这些名称:这是莺啼中最美妙的唱段。——作者注]的夜莺那就是小菜一碟……但是他也有做不到的事情,那就是训练猎狗,因为他没有那个耐性。

他也有老婆,每星期他去她那儿一次。他的老婆住在一间看起来随时要倒塌的屋子里,吃了上顿没下顿,勉强凑合地过着日子。总之,一直过着很艰苦的日子。叶尔莫莱这个无忧无虑、心地善良的人,对自己的老婆,却是另一个样子,残酷无情又冷漠,他在家里是君主一样的威风神气,可以说是凶神恶煞,也难怪他家的婆娘那么怕他,总是不知道怎样才能让他开心。【名师点睛:叶尔莫莱对内对外两种性格的对比,从侧面描写出俄国女性地位低下、饱受折磨的生活状态。】一看到他的眼神就发抖,她常常用最后一个戈比给他买酒;当他要尽了威风倒在炕上呼呼大睡时,她一定会小心翼翼地为他盖上自己的皮袄或是别的什么,并且不会离开炕太远,她会安静地待在旁边随时供他差遣。我也不止一次看到他脸上无意中流露出的阴沉的凶狠神气,我很不喜欢他在猎犬咬死受伤的野禽时脸上那股表情。但叶尔莫莱从不在家待过一天以上,他更喜欢外出游荡。只要出了家门,他又是那个善良乖

▶ 猎人笔记

顺的"叶尔莫尔卡"[叶尔莫莱的谦称]了——方圆百里的人们都这么叫他，似乎他自己也更喜欢这个谦称。

最下等的奴仆也觉得自己比这个流浪汉高贵，也许正因为这样，都对他非常亲热。起初那些庄稼人也喜欢捉弄他，就像捉弄田野间的兔子，撵着他再捉住他逗弄够了就把他放了，等到知道他是一个怪人，就不再碰他，甚至给他面包，跟他聊天……这一次就是这样一个家伙作为我的伙伴，我和他结伴来到这片伊斯塔河畔巨大的白桦林里"伏击狩猎"。

俄罗斯有许多河流同伏尔加河一样，河的一边是连绵不绝的山，另一边是成片的草地，伊斯塔河自然不例外。这条小河曲曲弯弯，蜿蜒如蛇行，没有半俄里是直流的，爬到陡峭的山冈上，十几俄里蜿蜒的河流、堤坝、池塘、磨坊还有那一片片用爆竹柳做篱笆的菜园和果园尽收眼底。伊斯塔河里的鱼真是多极了，尤其是雅罗鱼（大热天里，庄稼汉们在灌木丛里一伸手就可以捉到这种鱼）。小小的滨鹬啾啾叫着，清凉的泉水，绕着岩石岸边那些陡峭的山崖飞舞；一群群野鸭小心地游向湖心，还左顾右盼着警惕四周。苍鹭静立在河湾中峭壁下的阴影里……

<u>我们守候了大约有一个小时，打到两对山鹬。我们打算在日出之前再来碰碰运气（早晨也是伏击的好时候），就决定到附近的磨坊里去过一夜。</u>【名师点睛：承上启下，结束狩猎开始叙述借宿，引出磨坊老板娘。】

我们走出树林，下了山冈。河里翻滚着暗蓝色的波浪；空气里是湿漉漉的夜间潮气，这些潮气逐渐汇聚并笼罩大地。我们敲了敲大门。院子里有几只狗一齐狂叫起来。"谁呀？"一个沙哑的、带有睡意的声音响起。"打猎的，我们来借个宿。"没有回答。"我们付钱。""我去问问东家……嘘，该死的狗！大晚上的叫唤什么，怎么还不去死！"我们听到这雇工走进屋里去了，他很快就回到大门口来。"不行，东家说了不

允许你们进来。""为什么不让进去?""他害怕,你们都是猎人,肯定都带着枪药的,你们要是引起火来,整个磨坊都要被烧掉了。""胡说什么!""我没骗你们,前年我家磨坊已经被烧过一回了,一群牲口贩子来借住,也不知道他们都干了些什么,整个磨坊都烧起来了。""可是,兄弟,我们总不能在露天荒野里过夜吧!""那就随便你们了……"他吧嗒吧嗒地拖着靴子走了。

叶尔莫莱骂了他许多难听的话。"咱们到村子里去吧。"到末了,他叹了一口气说,毕竟我们这儿离最近的村子也有两俄里啊。

"咱们就在这儿,在外面过夜吧,"我说,"今天夜里很暖和,给几个钱,让磨坊老板送一些麦秸出来。"叶尔莫莱同意了。我们又敲起门来。"你们又要干吗呀?"还是那个雇工的声音,"不是已经跟你们说了不行了嘛。"我们就把我们的意思对他说了说。他回到屋里和东家商量了一会儿。不久他就和主人一起出来了。

旁边的小门吱呀一声开了,磨坊老板走了出来,个头很高,肥头大耳,后颈像公牛一样厚实,肚子圆滚滚的。他答应了我的要求。在离磨坊百步远处,有一座四面通风的小小的敞棚,随后给我们送来了干草。那个雇工把茶炊架在河边的草地上,蹲下身卖力地对着管子吹气,稍后,炭火一闪一闪的,照亮了他那年轻的脸。磨坊老板跑去叫醒他的老婆,随后叫我们进屋去睡;可我还是愿意在外面过夜。磨坊老板娘给我们送来牛奶、鸡蛋、土豆、面包。茶水不一会儿就沸腾了,我们又喝起茶来。

河面上升起一股雾气,没有风,周围的宁静是被秧鸡[形状像鸡,白颊,长嘴短尾,多生活在水田边和沼泽地]咯咯咯的叫声打破的,接下来,磨坊水轮边传来水滴从轮翼滴落的声音,水从堤坝的闸门里往外渗。我们生起了一个小火堆,叶尔莫莱认真地在火灰里烤土豆,我打起了盹儿……一阵压得低低的、轻轻的絮语声使我惊醒。我抬起头来,看到磨坊老板娘坐在火堆旁一只倒放着的木桶上,在和我的同伴说话。

▶ 猎人笔记

看了她的着装，听了一会儿她的口音，我已经确定她的出身应该是地主家的女仆——既不像农妇，也不像小市民家的女子。只是现在我才看清了她的容貌：三十岁左右，消瘦而苍白的脸上还保留着美艳动人的风韵，我尤其喜欢那双忧郁的大眼睛。她把两肘放在膝盖上，用手托着腮。叶尔莫莱背对我坐着，正在往火里添木柴。

"任尔杜赫村又流行瘟疫了，"磨坊老板娘说，"伊凡神父家已经死了两头母牛了……愿神能保佑我！"

"你家的猪怎么样？"叶尔莫莱沉默了一会儿之后，问道。

"活着呢。"

"能给我一头小猪就好啦。"

磨坊老板娘沉默了一会儿，随后叹了一口气。

"你和谁一块儿来的？"

"一位老爷，科斯托马罗夫村的。"

<u>叶尔莫莱把几根枞树枝扔进火里，树枝立刻一齐迸发出毕剥声，一阵阵白烟扑到他脸上。</u>【写作借鉴：对树枝被火焰吞噬的声音和白色的烟雾的描写生动传神，用词恰切。】

"你丈夫为什么不让我们进屋里去？"

"他害怕。"

"呵，这个胖子，这么大的肚子……亲爱的阿丽娜·季莫菲叶芙娜，你能帮我弄杯酒来喝吗？"

磨坊老板娘马上站起来，不消一会儿就消失在夜幕中。叶尔莫莱小声唱起歌：

　　为找情妹妹，
　　　靴子都穿碎……

阿丽娜带着一小瓶酒和一只杯子回来了。叶尔莫莱欠身起来，画了一个十字，一口气把酒喝干了。"这酒真是不错！"他感叹着说。

阿丽娜又在木桶上坐下来。

"你现在怎么样，阿丽娜·季莫菲叶芙娜，你现在还是常常感觉不舒服吗？"【名师点睛：从叶尔莫莱对磨坊老板娘的问候能看出他们相识已久。】

"总是不舒服。"

"哪里不舒服？"

"一到夜里就咳嗽，很难受。"

"老爷应该是睡着了，"叶尔莫莱沉默了一会儿郑重说道，"你可别去看医生，阿丽娜，会越看越严重的。"

"我没有去看医生。"

"那你要来我家放松一下吗？"

阿丽娜低下头。

"只要你来，我就把我家那个臭婆娘赶出去，"叶尔莫莱接着说，"我真的会把她赶出去的。"

"你快把老爷叫醒吧，叶尔莫莱·彼得罗维奇，你看，土豆已经烤好了。"

"让他睡个够吧，"我忠实的仆人心平气和地说，"他累了一天了，让他多睡会儿吧。"

我在干草上翻起身来。叶尔莫莱站起来，走到我身边。

"老爷，土豆烤好了，快趁热吃吧。"

我从敞棚底下走出来，磨坊老板娘从木桶上站起身来，准备离开。我就主动和她搭话。

"这磨坊你们租下很久了吧？"

"记得是圣灵降临节后不久租的，快两年了吧。"

"你丈夫是哪儿人？"

阿丽娜没有听清我的问话。

"老爷问你丈夫是哪儿的人？"叶尔莫莱提高音量又问了一遍。

猎人笔记

"他以前住在别廖夫。他是别廖夫城里人。"

"你也是别廖夫人吗?"

"不是,我是地主家的女仆……以前是。"

"谁家的?"

"兹维尔科夫老爷家的,现在我是自由的。"【名师点睛:磨坊老板娘一再强调自己已不再为奴,是自由人,说明她不愿困于过去,想要摆脱过去。】

"哪一个兹维尔科夫?"

"亚历山大·西雷奇。"

"你是不是他太太的丫头?"

"您怎么会知道?是那样没错。"

我怀着深深的同情看着阿丽娜。

"我认识你家老爷。"我又说。

"您认识吗?"她小声说,并且低下了头。

或许我应该告诉读者们,我为什么这么同情阿丽娜。我在彼得堡期间,碰巧和兹维尔科夫先生相识。他担任要职,是一位社会名流,知识渊博而又能力出众。他的夫人胖得离奇,多愁善感还爱哭闹,神经过敏还异常凶悍。还有他那个宝贝儿子,是个标准的纨绔子弟,没脑子的浪荡子。兹维尔科夫先生的相貌很难令人恭维,方形的大脸盘子,一双像老鼠一样总爱滴溜乱转的小眼睛,还有一个朝天的尖鼻子,鼻孔向外翻着,那皱皱巴巴的额头上,剪得短短的白发向上竖着,两片薄薄的嘴唇总是上下不合,一直絮絮叨叨,笑的时候让人胆战心惊。【写作借鉴:这里是"我"对兹维尔科夫的印象描写。首先是他方而大的脸盘,写出他外貌上的丑陋;然后是他老鼠一样的眼睛,写出他的狡猾奸诈;还有"鼻孔向外翻"写出他目中无人,作威作福的样子。通过外貌描写内在。】兹维尔科夫先生站着的时候,总是叉开两条腿,把两只肥胖的手插在口袋里。有一次我和他两人乘马车到城外去,我们聊了起来。兹维尔科夫是一个见过世面的能人,他给我传授经验,教导我怎样走向

"正道"。

"恕我直言,"到末了他用尖嗓门说,"你们这些年轻人啊,就是目光短浅,对一切事物的判断和解释都是盲目相信,没有自己的思考,草率愚蠢还不自知,对你们的祖国也是那么的陌生。先生们,你们一点都不了解俄罗斯,这是事实!……你们读的都是德国书。比如,您现在对我谈这个,谈那个,谈奴仆的事……很好,我不争论,您说的这一切都很好;但是您根本没看清他们的真面目,完全不知道他们暗地里是什么样的一群东西。(兹维尔科夫先生大声擤了擤鼻涕,又闻了闻鼻烟。)比如,有一桩可笑的事,让我对您说说,也许您会感兴趣。(兹维尔科夫先生照旧咳了咳,清清嗓子。)我太太是个什么样的人,她的为人您是最清楚的,那么善良天真,这世间除了我太太哪儿还找得到那么善良的人呢,您自己也是极赞同的吧。她的婢女们过的可不是一般人的日子,简直是身处人间的天堂……<u>可是我的太太给自己立下一条规矩:不用出嫁的丫头。</u>【名师点睛:"不用出嫁的丫头",是为后文阿丽娜悲惨的命运埋下的伏笔。】这是多么有道理啊,您想啊,出嫁后生下孩子,就是找了一堆麻烦事,这事那事,那个丫头还能全心全意照顾好我柔弱的夫人吗?她的饮食起居又怎么料理周全呢?这也是人之常情嘛。我说的是,我们有一次乘车经过村子,这事有些年了,怎么对您说好呢,让我想想,该是有十五六年了吧。我们看到村长家有一个小姑娘,是他的女儿,长得非常好看,举止态度也很讨人喜欢。我太太就对我说:'柯柯'——您知道吗,我的夫人总是这么亲密地称呼我——'咱们把这个女孩子带回彼得堡吧,我真的很喜欢这个孩子,柯柯……'我自然是同意的。我说:'我也挺喜欢她的,那就带回去吧。'<u>不说您也能想到,村长感激涕零,他怕是做梦也想不到会有这天大的好事。他还跪下来谢我们咧。您要知道,这种福气是他想也不敢想的……</u>不过,那姑娘听了竟大哭起来,还哭了好一阵儿。【名师点睛:这里,村长真的是因为感激而跪倒的吗?自然不是,而是迫于地主的淫威,无法拯

> 猎人笔记

救自己女儿的命运，绝望无助地跪地求情而已。】开头这是有点可怕，要离开父母的家嘛……这也没什么好奇怪的，不过她很快就跟我们处惯了。起初把她分派到婢女室，有些规矩还是要学的。您猜怎么样？……这女孩子表现出惊人的进步；到后来我夫人简直离不开她，别的婢女都不要，就留了她当贴身婢女……这可是少有的事情啊！说句公道话，这个丫头真是我太太用过最好的丫头了，绝对不曾有过。她又勤快，又温顺，又听话，一切都如人意。可是，说实话，我太太也太宠她了：给她穿好的，让她和主人吃一样的饭菜，喝一样的茶……真的，还能怎样呢？她就这样服侍了我太太十来年。可是，真是让人难以接受，阿丽娜——她的名字叫阿丽娜——没有禀报就冲进我的房间，扑通一声跪在我面前……向您说实话，这真是我容忍不了的事。一个人不论什么时候都不能忘记自己的身份，不是吗？

''你在干什么？''尊敬的亚历山大·西雷奇老爷，求您开恩。''到底什么事？''请求您允许我出嫁。'坦白跟您说，我当时真的吓了一大跳。'你这个混账东西！你知不知道自己在说什么，知不知道太太身边没有别的丫头？''我会依旧好好服侍太太的。''胡说！胡说！太太从来不用出嫁的丫头！''玛拉尼娅可以顶替我。''做梦吧你！''随您发落……'坦白说，我这个人最痛恨那些忘恩负义的人。而我的太太，我也不用再多说，天使一样的人啊，心肠那么好，就是顶坏的人，也舍不得她。

【名师点睛：心灵丑陋但不自知的人会觉得同样丑陋的人和自己一样十分"美好"。】我把阿丽娜赶出房去。心想，她也许会回心转意的。您能相信这世上有那样可恶的人吗，那样忘恩负义，不识好歹。可是，您猜怎么样？过了半年，她又来找我，又提出那个要求。不怕告诉您，我当时就把她赶了出去，说了非常重的话，并且说要告诉太太。我恼火极了……可是，还有更使我吃惊的哩。过了一些日子，我太太来找我，两眼泪汪汪的，非常激动，我被吓了一跳。'出了什么事吗？''阿丽娜……'您明白……这事儿我说不出口。

"'怎么会有这种事情呢！……那个人是谁？''是那个听差[旧时指在机关或有钱人家里做勤杂工作的男仆人]彼得路什卡。'这是多么让人生气的事情。我这个人呢，办事是极为公正的，从来容不得半点马虎！……彼得路什卡……没有罪。要惩罚他也可以，可是据我看，这事儿怪不得他。至于阿丽娜嘛……这事儿自然是怪她，哼！哼！她是自作自受，当然不用对她客气。我立刻就吩咐下人把她头发给剃光了，让她顶着个大光瓢，穿上粗布麻衣，赶到乡下庄子上去了。我太太少了一个得力的丫头，但这也是没有办法，总不能让人把家里弄得乌七八糟。烂肉最好还是一刀割掉……唉，唉，您想想我夫人，那么美好善良的一个人，您是知道的，这，这，这……怕是天使都赶不上她吧！

【名师点睛：作者借用兹维尔科夫讲述了阿丽娜的悲惨遭遇。虽然兹维尔科夫一再强调自己是受害者，一再强调阿丽娜是多么可恶，却还是无法掩盖他们夫妇的虚伪和无情，与阿丽娜的善良淳朴形成了鲜明对比。】她实在舍不得阿丽娜呀。阿丽娜知道这一点，就干起了无耻的事儿……不是吗？

"您说说看……不是吗？我们对她已经够好的了！我们这样也是被她逼的啊，我们对她好得不能再好了啊。就因为这个无情无义的丫头，我可是伤心恼火了很久。这种人就是没心肝，没有良心和情义！你喂狼不管喂得多么好，狼总是想往树林里跑……这也是一个教训吧，以后对那些人可再不能有善心了！不过，这也只是我现在对您说说自己的难受罢了……"

兹维尔科夫先生没有把话说完，就转过头去，把身子更紧地裹在自己的斗篷里，气得直发抖。

到这里，读者们也该明白我为什么会那样同情地看着阿丽娜了。

【写作借鉴：插叙后的过渡句，一句话从回忆过渡到现实。】

"你嫁给磨坊老板已经很久了吗？"最后我问她。

"两年了。"

猎人笔记

"怎么，是老爷准许的吗？"

"是出钱给我赎身的。"

"谁出的钱？"

"是萨维利·阿列克谢耶维奇。"

"他是什么人？"

"就是我丈夫。（叶尔莫莱不露声色地笑了笑）怎么，老爷跟您提起过我吗？"阿丽娜沉默了一会儿，又问道。

我真不知该怎样回答她的问话。"阿丽娜！"——磨坊老板在远处喊叫起来。她就站起来走了。

"她丈夫为人怎么样？"我问叶尔莫莱。

"还好。"

"他们有孩子吗？"

"有过的，不过很早就死了。"【名师点睛：好不容易摆脱残忍的地主夫妇，却又没了孩子，我们看到的是阿丽娜悲惨痛苦的命运。】

"那么，是这个磨坊老板看上她了，还是因为别的什么？……他赎出阿丽娜，花了不少钱吧？"

"那就不知道了。她识字，在他们这一行里可是难得，很有用的，或许是因为这个才看上她吧。"

"你和她早就认识吗？"

"认识挺久了，我以前常去她主人家里，他们的庄园离这里不远。"

"那你认识听差彼得路什卡吗？"

"彼得·瓦西里耶维奇吗？当然认识。"

"他现在在哪儿？"

"当兵去了。"

我们沉默了一会儿。

"看样子，她的身子不是很好吧？"

"怎么会好呢……哦，明天早上的这场伏击肯定挺不错，您现在还是睡一会儿,好好养一养精神吧。"

一群野鸭高声叫着从我们头顶上飞过,落在不远处的河面上。天已经黑透了,冷风越来越肆虐,树林的湿气笼罩了天地,不知道是想要保护谁。【名师点睛:用自然现象表现自己的内心。冷风湿气在"我"看来是想要"保护谁",保护的不正是那些受到地主压迫,生活在水深火热中的俄国农民吗?】树林里有夜莺在高声放歌,是为今夜来临新谱的曲,那一阵悠扬是美梦的导引。我们钻进干草,合上眼就睡着了。

知识考点

1.填空题。

磨坊老板走了出来,个头很高,_____,后颈像_____一样厚实,肚子_____的。

2.选择题。

《猎人笔记》是(　　)主义小说。

A.现实　　　　B.理想　　　　C.社会　　　　D.资本

3.问答题。

请简要回答,为什么在最开始磨坊老板不愿"我"和叶尔莫莱借住在他家呢?

阅读与思考

1.文中对叶尔莫莱的猎狗瓦列特卡的描写有什么作用?

2.仔细阅读本文,当阿丽娜被兹维尔科夫抢走时,村长的跪拜真的是因为感激吗?阿丽娜的痛哭真的只是因为不舍父母吗?请说出你的理解。

3.作者是从哪几个方面来描述磨坊老板娘阿丽娜命运多舛的?

猎人笔记

草莓泉

M 名师导读

　　不管是哪儿总会有自己独特的景观地貌，这一次"我"躲避酷热的阴凉的地方，就是伊斯塔河边那极具特色的"草莓泉"。炎炎夏日，总会有人栖息泉边，在一抹阴凉里偷一丝闲隙。那人也许是舒米希诺村的"透明人"，也许是曾经喜爱奢华放肆的伯爵的家奴，又或者是被剥削却无处申诉的庄稼人；不管是谁，都有属于他们自己的命运，都有属于他们自己无法挣脱的枷锁。

　　八月初总是酷热难耐，烈日当头。这种天气从中午十二点开始一直到下午三点，即使是那最疯狂、最痴迷的打猎狂都不会外出打猎，那些最忠诚的狗也只会紧紧跟着主人，它们会吐着舌头摇着尾巴，眯着眼睛"哈、哈、哈"一下两下不间断地喘着粗气。不管主人怎么责骂，它们都不会向前跑出一步，只是低声下气耷拉着脑袋，用有些尴尬的模样对着拳打脚踢的主人们。【名师点睛：通过猎狗的反应，从侧面表现夏日的炙热。】有一次，我正是在这样的日子出去打猎。一路下来，真是又渴又热，如果我面前出现一片阴凉我就可以立刻瘫倒，但我还是竭力撑着，不会这么轻易倒下。那不知疲倦的狗一直在灌木丛里搜寻着，虽然它自己也明白这是徒劳无功，没有结果的。令人窒息的炙热让我不得不思考，不能再这样一头冲下去，我得停下来休整休整，保存些体力。我勉强一步一步拖到我们宽厚的读者已经熟悉的那条伊斯塔河边，走下陡坡，踏着潮湿的黄沙，前面就是当地无人不知的"草莓泉"。清泉是河岸一侧山壁裂缝里涌出的，那处裂缝虽窄小，但日转星移，已是一条窄小深邃的峡谷。清泉在二十步之外的地方喁喁[形容说话的声音（多形容小声说话）]私语着，欢快地注入河道。峡谷两边的陡坡被茂密的橡树林覆盖着，泉水周围郁郁葱葱，绿草如茵，嫩草不高，像一片铺开的天鹅绒[一种起绒的丝织物或毛织物，也有用棉、麻做底子的。颜色华美，适宜于做服装或帘、幕、沙发套等]地毯。泉水似乎从未得到阳光的垂青。我走到泉水旁，草地上放着一把桦树皮做的勺子，这是过路的庄稼人方便路人饮水留下的。【名师点睛：庄稼人给过路人留下喝水的勺子，表现出庄稼人朴实善良的美好品质。】我喝足了泉水，躺在阴影里，四处张望着。泉水注入河中，在那里形成一个河湾，水面终年荡漾着一圈圈细细的波纹，河湾阴凉里，有两个老头儿背对着我而坐。有一人身材结实，体格高大，穿着墨绿上衣，戴着绒线帽，干净又整洁，在那里钓鱼；另一个，瘦瘦小小的，穿着满是补丁的短外衣，看着竟是有棉有纺，没有帽子，膝上放着装鱼饵的罐子，不时捋一捋满头的白发，似乎那样太阳就不会一直照射着他。我凝神端详了他一会儿，这是舒米希诺村的斯捷普什卡。请允许我为众读者介绍一下他。

离我的村子几俄里的地方有一个大村落叫舒米希诺，那里有一座为了纪念圣科兹玛和圣达米安而建造的石砌教堂。从前，教堂对面有一座雄伟的地主庄院，极为气派，它被各种建筑物众星拱月[意思是许多星星聚集在一起将月亮围绕在中间；用来比喻许多人簇拥着一个人，或许多个体拥戴一个核心]，多的是它的附属建筑：有住房、棚舍、作坊、马车库、马厩、地窖、澡堂、客房、温室、共用娱乐设施和其他各有所用的房舍。这座庄院里住着一家富裕的地主，日子过得顺顺当当。突然，某日凌晨，不知哪儿传来的一场大火将这些富贵荣华都化为了灰烬。老爷们不得不放弃这栋曾经的豪宅搬到别处。这里也就被荒废了。广阔的瓦砾场变成了菜园，到处堆积着砖头，那是从前宅基的遗

> 猎人笔记

迹。人们用还没烧掉的原木马马虎虎地搭盖成一座小屋，用十年前为了建造哥特式[哥特式（Goth）起源于文艺复兴时期，是中世纪时期的一种艺术风格]凉亭而置办的船板做了屋顶。现在园丁米特罗凡带着妻子和七个孩子居住在里面。主人们命令米特罗凡必须供应住在一百五十俄里外的他们新鲜蔬菜。另外，还有一头蒂罗尔种的母牛由阿克西尼娅照顾。这头母牛是主人们花了大价钱从莫斯科买来的，可惜的是它从未产过奶，据说是丧失生育能力的缘故。一只灰色有冠公鸭，是唯一一只"老爷家"的家禽，也是阿克西尼娅在照看着。孩子们由于年幼，没有规定任何职责，可是这么一来，那些小家伙们总会变得有些懒散。我曾在这个园丁家里住过一两夜。偶然路过，我也会向他买几根黄瓜。不知为什么，这些黄瓜即使在夏天也长得很大，不过皮是又黄又厚，味道也是寡淡无味。我在他家里第一次见到斯捷普什卡。除了米特罗凡一家和寄住在一个士兵的独眼老婆小屋里的又老又聋的教会长老格拉西姆外，地主已经没有别的仆人再留在舒米希诺村了。因为我要介绍给大家的这位斯捷普什卡不是一个普通人，更不是家仆。【写作借鉴：不是家仆也不是普通人，那斯捷普什卡到底是一个什么样的人呢？引起读者兴趣，利于引导阅读。】

　　人这一生，在社会上扮演各种角色，每个人都有自己所对应的身份，都有一定的人际关系。任何一个家仆即使不拿工钱，至少也有一份所谓的"口粮"，而斯捷普什卡根本没有任何固定的收入，跟谁也不沾亲，谁也不知道他的存在。没有人知道他是从哪里来，也没有人关心他是从哪里来，甚至没有人好奇，没有人谈论，就连人口普查都没有把他算进其中。【名师点睛：这一段描写让我们对于斯捷普什卡被众人无视的程度有了更清楚的了解。】有人在暗地里传说，他从前是某某人的侍仆。但他是谁，从哪里来，是谁的儿子，怎么成了舒米希诺村的居民，不知何时从哪儿弄来的皱巴巴的棉毛混纺短衣是什么时候穿上的，一年到头也就这么一件，也不知他住在哪里，靠什么生存。这些疑问，没人能解答，说实话，应该也没有人想要了解。只有了解所有家仆四代家谱的特罗菲梅奇老爷有一次说过，他记得已故的老爷阿列克谢·罗曼内奇旅长远征回来时，有一个土耳其女人被他装在车里带了回来；她是斯捷普什卡的亲戚。在节日里，根据俄罗斯古老的风俗，地主会用荞麦馅饼和伏特加去款待所有的民众，也是在向穷人们布施——即使在这样的日子里，斯捷普什卡也从不到桌子上去领吃食和酒，不会鞠躬以表致谢，也不会去亲吻老爷的手，更不用说会为了老爷的健康接受管家用胖手斟满的一杯酒，在老爷面前一饮而尽；除非有一个好心人从他身旁走过，把一块没有吃完的馅饼送给这个可怜人。复活节，他也不参加基督复活的亲吻礼，他从不卷起油污斑斑的袖子，也不会把自己的红鸡蛋[东正教在复活节时都要将鸡蛋染红，用来纪念为世人受难的耶稣]从后面的兜里掏出来，小喘着气，眨巴眨巴眼睛，恭敬地双手呈给少主人或者是太太本人。夏天他住在鸡棚后面的储藏室，冬天住在澡堂的更衣室，严寒时便在干草棚里过夜。<u>人们对他一向是熟视无睹，有时不爽还会给他一脚，但是没有谁跟他说过话。</u>【名师点睛：人们认为斯捷普什卡是可有可无，可以被随意践踏的。】而他自己似乎有生以来就没有开过口。那场火灾之后，这个一无所有也没人关注的人就栖息在这座被烧毁的院子里，或者用奥廖尔人的话说，在园丁米特罗凡家里"赖着"。园丁没有理睬他，没有对他说"在我这儿住下吧"，可也没有赶他走。其实，斯捷普什卡也没有住在园丁家里，而是整日混迹在菜园子里。他一举一动都悄无声息，打喷嚏和咳嗽都战战兢兢地用手捂住嘴巴。他总是忙忙碌碌，却像蚂蚁一样悄悄地不被人知，默默无声；他这样生存，就只是为了生存而已。这也难怪，他要不是从早到晚为自己的食物操心，老早就饿死了。斯捷普什卡有时坐在篱笆下面啃萝卜或者嚼胡萝卜，有时悄悄地剥下沾满泥土的大白菜叶子；一会儿你看见他不知道提着桶水要去哪里；又一会儿，不知道他什么时候在一个破瓦罐下生起了火，正从怀里掏出一块黑漆漆不知道什么东西

▶ 猎人笔记

丢了进去；一会儿在储藏室里用一块木头敲打着，钉上钉子，做一个放面包的小架子。他做这一切时都是不声不响的，像小偷一样暗地里做着，你朝他看一眼，他马上躲起来。有时两三天都见不着他，他的消失自然没有人注意……可是你不经意抬头，他又在那里了，又在篱笆旁悄悄地把劈好的柴放进三脚架下的火堆里。他的脸很小，双眼总是泛黄无神，垂到眉毛上的头发乱糟糟的。虽然是尖尖的鼻子，耳朵却有点像蝙蝠的耳朵，又大又有些透明。胡子像是半个月没打理过了，可奇怪的是，你无论何时看见他，他的胡子总是那么长，不见长也不见短。我在伊斯塔河边遇到的就是这个斯捷普什卡，跟他在一起的还有一个老头儿。

我走到他们跟前，打了招呼，便在他们旁边坐下。我知道斯捷普什卡的同伴是谁了，是我的老熟人米哈伊洛·萨维里奇。他以前是彼得·伊里奇伯爵[欧洲贵族爵位中一定等级的称号]家的农奴，不过早已是自由人了，大家都叫他杜曼。他住在一个患肺病的博尔霍夫市民、客栈老板家里，我常在那家客栈借宿。从奥廖尔大道经过的年轻官吏和某些闲人（裹着条纹羽绒被的商人们是看不上这些小旅馆的）至今还可以看到离三一村不远的大路旁耸立着一座巨大的两层木头楼房，它的屋顶早已崩塌，朝向马路的窗户每一扇都钉得死死的，一眼瞧去就能明白它已荒废许久。若是在阳光灿烂的中午，你不会想到比这栋楼更凄惨的景象了。从前这里住着彼得·伊里奇伯爵，他是旧时一位家财万贯的达官贵人，以好客闻名。全省的人常常聚集到他家里，在乡村乐队震耳欲聋的音乐中，在花炮和烟火中尽情放纵，舞动尖叫。到现在，经过这座荒废的贵族宫殿，还在为那些逝去的繁华和放纵的青春所感叹的老妇人们可不少。伯爵长时间饮宴作乐，长时间在众多逢迎拍马的宾客中周旋应酬，笑脸相迎；然而，再多的家产也是不够他那样挥霍的。倾家荡产[意思是失去了全部产业]那一日总会到来，他便去了彼得堡。他期望着在那得个一官半职，东山再起，事实却是一事无成。他在一家小旅馆中没了气息，客死他乡。杜曼在他那里当过管家，他在伯爵在世的时候就已得到自由。七十上下的年纪，相貌堂堂，有一张极让人喜欢的脸，所以人缘很好。他脸上总挂着笑容，那种笑容可能只有叶卡捷琳娜时代[指1762-1796年叶卡捷琳娜执掌政权时期。叶卡捷琳娜，俄国历史上唯一能称大帝的女皇]的人才能做得出来吧；那么和蔼可亲又威严从容。与人谈话的时候，他的嘴唇总是慢慢翕合着，亲切地眯起眼睛，说话带点鼻音。他就连擤鼻涕和嗅鼻烟的时候都慢条斯理，像是在完成一件天大的事。

"喂，怎么样，米哈伊洛·萨维里奇，"我先打招呼，"钓到很多鱼吧？"

"您可以看看我的鱼篓，已经钓到了两条鲈鱼和四五条大头鲼……斯捷普什卡，快拿给老爷瞧瞧。"

斯捷普什卡把鱼篓递到我面前。

"斯捷普什卡，你最近过得怎么样，有没有什么困难？"我问他。

"没……没……没……没什么困难，老爷，就凑合着。"斯捷普什卡的嘴巴里像是含着块萝卜，吞吞吐吐地回答我。【名师点睛：通过语言描写，表现斯捷普什卡木讷的性格特征。】

"米特罗凡身体好吗？"

"好的，那……还用说，老爷。"

这可怜人把脸转过去。

"这鱼就是不爱上钩啊，"杜曼说着话，"这天太热，鱼都要躲起来去灌木丛下睡觉了吧……斯捷普什卡，麻烦你再帮我装一个鱼饵。"斯捷普什卡捉了一条虫子，放在手掌上拍了两下，装上鱼钩，又吐了几口唾沫，然后递给杜曼。【写作借鉴：动作描写表现斯捷普什卡装鱼饵的熟练。在写文章的过程中，适当运用动作、语言等描写，有利于丰富人物形象，突出人物特征。】"谢谢，斯捷普什卡……老爷，"他又回过头来继续对我说，"您是来打猎的吧？"

"没错。"

▶ 猎人笔记

"这就没错了……您这条猎犬是英国品种还是爱尔兰品种的？"

老头儿喜欢一有机会就表现一下自己，仿佛在说，我也是见过世面的！

"我也不知道它是什么品种，但总之是条好狗。"

"啊……那您还有别的狗也会带出门吗？"

"我有两群猎犬。"

杜曼笑笑，摇摇头。

"是这样没错，有的人把狗视若珍宝，有的人白送他都嫌烦。照我的理解，那些养狗的人不过就是为了体面……这么说吧，一切都得符合身份：养马是为了符合身份，家里有养狗人也是为了符合身份。已故的伯爵——愿他的灵魂息于天堂，实话告诉您，他本不会打猎，却为了彰显身份养了不少狗，每年也总会带着狗出去打个一两次猎。养狗人穿着金银线镶边的红色外衣，在院子里集合，吹起号角；伯爵大人会神气地走出来，仆人们会立刻将他的宝马牵出来。待伯爵大人上了马，领头的猎户会恭敬地把伯爵大人的脚放进马镫里，然后取下自己的帽子，将马绳放在里面，用双手小心地呈到伯爵大人面前。伯爵大人啪地抽了一鞭，养狗人吆喝一声便一起出动，走出院子。马夫骑着马，用一根绸缎牵着老爷的两只爱犬紧跟其后。这马夫高高地骑在哥萨克马鞍上，满面红光，一双大眼睛不停地咕噜噜转着……

"在这种场合，自然是不缺宾客来捧场奉承的。大家都很开心，老爷也得到了该有的尊重……哎呀，没钓上来，这些鬼东西真狡猾！"

"听说伯爵这一生都受到人的尊崇，排场一直大得很，是这样吗？"我问道。

老头儿在钓饵上吐了几口唾沫，把鱼竿甩出去。

"您也知道，他是尊贵的伯爵。彼得堡常有可说是最高等的人物来拜访他。他们在餐桌上，可都是系着蓝色绶带[用于系挂勋章、奖章等表示荣誉和身份的带子]用餐。在宴请宾客方面伯爵可是个好手。他常常把我叫去，'杜曼，'他说，'明天我要几条活鲟鱼，叫人给我送来，听见了吗？''听见了，大人。'伯爵家的那些绣花外衣、假发、手杖、香水、上等的花露、鼻烟壶、大幅油画什么的，可都是在巴黎专门定制的。举行起大型宴会来——天啊，那可真是不得了！大放烟火，马车停了一大片！甚至放礼炮。伯爵大人有个德国指挥使，指挥使的家庭乐队就有四十多号人。那德国人可高傲着呢，不过事事都还是要听从老爷的。他要和老爷们同桌吃饭，伯爵大人便吩咐把他赶出去，伯爵大人说：'我的乐队自己知道怎样奏乐。'【名师点睛：赶走指挥，认为自己的乐队"知道怎样奏乐"，可以看出伯爵大人的高傲自满，狂妄自大。】这一点也不奇怪，我们老爷位高权重，没什么做不到的。一跳舞就跳到天亮，跳的大都是拉科塞兹舞和玛特拉杜尔舞……啊……啊……啊……上钩了，好家伙！"老头儿从河里钓起一条小鲈鱼。"抓住，斯捷普什卡。——老爷总归是老爷，有自己的气场，"老头儿又把鱼竿甩出去，继续说，"他也是个好心人。有时候他把你打一顿，但过了一会儿，他就给忘了。只有一点不好：他养着好几个女人。唉，这些女人，没一个是好东西！就是这些坏东西整得我家大人倾家荡产。她们大都是从下等人里面挑选来的。按理说，她们还有什么不满足的？可并不是这样，她们非得要你把全欧洲最贵重的东西都弄来，即使弄来她们也不满足。有人会说：既然日子那么好过，为什么不老老实实地过——虽然这是老爷自家的私事……但是倾家荡产总归不是什么好事儿。尤其是其中一个女人：她叫阿库琳娜，现在她已经死了，愿她升入天堂！她本是西多夫村甲长的女儿，一个普通女孩子，可没想到竟被惯成了一个泼妇！有时还打伯爵耳光。可是伯爵竟是鬼迷心窍[指受迷惑，犯糊涂]一样深深迷恋她。我的侄子只是不小心将一点可可茶溅到她的新裙子上，她就把我的侄子送去当了兵……【名师点睛：因一点小事而打击报复，表现出这个女人的狠毒可恶。】当然，她也不只送了我的侄子去。唉，不管怎么样，那都是挺美好的一段时光。"老头儿长长叹了一口气，又说了一

猎人笔记

句,然后低下头,不再吭声。

"依我看,你家老爷是不是非常严厉?"我沉默了一会儿,接上他的话。

"那个时候不都这样吗,老爷您说是吧。"老头摇着头反驳我。

"现在可不兴这样做了。"我注视着他说。

他瞟了我一眼。

"现在当然是好些了。"他喃喃说着,把钓鱼竿远远地甩出去。

我们坐在树荫底下;天气闷热,一丝风都没有。那暑气像是凝固在我们面前一动不动。火辣辣的面孔急切需要一丝微风,但却一丁点儿都没有。太阳在湛蓝的天空上烤炙着;正对着我们的河岸,有一片金黄的燕麦田,有交错纵横的野草地,但是没有一串麦穗在摇晃。下游不远的地方有一匹农家的马站在齐膝的河水里,懒懒地甩着自己沾了水、湿漉漉的尾巴;时不时有一条大鱼在灌木丛中吐着一串泡泡游出水面,又渐渐没了踪影,怕是潜入了河底,只在河面看到一圈圈漾着的河水。蝈蝈在焦黄的草地上鸣叫;鹌鹑无奈又懒散地叫着;鹞鹰从田野上空平稳地掠过又折回,小心盘旋着,急速地扇动翅膀,把尾巴像扇子一样展开。我们被炎热的天气熏蒸得透不过气来,一动不动地坐着。打破寂静的是身后突然传来的脚步声,有人正向草莓泉走来。我回头,看见一个五十来岁的庄稼汉,灰尘和着汗水抹了一脸,穿着一件粗布衫,踩着树皮鞋,肩上搭着背囊和一件上衣。他走到泉水旁,干渴难忍地把水喝了个够,然后稍稍站起身。

"咦,这不是弗拉斯吗?"杜曼定眼一瞧,向他打着招呼,"你好啊,老朋友,什么风把你吹来了?"

"你好,米哈伊洛·萨维里奇,"那庄稼汉边说边向我们走来,"我从很远的地方回来的。"

"到哪儿去啦?"杜曼问他。

"我去莫斯科找了老爷。"

"找他干什么？"

"有事求他。"

"什么事求他？"

"我去求他帮我减轻一些代役租，或者换成劳役租，或者让我搬到别的地方去住也是可以的……我儿子没了，我自个儿很难缴上。"

"你儿子死了？"

"是啊，死了。"庄稼汉沉默了一会儿说，"我那个儿子在莫斯科当马夫，不怕您笑话，我的代役租都是他在帮我缴。"

"那你现在还要缴代役租吗？"

"是的。"

"你家老爷怎么跟你说的？"

"老爷跟我说了什么？说让我滚！他发着火说：'谁给你的胆子直接闯到我这儿来的！真是反了天了！这种事情你自己去找管家！'他说：'你现在得去找管家，而且我能让你住到哪儿？你先把你欠的代役租缴干净了再来找我讨价还价！'看得出来，他真的要气死了。"

"然后你就回来了？"

"对啊，我回来了。我原本还想打听打听我儿子有没有什么遗物，可是没人告诉我。我找到了我儿子的东家，我跟他说：'我是菲利浦的父亲。'可是他却说：'我凭什么相信你是他父亲？再说了，你儿子什么都没留下，还欠着我的债呢。'我没有办法，只好回来了。"【名师点睛：无理取闹的农奴主，居然要让弗拉斯证实他是他儿子的父亲。资本家不会因为一条人命而怜悯他人，只会自私地维护自己的利益。】

庄稼汉带着苦笑对我们说了这段经历，好像说的是别人的事，但是他那双眯着的小眼睛里是盛不下的泪水，嘴唇不住地哆嗦。【名师点睛：平静的叙述下是止不住的颤抖。不管怎么掩饰还是无法消除心中的痛苦。】

"那你现在要回家吗？"

"我还能到哪儿去呢？自然是回家喽。我的老婆子现在只怕是饿得慌。"

▶ 猎人笔记

"你可以……那个……"斯捷普什卡突然说起话来，可又慌了神，没再说下去，只伸手到瓦罐里去抓鱼饵。

"那你为什么没去找管家？"杜曼把话说下去，有点惊奇地看了看斯捷普什卡。

"我去找他干吗？……我还欠着租呢。我儿子死去以前生了一年病，连他自己的代役租都没有缴呢……不过我也没有什么好发愁的，我两手空空……哼，老伙计，不管他还有什么招儿——对我没用了，我已经什么都不怕了！来啊，金提里扬·谢苗内奇，我可一点都不怕你，反正……"弗拉斯又笑起来。【名师点睛：这是弗拉斯对伯爵的绝望，走投无路之后，他没有痛哭流涕，反而是哈哈大笑。大家都能感受到，这个笑容里包含的那些苦涩与辛酸。弗拉斯就是整个俄国农奴制下受苦受难的农民代表。】

"你怎么啦？这可不好，弗拉斯老兄。"杜曼一字一顿地说。

"怎么不好了？不……（弗拉斯说不下去了，停顿了一下）这天可真热啊。"他用袖子擦着脸。

"你家老爷是谁？"我问。

"瓦列里安·彼得罗维奇伯爵。"

"是彼得·伊里奇的儿子吗？"

"是彼得·伊里奇的儿子，"杜曼回答，"已故的彼得·伊里奇生前就把弗拉斯那个村子分给他了。"

"怎么样，他身体好吗？"

"好着呢，荣耀归于上帝，"弗拉斯回答，"他满脸红光，就像涂了一层红颜色。"【名师点睛：油光满面，红润健康，与这些庄稼人黝黑粗糙的皮肤形成鲜明对比。】

"你瞧，老爷，"杜曼继续对我说，"在莫斯科城外好，在这儿就要缴代役租。"

"一份代役租是多少钱？"

"一份代役租要缴九十五卢布。"弗拉斯喃喃地说。

"您看:这儿土地那么少,都是老爷家的树林。"

"听说,那树林也卖掉了。"庄稼汉说。

"您瞧……斯捷普什卡,给我一个鱼饵……怎么啦,斯捷普什卡?睡着了吗?"

斯捷普什卡浑身一震。庄稼汉在我们身旁坐下。我们又沉默着。对岸有人唱起歌来,歌声是那么凄凉……我那可怜的弗拉斯发起愁来……过了半个钟头,我们分手了。

知识考点

1.填空题。

它被各种建筑物众星拱月,多的是它的附属建筑:有住房、棚舍、_____、_____、马厩、地窖、_____、客房、_____、共用娱乐设施和其他各有所用的房舍。

2.选择题。

《猎人笔记》的作者是(　　)人。

A.美国　　　　B. 俄国　　　　C.法国　　　　D.英国

3.问答题。

请根据你的理解,简要回答弗拉斯出现在文中的意义。

阅读与思考

1.通读《草莓泉》,你认为"我"在文中扮演的是什么样的角色?

2.作者想要控诉这个不公的时代,认为封建农奴制是对所有人的折磨。作者出身于贵族家庭,为什么还会感受到时代的苦难呢?

3.本篇题名为《草莓泉》,但书中相关内容并不多,你认为这样命名有什么作用呢?

猎人笔记

县城的医生

M 名师导读

　　一个是县城的青年医生，一个是乡下的清贫姑娘，两个毫不相关的人，因为一场热病而产生了交集。在医生为姑娘治病相守的日子里，两颗年轻的心碰撞出爱的火花。可是他们纯洁美好的爱情并没有感动冷酷的死神，他终将姑娘带走。多少年过去了，姑娘一直都是病床前的白月光，医生心中的红玫瑰！

　　那是在一年秋天发生的事情。有一次我从野外打猎归来，不小心着了凉染了风寒，病倒了。所幸发烧时我已经住到了县城的一家小旅馆里，忙叫人去请医生来。过了半小时，来了一位县城的医生，看起来瘦瘦小小的，头发倒是乌黑透亮。他给我开了一剂最普通不过的发汗[（用药物等）使身体出汗]药，让我贴上了芥末膏，接着迅速地拿起一张五卢布的钞票自然地塞到他那翻起的袖口里。他干咳了咳，左顾右盼了一会儿，就准备打道回府了，但不知怎么又同我说起话来，而且留下了。可能是因为发烧，整个人不舒服得很，我很清楚今晚肯定不能正常入睡，正好找个人来聊天打发时间。我的医生便打开了话匣子。这个人颇为聪明，口齿伶俐，还很幽默。世界上就是有那么多奇怪的事：有的人，你和他朝夕相处日日不离，可是从不跟他说些推心置腹[把自己的心放在对方的肚子里，形容待人真诚]的话，即使彼此关系融洽也从没有什么不愉快；而有的人，你刚刚认识他，彼此就无话不谈，想要将自己埋在心里的所有事情全都讲给对方听。不知道我何德何能，竟有了这位朋友的信任。就这样毫无征兆地，他像人们说的"百无禁忌"地把这样一件隐晦的事情告诉了我。现在，我就把他讲给我的这个故事如实告诉读者，我会尽我所能把这位医生的原话转述给大家。

"不知道您认不认识，"他的声音微弱而颤抖（这是吸多了别廖夫烟草的结果），"您大概不认识本地的法官帕维尔·鲁基奇·梅洛夫吧？……不认识？……啊，没关系。"他清了清嗓子，然后揉揉眼睛继续说："我给您讲讲这事儿，这个事情是这样的，怎么跟您说好呢？——我绝不吹牛，是在大斋期那几天发生的，那几天正好是解冻的天气。我在他家里，在我们的法官家里，打扑烈费兰斯[一种俄罗斯纸牌游戏]。我们这位法官人挺好的，就是有点喜欢打扑烈费兰斯。"

"突然，"我的医生用"突然"这个词，"有人对我说：'有人找您。'我说：'有什么事？'

"那人又说：'有人给您送来了一张纸条——大概是病人家里送来给您的。''把纸条给我吧。'我看了看，果然是病人家里送来的……那好吧，您也明白，我要为人看病才能生存下去……事情是这样的：纸条是一个守寡的女地主写给我的，她写着：'我的女儿病情很严重，麻烦您来看看我女儿吧，马车已到了您的府邸，劳驾。'出诊是再寻常不过的事情……可她住在离城二十俄里的地方，夜已经很深了，正在解冻的路又是那么难走。再说了，她家过得也很清贫，不知道有没有两个以上卢布当诊费，这都很难说，说不定能给我的只有一些粗布麻料或者一点点谷物。可是，您知道，职责高于一切：人命关天。<u>没有多纠结，我把牌给了卡里奥平——这位牌桌上的常客，就急切地跑回家。</u>【名师点睛：虽然天色已晚，也明知没有多少诊金，医生仍没有犹豫就"急切地跑回家"，体现了一个医生救死扶伤的职业使命。】我一看：我家门口停着一辆小马车，马是农用的——鼓鼓的、大大的肚子，身上的毛就像一条毡子铺在身上，马车夫为了表示恭敬，摘了帽子，坐在那里。我心里琢磨着：看你这小心翼翼的态度，老兄，你的主人肯定不是什么有钱的

45

猎人笔记

主啊……您可以笑话我，但我还是要跟您说，像我们这些没权没势的家伙，做事情总是会再三打量，思虑一二的……要是马车夫神气活现地坐着，不脱帽向你鞠躬，大胡子下面总是阴阳怪气地笑着，手里的鞭子不断挥舞——那您这一趟保准能挣到不少钞票！可是今天，我看得出，不是这么回事。不过我想：没有办法，职责高于一切。我随手抓起些必备药品就爬上马车出发了。【名师点睛：这里体现了医生作为一个需要为生计奔波的普通小市民的心态，需要考虑酬金、生活；同时，"职责高于一切"的使命感让他坚持出诊。从这里我们能看出医生是一个善良且有责任感的人。】您可相信，我差一点到不了病人家。您真的不知道路况有多糟糕：处处都是河流、泥泞、积雪、臭水沟，甚至遇到了一处堤坝决堤——那一路上，真是倒霉透了！可我还是赶到了。房子很小，屋顶上盖着干草。窗户里透出灯光：说明在等我。一位戴睡帽的可敬老太太迎着我走来。'您救救她吧，'她说，'她看着都快死了。'我说：'请别着急……病人在哪儿？''请您跟我来，在这边。'

"我被带进了一间很小的房间，干净整洁，墙角有一盏灯在发着微弱的光。床上有一位二十岁左右的姑娘，脸色苍白，四肢无力地瘫软在那里，整个人混混沌沌，神志不清。她在发烧，温度很高，呼吸急促——患的是热病。屋里还有两个姑娘，是她的姐妹，早已哭得哽咽，说不出话，眼睛又肿又红，怕是出生起就没遇到过这样可怕的事情。她们说：'昨天还好好的，胃口也不错，今天早晨不知道为什么突然就喊着头疼，到了晚上就成这个样子了……'我仍然说：'请别着急。'您知道，这是医生的责任，接着我便着手给她治疗。

"我先给她放了点血，让人给她贴上芥末贴，然后给她开了些药剂。不瞒您说，我一直在看着这位美丽的姑娘，细细地瞧着她，我保证，这是我见过的最美丽的脸蛋儿……总而言之，是一位绝世佳人！【名师点睛：通过医生的眼睛描写姑娘的美丽，为后文的相爱做铺垫。】我心里非常可怜她。她生得真是格外迷人，那眼睛……天啊，她的病情终于稳定了些，出了一身汗，有些清醒了。她向四周看看，笑了笑，抬手摸了摸自己的脸……两个姐妹急忙低下身轻声关怀着她：'怎么样？还是很难受吗？''没什么，我好些了。'说完，她转过脸。我一看——她睡着了。我说，现在应该让病人好好休息。于是我们都放轻脚步，蹑手蹑脚退了出去，只留下一个侍女照看着她。客厅桌上已烧好茶水，摆着牙买加甜酒：干我们这一行，这是不可或缺的。他们给我倒上了茶，请我在他们家暂住一晚上，我答应了……不然这大晚上的我还能去哪儿呢？老太太忍不住地叹气抹泪。

"'请您不要担心，'我安慰着她，'她会好的，您别着急，您自己最好也去休息一下，已经一点多钟了。'

"'要是有什么事，请您一定要来叫醒我。'

"'好的，我明白的。'我随口说着。

"老太太和姑娘们都回了自己的房间，在走之前，帮我在客厅里铺好了地铺。我躺下，只是睡不着——真是奇怪！其实我已经累得够呛了。我的病人总在我的脑子里萦绕不去。<u>我终于还是没忍住，一骨碌坐了起来，我想着，我还是得去看看我的病人，看看她有没有不舒服。</u>

【名师点睛：忍不住想要关心照顾姑娘，说明医生对姑娘已经萌生了好感。】

她的卧室就在客厅隔壁。我站起来，轻轻走到她的门前，甚至能听到我的心脏扑通扑通跳的声音。我进了屋，那个该死的侍女竟然睡着了，嘴张得那么大，还在打着呼噜！病人的脸正对着我，就那样躺在床上，双手摊着，看着真是可怜极了！我走近去……她突然睁开眼睛，直盯住我！……

"'你是谁？你来干什么？'她有气无力地盯着我问。

"'我是您的医生，小姐，您别害怕，我想来看看您有没有好一点。'我有些不好意思地回答。

"'您是我的医生？'

"'是的，小姐，我是医生，是您的母亲派人把我从城里接到这里

47

来的，我刚刚给您放了血喝了药。小姐，现在请您好好休息，再过两三天，您一定会好的，我会把您治好的。'

"'哦，是的是的，您是医生，求您一定要治好我，我不想死，求您了医生，别让我死……'

"'别着急，您别激动。'我给她看了看，果然又发烧了。她看看我，突然一把抓住我的一只手。'我想告诉您，告诉您我为什么不想死，我要说给您听，我要说……这里只有我们两个人……您别告诉别人，您一定不能告诉别人……请您听我说……'我朝她弯下身子，她把嘴唇凑近我的耳朵，她的头发碰到了我的脸——实话告诉您，那时候我也是恍惚着——听着她轻轻在我耳边说着……但是我听不清，听不懂。我知道了，她是烧糊涂了，说着胡话呢……但是她还是说着，在我的耳边，又轻又快，听着不是说的俄语。说完了，她打了个寒战，把头倒在枕头上，伸出一个指头警告我，'医生，您可小心点，别让别人知道……'我好歹让她安静了下来，给她喝了点水，唤醒侍女，便走出去了。"

医生停了下来，狠狠吸了一口鼻烟，呆呆地愣在了那儿。

"可是，"他继续说，"出乎我的预料，第二天，病人并没有好转。我想了想还是决定留下来，尽管还有别的病人在等着我，您也知道，这些病人是急慢不得的，对我的医德和口碑都有不小的影响。但是，第一，病人确实在病危中；第二，说实话，我对我的病人已经产生了强烈的好感；再者说，她们母女对我都挺好的，我也很喜欢她们，是真的想帮她们。她们虽然过着清苦的生活，但很有教养，这样的人家现在是很难遇到了……姑娘们的父亲是个很有学问的作家，已经去世了。虽然他们的生活过得很贫困，但他还是让孩子们接受了极好的教育。他留下了很多书。不知是因为我悉心照料病人，还是另有原因，但是，我敢肯定，他们对我都很有好感，待我就像对待他们的家人一样……可让人担忧的是，这个时候正值雨季，道路受阻，可以说，一切交通都完全中断了，连到城里去买药都非常困难……【名师点睛："屋漏偏逢连夜雨"，病重之时交通中断，药品匮乏，也是后文姑娘离世的一个铺垫。】病人看着不见好转，一天又一天过去，真的很让人担心……但是，这个时候，我跟您说……"医生又不说话了，就这样呆呆地坐着，"真的，我不知道怎么对您说好……"他又嗅嗅鼻烟，喉咙里咯咯响了一下，呷了一口茶。"就是，我的病人，坦白地告诉您……我要怎么跟您说呢，就是这么回事，她应该是，大概是爱上我了，也可能不是爱上我了……而是……但事实上，就是这么回事。"医生有些不好意思，满面红光地低下了头。

"不，"他兴奋地继续说，"哪儿谈得上爱上我！到底一个人应该有自知之明[指透彻了解自己（多指缺点）的能力（常跟"有、无"连用）]。她是个有教养、聪明，读过许多书的姑娘，但是我呢，我连最简单的阿拉伯文都忘得一干二净了，而我的样貌，"医生微笑着朝自己看了一下，"也没什么值得炫耀的。我不是傻瓜，我不会颠倒黑白，我多少还是懂点事理。譬如说，我心里很明白，亚历山德拉·安德烈耶夫娜——她叫亚历山德拉·安德烈耶夫娜——可能她并不是爱上我，只是尊敬、爱戴我，是那样一种友情，我不能就这样胡思乱想下去，您也知道她当时的情况，所有的希望都在我身上，您自己想一想……【名师点睛：医生不断地自我否定、自我怀疑，完全是一个普通小伙在面对心仪的姑娘时青涩的内心活动。虽然在外人看来，他们是医生和病人的关系。】但是，"医生一口气说出了这些断断续续的话，显然有些语无伦次，之后，又补充说，"我大概有点信口开河[随口乱说一气]吧……您是不是听不明白，请让我慢慢地给您从头说起。"

他把一杯茶喝完，然后以稍微平静些的声音说了起来。

"对，就是这样，我的病人病得越来越重了。好心的先生，您不是医生，您不能体会干我们这一行的心情，尤其是那一刻突然明白自己无法战胜病魔，自信心就全崩溃了！你突然心虚到难以言传的地步。你想不起来任何你学的知识，病人不信任你，别人也开始发现你的无

猎人笔记

能,不再把病情放心地全告诉你。他们会皱紧眉头,不放心地一直盯着你,在一旁小声谈论着什么……唉,真是糟糕极了!【名师点睛:这里的自诉,更多的是从医生这个职业的角度出发,是一个医生在面对病人的病情却无能为力时,内心的纠结与无奈。在病人面前,所有的过错,医生都会归结于自身能力的不足,责任感和使命感使他们散发着人性美好的光辉。】你会很坚定地告诉自己这种病是可以治的,只要找到对症的药。哎,该不是这种药吧?你试了试——不对,不是这个!总之,药效还没发挥作用你就已经慌了手脚……试试这种药,再试试那种药。你往往会拿出药典来……你心里想,药方就在这里,就在这里!实话告诉您,其实就是在乱翻,期望碰着运气找到方法。可病人已经危在旦夕[指危险就在眼前],碰上别的医生也许还能救他。你就会说,那就会诊吧,我自己哪能担上这种责任呢。到了这个时候,你就是个十足的蠢货!不过天长日久你也就习惯了,感到无所谓。病人死了,不能怪你,你是照章办事。可是还有一种情况会使你很难堪,别人盲目地信任着你,可是你却放弃自己。那该多么令人难过啊。现在亚历山德拉·安德烈耶夫娜一家就是这样信任我的,可是却不愿相信她们家的女儿已经该下病危通知了。我同样也安慰她们,说这病没有关系,可是自己却整天提心吊胆。偏偏在这个时候,道路阻塞,马夫出去买药,一去几天回不来。而我寸步不离地守在病人的房间里,我不能离开她,还要给她讲各种好笑的奇闻逸事,跟她打牌,给她解闷。我整夜整夜地守在她身旁。【名师点睛:寸步不离地照顾,竭力地开导与关心,是医者仁心,也是为真爱担心。】老太太含着泪感谢我,可我备受煎熬,我不值得他们感谢啊。我得坦白,也没有什么好遮掩的,我爱上了自己的病人。亚历山德拉·安德烈耶夫娜也眷恋着我,除了我,很少再有人能进入她的房间。【名师点睛:说明了姑娘对医生的重视与依恋。】她开始和我闲聊,问我以前在哪儿上学,现在生活过得怎么样,有哪些亲人,和哪些人交往。我觉得她不能这么累着,不想让她再说那么多话,想阻止她，但是我做不到，我阻止不了。我常常抓住自己的脑袋问自己：'你知道自己在做什么吗？你是个十恶不赦的强盗吗？……'可是她拉住我的手，抓得紧紧的，望着我，久久地望着，然后扭过头去，叹一口气说：'您真好！'因为发烧，她的手是滚烫的，眼睛是那样大而美，却没什么神采。她还跟我说：'啊，您怎么这样好呢，您真的是个大好人，和我的那些邻居们一点都不一样……对啊，您怎么会是那种人呢……我们为什么没有早点认识呢，我多想早点遇见您！''亚历山德拉·安德烈耶夫娜，您安静些，'我说，'请听我说，我配不上您，我不值得您这样做……但是，请您相信我，您可以安静休息一会儿……您的病会好的，您会恢复健康的。'说到这里，我还得告诉您，"医生把身子往前探了探，扬起眉毛，接着对我说："她们不怎么和邻居来往，那些普通的庶民配不上她们的身份，而那些富贵人家，她们的自尊心又不允许她们去结交。我跟您说：这个家庭是极有教养的——您了解，我很荣幸能跟她们家来往。她只吃我递给她的药……可怜的姑娘，总是要我扶着才能坐起来，才能喝下药。她总是两只眼睛盯着我，一刻都不离……我的心怦怦直跳。可是她的病越来越重，越来越重。我想，她会死的，一定会死的。请您相信我，我真的很难受，我想要自己代她去死。而她的母亲，她的姐妹们一直在观察我，盯住我的眼睛……她们已经不像以前那样相信我了。'她怎么样？出什么事了吗？''没事的，没什么事情！'怎么会没事呢，都已经昏迷了，怎么会没事呢？我自己都是糊涂的。一天夜里，我又独自坐在病人旁边。侍女也坐在那儿，呼噜打得震天响……这个侍女也够辛苦了，也难免会睡着，她太累了。而亚历山德拉·安德烈耶夫娜整个晚上都感到很不舒服；她因为发烧感到很难过，一直折腾到半夜；到了后半夜，她应该是睡着了，至少她静静地躺在那里一动不动。【名师点睛：姑娘的病越来越严重，整晚整晚睡不着，为后文医生与她互诉衷肠做铺垫。】屋角圣像前的神灯一直亮着，灯光打在她的脸上。我坐在那儿，低着头，满心的愁绪，可是

51

▶ 猎人笔记

渐渐地也困极了，打起了瞌睡。突然，仿佛有人在我腰眼上推了一下，我转过身来……主啊，我的天！亚历山德拉·安德烈耶夫娜正睁大眼睛望着我……她美丽的小脸烧得通红，可爱的嘴巴张开着。'您不舒服吗？''医生，您告诉我，我是不是要死了？''不会的！''不！医生，不，请您不要瞒着我……别这样……请告诉我实话吧，这对我真的很重要，求您告诉我吧，我是不是快死了！'她急促地喘着气，'我要是确切知道我要死了……我会告诉您我所有的想法，所有的！'她真的很激动。'亚历山德拉·安德烈耶夫娜，别这么说！''您听我说，其实我一点也没有睡着，我看了您很久……看在上帝的分上……我知道的，我相信您是一位正直的好人，我用这世上神圣的一切求您，求您告诉我，求您跟我说实话！您要知道，说实话对我真的非常重要……医生，告诉我，我是不是要死了？''叫我对您说什么好呢，亚历山德拉·安德烈耶夫娜，别那么想！''我求求您了！''亚历山德拉·安德烈耶夫娜，我不能骗您，您病得真的很重，可是您会好起来的……'我不知道还能怎么安慰她。'我快死了，我就快死了……'为什么她笑得那样开心，那样亢奋，似乎精神都好了很多，我有些担心害怕。'您别害怕呀，别害怕，我一点也不怕死。'她突然稍稍抬起身子，用臂肘撑着，'现在……对，就是现在，我可以告诉您我的心意了，我真诚地感激您，您真的很善良，我爱您……'我呆呆地望着她，您知道，我受宠若惊……

"'您听见了吗？我说，我爱您。''亚历山德拉·安德烈耶夫娜，我配不上您，不值得您爱！''不，不，您不明白我的心……您不明白我的心……'突然她伸出双手，环抱住我的头，给了我一个吻……我的心脏就像小鹿咚咚地在树林奔跑，我想我的脸一定是跟我的病人一样红透了，告诉您，我差点就叫出声了。我扑通一声跪下，把头埋在枕头里。她没作声，她的手指在我的头发里哆嗦着，我听见她哭了。【名师点睛：临终前，遇见了自己喜欢的人，此时，姑娘的心里是多么激动啊！想想马上又要天人两隔，姑娘的心中又是多么悲伤啊！】我只能尽我所能安慰着她，想让她平静下来……可是实话告诉您，我都不记得我对她说了什么。我说：'亚历山德拉·安德烈耶夫娜，您会把侍女吵醒的……请您冷静一下，我很感激您……请您相信我。''好了，好了，'她一再说，'让她们去吧；哦，让她们都醒来吧；哦，让她们都进来吧——我无所谓：我都快死了，没关系的……您不要担心，不要害怕，你看我都要死了。请把头抬起来，您看看我……您是不是不爱我，我是不是让您感到为难了，是不是我想错了……如果真的是这样，还请您不要怪我，请您原谅我。''亚历山德拉·安德烈耶夫娜，瞧您在说些什么呀？……我爱您，亚历山德拉·安德烈耶夫娜。'我就那样看着她的眼睛，她的眼底是炫目的光彩，那样灵动。她张开双臂等待着我。'那你就抱住我……'我坦白告诉您：我自己也不明白，那天夜里我怎么没有发疯。我觉得，我的病人是在毁灭自己，看得出，她的神志不太清楚。我知道的，如果她不是确定自己要死了，她是不会将这些话都告诉我的。您想想看，一个人活到二十五岁，还从来没有恋爱过，就这样死去，那这一辈子不就不完整了吗？就是因为这样，她多么痛苦，把我当作水中的那根浮木，绝望地想要抓住我，您能理解吗？您瞧她是那样紧紧地抱住我，不肯放开我。'您体谅体谅我吧，亚历山德拉·安德烈耶夫娜，您也照顾照顾自己的身体，'我对她说。'没关系的，您看，我都快要死了……'她不停地这样说，'如果我知道，我还会活下去，我会仍旧做一个体体面面的小姐；如果我的病能好，我还能继续活下去，我是绝对没有勇气对您说出这番话的……可是我都快死了，还担心什么呢？'【名师点睛：医生与病人的关系使她无法大胆地表达心中的情感，而即将到来的死亡给了她勇气，说出埋藏于心的话。】

"'可谁又说了您一定会死呢？'我的心都要碎了，可又无可奈何，只能用话语苍白地安慰着。

"'唉，没关系的，您不会撒谎，您看看您说的话都自相矛盾了，您瞧瞧。'

▶ 猎人笔记

"'您会活下去的，亚历山德拉·安德烈耶夫娜，我会把您治好的；我们会结婚的，我会去请求您的母亲让您嫁给我，我们会很幸福地生活在一起。''不，不，我已经得到您的许诺了，我会死的……您已经答应过我了……您已经对我说过了……'我真的很痛苦，您知道吗，听她说着这些话，我痛苦得无法呼吸。有时候明明只是一件小事，看似那么的无关紧要，却能扼住你的脖子，让你痛苦万分。她忽然问起我的名字来，不是姓，而是名字。真是令我难堪，我的名字是特利丰。对啊，没错，就是特利丰，特利丰·伊凡内奇。在她家这么久，大家都只叫我医生。我没有办法隐瞒，只能告诉她：'特利丰[很俗气的名字，一般只有社会下层男子才会用的名字]，小姐这是我的名字。'她的眼睛眯了起来，还用法语念叨了几句什么——应该不是什么让人放心的话，随后很不自然地对我微笑，这可不是什么好的表情。就这样，我几乎通宵达旦陪着她。早晨，我从她房间里出来，简直六神无主，我再次走进她的房间时已是下午吃过茶点以后。我亲爱的上帝，我亲爱的上帝啊！您不敢相信她已经成什么样子了，那样子就跟棺材里的人一样。我敢向您发誓，到现在我还不明白，完全不明白，我是怎样挺过来的。我的病人又拖了三天三夜……那些天的夜晚是多么难熬啊！她跟我说了些多么令人难过的话啊！……请您想一想，最后的那个晚上——我就那样坐在她身边，静静地陪着她，只是默默地一直恳求着上帝，恳求上帝带走她，带走我们。突然她那老母亲跑了进来……昨天我已经对她母亲说过，我说，她已经病入膏肓[病到了无法医治的地步，也比喻事情严重到了不可挽救的程度]了，我救不了她了。您该是可以去请牧师了。病人一看见她母亲就说：'哦，很好，您来了……您看看我们，我们相爱了，互相起了誓。''她怎么了，医生，她这是怎么了？''她，她是发了高烧，说胡话，对，在说胡话。'我措手不及，有些慌乱。可她说：'不是的，不是这样的，您刚刚说您爱我的，您还接受了我给您的结婚戒指……您干吗要装出这副样子？我母亲是好人，她会理解我

们的,她会的,我都快死了,我为什么要撒谎呢……快把手给我……'

"我不知道怎么办,慌张地跑了出去。她的母亲看着这一切,当然会明白事情是怎么回事。【名师点睛:"母亲"是过来人,从医生"慌张"跑出去的行为,自然明白医生和女儿之间产生了微妙感情。】

"算了,我也不能一直打扰您,实话跟您说,每次想起这件事情我都痛苦不堪。我的病人第二天便去世了。愿她升入天堂!"医生边叹气边快速地说着这些话,"临终前,她让除了我之外的所有人都回避,单只让我陪着她。她跟我说:'希望您能原谅我,可能,是我对不起您,这病……但是您一定要相信我,我真的很爱您,我从来没有像爱您这样爱过别人……请您一定要记得我……请您一定要保存好我的戒指……'"

医生把脸转了过去。我拉起他的手。

"唉!"他说,"我们还是谈点别的事吧,要不我们打打朴烈费兰斯?真心地对您说,我们这种职业的人,怎么配一直陷在这么崇高的爱情里呢。我们只想着一件事:希望孩子们别吵吵闹闹,老婆别骂骂咧咧。怎么跟您说呢,我后来吧,就是,我也正式成婚了……可不就是这样……我娶了个商人的女儿:有七千卢布的陪嫁。她叫阿库利娜[俗气的女名,社会地位低下的女子才会使用的名字],和特利丰倒是门当户对。我得跟您说:这恶婆娘可凶得很,幸好她每天就知道睡觉……怎么样,要不要来打打朴烈费兰斯?"

我们坐下来赌一戈比的朴烈费兰斯。特利丰·伊凡内奇赢了我两个半卢布——可能是因为赢了钱,他离开的时候很是心满意足,即使那时已经夜阑人静[形容夜的寂静和环境的清幽]。

▶ 猎人笔记

Z 知识考点

1.填空题。

《猎人笔记》是俄国作家屠格涅夫的一部通过猎人的_____,记述19世纪中叶俄罗斯农村生活的_____。

2.选择题。

作品采用(　　)的形式,内容真实、具体、生动、形象,语言简练优美,可谓散文化小说、诗歌化小说的范例。

A.见闻录　　　B.随笔录　　　C.回忆传　　　D.小说体

3.问答题。

阅读本文,请简要介绍医生的几种身份。

_____

_____

Y 阅读与思考

1.请你简要描述这篇文章的主要内容。

2.《县城的医生》中亚历山德拉·安德烈耶夫娜虽然家境贫困,但是受到过良好的教育,这是为什么?

3.本篇文章是从哪几个角度叙事的,分别是如何展开故事情节的?

我的邻居拉季洛夫

> M 名师导读
>
> 秋天,"我"和叶尔莫莱到"我"领地上的一个村子去打猎,在田野上,"我"遇到了这里的邻居——地主拉季洛夫。他热情邀请"我"到他家做客,他家里有一位忧郁寡言的母亲、一位破产的老地主,还有一位果断而恬静的姑娘。然而,过了两个星期后,"我"再次拜访拉季洛夫时,他竟然抛下母亲,带着那位姑娘私奔了!

  每年秋天,山鹬们就会成群结队地栖息在花园里那些古老的菩提树上。这样的花园在我们奥廖尔省相当多。我们的祖先在选定居处时都有着相同的想法——一定要有两俄亩好地留出来做果园,还得有一棵棵菩提树伫立在路边,枝叶交错,形成令人舒爽的林荫道。经过五十年左右,多则七十年,这些庄园,也就是我们说的"贵族乐园",就会慢慢消失。可能是房屋经年累月腐木倾塌或者被拆毁变卖,包括那些石砌的附属建筑也都成了废墟。枯死的苹果树被砍伐成了木柴,至于栅栏和篱笆,不知哪一年就都没了踪影。只有菩提树依然根深叶茂,欣欣向荣,即使被困于耕地之中,它们依然在向我们这些"不肖子孙"高声述说着我们长眠于地下的祖辈们开拓、拼搏的辉煌往事。【写作借鉴:通过菩提树的欣欣向荣来反衬庄园的衰落和萧条。】这种老菩提树是极好的树木……连俄罗斯农民无情的斧头都舍不得去伤害它们。它们的叶子很小,而粗壮的树枝则向四面八方伸展开去,就像一把巨伞撑在

> 猎人笔记

田野上，给人们带来阴凉与舒爽。

有一次，我和叶尔莫莱在田野上打鹌鹑，看见旁边有一座废弃的花园，便往那里走去。刚走进花园里的树林边上，就看见一只山鹬噗地从灌木丛中冲出，我眼疾手快顺着那道飞行的弧线开了一枪。几乎在枪响的同时，离我几步远的地方传出一位姑娘的尖叫。我立刻看过去，一位姑娘惊慌失措的脸从树木后面闪了闪，一眨眼的工夫就不见人影了。叶尔莫莱飞快地跑到我跟前，他似乎有些紧张："您怎么能在这儿开枪呢，这里住的是我们这儿的一位地主。"

没等我回答，我的狗还没有威风凛凛地把中弹的鸟衔来，我就听见一阵急促的脚步声。一个留着小胡子的高个子步履匆匆地从树林里走了出来，来到我面前的时候满脸怒容。我忙向他道歉，并自报家门，告诉他我的身份，表示愿意把在他的领地上打到的猎物交给他以表达自己的歉意。

"好吧，"他微笑着对我说，"我接受您的猎物，不过我希望您能在舍下吃一顿便饭。"

说实话，我不大想接受他的邀请，可是又无法拒绝。

"我是这儿的地主，您的邻居拉季洛夫，也许您听说过，"我的新朋友接着说，"正好今天赶上周末，舍下的饭菜还算可口丰盛，不然我也是不敢贸然邀请您的。"

我对他说了几句在这种场合应该说的话作为回答，便跟着他走了。不久前才打扫干净的小径引导着我们迅速走出菩提树林，我们走进了一个菜园。一棵棵圆圆的淡绿色白菜在一片老苹果树和醋栗[醋栗为醋栗科植物山麻子的果实，浆果球形，又名灯笼果]丛中茂盛地生长着；高高的树干上绕着一圈圈的啤酒花；豌豆地里，那些干枯的豌豆蔓缠着那密密麻麻的干树条；地上还有些硕大的南瓜；黄瓜在积满尘土的多角形叶子下发黄；栅栏旁荨麻在迎风飘舞；那三三两两的鞑靼金银花、接骨木[属落叶灌木，高达4米。茎无棱，多分枝，灰褐色，无毛，被视为灵魂的居所。中世纪的人们认为燃烧接骨木是很不吉利的事情]和野蔷薇似乎还能让我们依稀看见这花坛从前的盛况。在贮满发红的污水的小鱼池旁边有一口井，大大小小的水洼把它围在中间。一群鸭子在水洼里忙碌地拍打着翅膀，翻寻着什么；一条浑身颤抖着的狗，正眯着眼睛心满意足地啃着草地上的骨头；它的旁边还有一头花斑母牛正有一下没一下地啃着青草，偶尔甩起尾巴拍打那瘦骨嶙峋的脊背。小径转了个弯，从粗壮的爆竹柳和白桦树后面露出一幢盖着木板屋顶的灰色老式小房子，阳光正好照耀着它，干净、明亮；屋顶的烟囱静静地待在那儿，等着某一刻尽它所能；门前的台阶略有些弯曲，台阶的缝中翠绿的小草倔强地生长着。到了门前，拉季洛夫停了下来。

"不过，"他和蔼可亲地望着我说，"我刚刚想了一下，可能您并不是很情愿来到我的家中做客，如果实在是这样……"

我没让他说完，便对他说，恰恰相反，我真的非常乐意去他的家中享受一顿美味的餐食。

"好的，您请进。"

我们走进屋里。一个穿蓝色厚呢长外衣的小伙子在台阶上迎接我们。拉季洛夫立马让他的仆人给叶尔莫莱倒上伏特加。我的猎人便向这位大方慷慨的主人家深深地鞠了一躬，以表达自己的感谢。【名师点睛：农奴制时期，作为地主的拉季洛夫会让人给"我"的随从叶尔莫莱倒上好酒，能看出他待人平等，心灵美好。】我们从贴着各种色彩斑斓的图画、挂着许多鸟笼的前厅走进一个不大的房间，这是拉季洛夫的书房。我脱下猎装，将猎枪安置到角落，那个身穿长外衣的小伙子忙走过来帮我掸着身上的灰尘。

"好啦，请您移步去客厅坐坐吧，"拉季洛夫亲切地说，"我给您介绍一下家母。"

我跟着他走。在客厅当中的沙发上，坐着一位老太太，她的身材不高，穿着褐色的连衣裙，头上戴着一顶白色的睡帽，那张脸虽然有

▶ 猎人笔记

些清瘦，看着却很慈祥，她的眼中透着忧伤与畏惧。

"母亲，让我给您介绍一下，这位是我们的邻居。"

老太太欠身向我点点头，她枯瘦的手里拿着一只像口袋一样的粗毛线手提包。【写作借鉴：动作和外貌描写，体现了"老太太"很有修养，但在外人面前又略显拘谨。】

"您光临敝村已经很久了吗？"她眨着眼睛，轻声细语地问我。

"不是的，我刚住下来。"

"您打算长住在这里吗？"

"我想，在冬天来临之前我都会住在这里。"

老太太没再问下去。

"这位是，"拉季洛夫又引着我看向一个瘦高个（在我进客厅的时候并未看到他），"费奥多尔·米海伊奇……嗨，费奥多尔，给客人欣赏一下你的才艺吧，不用害羞，不要站得那么远嘛。"

费奥多尔立刻从椅子上站起来，从窗台上拿起一把破旧小提琴，又拿起弓。我发现他拿弓的姿势很特别，不是和我们平时一样抓着弓末端，而是将手搭在弓的中部，把小提琴搁在胸前，闭上眼睛，唱着歌，伴着吱吱呀呀的琴声，自己还旋转跳着舞。他看上去有七十岁模样，身体骨瘦如柴，穿着又长又宽的土布外衣，看着有些悲惨凄凉。【写作借鉴：通过身材、穿着的描写，勾勒大致的人物形象，透露人物生平的不幸。】他跳着舞，有时使劲地抖动一下他那小小的秃头，有时仿佛凝住不动，有时又慢慢抬起，伸着他的脖子。我甚至看到了他脖子上的青筋。他踏着双脚，有些吃力地弯曲膝盖。他的舞步是多么的吃力费劲，他的歌声是从他那掉了牙的嘴巴里发出来的，很抱歉我无法欣赏。拉季洛夫应该是看懂了我的神色，意识到费奥多尔的表演并不能让我愉悦些。【名师点睛：拉季洛夫能根据我的神色做决定，体现了他察言观色的能力，以及对客人的体贴，懂得照顾客人的情绪。】

"好啦，老头儿，停下吧，"他说，"你可以去慰劳慰劳自己啦。"

费奥多尔·米海伊奇立刻把小提琴放在窗台上，先向我这客人，然后向老太太，再向拉季洛夫鞠了躬，便走出去了。

　　"他原来也是个地主，"我的新朋友继续说，"很有钱，可后来破产了——现在就寄居在我家，当时的他可是无限风光的风流人物啊，抢了两个有夫之妇，还在家里养了歌手，他自己也是能唱能跳的……您想要来些伏特加吗？我们可以去用餐了。"

　　这时，我在花园里见过一眼的那个姑娘走进客厅。

　　"这是奥丽娅！"拉季洛夫稍稍转过头去，说，"请您多关照……好了我们一起去用餐吧。"

　　我们走进餐厅，坐下。我们从客厅里出来到落座期间，费奥多尔·米海伊奇由于能够"享受"一下，显得异常兴奋，眼睛里都散发着光芒，鼻子微红，高声唱着："胜利的炮声响起来！"屋角里一张没铺桌布的小桌上为他摆放了一套专用的餐具。因为这个可怜的老头吃饭时不太讲究卫生，主人们便把他安排得离大家远些。他画了一个十字架，双手合十叹了口气，就开始狼吞虎咽吃了起来。饭菜确实不错，因为是礼拜天，便少不了会颤动的肉冻和西班牙风（馅饼）。席间，这位在步兵团服务了十来年甚至远征过土耳其的拉季洛夫就天南海北讲起了故事。我仔细地听着，同时悄悄地打量着奥丽娅。她并不漂亮，但她脸上是果断而恬静的神情，前额白皙宽阔，有着乌黑浓密的头发；最让我惊叹的是她的那双眼睛，虽然不是很大，却明亮灵动，生机勃勃，让人移不开眼。她仿佛在仔细地谛听拉季洛夫的每一句话，她脸上的神情所表现的并非兴趣，而是热烈的关注。从年龄上说，拉季洛夫可以做她的父亲，但是她叫他是用的"你"，所以我敢肯定他们并不是父女关系。在谈话中，他提到他已过世的太太——他指着奥丽娅说"是她的姐姐"。她立刻满面绯红，垂下眼睑。拉季洛夫停了一下，换了个话题。【名师点睛：拉季洛夫很快转换话题，以及奥丽娅的反应都是对后文的伏笔，与后文呼应。】吃饭的时候，老太太始终一言不发，几乎什么也没有吃，也不劝我进食。她

> 猎人笔记

的脸上刻满了经历岁月寒冬的痕迹，是对无限期待后的失望和忧伤，是老人家黄昏迟暮的痛苦和悲哀。快吃完的时候，费奥多尔·米海伊奇想用他的歌声为主人和客人"助兴"，但拉季洛夫看了我一眼，便叫他别开口。老头用手擦了擦嘴巴，眨了眨眼睛，向我们鞠了个躬就用半个屁股坐在椅子上。散席后我和拉季洛夫一起到他的书房去。

大凡经常专注于一种思想或一种追求的人，不管他们的品性、能力、社会地位和教育程度如何，他们的言谈举止在某一方面都有着惊人的相似性。【名师点睛：这句话是对拉季洛夫人格的独特之处做出的点评；也是作者对生活细致观察后的高度概括，极具哲理性。】我对拉季洛夫观察得越久，就越觉得他是属于这一类的人。他谈田产的经营、收割、刈草，谈战争、县里的流言蜚语和近期的选举，兴致勃勃，丝毫没有力不从心的感觉，却会突然叹着气，像一个被繁忙的工作拖垮的人跌坐进安乐椅里，用手抹着脸。他所有的和蔼可亲、美好善良，似乎都充满感情，就像把整个灵魂都倾注了。但是我感觉不到他对别的任何事物或人的兴趣，例如：对吃喝、对打猎、对库尔斯克的夜莺、对患有癫痫病的鸽子、对俄罗斯文学、对溜蹄马、对匈牙利骑兵的外衣、对纸牌和台球游戏、对舞蹈晚会、对省城或大都市的旅游、对造纸厂和制糖厂、对豪华的亭阁、对茶、对娇惯坏了的歪脖子的马匹、对胖得把腰带系到胳肢窝下的车夫、对那些穿着讲究却谁也不明白为什么脖子一动眼睛就往旁边瞟过去快要瞪出来的马车夫……他对这些一点兴趣都没有。"这到底是个什么样的地主！"我心里想。然而他绝对不装成一个愁眉苦脸、对自己的命运不满的人。相反，他身上洋溢着对每个人都一视同仁的亲切和热情，感觉随时想要降低身份去结交每一个不期而遇的人。当然，您同时还会感觉到，他不会跟任何人成为朋友，不管是谁都不会真正地深交。这并不是因为他不需要朋友，而是因为他城府太深。仔细观察拉季洛夫，我真的无法相信他是幸福的，无论是现在还是过去、未来，他都不是一个美男子。但是在他的神态中、微笑中，在他的全身，都隐藏着一种非凡的魅力，确实是隐藏着。所以，我很想更深刻地了解他，喜欢他。当然，有时他也会暴露出一个地主和乡下居民的本性，但总体来说，他还是个非常不错的人。【名师点睛：这句话是对拉季洛夫总的概括点评，也是"我"乐意与他交谈的原因。】

我们刚谈起新任县长，突然门口响起奥丽娅的声音："茶准备好了。"我们走进客厅。费奥多尔·米海伊奇仍旧坐在窗户和大门之间那个角落，小心翼翼地缩起双腿。拉季洛夫的母亲在织袜子。花园里的秋风带来一阵一阵凉爽和苹果的清香，正是从那扇敞开的窗子里飘进来的。奥丽娅忙着倒茶。现在我比在饭桌上更加注意观察她的一举一动。她很少说话，和一般县城姑娘一样，可是我并没有从她身上看到她想要说些好听的话，却因为自己知识的缺乏而充满无力表达的那种惆怅。她的眼睛不会悄悄斜视，也不露出那种让人充满幻想、想入非非的微笑。她的目光坦然而安闲，像一个经历大喜大悲之后平静下来休息的人。她步履自然，举止干脆果断，我对她很有好感。

我又和拉季洛夫闲聊起来。我已经不记得我们怎么会谈到一种大家都很熟悉的情况，那些惊天动地的大事总没有些小事让人记得牢靠。

"是啊，"拉季洛夫说，"这一点我有亲身体会。您知道，我结过婚。没有多久……三年，我妻子难产死了。我当时就想，她死了我只怕也快了。我真的很痛苦，想要哭却流不出眼泪，整日就那样待着。【名师点睛：说明极度悲伤的人才会有麻木的感觉。】我们按规矩给她穿衣服，把她安放在桌上——就在这个房间里。神父来了，诵经士也来了，开始念经、祈祷、焚香。我给她鞠躬磕头，可是没有一滴泪落下来。我的心仿佛变成了石头，脑袋也是这样——全身都麻木没知觉了。第一天就这样过去了。您相信不相信，夜里我竟睡着了。第二天早晨，我走到妻子那儿——那时候正是夏天，阳光洒满她的身体，是那么耀眼夺目。突然我看见，"说到这里，拉季洛夫不由得打了个冷战，"您想我看见什么啦？她的一只眼睛没有完全闭上，一只苍蝇就趴在那只眼睛上……

▶ 猎人笔记

我一下就瘫倒在地，等我苏醒过来，就开始哭呀哭呀，我已经抑制不住自己了……"

拉季洛夫停了下来。我望望他，又望望奥丽娅……她的表情我这辈子都忘不掉了。【名师点睛：与后文呼应，"她的表情"深深地印在我的脑海中，才能在后来发生那件事情时恍然大悟。】老太太把袜子放在膝盖上，从手提包里拿出一块手帕，悄悄地擦着眼泪。费奥多尔·米海伊奇突然站起来，一把抓起小提琴，用嘶哑而粗野的声音唱起歌来。他可能是为了让我们开心一点，但是我们一听见他的歌声，就忍不住颤抖。拉季洛夫便叫他停下来。

"不过，"他继续说，"该发生的已经发生了。已经过去的事情不能挽回，而且……这世上的一切总归都是朝着好的方向在发展，这话好像是伏尔泰说的吧。"

"是啊，"我说，"当然。没有什么不幸是我们无法忍受的，这天下就没有我们挣脱不了的困境。"

"您是这样想的吗？"拉季洛夫说，"是啊，也许您说得对。记得我在土耳其的时候，躺在军队医院里面，伤口溃烂让我不停地发烧，就剩了一口气。唉，那家医院的环境真的是破烂不堪，但是您也知道，战时医院嘛——就这样还得感激涕零呢！突然又来了许多病人，还能把他们安置在哪呢？医生跑来跑去，就是找不到地方。他走到我跟前，问医士：'还活着吗？'医士回答：'早上是活着的。'医生弯下身听了听，发现我还有口气在。这位仁兄就很不耐烦，他说：'这小子不行了，他已经要死了，必死无疑，还在这儿喘着气，不就是拖延时间，白占地方嘛，妨碍别人。'我当时就想：'唉，完了，你可算是完蛋了，米哈伊诺·米哈伊雷奇……'可我的病还是好了，您看，不一直挺健康活到现在嘛。可见您的话是对的。"

"我这句话在任何情况下都是对的，"我回答，"即使您死了，您也是走出了当时的逆境。"

"当然，当然，"他说着，用手使劲拍拍桌子，"在困境中，只要你下定决心，就能摆脱出来，不然活在困境里有什么意思，有什么好犹豫不决的，及早摆脱，重新开始才是对的。"【名师点睛：拉季洛夫在此时说的话，有两层意思：表面上，是拉季洛夫在与"我"讨论有关人生逆境的问题，体现他乐观、豁达的性格；实际上，是对他自己的暗示，即将下定决心，勇敢直面自己与奥丽娅的关系，为两人的私奔埋下伏笔。】

奥丽娅霍地站起来，走到花园里去。

"喂，费奥多尔，跳个舞吧！"拉季洛夫高声说。

费奥多尔立刻站起来，用他那优雅而特别的步态在房间里走着，像那出了名的笨拙的"山羊"在训练娴熟的狗熊身边表演一样，接着，他唱起来："有一次在我们的大门旁……"

大门口传来轻便马车的辘轮声，过了一会儿，一位个子颇高、身材健硕、肩膀宽厚的老头进了房间。他是独院地主［俄国农奴制时期，边防军队中下级军官的后裔小地主，拥有少量的土地，可以蓄养农奴，但必须和普通农民一样缴纳赋税］奥夫谢尼科夫……这位奥夫谢尼科夫是一位独特非凡的人物，所以还请读者原谅我在另一篇笔记里去谈他。现在我只做一点补充：第二天我和叶尔莫莱天未亮就出去打猎，打完猎就直接回家了。过了一星期，我又路过拉季洛夫家，可是没见到他，也没见到奥丽娅。又过了两星期我才听说，他突然失踪了，抛下了母亲，带着他的妻妹远走到某个地方去了。全省大哗，纷纷议论这件事。这个时候，我才彻底明白，奥丽娅在拉季洛夫谈到妻子时表现出来的态度，脸上的表情，是怎么一回事。当时她的表情可不单单是同情，还夹杂着一种醋坛子打翻的酸味儿。【名师点睛：与上文呼应，将拉季洛夫怀念自己去世的妻子时，奥丽娅复杂的表情在这里进行了详细说明。】

我在离开乡下之前去看望了拉季洛夫的老母亲。我在客厅见到她的时候，她正在和费奥多尔·米海伊奇打牌，玩"捉傻瓜"的游戏。

"您儿子有消息了吗？"无可奈何，我只能问她。

▶ 猎人笔记

只这一句,老太太就哭了起来,撕心裂肺。之后,我再也没问过她关于拉季洛夫的事情了。

Z 知识考点

1.填空题。

1847—1851年,屠格涅夫在进步刊物_____上发表其成名作《猎人笔记》。

2.选择题。

拉季洛夫的妻子是因为( )而死亡。

A.自然死亡　　　　B.摔死　　　　C.难产

3.问答题。

描写拉季洛夫让人为"我"的随从猎人叶尔莫莱倒伏特加这一段有什么作用?

_____
_____

Y 阅读与思考

1."我"的邻居拉季洛夫是一个怎样的形象?

2.这篇文章的行文线索是什么?

3.当拉季洛夫与"我"谈到他从战地医院死里逃生时,激动地拍桌说的那些话有什么意义?

独院地主奥夫谢尼科夫

M 名师导读

有些人天生就有让人信服的能力，或许因为他的头脑，或许因为他的力量，不管因为什么，总会比别人多得到一份尊敬。独院地主奥夫谢尼科夫就是这样一个人。或许他不是什么大富翁，也不是什么手握权势的大人物，但是他遇过许多事，见过许多人，有着属于自己独一份的智慧。这样一位睿智的老者会给我们讲述一些什么样的故事呢？咱们一起去看看吧！

亲爱的读者们，现在我要为大家介绍的是一位年过七旬，身材高大，体态壮硕，长得有些神似克雷洛夫[伊万·安德烈耶维奇·克雷洛夫，俄国著名的寓言作家、诗人，与伊索和拉封丹齐名。代表作有《受宠的象》《剃刀》等]，有一双明亮而富有神采的眼睛，周身气度不凡，说话从容不迫，步履淡定稳重的人——这就是奥夫谢尼科夫。他穿的是一件肥大的蓝上衣，袖子很长，纽扣一直扣到上面，脖子上总围着淡紫色绸缎的围巾，脚蹬着一双擦得油光锃亮的长筒靴，靴上还系着流苏，一眼看过去，就像一位富裕的商户。他的手很好看，又软又白，在说话的时候常常抓住自己的上衣纽扣。他同时具有威严和镇定、机灵和慵懒、正直和顽固这些品质，就和彼得大帝时期的王公贵族一般……
【名师点睛：对立的性格汇集于一个人，没有违和感，反而有专属的气质。】
如果他穿上古代贵族的无领长袍，那便是那时代的人了。这是旧时代遗留的人物之一。乡邻们都特别敬重他，觉得与他相识是一件很有面

▶ 猎人笔记

子的事情,与他同辈的独院地主们也十分地崇拜他。一般说来,我们这里依然没有既定的界限去区分独院地主和普通的庄稼人。

他们的家业几乎比庄稼人还差,小牛犊长得还没有荞麦高,马匹勉强活着,马具都是用绳索做的。奥夫谢尼科夫在总的规律中是个例外,虽然也算不上富有。他和妻子住在一所舒适而整洁的小房子里,家里也没有几个仆人。他让他们穿着俄罗斯的民族服装并且称他们为自己的雇工。【名师点睛:称仆人为"雇工",表现奥夫谢尼科夫在农奴制时代的人权思想。】他们也为他种地。他也不冒充贵族,不装成地主,也从不会像人们说的那样"得意忘形"不知自己的身份。若初次请他入席,他绝不会立马落座;若有新的客人到来,他一定会亲切而庄严地起立对新客表达自己的欢迎;客人向他行礼不由得把腰弯得更低。奥夫谢尼科夫保持古风,不是由于迷信(他的心灵是非常自由的),而是由于习惯。比如,他不喜欢弹簧座的马车,因为总觉得不舒服;但是他很喜欢乘坐赛跑马车,或者带有皮垫子、样式精巧的小马车。他非常喜欢亲自驾驶自己那些枣红色好马(他养的马全是枣红色)。

车夫是一个面颊红红的年轻小伙子,剪着圆弧形头发,身穿淡蓝色外套,头上戴着矮顶的羊皮帽,腰间束有一条皮带,恭恭敬敬地和他坐在一起。奥夫谢尼科夫在午饭后总要睡一会儿,每到星期六都要洗个澡,会读些书,读的书全是宗教书(读书的时候,一定会很郑重地将他的圆形银框眼镜戴上)。他的生活很有规律,通常是早睡早起。不过,他常刮胡子,头发留的是德国式的。他对到来的客人们是很亲切热心的,但从不会对客人们卑躬屈膝[意为低声下气地阿谀奉承,借以形容没有骨气、谄媚讨好],极尽讨好,也不会一股脑将家里干的、腌的吃食全拿出来摆着。"太太!"他也不站起来,只是略微朝她转过头去,慢条斯理地说,"拿点儿什么好吃的招待客人。"他觉得糟践粮食是罪无可赦的,因为粮食是上帝对人们的恩赐。1840年,大饥荒,粮食急缺,

68

就在粮食价格飞涨的时候,他把自己所有的存粮分发给附近的地主和庄稼人,尽自己所能去赈济救灾。【名师点睛:在大饥荒时期,分发自己所有存粮,没有刻意哄抬物价,也没有乘机大赚一笔,体现了奥夫谢尼科夫的善良、淳朴和乐善好施。】到第二年,他们都怀着感激的心情纷纷来归还粮食。乡邻之间有什么矛盾,也会来找奥夫谢尼科夫调解评理,大家基本上都接受他的判论,也会接受他的劝告。有许多人多亏了他,才划清地界不再有纷争。但是调解了两三次女地主间的纷争后,他就郑重发表了声明:从此绝不会再去解决女人间的争端。他不喜欢着急和慌张,不喜欢娘儿们间的碎嘴和手忙脚乱。有一次他家不知怎的失了火,一名雇工急哄哄地冲进他的房里,叫喊:"失火了!失火了!""哎!有什么好大声叫唤的?"奥夫谢尼科夫镇静地说,"把我的手杖和帽子拿来……"

他喜欢自己训练马。有一次,一匹性格极烈的比秋格马[特种马,产于沃罗涅日省著名的养马场——赫列诺夫养马场]带着他飞驰下山,朝向山谷直冲而去。"唉,好了好了,你这匹小马驹,再这样你会摔死的。"奥夫谢尼科夫和善地对它说。一转眼,他就和赛跑马车、坐在他后面的小厮以及那匹马一同飞进峡谷里。不幸中的万幸是峡谷底有一堆一堆的黄沙,并没有人受伤,只是那小马驹的腿折了一条。"唉,你看吧,"奥夫谢尼科夫爬起身后依然心平气和地说,"我都跟你说不能这样了。"他找的妻子也跟他很般配。他的妻子塔吉雅娜·伊丽尼奇娜的个子很高,看着高贵优雅、沉默寡言却显端庄,她的头上整日裹着一方棕色的头巾。她显得很冷峻,但是,不仅没有人说她无情,而且相反,好多穷人都叫她好心妈妈和大恩人。端正的脸庞,乌黑的大眼睛,两片薄唇风韵犹存,我们依然可以想象她当年的美丽是多么远近闻名。但是,他们这对夫妻没有孩子。

读者们应该也都知道,我认识他是在拉季洛夫家里,没过几天,

猎人笔记

我就去他家里拜访了。他正好在家，正坐在皮制的大安乐椅上读经文月书。一只灰猫在他肩膀上打呼噜。正如人们所说的那样，他热情又不失礼貌地招待了我，我们很快便聊了起来。

"路卡·彼得洛维奇，请您对我说实话，"我顺口问道，"在您之前的那个时代是不是比现在更幸福？"

"我可以这么告诉您，在某些方面确实比现在要好一些，"奥夫谢尼科夫回答说，"我们过得更安定，也更富裕些，确实不错……但是总的来说现在比以前幸福。等到您的孩子长大了，那个时代或许比现在又更好一些。"【名师点睛：这些话是奥夫谢尼科夫对过去、未来的见解，没有因为自己的优势而选择偏爱一个时代，而是客观地展望未来、两相对比。】

"路卡·彼得洛维奇，我还以为您会向我夸耀旧时代呢。"

"不，我觉得旧时代没有什么可以特别夸耀的。举个例子，您现在是一位地主，您已故的祖父也是一位地主，但是您不再有您祖父那般的权势和威风。不过，您也不是那样的人。我们现在也受别的地主的欺压；但这种事情毕竟是避免不了的。熬来熬去，也许会有好日子过的。对啊，我年轻时见惯了的一些东西，现在不就没有了吗？"

"您举个例子说说，有什么事情呢？"

"要举个例子，那就还是用您的祖父举例吧。他这个人可厉害呢！他很会欺压我们这些没地位的人。或许您知道有那么一块地……您自家的地您怎么会不知道呢……从契普雷金到马利宁有一块地……现在这块地是你们家种燕麦的……这块地原本是我家的，真真切切是我家的地。是您祖父从我家夺去的；他骑着马出来，用手指了指，说：'这块地是我的。'——就一句话，这块地就成了他的财产。【名师点睛：随手一指就霸占土地，恶霸一样的地主尽显其丑态。反映了在农奴制时代，地主可以任意欺凌普通百姓，对百姓肆意剥削。】先父（祝他早升天堂）是一个正直人，也是一个烈性子人，他忍不了这口气——谁又忍得了自家的地被人抢去呢？我的父亲就去法院告了您的祖父。但也只是他一个人告状，因为别人都不敢。还有向您祖父告密的人呢，他们告诉您的祖父：'彼得·奥夫谢尼科夫去法院告了您，告您把他的土地抢占了……'您祖父马上派他的猎师巴乌什带着一伙人来到我家里……他们把我的父亲抓到你家领地上。我那时候还是一个很小的孩子，光着脚就跟着他们去了。您猜我看到了什么？……他们把他带到你们家窗下，抡起棍子就是一顿揍。您的祖父站在阳台上看，您的祖母坐在窗前，也那样看着。我父亲就叫喊：'大娘，玛丽雅·瓦西里耶芙娜。'可她就像聋了一样，不理不睬，甚至挺直了身子想要看得更清楚些。<u>就这样逼着我父亲答应交出土地，还强迫他对您祖父放他一条生路感恩戴德。就这样那块地就是您家的地了。您不妨去问问你们那些庄稼人，问问那块地叫什么名字？</u>他们会告诉您，那块地叫'棍子地'，因为那是用棍子打来的土地。【名师点睛：通过奥夫谢尼科夫的叙述，塑造了一个蛮横霸道、残酷无情的旧时代地主形象。棍棒下强迫人低头还要求对方感恩戴德，是对百姓的肆意侮辱。激起读者对被压榨、欺凌的百姓们的极大同情。】就是这些原因，我们这些无权无势的小人物，对过去也没什么留恋的。"

我不知道怎样接奥夫谢尼科夫的话，也不太敢抬头正视他。

"那时候我们还有一位乡邻，叫斯捷潘·尼克托波里昂内奇·科莫夫。他可把我父亲折腾惨了，真是想尽办法折腾人。他是一个酒鬼，而且喜欢摆酒席，等他几杯酒下肚，就会用法语说一句'这很好'，舔舔嘴唇，就闹得一发不可收拾！<u>他派人去请所有的乡邻到他家里来。他的马车都是现成的，停在门口等你；你要是敢拒绝他，哼，他立马就能闯到你家里去……</u>【名师点睛：不顾别人意愿，只顾自己享乐，自私自大。】他清醒的时候不说谎；可是一喝了酒，心里就一点谱都没有，嘴上跑火车胡说八道。他说自己在彼得堡喷泉街上有三栋房子：一座是红

猎人笔记

的，有一个烟囱；一座是黄的，有两个烟囱；还有一座是蓝的，没有烟囱。他还说自己有三个儿子：大儿子在步兵营里，二儿子在骑兵营里，三儿子还在家闲着没出去做事……又说，每座房子里住着他一个儿子，常到大儿子家里来的是海军将领，常去二儿子家的是各路将军，到三儿子家里来的全是英国人！每说到这里，他就会突然站起来，说：'为我大儿子干杯，他是最孝顺我的！'说着说着就痛哭流涕。这时候谁要有胆子不举杯祝贺他，那他就惹上大麻烦了。'我要枪毙你！'他说，'我要把你暴尸街头，不让你下葬！'要不然就跳起来，叫喊：'大伙儿来跳舞吧，自己快活快活，让我们大家一起开心开心！'那你就得跳，就是死也得跳。他家那些农奴姑娘们也被他折腾得惨了。常常让她们通夜合唱，一直唱到天亮。谁唱得声音最大、最响亮，他就给谁奖赏。如果唱得没了劲儿，他就用手托住头，伤心起来：'我就是个没人疼没人爱的孤儿，没人愿意理睬我，我真的是太可怜了！'于是马夫们立刻就给姑娘们鼓劲儿。我父亲也让他喜欢上了。我们又能怎么样呢？我父亲真的就要被他折腾死了。本来是要被逼死了，但老天有眼，他先把他自己折腾死了：他喝醉之后从鸽子棚上面摔下来摔死了……<u>您看，这就是我们以前乡邻中的一些'珍宝'！</u>"【写作借鉴：通过反讽来表达自己的情感。可在写作中多运用类似手法。】

"时光变迁，时代大变了啊！"我感叹着。

"是啊，是啊，"奥夫谢尼科夫赞同说，"确实可以说：在过去的时代里，贵族们都是享尽奢华。那些达官贵人们更不用说了，这些人，我在莫斯科见得可不少。不过，听说现在那里这样的人也销声匿迹了。"

"您到过莫斯科吗？"

"到过，那是很久很久以前了。是在我十六岁那年去的，如今我是七十三岁。"

奥夫谢尼科夫叹了一口气。

"在那儿您都见到了些什么人？"

"见过许多达官贵人,各种各样的,他们的生活是普通人想象不到的奢侈阔绰,一掷千金,让人惊叹。可是没有一个人赶得上已故的伯爵阿列克塞·格里高力耶维奇·奥尔洛夫·契斯敏斯基[俄国军事家、政治家,因1770年在契斯马湾彻底击溃土耳其军队而荣获"契斯敏斯基"的姓氏]。我常常见到阿列克塞·格里高力耶维奇。因为我的叔叔在伯爵家当管家。伯爵的家就在卡卢加门附近那条沙波洛夫大街上。他才是一位真正的达官贵人!他的风度气场、雍容贵气,是令人不能想象、无法描述的。只看见他的样貌身材,你就会觉得他绝非常人,那种威严、那种让人无法直视的目光。当你没有认识他,没有接近他的时候,你会很害怕与他靠近;等你接近了,你会觉得他是冬日暖阳,让你浑身舒坦,愉悦舒畅。什么人他都亲自接见,他性格爽朗大方,兴趣广泛。比赛时他亲自驾车;随便同什么人比赛,他从不会在一开始的时候就甩开你,践踏你的自尊心,不会让人感到难堪和灰心,只有到了最后的时候才冲刺加速跑到前面。不管输赢,他都会在比赛结束后亲热地拉着对手,安慰他,称赞他,包括他的马匹。他养着最好的筋斗鸽[筋斗鸽亦称"翻跳鸽",是外国玩赏鸽的品种。因擅长翻筋斗而得名,是一个古老的品种]。有时他走到院子里,坐到安乐椅上,吩咐下人把鸽子放出来。四周房顶上都站着仆人,他们手里都拿着猎枪防止老鹰来捕猎。伯爵脚下放一个盛水的大银盆,他就在水里看鸽子。有数不清的穷人和乞丐受到过伯爵的救济……他发了多少钱啊!可他要是发怒了,真的是雷霆万钧,不是人人都能承受的。不过没有什么好怕的;一转眼工夫,他就笑了。每当他大办宴席,整个莫斯科人都会被他醉倒呢!他这人有多么聪明呀!土耳其人他也打过呢。他还很喜欢角力,他请过全国各地的大力士到他家,有图拉的、哈尔科夫的、坦波夫的,都请过。他把谁摔倒了,就奖赏谁;要是有人摔倒了他,他会有更丰厚的奖励,甚至对他亲吻……还有,就在我在莫斯科的时候,他发起一场俄罗斯不曾有过的盛大的猎犬比赛。他邀请全国各地的狩猎者到他家里来，会事先规定比赛日期，还会给所有人三个月的准备时间，直到所有狩猎者汇聚起来。比赛聚集了许许多多的猎狗和猎手——哈！真是浩浩荡荡格外壮观的一支队伍啊！他先是大摆宴席，然后出发到城郊去。看热闹的人从四面八方涌来，当真是人山人海啊！……您猜怎么样？……您祖父的狗竟然得了头筹。"

"是米洛维特卡吧？"我问。

"是米洛维特卡，米洛维特卡……于是伯爵去请求您的祖父：'请把您的猎犬卖给我吧，随便您开价，我都可以支付给您。''实在抱歉，伯爵大人，我既不是商人，也不是贩狗的贩子；即使我穷困到衣衫褴褛[指衣服、布料破烂不堪]，我也不会卖我的米洛维特卡。可为了向您表达我的敬意，就算您想要拙妻，我也会让给您。'阿列克塞·格里高力耶维奇称赞他，说：'我很钦佩您。'您的祖父就用马车把狗带回家了。后来米洛维特卡死了，您的祖父为它奏哀乐，把它葬在了花园里，还在坟前立了块刻有铭文的碑。"

"这样看来，阿列克塞·格里高力耶维奇不欺负任何人。"我说。

"可不就是这样吗？阎王易见，小鬼难缠。"

"那个巴乌什是一个什么样的人呀？"在沉默了一会儿之后，我问道。

"您知道米洛维特卡，但是不知道巴乌什是什么人吗？……这是您祖父的猎师头儿[猎师、猎人的头目]和掌管猎狗的人。您祖父喜欢他不亚于米洛维特卡。他就是个什么事情都敢做的无赖，不管您的祖父吩咐他做什么事情，他立刻就会去办，哪怕刀山火海他也不会眨一下眼睛。他一呼唤起猎狗，森林里就响起一片呼啸声。可他那牛脾气要是一下上来了，不管不顾跳下马，就往地上那么一躺，猎狗一听不到他的声音，那就完了！猎狗们对新鲜的脚印视而不见，再好的猎物也不去追赶。嘿！这时候您的祖父可是要发好大一通火呢！'我不把你这个无赖绞死,我就不活了!我要扒了你的皮,抽了你的筋,把你千刀万剐!'可到头来,还是要派人去问他:'你怎么啦,是不是有什么需要呀,为什么不指挥猎狗抓猎物了呢?'巴乌什在这种情形下,大都是要喝酒,等到喝过了酒,就会麻溜地从地上爬起来,可有干劲地呼唤猎狗去干活了。"

"看来,您也喜欢打猎吧,路卡·彼得洛维奇?""喜欢倒是喜欢……是的;但是都是以前的事情了,如今可不再是我大展身手的好时候了,那是在我年轻英勇的时候。可是您要知道,因为身份不同,那是不能肆无忌惮[指恣意妄为,毫无顾虑]地去打猎的。我们这种人不能跟在贵族后面游荡。【名师点睛:奥夫谢尼科夫有自己的尊严,不愿跟在谁身后,也明白自己应该处在什么地方。】确实,我们这些人里也有些是酒鬼,整天醉醺醺的,整天无所事事,游手好闲,跟在那些贵族老爷屁股后面……可是这有什么快活的呀?……不过是自讨没趣罢了。丢给你一匹跛脚的烈马,走起路来一瘸一拐,更不用说跑起来了。那些老爷们还动不动掀掉你的帽子,随手丢在地上;又或者用鞭子轻轻抽打你几下,就像抽马一样。可是你呢,自始至终都得笑脸相迎。你得让老爷们欢乐。是的,我可以告诉您:身份越低,为人行事越应该谨慎,不这样做,就是在自讨苦吃,自取其辱。"【名师点睛:为人处世的道理,奥夫谢尼科夫看得通透,也身体力行实践得真切。】

"是的,"奥夫谢尼科夫叹了一口气,又说下去,"自我身处尘世,流年似水。现在世道变了,尤其那些大贵族们,我看到的变化可不少啊。那些领地少的人,要么去做官,要么就是背井离乡,另谋生存;更是非同当年了。这些大地主我看得多了,在划分地界时那落魄的样子,实话不怕告诉您,我看着那样的他们,心里就高兴。但是他们现在很随和、很有礼貌了。只是有一点使我吃惊:他们个个学富五车,说的话很有条理、很令人信服的样子。然而实际上,涉及现实利益问题,他们一窍不通,就算他们自己的利益被别人损坏都不知道,即使是他

75

▶ 猎人笔记

们自己家的农奴和管家，都可以任意欺瞒和嘲笑他们。您也许认识亚历山大·弗拉季米罗维奇·科罗廖夫吧？这可是一个像样的贵族：英俊潇洒，家财万贯，学识渊博，还上过大学，据说还去国外游历了几年。言辞文雅，举止持重，见了我们这些人都握手。您认识吧？……好，那就听我说说。上个礼拜，经纪人尼基佛尔邀请我们去别廖佐夫村聚会。尼基佛尔·伊里奇对我们说：'诸位先生，我们现在必须划分地界了。要知道很多地区已经完成划分了，而我们落后这么多，这是很令人难堪的事情。咱们现在就商量着开始吧！'接着就开始划分工作。照例商量、争吵起来，大家的代理人都相互争执起来。【名师点睛：只要关乎切身利益，伪善的面孔就再也绷不住，丑陋的内心全都暴露出来。】第一个吵闹的却是波尔菲利·奥夫钦尼科夫……可是他有什么理由吵闹啊？……他自己连一寸地也没有，原来是他的哥哥委托他来帮忙划分的。他叫嚷：'不行！你们别想糊弄我！不行，你们看错人了！把地图拿来！把土地丈量员给我叫来,让那个混蛋到我面前来！''您到底要干什么？''你们以为我是白痴吗！哼！别做梦了，你们以为我会把我的想法全告诉你们吗？……休想！你们还是把地图拿来，就这样！'于是他用手在地图上直敲。玛尔法·德米特列芙娜听了他的话非常难受，大声说：'您怎么能这样污蔑我的名声？'他竟然骂道：'拉倒吧，就你那名声送给我的栗色母马它都不要。'给他喝了些马德拉酒，好不容易使他不吵了。他不吵了，别人又吵起来。亚历山大·弗拉季米罗维奇·科罗廖夫在角落里，咬着自己的手柄，无可奈何地摇着头。我觉得难为情，难受得很，真想跑出去。他会怎么看我们这些人呢？这时，亚历山大·弗拉季米罗维奇已经站了起来，看起来他是要说话了。经纪人连忙说：'诸位，诸位，亚历山大·弗拉季米罗维奇要说话了！'贵族的面子大家还是不敢不给的，渐渐就安静下来。于是亚历山大·弗拉季米罗维奇开口说话了，他说：'大家是不是都忘了我们是为了什么才聚集在一起的？虽然划分地界对地主是有利的，是必须做的，但实质上究竟为什么呢？——是为了减轻庄稼人的负担，让庄稼人耕种更方便得利，减轻赋役的压力；要不然像现在这样，自己不知道自己的地，要耕种自己的地还要跑到五六俄里之外，也没有什么处罚办法。'亚历山大·弗拉季米罗维奇随后又说：'不注重庄稼人的权益是地主们的过错，如果好好想想的话，就明白，庄稼人的利益和地主的是相互依存的：他们好，我们也好；他们不好，我们也不好……所以，为了些鸡毛蒜皮的事儿争论不休是一种罪过，是一种愚昧不堪的行为……'他慷慨激昂地说了很久，是多么的有道理，多么的振奋人心！句句说到人的心坎里……贵族们一个个垂着头；我真的差点儿流出眼泪。实话说，连那些古典书籍都没有他说的这么有道理。……可是结果又怎样呢？他自己那四俄亩荒草丛生、苔藓茂盛的沼泽地都不愿意拿出来拍卖。他说：'我要叫人把这块沼泽地的水排干，在这里建一座改良的制呢厂[制作毛呢制品的工厂]。我已经选定这块地方，我在这方面有自己的打算……'如果真是这样，那倒不错，<u>可真实原因不过是他的邻居安东·卡拉西科夫不舍得给他家管家一百卢布酬金而已。</u>

<u>【名师点睛：这里塑造的，是一个既伪善又贪婪的地主形象。表面上关切农民，但只要触及自己的利益，立刻撕破脸皮，露出自己贪婪的本性。】</u>我们就这样散了，什么事也没有办成。亚历山大·弗拉季米罗维奇至今还认为自己是对的，到现在还一直<u>大放厥词[原指铺张词藻或畅所欲言，现多指大发议论；属于贬义词]</u>要怎样怎样修建那座制呢厂，但他一直都没让人去弄干沼泽地里的水。"

"那他自己的领地是怎么管理的呢？"

"一直在推行新办法。庄稼人都不觉得怎么样，但谁又能说什么呢？也只能说亚历山大·弗拉季米罗维奇的做法是好的。"

"这是怎么啦，路卡·彼得洛维奇？我开始还以为您是一位保守派地主呢。"

"我呀，是另一回事儿。我既不是管家又不是地主，就我那么点小

▶ 猎人笔记

产业算得了什么呀！……我又没有别的本事，能够做到合理合法，那就谢天谢地了！年轻的先生们不喜欢过去那一套做法，我觉得是很好的——他们也该聪明一点了。只是有一点很糟糕：年轻的先生们总是太轻浮了，很少脚踏实地。他们的庄稼人就像他们的提线木偶，随意摆弄，弄坏了，随手就丢弃。于是农奴出身的管家或者德国管事就又把庄稼人抓在掌心里了。最好有一位年轻的先生给大家做榜样，告诉大家就应该这样做！……那也好呀！可什么时候才会有这样的结果呢？难道就让我这样死去，看不到新的局面了吗？……这都是些什么糊涂事啊，老的一套被时代淘汰了，新的一套时代却一直诞生不出来！"

我不知道该怎样回答奥夫谢尼科夫。他回头看了看，坐得离我更近些，小声说下去：

"您知道瓦西里·尼古拉伊奇·刘波兹奥诺夫的事情吗？"

"没有，没听说过。"

"请您给我解析解析，这是什么样的一件怪事儿？我真不懂。这是他那些庄稼人说给我听的，可是我不明白他们说的是怎么一回事儿。您也知道，他是一个不久前继承了母亲遗产的年轻地主。【名师点睛：交代年轻地主的背景，为他不适应地主身份做铺垫。】于是他来到自己的领地上。庄稼人一齐来看自己的主人，瓦西里·尼古拉伊奇出来迎他们。庄稼人一看，觉得好奇怪，这位老爷的裤子是棉毛的，就像个车夫一样，穿的是一双滚边的靴子；衬衫是红色的，上衣看着也活像个赶车的；留着浓密的大胡子，戴着顶奇形怪状的帽子；那张脸也是怎么看怎么奇怪，说他喝醉了可他也没喝酒啊，可他的精神就像有点毛病的样子。他说：'哥儿们，你们好！愿上帝保佑你们。'庄稼人向他鞠躬，可是都不说话，因为都有些胆怯。但是他看起来也是唯唯诺诺[形容一味顺从别人的意见，自己没有主意，一味附和、恭顺听从的样子]的样子，然后他就对他们讲起话来。他说：'我是俄国人，你们也是俄国人；俄国的一切我都喜欢……我的灵魂是俄国的，心也是俄国的……'

78

他突然发出号令：'来吧朋友们！我们一块来唱一支俄罗斯民歌吧！'庄稼人两腿打起哆嗦，完全愣住了。只有一个大胆地唱起来，可也就唱了那么一句，立刻蹲下来藏到了别人的身后。……我们这里确实也有一些地主，那些纨绔子弟，浪荡得很，穿着车夫一样的衣服，跳舞、唱歌、拉六弦琴都不在话下，甚至和仆人一起喝酒，跟庄稼人一起大吃大喝。可是，奇怪的是，这位瓦西里·尼古拉伊奇不像一位贵族，更像是一位养在深闺里的小姐，总是读书或者写字，要不然就唱赞美歌。他不随便跟人说话，看见陌生人也是远远地避开，平日里就看见他在园子里独自散步，好像很苦闷或者忧愁。原来的管家在开头一些日子里害怕得不得了；在瓦西里·尼古拉伊奇要来之前，他跑到一户户庄稼人家里，给每一位庄稼人鞠躬行大礼，说好话——就像一只偷腥的猫，明显有鬼！庄稼人也充满了希望，心想：'伙计，你休想逃脱！这一下要治治你。你这个混蛋的好日子就要到头了，你就等着吧！……'可是结果呀——我该怎样对您说呢？连上帝也不明白这是怎么一回事儿！<u>瓦西里·尼古拉伊奇把他叫了来，还没说上几句话呢，他的脸就已经通红，呼吸急促得可怕：'你办事千万要公正，不能欺压任何人，你听见了吗？'</u>【名师点睛：瓦西里害羞、腼腆的性格注定让受到欺压的庄稼人得不到救赎，也助长了那些刁奴管事的气焰。】而且从此以后再也不叫他来了！瓦西里·尼古拉伊奇在自己的领地里，好像跟所有的庄稼人都没什么关系，就和一个普通的陌生人一样。这样一来，管家就放心了，庄稼人倒是又提心吊胆起来，再没有人敢去找瓦西里·尼古拉伊奇这位老爷。还有令人奇怪的呢：这位老爷对他们鞠躬行礼，和蔼可亲地望着他们，那些庄稼汉们慌张得直哆嗦。先生您说说，这事有多奇怪！是不是我老了，糊涂了——我真不懂。"

我回答奥夫谢尼科夫说，这位刘波兹奥诺夫先生大概是有病。

"有什么病呀！别看他年轻，身子都圆滚滚的了，那张脸上的肉都要溢出来了……但是，也只有老天才知道这是什么事儿吧！"

猎人笔记

"哦，不谈贵族了，"我说，"路卡·彼得洛维奇，要不您多给我讲讲有关独院地主的趣事儿吧？"

"不，请您恕罪，不是我不告诉您，"他急忙说，"好的……有些事情告诉您也无妨……但是，我真的不知道跟您说些什么呀！（奥夫谢尼科夫把手一挥。）咱们还是喝茶吧……我们不也就是庄稼人吗，就和那些庄稼人一样。不管是什么，我们这些人不都一样吗？"

他不作声了。正巧这时候茶端了上来。他的妻子塔吉亚娜·伊里尼奇娜也站了起来，坐到了离我们更近的地方。这天晚上，她有几次悄悄地走出去，又悄悄地走回来。房间里悄无声息，只有奥夫谢尼科夫端庄而庄严地一杯又一杯喝着茶。

"米佳今天来过了。"塔吉亚娜·伊里尼奇娜小声说。

奥夫谢尼科夫的眉头立马像一座小山一样皱了起来。

"他来干什么？"

"他来给你赔不是[言语、行动上谨慎小心，请求某人原谅；向人赔罪]。"

奥夫谢尼科夫摇摇头。

"唉，您看看！"他转脸对着我，继续说下去，"对这些个亲戚，我能怎么办？我总不能真的对他们不管不顾吧……您看，上帝也白送我一个便宜侄子。这孩子又聪明又伶俐，这是没有话说的；学识也很好。但是要我说，他以后不会有什么出息。他当过差，后来辞职不干了，说是得不到升迁……他难道是贵族吗？就算他是贵族吧，那也不能立刻就能当上将军吧。这么一来，他现在就无事可干了……这倒也算不了什么，可是谁能想到他跑去当讼棍[指旧社会唆使别人打官司，而自己从中谋取利益的人。现代社会，人们通常将通过不合法不道德的手段，披着法律外衣追求个人金钱和权力的律师也称为讼棍]了！平日里就是给庄稼人写状子，写呈子[指民间向官方或下级向上级上呈的公文]，给乡警们出些瞎点子，再不然就是去揭土地丈量员的短，常常进出酒店，净结交些旅馆里打杂的市侩，您说说这有多危险啊！【名师点睛：

通过奥夫谢尼科夫叙述米佳平日所做事情的危险，体现米佳的善良和正义。】区警察局和县警察局长警告过他不止一次了。幸亏他会打诨说笑，还能让他们捧腹大笑[用手捂住肚子大笑。形容遇到极可笑之事，笑得不能抑制]放他一马，可是过后又给他们找麻烦……唉，够了，他现在是不是又在你那小屋子里坐着呢？"他转身对妻子说，"我当然是知道你的，你那么善良，总是想帮着他的。"

塔吉亚娜·伊里尼奇娜低下头，笑了笑，脸也红了一下。

"嗯，果然不错，"奥夫谢尼科夫说下去，"你呀，就知道宠他！好啦，让他进来吧……还能怎么办呢，念在今天有贵客到访，暂且放这个小混蛋一马……"

塔吉亚娜·伊里尼奇娜走到门口，叫了一声："米佳！"

米佳是一个二十七八岁的小伙子，身材高大挺拔，有着一头梳得油光整齐的头发。他走进房来，一看到我，就在门口站住。他穿的衣服是德国式的，但一看到他肩上大得极不相称的褶皱就能知道他的这件衣服是地道的俄国人裁制的。

"唉，行了，过来吧。"老头子说，"怎么难为情啦？你要谢谢婶婶：她给你说过情了……来，伙计，我来介绍一下，"他指着米佳说，"这是我的亲侄儿，但是我已经对他没办法了，我是管不了他了，已经管到我'山穷水尽'啦！（我们互相鞠了个躬。）你就说说，你在那儿又惹了什么乱子出来了？他们为什么告你，你说说吧。"

米佳很显然不愿意当着我这个外人的面来说这件事情。【名师点睛：作为一个年轻人，还是好面子，不愿在外人面前被训斥。】

"以后再说吧，叔叔。"他讷讷地说。

"不，不能向后推，现在立刻告诉我。"老头子又说，"你呀，我知道，就是在这位地主先生面前难以启齿，这没什么的，正好当你痛改前非[彻底改正以前所犯的错误]的起点。说吧，说吧……我们来听听。"

"我没有什么好难为情的。"米佳并无愧色地大声为自己辩解，并且

> 猎人笔记

摇晃了一下脑袋。"叔叔，您自己想想看。列舍济洛夫的几个独院地主来找我，说：'小老弟，请你帮帮我们吧。'我问：'怎么一回事儿？''是这样：我们的粮仓好好的，也就是说，真的好到无可挑剔。可是忽然来了个当官的说要检查我们的粮仓，说是奉命来检查粮仓的。他检查过之后，就说：你们的粮仓乱七八糟，太不像样子，我一定要汇报给上级严厉处罚你们。我们就问他：我们到底哪里做得不够好？他说：我心里有数就是了……我们就凑在一起，商量了一个主意：拿出一些钱，将这个当官的快点打发走好了。可是普罗霍勒奇老头子却不赞成，他说：我们这样做就是助长了他们这些人的气焰，他们会更肆无忌惮地勒索我们。而且说实话，难道我们这些人就没地儿能讲理了吗？……我们就听了老头子的话。那个当官的就火了，送了呈子，打了报告。【名师点睛：体现官员的伪善与贪婪，为了钱财随意污蔑虚报。】现在就要我们出庭去打官司了。'我问：'确定你们的粮仓没有出一点错吗？''是的，我向上帝保证，绝对是好好的，储粮的数量也是绝对合法合理的……'我说：'那你们没有什么好怕的。'我就给他们写了状子呈上去了，现在还不知道谁输谁赢而已……至于为什么有人因为这事到您这儿来告我，污蔑我，搬弄是非[在别人背后随意传话，蓄意挑拨；或在别人背后乱加议论，引起纠纷]是为了什么，很明显啊，不管什么事情，每个人总会向着自己亲近的那一边嘛。"

"不论什么人都是这样，不过，你显然不是这样。"老头子小声说，"行了，那你再说说，你怎么又和舒托洛莫夫的庄稼人扯上关系了？"

"您怎么知道的？"

"我当然知道了！"

"这事儿我也没做错什么呀，请您听我说完再判断。舒托洛莫夫的庄稼人的乡邻别斯潘金种了他们的四俄亩地。别斯潘金说那地是他的。可是那地的代役租一直都是舒托洛莫夫的庄稼人交着的，只不过他们的地主去了国外。您想想看，有谁为他们说话呢？但是那块地确实是他们找地主租的,是他们交的租金。于是他们来找我,说:'给我们写一张状子吧,我就写了。别斯潘金知道了,就恐吓我,说:'我一定要把米佳这小子的大胯骨从他的大腿里抽出来。'我倒想看看他什么时候来抽。"

"哼,别吹牛。说不定你的大腿就真遭殃了。"老头子说,"你这人完全疯了!"

"我怎么了,叔叔,有些话不还是您跟我说的吗?"

"我知道,知道你要对我说什么,"奥夫谢尼科夫打断他的话说,"是的,立身为人应当有浩然正气,应该帮助他人。有时候,还要舍己为人……可是你难道一直是这样做的吗?【名师点睛:体现奥夫谢尼科夫为人的正义善良,同时用自己的实际行动影响着身边的人。】你不还是经常被人请到酒店里去吗?不还是请你喝酒,向你鞠躬,说:'德米特里·阿列克塞伊奇,好先生,请您一定要帮帮忙,我们会对您的帮助提供报酬的。'然后就塞给你一个银卢布或者是一张五卢布的钞票。嗯?不是吗?"

"这确实是我的错,"米佳低下头说,"但是我绝没有违背良心拿过穷人的钱。"

"现在你不拿,等你落难没钱了,你是不是就会毫不犹豫地伸手拿钱了。【名师点睛:表面看来是奥夫谢尼科夫在训斥自己的侄子,实际上是他自己的做人准则以及自己优良品质的体现。】不违背良心……哼,你呀!就好像你所维护的都是十全十美的好人!……可是你忘记鲍尔卡·别列霍多夫了吧?……是谁一直为他东奔西走的?是谁还一直包庇他的?嗯?"

"别列霍多夫是自作自受,的确……"

"他可是挪用了公款……难道你觉得这是小事吗?"

"不过,叔叔,您想想看:他那么穷,还要养那么一大家子人……"

"穷,穷……他是一个酒鬼,一个赌徒——就是这么一回事儿!"

> 猎人笔记

"他是因为痛苦才喝上酒的。"米佳放低了声音说。

"因为痛苦!哼,你要是真的有一副好心肠,你就应该做些实事去真正帮助他,而不是和这个酒鬼一起到酒店喝酒鬼混。【名师点睛:通过奥夫谢尼科夫的话,我们能了解米佳的性格里也有圆滑的一面。】哼,他不就会些花言巧语[原指铺张修饰、内容空泛的言语或文辞。后多指用来骗人的虚伪动听的话]为自己狡辩吗,也就你还信了他那些鬼话!"

"其实他人挺好的……"

"在你看来都是很好的……哦,怎么样,"奥夫谢尼科夫转身对妻子说,"给他送去了吗……对,还是那里,你知道的……"

塔吉亚娜·伊里尼奇娜点了点头。

"你这几天都跑哪里去了?"老头子又说起来。

"在城里。"

"大概一直在玩台球,或者喝喝茶聊聊天,再弹弹吉他,跑跑衙门,不然就又是在后面屋子里写状子,跟商人子弟混混,是这样吗?……你说说!"

"差不多是这样吧。"米佳笑着说,"哎呀!差点儿忘了,安东·巴尔菲内奇·冯济科夫请您星期天到他家去吃饭呢。"

"才不去这个大肚子家里,给你吃的鱼是值一百卢布的,可他放的油总是有一股怪怪的哈喇[原本形容用刀砍物的声音,后形容食用油类、油料作物果实或含油食品久置后怪异的味道]子味儿。我这辈子都不想搭理他!"

"哦,我还碰见菲多西娅·米海洛芙娜呢。"

"哪一个菲多西娅?"

"就是地主加尔宾钦科家里的,这个加尔宾钦科买了米库里诺村的产业。菲多西娅原是米库里诺村的。她以前在莫斯科做裁缝,还交着代役租,不过她向来都是按时缴纳代役租的。每年一百八十二个半卢布……她很能干,在莫斯科找她做活儿的人很多。但是那个加尔宾钦科写信把她叫回来了，而且不再让她走，却又不给她分配什么活计。她很想赎身，而且也对老爷说过，可是他怎么说就是不同意。叔叔，您跟加尔宾钦科熟识，您能不能帮她说说好话？只要能赎身，菲多西娅不在乎多少钱。"

"不会是你替她赎身吧？是吗？啊，那行吧，我会去找加尔宾钦科跟他谈谈的。"老头子带着不满意的脸色说下去，"这个加尔宾钦科是一个刻薄鬼。他收购期票[指由债务人对债权人开出的，承诺到期支付一定款项的债务证书]，放高利贷，竞买土地……到底是谁让这么个人到我们这地方来的？唉，我可真是讨厌极了这些外来人！跟他打交道，可不是什么容易事，这结果没那么快能下来。但是，我还是试试吧。"【名师点睛：虽然知道事情难做，但为了帮助别人还是愿意去尝试，体现了奥夫谢尼科夫人格的光辉。】

"叔叔，您帮帮忙吧。"

"好的，我会帮你的。不过你要小心，千万小心！行了，行了，不用再说了……我真心提醒你，米佳，你真的会因为这些事吃亏的。我不能老是为你担风险……我又没有什么权势。行了，你快回去吧。"

米佳出去了。塔吉亚娜·伊里尼奇娜也跟着他走了出去。

"给他弄点儿茶喝，好心肠的太太。"奥夫谢尼科夫在她后面叫道。"这小子有些头脑，"他继续说，"心肠也是好的，只是我很为他担心……啊，不好意思，这些个家庭琐事把您耽搁了这么久，实在抱歉。"

通前厅的门开了。走进来一个人，个子矮小，头发已经花白了，穿着丝绒的上衣。

"哦，弗兰茨·伊凡内奇！"奥夫谢尼科夫叫起来，"最近过得怎么样？"

亲爱的读者，我得给您介绍介绍这位先生。

弗兰茨·伊凡内奇·莱恩是我的乡邻，是奥廖尔的一个地主，费了好大的劲、用了各种方式才得到俄罗斯贵族的荣耀。他生于奥尔良，

▶ 猎人笔记

父母都是法国人,当年他是拿破仑侵略俄国时的鼓手。开头一切十分顺利,这位法国人也昂着头走进了莫斯科。但在战败回国的时候,这位可怜的莱恩先生差点被冻死在路上,更别说早就不见了的鼓了,结果还被斯摩棱斯克的庄稼人活捉了。庄稼人在空荡荡的缩绒厂里把他关了一夜,在第二天一早的时候把他带到堤坝旁的一个冰窟窿前面,他们让这位前大军的鼓手给个面子,就是说,请他钻到冰下去。莱恩先生都快冻死了,并且表示实在无法接受他们的盛情,就用法语恳求斯摩棱斯克的庄稼人放他回奥尔良去。他说:'诸位先生,那儿有我亲爱的母亲。'可是庄稼汉们大多不知道奥尔良的地理方向,不太相信他的说辞,还是想把他扔到格尼罗杰尔河去畅游一番,而且已经在轻轻地推着他的颈椎骨和脊椎骨给他加劲儿。这时,突然传来的马铃声使莱恩有说不出的高兴,只见一副老大的雪橇上了堤坝,那雪橇后座高高的,还铺着色彩鲜艳的地毯,雪橇的套架是三匹精神十足的黄褐色维亚特马。<u>雪橇上坐着一位地主,又肥又胖,油光满面,身上还裹着狼皮大衣。</u>【写作借鉴:油光满面,肥腻的身材,还有身上的衣着打扮向我们展现出一个脑满肠肥的愚蠢地主形象。】

"你们在那儿干什么?"他问庄稼人。

"老爷,我们要把这个法国佬丢进河里。"

"哦!"地主淡淡地应了一声,就转过脸去。

"先生!先生!"可怜的法国佬叫了起来。

"哼,哼!"那穿狼皮大衣的人带着责难的口气说起话来,"鬼东西,跟着拿破仑纠集的大军来侵略俄国,不说烧了莫斯科,竟然还偷走了伊凡大帝神楼上的十字架,你看他现在,一声声先生叫的,尾巴都甩起来了吧!这也是活该……走吧,菲尔卡!"

马又走动了。

"嗯,等一下,停!"地主想了想接着问,"喂,你这个法国佬,会音乐吗?"

"救救我，救救我吧，仁慈的先生！"莱恩反复说。

"你看看这个野蛮落后的民族！俄语都不懂！没有一个懂俄语的！缪济克，缪济克，萨外……缪济克……乌……萨外……（音乐，懂吗？音乐，你懂吗？）喂，你说呀？康普伦乃？萨外……缪济克……（听懂了吗？你懂音乐吗？）钢琴……茹艾……？（你会弹钢琴吗？）"

莱恩终于听懂了地主的意思，就点点头表示肯定。

"会，先生，我会音乐，我是个音乐家。不管什么乐器我都会！没错，先生！请您救救我吧，先生！"

"嘿，算你好运气，"地主回答说，"伙计们，放了他吧。我给你们二十戈比买酒喝。"

"谢谢，老爷，谢谢，那您带走他吧。"

地主让莱恩上了雪橇。他高兴得透不过气来，边打着寒战边哭着，还不忘给老爷鞠着躬，向地主、车夫、庄稼人道谢。现在他的身上只有一件系有粉色带子的绿色绒衣，天又冷得厉害。地主一声不响地看了看他那冻得发青、发僵的肢体，就一声不吭地把这个可怜人包进自己的大衣里，就这样带着他回了家。<u>仆人们一齐跑过来，急忙给法国人生火取暖，让他吃了饭，穿起衣服。</u>【名师点睛：仆人们机灵的反应体现地主家对仆人训练有素。】地主把他带到他的女儿们那里。

"孩子们，来看看，"他对她们说，"我给你们带回来一位老师。你们一直缠着我给你们找人教音乐和法语。看，这是一个法国人，而且会弹钢琴……来吧，先生，"他说着，指了指一架破旧的钢琴，这是一架五年前从卖香水的犹太人手里买的钢琴，"来吧先生，拿出你看家的本领，弹奏起来吧！"

莱恩战战兢兢[形容非常害怕而微微发抖的样子，也形容小心谨慎的样子]地坐到椅子上，他生来还没有摸过钢琴。

"弹吧，弹吧！"地主又说。

这个可怜虫吓得魂不守舍，敲着钢琴就像拼命敲着鼓一样，胡乱

> 猎人笔记

弹了起来……"当时我一直在想,"他后来对别人说,"我的救命恩人一定会提着我的衣领让我滚出去。"可是,<u>使这位被迫的即兴演奏家大吃一惊的是,地主听了一会儿之后,甚至还赞许他,友善地拍了拍他的肩膀。</u>【名师点睛:莱恩胡乱的弹奏却还受到了地主的赞许,显示地主的无知和愚蠢。】"不错,不错。"地主说,"我看出来,你很有两下子。现在你去休息一会儿吧。"

过了两个多星期,莱恩从这个地主家被送到另外一个地主家。这人又有钱又有学识,很喜欢莱恩那愉快和善的性情,还把自己的养女嫁给了他。从此他似乎被好运之神眷顾,他有了任职,甚至还成了贵族,后来更是把自己的女儿嫁给了奥廖尔的地主贝萨尼耶夫——一位会写诗的龙骑兵团退役军人,于是他也来到了奥廖尔并且定居下来。

就是这个莱恩,或者如现在称呼的弗兰茨·伊凡内奇,就是刚刚走进奥夫谢尼科夫房里的那个小个子,他们可是时常来往的好朋友……

不过,读者们也该听腻了我和奥夫谢尼科夫聊天了,我也确实在他家待得太久了,就不再多说什么了。

知识考点

1.填空题。

这时正是俄国解放运动从＿＿＿＿＿＿向＿＿＿＿＿＿＿＿＿＿＿＿＿＿过渡的时期,是俄国社会生活处在大转变的历史时期。

2.选择题。

独院地主奥夫谢尼科夫与米佳之间的关系是(　　)。

A.父子　　　B.叔侄　　　C.朋友　　　D.上下级

3.问答题。

简述描写"棍子地"有什么作用。

阅读与思考

1. 本篇的篇章结构有什么特点?
2. 除去语言描写,作者是通过什么样的方式来表现文中人物的?

猎人笔记

利戈夫

M 名师导读

利戈夫是草原上的一个大村落，旁边有一片宽阔的大湖荡，里面栖息着大群大群的野鸭。于是，"我"便带着叶尔莫莱、当地猎人弗拉基米尔和一个叫苏乔克的打鱼人，划着一条破旧的平底小船往湖荡深处猎鸭。一切都很顺利，正当我们准备满载而归时，船倾倒了，坠入湖中……

"我们去利戈夫吧，"有一次，读者们都很熟悉的叶尔莫莱跟我提议，"我们在那儿可以打到好多好多的野鸭。"

虽然野鸭对真正的猎人并没有特别大的吸引力，不过由于这个时节没什么野禽出没（这是九月初，山鹬还没有飞来，我也已经厌烦去田野里追捕鹌鹑），我就接受了我的猎人的提议，收拾收拾出发去了利戈夫。

利戈夫是草原上的一个大村落，村里有一座很古老的单圆顶石砌教堂和两座磨坊，建筑在罗索塔河旁的泥沼地上。这条小河在离利戈夫五俄里的地方变成一片宽阔的湖荡，湖荡的周围和中央肆意生长着一片片芦苇，奥廖尔人把这种湖荡叫作"迈耶尔"。就是这样一片池塘，在它长着芦苇的小水湾、偏僻安静的小角落栖息着各种各样的野鸭：绿头鸭、变种绿头鸭、针尾鸭、小水鸭、潜鸭等。总会有一小群一小群的野鸭浮水玩乐或是贴着湖面急匆匆飞过。<u>可只要一声枪响，鸭群就会像乌云铺盖大地一样蹿上天空压过来，使得猎人不由得抓住帽子，长叫一声：哟！</u>【写作借鉴：运用比喻的修辞手法描绘乌云罩顶一样的野鸭，

<u>生动形象地表现野鸭数量之多。</u>】我和叶尔莫莱本想顺着湖荡边沿往前走，不过，我们想到了一些问题：首先，野鸭的胆子很小，是不会栖息在水岸边的；其次，就算有些懵懂无知的小野鸭撞上了我们的枪口丢了性命，我们的猎狗也没办法穿过那么一大片的"迈耶尔"去把猎物叼回来啊；尽管它们具有极高尚的自我牺牲精神，但它们既不会游水，又不能涉水，只会白白让芦苇锋利的叶边割破它们灵敏的鼻子。

"不行，"叶尔莫莱终于说，"这样肯定是不可以的，我们得去弄一条小船……要不我们回一趟利戈夫吧。"

我们往回走，没等我们走出几步，那浓密的爆竹柳后面就跑出了一条狗，并且向我们迎面而来，后面跟着一个中等身材的男人。他穿着一件相当破旧的蓝色上衣和淡黄色背心，下身是一条灰白破旧的裤子，裤腿随随便便地塞在破旧的长筒靴里，一条红围巾系在他的脖子上，背上还背着一支单筒猎枪。我们的狗以它们族类所特有的交往习俗互相轻嗅交流起来，<u>很明显那位新朋友胆子有些小，它耷拉着尾巴，倒扒拉着耳朵，四条腿撑得笔直。</u>【写作借鉴：用拟人的手法将"新朋友"描述得活灵活现。】这时那陌生人走到我们跟前，毕恭毕敬地向我们鞠了一躬。此人看上去二十五岁左右。他褐色的头发散发着浓郁的克瓦斯的气味，每一缕头发都直直地立着，一双不大的褐色眼睛亲切地眨着，可能因为牙痛，他在脸上蒙了一块黑手帕，对我们露出亲切的笑容。

"请允许我做一下自我介绍，"他的声音语调平和，"我是本地的猎人弗拉基米尔……获悉您莅临，要到我们这片小湖荡打猎，备感荣幸，愿为您效犬马之劳。"

猎人弗拉基米尔说起话来和扮演初恋情人角色的外省年轻演员一模一样。我接受了他的好意，并且在去往利戈夫的途中，听他讲了他的过去。他是个获得自由的家仆，少年时代学过音乐，后来做了主人的侍仆，有了些文化。据我观察，他应该就是读过一些杂乱无用的闲书，现在，他应该和大多数俄罗斯人一样，浑浑噩噩无家无产，没有工作，难

▶ 猎人笔记

以生活。他用词非常优雅，显然有意炫耀自己的风度。想必他也是一个极喜欢追逐女性的人，而且多半获得成功，毕竟俄罗斯的姑娘们是格外喜欢那些会花言巧语的花花公子的。此外，我从他的言谈中还发现，他有时到邻近的地主家去做客，会打朴烈费兰斯牌，省城里的人也认识一些。他的微笑很巧妙，笑容变化多端，特别是他在专心听别人讲话时，脸上浮现出的那种谦逊、恭敬的笑容。他会全神贯注地倾听您的讲话，会对您的话表示完全赞同，但又绝不会失了尊严，似乎想让您知道，一有机会，他也会发表自己的见解。叶尔莫莱是个没受过多少教育的人，更是不善言辞，也不懂什么交际礼仪，对他直接就是以"你"相称。但是我发现，弗拉基米尔虽然依然用客气礼貌的"您"来称呼他，但是他嘴角那丝讽刺的嘲笑却是掩饰不住的。【名师点睛：弗拉基米尔虽然竭力将自己装扮成大方得体的样子，但骨子里的虚伪无知还是会在不经意间暴露。】

"您为什么要扎一块手帕呢？"我问他，"是牙疼吗？"

"不是，老爷，"他回答，"这是粗心大意的惨痛教训。我有一个朋友，是个好人，老爷，但他压根儿不是个猎人。某一天他请求我：'亲爱的朋友，你带我去打一次猎吧，我想知道，打猎到底是一个什么玩意儿。'我当然是不会拒绝伙伴的请求的，就给他弄来一条枪，带他去打猎了。我们打了一会儿猎，想休息一下，便在一棵树旁相对而坐。他在我的正对面摆弄着枪，而枪口是对着我的。我叫他赶快把枪放下，可是他没有经验，不听我的话，结果，只听嘭的一声枪响，我的下巴和右手食指就没了。"

我们走到利戈夫。弗拉基米尔和叶尔莫莱两人都断定，没有小船是无法打猎的。

"苏乔克[原意为"小树枝"]有一条平底小木船，"弗拉基米尔说，"但是我不知道他把船藏在哪里。我们可以去问问他。"

"去找谁？"我问。

"这儿有个人,我们都叫他的外号'苏乔克'。"

弗拉基米尔带着叶尔莫莱找苏乔克去了。我对他们说,我会在教堂等他们。

我在墓地上随便看看那些坟墓,有一块发黑的长方体墓碑吸引了我,四面都刻着铭文,一面用法文刻着:"安葬在这里的是泰奥菲尔·亨利·布朗吉伯爵";第二面刻着:"此墓碑下安葬着法国臣民布朗吉伯爵之遗骸;生于一七三七年,卒于一七九九年,终年六十二岁";第三面刻着:"愿逝者安息";第四面刻着一些文字:

在此墓碑下安葬着一位法裔,
他出身名门望族,风华正茂。
痛悼遇难的妻子与家人,
抛下被暴君践踏的祖国背井离乡;
他来到这安宁的俄罗斯国土,
平安的彼岸俄罗斯国土,
在垂暮之年获得尊敬与爱戴。
在这里他哺育子女,敬奉双亲,
唯愿他安眠于此。

我的思绪是被叶尔莫莱、弗拉基米尔和他们带来的那个有奇怪绰号的苏乔克打断的。

衣衫褴褛、蓬头垢面[形容头发很乱,脸上很脏的样子]、赤着双足的苏乔克应该有六十左右的年纪,一看就是旧时代的家仆。

"你有小船吗?"我问。

"有一条小船,"他用沙哑、颤抖的声音回答,"但是破旧不堪。"

"破成什么样?"

"都脱胶了,木橛子都从缝里滑出来了。"【名师点睛:破烂的船为后

▶ 猎人笔记

文众人落水做铺垫。】

"没关系!"叶尔莫莱接着说,"用麻屑塞住就行。"

"这样做当然是可以的。"苏乔克肯定地说。

"你是做什么的?"

"给地主家打鱼的。"

"你既然是打鱼的,船怎么坏成这样?"

"因为我们这条河里没有鱼。"

"鱼不喜欢沼泽上的铁锈味儿。"我的猎人一本正经地说。

"既然如此,"我吩咐叶尔莫莱,"你去找些麻屑来堵船缝吧,快点回来。"

叶尔莫莱走了。

"一不小心我们就要沉到水里去了吧?"我对弗拉基米尔说。

"不会的,"他回答,"但是不管怎么说,还是有可能的,不过这湖荡并不深。"

"是的,这湖荡是不深的,"苏乔克说,他说话就像没睡醒一样,看着有些别扭,"湖荡水底长满了水藻和水草,整个湖荡不也都是水草吗?但还是小心一点,湖里深坑也不少。"【名师点睛:此处对湖荡状况的介绍为后文我们因于湖荡后最终能幸运地走出去做铺垫。】

"但是,如果水草太密集了,"弗拉基米尔说,"船可就没法动了。"

"乘平底船有谁是用桨划的?应该用篙子撑。我还是跟你们一块去吧,我那儿有篙子,要不然用铲子也行。"

"铲子不太好用吧,有些地方太深了碰不到底。"弗拉基米尔说。

"说得对,不好使。"

我坐在墓地上等着叶尔莫莱。弗拉基米尔出于礼貌稍稍走到一旁去,挨着我坐了下来。苏乔克却不太懂这些礼貌,他依然站在那儿,低着头往后背着手。

"请问,"我开口说,"你在这儿当渔夫很久了吗?"

"有六年多了。"他被我吓到似的猛地颤了一下，回答我。

"以前是做什么的？"

"我以前是马夫。"

"那你后来怎么不做马夫了呢？"

"新太太不让我再赶车了。"

"哪一个太太？"

"就是买了我的那位太太，您或许不认识：阿莲娜·季莫菲夫娜……她有些胖，上了些年纪了。"

"她为什么要叫你去打鱼呢？"

"我不知道。她从那么远的领土——坦波夫长途奔波来到我们这儿，吩咐把所有的仆人都召集起来，她出来见我们。起初我们吻她的手，她无所谓，并不生气……后来她轮流盘问我们：你是干什么的？负责什么职位？等到问我的时候，我说：'马车夫。''哼！你那样子怎么能当马车夫，看看，就你这个样子，瞧瞧你自己的德行，哪里配做马车夫？算了，你就当个渔夫吧，去给我打鱼去吧。对了，把你那恶心的胡子都给我剃了。每一次我来这儿的时候，就给我送鱼来，听见了吗？……'【名师点睛：这里能看出女地主的无知愚蠢和跋扈嚣张。不按能力分配任务，而是按照自己的心情随意主宰仆人们的命运。】打那个时候起，我就算是打鱼的了。'还有，你要给我把湖塘管好啊，得把水弄清鱼养多呀……'老天才知道我会不会治理湖塘。"

"以前你是谁家的农民？"

"是谢尔盖·谢尔盖伊奇·彼赫捷列夫家的。他是继承来的。但是在他手下我没干多久，一共只有六年。我就是给他当马车夫的……不过不是在城里——城里他另有马车夫，我只是在乡下给他赶车。"

"你从年轻时候起就一直当马车夫吗？"

"我才不是一直当马车夫！当马车夫是在谢尔盖·谢尔盖伊奇手下的时候，以前我是个厨子，只不过是乡里的厨子，没去过城里当差罢了。"

▶ 猎人笔记

"你是在谁家做的厨子?"

"在以前的主人家,阿法纳西·涅费迪奇家,就是谢尔盖·谢尔盖伊奇的伯父家。就是他买下了整个利戈夫,没错,就是那个阿法纳西·涅费迪奇,后来这份产业被谢尔盖·谢尔盖伊奇继承了。"

"向谁买的?"

"向塔吉亚娜·瓦西里耶夫娜买的。"

"这位塔吉亚娜·瓦西里耶夫娜是哪一位?"

"就是前年死去的那个,在博尔霍夫乡下……哦,不,是在卡拉切夫乡下,就是那位一直没嫁人,老死在闺中的那位老姑娘,您认识她吗?我们是从她父亲瓦西里·谢苗内奇手里传给她的。【名师点睛:奴仆像物件一样被地主阶级买卖转换,没有人格,没有自由。】在她的手下我做的活计可真的长啊……随便想一下得有二十几年哟。"

"这么说,你在她手下就是当厨子啰?"

"最开始的时候我确实是个厨子,不过不久我就领了份新差事,做了司茗[指当时地主家专门煮咖啡、泡茶或炮制其他饮料的人]。"

"当什么?"

"当司茗。"

"这个职务是干什么的?"

"说实话我也不太清楚,老爷。我在餐厅里干活,小姐还另给我取了个名字叫安东,她吩咐大家不要再叫我库兹马了,得叫我的新名字。"

"你的本名就是库兹马吗?"

"是叫库兹马。"

"那么你一直当司茗吗?"

"不是的,我也没有一直做司茗,我后来还当过戏子。"

"真的?"

"当然是真的,我可在台上演过不少戏!我们家小姐自家院子里还搭了个戏台子。"

"你演过什么角色？"

"您说什么，老爷？"

"你在戏台上扮演过什么角色？"

"您不知道？他们把我带去，把我打扮一番，就硬推着我上台了。我有时候坐着，有时候站着，坐和站都要根据当时的情景要求。我的台词，也都是别人给我规定好的，要我怎么说我就怎么说。有一次我扮演一个盲人……他们就在我两个眼皮下面各放了一粒豌豆……可不就是这样！"

"那后来还做过些别的差事吗？"

"后来我又去做厨子了。"

"为什么又把你降为厨子呢？"

"因为我的兄弟逃走了。"

"哦，那么你在第一位小姐的父亲那儿当过什么呢？"

"当过各种差使，开始时就是小厮，后来做过马夫、园丁，对了，我还训过猎狗。"

"管过猎狗？……骑马带猎狗？"

"当然了，骑着马带着猎狗，摔了个半死，我跟马一起倒了，马摔在我身上差点没把我压死，不过马也受了不小的伤。我们的老主人非常严厉，叫人把我狠打了一顿，就把我赶到莫斯科去当一个鞋匠的学徒了。"【名师点睛：苏乔克和马一同跌倒差点被马压死，他的主人不仅没有安慰他，反而将他狠打一顿，反映出地主的自私以及对仆人生命的漠视。】

"怎么当学徒？难道你在管猎狗的时候还只是个孩子？"

"当时有二十岁了吧。"

"二十岁怎么还当学徒？"

"既然老爷这样吩咐，那肯定就能当啊。幸好没多久他就死了。他们又叫我回乡下来。"

"你在哪儿学的厨师手艺呢？"

97

▶ 猎人笔记

苏乔克稍稍抬起他那又黄又瘦的脸，苦笑了一下。

"那玩意儿需要学啊？那些老娘儿们不也是天生就会做饭的吗？"

"说得对，"我说，"库兹马，你这一辈子真是见多识广了！可是既然你们这儿已经没有鱼，你除了打鱼还有些别的营生吗？"

"老爷，这件事我不抱怨。我能去打鱼可真是上天垂爱，谢天谢地。另一个跟我差不多的老头安德烈·普贝尔，小姐派他到造纸厂去当打水工。她说，只吃饭不干活的都是罪人……而普贝尔还指望小姐开恩呢：他的一个表侄是小姐管理处的员工，答应替他向小姐求情。您看看可求出什么结果没有？我就看见普贝尔跪下给他的表侄磕头了。"

"你有家室吗？结婚了吗？"

"没有，老爷，哪结过婚呢。已故的塔吉亚娜·瓦西里耶夫娜——愿她升入天堂！——不允许任何人结婚。她常说：'我都没结婚，一个人过得好好的，你们凭什么结婚？简直荒唐！你们还想干什么？'"【名师点睛：这里描写女主人终身未婚，也不允许任何人结婚，但苏乔克还为她祈祷，此处女主人的跋扈自私和苏乔克的可怜善良形成强烈对比。】

"现在你靠什么过日子？有工钱吗？"

"老爷，我怎么会有工钱呢……他们还给一口饭吃——就已经要谢天谢地了！我懂得满足感恩。愿我的女主人健康长寿！"

叶尔莫莱回来了。

"小船修好了，"他一本正经地说，"你去拿篙子吧！……"

苏乔克跑去拿篙子。我和那可怜的老头谈话的时候，猎人弗拉基米尔一直待在这儿，一脸冷笑鄙夷地盯着他。

"他是个蠢货，老爷，"苏乔克跑掉以后，弗拉基米尔对我说，"他是个完全没有受过教育的人，就是个乡巴佬，老爷！称他是家仆都不够格……他一直在吹牛，老爷……他怎么可能会演戏？您自己想想看吧，老爷！您跟他说了这么久，不过是白白浪费时间罢了！"

过了一刻钟，我们已经坐在苏乔克的平底小船上了（我们把狗留在小屋里,让马车夫伊耶古季尔看管)。这船坐得让我有些难受,但作为猎人,这点小事情还是能够忍受的。苏乔克站在较宽的船尾撑船,我和弗拉基米尔坐在小船当中的横木上,坐在船头的是叶尔莫莱。虽然已经用麻屑堵住了船缝,但水还是渗了进来,不一会儿就漫过了我们的脚。【名师点睛:对船不断漏水这一现象的描写为后文沉船做铺垫。】好在今天没什么风,风平浪静,整片湖荡就像陷入了沉睡。

我们的船走得很慢。老头吃力地从粘满污泥的水藻中拔出长篙,长篙上缠满水草的青丝,就连那睡莲稠密浓厚的叶子也在阻拦着我们小船的前进。我们终于撑到芦苇滩,这下可热闹起来了。我们突然入侵到野鸭的领地,让它们惊恐万分,惊慌失措地一顿瞎扑腾。我们自然是赶紧举起枪,砰砰砰几声鸣响,有几只短尾巴的禽鸟就在空中翻着跟头,噗噗地跌落在水面上,那场面真是让人心花怒放。我们自然不可能把所有打中的野鸭一一捡回来。因为有些受了轻伤的野鸭子狡猾地藏进了水里,还有些被打死的野鸭跌落到茂盛浓密的"迈耶尔"中,连叶尔莫莱那双锐利的眼睛也找不到它们。尽管如此,快到吃午饭时,我们还是满满地装了一船野鸭。【名师点睛:虽然还有一些猎物不能拾回,还是装了满满一船,由此可见湖荡周围野鸭之多。】

使叶尔莫莱大感宽慰的是,弗拉基米尔的枪法并不高明。每一次打空之后,弗拉基米尔都感到奇怪,再把枪来回地翻看,吹吹枪筒,表示大惑不解,最后向我们解释没有打中的原因。叶尔莫莱却总是弹无虚发,至于我,自然是如往常一样什么都打不准。苏乔克总是用从小服侍惯了主人那样的目光看着我们,有时叫一声:"瞧,那边,那边还有一只野鸭!"他时不时还挠着背上的痒痒,不过不是用的手,而是不住地扭动肩膀去蹭背上的痒痒。天气极好,我们的头顶时常会有棉花一样的朵朵白云,晃悠着飘过,清晰地映照在湖面上;清风摇曳着芦苇丛,簌簌作响;阳光直射水面时波光潋滟,就像大块大块的银锭在闪闪发亮,炫目多彩。四周格外沉寂,野鸭们也不敢随意探头张望。我

99

▶ 猎人笔记

们正准备回村里去，却发生了一件极为扫兴的事。

其实我们很早就发现，水一直在慢慢渗进我们的平底船。我们让弗拉基米尔负责用水瓢把水舀出去，幸亏我的猎人有先见之明，从一个粗心大意的农妇那儿偷了一只水瓢带了过来。在弗拉基米尔没忘记自己的职责时，事情一直进行得很顺利。但是到打猎快结束的时候，野鸭仿佛要和我们告别似的，成群结队地飞起来，突如其来的状况让我们来不及装弹上膛。我们因为忙于射击，都忽视了小船的状况。突然，由于叶尔莫莱的一个剧烈动作（将全身的重量压到小船的一侧，想要捞起一只被打死后漂浮在水面的野鸭），我们这只破船便倾向一边，顿时灌满了水，渐渐沉到水底下去。万幸的是，这个地方的水不太深。我们不由得大叫起来，可已经晚了，一刹那工夫，我们便齐脖子站在水里，周围全是漂起来的死鸭。现在我想起我那些伙伴们在当时惊慌失措瞬间苍白的脸（不过我当时也没什么例外，脸色不会好到哪儿去），便不禁哈哈大笑起来。可是那个时候，说实话，我怎么也笑不出来。我们都把枪举过头顶，连苏乔克大概也是由于习惯于模仿老爷们的样子，把他的长篙也举过了头顶（这是真正让人发笑的）。还是我的猎人叶尔莫莱最为镇定，首先打破了沉默。

"呸，真倒霉！"他往水里唾了一口，喃喃地说，"这都是什么事儿啊！都怪你个老东西！"他气呼呼地对苏乔克说，"你这算是条什么船啊！"

"对不起！"老头轻轻地嗫嚅着。

"瞧你干的好事，"我的猎人回头对弗拉基米尔继续说，"你说说你在做什么？你怎么不把水舀出去呢？你，你，你……"

但是弗拉基米尔已经顾不上回答。他全身抖得像筛糠，不住地颤抖着，上下牙齿碰得咯咯直响，只知道傻笑着。他那花言巧语的本事，附庸风雅、自命不凡的气度和自尊，不知道什么时候被他丢得连影子都看不见了！

那条可恶的平底船在我们脚下微微地晃动……在沉船的一瞬间，

我们感到水非常冷，不过一会儿就习惯了。最初的惊吓过去之后，我很快就冷静下来，向四周张望着：十几米之外全是芦苇丛，远处，从芦苇的顶端可以看见湖岸。【写作借鉴：通过"我"的眼睛展现周围环境，让读者了解到"我们"当时所处的困境，关注下文的发展。】"这下糟糕了！"我想。

"我们怎么办？"我问叶尔莫莱。

"想想办法吧，总不能在这儿过夜啊。"他回答，"喏，你把枪拿着。"他对弗拉基米尔说。弗拉基米尔十分顺从地接过了枪。

"我去找找浅滩。"叶尔莫莱充满自信地说，就仿佛所有的湖荡都有浅滩。他拿过苏乔克手里的篙子，小心地探着湖底，慢慢往岸边靠过去。

"你会游泳吗？"我问他。

"我不会游泳。"芦苇丛里传出他的声音。

"哦，他会淹死的。"苏乔克若无其事地说。他其实不害怕什么危险，他只是担心我们会生气，不过现在他是完全放心下来了，除了偶尔大声喘两口粗气，甚至有些悠闲，似乎觉得我们的处境不会有什么改变。

"这不是白白送死，毫无价值吗？老爷。"弗拉基米尔痛心地说。

过了一个多小时，叶尔莫莱还没有回来。这一小时在我们看来真是比一辈子还长。起初，我们还在有一句没一句地搭着话，后来他的回声就小了，到最后是一点也听不清他的回应了。村子里已响起晚祷的钟声。我们彼此都没有交谈，都尽量避免对视。【名师点睛：大家担心从别人的眼中看见失望，只能避免对视，尽量稳住自己的内心。】野鸭群从我们头顶上呼啸飞过，有的想飞落在我们身旁，但不知为什么又猛地飞上天空，嘎嘎叫着飞走了。饥寒交迫，全身僵麻。苏乔克直眨眼睛，仿佛准备睡觉了。

叶尔莫莱终于回来了，我们那份高兴劲儿真是没法形容。

"喂，怎么样？"

"我已经上过岸了，找到了浅滩……来吧，跟着我走吧。"

▶ 猎人笔记

　　我们本想马上动身，但他从水底下的口袋里拿出一根绳子，用绳子把被我们打死的野鸭的腿都紧紧扎在一起，用牙咬结实了绳子，然后慢慢向前走去。【名师点睛：在确保安全的情况下，叶尔莫莱作为一个猎人的本能让他记得带上猎物。】弗拉基米尔跟在他后面，我跟着弗拉基米尔，苏乔克殿后。到岸边约有两百步远，叶尔莫莱大胆地往前走着，而且一刻不停地向前走去（他把路线记得很牢固），只是有时叫一声："靠左边一点，右边有个坑！"或者："靠右边一点，左边会陷下去……"这时走到水深一点的地方，水已经漫过了我的喉咙，而可怜的苏乔克因为个子小，呛了两三次水，被水灌得直吐白沫。"快点，快点，快点！"叶尔莫莱恶狠狠地向他吆喝，苏乔克费力地往前走着，使劲挣扎，不停摆动双脚往上跳，终于挣扎着走到较浅的地方。但即使在最危急的时候，他也没有胆子拉一下我的衣服。【名师点睛：这一细节描写体现苏乔克做了一辈子奴仆小心胆怯的内心。】我们终于走到岸边，个个都是费尽心力，浑身湿透，狼狈不堪，真正是名副其实地做了回"落汤鸡"。

　　过了约莫两个钟头，我们终于把衣服烘干，坐在一个大草棚里准备吃晚饭了。马车夫伊耶古季尔是个动作迟缓、反应有些慢的家伙，做人做事总是小心翼翼、优柔寡断［办事迟疑，没有决断］，看着像永远睡不醒的样子。他就站在大门口，热情地招呼苏乔克过去吸鼻烟（据我观察，俄罗斯的马车夫们多是热情洋溢的自来熟）。苏乔克拼命嗅着，直到感到恶心，结果，不停地咳嗽，吐起痰来，把自己弄得更不舒坦了。弗拉基米尔显出一副疲劳不堪的样子，歪着头，很少说话。叶尔莫莱在擦我们的枪。狗拼命摇着尾巴，焦急地等待着香味扑鼻的燕麦粥。马在敞棚下不断跺脚嘶鸣……夕阳快要落下了，余晖透过云朵向四面八方照射，形成一道道绚丽的光束。那些在空中游荡着的金色云朵，不断变幻着形状，一缕缕的就像被梳理整齐的金色羊毛……这时，不远处的村庄，传来了阵阵歌声。

知识考点

1.填空题。

某一天,"我"和猎人叶尔莫莱到_____外的芦苇荡里撑船打野鸭。我们先后遇到了华而不实的猎人_____,之后遇上了绰号"_____"的老人。

2.选择题。

是谁的过失导致沉船?(　　)

A.苏乔克　　B.伊耶古季尔　　C.弗拉基米尔　　D."我"

3.问答题。

从文中苏乔克的女主人随意分配他管理鱼塘一事,能看出女主人什么样的性格特点?

_____

_____

阅读与思考

1.请简要描述本篇的大致内容。

2.本篇的行文线索是什么?

3.请认真阅读文章,描述你对苏乔克的遭遇的感受。

猎人笔记

别任草地

M 名师导读

　　偶然的遇见却是美好的相识。那些小伙子们是草场上千姿百态、坚韧不拔的小草,各有特色。因为迷路,"我"遇上了五个孩子,从他们口中获知了当地最知名又或是最隐蔽的传说。人鱼鸟兽、妖魔鬼怪没有他们不知道的故事,想要知道他们在谈论些什么吗?想要领略这片草场美丽的风景吗?一起来看看吧!

　　那是七月里一个晴朗的日子,只有天气长时间稳定的时候,才会有这么好的天气。从清早起,天空就是明朗的:朝霞不是像火那般疯狂地燃烧着,而是泛着点点柔媚的光晕;太阳——不是像炽热的干旱时烧得那样热烈、火辣,也不像暴风雨来临前那样暗紫暗红着交替,而是那样璀璨明媚、可爱温柔——在一片狭长的云彩下冉冉升起,那明亮的光芒在一瞬间迸发,再慢慢地躲进了泛着淡紫色的云雾中;长长的云彩上部那细细的边儿亮闪闪的,上方那亮光弯弯曲曲活像条蛇似的,再看那被光彩照耀着的地方如刚出炉的银锭子……不过,你看,又有些光芒迸射出来——就像一个巨大的发光体正欢乐、壮阔、飞速地攀升着。中午前后常常出现许许多多圆圆的、高高的云朵,灰蒙蒙的天空中夹杂着金黄色,边缘是软绵绵的白色,像无数小岛在河边分散排列,周围绕着一条条清澈的、蓝湛湛的支流,这些云朵似乎不会流动;【写作借鉴:运用比喻的修辞手法将一片片圆形的云朵形容成空中小岛,生动形象地写出云朵的密集,为下文呈现的景象做铺垫。】远处,靠近天际的地方，有些云朵在聚集着、相拥着，已经看不清云朵间的蓝天了；但是那一朵朵云彩也像天空一样蓝，因为光和热都渗透过它们。天际的颜色是淡紫色的，整日都不会有什么变化，而且四周都是一样，没有哪里是阴沉得要塌陷的样子，没有一丝雷雨到来的预兆。只是有的地方从上到下挂起淡蓝色的长幡[用竹竿等挑起来直挂着的长条形旗子]；那是些细雨轻落的样子。到傍晚，这些云彩渐渐消失；最后的一批云彩，黑蒙蒙像披着一层烟雾，缭绕不清，当阳光洒在上头，就如同天边绽放了一簇一簇的黑玫瑰；在太阳像升起时那样静静地落下去的地方，殷红的余晖在逐渐暗下来的大地上空短暂停驻，空中的星星就像被人托起的烛台，似烛光微微颤动闪耀。【写作借鉴：星星被比喻成蜡烛，那种闪烁不定的状态被传神地描写出来。】在这样的日子里，一切色彩都很柔和、浅淡，一切都让人感到安详惬意。在一些坡地上也会有将人放在蒸笼里蒸煮似的热气袭来，但是风会把积攒起来的热气吹散、赶走。而那股骤然出现的阵阵旋风——天气稳定时必然出现的现象——也会像一根根高高的白柱，在大路上游荡，穿过一块块耕地。干爽的空气中满是野蒿、被收割了的黑麦和荞麦的味道，甚至在入夜前一小时还感觉不到一点潮气。庄稼人收割时最期盼这样的天气……

就是在这样一个晴朗的日子，我去图拉省契伦县打松鸡。我找到并且也打到了很多野味。装得满满的猎袋勒得我的肩膀非常难受。当我终于决定收手准备满载猎物而归时，天边最后一丝余晖已经落幕，寒冷的阴影在虽然已没有夕阳残照但还明亮的空中开始变浓，开始扩展了。

我加快脚步穿过一大片长长的灌木丛，爬上一座小山包，我没有见到记忆中停留的那些景象，右边有橡树林、有低矮的白色教堂的那片平原都没有看见，只有让我感到陌生的另一个地方。我的脚下有一条狭窄的山谷伸展开去，正对面是一片茂密的山杨树林，像陡壁似的矗立着。我惊异地停下了脚步，大惑不解地站住，往四下里打量了一

猎人笔记

下……"哎呀,"我心想,"我完全走错了,太偏右了。"【名师点睛:因为迷路才能有后文的相遇,为下文做铺垫。】我一面因自己走错而感到惊讶,一面快速地走下山坡。令人不太舒爽的潮气在一瞬间包围了我,让我感觉如置身于冰冷的地窖。谷底的茂密的青草全都湿漉漉的,呈现一片白色,像一块平展铺开的白色桌布,走在上面让人心惊肉跳。我急忙爬上另一面坡,贴着山杨树林向左拐弯。蝙蝠已经在入睡的山杨树顶上来来回回飞着,在苍茫阴森的天空下低低盘旋,颤动。一只迟归的小鹰敏捷地、直直地在高空中飞过,赶回自己的窝里。"没错没错,只要我走到那边,"我安慰自己,"马上就可以找到回家的路了。唉,但是我还是已经走了一俄里的冤枉路了。"

我终于走到了树林的那一头,可是这里什么路也没有。我面前是一大片一大片不曾砍过的矮矮的灌木丛,穿过灌木丛远望,是一片空荡荡的原野。我又停了下来。"怎么有这样的怪事?……我这是在什么地方?"我开始细细回想我这一天是怎么走的,从哪儿来的……"哈!这不是巴拉欣灌木林吗?"最后我叫起来,"就是的!那不是辛杰耶夫的小树林吗?可我这是怎么走到这儿来了?走得这么远?……那就更奇怪了!那不得又往右边走了?"

我又朝右走,穿过灌木林。夜色迎面扑来,整个天地都被笼罩,似阴云般越来越浓厚。仿佛随着夜雾的升起,黑暗也从四面八方升起,从高空倾盆而下。【写作借鉴:"倾盆而下"的夜雾,写出黑暗来临的迅速。】我发现一条没有走成路的、长满草的小道,我顺着这条小路往前,注意观察四周。四周很快地黑下来,静下来,只有鹌鹑偶尔叫两声。一只小巧的夜鸟展开柔软的双翅,悄无声息,静默地从我身边划过,它几乎是贴到了我的身子。我出了灌木林,来到田野上,顺着田埂走去。这时我已分辨不清稍远些的景物。四周田野白茫茫一片;再向远看,只有黑压压的天空,整片整片向我逼迫而来。我的脚步在动也不动的空气中发出低沉的声音。暗淡下来的天空又变蓝了,黯淡的深蓝已经笼罩了整片夜间天空。星星在天空眨着眼睛，一闪一闪。

我先前认为是小树林的，原来只是一座黑黝黝的山冈。"那我到底是在什么地方啊？"我又出声地自问了一遍，用询问的神情看了看我的英国种黄斑花狗季安卡，因为狗在所有四条腿动物中肯定是最聪明的。但这只四条腿里最灵动最聪明的狗只是摇着尾巴，泄了气似的看着我，有气无力地眨了眨眼睛，并没有给我提供什么可以实施的建议。我面对着狗感到惭愧起来，于是我拼命朝前走去，就像脑子突然开窍，很明确地知晓我该往哪儿走。我绕过山包，来到一块不是很深的、周围都翻耕过的凹地里。我立刻有一种奇怪的感觉：这块凹地就像一个完全符合标准的圆形大锅，不过有一边略微倾斜，底部矗立着几块很大的白石头——它们似乎是偷偷聚集在这儿开着秘密会议——这里是如此寂寥，如此僻静；这儿的天空如此单调，如此凄凉，我的心不禁沉重起来。【名师点睛：天空的单调照应了上文环境的凄凉，整个环境的描写汇成一幅让人压抑的画作。】

有一只小野兽在石头中间有气无力地、痛苦地尖叫了一声。我急忙回身爬上山包。在这之前我一直抱着希望，满以为能找到回家的路；这时我才不得不承认我是真的迷路了，也没有力气再去辨认那些在黑暗中我根本没见过的路，只管一直往前走，踩着星光，走到哪儿算哪儿……我吃力地拖着两条腿，就这样走了半个钟头左右。似乎我有生以来没有到过这样荒凉的地方，这里没有一丝一点的星光和响动。我爬过一个一个缓坡的山冈，走过一片一片看不见尽头的原野，一丛丛灌木仿佛突然从地里冒出来，竖立在我的鼻子前面。我走着走着，已经决定找个地方躺下来，等待天亮再想办法。可不知道为什么就来到了悬崖边上，向下探去，深不可测。

我急忙缩回已经跨出去的一只脚，透过朦胧的夜色，看到不远处有一片平原铺展开来。一条大河从我脚下呈半圆形延伸开去，围绕住这片平原；显示河水流向的方向隐约闪耀着金属般的光芒。我所站的山

▶ 猎人笔记

冈突然低落，形成一个几乎垂直的山崖。山冈的轮廓像魑魅魍魉（chī mèi wǎng liǎng）[在古代特指传说中害人的鬼怪，现指形形色色的坏人]般，在苍茫的夜空中显得非常突出。就在我的脚下，在这突起的山崖与凹陷的平原交会的角落里，出现了一个河流静止得像一面黑色镜子一样的地方。在陡峭的山脚下，有两堆靠近的火焰正在迸发温暖的光，火堆周围人影幢幢，有时清清楚楚映照出一个有着小鬈发的面孔……

我终于弄清楚了我在什么地方。这片草地叫别任草地，是我们这儿有名的褐色草场……【名师点睛：点明地点，为后文相遇做铺垫。】但是要回家已经不可能了，更别说是伸手不见五指的夜里，两腿已经累得发软了。我拿定主意要到火堆跟前去，跟那些人在一起，等到天亮。我平平安安地来到下面，但我还没有放开我抓住的最后一根树枝，老远就有两条长白毛狗恶狠狠地冲我们吼叫。火堆旁响起清脆的孩子声，有两三个孩子很快站起来。我回答了他们大声询问我的问题。【名师点睛：面对陌生人有警惕心，表现孩子们的聪明、机警。】他们跑到我跟前，带走了那两条因我和我的猎狗季安卡的到来而极度兴奋的狗，我也跟着他们走了过去。

我把坐在火堆周围的人当成牲口贩子，但他们不过是附近村子里几个农家孩子，深夜时分来看守马群的。在我们这个地方，到夏天天热的时候，白天的苍蝇和牛虻总会搅得马群不得安宁，只好晚上把马赶到草场来吃草，【名师点睛：说明孩子们会在这里驻扎的原因。】到天亮时赶回去——是农家孩子们的一大乐事。他们都是光着头，穿着旧袄子，骑着动作利索的骏马到处欢快驰骋，快快活活地叫着，吆喝着，在马背上随着马蹄奔跑而颠簸，甩着胳膊和腿，放声大笑。轻微的尘埃像黄黄的柱子似的竖起来，顺着大路奔驰。静谧的草场传来哒哒的马蹄声。马儿们都竖起耳朵扬蹄狂奔；打头的往往是一匹长鬃枣红马，竖着尾巴，四蹄来回奔踏，许多牛蒡种子粘在它凌乱的鬃毛上。

我对孩子们说我迷了路，就挨着他们坐下来。他们问我是从哪里来的，稍作沉默，就给我在篝火旁让出了一个位置。我们聊了不大一会儿，我就在一丛被啃光了叶子的灌木地旁躺了下来，朝周围打量起来。这景象是很美妙的：火焰四周有一个又红又圆的光圈在微微颤动，仿佛碰到黑暗要停下来；【名师点睛：火焰的细节需要仔细观察，才能写出这样奇特的现象，说明"我"在平时是一个善于观察发现的人。】火熊熊燃烧着，偶尔蹦出光圈向外扩散；细长的火舌似乎下一秒就要舔舐到光秃的柳树枝，不一会儿又不见了踪影；尖尖的、长长的黑影有时也闯进来一刹那，而且一直跑到火堆上；这是黑暗与光明的搏杀。在火势较弱的光圈缩小的时候，黑暗中会突然露出一个有着弯曲白鼻梁的枣红色马头，又或者是一个纯白无瑕的马头，就那样呆呆地看着我们，迅速地嚼着长长的青草，接着又低下头去，立刻不见了。只能听见它们时而咀嚼时而打响鼻的声音。在亮处很难看清黑暗中的情形，周围的景物似乎都被一层黑色的帷幕遮掩住；然而可以看到接近天际的远处的山冈和树林，像长长的、模模糊糊的黑点儿。晴朗而落下黑暗帷幕的天空，在我们的头顶那样神秘又那样高高在上，气势磅礴[形容宏伟壮观、雄壮有气势的样子，多用来形容景物]，又庄严，又雄伟。呼吸着这种特殊的、醉人的清新气息——这是属于俄罗斯的夏夜，令人快活清爽，多么惬意。四周几乎听不见一点儿响声……只有旁边的河里偶尔响起大鱼拍水的声音，河水涌来的波浪微微推动芦苇的声音，沙沙作响……只有两堆火轻轻地毕剥响着。【名师点睛：这个部分生动地描写出夜晚的宁静，大鱼拍水、浪花波动这些细小的声音都是为了进一步突出夜的寂寥，为后文孩子们说奇异怪事做铺垫。】

　　孩子们坐在火堆周围，曾要将我吞到肚子里的两条恶狗也端坐在旁边。它们有好一阵子不能容忍我在场，无精打采地眯着眼睛，斜睨着火堆，有时又趾高气扬地对着火堆一阵吼叫，先是大声吠叫，后来就是轻声哀鸣，似乎很惋惜自己的意图不能实现。菲佳、巴夫路沙、伊柳沙、科斯佳和瓦尼亚。我是从他们的谈话中知道他们的名字的，

109

▶ 猎人笔记

现在我就一一将他们介绍给读者。

首先，几个孩子里面最大的，叫菲佳，看样子有十四岁。这是一个身材匀称的男孩子，长得很俊俏，五官小巧清秀，有一头浅黄色鬈发，眼睛明亮有神，总是在笑，那笑一半是愉快，一半是漫不经心。从各方面看来，他的家庭条件不错，不必要为了生计来野外，应该只是为了开心耍乐。他穿着一件镶黄边的印花布衬衫，一件不大的新衣裳勉强披在他窄窄的肩头，浅蓝色腰带上挂一把小梳子；穿着一双未曾属于过父亲，而是属于自己的浅筒靴。

第二个孩子巴夫路沙有一头又黑又乱蓬蓬的头发，眼睛是灰色的，颧骨有些宽，苍白的脸上还有些麻子，嘴巴虽然有些大，不过生得很端正；按照他的身子比例，头有些大了，就像我们常说的，啤酒桶身材，矮胖矮胖的，很不匀称。这孩子并不好看——这是没的说的！——然而我还是很喜欢他，因为他很机灵很爽快，一言一行都流露出刚强坚毅的样子。他的衣着说不上好，不过是普通麻布衬衫和打补丁的裤子。

第三个是伊柳沙，相貌很平常。他长着一个弯钩鼻子，那张长脸上的眼睛总是眯着，就露出一种忧愁的神色；那闭得紧紧的嘴唇一动也不动，紧皱的眉头也一直松散不开——他好像因为怕火一直眯着眼睛。他那黄得发白的头发一揪揪从毡帽里逃脱翻翘在外面，他时不时地用两手把小毡帽往耳朵上拉一拉。他用裹脚布包着脚，还有一双新的树皮鞋。一根粗绳子在腰上绕了三圈，将他穿在身上的黑色长袍紧紧勒住。看样子，他和巴夫路沙都不会超过十二岁。

第四个是科斯佳，十岁左右的年纪，却总是心事重重的样子。他的脸不大，尖瘦的脸颊上有些雀斑，下巴像松鼠一样尖尖的，小而薄的嘴唇，几乎可以让人忽略；然而那双乌黑的、水灵灵的大眼睛给人奇怪的印象：这双眼睛似乎想说嘴巴（至少他的嘴巴）说不出的话。他个头看起来小小的，有些病弱的样子，衣服有些破旧。

最后一个孩子是瓦尼亚，我起初竟没有注意到他：他一直老老实实蜷缩在一张皱巴巴的粗布毯子下，只是偶尔才露出他那留着淡褐色鬈发的小脑袋。这孩子最多七岁。【写作借鉴：通过年龄、外貌的描写暗示人物性格。】

我就这样一直躺在一丛灌木旁打量着孩子们。有一堆火上支着一口不大的铁锅，锅里煮着土豆。巴夫路沙照看着，跪在地上，用一根长木片扎着沸水里的土豆。菲佳躺着，用胳膊肘支着头，敞着衣襟。伊柳沙坐在科斯佳旁边，依旧眯着他的眼睛。科斯佳微微低着头，望着远处什么地方。毯子下面依然是一动不动的瓦尼亚。在我假装睡着后不久，几个孩子又聊了起来。

开头他们闲聊，东扯西拉，谈明天要干的活儿，谈马。可是突然菲佳转向伊柳沙，似乎接起打断的话头，问道：

"喂，我问你，你真的没见过家神[俄国民间传说中的低等神灵，每家都有自己供奉的家神]吗？"

"没有，我真的没有看见过，家神怎么会让我们看见呢？"伊柳沙用沙哑的、有气无力的声音回答说，他的声音与他的表情是绝佳的搭配，"但是我听见过家神出来的声音……可不是只有我一个人听见，大家都听见了。"

"他待在你们那儿什么地方？"巴夫路沙问。

"就在原来的打浆房[造纸厂里工人用大桶提出纸浆的地方]。"

"你们经常去造纸厂，对吗？"

"当然啦，常常去。我和哥哥阿夫九什卡可是厂里的磨纸工。"【名师点睛：小小年纪就已经做事干活，表现这个孩子的勤劳能干。】

"啊，那你们还是工人呀！"

"哦，那你是怎样听见的呢？"菲佳问。

"是这样的。有一次我和哥哥阿夫九什卡，还有米海耶夫村的菲多尔、斜眼睛的伊凡什卡、红冈的另一个伊凡什卡、苏霍路科夫家的伊凡什卡，还有其他几个，我们一个班的人都在那儿，得在打浆房里过

> 猎人笔记

夜。本来我们是要回家的，可是监工纳扎罗夫不放我们走。他说：'伙计们，你们回家干啥呀？明天活儿很多，伙计们，你们就不要回去了。'【名师点睛：表现地主阶级对俄国工人的剥削。】我们就留下来，一起躺了下来。阿夫九什卡说起话来，他说：'朋友们，要是家神出现了我们该怎么办啊？'阿夫九什卡的话还没有说完，忽然就听见我们上方有人走动的声音。我们躺在下面，他就在上面，在水轮旁边走着。我们听见他在走呢，那木板被踩得一弯一弯的，在我们的头顶咯吱咯吱直响。他就那样在我们上方走来走去。不一会儿水轮又转了起来，那轮子被流水冲得直叫唤。但是我敢肯定，那水闸原本被关得牢牢的。我们很奇怪：这是谁把闸板开了，让水流起来？可是轮子转了一会儿突然就停了。他又往上朝门口走去，又顺着楼梯往下走，好像不慌不忙。他把楼梯板踩得可响了……哦，他来到我们的门口，好像就站在那儿，我们屏住呼吸，门突然就被打开了。我们吓了一跳，一看——却什么也没有……忽然一个大桶上的格子框[捞纸浆用的网状物品]腾空飞了起来，就像被什么人拿在手里洗刷，晃来晃去，最后被放到原处。后来另一个大桶上的钩子离开钉子，不一会儿又放回了钉子上。后来好像有一个人朝门口走去，还猛地咳嗽起来，像是羊在清喉咙，声音大得很……我们都挤成一堆躺着，互相往身子底下钻……当时我们可真是吓得直哆嗦！"

"有这样的事！"巴夫路沙说，"那他为什么要咳嗽呢？"【名师点睛：巴夫路沙对故事刨根问底，没有丝毫惧怕，体现他勇敢、聪慧的性格特征。】

"可能是那儿太潮了，他有点受不了吧。"

大家沉默了一会儿。

"怎么样，"菲佳问，"土豆煮好了吗？"

巴夫路沙试了试。

"没熟，还有些生……听，在拍水呢。"他说着，把脸转过去，朝着河，"是梭鱼吧……快看，那儿有颗流星！"

"喂，伙计们，我来给你们讲一件事儿。"科斯佳用尖细的嗓门儿说起来，"你们听着，这是前几天我听我爹说的。"

"行，你说吧，我们都听着。"菲佳鼓励着他。

"你们都知道镇上那个木匠加夫利拉吧？"

"当然知道。"

"你们可知道，他为什么总是不高兴，总是不说话呢……他就是因为这事儿一直很不快活的。【写作借鉴：提出问题，引起读者兴趣。】我爹说，有一回他到树林里去摘胡桃。走着走着他就迷了路，不知道自己走到哪儿了。他走呀，走呀，朋友们，他觉得有些不对劲！他完全迷失方向了，这时天也已经黑了。他就在一棵树下坐下来，心想，就等天亮吧。他一坐下来，就打起瞌睡。他刚睡着，就听见有人在叫他的名字，他突然惊醒，却一个人也没见着。他又打起瞌睡，又有人叫他。他望了又望，望了又望，一条美人鱼就坐在他面前的树枝上，身子摇晃着，叫他过去呢。那美人鱼对着他笑，笑得可真娇媚啊……月亮很亮，亮得很，把什么都照得清清楚楚，真的，什么都看得见。她就坐在那儿，一直叫他的名字。那条美人鱼全身上下又白又亮，亮闪闪的，我猜是一条鲤鱼或者是鲫鱼变成的美人鱼，因为它们也是那样白白的，银光闪闪的……木匠加夫利拉简直愣住了，可那美人鱼就一直望着他娇媚地笑，伸手招呼他过去。加夫利拉本来已经站起来，要听从美人鱼的话了，可是，上帝保佑：他还是在自己身上画了个十字……可是，伙计们，他画那个十字架的时候可真是费力。他说，他的手简直像石头一样，动弹不得……唉，那样子可真是难受啊！……可是，伙计们，等他一画过十字，那个娇媚的美人鱼突然就大哭起来，也不再笑了……她哭呀哭呀，用头发擦着眼睛，她的头发是绿色的。加夫利拉望着她，就开口问她：'林妖[俄罗斯神话中的低等神灵，是不具有任何神力的自然神灵；若是惹怒林妖，他们会发怒报复人类，让人类在森林里迷路；若按时递交贡品，让他们开心，他们会告诉猎人最佳的打猎地点]，你怎么哭了

> 猎人笔记

呀？'那美人鱼就对他说起来：'你为什么要画这个十字架呢，我们本该结为最恩爱的夫妻，快活一辈子。我很难过，我哭，是因为你画了十字架。你这样做是让我们俩都要郁郁终生啊。'她说过这话，就不见了，加夫利拉马上也明白了怎样从树林里走出去……只不过在那之后，他真的就再也没有开心过了。"

"噢呀！"在沉默了一会儿之后，菲佳说，"那个美人鱼怎么会伤害一个基督徒的心灵呀，那个基督徒不是没有被美人鱼勾引吗？"

"得了吧！"科斯佳说，"连加夫利拉也说，她的声音尖细得像个蛤蟆，可是那么悲哀伤感。"【名师点睛：用蛤蟆的声音形容美人鱼难听的声音，营造出一种恐怖的气氛。】

"这是你爹亲口讲的吗？"菲佳又问道。

"他亲口讲的。我躺在高板床[俄罗斯农家常备的床具，多装在炉子和侧壁之间]上，全听见了。"

"那可真是奇怪啊！他为什么总是不开心呢？……她叫他过去，那是她喜欢他。"

"哼，还喜欢他呢！"伊柳沙接话说，"怎么可能！那条美人鱼肯定就是想挠他痒痒，肯定是的。她们美人鱼啊，最喜欢干这种事情了。"

"这儿想必也有美人鱼呢。"菲佳说。

"不，"科斯佳回答，"这地方干净、宽敞，就是离河有些近。"

大家都不说话了。忽然远处响起长长的、清脆的、几乎是呻吟一般的声音，在万籁俱静的深夜总会有这样的声音传来。【名师点睛：古怪的声音，渲染了夜间恐怖的气氛。】这声音升起来，停留在空中，到最后慢慢扩散，好像消逝了。仔细听听，似乎又没有什么，再听它又还是在响。就像有人在天边呼喊了很久，另外有一个人在树林里与他呼应，大笑着回答他。不一会儿，河面上划过一阵微弱的噬噬声。孩子们面面相觑(qù)[意思是你看我，我看你，不知道如何是好。形容人们因惊惧或无可奈何而互相看着，都不说话]，打起哆嗦……

"上帝保佑吧！"伊柳沙小声说。

"哎，你们这些胆小鬼！"巴夫路沙叫道，"怕什么呀？快来看，土豆可以吃了。（孩子们马上挤到热腾腾的锅旁吃起热腾腾的土豆，可是瓦尼亚就像睡着了一样，在毯子下面一动不动。）你怎么啦？"巴夫路沙问道。

瓦尼亚依然没有从毯子里出来，不一会儿土豆就被吃光了。

"伙计们，"伊柳沙说起来，"你们听说了吗？前些天发生在我们瓦尔纳维茨的一件奇怪的事。"

"是在堤坝上吗？"菲佳问。

"对，对，就是那个被大水冲坏了的堤坝。那是一块不干净的地方，很不祥，又那么偏僻。四周都是些水沟、洼地，荒凉得很，据说还有很多蛇呢。"

"怎么了，出了什么事？你快告诉我们……"

"是这样一回事儿。菲佳，你也许不知道，那里埋了一个被淹死的人。那是很久很久以前，那人淹死的时候，池塘还深得很呢。可是他的坟还看得见，不过不怎么显眼，就是一个小土包。就在前几天，管家把看猎狗的叶尔米尔叫了去，说：'叶尔米尔，你到邮局去一趟。'叶尔米尔常常上邮局去。他的狗全被他折腾死了。也不知道为什么，无论什么狗总是在他手里活不长久。但是无法否认，他驯狗的技术非常好。于是叶尔米尔就骑上马到城里去了，谁知他在城里磨蹭了一阵子，喝得大醉才走上回家的路。这天夜里很亮，月亮照得亮堂堂的……叶尔米尔骑着马经过堤坝；他要想回家，是一定会经过那儿的。叶尔米尔骑在马上走着走着，突然看见有一只白卷毛的小绵羊在那个被淹死的人的坟头来回转着；那羊长得还挺惹人喜欢。叶尔米尔就想：'这都送到门口了，我可不能放过它。'他下了马，把它搂在怀里……那只羊倒也乖乖的。叶尔米尔就朝马走去，谁知道那马看着他连连后退，还摇着尾巴不停打着响鼻。但是他把马喝住，带着羊骑上去，又往前走，

115

猎人笔记

把羊放在自己前面。他看着那只羊，那只羊也直愣愣地看着他。叶尔米尔害怕起来，心想，我没见过羊这样盯着人的眼睛看的。不过这也没什么，他有些欢喜地摸着这小羊的羊毛，说：'咩，咩！'那羊居然学了他的样子，也呲出牙对着他叫：'咩，咩！'……"

讲故事的人还没有说完这最后一句话，那两条凶猛的狗突然全身哆嗦着从火堆边跑开，一眨眼就消失在黑暗里。【名师点睛：两条狗的动作结束了上一个故事，为下一个故事做铺垫；同时渲染恐怖的气氛。】孩子们都吓得要死。瓦尼亚从他的席子底下腾地跳起来。巴夫路沙大叫一声跟着狗冲了出去，狗叫声很快就渐渐远了……只听见受惊的马群来回跺脚胡乱奔跑的声音。【名师点睛：巴夫路沙在突发情况发生时没有惊慌失措，而是镇定地追了出去，表现出他的勇敢、勇猛和男子气概。】

巴夫路沙大声吆喝着："阿灰！阿毛！……"过了一小会儿，狗不叫了；巴夫路沙的声音已经远了……有一会儿，孩子们面面相觑有些困惑，就这样你看我，我看你，像是在等谁说些什么……突然响起奔跑的马蹄声，一匹马来到火堆旁猛地停下来，巴夫路沙一把抓住马鬃，敏捷地跳下马来。两条狗也跑进火光的圈子里。

"怎么回事？那里出什么事了吗？"孩子们问。

"没什么，"巴夫路沙朝马挥了挥手之后，回答说，"应该是狗闻到什么味道了吧。我猜，应该是狼。"他一面呼哧呼哧喘着气，一面平静地回答说。

我不由得对巴夫路沙欣赏了一会儿。此时此刻他非常好看。他那张不怎么好看的脸，因为骑马狂奔，显得朝气蓬勃，浑身流露着刚强豪迈的男子气概。他手里连一根棍棒也没有，就在深夜里毫不犹豫地一个人跑去赶狼……我望着他，心里想："真是一个好孩子啊！"

"喂，你们看见过狼吗？"胆小的科斯佳问。

"这儿常常有很多狼，"巴夫路沙回答说，"不过只有冬天狼才来找人的麻烦。"

116

他又坐到火堆前了。他在坐下的时候，用一只手拍了拍一只狗的毛茸茸的后脑勺，这只被爱抚而开心的动物用得意扬扬的神情望着巴夫路沙，很久都不肯扭下小脖子。【写作借鉴：拟人的手法表现猎狗的舒心，生动形象。】

瓦尼亚又钻到席子底下。

"伊柳沙，你讲的故事真的有些吓到我们了。"菲佳说起话来。他是富裕农民的儿子，因此总是他来展开话题。(不过他可能是怕失了身份，很少主动开口说话。)"这两条狗也见鬼，叫起来了……没错，我可听说你们那地方不怎么干净。"

"你是说瓦尔纳维茨吗？……谁说不是呢！那可不干净了！我听说啊，不止一次有人在那儿看到了老爷——就是那位，死去了的老爷。听说，老爷穿着长襟外套，老是唉声叹气，在地上寻找什么东西。有一次特罗菲梅奇爷爷遇到了他，就问：'伊凡·伊凡内奇老爷，您在地上找什么呀？'"

"特罗菲梅奇问他吗？"菲佳吃惊地插嘴说。

"是的，问他呢。"

"啊，特罗菲梅奇真算好样儿的……那，那老爷说什么了？"

"他说：'断锁草[俄罗斯民间故事中可以开启有魔力的山洞和宝箱的神草]……我要找断锁草。'……他的声音很低沉，很低很低。'你要断锁草干什么，伊凡·伊凡内奇老爷？'他说：'我很难受，坟里憋得难受，特罗菲梅奇，我想出来，我想出来啊……'"

"有这种事！"菲佳说，"就是说，他没有活够哩。"

"这可真是一件怪事！"科斯佳说，"我还以为只有在那个追念亡灵的星期六才能遇见死人呢。"

"死人随时都能看得见。"伊柳沙很有把握地接话说。【名师点睛：很有把握的表现能让我们感觉到他对民间故事的了解。】看来这个孩子，是最清楚那些民间志怪传说的了。"不过在追念亡灵的那个星期六，可以

117

▶ 猎人笔记

看到将会在这一年里死亡的人。只要那天晚上你去教堂的台阶上坐下，专心致志地盯着马路，如果有谁从你面前的马路上走过去，那么他这一年一定会死去。去年我们那儿的乌里雅娜老奶奶就到教堂门口的台阶上去过。"

"哦，她看见什么人吗？"科斯佳好奇地问。

"当然看见啦。起初她坐了很久很久，什么人也没看见……只听见一条老狗不知道在什么地方叫唤，一直叫着……她鬼使神差地抬起头，看见一个只穿了衬衫的男孩子顺着大路走来。她仔细一看——是菲多谢耶夫家的伊凡什卡呢……"

"就是春天死去的那一个吗？"菲佳插嘴问道。

"就是他。他头也不抬地走着……但是乌里雅娜还是认出他来了……后来她又看见一个老太婆正走着。她看了又看，看了又看——啊，天呐！——那是她自己，是乌里雅娜在马路上走着！"【名师点睛：匪夷所思的事情让孩子们感到些许恐惧，渲染恐怖气氛。】

"真是她自己吗？"菲佳问。

"真的，是她自己。"

"那又怎样，她不是还没有死吗？"

"这一年不还没完吗，你看她那样子，也就吊着最后一口气了。"

大家又不作声了。巴夫路沙往火里扔了一把枯树枝。那火猛地一爆，小树枝立刻变黑了，毕毕剥剥响起来，浓烟滚滚。那树枝被火烧得蜷缩起来，有一头还翘了起来。火光猛烈地颤抖着，射向四面八方。【写作借鉴：从动态描写火光，如"颤抖""射"等字词的运用生动而形象。】突然，不知道哪里飞来一只白鸽，直对着烧得正烈的火就冲了进去，火焰燃烧的光圈一瞬间吞没了它。它在原地打了几个转转儿，就拍打着翅膀飞走了。

"大概是找不到窝儿了，"巴夫路沙说，"这会儿就飞呀飞呀，到处乱飞，飞到哪儿就在哪儿待一夜。"

"哦，巴夫路沙，"科斯佳说，"你说，这是不是一个虔诚的灵魂正在找寻去往天堂的路啊？"

巴夫路沙又往火里添了一把树枝。

"也许是吧。"他终于说。

"巴夫路沙，我问你，"菲佳说，"在你们沙拉莫沃也看得见天兆[俄国一部分庄稼人称日食为"天兆"]吗？"

"就是太阳突然就不见了，是吗？我们当然看见了。"

"大概你们也吓坏了吧？"

"还不光是我们呢。我们的老爷，虽然早就对我们说，你们要看到天兆了，可是当天真的昏暗下来，他自己也害怕得要死。在下房里，厨娘一看到天黑下来，就一把抓起烧火棍，对着灶台就是一通乱打。那些锅碗瓢盆全被她打碎了，她还在嘴里念叨着：'都世界末日了，谁还有心情吃饭啊！'这一来，烧的汤全流掉了。我们村里还有别的说法，一是吃人的白狼要满地跑，把人都给吃了；二是猛禽都要过来了，还有就是那位托利西卡[民间迷信小故事中的人物，是一个反基督教者]要出现了。"

"哪一个托利西卡？"科斯佳问。

"你不知道吗？"伊柳沙急不可待地接话说，"唉，伙计，你怎么回事儿呀，连托利西卡都不知道？你们村的人怎么什么都不知道，都是些没见识的笨蛋！托利西卡是一个很厉害的人，他就要来了。他非常厉害，等他来了，庄稼人捉也捉不住，对他一点办法都没有。这个人真的非常厉害。比如，庄稼人要抓他，拿了棍子追上他，还把他包围起来，可是他会障眼法——他的障眼法一施展，围在他身边的庄稼人全部都开始互相残杀。再比如，如果把他关进监牢，他就要求用瓢给他舀点儿水喝，等你把水瓢拿给他，他就一个猛子扎进去，一下就没影了。要是给他戴了镣铐，只要他双手使点劲，镣铐就被他挣脱掉了。【名师点睛：这一段主要运用夸张的手法描写托利西卡的"厉害"。】哦，就是这个托利西

▶ 猎人笔记

卡要来了，要跑遍乡村和城市；这个托利西卡，真的神出鬼没，专门引诱那些虔诚的基督教徒……他真的太厉害了，大家都对他没办法……"

"是啊，"巴夫路沙用他那从容不迫的声音说下去，"我们那儿的人可都是在等他来呢。老人们早就说，天兆一出现，托利西卡就要来了。所以，这天兆一出现，所有人都走到了大街上、田野里，那些空旷的地方，想要看看会出什么事儿。你们知道，我们那地方很开阔，无遮无拦。大家望着望着，那样子真是要多奇怪有多奇怪，忽然从镇上走过来一个人，他都已经在下坡了，头大得不得了……大家一齐叫起来：'哎呀，托利西卡来了！哎呀，托利西卡来了！'大家都撒开脚丫子拼死地逃跑！水沟里躲着村长；大门底下卡着村长太太的脑袋，她在死命地尖叫，把自家的看家狗吓坏了；那狗挣脱了锁链，跳过篱笆，跑到树林里去了；[名师点睛：通过详细描写村长太太害怕的样子，表现人们对托利西卡的恐惧。]还有库兹卡的爹道罗菲奇，他在燕麦地里蹲下来，突发奇想学着鹌鹑叫，他说：'也许，杀人魔王对鸟儿会怜悯的。'大家都被吓得不成样子！……谁知来的人是我们的桶匠[古老的手艺行业，是在机器不发达时期手工制作、维修各种桶的手艺工匠]瓦维拉，他把一个空木桶套在脑袋上，那是他新买的桶。"

孩子们都笑起来，接着又沉默了一会儿。这也是在旷野里聊天的人常常会有的情形。我望望四周：夜色正浓厚，黄昏初暮时的潮湿已经被午夜的干燥所替代，这夜气还要很久才会轻柔地把整个大地笼罩其中；还有很长时间，才能听到早晨第一阵簌簌声、第一阵沙沙声和飒飒声，才能看见伴着初晨降临的露珠。天上没有月亮；这些日子里，月亮爬得很慢升得很迟。无数金色的星星似乎都争先恐后地闪烁着，随着那银河的方向缓缓流动。你抬头看一会儿星星，似乎确实能感觉到地球在飞速地运行着……忽然从河上接连传来两声奇怪的、痛苦的叫声，但只持续了一小会儿，不久那声音便渐行渐远了……

科斯佳打了个哆嗦："这是什么？"

"可能是鹭鸶(lù sī)[即白鹭。鹭的一种，羽毛白色，腿很长，能涉水捕食鱼、虾等]的声音。"巴夫路沙平静地回答说。

"是鹭鸶，"科斯佳重复说，"可是，巴夫路沙，我昨天晚上听到的是什么呀？"他停了一下，又说，"你也许知道的……"

"你听到什么来着？"

"我遇到了这么一件事儿。我从石岭出来，往沙什基村走。一开始走在我们那儿的榛树林里，后来走上草地——你知道，就是那里，在冲沟急转弯的地方，那里原本不是一个大水潞[很深的水坑，一般是春汛后留下的积水，到夏天也不会干涸]吗，就是那个长了很多芦苇的地方，你不是知道吗？我就从那个水潞旁边走过，朋友们，我突然听到那个水潞里有人哭的声音，哼哼地哭，可伤心了:哎呀呀……哎呀呀……哎呀呀！我真吓坏了，而且你们知道，当时已经很晚了，那声音听着又那么凄惨，不知不觉，我好像也掉了眼泪……这是怎么一回事儿呀？嗯？"

"前年夏天，一伙儿强盗把看林子的阿金扔到那个水潞里淹死了，"巴夫路沙说，"会不会是他的冤魂在哭诉啊？"

"原来还有这种事啊，朋友们，"科斯佳睁大了他那本来就够大的眼睛，说，"我还不知道阿金是在这个水潞里淹死的哩，要是知道了，我每次路过得吓死。"

"不过，听说有些小小的蛤蟆，"巴夫路沙又说，"那蛤蟆叫起来也是凄凄惨惨难听得很。"

"蛤蟆？噢，不，那怎么会是蛤蟆呢……怎么会呢……（鹭鸶又在河上叫了两声。）哎呀，这家伙！"科斯佳不由得说，"这叫声和林妖可真像啊。"

"林妖不会叫，林妖是哑巴，"伊柳沙接话说，"林妖只会拍手，噼里啪啦噼里啪啦地响……"【名师点睛:伊柳沙越来越详细的描述是他对民间故事了解清楚的表现。】

"怎么，你见过林妖吗？"菲佳用嘲笑的口气打断他的话。

▶ 猎人笔记

"我可没见过,千万别让我看见吧!但是有别人见过呀。前些日子我们那儿就有一个人叫林妖迷住了。林妖领着他走呀,走呀,但总是在一个地方转来转去……到天亮才好不容易回到家里。"

"那么,他看见林妖了吗?"

"看见了。他说,林妖长得又高又大,全身裹得严严实实又黑乎乎的,好像藏在树背后,叫人看不太清楚,又感觉他在躲着月亮,他那双大眼睛一直瞪着四处乱瞧……"

"哎呀呀!"菲佳轻轻哆嗦了一下,抽动了一下肩膀,叫起来,"呸!……"

"为什么世上有这种坏东西呀?"巴夫路沙说,"真是的!"

"嘘,别骂,小心被听见了。"伊柳沙说。

大家又不作声了。

"瞧吧,瞧吧,伙计们,"忽然响起瓦尼亚那清脆的童音,"瞧瞧天上的星星吧,就像那一窝窝的蜜蜂呢!"【名师点睛:只有孩子们的想象才会这样奇特,而又符合实际。】

他从席子底下探出他那鲜嫩的脸蛋儿,用小小的拳头支着腮,慢慢地向上抬起他那双沉静的大眼睛。孩子们都抬头望向天空,就那样看着,看了好久。

"喂,瓦尼亚,"菲佳亲热地说,"你姐姐阿纽特卡最近怎么样?有没有生病不舒服?"

"没生病。"瓦尼亚回答说。

"你去跟她说,要她过来玩,我上次叫她,她怎么不来呢?"

"我不知道。"

"那你去跟她说说,让她来玩。"

"我跟她说说。"

"你告诉她,我有好东西送给她。"

"那送不送给我?"

122

"也送给你。"

瓦尼亚透了一口气。

"算了吧,我不要。你还是都送给她吧,她是我们的好朋友。"【名师点睛:瓦尼亚不与姐姐争抢,因为他觉得大家都是好朋友,表现他善良友好的美好品质。】

瓦尼亚又就地躺下来。巴夫路沙站起来,拿起那个空锅子。

"你上哪儿去?"菲佳问他。

"我有点渴,去河边打点水喝。"

两条狗站起来,跟着他走了。

"当心,别掉到河里!"伊柳沙在背后喊道。

"他怎么会掉河里去呢?"菲佳说,"他会当心的。"

"是的,他会当心。可是什么事儿都有,等他弯下腰去舀水,水怪突然冲出来抓住他的手,就往河里拽。以后就会有人说:这孩子掉到水里了……怎么会是他自己掉下去的呢?……"他仔细听了听又说,"听,他钻进芦苇里了。"

芦苇真的向两边让着,像我们这地方常说的,"絮絮叨叨"埋怨着。

【名师点睛:表面是在描写芦苇,实际是在写巴夫路沙的行踪;也是为了渲染恐怖气氛,引出下文。】

"傻婆娘阿库丽娜自从掉到水里以后,就疯疯癫癫的,这是真事儿吗?"科斯佳问道。

"是啊,她掉到水里之后,就变成那可怜的样子了!可是听说,以前她是一个美人呢。水怪把她糟蹋了。水怪没想到会有人这么快就来救她,就急忙在水下把她给糟蹋了。"

(我不止一次碰到这个阿库丽娜:衣衫褴褛,瘦得像竹竿子一样,看着让人害怕,脸像煤炭一样黑,双眼无神像一直没睡醒的样子。她总呲着牙在同一条街来来回回走上几个钟头。她那两只骨瘦如柴的手紧紧贴在胸前,如同笼子里的困兽,两只脚轮倒着打转。不论对她说

123

▶ 猎人笔记

什么，她都不懂，只是经常魔怔一般突然放声大笑。）

"听说，"科斯佳又说道，"听说是因为阿库丽娜的情人欺骗了她的感情，她才要去跳河的。"

"就是因为这事儿。"

"你记得瓦夏吗？"科斯佳又很难受地说。

"哪一个瓦夏？"菲佳问。

"就是淹死的那一个，"科斯佳回答说，"就是在这条河里。多么好的孩子呀！唉，那孩子可是真的极好呀！他娘菲克丽斯塔多么喜欢他，多么心疼他呀！菲克丽斯塔好像早就预见了她的小儿子会淹死在河里一样。到夏天，有时候瓦夏跟咱们一块儿到河里洗澡，她总是吓得直哆嗦，全身都在发抖。【名师点睛：这是一个母亲对自己儿子深沉的母爱，不愿让自己的孩子有任何危险。】别的娘儿们都没什么，只管带着洗衣盆摇摇摆摆地从旁边走过，菲克丽斯塔却把洗衣盆放在地上，尖声叫着让他起来：'回来，回来吧，我的宝贝儿！哎呀，回来吧，我的好孩子！'谁知道他为什么真的会淹死在水里呢。他在岸边玩儿，他娘也在那儿，在搂干草，忽然听见好像有人在水里吐气泡——一看，只有瓦夏的帽子在水上漂着了。打那以后，菲克丽斯塔就疯了。她常常到他淹死的地方去，躺在那儿。她往那儿一躺，嘴里就开始唱歌——你们可记得，瓦夏常常唱一支歌——她唱的就是那一支歌。她边唱还边哭，哭着，哭着，向上帝说着自己内心的痛苦……"

"嘿，那是不是巴夫路沙打水回来了。"菲佳说。

巴夫路沙端着满满一锅子水，来到火堆旁。【名师点睛："满满"的水写出巴夫路沙在打水时丝毫不慌乱，结合下文可以了解他镇定从容的性格。】

"朋友们，"他沉默了一会儿之后，开口说，"有点奇怪啊。"

"怎么啦？"科斯佳急忙问。

"我好像听见瓦夏在叫我的名字。"

大家都吓得直打哆嗦。

"怎么回事，你听见什么了？"科斯佳轻声说。

"是真的。我刚刚弯下身去舀水，就听见有人在叫我的名字，再听就是瓦夏的声音，那声音好像是从水底下来的：'巴夫路沙，巴夫路沙，喂，到这儿来。'吓得我后退了几步，但好歹还记得把水舀回来。"

"啊呀，天哪！啊呀呀，我的天哪！"孩子行画着十字说。

"这肯定是水怪在叫你的名字啊，巴夫路沙。"菲佳说，"我们刚刚就在说水怪呢，正好在谈论这个瓦夏。"

"哎呀，这兆头可不好呀。"伊柳沙一字一顿地说。

"哦，没什么，随它去吧！"巴夫路沙很刚强地说，并且又坐了下来，"祸福生死，都身不由己。"【名师点睛：对生死淡然的态度表现巴夫路沙内心的成熟勇敢，也是为后文他的意外去世埋下伏笔。】

孩子们都默不作声了。显然是巴夫路沙的话使他们产生了很深的感触。几个孩子躺在了火堆旁边，看着是要休息了。

"你们听听这是什么声音？"科斯佳突然抬起头，问道。

巴夫路沙留神听了听。

"这是山鹬飞过去了，是山鹬叫。"

"它们要飞哪儿去啊？"

"听说它们飞去的那个地方四季如春。"

"真的有这样的地方吗？"

"有的。"

"那地方远吗？"

"很远很远，得飞过温暖的大海。"

科斯佳叹了一口气，合上眼睛。【名师点睛：描述五个孩子围着篝火讲故事的场景到此结束，通过孩子们讲述了一系列关于家神、妖怪、美人鱼、水怪的奇异故事，展示了孩子们天真且充满幻想的神秘世界，借此来赞颂他们纯洁、美好且干净的心灵；另一方面，孩子们讲的故事多是凄凉、恐怖的故事，也能看出当时农奴制给孩子们幼小心灵带来的创伤。】

▶ 猎人笔记

　　自从我来到这儿跟孩子们做伴，已经有三个多小时了。月亮终于升上来。我没有在它升上来的时候立刻发现它，因为它还只是一弯细细的月牙。这没有月光的夜晚似乎像往常一样灿烂，不过刚刚还悬挂在头顶的星星，一颗颗慢慢隐匿到黑沉沉的天际。周围的一切都寂静无声了，正如往常天快亮时一样：一切都沉醉在甜美的梦乡，一点动静都没有，做着黎明前的好梦。扩散在空气中的气味渐渐收拢，淡淡散开，可潮气却代替了那气味在空气中弥漫，……夏夜真短呀！……孩子们不说话了，火也熄灭了……狗也打起盹儿。透过暗淡的星光，我看见马儿已经躺下，耷拉着头打着瞌睡……困意也席卷了我，不过多久我已沉入梦乡。

　　一阵清风从我脸上吹过。我睁开眼睛：天已经麻麻亮了。东方既白，却还未露出朝霞的嫣红。周围的一切已经朦朦胧胧看得清了。灰白色的天空渐渐亮了，渐渐蓝了，初晨的凉气也渐渐散开了；眨了眨眼的星星，不一会儿也藏进了朵朵白云里；<u>地上潮湿了，树叶缀满露水珠儿，机器的响声和人们的喧闹已经在某个地方传来，黎明间隙的清风已拂过大地。我的身体经微风一吹，愉快地轻轻颤动着。</u>【写作借鉴：从听觉、嗅觉、触觉各个角度来描写大地最初苏醒时的景象。】我一骨碌爬起来，朝孩子们走去。余温尚在的火堆旁，几个孩子还沉沉地睡着，只有巴夫路沙好像是听见了我的响动，撑起上半身警惕地盯着我。【名师点睛：巴夫路沙一个人惊醒，体现他的警觉与小心。】

　　我朝他点了点头，就顺着雾气腾腾的河边往家里走去。我先前走的还没有两俄里。我的四周，那铺满露珠的草地上，那已生了绿芽的山冈上，从这一片树林到那一片树林，从这一条灰沉沉的大路到那一<u>丛丛</u>被朝霞染红的灌<u>木丛</u>，在从越来越稀薄的晨雾中羞答答地露出蓝湛湛的真容的河上，大地都被初晨明朗温暖的阳光所照耀，先是鲜红，再是正红，最后是金灿灿的一片片……一切都动了，睡醒了，有歌声，有笑闹声。到处都有老大的露水珠红光闪闪的，和那自带耀眼光芒的钻石一个样。迎面而来的钟声清新而纯净,仿佛经历过朝露的洗涤。突然,我的身旁疾驰而过一群奔腾的骏马,而坐在马背上驰骋的正是那些我已经熟悉了的孩子们……【名师点睛:飞驰的骏马、驰骋的身影,是孩子们的青春与活力;正是年华大好的时候,巴夫路沙却意外去世了。】

可惜我不得不补充的一句是:巴夫路沙就在这一年里死了。他不是淹死的,是坠马而亡。多可惜,这么好的孩子就这样没了。

Z 知识考点

1.填空题。

在这突起的_____与凹陷的_____交会的角落里,出现了一个河流静止得像一面_____一样的地方。在陡峭的山脚下,有两堆靠近的_____正在迸发温暖的光。

2.选择题。

讲述"美人鱼"这个故事的是哪个孩子?(　　)

A.巴夫路沙　　B.科斯佳　　C.伊柳沙　　D.菲佳

3.问答题。

请根据你的理解,简述作者为什么要以五个农民的孩子为主人公。

_____

_____

Y 阅读与思考

1.阅读全文,请简述"我"与孩子们相遇的背景。作者这样安排有什么意义?

2.作者是通过对什么的描写,来展示孩子们不同的性格的?

3.本篇中景色描写有什么作用?

▶ 猎人笔记

美丽的梅恰河畔的卡西扬

M 名师导读

卡西扬是"我"因为车轴坏掉转道尤金村遇见的人。他是一个怪老头，不愿杀生，自称能与鸟兽交流，还有一个不知出身的小女孩寄居在他家，似乎他身上的一切都是一个谜。而他与我那能干的车夫，都来自世外桃源一样美丽的梅恰河畔。让我们一起看看这个奇怪而又神秘的老头给我们带来什么样的故事吧。

有一次，外出打猎的我坐着运货的马车回家，一路颠簸很是难受。这多云的夏日又闷又热（大家都清楚，这种日子往往比有大太阳的日子热得更让人难以接受，特别是在没有风吹过的时候），我感到非常难受，打着瞌睡，身子摇来晃去，也只能皱紧眉头忍着。坎坷的道路被干裂的车轮压得咯吱作响，扬起的阵阵白色灰尘往我身上扑来。【名师点睛：难行的道路为后文马车车轴损坏做铺垫。】忽然，我的车夫手忙脚乱起来，惊恐慌乱的动作引起了我的注意。原来他刚刚也在打瞌睡，甚至比我睡得还沉。他勒了勒马缰，在驭座上忙活起来，并且吆喝着马，不时地朝旁边什么地方望望。我向周围打量了一下。我们的马车正走在一片被耕种、翻垦过的平原，与四周同样被耕种过、不太高的山丘连接在一起，形成一块平缓的波浪状的坡地。广阔的原野一览无遗，延展开来得有五俄里。远处有一片小白桦林，几乎垂直的地平线就是被它们那锯齿或冠状的树梢隔断了。一条条小路在田野上纵横延伸，有的进入洼地不见了，有的还弯弯扭扭爬到小山丘上面。而前面五百步、与我们所走的大路相交的地方还有一条小路。就在这条小路上行走着一队人马，我的车夫一直注视的正是那队人。

那是出殡的队伍。前面，一辆马车慢慢走着，驾车的只有一匹马。坐在车上的是神父，在他旁边赶车的是教堂的一名执事，还有四个壮汉跟在马车后面，光着头，抬着棺材，棺材上蒙着白布。棺材后面走着两个娘儿们。其中一个娘儿们突然哭起来，声音尖细又悲痛，就那样传进了我的耳朵。我仔细听了听，她是边哭边诉说呢。这片空旷的原野不一会儿就传满了这撕心裂肺、绝望悲惨的哭声，一声声回旋、震荡着，是那样凄凄惨惨。【写作借鉴：在空旷的环境里有着回音旋转式的传播，展现了哭声的凄凉。】我的车夫拼命赶起马来，他想赶到那队人马的前头。据当地的传说，在行路上遇到送葬队伍，可是不祥之兆。他想在送葬队伍还没有到达大路之前从大路上飞驰过去。可我们向前还没走过百步，我们的马车忽然猛烈一震动，朝旁边一歪，几乎翻倒。车夫勒住跑上了劲儿的马，挥了挥手，啐了一口。

"出什么事了？"我问。

车夫没回答我，只是默不作声，慢慢爬下马车。

"到底出什么事了？"

"车轴断了……腐烂了。"他阴沉地回答说，又气急败坏地扯了扯拉套马的皮靿，使得那匹马朝旁边歪了几下，但还是站住了。马打了一声响鼻，抖擞抖擞精神，便漠不关心地用牙齿在前腿的小腿上蹭起了痒痒。

我从车上爬下来，在大路上站了一会儿，突然生出了莫名的困惑，这并不让人觉得愉快。右面的轮子差不多完全被压到车子底下了，无可奈何地把轮毂(gǔ)[车轮的中心装轴的部分]朝上顶着。

"现在怎么办呢？"我终于问道。

"怪就怪那些家伙！"我的车夫一面说，一面用鞭子指着送殡的人马。送殡的人马已经拐上大路，渐渐向我们靠近了。"我每次都会注意

猎人笔记

这些事情的,"他一刻不停地说,"都说碰到死人必倒霉,果然是真的。"

他又去折腾拉套的马,可能马也是能读懂人的情绪的,它知道车夫有点恼火,就坚持一动不动,只是偶尔谦虚地摇摇尾巴。我围着马车前前后后看了看,正对着轮子停了下来。

这时送葬队伍已经赶上我们。我们的马车挡住了他们的去路,他们只能从大路绕到旁边的草地上过去。我和车夫摘下帽子,向神父鞠了个躬,和抬棺材的人对看了一眼。他们吃力地走着,宽阔健壮的胸脯一下一下高高地鼓起。<u>走在棺材后面的两个娘儿们,一个很老,脸色苍白,但她那张不知是不是因为伤心过度而呆滞麻木的脸,依然保持着肃穆和端庄。</u>【名师点睛:此处描写的女子,经过生活的锤炼,即使是自己最亲的人去世,仍能抑制心中的悲痛,保持着端庄,与后文另一女子的表现形成鲜明对比。】她默默地走着,只是有时抬起枯瘦的手擦一擦自己薄薄的凹陷下去的嘴唇。另一个娘儿们是一个二十五岁上下的年轻女子,眼睛泪汪汪哭得通红,一张脸都哭肿了。她来到我们跟前的时候,不再边哭边诉了,还用衣袖遮住了自己的脸……但是等他们一行从我们旁边过去,走回大路的时候,她那伤心欲绝的哭声又传了过来。我的车夫默默地目送有节奏地颤动着的棺材过去之后,向我转过头来。

"出殡的是木匠马尔登,"他说,"是利亚波沃的。"

"你怎么知道?"

"看到这两个娘儿们我就知道了。那个老的是他娘,年轻的是他老婆。"

"他是生病死的吗?"

"是的……生热病……管家前天派人去请大夫了的,可是大夫不在家……这个木匠师傅可是个十足的好人啊,喜欢喝几杯,他的活计真的是没的说。瞧,他老婆多伤心呀……但是谁不知道,女人的眼泪不值钱,女人的眼泪就和那流水一样……这可是真话。"

他弯下身，从拉套的马的缰绳下面爬过去，双手抓住马轭。

"可是，"我说，"那我们到底要怎么办啊？"

我的车夫先是把辕马[多匹马共同拉车时靠近前轮的马]的肩部用膝盖顶住，又晃了晃轭把[牛马等拉东西时架在脖子上的器具]，把辕鞍调整好了；然后从缰绳下面爬了出来，顺手朝马背上推了一把，便走到车轮旁边。他站在车轮旁，一边注视着车轮，一边慢悠悠地从兜里掏出一盒橡树皮做的鼻烟盒，动作缓慢地扯住皮带把盒盖揭开，慢腾腾地把两个老粗的手指头伸进盒子（这两根手指头能伸进去可不怎么容易），把烟丝揉了又揉，歪了歪鼻子，就一下一下闻起了鼻烟。他每闻一下，总是会长长地呼哧一声，而且，难受地眨巴着含泪的眼睛，像是陷入了沉思，思考我们该怎么办。

"喂，怎么样？"我终于说。

我的车夫小心地把鼻烟盒放进口袋，没有伸手，动了动头，就把帽子准确地扣在眉眼上，若有所思地爬上驭座。【名师点睛：冷静思索很快就有了对策，体现车夫的经验丰富。】

"你要去哪儿？"我有些惊讶地问道。

"您先上车吧。"他平静地回答说，并且拿起缰绳。

"这车都这样了，哪还能用啊？"

"能走，您放心。"

"但是车轴……"我有些担心。

"您还是先上车吧。"

"可是车轴断了呀……"

"车轴断是断了，但是勉强撑到前面那个新村子应该是没问题的……就是说，慢慢走。那边有一片树林，出了树林之后往右边过去，有一个叫尤金村的新村子。"

"那你觉得咱们的车能撑到那里吗？"

我的车夫再也不肯给我答复了。

▶ 猎人笔记

"要不我们还是步行过去吧。"我说。

"随您吧……"

于是他挥了挥鞭子。马车就向前走了。

虽然车轴几乎是全断了,但我们还是勉强到了那个新村子。【名师点睛:顺利到达,说明车夫的判断没错。】虽然右边轮子几乎要掉下来,而且转动得特别奇怪。经过一个小山包的时候,我感觉那轮子都要飞出去了,但是我的车夫恶狠狠地大喝一声,我们的车子就平平安安地下了山包。【名师点睛:在这难走的地势上快要散架的马车却能顺利地行驶,展示出车夫高超的驾驶技术。】

尤金村总共只有六座又矮又小的草房。虽然这些草房子是新建的,可是座座都歪斜得不得了。有些院子还没有围上篱笆。我们进村的时候,没有遇到一个人,甚至一只鸡都见不着。【名师点睛:通过眼前的情景我们能初步了解村庄的破败凄凉。】只有一条短尾巴黑狗当着我们的面急急忙忙从一个干裂的洗衣盆里跳出来,连叫都不叫一声,就从大门底下溜了出去。我走进第一座草房,推开过道的门,唤了唤主人,没人搭理我。我又唤了一声,只听见另一扇门里一只猫饥肠辘辘的叫声。我用脚把门踢开,一只很瘦的猫在黑暗中闪了闪碧绿的眼睛,从我身旁溜过去。我伸头进去看看,漆黑一片,一点烟火气息都没有,更别说人了。我走到院子里,院子里也没有一个人……倒是有一头小牛在栏里哞哞叫着,一只跛脚灰鹅一瘸一拐地朝旁边走了几步。我又走进另一家,屋里也没有人。我来到院子里……

在阳光明亮的院子正当中,就是人们常说的太阳地里,有一个人躺在那儿,脸朝地,用衣服蒙着头,个子小小的,我还以为是个小男孩。在离他几步远的草棚底下,有一匹骨瘦如柴的劣马套着一套破破烂烂的马具,旁边还有一辆破得不能再破的运货马车。那破旧草棚窄窄的,洞眼里透出些许阳光,那马枣红色的鬃毛上就多了星星点点明亮的小光斑。那里还有一只高高的椋(liáng)鸟[鸟,种类很多,性喜群飞，吃种子和昆虫，有的善于模仿别的鸟叫。如八哥、灰椋鸟等]笼，椋鸟叽叽喳喳叫着，它们好奇又自得地从它们的空中豪宅向下张望着。我走到躺在太阳地上的那个人身边，轻轻唤醒了他……

他抬起头来，一看到我，就腾地站起来……"什么？你要干什么？出什么事了？"他似醒未醒地说。

我没有立刻回答他，因为他的模样使我大吃一惊。这竟是一个五十岁上下的矮子，又黑又小，他的脸上全是皱纹，鼻子尖尖的，还有一双几乎看不见的小眼睛。他那小小的头上顶着一头又黑又浓密的头发，就像顶了朵蘑菇。他的整个身体极其虚弱和瘦小，可是他的眼神奇怪到我无法用语言形容。

"你有什么事情吗？"他又问我。

我对他说了说是怎么一回事儿，他眨巴着眼睛一直盯着我，听我说着。

"就是说，你可以帮我弄一根新的车轴吗？"最后我说，"我可以给你支付报酬。"

"你们是干什么的？猎人吗？"他把我从头到脚打量一番之后，问道。

"对，我是猎人。"

"那你们要打的猎，不就是天上飞的鸟，树林里奔跑的野兽吗？你不觉得自己罪孽深重吗，残杀鸟兽，让无辜的血横流。"【名师点睛：奇怪的逻辑和话语为后文卡西扬自称通晓鸟兽语言、赶走猎物埋下伏笔。】

这奇怪的小老头儿说话的时候把声调拖得很长。他的声音也使我吃惊。在他的声音中，不但听不出一点衰老意味，而且是那么的甜蜜动听，活泼洋溢，就和少女一样。

"我没有车轴。"他沉默了一小会儿之后，又说，"这车轴它可用不了（他指了指那辆运货小马车），你们的车想必是大的。"

"在村子里能找得到吗？"

"这哪能算得上是个村子啊！……这儿没有谁有车轴……而且也没

▶ 猎人笔记

谁家还有人的，都干活儿去了。行了，你快走吧。"他突然说道，说完就又躺在地上。

我怎么也没有料到这个结果。

"老人家，麻烦你听我说，"我拍了拍他的肩膀说，"麻烦你了，请你帮个忙吧。"

"你快走吧！我累了，我今天才去了一趟城里。"他对我说完，就把衣服往头上拉了拉。

"麻烦你了，帮帮忙吧，"我接着说，"我可以付给你酬劳。"

"我不要你的钱。"

"老人家，麻烦帮我一下吧……"

他把上半身抬起来，把两条细腿盘着坐在那儿。

"我带你到迹地［林业上指采伐之后还没重新种树的土地］上去，可能那里会有办法。我们那儿的一片树林被商人买下来了——真作孽，他们砍掉了树林，就盖了个事务所，真作孽。你可以在他们那里定做一根车轴。或者买一根现成的。"

"那真是太好了！"我高兴地叫起来，"太好了！太好了……咱们现在就出发吧。"

"橡木车轴是好车轴。"他还没有站起来，又说道。

"那片迹地离这儿远吗？"

"三俄里。"

"那没问题！我们坐你的马车过去都没问题。"

"那可不行……"

"那咱们就走吧，"我说，"老人家快走吧！我的车夫还在街上等我们呢。"

老头子很不情愿地站起来，跟着我到了街上。【名师点睛:虽然很不情愿，但还是同意帮忙，体现他内心的善良。】出来的时候，我的车夫正在发脾气，他想去饮马，但是井里水少得很，味道又很不好，像车夫

们常说的，这可是要紧的大事……不过他一看到这老头儿，就咧开嘴笑了，并且点了点头，叫道：

"哎嘿，你好啊，卡西扬！"

"你好，叶罗菲，你这个直肠子的人！"卡西扬有气无力地回答他。

我就把他说的办法对叶罗菲说了说。叶罗菲表示赞成，马上就把马车赶进院子里。在他有条不紊[有条理，有次序，一点儿不乱]地拆卸马套时，老头子倚着大门站着，一会儿很不愉快地望望他，一会儿很不愉快地望望我。他看起来有些惶恐不安，据我观察，他不大喜欢我们两个不速之客突然来访。

"怎的，你也被迁过来了？"叶罗菲在卸马轭的时候，突然向他问道。

"我可不也被迁过来了嘛。"

"唉！"我的车夫透过牙缝说，"你认识吗，木匠马尔登……你认识利亚波沃的马尔登吧？"

"我认识。"

"唉，他死了。我刚刚遇到了为他出殡的队伍。"

卡西扬浑身颤抖了一下。

"死了？"说完，他的头就垂了下去，看起来有些忧伤。

"是的，死了。你怎么没把他治好呢？大家都说你会看病，是个不错的医生呢。"【名师点睛：车夫随意的调笑为后文我与卡西扬关于治病的对话做铺垫。】

我的车夫显然是在拿老头子开玩笑，挖苦他。

"怎么，这是你的车吗？"他将肩膀朝那辆车耸了耸，又说道。

"是我的。"

"唉，这车……这车呀！"叶罗菲叹着气重复了两遍，伸手抓住车辕，差点儿没把马车掀翻，"这车！你看看怎么可能还坐到迹地那儿去呢？……这辕杆我们的马是套不进去的，这是个什么玩意儿啊，我们的马那么大，怎么能套进去呢？"

> 猎人笔记

"这我就不知道了,"卡西扬回答说,"你们除了用这畜生过去,我可再想不到还有什么办法。"他又叹着气补充一句。

"就用这畜生吗?"叶罗菲接着说,然后走到那匹劣马跟前,用右手中指满脸鄙夷地戳了戳马的脖子。"咦,"他用责备的口气说,"这混蛋东西,都快睡着了!"

我要叶罗菲快点儿把马套上去。我想亲自跟卡西扬到迹地去,那里的松鸡可不少。等到车套好了,我和我的狗也凑合着坐到用树皮做的、左翘右弯,凹凸不平的车身里,卡西扬还是带着先前那副闷闷不乐的表情,在前面的栏板上缩成一团。这时叶罗菲走到我跟前,带着很神秘的样子悄悄地说:

"老爷,您和他一块去,可就有得好玩了。<u>您要明白他是一个十足的怪人,他就是个疯子,大家都叫他跳蚤。</u>【名师点睛:车夫明确指出卡西扬的与众不同。】我不太清楚您是怎么看待他的……"

我本打算如实告诉叶罗菲,到目前为止,我都认为卡西扬是一个明白道理的人,可是我的车夫又用同样的语调继续说道:

"您可小心些,看他带您去的地方是不是那儿。而且车轴您要亲自挑选,要挑结实些的……怎么样,跳蚤,"他又大声说,"你们这儿能找到点面包吃吗?"

"你去找吧,能找到。"卡西扬说完,拉了拉缰绳,马车就出动了。

使我着实吃惊的是,他的马跑起来没我想的那么烂,感觉还不错。一路上卡西扬一直不肯说话,我问他什么,他都不大愿意回答我,即使回答也是断断续续的。我们很快就来到迹地,找到了那个事务所。事务所孤零零地建在一条冲沟旁边,是一座高高的木头房子。那冲沟用一道土坝草草拦住,变成一口池塘。我进到事务所,看见两个牙齿洁白的年轻伙计。他们的眼睛亮亮的,说话亲切伶俐,微笑甜蜜,看着却有些狡猾。我向他们买了一根车轴,便转身回到迹地上。我以为卡西扬会待在马车旁等着我,但是他突然就来到我跟前。

"怎么,你要去打鸟了吗?"他问我,"对吗?"

"要是有鸟当然去了。"

"我想跟你一块去……可以吗?"

"当然可以啦。"我很开心。

我们很快就出发去狩猎了。砍掉树木的地方大概有一俄里光景。实话告诉您,我关注卡西扬的时间,要比关注我的狗的时间长多了。【名师点睛:上文车夫对卡西扬的形容引起了"我"的兴趣。】真难怪他的外号叫跳蚤。他那黑黑的、无遮无盖的小头(不过他那头浓密的头发能代替一切帽子)在灌木丛中闪来闪去。他走起路来蹦蹦跳跳的,格外有活力,不时弯下身去,扯下几根草放到怀里,再自言自语嘟囔些什么。他不住地打量我和我的狗,而且是用一种迷茫好奇、想要追根究底的神情。在矮矮的灌木丛中,在迹地上,常常能遇上一些灰色的小鸟跳跃旋转,从这棵树飞到那棵树,忽高忽低啾啾啾地叫着。卡西扬学鸟儿叫,像是跟那鸟呼应对唱一样。【名师点睛:对唱一样的呼应是卡西扬在与鸟儿"交流"。】一只小鹌鹑叽叽喳喳叫着从他脚下飞起来,卡西扬也对着那只小鹌鹑叽叽喳喳叫唤;一只云雀飞下来,在他的头顶上鼓着翅膀盘旋起来,歌声嘹亮地唱着——卡西扬也伴着云雀唱起歌来。不过他还是不搭理我……

天气越来越晴朗,比之前更好了,但还是那样热。明朗的天空中,有缓缓流动的,高远而稀疏的云朵,又像是初春才降落的白雪;平展展的,长长的,像张开的白帆。云朵边缘跟蓬松绵软的棉花一样,无时无刻不在变换着,但又不甚明显。这些云朵正在慢慢消融,所以连影子都没投下来一个。我和卡西扬在迹地上走了很久。一个个矮矮的树墩已经发了黑,周围长满细细的、光溜溜的枝条儿。这些新生的枝条都还不太长。这些树墩上还长出一个个圆滚滚带着灰边的海绵状木瘤,火绒[用火镰和火石取火时引火的东西]就是用这种木瘤熬出来的。这上面还有草莓在尽情地舒展须卷,还有一簇簇蘑菇在上面密密麻麻地生

猎人笔记

长着。长长的野草总是会绊住我两只被晒得通红的脚。树上到处有微微发红的嫩叶闪着金属般的强烈光芒，使人眼花缭乱。到处生长着一串串浅蓝的野豌豆，一半紫一半黄的蝴蝶花，长着金黄色花萼的毛茛，花团锦簇，色彩斑斓。有些荒芜的小路上长满带状的一丛丛红色小草，其间依稀可见昔日的车辙。就在这小路边上，堆着一俄丈见方的木材，一垛一垛多不胜数。因为风吹雨打已经发了黑。那一垛垛的木材下，是阳光投射的斜长方形阴影——此外再没有什么地方有阴影了。微风时而吹动，时而停息。有时迎面而来，像是狂风暴雨即将到来——四周的一切都欢呼雀跃起来，左右摇摆，晃动跳舞。蕨类植物那柔软的头袅袅娜娜地舞动——你正高兴风来了呢……可谁知它一会儿又消失无踪了。只有蝈蝈好像生气了似的，齐声吱吱叫着——那叫声就像催眠曲一样，让人懒洋洋，感觉到困倦。这叫声好像是从正午的酷热中产生的，是从滚烫的大地里被燥热唤醒的。【名师点睛：蝈蝈的叫声被形容成从滚烫的大地里被燥热唤醒的，生动形象地描写出当时天气的炎热程度。】

我们连一小群鸟儿也没有碰到，就又来到另一片迹地上。在这儿，那些新砍倒的白杨将青草和灌木都压得凄惨地躺在那里，动弹不得；其中有些树的叶子还是绿的，不过确实是已经死了，枯萎、卷曲了，就那样耷拉在树枝上；另外的一些，是早就枯黄落败了的。一个潮湿发亮的树墩旁堆着许多白色带金黄的新鲜木片，还散发着一种有些奇特却格外好闻的丝丝苦涩的味道。远处，靠近树林的地方，响着低沉的斧声，每过一阵子，就会有一棵大树缓慢地倒下，就像是鞠着躬，伸着双臂庄严地落幕。【写作借鉴：运用拟人的手法，生动形象地描写大树被砍倒时的景象。谢幕一般缓缓落下，庄严而又悲壮。】

我们走了很久都没遇上合适的猎物。终于，从一大丛长满野蒿的橡树林中飞出一只秧鸡。我当机立断，立马对着它开了一枪，正中猎物。那秧鸡在空中翻转着落在了地上。卡西扬听到枪声，急忙用手捂住眼睛，直到我重新把枪装好，将秧鸡捡起来，他还是保持着那个动作没有一点变化。等我继续往前走了,他才匆匆几步走到秧鸡落下的地方,弯腰看着溅在草地上的血迹,难过地摇了摇头,抬起头惊恐地看着我……后来我听见他小声说:"作孽啊!真是作孽哟!"

　　似火的烈日逼迫我们躲进树林。我急忙跑到一丛高高的榛树下面,粗壮的榛树上竟长着一棵新生的槭树,姿态挺拔,婀娜多姿,正迎着阳光舒展着自己初生的枝丫。卡西扬在一棵砍倒的白桦树粗的一端坐下来。我看着他。高处的树也正轻轻晃动,淡绿色阴影在他那穿着深色上衣瘦弱的身躯和黝黑瘦小的脸上轻轻地来回滑动。他连头也不抬。他总是不说话,半天也不说一句,我觉得很没意思,便仰面躺下来,欣赏起纷乱的树叶在明亮的、高高的天空变幻的影像。仰卧在树林里向上眺望,是让人非常愉悦的一件事!你会觉得,你望着的,是深不可测的大海,那辽阔的大海就在你的面前,觉得树木不是从地下往上长的,而是往下耷拉着,像一些巨大的植物的根,在清澈透明的波浪上垂直生根。【名师点睛:像海水一样无边无际看不到尽头的枝繁叶茂,是树木尽情生长的结果。】那绿宝石一样剔透的叶子,有时被阳光照耀,又成了浓厚的墨绿色。在远处的什么地方,有一片单独生长的叶子挂在一枝细细的树梢上,仿佛一动不动地待在湛蓝的天上,旁边那像鱼尾一样摇动的叶子,仿佛是在自由自在地遨游。一朵朵白云,像一个个水中仙岛,静默地飘过去,又缓缓地飘回来。忽然这大海,这明亮的空气,这些洒满阳光的树枝和树叶,都像水波一样荡漾,摇曳生姿[姿态娴雅,婀娜多姿的样子],接着就是一阵阵摩擦颤动的簌簌声,好像突然涌来的波浪那无休无歇的细碎的哗啦声。你静静地细细聆听,心中的宁静、喜悦、甜蜜的感觉,是任何语言都无法描述的。你望着望着,那高高的、清澈的蓝天会使你的嘴角浮起微笑。这笑和那蓝天一样纯洁无瑕。脑海中浮现出一段段曾经幸福快乐的往事,像天上的行云、地上的流水,无声地从心头涌过。而且你总是觉得,你的目光愈延伸愈远,你仿佛也被带入那无限深邃、无限静谧的远方,到达这至

139

猎人笔记

高至远的地方，你无法再离开……

"老爷，嘿！老爷！"卡西扬忽然用他那洪亮的嗓门儿说。

我惊愕地欠起身来。之前我主动跟他搭话他都爱搭不理的，现在突然这样叫起我来，我有些惊奇。【名师点睛：卡西扬主动跟"我"搭话，不是为了套近乎，而是别有一番用意。】

"怎么了？"我问。

"老爷，你为什么要打死这只鸟呢？"他直面对着我，眼神里全是伤心。

"什么为什么？这秧鸡是野味……很好吃啊。"

"老爷，你真的是为了吃才杀它的吗？你难道不是为了取乐才打死它吗？你根本就不是想吃它！"

"那你也会去吃，比如鸭或者鹅这些东西吧？"

"那些东西是给人吃的，但是秧鸡是生活在树林里自由自在的鸟。所有树林里的，田野里和河里的，沼地里和草地上的，高处的和低处的，伤害它们都是沉重的罪孽。它们在这世上是有自己生命的定数的……人有自己该吃的东西，除了它们之外的另外的吃喝的东西。粮食——这可是上天赏赐给我们的，上天赐予我们甘甜的水，还有那些祖祖辈辈畜养的家禽。"

我惊讶地望着卡西扬。他的话说得非常流畅自如，没有多加思考，平静而又有重量，庄严又不失亲和，说到激动处，还会闭上眼睛摇头晃脑。【名师点睛：没有多加思索，脱口而出，说明这是卡西扬的肺腑之言，而且是极为坚定的想法。】

"依你看，那捕鱼也是罪过了？"我问。

"鱼是冷血动物，"他很有信心地回答说，"鱼虽然是活物，但说话没有声音。它们不懂恐惧，不懂开心快乐，鱼是一种不会说话的活物。它们身上的血是死的，它们是无知无觉的活物……"他沉默了一下，又接着说下去，"血呀，血是神圣的东西！血是见不得光的……要是血见了光，那可就是天大的罪孽，没有比这更可怕，更严重的罪孽了……唉，天大的罪过呀！"

他叹了一口气，就低下了头。说实话，看着这个怪异的老头，我的心情真的很奇妙。他的话真不像一个庄稼人说的。普通老百姓不说这样的话，能说会道的人也不说这样的话。这是深思熟虑之后庄重而又奇怪的话，我从来没有听谁说过这样的话。

"请问，卡西扬，"我一直注视着他那微微发红的脸，问道，"你是做什么的？"

他没有很快回答我的问题，他的眼睛有些疑惑不安地转了转。

"我是过日子，"他终于回答说，"要具体说是干吗的——不，我哪一行都没干。我这个人无知无能没什么优点，从小到大都是这样，能干点儿什么就干点儿什么，我可没有什么能做的事情……我什么事情都做不好。我体力不行，手又笨。就比如春天的时候，我会去捉夜莺。"

"捕捉夜莺？……你不是说，不论是树林里的、田野里的，不论什么地方的活物，那都是不可以伤害的吗？"

"是的，打死是不应该的。死亡虽然是必经的，但也应该到该死的那个时辰。【名师点睛：这是卡西扬关于人生死亡的感悟。】就拿木匠马尔登来说吧。木匠马尔登本来是活着的，但是却活得不长，他的老婆因为他的死哭得伤心欲绝，还为他们那么小的孩子落泪……不论人，不论野物，早晚都要死。死亡是天下万物最后的归宿，谁都逃脱不了。但却不能人为地改变生死命格……我不是把夜莺打死，我绝对不是为了伤害它们！我捕捉夜莺，不是让夜莺受罪，不是害它们的性命，只是为了取悦人类，让人们开心。"

"你是到库尔斯克[位于俄罗斯西部的一个州。该地夜莺因品种优良，歌声甜美，被视为佳品]去捕捉夜莺吗？"

"我会去库尔斯克，也会去更远的地方，那得看情况。我经常在沼泽地、森林里过夜，一个人在耕地上、在荒野里过夜。【名师点睛：通过

141

猎人笔记

卡西扬的自述，我们能知道他足迹的广阔。】在那里，你会听见山鹬啾啾的叫声、兔子吱吱的叫唤，还有野鸭在呱呱呱地叫……天刚微微亮时，我就去树林间撒网……有些夜莺的歌声太让人悲伤了，让人心生怜悯……真的太悲伤了。"

"那你卖夜莺吗？"

"卖给好心人。"

"除了这些你还做些别的活计吗？"

"这是什么意思？"

"就是平日里你还干什么别的活吗？"

老头儿沉默了一会儿。

"我没什么要干的活……别的事情我都做不好。但是，我认识一些字。"

"你识字吗？"

"我识字。这得感谢我遇上的一些好心人。"

"那你有家室了吗？"

"没有，没有家室。"

"怎么，是去世了吗？"

"不，就是没有。可能我这一生并没有结婚的运道。但是人生在世，必须行得正坐得端——这是真正重要的事情！"

"你有亲戚吗？"

"有……但是……也就那样……"

老头儿不肯说了。

"那请问，"我又问道，"我刚刚听见我的车夫问你为什么没有治好马尔登，你是真的会治病吗？"

"你的车夫是一个正直人，"卡西扬若有所思地回答说，"但也不是毫无缺点。说我是医生呢……我算什么医生呀……谁又能治病呀？这都是听从了上帝的引导。有些……花啊，草啊，有些治病的功效。就比如鬼针草，是一种对人有益的草，车前草也是这样。可是，另外一些草就不是这样了。你看这些草，虽然不全都是完美无缺的，但本质全都是纯洁的，因为它们是大自然赏赐给我们的。当然啦，也有这样的祈祷词……谁要是能相信，谁就能被救。"【名师点睛：虽然有药草的功效，但也是来自病人自身的求生欲。】他放低声音，又这样说了一句。

"你什么药也没有给马尔登吗？"我问。

"我知道晚了，"老头儿回答说，"但这有什么关系呢，人的生死都是有命数的。木匠马尔登不是长命人，在世上是活不久的，果然如此。是啊，凡是不能在世上久活的人，连太阳都不能让他温暖，让他舒适，吃饭也没有什么作用，仿佛就是命中注定，他要去另一个地方生活了……是啊，让他的灵魂安息吧！"

"你们迁到这里很久了吗？"沉默了一小会儿之后，我问道。

"也没有很久吧，也就四年左右。老东家在世的时候，我们一直住在自己的老地方。可是，现在的监护人把我们给迁过来了。我们的老东家心肠好，又很善良，愿他早升天堂！哦，当然啦，监护人也没做错什么，你看，也只能这么做。"

"你们以前住在哪儿？"

"我们住在美丽的梅恰河边。"

"那地方离这里远吗？"

"一百俄里左右吧。"

"啊，那里怎么样，是不是比这里好多了？"

"好啊……比这里好啊。那里是多么的辽阔，四处都是交错的河流，那是我们的家啊。再说这里，干旱贫瘠，冷冷清清又偏僻。【名师点睛：此地的贫瘠与后文美丽的梅恰河畔做对比，突出它的美以及卡西扬对故乡深深的眷念之情。】在我们那里，美丽的梅恰河畔，你可以爬到一个小山坡上，爬上去一看：我的天呀，这是什么呀？嗯？……那是河流，那一片是草地，再看那儿，是森林；那边是礼拜堂，再过去又是草地。可以看到很远很远……你就这样看着，看着，天哪，这一切是多

143

猎人笔记

么美妙！而这里呢，确实是有很好的、适合耕种的土壤，庄稼人都这么说，我们的庄稼收成一定会很好。"

"怎么样，老人家，跟我说实话，你还是想回到家乡的吧？"

"是啊，能回去看看就好了。但是，在哪儿都一样。我啊，四海为家，喜欢到处走走。到处走走看看多好啊。所以不如出来走走。"他提高嗓门儿，接着说，"出来走走，确实是快乐舒心很多啊。多见见阳光，心里也舒畅些，发出的声音、唱出来的歌儿都是那样甜蜜。再看这儿，这种草你要是认识，那就放心地采一把吧。那儿有水在流，比如说，那是泉水，是仙水，你可以尽情畅饮。鸟儿自由自在地唱着歌儿……库尔斯克过去就是草原，那是多么好的草原地带，那儿的草原是多么美好，让人惊叹、热爱。那都是大自然赏赐给我们的啊！有人说，那草原一直伸到温暖的大海，那儿有一只声音很好听的鸟儿'格马云'[传说中来自天堂的鸟]，不论秋天冬天，树上的叶子都不落，有金苹果长在银树枝上，每个人的生活都很富足，世道也那么太平……我总想着我要能到达那里就好了……我到过的地方实在不少了！我到过罗姆内，到过辛比尔斯克——那是一个很好的城市；也到过莫斯科——用金子做的圆顶建筑遍地都有；到过'奶娘奥卡河'，也到过'亲爱的茨纳河'，也到过'母亲伏尔加河'。我见过很多人，许多虔诚的人，去过很多富裕的城市……啊，我总想着去那儿，最好……不止我一个人去……还有那么多的人是穿的树皮鞋，他们一路乞讨，去找寻心中的真谛……是啊！……你说就白白在家里虚度光阴又有什么意思呢？人间没有公道，就是这样呀……"【名师点睛：在卡西扬的眼中，大自然中的一切都那么美好，他真挚地热爱着大自然的一切。他善于观察那些鸟儿、那些花草。我们通过他的自述，能看见来自俄罗斯普通农民的一颗具有强大道德感、淳朴且善良的心。】

卡西扬说到最后的时候语速很快，虽然听不太清，但是大致就是这样一个意思。后来他又说了两句什么话，我简直就听不出了。他脸上那样怪异的表情,使我不由得想起"疯子"这个称号。【名师点睛:与前文车夫对我说的话相对应。】他低下头,咳了咳,清清嗓子,好像回过神来了。

"多么好的太阳呀!"他小声说,"真是上天的恩赐!在这林子里多么温暖啊!"

他耸了耸肩膀,沉默了一会儿,漫不经心地环顾四周,小声哼起歌儿。我无法听清他拖长声音唱的歌儿的全部歌词,只听清了下面这两句:

> 我的名字是卡西扬,
> 还有个外号叫跳蚤……

"哎呀!"我心想,"这还是他现编的词呢……"他忽然哆嗦了一下,注视着树林深处,不唱了。我回头一看,那里站着一个农家小姑娘,七八岁的样子,穿着无袖蓝色小褂,用一块格子头巾裹在头上,黑黑的手臂上还挎着一个篮子。她大概也没想到会在这里碰到或者撞见我们。她就在那郁郁葱葱的榛树林映照的清凉草丛里站着,一动不动,用她那双乌黑的眼睛惊惶地望着我们。我刚看清楚她的样子,她就唰一下躲到了一棵树的后面。

"安奴什卡!安奴什卡!到这儿来,别害怕。"老头儿亲热地唤道。

【名师点睛:卡西扬对小女孩格外的热情与温柔。】

"我怕。"那是小女孩独有的尖细的声音。

"没关系,别害怕,快到我这里来。"

安奴什卡一声不响地离开她躲藏的地方,悄悄地绕了一个圈子——她那双小小的脚走在茂密的草地上悄声无息——就从老头儿旁边的树丛里走了出来。这小姑娘不是我之前根据她的个子推算的七八岁,应该是有个十三四岁了。她整个身体又瘦又小,但是又匀称又灵活。不过

145

猎人笔记

那张精致美丽的小脸却莫名的和卡西扬格外相似，虽然卡西扬的长相并不好看。【名师点睛：美丽胆怯的小姑娘为什么会跟卡西扬长相相似？不禁让人对他们的关系感兴趣。】同样是尖尖的脸盘，眼神也是同样的奇怪，调皮而真挚，深沉而敏锐，举手投足都那么相似……卡西扬看了她一眼，她就站到他旁边。

"来采蘑菇的吗？"他问。

"是的，采蘑菇。"她羞怯地笑着回答说。

"采了很多吗？"

"很多。"她很快地看了他一眼，又笑了笑。

"有白的吗？"

"有一些白色的。"

"给我看看，给我看看吧……"她把挎在手臂上的篮子放下来，掀了一半盖着蘑菇的大牛蒡叶子。"哎呀！"卡西扬朝篮子弯下身去，说，"安奴什卡可真棒！你看这些蘑菇多好呀！"

"怎么，卡西扬，这是你的女儿吗？"我问道。安奴什卡的脸有点儿红了。

"不是的，对，是我亲戚。"卡西扬装出漫不经心的样子说，"行了，安奴什卡，你快回去吧。"他立刻又补充说，"快回去吧，路上小心一点……"

"你为什么要让她走回去啊？"我打断他的话说，"可以让她坐咱们的车嘛……"

安奴什卡的脸更红了。她的两只手抓紧了篮子上的绳子，局促不安地看着老头。

"没事，她会自己走回去的。"他依然用淡漠的懒洋洋的语气说，"这没什么的，她能走回去，行了，快回去吧。"

安奴什卡很快地走进树林去了。卡西扬朝她背后看了看，然后低下头，自己笑了笑。在这长长的微笑中，在他对安奴什卡说的不多的几句话中，还有他和她说话时那种语调，深藏着一种只可意会不可言传的慈爱和温柔。他再次向她离开的方向望过去，又开心地笑了笑，揉搓着自己的脸，点了几下头。【名师点睛：即使是离去的背影，也能让卡西扬开心，看得出卡西扬对小女孩的疼爱。】

"怎么没说几句话你就让她走了啊？"我问他，"我还想找她买些蘑菇呢……"

"您要是买的话，等一会儿到家里也可以买。"他回答我说。这是他第一次称呼我为"您"。

"你家这个小姑娘可真可爱。"

"不……哪里……嗯……"他好像很不情愿地回答说。从这里开始，他又恢复到之前的沉默。

我看出来了，不管我再怎样想让他开口说话，都没什么用，所以我只好往迹地走过去。这时候炎热已经多少减退了一些，但是，我还是打不到猎物，或者用我们常说的话，走了霉运。于是我就带了一只秧鸡和一根新车轴回到村子里去。在快进院子的时候，卡西扬突然叫住了我。

"老爷，请您原谅我。"他对我说，"我对不住您，是我念了咒，让所有的野物都避开你。"【名师点睛：卡西扬的话解释了之前他对动物的怜悯和"我"没能打到猎物的原因。】

"你是怎么做到让它们避开我的？"

"总之我能办到，你的狗这么聪明机灵，也没派上什么用场。人啊，好像什么事情都能办到，对吗？可是，不也对这些野物束手无策吗？"

我要是对卡西扬说，念咒不可能使野物躲开，恐怕对他作用也不大，所以我没有再多费口舌，况且这个时候我们的车子已经转了弯，进到了大门里。

安奴什卡不在屋里，不过她那一篮子蘑菇已经放在屋里了。看来她已经回来过了。叶罗菲对新车轴吹毛求疵地评价了一番之后，就把

147

猎人笔记

　　车轴安好了。过了一个钟头，我们就离开了。临走的时候我留下一些钱给卡西扬，起初他不肯要，可是后来想了想，把钱拿在手里愣了一会儿，还是装进了兜里。在这一个钟头里，他几乎一句话也没有说。他仍然倚着门站着，也不对叶罗菲的责问有什么辩解，只是非常冷淡地与我们告别。

　　我一回来，就发现叶罗菲的情绪又很坏……可能是因为他在村子里什么吃的都没找到，饮马水槽也糟糕得很。【名师点睛：通过车夫糟糕的情绪，再一次表现村庄糟糕的状况。】在一遍遍催促下，我们启程了。他带着很不满意的神情坐在驾车座上，我只看着他的后脑勺就能想到他现在的神情有多么不满意。他很想和我说说话，但是等着我先开口发问，因此他只是小声轻轻嘟囔着，对着马恶狠狠地咒骂几句。"村子呢！"他嘟囔说，"还算是村子呢！我就想要一点克瓦斯，可是竟然连克瓦斯都没有……啊，我的天哪！那水，糟糕透了！黄瓜、克瓦斯，什么都没有，呸，你啊！"他大声啐了一口，对右边拉套的马大声吆喝道，"我可是了解你的！你就是个爱耍滑头的家伙，"于是他抽了它一鞭，"这马现在狡猾极了，以前这畜生多么听话呀……嘿，还敢回头试试！"

　　"叶罗菲，我问你，"我开口说，"卡西扬到底是一个什么样的人啊？"

　　叶罗菲没有立即回答我，他一向是一个深思熟虑、不慌不忙的人。但是我立刻猜出来，我的问题让他很是满足得意。

　　"跳蚤吗？"他扯了扯缰绳之后，终于说话了，"怪人一个，可以说就是个疯子，这世上可再难找到比他怪的人啦。【名师点睛：借车夫的话语来描述外人眼里卡西扬的形象。】他就跟，比如说，就跟这匹黄灰色马一模一样，不肯听话……就是说，爱耍滑头，总是不好好干活。不过，当然啦，他干活儿也不行——身子骨弱极了——不过，总是不太好……他从小就是这样的。最开始的时候他跟着叔叔们赶车送货——他的叔叔们都是赶车的。不过后来他可能是厌烦了，就撂了担子不干了。他就待在家里，可是家里又待不住，他天生就是一个不安分的人，跟那跳蚤一模一样。幸亏他碰上一个好心肠的东家,什么都随着他去。从此他倒是随心所欲了,像一只没主的山羊。他这人十分古怪,谁知道是怎么回事啊:有时候整天木讷寡言,默不作声,有时候又突然说起话来。可是他说的是什么啊,没人能明白,您说有这么奇怪的人吗?真没有这样的。大家说他怪癖,可是一点都没说错。但是他唱歌是真的不错,唱得那是真的顶呱呱,真的不赖,真的不赖。"

"那他是真的会看病吗?"

"治什么病呀!……哼,他哪里会治病呀!他这样的人怎么会看病呢。但是我的瘰疬(luǒ lì)[一种病,多发生在颈部,有时也在腋窝部,因结核杆菌侵入淋巴结而引起,症状是局部发生硬块,溃烂后经常流脓,不易愈合]是他治好的……"他沉默了一会儿之后,又说,"他就是一个笨蛋,他怎么会治病呢。"

"你认识他很久了吗?"

"我们很早就认识了。我们当初都住塞乔夫村,是邻居,住在美丽的梅恰河边。"

"哦,我们在树林里碰到一个女孩子,叫安奴什卡,是他家的孩子吗?"

叶罗菲转头朝我看了看,咧开嘴笑起来。

"啊!可不就是吗,是他家的孩子。她是一个孤儿,没有母亲,也没人知道她的母亲是谁。嗯,也算是他的亲属吧。总之,那孩子住在他家。她是一个伶俐的女孩子,那个怪老头可是宠她宠得厉害,那女孩子也乖巧极了。而且他,也许您不相信,他还认识几个字,想教女孩子认字呢。我说的是真的,他真的会教的,他可不就是这样一个怪人吗?而且也是一个没定性、不知高低的人……咦,咦,咦!"我的车夫突然煞住自己的话,把马勒住,他似乎在空气中闻到了什么味道。【名师点睛:通过空气中的味道就能想到马车的问题,表现出车夫对马车的熟识。】"所以最好还是要上点油儿……还是去打点水来吧,这边正好有个水塘。"

149

▶ 猎人笔记

于是叶罗菲慢腾腾地从车上爬下去,解下水桶,就跑到水塘里打水去了。等他回来,喝足了水的轮毂吱吱响着,他就又开心起来……在十俄里光景的路上,他向发烫的车毂上倒了六七次水。我们快到家的时候,天已经完全黑了。

Z 知识考点

1.填空题。

"我"的马车因为_____磨损断裂,"我"在一个村子里请求帮助时遇到了绰号"_____"的卡西扬。

2.选择题。

"我"打猎归来,坐在马车上,路上出现了一支(　　)的队伍。

A.抢劫　　　B.结亲　　　C.出殡　　　D.打仗

3.问答题。

请简要分析,为什么跟在出殡队伍后面年老的那一位女士没有流露出极大的悲伤表情?

_____

_____

Y 阅读与思考

1.卡西扬对"我"极力地赞扬自己家乡的山水草原,那一段能体现卡西扬什么样的性格特征?

2.当我们在迹地遇上正在被砍倒的树木时,作者对树木"伸着双臂庄严地落幕"的描写有什么作用?

总　管

M 名师导读

　　阿尔卡季·巴甫雷奇是"我"的熟人，他是一个自认为铁面无私、严厉又通情达理的年轻地主。一次，他执意邀请"我"到他的什比洛夫村去住宿。一路上，他不停地向"我"夸奖他那位有治国之才、聪明能干的总管。当"我们"到达村子里，看到的却是惊恐不已的贫苦庄稼人、边哭边跑的男孩、忽然逃跑的大公鸡……

　　我有一个熟人，是一位年轻的地主。他是个退役的近卫军军官，叫阿尔卡季·巴甫雷奇·宾诺奇金，居住在离我的村子有十五六俄里的地方。他那地方有很多野味。他的庄园精巧美丽，出自一位法国建筑师的设计，仆役们都穿英国式服装，饭食很讲究，待客很殷勤，不过你就是不愿意去他家里做客。【名师点睛：再多的赞扬也不愿去做客，为后文他的愚蠢狠毒做铺垫。】他为人正派，通情达理，接受过良好的教育，贵族气派十足，也曾任有公职，在上流社会厮混过，现在经营家业，得心应手。阿尔卡季·巴甫雷奇，用他自己的话来说，他处事铁面无私，严厉又通情达理。他关爱手下，处处为他们着想，就算惩罚也是为了他们好。"对待他们应该像对待孩子们一样，"他常常说，"他们都是些愚民，我亲爱的，咱们得考虑到这些。"【名师点睛：一句话就能看出他的狂妄自大和对下属轻蔑的态度。】他遇到所谓不得不痛心的事时，总是尽量心平气和不做出暴怒难堪的动作，也不会用大嗓门去嘶吼，一般都是用手指着对方，心平气和地

> 猎人笔记

说："伙计，我对你说过嘛。"或者："你怎么回事，老兄，你可得想清楚。"——而且只是轻轻地咬着牙，撇着嘴。虽然他个子不高，但是有一副好相貌和好身材，手和指甲都保持得十分清洁；嘴巴红润，面色光彩，看着颇有番男子气概。他笑起来又响亮又爽朗，一双明亮的褐色眼睛亲切地眯着。他穿戴很讲究、很时髦。他订的是法国书刊、画册和报纸，但是他不怎么喜欢读书，一本《永远流浪的犹太人》[法国作家欧仁·苏的作品，是一部长篇小说]看了好久才看完。他打牌倒是挺厉害的。总而言之，阿尔卡季·巴甫雷奇算得上我们省里最有教养的贵族和最令人神往的佳婿对象之一。女士们为他神魂颠倒，尤其热爱他的风度翩翩。他为人处世像猫一样小心谨慎，从来不惹是生非，虽然有时也乐于自我表现，甚至欺负弱小，让人丢尽脸面。他非常厌恶不良的交际——怕败坏自己的名声。可是在快活的时候却自称为伊壁鸠鲁[公元前3世纪的著名古希腊哲学家，主张人生在世应该平安喜乐，怡然自得。在当时的俄国他的名字是享乐主义的代名词]的崇拜者。不过，说实话，他并不喜欢哲学，把哲学叫作"德国聪明人渺茫的食粮"，有时直接就妄言哲学是胡说八道。他也喜欢音乐，打牌的时候常常轻轻地、带着节奏感地哼着歌儿。《卢西阿》[意大利作曲家多尼采蒂所作的歌剧]和《松那蒲拉》中的段落他也记得一些。但不知道为什么，他唱起来就是不堪入耳，刺耳难听。【写作借鉴：表面上写他的歌声难听，其实作者在暗讽他心灵的丑恶。】每年冬天他都要到彼得堡去。他家里收拾得格外整洁，连马车夫也受到他的影响，每天不仅擦马轭，刷上衣，而且经常自发地去洗脸。阿尔卡季·巴甫雷奇家的仆人每日里看着都是愁眉不展的，不过，在我们俄国，是很难分清愁眉苦脸和睡眼惺忪的。阿尔卡季·巴甫雷奇说话的声音又柔和又悦耳，又讲究抑扬顿挫[（声音）高低起伏和停顿转折]，仿佛从他喷满了香水的小胡子下面说出的每个字都让他自豪得意。说话时，还喜欢夹杂一些法语，例如"有意思""可不是"

等等。就因为这种种原因，我是真的不太爱与他交往，而且，如果不是松鸡和山鹬的话，我可能根本不会搭理他。在他家里，你总会觉得浑身不自在，心中很是不安，也不觉得快乐。每天晚上，当一个穿着浅蓝制服，纽扣上还印着特制的家族纹章的鬈发侍仆来到你面前，卑躬屈膝地要为你脱靴子时，你会有一种感觉：假如把这个苍白干瘦的人突然换成有着很宽的颧骨、很厚鼻子的年轻力壮小伙子，哪怕这小伙子是主人刚刚从田间叫来的，穿着不久前赏给他的土布衣服，而且已经开裂十几处，就算他在帮你脱靴子的时候，会把你的小腿和靴子一起扯掉，你也愿意冒冒险……

尽管我对阿尔卡季·巴甫雷奇没有好感，但我还是在他家过了夜的。第二天很早我就吩咐我的车夫套车准备离开，可是他却不愿意让我不吃他的英式早餐就走。他热情得让我难以拒绝，所以，我被带到他的书房。除了茶之外，侍仆还给我们端上来肉饼、煮得很嫩的鸡蛋、奶油、蜂蜜、干酪等等。两个戴着雪白手套的侍仆，恭敬地站在那里，随时准备满足我们的需求，尽心尽力地伺候着。我们坐在波斯式长沙发上。阿尔卡季·巴甫雷奇穿着肥大的绸裤，黑色丝绒上衣，头戴一顶漂亮的带有蓝色流苏的圆帽，脚蹬没有后跟的中国式黄色便鞋。他喝茶，大笑，打量自己的指甲，抽烟，还用坐垫垫着腰部，总之，心情极好。阿尔卡季·巴甫雷奇吃得饱饱的之后，心满意足地为自己倒上一杯红酒，端到唇边，忽然皱起眉头。

"这酒为什么没有热一热？"他用很激烈的口气问一名侍仆。

那名侍仆惊慌失措，一动不动地站着，脸色煞白。【名师点睛：只因为一杯酒没有热，侍仆就如此惊慌，能看出地主对奴仆们犯错后的惩罚之严厉。】

"我问你话呢，伙计！"阿尔卡季·巴甫雷奇脸色平静，双眼却是死死地盯着他。

那个倒霉的侍仆在原地倒换着两只脚，使劲拧着餐巾，一句话也

猎人笔记

没有说。阿尔卡季·巴甫雷奇低下头，若有所思地瞥了他一眼。

"失礼了，朋友。"他亲热地拍了拍我的膝盖，带着愉快的笑容说过这话，就又盯着那名侍仆。"行了，你下去吧。"静默思考了一小会儿后，他接着说道，然后扬起眉毛，按了按铃。

很快一个又黑又胖的人走了进来，满头黑发，低瘪的额头，肿泡眼睛眯成一条缝儿。

"菲多尔的事……处理一下吧。"阿尔卡季·巴甫雷奇神色自然地小声对他说。【名师点睛：仅仅因为没热酒就处置奴仆，由此可见阿尔卡季·巴甫雷奇表面上风度翩翩，待奴仆极为友善，实际上是一个伪君子。】

"遵命。"那胖子回答完，就出去了。

"看，我的朋友，这就是乡下生活带给人的不适之处。"阿尔卡季·巴甫雷奇愉快地说，"咦，您这是准备去哪儿？别着急走啊，再坐着休息一会儿吧。"

"不好意思，我就先不坐了。"

"又是打猎！唉，对你们这些痴迷于打猎的人真是没办法！那您现在准备到哪里去啊？"

"到四十俄里外的利亚波沃去。"

"到利亚波沃去？哈，那真是太好了，我可以为您带路了。利亚波沃离我的什比洛夫村不过五俄里，我也有很长一段时间没去什比洛夫村了，总是抽不出时间。这一下正好：您今天去利亚波沃打猎，晚上就可以去我的那个村子休息休息，真是太好了。【名师点睛：这里可以看出地主爱炫耀、自高自大的性格。】我们可以一起吃饭，可以带一个厨子去——您就在我那儿过夜。太好了！真是太好了！"他不等我回答，又说，"一切都会安排得好好的……嘿，那个谁！叫人给我们套车，动作都快点儿！您没有到过什比洛夫村吧？虽然我真的很不好意思让您在我的总管那间小破屋子住一晚上，不过我知道，您不会那么在意的，对吧？而且如果您到利亚波沃，也许会在干草棚里过夜。咱们出发，出发吧！"

于是阿尔卡季·巴甫雷奇哼起一支法国浪漫曲。

"也许您还不知道，"他倒换着两只脚，继续说，"那里还有向我缴代役租的庄稼人呢。现在都得按宪法行事，也没什么办法呀。不过，他们倒是都按时给我缴了代役租。说实话，我老早就想叫他们改成劳役租了，可是地太少了呀！就是因为这个，让我有些奇怪，他们是怎么凑合地过下去的呢？不过，那是他们的事了。我在那儿的总管可是一个聪明能干的人，治国之才！到了那儿您就能见到了……那真是，好极了。"【名师点睛：能被这样一个伪善的老爷极力夸奖的总管，会是怎样的一个人呢？】

真的是没有办法，本来我早上九点钟就要走的，等他一番折腾，我们到下午两点钟才出门。只有猎人们才懂得我心中的焦虑。阿尔卡季·巴甫雷奇，正如他自己说的，想要趁机戏耍玩乐一趟，所以带了无数的内衣、食品、饮料、香水、软垫和让人眼花缭乱的梳妆盒。这些东西足够一个俭朴自持的德国人用一年了。每次车子下坡的时候，阿尔卡季·巴甫雷奇都要对车夫嘱咐几句短小的叮嘱语，因此我可以断定我这位朋友是一个十足的胆小鬼。不过，这次旅行比较顺利。只是在一座刚修好的小桥上，厨子坐的那辆车翻倒了，后车轮压到了他的肚子上。

阿尔卡季·巴甫雷奇一看到自家的"卡雷姆"［法国一位著名的厨师，借此代表有高超厨艺的厨师］翻下车来，连忙叫人去问他的手有没有受伤。他一听说没有跌伤，立刻放下心来。【名师点睛：厨师翻车，地主只担心他的手是否还能为自己做饭，丝毫不在乎厨师的人身安全。】就因为这些类似的事情，在路上耽搁了很久。我和阿尔卡季·巴甫雷奇同坐在一辆马车里，在这次旅行要到达终点的时候，我已经苦闷难挨了，特别是最后几个小时，因为在这几个小时里，我的这

155

猎人笔记

位朋友卸下他的伪装，显露出无精打采的样子。我们终于到达了目的地，不过不是到了利亚波沃，而是直接来到什比洛夫村，这跟我的原计划一点都不一样，我也不知道为什么会这样。就这样，今天也不能打猎了，但是又有什么办法呢，也只能静下心，顺其自然了。

厨子比我们早到几分钟，而且显然已经安排好，通知过有关的一些人。我们的马车刚刚进了村子大门，村长（总管的儿子）就已经在那里等候了。这是一个强壮的汉子，高大的身材，顶着红棕色的头发，身上穿着新上衣，敞着怀骑在马上。"索夫伦在哪儿？"阿尔卡季·巴甫雷奇问他。村长先是很敏捷地跳下马来，向主人深深地鞠了个躬，说："您好，阿尔卡季·巴甫雷奇老爷。"稍后才抬起头，抖擞精神，立刻恭敬地回复老爷说，"索夫伦到彼罗夫去了，已经派人去叫他了。""行，那你就跟我们走吧。"阿尔卡季·巴甫雷奇说。村长为了表示敬意，把马拉到了旁边，上了马，让马跟在马车后面小步跑着，帽子依然在他的手里。我们的马车朝村子里走去。迎面有几个庄稼人坐着空货车过来，看样子是才从打谷场上回来，唱着歌，颠动着身子，晃荡着腿；<u>但是一看到我们的马车和村长，立刻就默不作声了，摘下自己的冬帽（这时正是夏天），微微欠身，仿佛在听候吩咐。</u>【名师点睛：庄稼人见到地主就像老鼠见到猫，不敢有任何放松的举动，经年累月的压迫让他们本能地害怕和胆怯；另外，在夏天还戴着冬帽，可以看出庄稼人生活的困窘和贫乏。】阿尔卡季·巴甫雷奇恩赐般地对他们点了点头。稍微留意就能明白，整个村子都因为我们的到来而惊动了。几个穿方格裙的娘儿们投掷木柴，驱赶着路中间不知东家驾到也可能是想对东家大献殷勤的狗。一个大胡子一直长到眼睛底下的跛脚老汉把一匹还没有饮足水的马从井上拉开，还莫名其妙狠狠敲打了马肚子一下，然后赶忙鞠躬敬礼。有几个穿长衬衫的小男孩哭叫着朝屋里跑去，翻身爬上高高的门坎，耷拉下头，跷起脚，连滚带爬到门后面，躲在黑乎乎的前厅，再也没把脑袋伸出来。就连母鸡也急急忙忙加快步子从大门底下钻进去。只有一只雄赳赳、气昂昂的大公鸡还站在马路中间，那黑黑的胸脯像穿了一件绸缎背心一样，大红尾巴都快翘到鸡冠上面了，已经做好准备引颈鸣啼了。可是不知道怎么回事，忽然腼腆起来跑走了。【名师点睛：就连公鸡这样的家禽都急急忙忙躲开地主和总管儿子，可以想见他们往日有多么肆意妄为，他们的嚣张跋扈给所有人都留下了阴影。】总管的房子不和别人家的房子在一起，而是独自矗立在一整片绿油油的田地中间。我们的马车在大门前停下来。阿尔卡季·巴甫雷奇站起来，很潇洒地脱下斗篷，下了马车，和蔼可亲地朝四周打量着。鞠着躬向我们迎来的是总管的老婆，她走过来吻主人的手。阿尔卡季·巴甫雷奇让她尽情吻够了，才走上台阶。村长的老婆也站在过道里的幽暗处躬身相迎，但没敢过来亲吻主人的手。在过道右边的所谓冷室里，已经有两个妇女忙活开了。她们把各种各样的废物、空罐子、硬邦邦的皮袄、油钵子，还有一个旧摇篮里面放着的各种乱七八糟的破布并睡着一个婴儿的摇篮从里面搬了出去，用浴室的笤帚在打扫灰尘。阿尔卡季·巴甫雷奇把她们打发出去，就在圣像下的一条长凳上坐了下来。车夫们跟在那些人的后面把带过来的大大小小的箱子往房子里搬，轻手轻脚，放低了声音，尽量不让自己厚重的靴子发出声响吵到主人。

这时，阿尔卡季·巴甫雷奇向村长问起收获、播种和其他关于农作物的情形。村长的回答让人满意，但不知道为什么就是很别扭，感觉就是冬天冻僵的手指头一直想扣上大衣的纽扣但总是抓不住。【写作借鉴：形象的比喻，一切看似井然有序，欣欣向荣，然而村庄和庄稼人奇怪的举动总让人觉得怪异。】他站在门口，不时地张望，给来来回回动作干净利索的侍卫们让路。我从他那强壮的肩膀后面看到总管的老婆在过道里悄无声息地殴打一个女仆。忽然传来马车的轧轧声，一辆马车在台阶前停下来，正向我们走来的，就是总管了。

▶ 猎人笔记

阿尔卡季·巴甫雷奇所说的这个治国之才，个头不高，肩膀很宽，头发已经花白，身体很壮实，一双小蓝眼睛，还有红通通的鼻子和长在鼻子下面扇子一样打开的大胡子。顺便说一句，自从俄罗斯成立以来，还没有哪一位达官贵人是不蓄一脸又浓又密的大胡子的。有的人本来下巴上只长着几根稀疏落魄的小胡茬，可自从一显达，马上就长成了厚重浓密的大胡子——真不知这毛是从哪儿来的！总管大概是在彼罗夫喝得有点儿醉了，他的整张脸都是浮肿的，满身酒味儿。

"哎呀，我们的好老爷，我们的大贵人啊！"【名师点睛：一开口我们似乎就能知道这是一个什么样的人，阿谀奉承，巧舌如簧。】他拖拉着声音说道，而且脸上带着十分感动的神情，似乎眼泪就要迸出来了。"您屈尊光临本村真是我们天大的福气啊！……请把您的手，老爷，请伸出您的手……"他说着，嘴唇早已往前伸了。

阿尔卡季·巴甫雷奇满足了他的愿望。"嗯，最近怎么样，索夫伦老兄，你这儿的情形怎么样？"他亲切和蔼地问道。

"哎呀，我们的好老爷呀，"索夫伦叫起来，"当然是极好的了！您呀，可是我们的大恩人，我们的衣食父母，您肯光临我们的村子，就是我们莫大的荣耀。托您的福，这儿诸事顺心。"

索夫伦说到这里沉默了一会儿，看了看老爷，似乎浓烈的情感又涌上了心头（酒精的作用也不小），再一次要求吻手，说起话来更是装腔作势[故意做作，装出某种情态]了：

"啊，您可不就是我们的再生父母，我们的大贵人吗……啊，这可都是真的！天哪，见到您我真的开心得快要疯掉了。真的，您能光临我们村，我是不是还在做着美梦没有醒过来……哎呀，我们的好老爷呀！……"

阿尔卡季·巴甫雷奇朝我看了一眼，矜持地一笑，对我说："多么令人感动啊，您说是不是？"【名师点睛：扬扬自得于自己有这样一位崇

拜、信服自己的追随者，想要向"我"炫耀。】

"哦，阿尔卡季·巴甫雷奇，我亲爱的老爷啊，"唠唠叨叨的总管继续说下去，"您这是怎么啦？我的老爷呀，突然就大驾光临，怎么没差人提前通知我一声让我准备准备呢，可真是把我吓得够呛。让您在哪儿过夜呢？瞧瞧这个地方，多脏啊，全都是灰尘……"

"索夫伦，这没什么。"阿尔卡季·巴甫雷奇笑着回答说，"这儿很好。"

"哎呀，我们的好老爷，这算什么好呀？或许对我们这些庄稼人来说算顶好的了，可是您……可是您不一样啊，您可是我们尊贵的老爷，我们的再生父母。可是您，我们尊贵的老爷呀！……请原谅我这个糊涂虫，我真是个傻蛋啊，我真是又糊涂又蠢笨！"

这时晚饭摆好了，阿尔卡季·巴甫雷奇就开始吃饭。总管把他的儿子赶了出去，说是他喘气太重打扰到了老爷。【名师点睛：为了巴结老爷连自己的儿子都要找茬训斥一番，可以看出这个总管是多么的厚颜无耻。】

"怎么样，我的总管，地界划分得怎么样？"阿尔卡季·巴甫雷奇问。他显然想模仿庄稼人说话的腔调，还朝我眨了眨眼睛。

"地界划分好了，我亲爱的老爷，全是您洪福齐天，前天已经在清单上签字了。赫雷诺夫的人起初闹过一阵别扭……没错，老爷，他们起初死活都不同意。他们要求这样……要求那样……谁知道他们到底想要什么，都是一些混账。实话告诉您，我亲爱的老爷，他们就是一群蠢货。可是我们，老爷呀，照您的吩咐表示了谢意，答应了中间人米科莱·米科拉伊奇的条件，全按照您的吩咐去做了这些事儿，我亲爱的老爷。您怎样吩咐，我们就怎样做，而且我们做的那些事情全都是叶戈尔·德米特利奇同意了的。"

"叶戈尔向我报告过了。"阿尔卡季·巴甫雷奇神气十足地说。

"当然啦，我亲爱的老爷，叶戈尔·德米特利奇当然是要去向您报

159

> 猎人笔记

告的。"

"嗯，那这样看来，你们现在过得都还不错。"

索夫伦就等着这话呢。

"哎呀，我们的好老爷，我们的大贵人呀！"他又拉长声音说起来，"那还用说吗……我们无时无刻不在为您祷告……当然，土地是少了点儿……"【名师点睛：用一堆浮夸的形容词做铺垫，为后文提出要求买土地做准备。】

阿尔卡季·巴甫雷奇打断他的话，说：

"哦，好啦，好啦，索夫伦，我知道，我知道你对我是忠心耿耿的……哦，那你再说说，粮食打得怎么样了？"

索夫伦叹了一口气。

"唉，我们的好老爷呀，这一次粮食打得不怎么样。是这样的，我亲爱的老爷，容我向您报告，出了一件事情，"说到这里，他摊开双手凑到阿尔卡季·巴甫雷奇跟前，眯着一只眼，弯着腰，身子往前探着，"在我们的土地上发现了一具尸体。"

"这是出了什么事？"

"我也不太清楚，不过我亲爱的老爷，我猜啊，就是我们那些死对头在搞鬼。幸亏那是在靠近别人地界的地方，但是不管怎么说，还是在我们的土地上。我趁没有人发觉，叫人马上把死尸弄到别人的地上，还派人看守着，我还事先叮嘱了咱们的人，不许传扬声张。而且为了以防万一，我对警察局长说明了，这事儿可是跟我们一点关系都没有。还请他喝了点茶，为了麻烦他这一趟给了点酬金……【名师点睛：总管一系列的行为：栽赃嫁祸、行贿勾结等都可以看出他品德的败坏、人性的肮脏。】您觉得我这事儿办得怎么样，我亲爱的老爷？这事就推到别人身上了。要不然，就算拿出两百卢布这具尸体也不好处理啊。"

阿尔卡季·巴甫雷奇见自己的总管办事如此灵活，笑得非常开心，并且一再地点着头，他对我说："多么精明能干的一个人啊，您说是不

160

是?"【名师点睛:对总管的所作所为,没有斥责,没有纠正,只有一味地庇护,我们能看出阿尔卡季·巴甫雷奇的内心和总管一样贪婪、扭曲。】

这时天已经彻底黑了。阿尔卡季·巴甫雷奇吩咐把饭桌上的家什撤了,又吩咐抱了干草过来。侍仆为我们铺好干草,整理好床铺,放下枕头,伺候我们就寝。索夫伦请示过第二天要做些什么事之后,便回自己屋里去了。阿尔卡季·巴甫雷奇临睡的时候,还与我聊了聊俄罗斯庄稼人优秀的品质,同时还跟我说,自从索夫伦掌管什比洛夫的田产以来,这里的庄稼人就没有拖欠过一个钱的租钱……更夫敲起梆子,不知道哪个房间里的婴儿还未养成畏惧老爷的习惯,正在放声啼哭……伴着哭声,我们进入了梦乡。

第二天早晨,我们很早就起身了。我本来准备到利亚波沃村去,可是阿尔卡季·巴甫雷奇想要我去参观一下他的领地,恳切地请求我不要这么早离开。总管来了。他穿一件蓝色上衣,腰间束着条红色腰带。他说话比昨天少多了,时时刻刻关注着老爷的眼色,回答问题又有条理又妥帖。他先带着我们去了打谷场,那位身材高大的村长儿子也跟在我们后面,言谈举止之间却是粗鄙不堪。还有地保菲道谢伊奇也跟我们一道——他是一个退伍的士兵,长着浓密的口髭,面部表情非常奇怪,好像在很久很久以前因为些事情受了惊吓,就再也没有醒过神来。我们参观了打谷场、干燥棚、烘干房、板棚、风磨、牲口院子、幼苗,这一切确实都是井然有序的,只是庄稼人那一张张丧气的脸使我产生了些许疑惑。【名师点睛:所有的一切都井然有序,和谐美好,为什么庄稼人都是丧气的神情呢?此处为后文庄稼人的哭诉做铺垫。】所有参观到的地方,索夫伦在实用的基础上还考虑到了美观,所有的沟渠旁边都栽种了爆竹柳;打谷场的庄稼之间还专门留有通行的小路,小路上都铺了沙;风车上装了风向标,看起来就像一只熊正吐着它的红舌头;在砖砌的牲口院墙上加砌了像希腊山墙一样的墙头,那墙上还用白粉笔题了字:"此乃牲畜院,于公元

▶ 猎人笔记

1840 年建于什比洛夫村。"阿尔卡季·巴甫雷奇完全动了感情，就用法语给我激情昂扬地讲述代役租制的优点。不过，他又说，代役租制对那些地主们的利益可更大——也不用跟他计较什么，随他怎么说吧！……他开始给总管出主意：土豆应该怎么种，牲口的饲料应该怎么准备，等等。索夫伦用心听自己老爷讲话，有时说说不同的看法，但是已经不再尊称阿尔卡季·巴甫雷奇为亲爱的老爷或者衣食父母了，只是有意无意一直在强调，他们应该再买一些地了，现在的地太少了。【名师点睛：总管看似对老爷尽心尽力，忠心耿耿，实际上暗地里花尽心思引诱老爷以达到他自己的目的。那么真正愚蠢的人是谁呢？】"那好，你们就去买吧，"阿尔卡季·巴甫雷奇说，"就以我的名义去买，这有什么难的。"索夫伦听了这话没有说什么，只是捋了捋大胡子。"现在咱们去树林里逛一圈吧。"阿尔卡季·巴甫雷奇又说。立刻有人给我们牵来了马，我们就骑马朝树林里走去，或者用我们常说的话，向"禁区"前进。我们在这片"禁区"里看到的是一片荒芜凄凉的景象，因此阿尔卡季·巴甫雷奇对索夫伦大加称赞，还亲热和蔼地拍了拍他的肩膀。有关于造林的见解，阿尔卡季·巴甫雷奇和所有的俄罗斯人是同一个主张，所以他立刻给我讲了一个他认为十分有趣的故事：听说曾经有一个风趣幽默的地主为了开导自己的守林人，就让守林人把自己的胡子拔了一半，证明树林不是越砍越长得茂密……【名师点睛：以压迫伤害百姓为乐趣，体现了地主的伪善和假意。】但是在其他的方面，索夫伦和阿尔卡季·巴甫雷奇都不反对新办法。一回到村里，总管就领我们去看他不久前才从莫斯科买回来的簸谷机。这簸谷机簸扬谷物确实很好，不过，要是索夫伦能提前预料到这次外出最后的时间里会有那么不愉快的事情正等着他和他的主人，他应该会很不愿意和我们一起在这里待这么久了。

那天出了这么一件事儿。我们从板棚里出来，就看到了那样的画面：离门口几步远处，有一片肮脏的水洼，三只鸭子在水洼里无忧无虑地戏水,而水洼旁边正跪着两个庄稼人——一个是六十岁上下的老头子,另一个是二十岁左右的小伙子。两个人都穿着破旧的麻布衫,在腰间扎了一根绳,没有穿鞋。地保菲道谢伊奇很卖力地同他们周旋着,看样子,如果我们在板棚里再耽搁一会儿,他就可以把这两人劝走了。然而不巧的是,那两个庄稼人看见了我们,就在那儿挺直了身子,不再移动分毫。村长也站在这儿,不知所措地握紧了双拳,张着嘴巴一动不动。阿尔卡季·巴甫雷奇皱起眉头,咬紧嘴唇,走到两个求见人面前。那两个庄稼人一句话没说,看见他过去就跪倒在地上。【名师点睛:庄稼人迫切地希望老爷能为他们伸张正义。】

"你们找我有什么事情吗?"他用严厉的、带点儿鼻音的声音问道。两个庄稼人互相看了一眼,都没敢出声,只是眯起眼睛像是要躲避刺眼的阳光,就连呼吸都急促不安起来。

"这到底是怎么回事?"阿尔卡季·巴甫雷奇又问道,并且立刻又转身问索夫伦:"他们是谁家的?"

"是托波列叶夫家的。"总管慢吞吞地回答说。

"喂,你们到底想干什么?"阿尔卡季·巴甫雷奇又说,"怎么,你们没有舌头吗?那你说说,你想要干什么?"他冲那个老头儿扬了扬下巴,又说道,"你个蠢货怕什么?"

老头子伸直了他那黝黑而且皱巴巴的脖子,张开发青的嘴唇,用嘶哑的声音说:"老爷啊,请您给我们做主啊!"【写作借鉴:老头子黝黑困苦的面容是生活艰难的侧面表现,外貌、环境的描写是突出情节的一个重要表现手法。】并且又在地上磕了一个头。那年轻的庄稼人也跟着磕了一个响头。阿尔卡季·巴甫雷奇威风凛凛地看了看他们的后脑勺,扬起了头,两只脚岔开了站在那儿。

"说说怎么回事?你们想状告谁啊?"

"行行好吧,老爷!求您为我们做个主吧……我们已经快要被折腾

▶ 猎人笔记

死了。"老头子艰难地开口。

"是谁折磨你们了?"

"是索夫伦·亚科夫里奇呀,老爷。"

阿尔卡季·巴甫雷奇沉默了一会儿。

"你叫什么名字?"

"老爷,我的名字是安季普。"

"这又是谁?"

"这是我最小的儿子,老爷。"

阿尔卡季·巴甫雷奇摸了摸自己的胡子,沉默着。

"那他怎么就快把你们折磨死了呢?他干什么了?"他透过小胡子望着老头子说。

"老爷呀,我的家活生生被他给拆散了。我的两个儿子还没到服兵役的时候呢,就被他赶去当兵了,现在又要把我三儿子送走。昨天,老爷呀,他抢走了我家最后一头母牛,还凶狠地把我家那个婆娘给打了一顿——就是他这位大老爷啊。"【名师点睛:详细描述了他家被总管欺压的过程,体现了总管对庄稼人残酷的霸凌。】

他指了指村长。

"哼!"阿尔卡季·巴甫雷奇哼了一声。

"恩人啊,求您不要让我一家都毁了啊!"

阿尔卡季·巴甫雷奇皱起眉头。

"这究竟是怎么回事?"他有些气恼地低声责问总管。

"启禀老爷,他就是个醉鬼。"总管用从未如此尊敬的语气说道,"他就是个懒汉浪荡鬼,老爷啊,他都欠了五年租了。"

"索夫伦·亚科夫里奇替我把欠租缴过了,老爷。"老头子继续说,"他已经给我们缴了五年租了,把租一缴,他就让我们都做他的奴隶。还有啊,老爷……"

"那你为什么欠租呢?"阿尔卡季·巴甫雷奇厉声问。【名师点睛:

164

只关心自己的利益，而不关心庄稼人的诉求，能看出他内心的自私。】老头子害怕地低下了头。"是不是你喜欢喝酒，整日不劳作，就知道泡在酒馆里厮混？"

老头子张开嘴想要辩解。"你们这些人我可是了解得很。"阿尔卡季·巴甫雷奇很气愤地说下去，"你们就知道喝酒，天天躺在炕头上，让那些老实的庄稼人给你们干活。"

"他就是个胡搅蛮缠的混蛋。"总管在主人的话里插了一句。

"嗯，那是不用说的。不就这么回事吗，这种事情我见多了。一年到头浪荡，蛮不讲理，死到临头才知道磕头求情。"

"阿尔卡季·巴甫雷奇老爷呀，"老头子痛心地说，"求求您了，救救我们吧——我不是那样的人啊！我向天发誓，我是真的无法再忍耐了呀。索夫伦·亚科夫里奇不喜欢我，他为什么总是找我麻烦呢！老爷呀，眼看着就要叫我家破人亡了……就连这最后一个儿子……就这最后一个儿子也要被……求求您了，老爷，救救我们吧……"老头子已经泣不成声。

"这事不止我们一家啊。"年轻汉子开口说话了……

阿尔卡季·巴甫雷奇勃然大怒。

"谁准许你说话了？啊！你多什么嘴！……真是不成样子！还敢插嘴？给我闭嘴……告诉你，不许你说话！闭嘴！……真是不像话，这是要造反吗？我跟你说，朋友，别想着在我这儿造反……你给我小心点……"阿尔卡季·巴甫雷奇往前跨了两步，可能是突然意识到我还在场，就扭过脸，把手插进裤兜。"请您见谅，我亲爱的先生。"他用法语对我说。【名师点睛：在这样混乱的场面还想着炫耀自己的法语，能看出他非常好面子，想要维持自己虚假的风度。】他勉强装出微笑，明显地放低了声音用法语说："这事儿可不怎么光彩……喂，行了，行了。"他也不看两个庄稼人，继续说下去："我会吩咐的……好啦，你们走吧。喂，我不是对你们说了吗……行了，你们快走吧，我说了我会处理的，快

165

> 猎人笔记

滚吧，听不懂吗？"

阿尔卡季·巴甫雷奇转身背对着他们。"真是贪得无厌。"他从牙缝里说过这话，就大步往家里走去。索夫伦跟着他走了。地保瞪着眼睛似乎想偷偷溜走。村长把气都撒在鸭子身上，把它们从水洼里赶了出来。两个庄稼人又在原地站了一会儿，无可奈何地对视一下，就垂头丧气地走了。【名师点睛：父子俩本来希望老爷能帮帮自己，没想到老爷三言两语就打发了他们，他们内心绝望而又无可奈何。】

差不多过了两个小时，我已经到达了利亚波沃，和我之前认识的庄稼人安巴季斯特一起准备出猎了。直到离开之前，阿尔卡季·巴甫雷奇还在生索夫伦的气。我和安巴季斯特谈起什比洛夫的庄稼人，谈起阿尔卡季·巴甫雷奇，我问他知不知道那里的总管。

"索夫伦·亚科夫里奇吗？……他呀！"

"他这个人怎么样？"

"他就是条狗，一个畜生，像他这样的狗，去库尔斯克都找不到。"

"为什么这么说？"

"什比洛夫村名义上是那位……他姓什么来着？……是那位宾诺奇金先生的，可是真正管家掌事的，是那位索夫伦。"

"真的吗？"

"他把那个村子当成自己的家产。周围的庄稼人都欠他的债，每个人都是他的奴隶，为他累死累活……他把手下的人像狗一样使唤，可是折腾惨了。"【名师点睛：实情终于暴露出来，总管对上欺瞒，对下肆无忌惮地剥削、欺压。】

"他家的地好像不多吧？"

"不多？光是在赫雷诺夫那儿，他就有八十亩的地，在我们这儿也租了一百二十亩，还有他自己那一百五十亩的土地。而且他不光是经营土地，还贩卖马匹、牲畜、柏油、牛酪，这也卖，那也卖……这家伙机灵，太机灵，只要是赚钱的活计，就没有他不做的！他可不就是发了大财吗？但他就是个畜生，心狠手辣，根本不是人！【名师点睛：这是代表大多数庄稼人的心声。】可以说，是一条狗，一条疯狗，一条见人就咬的疯狗。"

"那大家为什么不去城里告他呢？"

"哎呀呀！东家才不管这些事呢！只要没有人欠租，他才懒得管。"沉默了一小会儿之后，他又说："哼，你要是告他，你去试试，哼，他可是会把你……试试看吧……那你就倒了大霉了……"

我想起安季普的事，就跟他说了一下我当时看到的情况。

"瞧吧，"安巴季斯特说，"他肯定得扒了安季普的皮，把安季普整个人生吞下去都有可能。村长这一下会把安季普折腾死。这老实的老头子真是可怜得很啊，安季普准是要受大罪了！安季普凭什么该受这份罪呀……安季普在村民会上顶撞过总管，索夫伦肯定不会放过安季普……可和索夫伦争执的不过都是些小事呀！他就狠狠地折腾起安季普来。那老头真的就要被他折腾死了。他就是一条狗，一条恶狗，请上帝原谅我咒骂他。他知道什么人好欺负。【名师点睛：欺软怕硬、见风使舵，是总管的另一项卑劣"技能"。】有些老头儿有几个钱，家里也有一些人，他连说都不敢说一句。可是对于像安季普这样的，就是飞扬跋扈毫不遮掩，爱怎么欺负就怎么欺负！所以安季普的儿子没有轮到就被他送去当兵，他就是条疯狗，恶棍！上帝原谅我的咒骂！"

不一会儿，我们出发去打猎。

Z 知识考点

1.填空题。

有一只＿＿＿＿＿＿、＿＿＿＿＿＿的大公鸡还站在马路中间，那黑黑的胸脯像穿了一件绸缎背心一样，大红尾巴都快翘到＿＿＿＿＿＿上面了，已经做好准备引颈鸣啼了。

猎人笔记

2.选择题。

总管的儿子是(　　)。

A.村长　　B.里正　　C.农户　　D.餐室管理员

3.问答题。

文中有一部分写地主初到村庄,庄稼人们正面迎上地主和村长,作者对庄稼人包括狗和鸡的描写有什么作用?

_____

_____

阅读与思考

1.本文以"总管"为题,文中这个总管与其他家的总管有什么不同吗?

2.本篇文章的主人公是谁?他们分别是什么样的形象?

3.本篇文章的叙事风格和之前《我的邻居拉季洛夫》有什么不同?

管理处

> **M 名师导读**
>
> 这一天，我遇上大雨，来到一位女地主的管理处作短暂的休息。这个管理处，就像一个小小的舞台，迎来各种各样的角色，如：有字写得很好的值班员，有长得很胖但很圆滑的管理处主人，有来请求帮忙的农民，还有精明算计的商人等等，在这里上演着一幕幕丑态百出的戏剧。

遇见这件事儿时，是个秋天。我背着枪在田野里已经转悠了好几个钟头，那凉飕飕的绵绵细雨从大早上就开始下，像个老女人唠唠叨叨、无休无止地缠着我，我只好就近找个临时躲雨的地方。我的三驾马车停在库尔斯克大道上的客栈旁边，傍晚之前我应该不会回到那里。我正在考虑往哪边走好的时候，突然发现豌豆地边有个低矮的草棚。我走到跟前，往草棚底下看了一眼，檐下有个虚弱消瘦的老头，我不由得立即想起鲁滨逊在他滞留的孤岛上那一处洞穴里发现的那只奄奄一息的山羊。老头蹲在地上，眯着那双暗淡无光的小眼睛，像一只兔子一样蜷缩在那里。【名师点睛：将老头比作兔子，形象地描写出老头在秋风秋雨中孤苦、可怜的样子。】这可怜的老头一颗牙齿也没有，他正咀嚼着一颗又干又硬的豌豆，不停地把嘴里的豌豆从这一边挪到那一边。他一心一意咀嚼着嘴巴里的东西，丝毫没发现我的到来。

"老人家！喂，老人家！"我对他说。

他的嘴巴停了下来，扬起眉毛，用劲地睁大眼睛。

"你有什么事儿吗？"他用嘶哑的声音含糊不清地问。

169

▶ 猎人笔记

"这儿附近有什么村子吗？"我问。

老头又嚼了起来。他好像没听清我在说什么。我放大声音又问了一遍。

"你找村子干什么？……你有什么事？"

"我要躲雨。"

"什么？"

"躲雨！"

"哦！你啊，那儿，往那儿走。"他挠挠那晒黑的后脑勺，突然滔滔不绝地说起话来，双手胡乱指着些什么，【名师点睛：对过路人热心指路，表现出老头的善良和热心。】"这样……这样，你就沿着这小树林往前走，你一走过去，那边就有一条大路。你不要走到这条路上去，别管这条路，一直往右走，一直走，一直走，一直走……然后那里有个阿纳尼耶沃村。再接着走，你还可以走到西托夫卡村。"

我好不容易听懂了老头的话。他的胡须仿佛也在阻碍他说话，舌头也不怎么灵敏。

"你是哪儿的人？"我问他。

"什么？"

"你家在哪儿？"

"我家在阿纳尼耶沃村。"

"那你来这里做什么？"

"什么？"

"你到这里来干吗？"

"我在看地。"

"你看的是个什么地啊？"

"豌豆。"

我忍不住笑了起来。

"行了行了，你今年多大年纪了？"

170

"我不知道。"

"你的眼睛是不是看不太清楚？"

"什么？"

"你的眼睛是不是看不清楚？"

"是不太清楚，有的时候也听不见。"

"那你怎么看东西啊？在逗我吗？算了吧。"

"管事的吩咐的啦。"

"管事的！"我思忖着，不免有些可怜眼前这个老头。他从怀里摸出一块又干又硬的面包，像个小孩一样吸吮起来，使本来就凹陷的双颊吸得更瘪了。【名师点睛：老头没有牙齿，却只能吃些硬邦邦的豌豆和面包块；视力、听力都不好，却还被派来看守田地。作者借这样一个人物，描写了农奴制下农民食不果腹、衣不蔽体的悲惨生活，揭露地主的伪善。】

我往小树林那边走去，然后右拐，再往前走，按照老头的指点，一直往前走，最后终于进到一个大村子里。那里有一座新式的石砌教堂，就是带有很多廊柱的那种，还有一座同样有很多柱子的宽敞高大的地主庄园。透过细密的雨帘，我发现稍远些有一座竖着两个烟囱、用木板搭着屋顶的房子，它比别的房子高些，从各方面判断，可能是村长的住宅。于是我迈开大步向那里走去，希望在那里找到茶炊[一种烧水器具。用金属制成，具双层壁，于中间烧火，四周装水，供沏茶使用]、茶水、糖和不太酸的鲜奶油。我带着我那条被雨淋得瑟瑟发抖的猎犬登上台阶，走进穿堂，推开门，我发现屋里的摆设和普通人家不一样，只有几张堆满文件的桌子、两个红色立柜、沾满了墨水的墨水瓶，一只约一普特重的锡制沙箱和几支极长的鹅毛笔等物。【名师点睛：不一般的陈设暗示着此处房屋不会是普通住所。】一个年约二十岁的小伙子坐在其中一张桌子前，他的脸带着些病容，浮肿得有些厉害，一双小眼睛，前额发亮，鬓发很长。他穿着一件灰色的土布长外套，看着很整齐，但是油污溅满了领口和腹部。

171

▶ 猎人笔记

"您有什么事情吗？"他仿佛一匹被人突然拉起头来的马，抬起头问我。

"在这儿住的是管家吗……还是……"

"这里是地主的总管理处。"他打断我的话，"我在这儿值班……难道您没有看到牌子？牌子钉在外面呢。"

"请问这里有可以烘干衣服的地方吗？还有村子里哪家有茶炊？"

"当然有茶炊了。"穿灰色长袍的小伙子一本正经地回答，"您可以到季莫菲神父那儿去，或者找一个仆人家，也可以去找纳扎尔·塔拉西奇，或者去找家禽饲养员阿格拉菲娜。"

"你个蠢货还在跟谁说话啊？不安静睡觉，还打扰了别人，你个蠢东西！"隔壁房间里响起一个声音。

"来了一位老爷，他问哪儿可以烤干衣服。"

"哪个老爷？长什么样？"

"我不认识。他有猎枪和猎狗。"

隔壁房间的床咯咯地响了起来。门开了，一个五十来岁的人走了出来，他个子矮矮胖胖的，还有公牛一样粗的脖子，眼泡鼓着，腮帮圆鼓鼓的胖得出奇，还有一张油光满面的脸。【名师点睛：对管理处主任的外貌描写，丑陋肥腻，暗含"我"对他的厌恶。】

"您有什么事情吗？"他问我。

"我想把衣服烤干。"

"这儿可不是能让您烤干衣服的地方。"

"我知道这里是管理处，但是我想我可以付一点报酬……"

"那么，也许这里真的可以烘干您的衣服。"胖子说，"这样吧，您能到这儿来吗？您看这儿行吗？"他把我带到另外一个房间，但是不是之前他走出来的那间。

"行……能麻烦您给我弄一杯茶和一些奶油吗？"

"请稍等，马上就给您送来。请您先宽衣，稍作休息，茶马上就送来。"

172

"这个庄园的主人是谁?"

"是叶列娜·尼古拉耶夫娜·洛斯尼科娃太太。"

他出去了。我四下打量了一下,这间房间与办公室就只隔了一道板壁,紧靠着板壁的是一张又长又大的皮质沙发,还有两把靠背极高的皮质靠背椅在临街的床边。贴着绿底红花墙纸的墙面上挂着三幅巨大的油画。一幅油画上是一条猎犬戴着浅蓝色的项圈,画上写着:"这是我的快乐。"狗的脚下画着一条河,河的对岸有一棵松树,树下蹲着一只比例大得有些失调的兔子,它只竖着一只耳朵。另一幅画上画着两个在吃西瓜的老人,西瓜后面有些远的地方,有一座希腊式的廊柱,上面也有题字:"逍遥殿"。第三幅画着一个缩小的卧姿半裸美女,膝盖画得很红润,脚后跟很肥美。<u>我的狗迫不及待地竭尽全力钻进长沙发底下去,不过可能那里的灰尘有些多,它正一个劲地打着喷嚏。</u>【写作借鉴:通过侧面描写表现出管理处的脏乱,还有人事工作止于表面。】我走到窗口,看到从地主庄园斜穿街道到管理处的这段路上铺着一排木板。这真的是一种非常好的防护措施,因为这一带都是黑土地,而持续的降雨,让这里的道路泥泞不堪。这座背靠街道建造的地主庄园周围的情景和其他地主们的庄园没什么差别。那些穿着褪色了的花布裙子的农家少女们花蝴蝶一样来回穿梭,男仆们在泥泞难行的道路上艰难前行,不时停下来,满腹心事地挠挠后背。一匹马被拴在那里,正有气无力地摇着尾巴,那高仰着的头正在啃着栅栏。母鸡咕达咕达叫着,还有那火鸡像是有肺病一样大声叫唤着。在一间昏暗破旧房子(应该是澡堂)的小小台阶上,坐着一个强壮的小伙子,他正弹着吉他,高声唱着一首浪漫的曲子:

哎,我要离开这迷人的田园,
　去那荒凉的地方……

173

猎人笔记

那个胖子在这时进到我的房间。

"我来给您送茶。"他笑容可掬[笑容露出来，好像可以用手捧住，形容笑得明显]地对我说。【名师点睛：自从"我"表明他们为"我"提供帮助"我"会付钱，胖子就变得格外殷勤。由此可看出此人见钱眼开，奴颜婢膝的丑恶嘴脸。】

那个穿灰色长袍的小伙子——管理处的值班员端来了很多东西，有一个茶炊、一把茶壶，还有一个放在旧茶碟上的茶杯，一罐新鲜的奶油和一串硬得像石头的博尔霍夫面包圈。他把这些东西放在一张玩牌用的旧桌子上。胖子弄好一切就走了出去。

"那是谁？"我问值班员，"是管家吗？"

"不是，先生。他以前是出纳主任，不过现在是管理处主任了。"

"你们这里没有管家吗？"

"没有，先生。只有一个管理庄园的总管，叫米哈伊拉·维库洛夫，但是没有管家。"

"那执事有吗？"

"当然有。他是一个德国人，卡尔洛·卡尔雷奇·林德曼多尔，但是他没什么实权。"

"那你们这里谁掌握实权？"

"女主人自己。"

"原来如此！……那你们管理处有多少人？"

值班员想了想。【名师点睛：被问到每日朝夕相处的人有多少时，还会谨慎思考，体现这个值班员为人的小心、严谨。】

"六个。"

"都是些什么人啊，都做些什么呢？"我问。

"是这么些人：首先有一名总出纳员，瓦西里·尼古拉伊奇。还有四位出纳员，有彼得，彼得的兄弟伊凡，还有另外一个伊凡，还有个管理员是科斯根金·纳尔基佐夫，还有我——还有些别的数不过来的人。"

"你家女主人大概有很多仆人吧？"

"也没有很多……"

"那么有多少呢？"

"应该也就一百五十个左右吧。"

我们两个都沉默了一会儿。

"喂，你的字写得怎么样？你的字写得很好吧？"我又说起话来。

<u>值班员咧开嘴巴笑了笑，点点头，去办公室给我拿来了一张写满了字的纸。</u>【名师点睛：虽然严谨认真，但谈及自己擅长的领域还是会忍不住自豪炫耀。】

"喏，这些字都是我写的。"他不停地笑着，说。

我看了看，这是一张四开的浅灰色的纸，上面的字粗犷但优美：

命 令

阿纳尼耶沃村地主家总管理处命令庄园管理人米哈伊拉·维库洛夫，第209号。

在此命令你接到此令时立刻查明：昨夜是何人醉后放肆，在英国式花园中大肆唱淫荡小调，惊扰法籍女家庭教师昂热尼夫人的安眠？昨夜谁为花园守夜人，竟如此放纵此等荒诞不经之人？上述诸点命你即刻查明，速速上报至本管理处。

管理处主任尼古拉·赫沃斯托夫

命令上盖着一个很大的纹章印鉴，上面写着："阿纳尼耶沃村地主总管理处印。"下面还有一行批文："切实执行。叶列娜·洛斯尼科娃。"

"这都是女主人亲自批阅的吗？"我问。

"这是自然，女主人都是会亲自过问这些事情的，文件她都会亲自审批，不然这份命令没有任何效用。"

"哦，那么，这道命令你们是要下达给庄园管理人吗？"

猎人笔记

"不，先生。他会自己来找我们的，也就是说，他并不识字，需要我们读给他听。先生，怎么样？"值班员停下话头得意地微笑着，又说，"字写得不错吧？"

"写得很好。"

"说实话，稿子不是我拟的。这些事情是科斯根金的拿手戏。"

"怎么？……难道你们的命令还要先拟草稿吗？"

"那当然了，哪能一次性写好啊。"

"你的工钱有多少？"我问他。

"三十五卢布，还有五卢布是买靴子的补贴。"

"你够用吗？"

"够用了。我们这儿不是随便什么人都可以进管理处的。说实话，这是我走了好运了，我的叔叔是派工处的人。"【名师点睛：想要做一个最底层的值班员也需要人脉关系，能看出管理处的人事复杂。】

"你平时的日子过得怎么样？"

"挺不错的，先生。我说的是实话，"他叹了一口气，又说，"我们这种人，譬如说，要是跟着一些商人过活，可能日子会好过一些。是的，和商人一起生活，我们会轻松一点。有这么件事情，昨天晚上有个商人从温纽夫到我们这儿来，他的一个雇工就很认真地对我说……日子过得很好，没什么不顺心的，很好。"

"怎么，难道商人给的工钱多些？"

"我的天哪！你要是向他要工钱，他一定会掐着你的脖子让你滚出去的。【写作借鉴：通过值班员的话从侧面讽刺商人的小气自私，也是为后文精明商人的出场做铺垫。】不过，你要是待在商人的手下，做事情不只是要诚实可靠，还得担着一定的风险。他给你吃，给你喝，给你穿，全有了。你要是让他觉得称心如意，他还会多给些……你还需要薪水干吗？根本不需要……商人的生活也过得很简单，俄罗斯式的，跟我们一样：他出门你就得跟着，他喝茶的时候你也跟着喝茶，他吃饭的时候你也和他一起吃饭。商人……我该怎么说呢,商人和地主不同。商人不会放肆胡来。这么说吧,他一生气,把你打一顿,没过多久就完事儿了,也不会记仇什么的。他不会一直挂在嘴边骂骂咧咧,讥讽嘲笑……【名师点睛:通过与商人的对比,衬托出地主对奴仆的剥削和践踏的程度之深。】跟地主在一起,你可就倒霉了!只要他生气了,你做什么都会惹得他不开心,这也不满意,那也不满意。你送上一杯水或食物什么的——'哎呀,这水有股怪味儿!哎呀,这吃食都坏了!'你把它端出去,在门外站一会儿,又端进去——'嗯,这回好了,嗯,这回的食物很新鲜。'至于那些太太,我跟您说,那真叫太太了!……不用说,还有那些小姐们……"

"费久什卡!"办公室响起胖子的声音。

值班员连忙跑出去。我喝了一杯茶,不一会儿就在沙发上睡着了。等我醒来的时候,已经过了两个小时。

醒来以后,我还有些困倦,就干脆闭着眼睛继续躺着。我闭着眼睛,但是没有睡着。隔壁办公室有人在轻轻地谈话。我不由自主地细听起来。

"您说得没错,您说得没错,尼古拉·叶烈梅伊奇,"一个声音说,"您说得没错。这一点是一定得考虑到的,必须考虑,没错……咳!"说话的人咳嗽了一声。

"请您相信我,加夫里拉·安东内奇,"胖子的声音说,"您想想,这里的规矩我还能不懂吗?您自个儿想想吧。"

"要是您不懂,那就没谁懂这些规矩了。尼古拉·叶烈梅伊奇,在这里您可是数一数二的人物。那么,您说该怎么办?"我不熟悉的那个声音继续说,"我们该怎么决定,尼古拉·叶烈梅伊奇?我很需要您的建议。"

"怎么决定,加夫里拉·安东内奇?怎么决定,我可以这么说,这一切您都可以自行定夺——不过您好像不大乐意啊?"

177

猎人笔记

"当然不会了，尼古拉·叶烈梅伊奇，瞧您说的。我们就是做生意，做买卖的人，我们做这些事儿就是得买卖货物，我们可是靠这些事情过活的，尼古拉·叶烈梅伊奇，这样说可一点没错。"

"八卢布。"胖子一字一顿地说。

一声深深的叹息传来。

"尼古拉·叶烈梅伊奇，这价您真的要得太高了。"

"加夫里拉·安东内奇，我对天发誓，不能再低了，真的不能再低了。"

接下去是一阵沉默。

我稍稍抬起身子，从板壁的隙缝里看过去。胖子背对我坐着。一个四十多岁的商人坐在他对面，身材干枯瘦瘪，脸色苍白，就像在脸上糊了一层植物油。他不停地摸着自己的大胡子，两只眼睛贼溜溜地转着，嘴巴轻轻抽动着。【名师点睛：上文一来一往的讨价还价，还有此刻商人不断转动的眼睛，都在凸显商人内心活动的剧烈和精明。】

"今年的秧苗可都不错，"他又说了起来，"我跑了好多地方，一路观察。从沃罗涅什开始，一路都长得很好，可以说都是上上品。"

"秧苗确实长得不错，"管理处主任说，"可您也知道，加夫里拉·安东内奇，您看着秋天长势喜人，春天可难保长得好啊。"

"确实是这样，尼古拉·叶烈梅伊奇。这一切都得看上天的旨意，您说的全是实话……您的客人是不是醒了？"

胖子转过身来……仔细听了一下……

"没有，睡着呢。不过，可能……"

他走到门口。

"没有醒，还在睡着呢。"他又说了一遍，回到原来的座位。

"那么，怎么样，尼古拉·叶烈梅伊奇？"商人又说起话来，"就这么桩小生意肯定是能谈好的吧……就这样吧，尼古拉·叶烈梅伊奇，就这样定了吧。"他继续说，眼睛不断眨巴着，"您老人家也辛苦了，两张

178

灰的一张白的，孝敬孝敬您如何？那边（他冲着女主人的院落扬了扬头）就六个半卢布吧，您觉得怎么样，给个话吧？"

"四张灰票[当时俄罗斯纸币为灰白两色，灰色面值五十卢布]。"管理处主任回答。

"这样吧，三张！"

"不要白票[白色纸币面值二十五卢布]，就四张灰的。"

"三张，尼古拉·叶烈梅伊奇。"

"三张半，不能再少了！"

"就三张吧，尼古拉·叶烈梅伊奇。"

"行了行了，加夫里拉·安东内奇。"

"您真是太难商量了，"商人嘟囔着，"我还不如自己去找女主人解决。"

"悉听尊便，"胖子回答，"那你来找我干什么，早知如此，何必还要我费心？你自己直接去谈就好了！"【名师点睛：管理处主任知道商人不敢找女主人讨价还价，就以退为进，为自己谋取利益。】

"唉，好了，好了，尼古拉·叶烈梅伊奇。我就是随口说说，何必生气呢。我不过是随便说说而已。"

"不，那你到底同不同意？……"

"行啦，我跟你说了……跟你说了，我就是开个玩笑。三张半好吧，真是拿你没办法。"

"我应该拿四张，我真是傻到家了，那么着急干什么。"胖子喃喃地说。【名师点睛：商定好之后还想要更多，能看出管理处主任的贪得无厌。】

"那么那边，就是女主人那儿，是六个半，尼古拉·叶烈梅伊奇——粮食的价钱就是六个半卢布好吧？"

"就这么说定了，六个半。"

"好，那么我们击掌吧，尼古拉·叶烈梅伊奇。（商人张开五指在管理处主任手上击了一下。）就这么说定了！（商人起身。）那么，尼古拉·叶烈梅伊奇老爷，我现在就去求见女主人，对她说：'尼古拉·叶

179

猎人笔记

烈梅伊奇说，价钱是六个半，已经说定了'。"

"您就这么对她说好了，加夫里拉·安东内奇。"

"那么这些就请您收下了。"

商人把一小叠钞票递给管理处主任，耸耸肩膀，鞠了一躬，再摇摇头，优雅又有教养地用两只手指把帽子夹起来，扭了扭腰，很有礼貌地走出了房间，靴子咯吱咯吱响着。尼古拉·叶烈梅伊奇走到墙边，据我所猜，他是在那里点商人给他的钞票。这时，门口探进来一个留着一头火红色头发的脑袋。

"喂，怎么样？"脑袋问，"价格谈好了吗？"

"都谈好了。"

"多少？"

胖子恼火地挥挥手，指了指我待的房间让他闭嘴。

"噢，好吧！"脑袋回答一声，就不见了。

胖子走到桌子旁，坐下来，打开账簿，拿起算盘，噼里啪啦把算盘拨得特别响。他打算盘时不是用右手食指，而是中指，这样显得气派十足。【名师点睛：这是胖子谈判成功后神气和喜悦的表现。】

值班员走进来。

"你有什么事吗？"

"西多尔从戈洛普廖基来了。"

"哦！那让他进来吧。等一等，等一等……你先去看看，那位先生是还在睡着，还是已经醒了。"

值班员小心翼翼地走进我的房间。我把脑袋枕在猎袋上，闭上双眼。

"还在睡觉。"值班员回到办公室，轻声说。

胖子轻声发了几句牢骚。

"那行吧，让西多尔进来吧。"他终于说。

我又抬起身子。进来的是一个身材魁梧高大的农民，三十岁左右，体格强壮，双颊红润，长着淡褐色头发，蓄着短短的卷曲胡子。他对着圣像祈祷了几句,然后向管理处主任鞠了一个躬,双手拿着帽子,直挺挺站在那里。

"你好,西多尔。"胖子边打算盘边说。【名师点睛:对于来人,胖子除了一声招呼,再没有别的表示,能看出他对来人的轻视。】

"您好,尼古拉·叶烈梅伊奇。"

"你这一路怎么样?"

"还好,尼古拉·叶烈梅伊奇,就是道路泥泞不好走。"那农民说话不快,声音也不是很大。

"你老婆怎么样了?"

"就那样!"

农民叹了一口气,一条腿向前迈出。尼古拉·叶烈梅伊奇把笔搁在耳朵上,擤了擤鼻涕。

"你来是有什么事吗?"他把一块方格手帕放进衣袋里,继续问道。

"是这么回事,尼古拉·叶烈梅伊奇,东家找我们要木匠师傅。"

"怎么了,你们不会连木匠都没有吧?"

"我们怎么会没有木匠,尼古拉·叶烈梅伊奇?我们那儿是林场——这谁不知道呢?可现在是我们正忙的时候啊,尼古拉·叶烈梅伊奇。"

"忙的时候?说得对,你们总是爱给别人工作,而不愿为自己的女主人做些什么……还不是一样干活!"

"干活都是一样的,不错,尼古拉·叶烈梅伊奇……但是……"

"什么?"

"那个……工钱有些……"

"那什么啊!你看看你看看,都把你们惯坏了。你行了吧!"

"再说,尼古拉·叶烈梅伊奇,有些事情是要说明白的,明明一个星期就可以做完的活,总是要让我们磨上一个月,一会儿材料不够啦,一会儿派我们去花园里清扫道路。"【名师点睛:通过木匠的诉苦,我们能

▶ 猎人笔记

看出地主对手下人的剥削和极尽利用，不愿让他们有任何喘息的时间。】

"那又怎么样！这是太太亲自吩咐下来的，我可犯不着跟你讨价还价。"

西多尔不再说什么，只是倒换着两只脚。

管理处主任把头侧向一边，专心致志地打起算盘来。

"我们那儿的……庄稼汉……尼古拉·叶烈梅伊奇……"西多尔终于又说起话来，每说一个字都结结巴巴，"叫我给您老人家……喏……这是……"他把一只大手伸进外衣的衣襟里，一个用红色花纹毛巾裹着的包被他掏出来。

"你这是干什么，你这是干什么，傻瓜，你疯了吗？"胖子连忙打断他的话，"行了，行了，去我家。"他说着，几乎把感到莫名其妙的农民推出去，"你去我家找我老婆，……她会请你喝茶的。我马上就来，你快走快走。我都说了你快走吧。"【写作借鉴：管理处主任意识到木匠要用钱贿赂自己，态度马上变化，为了提防在隔壁睡觉的猎人，还故作惊讶，让木匠去自己家，让自己老婆请喝茶，从侧面体现了管理处主任的见钱眼开、精明和卑鄙。】

西多尔走了出去。

"真是……蠢货一个！"管理处主任在他后面嘟囔着，摇了摇头，继续拨打他的算盘。

突然，一阵吵嚷声传了过来："库普里扬！库普里扬！你们可别惹怒了库普里扬！"街上、台阶上到处都有人在喊。过了一会儿，便有一个人走进管理处。他长得又矮又瘦，像得了痨病一样，鼻子很长，两只眼睛虽然眼神有些呆滞，却满是不可一世的傲慢。他穿着一件破旧的常礼服，波里斯绒制的领子，有个很小的纽扣眼。他肩上扛着一捆劈柴，五六个仆人把他簇拥在中间，大家都在叫喊："库普里扬！可别冲撞到库普里扬！库普里扬当上烧炉工了，当上烧炉工了！"【名师点睛：当上烧炉工原不是什么得意的事情，但这么多人起哄叫喊，明显是把库普里扬当作笑话在戏弄］。但是那个穿波里斯绒领常礼服的人丝毫不理睬同伴们的哄闹，脸上的表情也没什么变化，看起来波澜不惊［意思是微风吹过，水面上风平浪静；比喻局面平静、形势平稳，没有什么变化或曲折］。他迈着均匀的步子走到炉子前，放下已经劈好的柴，稍稍直起身子，把一只鼻烟盒从口袋里拿出来，瞪大眼睛，把一撮掺灰的草木樨［两年或一年生的草本植物，马牛羊等食用物，可制成草粉］末塞进鼻子里。

这伙人闹闹哄哄地闯进了屋子，胖子皱起眉头，从座位上站起来。不过，一会儿他知道这是怎么回事后，脸上就堆满了笑容，叫大家不要吵闹，说有一位猎人正在隔壁休息。

"什么猎人？"有两三个人异口同声地问道。

"一位地主。"

"啊！"

"随他们嚷嚷吧。"穿波里斯绒领常礼服的人摊开双手说，"这跟我可没什么关系！只是别来碰我。我现在可是个烧炉工……"【名师点睛：不把屋里睡觉的地主放在眼里，体现出他的张狂和对女主人安排的不满。】

"当烧炉工了！当烧炉工了！"那些人兴高采烈地起哄着。

"这可是女主人吩咐的。"他耸耸肩膀继续说，"可你们，就等着瞧吧……会叫你们去养猪吧。我本来是个裁缝，可是在莫斯科一流水准的师父那儿出师的极好的裁缝，替将军们做过衣服……我这种本事可不是谁都有的。可你们有什么可夸口的？……你们有什么能耐？难道你们已经不受地主老爷的管辖了？你们不过就是依附地主生活的饭桶、寄生虫而已。一旦让我得到自由，我完全有本事自食其力，自己过活。只要我拥有了身份证，我一定会按时缴纳代役租，那些地主老爷们一准会十分喜欢我。可是你们呢？一定会完蛋，就跟那些臭烘烘的苍蝇一样，立刻完蛋！"【名师点睛：此处描写表现了此人的狂妄自大。】

"你胡说！"一个系红领带、袖子肘部已磨破、麻脸，有着淡黄色

183

▶ 猎人笔记

头发的小伙子打断他,"你有次拿张身份证出去鬼混,你给老爷一戈比的代役租都没收回来,你一个子儿也没有赚到,勉强拖着两条腿回来,回家之后你不就只剩一件破旧褂子穿了,吹什么牛皮呢!"

"可有什么办法呢,康斯坦丁·纳尔基济奇!"库普里扬回答,"一个人有了相好,那他可就有艰难坎坷了,那他就完蛋了。你先活到我这把年纪,康斯坦丁·纳尔基济奇,到了那个时候你再来评判我吧。"

"你看上谁了!看上一个丑八怪!"

"不,你可不要胡说八道,康斯坦丁·纳尔基济奇。"

"你骗得了谁呢?我又不是没见过她。去年在莫斯科,我亲眼看见的。"

"她那时候确实不太好看。"库普里扬说。

"别说了,诸位,"一个满脸粉刺、一头鬈发涂得油光闪亮的瘦高个子,应该是个侍仆,用轻蔑而随便的声音说,"让库普里扬·阿法纳西奇唱一唱他的那支歌吧。快唱啊,快,库普里扬·阿法纳西奇!"

"对!对!"众人附和着,"好一个亚历山德拉!可将了库普里扬一军了。这可没什么说的了——快唱吧,库普里亚!——好一个亚历山德拉!(仆人们在玩笑嬉闹的时候总会用女人的名字称呼男性)唱吧!"

"这里可是管理办公室,可不是能唱歌的地方。"库普里扬斩钉截铁[形容说话办事坚决果断,毫不犹豫]地回答,"这儿是地主的管理处。"

"这关你什么事?你是不是也想当主人的管理员啊!"康斯坦丁粗野地笑着回答,"肯定是这样!"

"这些都是主人安排的。"那可怜人说。

"瞧,瞧,你们看他的样子!你想去哪儿啊?瞧他这副样子,哇!哇!"

大家哈哈大笑,还有人跳了起来。有个看起来十五六岁的男孩子笑得正欢,他大概是某个有权势仆人家的孩子,穿着钉有铜纽扣的背心,还系着淡紫色的领带,肚皮又圆又大。

"喂,库普里扬,说真的,"尼古拉·叶烈梅伊奇显然被逗乐了,他得意扬扬地说,"这烧炉工可不是什么轻松的活吧?这恐怕真是个不起眼的活儿吧?"

"那又怎么样,尼古拉·叶烈梅伊奇,"库普里扬说,"您现在确实是我们的管理处主任,这一点没错,没什么反驳的,可您也有不如意的时候,也在农民的屋子里住过。"

"你得给我留点神,别昏了头,"胖子怒气冲冲地打断他的话,【名师点睛:因为被揭了短而恼羞成怒。】"大家是在跟你这个傻瓜开玩笑,你个蠢货心里该明白,大家愿意跟你开玩笑是看得起你,你要懂得感恩。"

"我这是随口说说的,尼古拉·叶烈梅伊奇,对不起……"

"是啊,随口说说也没什么。"

门打开了,跑进一个小厮。

"尼古拉·叶烈梅伊奇,太太叫您去。"

"谁在太太那儿?"他问小厮。

"阿克西尼娅·尼基季什娜和一个从温纽夫来的商人。"

"我马上就去。好了,伙计们。你们,"他用劝告的口吻说,"最好跟这个新任的烧炉工一起离开这儿,免得吵到那个德国人,去告你们的状。"

胖子理了理头发,用他那几乎被常礼服的袖子裹住的手捂住嘴巴,咳嗽了一声,扣上衣扣,大步往女主人那儿去了。不过一会儿,那伙人和库普里扬也懒洋洋地跟着他出去了。这时候,就只剩下我和最初相识的那个值班员了。他刚动手削羽毛笔,就趴在桌子上睡着了。几只蚊子立即抓住这个难得的机会停在他的嘴巴周围。他的额头上停着一只懒懒散散的蚊子,端正架势,从容不迫地把自己的刺亲吻到他暖乎乎的皮肉里。【写作借鉴:运用拟人的手法,生动形象地描写出一只蚊子叮咬值班员的画面。】刚才那个长着连鬓胡子和红头发的脑袋又从门口探了进来,他四处张望了一小会儿,就扭着他那极其丑陋的身子,慢慢走进了办公室。

猎人笔记

"费久什卡！喂，费久什卡！你就是喜欢睡觉！"那个脑袋嘀咕了一下。

值班员睁开眼睛，有些被惊到似的站了起来。

"尼古拉·叶烈梅伊奇到太太那儿去啦？"

"是的，他过去了，瓦西里·尼古拉伊奇。"

"噢！噢！"我思忖着，"这个人应该就是那个总出纳员了。"

总出纳员开始在办公室里走来走去。不过，与其说他在走来走去，还不如说他像一只猫一样，蹑手蹑脚[形容走路时脚步放得很轻]地溜达来溜达去。他肩上晃荡着一件后襟十分狭小的黑色旧燕尾服，一只手放在胸前，另一只手不断地抓他那条马毛织得又长又窄的领带，神色不自然地四处转动着他的脑袋。他脚蹬一双羊皮靴子，质地非常柔软，走起来轻盈无声，没有咯吱咯吱的响声。

"今天亚古什金地主来找过您。"值班员又说了一句。

"嗯，他找我干什么？他说了些什么？"

"他说，他晚上会去丘丘烈夫那里等你。他说：'我有件事要跟瓦西里·尼古拉伊奇商量。'至于什么事，他没跟我说，他说：'这件事瓦西里·尼古拉伊奇知道。'"

"哦！"总出纳员回答了一声，走到窗口。

"哦！尼古拉·叶烈梅伊奇在办公室里吗？"穿堂里传来一个很响的声音，一个高个子跨进门槛。【名师点睛：未见其人，已闻其声，能感觉到来者不善。】看得出来他现在非常生气，一脸愤怒，但周身有着一种逼人的气魄，显得很果敢，服装也很整洁。

"他不在这里吗？"他迅速朝四下里扫了一眼，问道。

"尼古拉·叶烈梅伊奇被太太叫过去了。"出纳员回答，"您有什么事，跟我说吧，巴维尔·安德烈伊奇。您有什么事可以交代我……"

"我有什么事？您想知道我找他什么事儿？（出纳员病态地点点头。）我要狠狠教训他一顿，那个卑鄙无耻的大肚子，长舌妇一样只会搬弄是非的混蛋……我要让他尝尝搬弄是非的滋味！"

巴维尔一屁股坐在椅子上。

"您怎么啦，您还好吧，巴维尔·安德烈伊奇？您冷静一下……您一点都不害怕吗？请您别忘记，您是在说谁，巴维尔·安德烈伊奇！"出纳员喃喃地说。

"说谁？他不就是升了个管理处主任吗？这跟我有什么关系！这跟我有什么关系！嘿，没什么可说的，提升了一个什么东西！这不就是把一只臭山羊赶进了菜园子嘛！"

"好了，好了，巴维尔·安德烈伊奇，行了！别再说了，不就这么点事儿吗？"

"哼，这位丽莎·帕特里凯夫娜[俄罗斯民间故事里的狐狸大嫂]老狐狸摇尾巴去了！【名师点睛：用老狐狸生动地形容总管献媚邀宠的丑态。】……我要等他回来。"巴维尔气呼呼地说，狠狠地拍了一下桌子。"瞧，他大驾光临了！"他望了一下窗外，又说，"说曹操，曹操就到啊。我可是恭候已久了！"他站起来。

尼古拉·叶烈梅伊奇满面春风，颇有气派地走进办公室，可是一看见巴维尔便有点尴尬。【名师点睛：原本春风满面，在见到巴维尔时变得尴尬，能看出他心中有鬼。】

"你好啊，尼古拉·叶烈梅伊奇，"巴维尔慢慢地迎着他走过去，意味深长地说，"你好啊。"

管理处主任没有说话。商人出现在门口。

"你为什么不回答我的问候呀？"巴维尔继续说，"还是，不……不……"他又说下去，"光是叫骂和嚷嚷这种方法可没什么用，你最好还是老实说说，尼古拉·叶烈梅伊奇，你为什么要跟我过不去？为什么非得把我置于死地呢？你说说看，嗯，你说说。"

"这儿不是跟你说理的地方。"管理处主任回答，明显带着心虚慌乱。"现在可不是讨论这个问题的时候。不过，说实在的，有一点我不

187

猎人笔记

明白，你凭什么认为我要把你置于死地或者跟你过不去？而且，我为什么要跟你过不去啊？你又不是我管理处的人。"【名师点睛：面对巴维尔的谴责追问，管理处主任只能心虚地转移话题，狡辩着掩饰自己，不断找借口推卸自己的责任。由此能看出他狡诈、卑鄙和精明的性格特点。】

"这还用说吗？"巴维尔回答，"我要真是你管理处的人，只怕早就尸骨无存了。你又何必再装腔作势呢，尼古拉·叶烈梅伊奇？……我想你很明白我在说些什么。"

"不，不明白。"

"不，你可是明明白白得很哪。"

"不，我发誓，我不知道你在说什么。"

"你竟然还要发誓！既然是这样，那你就不怕受惩罚吗？行吧，那我直说吧，你为什么一定要把那个可怜的姑娘置于死地呢？你到底想让她怎么样？"

"你说的是谁啊，巴维尔·安德烈伊奇？"胖子装出一副莫名其妙的样子。

"嘿！难道你真的不知道？我说的就是这个姑娘——你为什么要报复她？你应该有些羞耻心吧？你也已经是个有家室的人了，你的孩子都有我这么高了。我也是个男人，我也该成个家了……我要娶她，这事儿可是合情合理。"【名师点睛：两人之间矛盾的根源被明白指出。】

"这件事跟我也没什么关系啊，巴维尔·安德烈伊奇。太太不许你娶她，这又不是我能决定的，这可是太太的意思。"

"关你什么事？你难道不是和那老妖婆，和那个女管家串通好了的吗？难道不是你在女主人那儿乱嚼舌根，捏造事实，呃？你说呀，是不是你拿着那些莫须有的罪名去冤枉那个可怜的姑娘？难道不是因为你的大恩大德才把她从洗衣妇调去做洗碗工吗？【写作借鉴：通过反讽表现内心的愤怒，感谢管理处主任的"大恩大德"，那位姑娘才会遭受那样的凄惨待遇。】……难道不是因为你的大恩大德，她才终日挨打受罚，穿粗布衣服？……你可真是无耻，无耻至极，就是个老不死的鬼东西！上天肯定会惩罚你中风而死……你该到地狱去交代了。"

"你骂吧，巴维尔·安德烈伊奇，我就看看你骂多久！……看你能骂多久！"

巴维尔气得满脸通红。

"怎么，你想威胁我？"他气呼呼地说，"你以为我怕你吗？不，老兄，你看错人了！我怕什么？……我自食其力，在哪儿都能混口饭吃。可你呢——你可就只能混吃等死！你只能待在这儿，搬弄是非，贪污盗窃……"

"看看，他多么神气啊。"管理处主任也开始失去耐心，打断他的话，"一个鬼混的医生，就是个江湖骗子，可你们听听他说的话！呸，他还真把自己当根葱了啊！"

"不错，我是个小小的医生。可要不是有我这么个江湖骗子医生，您老人家的骨头，只怕现在在坟里都烂透了……当初我真不该治好你。"他又咬牙切齿地说了一句。

"是你治好了我的病？……不，你根本就是要毒死我，你让我吃芦荟[多年生草本植物，叶子大，长披针形，边缘有黄色小齿，肉质肥厚。生长在地中海沿岸和热带地区，我国华南地区也有。汁液可入药]。"管理处主任接着说。

"可是，除了芦荟，别的药根本治不好你的病，那怎么办？"

"芦荟在卫生局是禁用的，"尼古拉继续说，"我跟你说我要去告你！你想要我的命——就是这么回事！上天垂怜，阻止了你的阴谋！"

"你们别吵了，二位，别吵了……"出纳员出来打圆场。

"这事跟你没关系！"管理处主任叫嚷着，"他想毒死我！你明白吗？"【名师点睛：变脸诬陷，转守为攻，再一次体现管理处主任的精明与恶毒。】

"我怎么可能想毒死你呢……你听我说，尼古拉·叶烈梅伊奇，"巴

189

▶ 猎人笔记

维尔绝望地说，"我最后一次求你……是你把我逼上了绝路，我已经忍受不了了。你不要再逼我了，明白吗？要不然，就算我下地狱，我也一定会把你一起拖进地狱里。"

胖子暴怒如雷。

"难道我怕你吗？"他嚷嚷着，"你给我听清楚了，你这黄口小儿！你的父亲就是被我给收拾了，是我整得他一败涂地。他就是你的榜样，你给我小心一点！"

"别提我父亲，尼古拉·叶烈梅伊奇，别提这件事！"

"你滚开！我的事情轮不到你操心！"

"我说过了，别提这件事！"

"我就是要说，你别昏了头……你别以为太太真的就离不开你了。如果要从我们两个人中挑选一个——宝贝，你肯定是被舍弃的那一个！谁也不许造反！都给我小心点！（巴维尔气得浑身发抖）至于塔吉雅娜那丫头，她是活该……等着瞧吧，还有着苦头给她吃呢！"

巴维尔把两只手抬起来向前扑了过去，管理处主任重重地摔倒在地上。

"把他铐起来，铐起来！"尼古拉·叶烈梅伊奇痛苦地号叫……

这场闹剧的结局我就不再一一描绘出来了。我非常担心是不是已经亵渎了读者的感情。

当天我就回家了。过了一个星期之后，我再去打听，听说洛斯尼科娃太太把巴维尔和尼古拉都留了下来，不过塔吉雅娜姑娘已经被赶走了。【名师点睛：权力之下的牺牲品往往是那些最无辜，最无权势的弱者。】很明显，卸磨杀驴[比喻达到目的以后，就把曾给自己出过力的人除掉]罢了。

190

Z 知识考点

1.填空题。

《猎人笔记》的可贵之处在于它不仅揭露_____的黑暗与残酷,而且歌颂了_____的优秀品德。

2.选择题。

本篇中出现了一个极具抗争精神的人物。他就是因为尼古拉冤枉洗碗女工而跟尼古拉大打一架的(　　)。

A.尼古拉·叶烈梅伊奇　　B.西多尔

C.巴维尔　　D.费久什卡

3.问答题。

请你简要介绍本篇文章中的主要人物。

_____

_____

Y 阅读与思考

1.这篇文章的主要内容是什么?

2.本篇文章的结构有什么特点?

3.作者在文中用了多种修辞手法,你认为其中哪一个修辞手法最出彩?为什么?

191

▶ 猎人笔记

孤　狼

M 名师导读

> 傍晚，"我"打猎归来，路过一片树林时，突然暴雨来袭，无奈之下，"我"只得在一棵大树根下避雨。这时，一道闪电划过长空，照亮树林，"我"前面出现一个高高大大的身影。他就是让附近庄稼人畏惧不已的守林人——孤狼！就在孤狼送"我"出树林时，敏捷的孤狼听到遥远的地方传来斧头的砍伐声……

有一次我打猎归来，已近傍晚，轻装乘着赛跑马车。那时候离家还有七八俄里。我那匹跑得很快的好马精神抖擞地在大路上奔驰，尘土纷纷扬扬，偶尔打两声响鼻，摇晃几下耳朵；我那只狗已经累得直喘粗气，但是始终没有离开马车的后轮，就像被一条绳索紧紧拴在上面。【名师点睛：能看出猎狗的忠诚与执着，没有被疲惫打倒。】

暴风雨要来了。前方一大片淡紫色的阴云，从树林后方缓缓升起。一条条长长的灰云在我头顶上疾驰；爆竹柳簌簌作响，惶恐不安地左摇右摆着。湿冷在一瞬间驱赶走所有闷热，阴影很快地浓起来。

我用缰绳抽了一下马，马车向着河谷疾驰而去，过了一条长满柳树的干河，然后上坡，就进了树林。我面前的那一条路，正穿过那茂密浓厚的灌木丛林。这样一来，马车的前进之路更加艰难。百年老橡树和老椴树的根须四处扩张，交错在昔日深深的旧车辙上。我的马车在坚硬的树根上颠簸着，马打起趔趄(liè qie)[身体歪斜，脚步不稳的样子]，走起来很艰难。

狂风突然来袭，在上空嘶吼，树木呼啸起来，大颗大颗的雨点猛烈地敲打着树叶，电闪雷鸣。【名师点睛：狂风暴雨的环境为后文"我"困于此地与孤狼相遇做铺垫。】车速减慢了，没走多久，不得不停下来：马陷在泥水里了，而且这时黑得什么也看不见了。我拼尽全力，终于钻到一丛大树根下，弯着腰，蒙着脸，只能用这种方法暂时躲着，耐心地等待雷雨的终止。突然，一道闪电照亮整个树林，我看到前方一个高高的人影。我凝神朝那儿观察着——那个人好像从地里冒出来似的一下子出现在我的马车旁边。

"你是什么人？"一个洪亮的声音问。

"你是谁？"

"我是这片树林的守林人。"

我自报了姓名。

"啊，我知道您！您这是回家去吗？"

"我是在回家的路上。不过你看，这狂风暴雨的……"

"是啊，暴风雨。"那声音回答说。

一道闪光劈下，把守林人从头到脚照得清清楚楚，紧接着一声惊雷炸响。雨更猛烈地泼下来。

"这雨怕是要下很久了。"守林人又说。

"这可怎么办啊！"

"或许您可以到我的小屋稍作休息？"他有些犹豫但充满热情。

"那就麻烦你了。"

"您坐稳了。"

他走到马头前，抓住了笼头让马动了起来。我们艰难向前行驶着。马车像"大海里的独木舟"一路颠簸。我紧紧抓着马车的坐垫，一边呼唤着我的猎狗。我那可怜的母马在泥泞的路上吃力地走着。守林人在辕杆前面左摇右摆着，像一个游荡的鬼魂。

我们走了很久，我的领路人终于停下了脚步。"咱们到家了，老

▶ 猎人笔记

爷。"他用平静的语调说。【名师点睛:在知道"我"的身份后,没有卑躬屈膝,也没有阿谀奉承,而是保持着基本的礼仪,不卑不亢。】篱笆门咯吱一声开了,几条小狗一起狂啸起来。借着闪电的光芒,我抬起头,看见围了篱笆的宽大的院子中央有一座小屋。从一个小小的窗子里透出幽暗的灯光。守林人把马拉到台阶旁,就敲响了房门。"马上就来,马上就来!"说话的是一个尖细的声音。不一会,光脚踩在地板上的声音越来越近,门闩吧嗒一声开了。一个穿着旧短褂,腰间系了一块布条的小女孩提着一盏灯站在门口,看起来十一二岁的样子。

"给这位先生照着路,"他对她说,"您的马车我先给拉到屋檐下。"

小姑娘朝我看了看,给我照着灯,我跟着她向屋里走去。

守林人的屋子只有一间,烟熏火燎黑乎乎的,空荡荡没什么摆设,而且房顶挺矮,没有高板床,间壁也没有。墙上挂着一件破皮袄。一条单筒猎枪被放在长板凳上,还有一堆乱七八糟的破布堆放在墙角。炉边摆着两个大瓦罐。桌上点着松明[燃点起来照明用的松树枝],一会儿可怜巴巴地亮一下,一会儿暗下去。在屋子正中央,一根长竿的一端吊着一个摇篮。小女孩把提灯熄了,坐到一张小板凳上,就用右手摇起摇篮,左手不停地调整着松明。【名师点睛:小女孩熄掉灯,看出她的节约;左右手轮换着工作,能看出她的懂事。都说"穷人的孩子早当家",从侧面反映小女孩家里条件的艰苦。】我朝四下里看了看——心里有些酸楚。在大晚上的造访农家小屋,真的不是一件能让人愉快的事情。摇篮里的婴儿又沉重又急促地呼吸着。

"你就一个人在这儿吗?"我问小姑娘。

"一个人。"她用勉强听得见的声音说。

"你是那位守林人的女儿吗?"

"是的,我是他女儿。"她小声说。

门吱扭一声响了,守林人低着头走进屋来。他拿起地上的提灯,走到桌子跟前又点亮了。

194

"您应该不太习惯点松明吧？"他说着，甩了甩他的鬈发。

我望了望他。

我平生很少见到这样魁梧的汉子。个子高，肩膀宽厚，看得出来十分勇猛。【写作借鉴：通过外貌身材描写，为后文点明他"孤狼"的身份做铺垫。】那强壮的肌肉在湿透的麻布衬衫底下绷得鼓鼓的，大黑胡子卷曲着把他那坚毅而严肃的脸遮了一大半，在紧挨着的两道阔眉毛底下，那双不太大但充满勇气和刚强的褐色眼睛炯炯有神。他一双手轻轻地叉着腰，站在我面前。

我向他道过谢，就问起他的名字。

"我的名字叫福玛，"他回答说，"还有个外号叫孤狼[性格刚强而常独身的人被称为孤狼]。"

"啊，你就是那个孤狼啊？"

我十分惊奇地向他望去。我常常听到我的叶尔莫莱或者别的人谈论一位守林人孤狼，附近的庄稼人都像怕火一样怕他。据他们说，纵观天下，再也没有这样一位尽忠职守、勇猛刚强的人了。不要想在他守护的林子里拿走一根树枝，不管什么时候，哪怕是在半夜里，他也会突然出现在你的面前。你不要想着反抗他，他力大无穷，却又像魔鬼般的灵活聪慧……而且你对他毫无办法：请他喝酒，给他钱，这都是枉费心机。不管用什么收买他，都不行。多少人想了多少办法想要弄死他，但是，没有一个人做得到。【名师点睛：威武不能屈，富贵不能淫，能看出孤狼铁面无私、刚正不阿的性格特征。】

附近的庄稼人对孤狼是这样议论的。

"原来你就是孤狼，"我又说一遍，"朋友，我听好多人说起过你。都说你是什么人也不肯放过的。"

"尽忠职守是我的职责。"他阴沉地回答说，"不能白吃主人家的饭。"

他从腰里抽出板斧，蹲在地上，劈起松明。

"那你有老婆吗？"我问他。

猎人笔记

"没有。"他回答说,并且使劲劈了一斧头。

"那么,去世了吗?"

"不……是的……死了。"他说过,扭过了脸,似乎不想再讨论这个话题。

我没有再说什么。他抬起眼睛,朝我看了一眼。

"跟一个过路的城里人私奔了。"他带着苦笑说。小姑娘垂下了头。婴儿醒了,哭起来。小姑娘迅速跑向摇篮。"唉,这个给他吧。"孤狼说着,把一个脏兮兮的奶瓶塞到小姑娘手里。"他也被丢下了。"他指着婴儿又小声说。他走到门口,站住并转过身来。

"老爷,您恐怕,"他说,"我们的面包您吃不惯吧。但是我这儿只有些面包了……"【名师点睛:守林人外貌粗犷却心思细腻,会担心"我"这位地主老爷受不了此处的环境。】

"我不饿。"

"哦,那就算了。我原本该给您弄上茶炊的,只不过我没有茶叶……我去看看您的马怎么样。"

他走出去,掩上了门。我又朝四面打量了一下。这屋子比我刚来的时候更让人感到凄凉了。已经冷了的烟气有一种苦味,非常难闻,我连大气都不敢喘。小姑娘呆坐在那里不动不响,连眼睛也不抬,【名师点睛:体现了小姑娘的乖巧和内敛。】只是偶尔晃晃摇篮,或者抬手把滑落的衣服往肩上拉一拉。她那双光脚就那样老实地垂在那里。

"你叫什么名字?"我问。

"乌丽塔。"她把她那悲伤的小脸又往下垂了垂,说。

孤狼走进来,坐到板凳上。

"暴风雨快停了。"沉默了一小会儿之后,他说,"您要是想回家,我现在可以送您出去。"

我表示想回家,立刻就站了起来。孤狼拿起枪,检查了一下火药池。

"拿枪干什么?"我问。

"有人在树林里偷树,……在砍母马沟的树。"他说的这一句是在解答我的疑惑。

"你怎么知道的?"

"在院子里能听得见。"

我们一起出了屋子。

雨已经停了。天空上还有盘旋着的一团团乌云,偶尔还划过长长的闪电,暗蓝色的天空在我们头顶悄悄驱赶着灰暗,星星透过疾驰而稀薄的云朵闪着亮光。黑暗中那一棵棵树木沾满了晶莹的雨滴,树枝左右摇曳,只看得见依稀的树影。我们倾听起来。孤狼摘下帽子,低下头。

"听……就是这种时候。"他忽然说,并且伸出一只手,"听,他们就是喜欢挑这样的夜晚。"

除了树叶响声,我什么也没听见。【名师点睛:通过"我"和孤狼的对比,表现他过人的听力。】孤狼从屋檐下把马牵出来。"如果我送您出去,他会听见声音。"他又小声说,"恐怕会让他跑掉的。"

"我和你一块去。你觉得怎么样?"

"好吧,"他说着,又把马牵回去,"咱们先去逮住他,我再送您出去。咱们走吧。"

孤狼走在我前面,我紧紧跟着他。天知道他是怎样认得路的,但他只是偶尔停一停,时不时听一听斧子的声音在哪儿。"喏,"他小声说,"听见了吗?听见了吗?""我还是没听见啊!"孤狼耸耸肩膀。我们走进一条河沟,风停息了一小会儿——这下,那一阵一阵斧头砍在树木上的声音,越来越清楚地传进我的耳朵。孤狼朝我看了看,点了点头。踩着湿漉漉的野草和荨麻,我们摸黑向前走着。听到一阵低沉的、长长的轰隆声……

"砍倒了……"孤狼嘟囔说。

这时天空越来越晴朗,树林亮堂多了。我们终于从沟里爬出来。

197

猎人笔记

"麻烦您在这儿等一会儿。"孤狼小声对我说。他弯下腰，端起枪，小心翼翼地往灌木丛里去了。我有些紧张地竖起耳朵仔细听着。在止不住的风声中，隐隐有些声响，斧头小心地砍树枝的声音，车轮轧轧声，马打响鼻的声音……

"哪儿去？站住！"孤狼那钢铁般的声音突然响起来。另一个声音像兔子似的可怜巴巴地叫起来……厮打起来。【名师点睛：通过声音的对比，似乎就能分清高低：孤狼钢铁般的勇猛，另一个声音兔子般的柔弱。】

"胡说八道……胡说八道……"孤狼喘着粗气说，"你跑不掉……"我艰难地向打闹的地方奔去，一步一趔趄地跑到厮打的地方。孤狼正在砍倒的树旁忙碌着，那个贼被他按倒在地上，两只手被他用皮带反绑在背后。我走到跟前。孤狼站起来，也把那人拉起来。那是一个淋得看不清面貌的庄稼人，破破烂烂的衣服，衣不蔽体，浑身湿透，乱蓬蓬的大胡子随意在脸上生长。【名师点睛：破烂凌乱的外貌和衣着，为后文"我"的求情和孤狼的选择做铺垫。】一辆货车旁边站着一匹很瘦弱的马，一样破破烂烂的草席搭了它半个身子。守林人一句话也不说，那人也不作声，只是不停摇着脑袋。

"把他放了吧，"我对着孤狼的耳朵小声求情，"这棵树我来赔。"

孤狼没有立刻回答我，伸出左手抓住了马鬃，而他的右手一直抓在那个贼人的腰上。"你这个蠢货，让我看看你还有多少花招！"他厉声说。"我的斧子，带上我的斧子。"那个庄稼人苦苦哀求。

"放心，肯定不能把斧子丢了的。"

守林人说着，捡起斧头。

我们就走了。我走在最后面……

淅淅沥沥的小雨又下了起来，很快就转为瓢泼大雨。我们好不容易走到那座小屋。孤狼把抓来的那匹瘦弱的马关到了院子里，把那个庄稼人带进屋里，把腰带的结儿松了松，把他丢在屋子的角落里。那小姑娘本来已经在炉边睡着了，被那人一下给惊醒了，惊恐地打量着我们。我在板凳上坐下来。

"啊，这雨好大呀，"孤狼说，"要送您出去只怕还得等一会儿，您要不先躺下休息休息？"

"不用了，谢谢。"

"您在这儿，我本该把他关进贮藏室里，"他又指着那人说，"可是那门闩……"

"就让他在这儿吧，不要难为他。"我打断孤狼的话说。

那个庄稼人愁眉苦脸地看着我。我在心里发誓，一定要想想办法救下这个可怜人。【名师点睛："我"内心的想法为后文那一场混乱做铺垫。】他坐在板凳上一动也不动。灯光打在他脸上，是那样憔悴，那样可怜兮兮。他的脸上皱纹巴巴，眉毛耷拉着，惶恐不安地看着周围……小姑娘躺在他脚下的地板上，又睡着了。孤狼两手托腮，坐在桌边。屋角里的蟋蟀不住地叫着，雨敲打着屋顶，顺着窗子哗哗往下流。没有人说话。

"福玛·库兹米奇，"那人忽然用低沉而颤抖的声音说，"福玛·库兹米奇呀！"

"你想说什么？"

"把我放了吧。"

孤狼没理他。

"把我放了吧……我真的是因为太饿了，我没有办法了。"

"你以为我不知道你们是些什么人吗？"孤狼阴沉地反驳说，"你们全村人都是贼。"

"放了我吧，"那人一再哀求着，"管家毁了我们全家，我已经被逼上绝路了。你放了我吧！"【名师点睛：这是庄稼人偷树的原因。】

"就算是这样，你也不能做贼啊。"

"放了我吧，福玛·库兹米奇……求求你了，救我一命吧。你知道的，你的主人一定会要了我的命的。"

199

▶ 猎人笔记

孤狼转过脸去。那人浑身抽搐起来，像是得了热病一样，脑袋直抽搐，喘气也不均匀了。

"放了我吧，"他绝望地一遍遍说着，一直苦苦哀求着，"放了我吧，求求你了，放了我吧！我可以赔你钱，真的，实在是要饿死了啊。我家孩子们饿得嗷嗷直哭，你知道的，我也是被逼无奈啊！"

"不管怎么说，你都不该做贼。"

"就把那匹马……"那人又说，"那匹马赔给你，那是我家最后的牲口了，求你了，放过我吧！"【名师点睛：对于以农耕生活的庄稼人来说，牲口非常重要。我们可以看出庄稼人对孤狼的惧怕，也能看出庄稼人在地主手下生活的艰难。】

"我说过了，不行。这事我真的不能做主，我的主人要是找我要人怎么办？那我肯定得受罚。"

"放了我吧！我真的是穷得活不下去了啊，福玛·库兹米奇，真的是穷得活不下去了……放了我吧！"

"我知道你们这些人！"

"放了我吧！"

"哼，懒得再跟你多说。你老老实实坐着，不然我可要……明白吗？怎么，你没看见有位老爷在这里休息吗？"

那可怜的人垂下了头……孤狼打了一个呵欠，把头放到桌子上。雨一直没有停。我耐心地待在这儿，想看看事情会怎样结尾。

那人突然挺直身子，一双眼睛冒出火来，那张脸涨得通红。"哼，来，你把我吃了吧，来啊，你要是不怕噎死你自己，你就来啊，来吃我吧。"他眯起眼睛，撇着嘴，说了起来，"来吧，你这个冷血的魔鬼，没有人情的杀人凶手。来喝我的血吧，喝吧……"【名师点睛：在苦苦哀求无果之后，绝望引发了庄稼人心中的怒火，表面上他是在怒骂孤狼冷血，其实是对吃人的农奴制的血泪控诉。】

孤狼转过脸去。

200

"我在跟你说话,你这个野蛮人。混蛋,我在跟你说话,听见没有!"

"你醉了吗,怎么骂起人来啦?"孤狼惊愕地说,"怎么,你疯了吗?"

"喝醉了又怎么样?关你什么事,又没花你的钱,你这个混蛋,杀人凶手,杀人凶手!"

"你再这样,我可就对你不客气了!"

"我怕什么?反正一样是死。马没了,我还能跑去哪儿?你杀了我吧,我反正是死定了,饿死,也是死——都是一样。全完蛋了,老婆,孩子……什么都死光吧……可是你呀,你等着吧,你迟早有一天会遭到报应的!"【名师点睛:这是庄稼人含着血泪的控诉,字里行间都是对生活的绝望。马没了,就活不下去了;而没了他,妻子儿女也会饿死。也是后文孤狼决定放他离开的原因。】

孤狼站起身来。

"你打吧,打吧,"那人用发狂的声音说,"打吧,来,来,打吧……打吧!打吧!"

小姑娘被吓得站了起来,眼睛眨也不眨地盯着他。

"住嘴!"孤狼大喝一声,握紧拳头向前跨出一步。

"算了,算了,福玛,"我喊起来,"饶了他吧,放他走吧。"

"我就要说!"那个倒霉的人继续说,"反正是一个死。你这个混蛋,杀人凶手,怎么不死呀……你就等着吧,你威风不了多久啦!会有人来找你算账的,会整死你的,你等着吧!"

孤狼抓住他的肩膀……我马上跑过去救下那个庄稼人。

"您不要管,老爷,您让开。"孤狼朝我吆喝道。

我可不怕他的怒吼,而且已经伸出了手。但是,使我万分惊讶的是,他一下子把那人胳膊上的腰带扯掉,揪住他的衣领,把帽子扣到他的眼睛上,拉开门,一把把他推了出去。

"马上给我滚蛋!"他在那人后面叫道,"你给我小心点,要还有下次我可……"【名师点睛:孤狼的同情心终于还是战胜了责任心,让人惊讶,

201

> 猎人笔记

但又符合人物的性格，意料之外，情理之中。】

他回到屋里，在角落里摸索起来。

"嘿，孤狼，"我终于说，"你真使我感到惊讶。你真叫人佩服，你是一个有情有义的真汉子。"

"唉，行了，老爷，"他烦恼地打断我的话说，"我只请求您不要把这件事情说出去。我还是送您走吧。"他又说，"看来，这雨是会一直下，停不了了……"

院子里响起那人的马车的轧轧声。

"听，他走了！"他小声说，"下次我可不会放过他！"

半个小时之后，他把我送出了树林，简单道别后，各奔东西。

知识考点

1. 选择题。

下列对本篇文章相关内容和艺术特色的分析鉴赏，最恰当的两项是（　　）

A. 作者善于把握人物的特点，"孤狼"这个外号非常形象贴切，与福玛的体貌神情、生活境遇、工作环境、行事风格极为吻合。

B. 文章开篇一段自然环境描写，渲染了凄冷、阴暗的氛围，其中"狂风怒号""倾盆大雨"等描写具有象征意味，暗示了当时社会环境的险恶。

C. 文章反映了农奴制下俄罗斯农民的现状，具有强烈的现实批判性。偷树的庄稼人一家的贫穷与痛苦，可以说是当时俄国下层民众命运的真实写照。

D. 文章中多次正面描写偷树的庄稼人的外貌和神态，主要是为了表达"我"对他的深切同情，以及对"孤狼"种种不近人情行为的不满。

E. "孤狼"称呼"我"为"老爷"，说明"我"是一个有身份、有地位的人，"孤狼"最后放走穷困潦倒的庄稼人，也是慑于"我"的威严，其实他内心是很不情愿的。

2.问答题。

"孤狼"是一个什么样的人?请简要分析。

_____

_____

阅读与思考

1.为什么前文要用大量笔墨铺设"孤狼"的人物性格?

2.本篇文章的主人公是怎样一个形象?

3.本篇文章主要以叙事为主,但字里行间流露着作者深厚的感情。请说出你的理解。

猎人笔记

两地主

M 名师导读

左邻右舍，各有不同。这一次与大家见面的是两位地主，一个姓赫瓦伦斯基的退伍军官，他瞧不起无钱无势的贵族，但是对那些掌握着权势的官员阿谀奉承；一个是斯捷古诺夫，自称是老实人，办事按老规矩，但真是如此吗？大家一起看一看，在文中寻找答案吧！

承蒙读者们厚爱，我有幸为你们介绍过我的几位邻居，请容许我顺便（对我们这些作家来说，一切都是顺便说出来的）介绍两位地主给你们。我常常到他们那里去打猎，这两位都是人品好、心地善良、受人尊敬的人物。

首先我要向大家介绍的是退伍陆军少将维亚切斯拉夫·伊拉里昂诺维奇·赫瓦伦斯基。请大家跟着我的描写想象一下，身材魁梧，年轻时英姿飒爽、威武庄严，但现在微有些发胖，可看起来绝不衰老，就像人们常说的，正当壮年。当然，从前端正而现在依然庄严的面容终究是逃不过时光的追捕，面颊松弛了，鱼尾纹爬上了眼角，有几颗牙齿正如普希金所引用的萨迪［中世纪波斯（今伊朗）诗人，其代表作有《果园》和《蔷薇园》。萨迪在波斯文学史上占有崇高地位，被誉为"波斯古典文坛最伟大的人物"］的名言："有的已离开人世。"那些还剩下的浅褐色头发全都成了淡紫色，这全得归功于在罗缅马市场买来的染发剂，是一个冒充亚美尼亚人的犹太人卖给他的。但维亚切斯拉夫·伊拉里昂诺维奇步履轻快、笑声洪亮，马刺［较短的尖状物或带刺的齿轮状物，连接在骑马者的轮子后座上，用以刺激马快跑】叮当作响，总是神气十足地捻着髭须，自称是一位老牌骑兵。然而众所周知，年老的人从不会承认自己的年纪。他总穿着一套常礼服，纽扣一直扣到上面，系着红领带，衣领浆得直挺，穿一条军装式灰色带小花点的西装裤。【名师点睛：即使已经退役做了地主，还是没有改变最初的派头。】他的帽子盖在额头上，整个后脑勺都露在外面。他是个很善良的人，不过有些习惯和观点与大家不同。譬如说，那些没钱没势没有官职头衔的人，是不配跟他坐在一起的。【名师点睛：此处描写能看出地主还端着以前将军身份的傲慢。】跟他们说话的时候，他总是把脸颊支在浆硬的白色衣领上，斜着眼睛看他们，或者突然用明亮的眼睛盯住他们。他很少发言，只是偶尔活动活动自己整个头皮。即使说话，他的发音和语调也有些奇怪，譬如说，他不说："感谢您，巴维尔·瓦西里奇"，或"请到这儿来，米哈伊洛·伊凡内奇"，而是说："谢了，巴维尔·瓦西里奇"，或"过来吧，米哈伊洛·伊凡内奇"。对待社会地位低下的人，他的傲慢就更让人难以接受了，对他们一向是无视、淡漠，在对他们说出自己要办的事或发出命令之前，他一定会忧心忡忡，不信任地反复确认，反复问："你叫什么名字？……你叫什么名字？"他总会特用力地强调最开始两个字，其他的字说得非常快，让人听起来模糊不清，很难理解。他整天忙忙碌碌，但是十分吝啬小气，又不懂得管理家务。他让一个退伍的骑兵司务长当管家，此人愚蠢呆滞。不过，在经营管理方面，彼得堡的一位显要可不是我们这里有人能比得过的。这位显要看到管家的一份报告里说，在他的领地里，有一处谷物房总是因为干燥而失火，损失了许多存粮，于是他下了一道极其严厉的命令：在谷物搬进谷物干燥房之前，所有的火种必须全部熄灭。他还下令要他的女农奴戴上仿照彼得堡寄来的式样做的盾形头饰。要是不信，你可以自己去他的庄园看一看，至今他庄园里的农妇们都还戴着这种头饰……

205

> 猎人笔记

只不过现在都戴在帽子上而已……不过，我们还是回过头来谈维亚切斯拉夫·伊拉里昂诺维奇。维亚切斯拉夫·伊拉里昂诺维奇非常垂涎女色，他在自己县城里的林荫道上一看见标致的女人，立刻就会像跟屁虫一样跟上去，骨头都酥软了，这情景真是精彩极了。【名师点睛：他对于女性的态度，能让我们看出他的粗鄙恶心。】他还嗜赌成性，极其热爱打牌，但只跟身份比他低的人打，让他们都称呼他为"大人"，而他则随心所欲地斥骂他们。当他偶尔同省长或者其他官员打牌的时候，他的态度会发生天翻地覆的变化，脸上堆满谄笑，殷勤点头捧场，又或者是时刻关注这些大人物的心情——浑身像粘上了蜜似的……即使输了牌，他也不觉得懊恼。维亚切斯拉夫·伊拉里昂诺维奇很少看书，一旦拿起书本，他的小胡子和眉毛就像海浪一样从他的嘴角往上不停地波动着。【写作借鉴：用海浪形容胡子和眉毛的抖动，生动形象，有趣传神。】维亚切斯拉夫·伊拉里昂诺维奇脸上这种波浪在他偶尔浏览（自然是有客人在他家做客）《评论报》时更为明显。每到选举的时候，他虽然爱出风头，可为了能少花钱，他谢绝了首席贵族的可敬职务。"各位先生，"通常他总是对要求他担任这一要职的贵族们，摆出一副谦逊而又倨傲的表情说，"十分感谢各位的厚爱，但我还是更加热爱幽居在家享受自由，打发闲暇。"说罢，他的头向左右两边转了几次，然后把下巴和两个腮帮子紧紧贴在竖直的衣领上。年轻时他当过某要人的副官，对这位大人物是百依百顺，在称呼这位大人物时总会加上父称。据说，他履行的不光是一个副官分内的职责，例如，他似乎曾穿着全套礼服，领钩和风纪扣都是整整齐齐的，在热气腾腾的澡堂为自己的上司搓背——自然，并非任何传闻都是可信的。不过，维亚切斯拉夫·伊拉里昂诺维奇本人对谈论自己戎马一生的故事也不怎么感兴趣，这一点确实是很奇怪的。他似乎并未打过仗。维亚切斯拉夫·伊拉里昂诺维奇独居在一幢小房子里，他一生都未娶妻生子，享受夫妻相濡以沫的愉悦，因此至今还称得上是个未婚单身男子，也可以说是一个黄金单身汉。然而他有一个女管家，大概三十五六的年纪，黑眼睛，黑眉毛，身材丰满，皮肤娇嫩，姿态诱人，美中不足的就是她的嘴上长着些唇髭。她平时穿着浆洗得平平整整的衣服，到了礼拜天，则套上薄纱衣袖。在地主们招待省长和其他政要的宴会上，维亚切斯拉夫·伊拉里昂诺维奇总是得意扬扬。他在这样的场合如鱼得水，怡然自得。在这种场合，他即使不是坐在省长的右手，至少也是坐在离他不远的地方。宴会开始时，他比较注意保持自己的尊严，他会高高地昂起自己的头，不左顾右盼，只是斜睨着客人们那些圆圆的脑袋和竖起的衣领。不过在宴会快要结束的时候，他就活跃起来了，开始向四面八方微笑（在省长面前他自然一直都是笑容可掬的），有时甚至还向女宾祝酒，用他的话来说，女士们是我们所处这个星球的绝美风景。在所有庄严的和公开的典礼上、考场上、教会仪式上、集会上和展览会上，维亚切斯拉夫·伊拉里昂诺维奇表现不俗，即使是接受祝福，他也会吸引很多人的目光。在散场的时候，在渡口、岔路口或者一切人流杂乱、人仰马翻的地方，维亚切斯拉夫·伊拉里昂诺维奇的仆役们一向表现得冷静、淡定，具有绅士风度。只是偶尔有人挡住了他们前进的路，他们才会礼貌又小声地说："劳驾，劳驾，请让赫瓦伦斯基将军过去，"或者"赫瓦伦斯基将军的马车来了……"确实，维亚切斯拉夫·伊拉里昂诺维奇马车的式样是相当陈旧的，仆役的号衣也是陈旧古老得很（他们穿的都是那种带着红边的灰色号衣，这是肯定的），几匹马也上了岁数，已经服役了一辈子。【名师点睛：马车陈旧的样式、古老的号衣，还有上了岁数的马匹，似乎都在宣告赫瓦伦斯基的生活并不富裕。】但维亚切斯拉夫·伊拉里昂诺维奇主张节俭，认为奢华浪费是一件极其失身份的事情，装点门面骗人是不体面的。维亚切斯拉夫·伊拉里昂诺维奇在言谈这方面并不怎么擅长，或者，是没有一个合适的机会去让他展示自己的口才。因为不仅是

▶ 猎人笔记

对于争论，就是对于一般的辩驳，他都没有耐心，他一向避免与人长时间地谈话，尤其是和年轻人。他这样做确实比较保险，不然可能会在他们那儿失掉所有的面子。总有些人不在乎你说的话，甚至对你十分没有礼貌。而那些地位比他低的人，他一向是藐视、轻蔑的，不屑与他们交往，真的说起话来，会不断使用这样一些句子："可是，您说的这些话没有任何意义"，或者"最后，先生，我不得不警告您"，或者"但是，您也该明白，现在跟您说话的人是谁"等等。邮政局长、常任陪审员和驿站长都特别怕他。他从不会在自己家宴请宾客，据说，他是个守财奴。

然而他仍然不失为一个出色的地主。"一位老军人，一位大公无私、按规矩办事的人，一个爱抱怨的老人"，邻居们谈论他时都这样说。只有省检察官，当人家在他面前提起这位将军的卓越、稳重的品质时，会突然冷笑出声，可能是嫉妒催生了不当的情绪……【名师点睛：作为检察官有自己的判断，也有高于赫瓦伦斯基的权势，自然不怕得罪他，将自己的想法都表达在脸上。】

好了，现在我们要介绍的是另一个地主——马尔达里·阿波洛内奇·斯捷古诺夫。

马尔达里·阿波洛内奇·斯捷古诺夫和维亚切斯拉夫·伊拉里昂诺维奇截然不同。他未必在什么地方任过职，也从没人觉得他是一个令人欣赏的美男子。马尔达里·阿波洛内奇是个矮矮胖胖的小老头，秃顶，有肉肉的双下巴，还有一双胖乎乎的小手，圆滚滚的肚皮。他热情好客，喜欢讲笑话，嬉皮笑脸，过着所谓自得其乐的日子。不管严冬酷暑，他都穿着一件条纹棉睡衣。只有一点，他和维亚切斯拉夫·伊拉里昂诺维奇一样：他也是个单身汉。他的手下大概有五百个农奴。马尔达里·阿波洛内奇管理自己的庄园相当马虎。例如，为了追随潮流，他在十年前就在莫斯科布杰诺普工厂买了一台脱粒机，但却只是锁在仓房里，从没见他拿出来使用过。【名师点睛：寥寥几笔叙述出马尔达里·阿波洛内奇购买脱粒机的事情，就已经显示了他的无知、虚荣和目光的短浅。他只想到购买脱粒机能为自己装点门面，却完全没想到去利用它为自己提高劳动效率，赚取更高的收益。】

只有在晴朗的夏日里，他才吩咐套上竞跑马车，乘车到原野，看看庄稼，再采几朵路边的小花，没过多久就心满意足地打道回府了。马尔达里·阿波洛内奇完全过着老派的生活。他的房子是老式建筑：前厅像一般老式房子一样，散发着克瓦斯、脂油蜡烛和兽皮的味道，有一个餐具柜在前厅的右侧，里面是烟斗、毛巾之类的零碎物品。餐厅里有大盆的天竺葵，一架破旧的钢琴，墙上挂着自家人的肖像画，不过总是有些苍蝇光顾这里。客厅里有三只长沙发、三张桌子、两面镜子和一只声音沉闷的挂钟，挂钟的声音已经沙哑，虽然指针上的花纹依旧清晰，不过钟面的珐琅早已发黑。书房里有一张堆着文件的桌子，有一架蓝色屏风上面贴着从20世纪书刊上剪下来的各种各样的插图，还有几个书橱装着些弥漫着一股霉味儿的书籍，甚至挂满了蜘蛛网，随手而过就是满手灰尘。一张松软的圈椅，一扇意大利式的窗子，还有一扇通往花园的门，不过已经被钉死了。总而言之，应有尽有。马尔达里·阿波洛内奇家有一大群仆人，都穿着旧式服装：高领的蓝色衣袍，暗色裤子和标志自己身份的米黄色短背心。他们称到来的客人都为"老爷"。【名师点睛：通过仆人的穿着、言语来描绘阿波洛内奇的守旧和虚荣。】经营他家田产的是个农民出身、蓄着一把能遮住整件皮袄的大胡子的总管；料理家务的是一个包着栗色头巾、满脸皱纹的吝啬老太婆。马尔达里·阿波洛内奇家的马厩里养着三十匹各种各样的马，要是出门应酬或者走亲访友，会乘一辆自制的有一百五十普特的四轮马车。他待客非常热情，款待的宴席总是让人满意，也就是说，由于俄罗斯菜肴令人心醉的特色，客人们总是热爱一边打牌一边喝得大醉，吵吵闹闹一整晚不会消停。可他自己从来什么事都不做，连那本《圆梦书》也不看。这样的地主在

209

猎人笔记

我们俄罗斯还有很多。可能有些读者不太理解，我为什么要给大家讲他的事。我为什么要这么做？那么请大家耐心听我讲述一下在某天我拜访马尔达里·阿波洛内奇的情形，等听完我的这个故事，大家就会明白了。【写作借鉴：通过设问，自问自答，引起读者阅读下文的兴趣。】

那是在一年夏天，傍晚七点左右，我乘马车到他家里去。他家刚做完祷告。在客厅旁边的椅子上，坐着一位年轻的传教士，看起来有些拘束不安，大概才从神学院毕业。马尔达里·阿波洛内奇像往常一样非常亲切地接待我。他对每一位到访的客人都热情洋溢，真诚地欢迎。总而言之，他是一个非常好客、善良热情的人。教士站起身，应该是见有客来访想要告辞，拿起了帽子。

"等一等，等一等，神父，"马尔达里·阿波洛内奇没有放掉我的手，说，"别着急回去……我已经吩咐给你送伏特加来了。"

"感谢您，但是我不会饮酒。"教士局促不安地嗫嚅着，脸红到耳根。

"瞎说！做你们这行的人怎么可能不会喝酒呢！"马尔达里·阿波洛内奇回答，"尤什卡！尤什卡！给神父拿伏特加来！"

尤什卡，是个瘦高个、八十多岁的老头，他端着一个缀满肉色斑点的黑漆盘子，上面有一杯伏特加，走了进来。

教士推脱着。

"喝吧，神父，这样推来让去的，多不好看啊。"地主带着责备的口气说。【名师点睛：不顾及别人的意愿，根据自己的逻辑逼迫教士，能看出他的专横霸道，自以为是。】

那年轻教士实在推脱不掉，仰起脖子一口干了。

"如此，神父，那你就请便了。"

教士便鞠躬告辞。

马尔达里·阿波洛内奇目送着他出去，继续说："我很喜欢他，就是有点年轻。死守着戒律，连酒都不喝。可是您怎么样，我的先生？……您怎么样？您还好吗？我们去凉台上待会儿吧——瞧，这黄昏多么美丽。"

我们来到阳台上，坐下来聊天。马尔达里·阿波洛内奇朝下面看了一眼，突然像一只被枪打中的猪一样嚎叫起来。【名师点睛：用猪来比喻阿波洛内奇，形容他的性格和叫声，是作者在借此讽刺。】

"这是谁家的鸡？这是谁家的鸡？"他嚷嚷起来，"哪儿来的鸡跑到我的花园里来了？……尤什卡！尤什卡！你快去看看，看是谁家的鸡跑到花园里来了。……到底是哪儿来的鸡？我可是明令禁止过许多次了。我说过多少次了！"

尤什卡跑去了。

"真是不像话！"马尔达里·阿波洛内奇一再说，"这不是胡闹嘛！"

几只倒霉的鸡，我现在还记得，两只花斑母鸡和一只凤头白母鸡，正悠然自得地在苹果树下散步，不时还咯咯咯地叫着，表示自己的心情十分美妙。突然，头上没戴帽子、手里拿着棍子的尤什卡和另外三个成年仆人一齐向它们扑去。这下可热闹了。那几只鸡扑腾着翅膀，咯咯咯满院子乱飞乱跳，发出震耳欲聋的声音。【名师点睛：用夸张的手法展示声音，只为显示这场闹剧的混乱。】那几个仆人就更让人发笑了，左捕右追，一个一个向前扑过去。主人在阳台上狂呼乱叫："在那儿在那儿！快抓啊！上啊！快快快！抓住它们……这到底是谁家的鸡？这是谁家的鸡？"终于有一个仆人抓住了那只凤头母鸡，把它胸部朝下按倒在地上，这场闹剧才算告了一段落。一个年约十一岁、蓬头垢面的女孩，手里攥着一根树枝从临街的篱笆上跳了下来，进到花园里面。

"啊，这是她家的鸡啊！"地主得意地叫起来，"原来是马车夫叶尔米尔家的鸡！瞧，他打发他的娜塔尔卡来抓鸡了……倒是没有叫帕拉莎来。"地主又小声嘀咕了一句，然后狡猾地笑了笑："喂，尤什卡！别管那些鸡了，把娜塔尔卡给我抓来。"

▶ 猎人笔记

但是不等上气不接下气的尤什卡跑到惶恐不安的小女孩面前，女管家不知从哪儿冒了出来，一把揪住了她的胳膊，使劲扇着她的嘴巴……【名师点睛：二话不说，直接扇一个十一二岁的小姑娘的嘴巴，能看出女管家的狠毒和冷酷。】

"打得好，打得好，"地主接着说，"就该让你们长长记性，该打！……那鸡是我的了，阿夫多季亚。"他大声叫道，又眉飞色舞地对我说："那鸡是我的了，这次追捕精彩吗？您看看，我都一身臭汗了。"

接着，马尔达里·阿波洛内奇哈哈大笑起来。

我们还等在阳台上，从这里看去，黄昏的景色真的非常美丽。

仆人给我们上了茶。

"请问，"我说，"马尔达里·阿波洛内奇，前些日子迁到峡谷后面的那些农户是您家的吗？"

"是我家的……怎么啦？"

"您为什么要这样做呢？马尔达里·阿波洛内奇，这是罪过。那些农民的房子狭小又肮脏，周围看不见一棵小树，连养鱼池都没有，只有一口井，就这么一口井也派不上什么用场啊。【名师点睛：借"我"之口，控诉阿波洛内奇另外的一些恶行。】难道您就不能另找一个地方吗？……还有，听说，他们之前仅有的那几块田也被您夺去了？"

"地界是这样划分的，我能怎么办？"马尔达里·阿波洛内奇回答我，"划分地界这种事，我也总是想不明白啊（他点了点自己的脑袋）。从划分地界这件事上，我看不到任何好处，至于我夺走了他们的地，没给他们挖养鱼池，这些事情，我自己会有决断的，我会按照常规办理的。"我自然是无话可说了。

"再说，"他继续说，"那些农民也都不是些好东西，那可都是犯过错的。尤其是那边的两家，先父——在世的时候，就不喜欢他们，很不喜欢他们。跟您说句实话，我是深有体会的：贼生的儿子，也还会是贼。这是亘古不变的事实，随便您怎么说吧……噢，血统，血统——这才是最重要的！我坦白告诉您吧，那两家人我已经给毁了，虽然还没轮到他们去当兵，但是我已经打发他们的儿子去了。到各个地方，越远越好，看他们还能怎么办。但是他们还是会生下孩子留在这里，真可恨。"这时四周已完全寂静下来，只是偶尔有一阵阵清风迎面吹来，最后一丝风在路过旁边的屋子的时候，也安静了下来。这时，马厩那边传来了一声声均匀而又连续不断的击打声。马尔达里·阿波洛内奇刚刚把斟满茶的茶碟[旧时俄国喝茶时，习惯把茶水倒在茶碟里，然后用茶碟饮用]送到嘴边，鼻孔都已经撑开了——众所周知，土生土长的俄罗斯人在喝茶的时候都会有这样的习惯——但是他突然停了下来，仔细听了一下，点点头，呷了一口茶，把茶碟放在桌子上，带着宁静满足的微笑，不由自主、轻声附和着那一声声的击打，念着："啪——啪——啪！啪——啪！啪——啪！"

"这是怎么回事？"我吃惊地问道。

"那边，他们在执行我的命令，正在惩罚一个不听话的家伙……管餐室的瓦夏，您知道吗？"【名师点睛：虽然借口说是惩罚，但是掩盖不了他心狠手辣、习惯动用刑罚的丑恶内心。】

"那是谁？"

"就是不久前伺候我们吃饭的那个。脸上长满络腮胡的那个人。"

虽然现在非常地愤怒，但是马尔达里·阿波洛内奇那温柔纯净的目光还是让人无从拒绝。

"您这是怎么了？先生？您出什么事了吗？"他摇摇头说，"您这样盯着我，难道您觉得我是个不讲理的混蛋吗？您也是知道的。"

过了没一会儿，我就站起来准备告辞。乘马车经过村子的时候，我看见了管餐室的那个瓦夏。他正边吃核桃边在街上走着。我吩咐马

213

▶ 猎人笔记

车夫停下马车，把瓦夏叫到跟前。

"嘿，老兄，你怎么样，今天是不是被打了？"我问他。

"您怎么知道？"瓦夏回答。

"你家老爷跟我说的。"

"老爷亲口告诉您的吗？"

"是的。你犯了什么错？"

"这都是我自找的，老爷，我是罪有应得。我们这儿为一点小事是不会受惩罚的。我们老爷一向是讲道理的，从不会随意处罚我们。我们的老爷不是那种人，我们的老爷……这样善良温柔，还为我们着想，可不是哪儿都有的。"

"走吧！"我对马车夫说，"这不就是那个被封住的俄罗斯吗？"

【名师点睛：被打之后的瓦夏还在赞扬自家老爷，认为他温柔善良，一切都是自己的错。作者借"我"发出一声叹息，这是被封闭住的俄罗斯。旧时代俄国的农民已经失去了自由，失去了自我，只有盲目地服从和接受。这句话表达了对农奴制度下俄罗斯农民悲惨遭遇的深切同情。】在回家的路上，我想着。

Z 知识考点

1.填空题。

几只倒霉的鸡，我现在还记得，两只_____和一只_____，正悠然自得地在_____下散步，不时还咯咯咯地叫着，表示自己的心情十分美妙。

2.选择题。

在文中(　　)一直逼迫神职人员饮酒,体现他强人所难和粗俗无礼的性格。

A.马尔达里·阿波洛内奇　　B.赫瓦伦斯基

C.伊拉里昂诺维奇　　D.叶尔米尔

3.问答题。

请简述你对于马尔达里·阿波洛内奇购买脱粒机事件的感想。

_____

_____

阅读与思考

1.本篇文章中的两位主人公分别有什么样的形象特征?

2.作者在刻画两个地主的形象时,是用的同样一种描写方式吗？请简要分析。

3.作者在描写这两位地主时,是什么样的心态和感情？是直接摆明自己的态度吗?

猎人笔记

列别江

M 名师导读

每座城市都有自己独特的标志，或因独特的地貌，或因甘甜的水果，又或是因为充足的阳光；列别江市则是因马而闻名。马市，自然是买卖马匹的天堂，鱼龙混杂、人员多样，"我"在这里又会有什么样的经历呢？

亲爱的朋友们，我们作为猎人有一个极好的好处，就是当你想要打猎的时候，会乘上马车东奔西跑。这对于我们这些整日无聊的人来说是一件相当愉悦的事情。不错，有时候（尤其在下雨天）奔波在乡间的小路上，或者进入到那还未开垦过的荒郊野地是很不愉快的，那时你得不时停下来，随手拦住路过的庄稼人，问他："喂，朋友，到莫尔多夫卡怎么走？"到了莫尔多夫卡，你又得拦下愚蠢的乡下婆娘，【名师点睛："愚蠢的乡下婆娘"是在写妇女的无知，也是表现当时人对女性的轻视。】向她们打听（所有的雇工都去地里干活了）：到大路上的客栈远不远？应该往哪儿走？接着，当你赶了十来俄里路，你发现在你面前的并不是你一直期待着的客栈，而是地主家的破烂村子胡多布勃诺沃，还有一大群猪会被你惊动——它们正在街道里齐耳朵深的深褐色泥地里来回打滚，完全没有想到会有人来惊扰它们。走过摇摇晃晃的小桥，通过那条峡谷，你还得路过那条埋在沼泽地里的小溪，这真的是让人不愉快极了。整整一昼夜行驶在一片浅绿色汪洋般的大路上，或者，愿上帝保佑你，别遇上路边一面写着"22"，另一面写着"28"的彩色路程碑，不然你只怕会陷在前方的泥泞里挣扎几个小时，这也是让人很不愉快的事情。一连几个礼拜只吃鸡蛋、牛奶和人们啧啧称赞的黑麦面包，也很不愉快……再多的不满意和不愉快都会被只有我们这些猎人才能体会到的某种快乐而取代。不过，我们还是言归正传吧。

在说了上面这些情况以后，我觉得没有必要再向大家阐述五年前我是如何到达最红火的列别江集市的了。我们这些猎人常常在某一天早晨离开自家的领地，本打算第二天傍晚回到家里，但是，因为一直追着某只田鹬，所以越走越远，最终来到了富饶的伯朝拉河岸边。况且，任何一个拥有并且热爱猎枪和猎狗的人，一定会十分疼爱他们自己的马——在他们眼里，马是这个世界上最可贵的动物。【名师点睛：马是当时最方便的交通工具之一，猎人打猎往往少不了骑马出行，为马市的热闹做铺垫。】就这样，我来到了列别江，在旅馆住下，换了一身衣服，便往集市走去(旅馆的小伙计是个二十来岁又高又瘦的小伙子，用他那带着浓厚鼻音但较为悦耳的声音告诉我，说某团的马匹采购员是一位公爵，正下榻在他们家的旅店；又说来了许多绅士；又说每天晚上都有茨冈人在这里唱歌，戏院里正在上映的是《特瓦尔朵夫斯基老爷》[19世纪俄罗斯作曲家威尔斯托夫斯基所作歌剧]；还说市场上那批马价值连城，是市面上难得一见的好马。

集市广场上停着一排排看不到尽头的大车，大车后面则是各种各样的马匹：【名师点睛：集市上看不见尽头的大车，跟着大车的是数不清的各种各样的马，形象生动地描绘出闻名遐迩的马市的繁华。】有大走马、养马场的马、比秋格马、拉大车的马、驿马，还有些庄稼人务农的马。有些养得膘肥体壮、光滑闪亮的马，依着马匹的毛色分类排列着，身上都披着五彩多色的马衣，缰绳留得短短的，拴在高高的大车上。它们怯生生地斜眼望着它们后面的主人——那些马贩子手中让它们胆寒的鞭子。一些由草原贵族从一二百俄里外赶来的地主家的马匹，被一个年老的马夫和三个脑子不怎么灵活的人看着，晃着长长的脖子，跺着脚，百无聊赖地啃着木桩子。还有些黄褐色的维亚特卡种马紧紧依

217

> 猎人笔记

靠在一块。臀部宽大、大波浪一样的尾巴、毛茸茸的蹄肘的大走马，有灰色带黑圆斑点的，乌黑的，也有枣红的，都像草原上的雄狮一样，神色庄严而英勇地站在原地。一些行家怀着敬意站在它们面前。街道被各地来的马车堵得死死的，汇聚着各种身份、各种年龄、各种外貌的人。那些穿着蓝色上衣，戴着高筒帽子的马贩子们各怀鬼胎四处打量，等待着顾客到来。鼓眼睛、鬈头发的茨冈人脚不沾地地跑来跑去，一会儿看看马的牙齿，一会儿又搬起马腿和马尾巴细心瞧着些什么，喊叫着，骂骂咧咧着给人做中介，或是抓阄抽签着，或是死乞白赖地缠住某个戴制帽、穿海狸皮军大衣的马匹采购员。那边那个健壮的哥萨克高高地骑在一匹脖子像鹿一样细的瘦马上，坚持着要"全套"卖出自己的马，也就是说连同马鞍和笼头一起卖掉。还有那些庄稼人，穿着破破烂烂的皮袄，衣衫不整地穿梭在人群中，几十个人一起挤向一辆套着"试用"马的大车，又或者蹲在街边某个角落，指望着能言善辩的茨冈人为他们讨价还价，<u>他们彼此击了上百次掌，却还是商定不了最后的价钱</u>。【名师点睛：有交易就会有争执，他们都在为自己的利益努力。】而这时候，作为他们讨价还价的对象，那匹盖着破席子的劣马却是悠然自得地在那里眨巴着眼睛，就像事情与它无关似的……确实，不管将来是谁用鞭子抽打它，对它来说都没什么区别。几个染了唇髭、神情庄重的宽额头地主戴着波兰四角帽，用厚重的呢子长外衣半套在自己身上，正不可一世地和那些个戴绒帽子和绿手套的大腹便便(pián pián)[肚子肥大的样子(含贬义)]的商人商议着什么。一些不同部队的军官也在那里挤来挤去。一个身材非常高大的胸甲骑兵，看起来是个德国军官，正冷静地问一个瘸腿的马贩子："这匹栗色的马的价钱是多少？"一个十九岁模样的淡黄头发的骠骑兵正四处忙碌，为他自己那匹瘦弱的溜蹄马，到处物色一匹拉套的马。一个车老板，头戴插孔雀毛的平顶帽，身穿褐色呢上衣，窄窄的绿腰带里揣着一副皮手套，正在物色一匹辕马。还有些车夫正在打湿自家马的马鬃，有的给马的尾巴编着辫子，还有些正费尽心思讨好主人，为主人们提着建议。买卖已经成交的人按照各自不同的境况，有些宽裕的冲进大酒店尽情胡吃海喝一通，还有些不怎么宽裕的，也会找家小饭店吃上一顿……而所有这些奔忙、叫喊、折腾、争吵、和解、骂街和欢笑，都非常忙碌，会溅上一身泥泞。我想为我那辆四轮轻便马车买三匹耐用的马，因为我那几匹马都不怎么好使唤了。【名师点睛：这是我来到马市的原因，我对马的需求为后文我受骗上当做铺垫。】我找到了两匹，而第三匹一直没有中意的。当我吃过午餐，当然这难以下咽的午餐我并不想过多描写。(埃涅阿斯[希腊神话中特洛伊的英雄，在特洛伊城沦陷时，背着自己的父亲逃出了火海]深知，有些痛苦的回忆我们多么不必再去想起。)我便到一家所谓的咖啡馆去，那里每天晚上都聚集着马匹采购员、养马场主和其他来客。在台球房里烟草燃烧的烟雾中穿梭的大概有二十几个人。这里有穿着匈牙利骑兵式上衣和灰色西裤的年轻地主，他们留着长长的鬓发，小胡子上油腻腻，正春风得意，肆无忌惮地左顾右盼；一些穿哥萨克式上衣、脖子奇短、浮肿着眼睛的贵族正在那里，喘着粗气不住地哼哼着；商人们坐在一旁，就如大家常说的，另开一席；那边几个军官站在那随意讨论些什么。某公爵是个二十二岁光景的年轻人，正在那里打台球。他神情愉快，有些目中无人，身上是一件敞怀的开衫礼服，里面搭着红色的绸缎衬衫和一条肥大的丝绒灯笼裤，正在和一个退伍的陆军中尉维克多·赫洛帕科夫打台球。

退伍陆军中尉维克多·赫洛帕科夫是个三十岁左右、皮肤黝黑的小个子，有着黑色长发、深棕色的眼睛和一只像被什么压过一样的瘪瘪的鼻子，他是选举和集市的热心观众。他走路的姿势总会惹人发笑，像猴子一样蹦蹦跳跳，总是神气十足地挥舞着他两只弧形的胳膊，歪戴着帽子，卷起军装的袖子，把里面灰蓝色的棉絮露出来。赫洛帕科夫先生善于巴结彼得堡富家子弟，和他们一起抽烟、喝酒、打牌，跟他们称兄道弟。不过他们为什么那样喜欢他，真是让人摸不着

▶ 猎人笔记

头脑。他既不聪明，也不滑稽，当个丑角都不合格。没错，他只不过被他们当成了一个供人玩乐、随手就可丢弃的玩偶罢了。【名师点睛：没有任何特点的人，对所有人来说都无足轻重，为后文赫洛帕科夫"失宠"做铺垫。】他们和他来往了两三个礼拜，然后便突然不理睬他，一声招呼都没有，他也是知趣得很，也不会去找他们。赫洛帕科夫的特点是，在一年，有时是两年期间里，不管是不是在合适的时间，总会重复一句他认为很有意思的玩闹话，虽然这话一点都不好笑，可是不知为什么，大家听了都要发笑。应该是八年前，不管到哪里，他都要说："向您表达我最深的敬意，由衷感谢您。"每当他对当时那些被谄媚的人说出这句话，那些人总会捧腹大笑，并要他一再说"向您表达我最深的敬意"。后来他又用了一句相当复杂的话："不，您这样就太那什么了，盖斯格赛——结果自然会是这样（每当说出这句话，都是夹杂着法文和俄语）。"这句话同样得到辉煌的成功。再过个两三年，他又想出了一句新的玩闹话："切勿急躁，上帝的仆人，被羊皮封存。"等等。您瞧怎么着！这句并不出彩的话竟为他得到了无数吃喝用度。（他的财产早已被挥霍一空，现在就靠那些个狐朋狗友度日。）请注意，除此之外，他是绝对不会有别的任何用处的。哦对，他还是个大烟枪，每天都能抽一百袋"茹可夫"烟；打起台球来，能把右腿抬得比头还高，瞄准的时候，总是疯狂地移动手里的台球杆。当然，对于这种好笑的特点并不是每个人都感兴趣的。喝酒他也是一把好手……不过在俄罗斯凭这一点并不能显得出类拔萃……总而言之，他能成功混到现在，真的是一件让我百思不得其解的事情。不过有一点我还是很欣赏他的：他很谨慎，从不泄露别人的家丑，也绝不会说别人一句不好的话……【名师点睛：他明白自己处在什么样的地位，看得清现实，谨慎小心。】

"唉，"看见赫洛帕科夫的时候，我心里想，"现在他的口头禅是什么呢？"

公爵打中了白球。

"三十比零。"一个脸色黝黑、有明显黑眼圈的害着肺病的记分员喊道。

"咚"的一声，公爵把一个黄球打入边袋。

"好！"一个胖商人气沉丹田地吼出赞赏，话音刚落又像有些不好意思。他坐在屋角那张摇摇晃晃的独腿茶几旁。幸而没有人注意到他。他松了一口气，摸了摸自己的胡子。

"三十六比零。"记分员用鼻音喊了一声。

"嘿，兄弟，打得怎么样？"公爵问赫洛帕科夫。

"怎么样？不用问，流……氓，简直是个流……氓。"

公爵扑哧笑了起来。

"嗯？你说什么？再说一遍？"

"流……氓！"赫洛帕科夫得意地重说了一遍。

"看看，又出来一句口头禅！"我想。

公爵把一个红球打进袋里。

"唉！这样不对，公爵，您这样是不对的。"一个眼睛发红、鼻子很小、顶着张迷迷糊糊没睡醒的脸、淡黄头发的小军官突然喃喃地说，"不是这么打的……应该……不是这样打！"

"那你说说怎么打？"公爵回过头去问他。

"应该……这样……用碰两面台框的打法。"

"是吗？"公爵喃喃地说。

"公爵，怎样，你今天要去听茨冈人唱歌吗？"年轻人有些惊慌失措，连忙接着说，"斯捷什卡要唱歌呢……伊柳什卡……"

公爵对他视而不见。

"流……氓，老弟。"赫洛帕科夫的左眼狡黠地眯了起来。

公爵开心地仰天大笑。

"三十九比零。"记分员高喊。

"零……那又怎么了，等着我来把这个黄球……"

▶ 猎人笔记

赫洛帕科夫移动着台球杆，瞄准了一下，却滑竿了。

"唉，流……氓。"他气恼地叫了一声。

公爵又大笑了起来。

"怎么，怎么，怎么？"

但是赫洛帕科夫不想再说自己那句口头禅，觉得自己是时候拿出些真本事了。【名师点睛：说是要拿出真本事，可后面马上滑杆，更具有喜剧效果。】

"您滑了一杆，"记分员说，"让我给您的球杆涂一些白粉……四十比零！"

"对啦，诸位先生，"公爵对所有在场的人说，但是并不专门看着哪一个，"你们就等着看吧，韦尔任比茨卡雅今天一定会在剧场里出现的。"

"当然，当然，韦尔任比茨卡雅是一定会出场的……"好几个绅士争先恐后地回答着公爵的话，似乎得了莫大的荣耀。

"韦尔任比茨卡雅是个极出色的女演员，比索普尼亚科娃好多啦。"屋角里一个戴着眼镜、蓄着小胡子、一副寒酸样的人尖声尖气地说。这就是个可怜鬼！其实他心里魂牵梦萦的是索普尼亚科娃，可是公爵连看都不看他一眼。

"来人哪，拿烟斗来！"一个身材高大、相貌端正、周身气度不凡的绅士从系着领带的喉咙里说出这句话。看他的言谈举止，就是一个赌鬼无疑了。

跟班跑着去拿烟斗，而他回来禀告公爵大人，说马车夫巴克拉加有事求见。

"啊！好，我知道了。让他先等一等，再让人给他送点伏特加出去。"

"遵命。"

后来有人告诉我，巴克拉加是个很年轻的马车夫，长相俊美，极受公爵喜爱。公爵送给他赛马，和他竞赛，有时是寸步离不开……几天几夜都和他待在一块。……这位公爵从前是个浪荡子，挥金如土，现现在您可认不出他了……现在可是判若两人了。现在的他，衣冠楚楚，十分神气！他政务繁忙，忠于职守。最重要的是，他为人处世谨慎小心。

可是烟草的烟雾熏得我眼睛发痛。我最后一次听完赫洛帕科夫的喊叫和公爵的哈哈大笑以后，便告辞回到自己房间去了。我的跟班正在给我整理床榻，他在一张弯曲但很高、有些窄小而且鬃垫已经有些凹陷的长沙发上铺好了被褥。

第二天，我到各家马店里去看马，最先看的是这一带有名的马贩子——西特尼科夫家的。我跨过大门，走进一个撒着沙土的院子。马厩敞开的门前站着老板本人，他已经上了年纪，高大而肥胖，穿着兔皮做的翻领皮袄。【写作借鉴：通过老板的外貌和穿着描写，能看出他过着富裕的生活。】他看见我，便慢慢地向我走来，双手把帽子举过头顶，拖长声音说：

"啊，欢迎光临。您是来看马的吧？"

"对，我想买匹马。"

"请问您想看一匹什么样的马？"

"让我看看您有些什么马吧。"

"好的，请跟我来。"

我们走进马厩。几只白色小狗从干草堆上站起，边摇着尾巴，边向我们跑来；一只长胡子的老山羊有些不情愿地往旁边走去；三个穿着很结实但是皮袄上沾满了油污的马夫向我们鞠了一躬。左右两边，在做得高出地面的马栏里站着近三十匹马，这些马都被精心照料着，洗刷得干干净净。【名师点睛：作为有名的马贩子，自然知道怎样让顾客看中自家的马。首先，第一眼看上去就要干净整洁。】横木上一群鸽子在飞来飞去，咕咕叫着。

"您需要什么样的马？是用来骑行的，还是用来配种的呢？"西特尼科夫问我。

"既要拉车又要做种马。"

▶ 猎人笔记

"明白了，明白了，我知道您的意思了。"马贩子一字一顿地说，"彼嘉，把银鼠拉出来让这位先生看看。"

我们走到院子里。

"要不我让人给您搬把椅子坐一会儿？……不要？……那您请便。"

马蹄在地板上橐橐地敲着，马鞭"啪"的一声抽响了。彼嘉看着四十来岁，体态匀称，皮肤黝黑，有张麻脸。他牵着一匹体态相当匀称的灰色公马从马厩里跑出来。他让马直立起来，牵着它在院子里跑了两圈，然后娴熟地勒住了它，让它站在院子中间。银鼠伸展着身子，打了两声响鼻，甩动着尾巴，再转转脑袋，瞟着我们。

"这马被训练得不错！"我想。

"放开它，让它随意动一动。"西特尼科夫说，目不转睛地看着我。

"您看怎么样，行吗？"他自信地询问我。

"这匹马不错，但是这前腿似乎不太好使啊。"

"它的腿那是非常好的！"西特尼科夫很自信地驳回我的话，"您再看看……您看看这臀部……像一座炕，用来睡觉都是可以的。"

"蹄腕骨稍微有些长了啊。"

"一点也不长——您说话可得凭良心！彼嘉，让它跑起来，跑动起来，对，快快快，不要跳。……别让它大跑。"

彼嘉又牵着银鼠在院子里跑了一阵。我们都没说话。

"行了，把它牵回去，"西特尼科夫说，"再把雄鹰牵出来给老爷看看。"【名师点睛："我"没再说话就能得知"我"不太满意，没有过多纠缠，而是马上换马，能看出这位马贩子善于察言观色并且拥有不错的商业头脑。】

雄鹰是一匹毛色像甲虫一样的荷兰种黑色公马，臀部向下垂着，马体纤细但是充满力量，看来比银鼠要强些。它是猎人们口中那种"能砍，能劈，能俘虏"的马，也就是说，跑的时候，前腿是向左右两边来回扭动的，但是很少会向前踢腿。中年商人更喜欢这种马，因为它们的步态很像手脚麻利的伙计，动作矫健，步伐稳重。如果想在饭后去吹吹风，让这种马单独拉车是不错的。它们拉车的时候显出一种得意扬扬的样子，弯着脖子，尽心竭力地拉着粗糙的轻便马车，车上载着吃得很饱、懒洋洋不想说话的车夫，还有胃里灼热难耐、有些不开心的商人和穿浅蓝色绸外衣、戴紫色头巾的虚胖的老板娘。雄鹰我也没要。西特尼科夫又让我看了几匹……我终于看中了一匹沃耶伊科夫种的灰斑公马。我忍不住满意地拍拍它的鬐甲。<u>西特尼科夫立刻装出一副无所谓的样子。</u>【名师点睛：不似之前的推销介绍，是因为知道"我"已经看中，故作轻松是为了报出一个让自己能大赚一笔的价钱。】

"它拉车怎么样？"我问。（谈论大走马的时候一般不说"跑"得好不好。）

"那当然是很好的。"马贩子平静地回答。

"我能看看吗？……"

"当然没问题。喂，库齐亚，把追风套上车。"

驯马师库齐亚是个行家，他驾着马车在街上从我们面前来回跑了两三次。马跑得很好，步伐不乱，臀部不耸动，行动自如，尾巴伸展着，昂首阔步地奔跑着。

"这匹马的价格是多少？"

西特尼科夫开出非常高的价钱，我们就在街上讨价还价。突然一辆由选配得非常内行的三匹马拉的三套驿车从街角向我们飞奔而来，干净利落地在西特尼科夫家的大门口停下。那位公爵就坐在这辆豪华版的打猎马车上，他旁边站着赫洛帕科夫。巴克拉加驾着马车……可真是神气啊！这家伙！两匹枣红色拉套马小巧而灵活，黑亮的眼睛，乌黑壮实的腿，神情是那么兴奋，身体矫健，似乎只要你一声口哨，它们就会飞奔而去，瞬间不见踪影！那匹深栗色的辕马神态自若地站着，高高昂起它的头，就像那些天鹅一样，挺着胸，像箭一样的四条腿绷直地站着，满不在乎地摇着头，骄傲地眯着眼睛……这真是太棒了！这样的马完全可以在复活节给伊凡·瓦西里耶维奇沙皇驾车！

225

> 猎人笔记

"公爵大人！有失远迎！"西特尼科夫高声喊着。

公爵跳下马车。赫洛帕科夫慢慢地从另一边爬下车。

"你好，伙计……有什么好马吗？"

"公爵大人要马，那当然是什么样的都有！请进……彼嘉，把孔雀牵出来！叫他们把嘉骏也准备好。先生，不好意思，我现在有些忙。"他回过头来对我说，"您这笔生意我们下次再谈吧……福姆卡，给公爵大人端椅子。"【名师点睛：在"我"和西特尼科夫讨价还价的时候，公爵光临了。西特尼科夫立刻撇下我，殷勤地服务公爵。这里我们能看出他趋炎附势、见风使舵的性格特征。】

彼嘉从我之前一直没注意的一间比较特别的马厩里牵出了那匹孔雀。这匹强壮的深红色骏马简直是撒野般地跑了出来。西特尼科夫回过头去，眯起了眼睛。

"哟，流……氓！"赫洛帕科夫喝起彩来，"杰姆萨[法语"我喜欢"的音译]。"

公爵很满意地笑了笑。

要勒住孔雀可不容易，它简直是拖着马夫在院子里跑，直把它逼到了墙角才止住了它。它打着响鼻，全身颤动着，把腿脚收紧，可西特尼科夫却还在逗弄它，对它挥着鞭子。

"往哪儿跑呢？看我不把你……呀！"马贩子亲切地威吓着，就像在对一件绝世珍宝自言自语。【名师点睛：越亲切越珍重，也代表越名贵。】

"多少钱？"公爵问。

"公爵大人要，那就五千吧。"

"三千。"

"不行啊，我尊敬的公爵，你也知道……"

"跟你说，三千，流氓。"赫洛帕科夫附和着。

他们还没商量好价钱我就已经出来了。在街道尽头的一个拐角处，有一座灰色的小房子，大门上贴着一张醒目的纸。上方用羽毛笔画着一匹马，尾巴像烟囱，脖子伸得老长，马蹄下面用古体字写着下列启事：

"此处备有各种毛色马匹，均由坦波夫地主阿纳斯塔西·伊凡内奇·切尔诺巴伊之著名草原养马场专门运至列别江集市销售。该批马匹体态极佳，训练娴熟，性情温顺。诸君惠顾，请与阿纳斯塔西·伊凡内奇本人接洽；如遇阿纳斯塔西·伊凡内奇外出，则可与马夫纳扎尔·库贝什金接洽。各位买主，请善待老人。"【名师点睛："善待老人"，为后文"我"上当受骗又无可奈何做铺垫。】

我停下脚步。我想，不妨去看看切尔诺巴伊先生著名草原养马场的马匹。

我原本打算从便门进去，没想到却是拴起来的，只好去敲了房门。

"谁呀？……是要买马的吗？"一个女人尖声问道。

"是的。"

"就来，老爷，马上就来。"

便门打开了。开门的是一个五十多岁的妇人，没有戴帽子，穿着皮靴，敞着皮袄就给我开了门。

"顾客您好，请进，我这就去向阿纳斯塔西·伊凡内奇通报……纳扎尔，喂，纳扎尔！"

"怎么了？"从马厩里传出一个七十岁老人的沙哑声音。

"把马准备好，有客人来了。"

老妇人跑进屋里。

"客人，客人，"纳扎尔不满地对她嘟囔着，"它们的尾巴我都还没洗好呢。"

"啊，这日子过得可真是悠闲啊！"我想。

"你好，先生。欢迎光临，"我背后慢慢地响起一个圆润悦耳的声音。我回头一看，站在我面前的是一个中等个子的老人家，穿着蓝

▶ 猎人笔记

色长大衣,头发已经花白,生着一对漂亮的天蓝色眼睛,笑容亲切。
【名师点睛:有了之前西特尼科夫的态度做对比,老人家亲切关怀的目光使我对这家店有了点好感,使后文的反转更具有戏剧性。】

"你要买马吗?好的,尊敬的先生……请你先跟我到里面喝杯茶吧?"

我谢绝了。

"好,那就请便。请原谅,我都是遵循这些旧礼数(切尔诺巴伊先生说话从容不迫,带些口音)。我这儿一切都很随便,你知道……纳扎尔,喂,纳扎尔——"他没有提高音量,只是拖长了声音叫唤着。

纳扎尔出现在马厩门口,他满脸皱纹,有一个鹰钩鼻子,还有一撮山羊胡。

"先生,你想要一匹什么样的马?"切尔诺巴伊先生继续说。

"不用太贵的,能拉带篷马车就行了。"

"好……有这样的……好……纳扎尔,把那匹灰色骟马拉出来给老爷看看,知道吗,就是那匹拴在边上的,枣红马头上有白斑的那匹;要不然,还有另一匹枣红马,就是红娘子生的那一匹,知道吗?"

纳扎尔回到马厩里。

"你拉着马笼头牵出来就行了!"切尔诺巴伊先生在他后面喊着。"尊敬的先生,在我这儿,"他继续说,同时用明亮、和蔼的目光看着我的脸,"和那些马贩子们可是一点都不一样的,我可没他们那样可恶!他们都是用姜、盐、酒糟喂马,【名师点睛:马吃盐和酒糟会很容易长膘。】他们着实歹毒!……可我这儿,你可以看清一切,不会弄虚作假。"

马牵出来了。这些马我都没看中。

"行,那就把它们牵回去吧。"切尔诺巴伊先生说,"另外再牵几匹出来吧。"

又牵来几匹。最后我选中了一匹价钱便宜点的。选定之后我们开始商议价格。切尔诺巴伊先生并不着急,一本正经跟我讲着道理,甚至庄重地对着上帝发誓,以至我不能不"惠顾老人",所以我付了

228

定金。【名师点睛：为了关怀老人，"我"不得不按照对方的价格支付。】

"好，现在，"切尔诺巴伊先生说，"请让我遵循旧礼数，亲手把马交到你手里……你会因为拥有了它而感激我的……你看这是匹多么强壮的马！结实得跟核桃一样……从来没有人使用过……它可是生活在草原上的马！套什么马具都行。"

他画了个十字，用手托住大衣的衣襟，隔着衣襟拉住笼头，把马交给我。

"现在开始，这匹马属于你……你还是不想喝杯茶吗？"

"不用了，由衷地感谢您，我想我该告辞了。"

"那就请便……现在你需要我的马车夫给你把马送过去吗？"【名师点睛：由自己的马车夫将马送到客户手中，在拿到余款之前不那么容易被顾客发现其中的猫腻。】

"如果可以，我希望现在就能送过去。"

"好的，先生，没问题……瓦西里，喂，瓦西里，跟这位先生一起过去吧，帮先生把马送过去，顺便收了钱回来。好，再见，先生，上帝保佑你。"

"再见，阿纳斯塔西·伊凡内奇。"

瓦西里把马送到了我的旅馆里。第二天我才发现这是一匹已经赶坏了的瘸腿马。我本想把它套上车，但我昨天才买的马却是不停地向后缩，我用鞭子抽打它，它的脾气却越来越坏，尥起蹶子，后来干脆躺下了。我立刻动身去找切尔诺巴伊先生。我问：

"尊敬的切尔诺巴伊先生在家吗？"

"在家。"

"我希望您能给我一个解释。"我说，"您卖给我的是一匹腿瘸了的马。"

"腿瘸了？……我的天啊！"

"这匹马还是瘸腿的，而且有个坏脾气。"

"瘸腿的？我不知道，一定是你的车夫把它使坏了……我可以对

▶ 猎人笔记

着上帝发誓……"【名师点睛：翻脸不认账，展现出他作为一个商人的奸诈、狡猾。】

"说实话，阿纳斯塔西·伊凡内奇，您现在不是应该退回我的钱，然后收回这匹马吗？"

"这可不行，先生，请别见怪，货物出门，概不退换。事先您该是看得清清楚楚才是。"

我明白是怎么回事了，只得听天由命，自认倒霉，冷笑一声便无可奈何地走了。幸而我付的学费并不太昂贵。

再过两三天，我离开了。一个礼拜以后，归途中，我又经过了列别江。在咖啡馆里，我看到的不外乎还是那些人，我又碰到那位公爵在打台球。但是赫洛帕科夫的命运已经发生了翻天覆地的变化。淡黄头发的小军官终于取代了他的地位，受到公爵的宠爱。这个可怜的退伍陆军中尉又在我的面前试了试他的口头禅，希望还能像以前一样让公爵开怀大笑。可是公爵不仅没有笑一笑，反而还皱紧了眉头，耸耸肩膀。赫洛帕科夫这才垂下头，缩到一旁的角落里，悄悄地装着烟斗……【名师点睛：失去公爵宠爱的赫洛帕科夫等于失去了生活来源，因此黯然神伤。依附别人永远不是最好的选择，让自己丰富、强大才是最好的人生出路。】

知识考点

1.填空题。

臀部宽大、_____一样的尾巴、毛茸茸的蹄肘的_____，有灰色带黑圆斑点的，有乌黑的，也有枣红的，都像草原上的_____一样，神色庄严而英勇地站在原地。

2.选择题。

"我"在台球馆遇到了(　　)，他是一个整日靠狐朋狗友过活的退伍中尉。

A.索普尼亚科娃　　　　　　B.西特尼科夫

C.维克多·赫洛帕科夫　　　　D.纳扎尔

3.问答题。

"我"认为打猎有很多好处,请你简述其一。

_____

_____

阅读与思考

1.请简要介绍本篇内容。

2."我"前后看了两家店,遇上两个直接向我推销的马贩子,"我"分别受到了什么待遇?

231

▶ 猎人笔记

塔吉亚娜·鲍里索夫娜和她的侄儿

M 名师导读

塔吉亚娜·鲍里索夫娜是"我"的邻居,她为人朴素善良,性格豪爽大方,更可贵的是她思想开放,喜欢与年轻人接触,她会给予年轻人最真诚的安慰和劝解。她在乡间过着宁静安详的生活,可突然有一天,她家的宁静被打破了。因为,她的侄儿从彼得堡回来了!

亲爱的读者,请让我牵着你的手,带你乘车出门游玩。天气真是好极了。五月里的天空总是蔚蓝的,清澈而柔和;爆竹柳的嫩叶像被水冲洗过一样,光滑发亮;宽阔平坦的大路上长满了红茎的小草,这正是绵羊所贪恋的;左右两边,在几座缓坡小丘的长长坡面上,青翠的黑麦荡漾着波浪,云彩因太阳照耀而在黑麦上形成的灰色影子随风缓缓流动。远处的森林郁郁苍苍,池塘波光潋滟,澄光闪亮的村庄就像是画中景;【名师点睛:作者用了大量的笔墨为我们描绘出一幅宁静悠远、和谐静谧的村庄春景图,"我"也因为置身于这样优美的环境中而心情愉快。】成百上千的云雀一路歌唱着,突然又急速俯冲下来,停在一座座小土堆上,伸长着脖子四处张望;几只白嘴鸦停在大路上,直望着您,等着对您说欢迎光临,让您的马车驶过,接着跳了两下,笨拙地飞到一边;翻过峡谷看到山的那一边,一个农夫在耕地;一匹短尾巴、鬃毛蓬乱的花斑小马驹正跟着母马跌跌撞撞地跑着,不时细声尖叫着。我们的马车驶进一片白桦林,特有的清新气味扑面而来,让人心旷神怡。很快,我们已经到达村庄的寨墙。车夫下了车,马匹打着响鼻,两匹拉套马转悠着脖子，辕马甩动着尾巴，把头靠在马轭上……村口栅栏吱吱呀呀地打开了。马车夫坐上车……驾！在我们眼前的就是整个村庄的样貌。经过五六个院子，我们拐进右边，驶过一片洼地，又上了堤坝。在一个小池塘后边，在苹果树和丁香树的圆形树冠的映照下，一座多年前涂抹过红色漆料、有两个烟囱的木板屋顶出现在我们眼前。马车夫沿着栅栏向左边驶去，径直驶进了那两扇敞开的大门里。三只年老的杂种犬追着我们，用嘶哑、尖锐的声音叫唤。在宽敞的院子里急速地驶了一圈，经过马厩和板棚时，他优雅地弯腰，对正跨过储藏室高门槛的老管家婆鞠了一躬，最后在一座有着明亮窗户的深色小屋前停了下来。【名师点睛：马车夫能够没有任何通报就驾驶着马车进入女主人家，体现出女主人的和蔼可亲。】我们到达塔吉亚娜·鲍里索夫娜家了。瞧，她正打开通风窗，向我们点头致意呢……您好啊，老太太！

塔吉亚娜·鲍里索夫娜是个五十来岁的妇人，一双灰色的大眼睛向外凸着，一只蒜头鼻子，脸色红润，有一个双下巴。脸上总洋溢着和蔼可亲的笑容。她曾经结过婚，但是没过多久就守了寡。塔吉亚娜·鲍里索夫娜是一位很出色的女性。她住在自己的小领地上，深居简出，和邻居很少往来，但是很喜欢与年轻人接触。她出身于一个很穷的地主家庭，没有受过教育，也就是说，她不会说法语，也没有去过莫斯科——虽然有些遗憾，但是她为人朴实善良，有着开放的思想，豪爽大方的性格，很少沾染小地主太太们那些坏脾气。这让人感到不可思议……确实，一个女人终年住在乡下，生活在穷乡僻壤，但从来不会多嘴多舌，不怨天尤人，不卑躬屈膝，不惊慌失措，不低沉消极，不低三下四……这真是奇迹！【名师点睛：通过否定地主婆们多种坏习惯，体现女主人是真的与众不同，是难得一见的朴实善良的人。】她通常穿一条灰色塔夫绸连衣裙，头上戴一顶白色睡帽，还系着紫色的绸带。她的胃口很好，但绝不会放任自己大吃大喝，果酱、干果、咸菜都让女管家去做。那么她一天到晚做些什么事呢？——可

▶ 猎人笔记

能您会疑惑……看书吗？不，她不看书，实话告诉您，就没有一本书是为了她而出版的……如果家中没有来客，塔吉亚娜·鲍里索夫娜冬天就坐在窗前织织袜子，夏天就到花园里去，种些花，浇会儿水，逗逗小猫，就这样过上几个钟头，或者再去喂喂鸽子……总之她基本上是不过问家事的。但是如果来了客人，某一个她所喜欢的年轻邻居，塔吉亚娜·鲍里索夫娜便整个人都会非常活跃，很有朝气。她让他坐下，请他喝茶，听他讲故事，对他微笑，有时拍拍他的脸颊，自己却不怎么说话。要是有些年轻人有什么不顺，不快乐，她会给予他最真诚的安慰，劝解他。有无数人对她倾诉过心中私密，甚至在她怀中痛哭！这样的事情是经常有的：她坐在客人的对面，轻轻地支着臂肘，关切而温柔地看着来客的眼睛，那么友爱地微笑着，使得客人不由自主地想到："您是一位多么值得人尊敬的女人啊，塔吉亚娜·鲍里索夫娜！我想要把一切心中琐事都倾诉给您。"<u>处身在她家舒适的小房间里，总使人感到亲切、温暖；她家里总是阳光灿烂，如果可以这样说的话。</u>【名师点睛：善解人意的女主人、温暖舒适的环境，女主人的家是一个让人身心放松的美妙乐园。】塔吉亚娜·鲍里索夫娜是个神秘而美好的女人，从不会有人对她感到讶异。她有那样成熟的思想、坚定的性格、豁达宽容的态度，似乎能分担他人一切的欢乐悲愁。一句话，她的一切优点似乎是与生俱来的，无须她费什么力气，无须她刻意假装……对于她，不可能有别的想法，所以也不用对她表示感谢。她特别喜欢看年轻人游戏和淘气。她两手抱在胸前，仰起头，眯着眼睛，坐在那里，满面笑容，有时突然叹气："唉，你们哪，我的孩子们，孩子们！……"所以，总是有那么多年轻人在她那里玩，或者走到她的面前牵起她的手，对她说："您听我说，塔吉亚娜·鲍里索夫娜，您不知道您有多珍贵，尽管您很朴实，也没什么学识，可您却从来不是什么平庸之人。"光是她的名字就让人感到亲切温馨，人们喜欢说这个名字，它能引发人们友爱的微笑。

譬如，我曾经几次询问路上偶然遇到的农民："老兄，到格拉乔夫卡怎么走？""老爷，您先到维亚佐沃耶去，再从那儿到塔吉亚娜·鲍里索夫娜家，塔吉亚娜·鲍里索夫娜家的人会告诉您接下来怎么走。"提到塔吉亚娜·鲍里索夫娜的名字，那农民便有点特别地晃了一下脑袋。【名师点睛：从农民说话时不经意的表情，可以看出农民们都很爱戴、喜欢她。】可能是因为家境不太好，她的用人并不多。女管家阿菲娅管理着她家的住宅、洗衣房、储藏室和厨房。阿加菲娅从前是她的保姆，是个心地极其善良、时不时就有感而发地流下眼泪、连牙齿都已经掉光的老妇人。有两个健硕的妇女供她指使，她们的脸就像安东诺夫卡的苹果一样红润结实。七十岁的仆人波利卡尔普担任着侍仆、管事和餐厅仆役的职务，他性格非常怪异，博览群书，曾经还是一位小提琴手，是维奥蒂[18、19世纪意大利著名小提琴家、作曲家]的崇拜者，十分厌恶波拿巴季什卡[俄罗斯人对拿破仑的卑称]，或者如他所说的，他和波拿巴季什卡是天生的仇敌。他还是个狂热的夜莺迷，房间里总是养着五六只夜莺。早春时，他整天整天地坐在鸟笼旁边，耐心等候着夜莺的第一声"莺啼"，等到以后，他便双手掩面，痛苦地感叹："唉，可怜，可怜啊！"【写作借鉴：通过动作、语言的描写，生动传神地写出老人的痛苦。】接着便号啕大哭起来。给波利卡尔普当帮手的是他的孙子瓦夏，十一二岁的年纪，长着一头鬈发，一双大眼睛机智灵活。波利卡尔普疼他疼得要命，从早到晚跟着他不住地唠叨。他还管孙子的教育。"瓦夏，"他说，"你说，波拿巴季什卡是个强盗。""要是我说了，您要给我什么奖赏，爷爷？""给你什么？……我什么也不会给你……你知不知道自己是谁？你是不是俄国人？""我是阿姆钦斯克人，爷爷，我是在阿姆钦斯克出生的。""呆瓜！那么阿姆钦斯克在什么地方？""我哪里知道？""就是在俄国呀，傻小子。""在俄国又怎么了？""什么怎么了？已故的斯摩棱斯克公爵米海伊洛·伊拉里昂诺维奇·戈列尼谢夫库图佐夫大人，把

235

▶ 猎人笔记

波拿巴季什卡赶出了俄国。为了纪念这件事，还有专门赞扬的歌呢：'波拿巴季什卡再不能舞蹈，自己的袜带再也寻不到……'你懂吗，是公爵大人解救了你的祖国！""这跟我有什么关系？""唉，你啊，傻小子，你就是个傻小子！要是米海伊洛·伊拉里昂诺维奇公爵大人不把波拿巴季什卡赶出去，现在就会有个法国人拿着法棍狠敲你的脑袋。他会走到你跟前，说：'科芒·武·波尔特·武？'（法语'你好吗'）然后突然对你一顿狂揍。""可我会用拳头打他的肚子。""那他就会对你说：'蓬茹尔，蓬茹尔，维涅·伊西'（法语'你好，你过来'）。接着恶狠狠地抓住你的头发。""那我就踢他的腿，狠狠地踢，踢他那两条长满了疙瘩的竹竿腿。""不错，他们的腿都很长……可是如果他把你的手捆起来，你怎么办？""我不会让他捆住我的，我会叫马车夫米海伊来帮忙。""可是，瓦夏，难道那些法国人连一个米海伊都对付不了吗？""怎么对付得了？米海伊可厉害了！""好吧，那你们会把他怎么样？""我们会使劲捶他的脊梁骨，揍他的脊背。""那他可是要大声叫喊巴尔东（法语'饶命'）了：巴尔东，巴尔东，谢武普莱（法语'请饶命'）！""我们就要对他说：可不能对你们法国佬谢武普莱，你们这些法国强盗！……""好样的，瓦夏！……那你就喊'波拿巴季什卡是个强盗吧！'"【名师点睛：从他对自己孙子的教育中就能看出他发自内心地厌恶拿破仑。】"那你得给我一块糖！"【名师点睛：小孩子童真的语言，体现出他的天真可爱，生动活泼。】"这小子……"

塔吉亚娜·鲍里索夫娜和女地主们很少交往。她们不喜欢到她家里来，她也不乐意与她们周旋奉承。她们叽叽喳喳说个不停的时候，她会忍不住打瞌睡。她不时抖擞一下精神，竭力睁开眼睛，可不一会儿还是会睡着。一般说，塔吉亚娜·鲍里索夫娜不喜欢女人。她的朋友中有一个忠厚老实、温文尔雅的青年，那个青年人有一个三十八九岁的姐姐，心地极其善良，可是精神上受过严重损伤，性情有些孤僻怪异，受不了刺激。弟弟常常跟姐姐说邻居的事。有一天早晨，这位姐姐什么话也没说，就吩咐给她套马，径直到塔吉亚娜·鲍里索夫娜那里去。她穿着一条长连衣裙，戴着帽子，用绿色的面纱蒙着脸，披散着鬈发，没跟任何人招呼就直接闯进前厅，把没一点准备的瓦夏吓了一跳，又直愣愣冲到了客厅。塔吉亚娜·鲍里索夫娜也吓了一跳，她本想撑着站起来欠身问好，可两腿直发软。"塔吉亚娜·鲍里索夫娜，"客人用恳求的声音说，"请原谅我的冒昧，我是您的朋友阿列克谢·尼古拉耶维奇·克的姐姐。他给我讲了很多关于您的事情，所以我想要来拜访您，和您成为朋友。""非常荣幸。"惊魂未定的女主人喃喃地说。这位女客人却突然甩掉头上的帽子，抖抖鬈发，在塔吉亚娜·鲍里索夫娜身边坐下，握住女主人的手……

【写作借鉴：通过甩、抖、握等动词，表现她见到女主人时的激动愉悦。】

"这就是她，"她若有所思，仿佛见到了一位不得了的人物，说，"这就是那位善良、朴实、高洁、豁达的女人！这就是她，那位纯净而又不缺乏思想的女性！我多么高兴，我多么高兴！我们一定会互相欣赏的！我终于放心了……她在我的想象中就是这样。"她又轻声地补了一句，两眼直视着塔吉亚娜·鲍里索夫娜的眼睛。"您不会怪我的，对吗？善良又豁达的好朋友。""说哪儿的话，我很高兴……您想要喝点茶吗？"客人谦逊地笑了笑："多么真诚，多么坦率，"她仿佛自言自语地说，"亲爱的，请让我们拥抱一下！"

这个女人在塔吉亚娜·鲍里索夫娜家坐了三个钟头，一刻也没停止过说话。她全力向这位新朋友展示自己的优点。这位不速之客一走，可怜的女地主立马奔向澡堂，喝足干椴树花茶，然后躺在床上开始休息。但是第二天她又来了，这一次她坐了四个钟头，临走时还说以后每天都要来拜访塔吉亚娜·鲍里索夫娜。看样子，她是想要给这位善良仁厚的女性弥补教育上的不足，让这位女性能够全面发展。如果一直这样下去，这位女邻居一定会把她折磨得生不如死。幸而情况发生了变化：首先，过了两个多礼拜，她对于弟弟的这

> 猎人笔记

位女朋友已经完全地失去兴趣；其次，一位路过的青年学生勾走了她全部的心神，她立即与他频繁而热烈地通起信来。在书信里，她照例祝福他过上圣洁而美好的生活，表示愿意将自己的一切都给他，只要求他称她为姐姐。她还在信中大段大段地描写并谈论歌德、席勒、贝蒂纳和德国哲学，这一切都让那位青年承受不住，绝望悲切。但是青春的活力终究还是能战胜消极颓废。一天早晨，他一觉醒来，怀着对"姐姐和最好的朋友"所郁结于心的恨意，愤怒得几乎把自己的侍仆痛打一顿。在这位女性的折磨下，<u>这位青年在一段时间内只要听到一点点关于崇高、无私爱情的暗示，都会恶心得想要呕吐……</u>【名师点睛：从这位青年的反应，我们就能想象到这位女性行事的疯狂。】而塔吉亚娜·鲍里索夫娜从此以后也比以前更加疏远那些女邻居们了。

唉，这世间总是变化无常的。<u>我给您讲述的这位善良女地主的生活琐事都已成为过往云烟。曾经主宰着她家的宁静已经荡然无存。她的侄儿，一个从彼得堡来的画家，在她家已经待了一年有余。这件事情是这样发生的：</u>【写作借鉴：承上启下，总结上文这位善良的女主人悠闲宁静的生活，引出后文重点介绍女主人的侄子。】

八年前，塔吉亚娜·鲍里索夫娜家曾收养过一位父母双亡的孤儿，是她哥哥的儿子，名字叫安德留沙。安德留沙有一对水汪汪的明亮大眼睛，小小的嘴巴，鼻子端正，前额高挺，很好看。他说话声音又轻又甜，穿戴整齐，举手投足礼貌亲切，对来往的客人也是热情友好，常常怀着孤儿的深情亲吻姑母的手。常常是您还没有露面，他已经给您端来了圈椅。他从来不会任性淘气，终日文静知礼，行走坐卧悄无声息，独自坐在屋角看书，那么谦恭，那么温顺，甚至坐着都不靠在椅背上。有客人来了，我的安德留沙便欠身向客人致意，礼貌地露出微笑，不一会儿脸就通红。客人一走，他又坐下来，从兜里拿出带着镜子的小梳子，梳梳头发。他从小就喜欢画画。

238

他只要拿到一小张纸，就立刻向女管家阿加菲娅借来剪刀，仔细地把纸剪成正方形，在纸张的周围画上一圈花边，然后着手开始绘画。他会画一只瞳仁很大的眼睛，或者希腊式鼻子，或者一座烟囱里正冒着袅袅炊烟的房子，或者是一只像长板凳一样面孔朝外的狗，一棵停着两只鸽子的树，最后落款："安德烈·别洛夫佐罗夫作，某月某日，于小布雷基村。"在塔吉亚娜·鲍里索夫娜命名日[根据俄罗斯的习俗，孩子出生后会取个名字，所以人的年龄是从命名开始算的]前，他特别卖力地忙了两个礼拜。到了命名日那一天，他第一个跑出来祝贺，给他敬爱的姑母送上扎着粉红色绸带的画卷。塔吉亚娜·鲍里索夫娜会欣喜地亲吻自己侄儿的额头，然后解开彩带的结。画卷打开了，在各位好奇的观看者面前出现的，是一座大胆涂上阴影的圆形殿堂。殿堂前有一排廊柱，中间是一座祭坛，祭坛上有一颗燃烧正旺的心脏，而那弯弯曲曲的封袋上，有清晰明了的字迹："姑母和恩人塔吉亚娜·鲍里索夫娜·鲍格丹诺娃笑纳。挚爱并敬爱您的侄儿以表最深沉的尊敬。"塔吉亚娜·鲍里索夫娜惊异于他的献礼，又被他的孝心感动，再次亲吻他的额头，并给了他一个银卢布。然而她对侄儿并不特别喜爱，她不大喜欢安德留沙那种处处曲意逢迎的作风。【名师点睛：侄儿的刻意讨好并没有赢得姑母的欢心，从侧面体现出女主人坚守自己坦率真诚的做人准则。】后来安德留沙渐渐长大，塔吉亚娜·鲍里索夫娜也开始操心他的前程。一个意外的机会使她摆脱了困境……

那件事情是这样的。大概八年前的一天，一个六等文官、勋章获得者彼得·米哈伊雷奇·别涅沃伦斯基先生顺路来拜访她。别涅沃伦斯基先生从前在附近县城里任过职，经常来塔吉亚娜·鲍里索夫娜家做客。不过后来他升职进了部里，得到的那个职位还非常显要，他常常因公出差。有一次，他想起了这位老相识，便顺路到她那里，想要暂时摆脱身上的职责，"在乡村的寂静怀抱里"休息两天。塔吉亚娜·

猎人笔记

鲍里索夫娜像往常那样热情地接待他，于是别涅沃伦斯基先生……在我们继续讲这个故事之前，请允许我先向大家介绍一下这位新出场的人物。

别涅沃伦斯基先生中等身材，有些胖，两条腿也不长，一双手圆鼓鼓的，看上去温文尔雅。他总会穿一件干净讲究的燕尾服，系一条又高又宽的领带，里面是一件雪白的衬衫，一条金链子缀在衬衫绸面的坎肩上，一枚宝石戒指戴在食指上，头上戴着淡黄色假发；言辞恳谈间都是温和与真诚，走路不发出声音，待人满面笑容，愉快地转动眼睛，愉快地把下巴搁在领带上。[名师点睛：这些细节刻画出别涅沃伦斯基的快乐活泼，让人印象深刻。]总之，他是一个天生乐观活泼的君子。为不经意的一件小事都会落泪或是喜悦欢呼。此外，他对艺术总燃烧着一种无私的热情，确确实实是无私的，因为，扪心而说，别涅沃伦斯基先生在艺术上没有一点根基，甚至说一窍不通。真叫人百思不得其解，他这种热情究竟是从哪里来的，是哪一种神秘的原因导致的。他似乎是一个老实人，甚至是个平庸的人……

不过，在俄国，这样的人占了全部人口的大多数。为了表示对艺术和艺术家的热爱，这些人便表现出一种难以形容的让人恶心的做法。和他们往来，或是与他们交谈都是很难以让人接受的，他们都是些涂了蜜的木头人。譬如说，他们从来不叫拉斐尔[意大利文艺复兴期间著名画家、建筑家]为拉斐尔，不叫柯勒乔[与拉斐尔同时期的画家，文艺复兴时期的巅峰代表]为柯勒乔，而是说"神圣的桑齐奥，举世无双的德·阿雷格里"，每次说起话来，必定会把"O"说成重音。他们把所有傲慢自夸、平庸粗俗、才智平平、自说自话的人捧上神坛，还故意把"天才"说成"尖才"，"意大利的碧空""南国的柠檬""布伦塔河畔的芬芳"这些词他们也总是挂在嘴边。"哎，瓦尼亚，瓦尼亚"，或者"哎，萨沙，萨沙"，他们时常满怀热情地说，"我们应该到南方去，到南方去……因为我们的内心深处，就是古希腊人，我们拥有古希腊人们的心"!

在一些展览会上，当他们站在某些俄罗斯画家的作品前欣赏的时候，经常能看到他们做作的样子（必须强调的是，这些大人们多是有浓厚爱国心的）。他们一会儿后退两步，昂起头看看，一会儿又走到绘画跟前细细欣赏，他们眼中神采飞扬，或许在某一个时刻会饱含泪水……"啊，我的上帝，"最后他们用激动得发颤的声音说，"<u>充满感情，充满感情的作品！啊，直击心灵，心灵！啊，栩栩如生，栩栩如生！……是怎么构思的！这是大师的构思！</u>"【名师点睛：越是激动得大肆赞扬，越是显露他们的愚蠢无知。】可是他们家客厅里挂的是些什么样的画啊！每天去他们家拜访、喝茶的又是一些什么样的画家呢？他们邀请那些画家去观赏赞扬的房间的景象又是什么样子的呢？右边有一把刷子，擦得锃亮的地板上有一堆垃圾，有一只青铜的茶炊放在靠窗的桌上，主人穿着晨衣，头上有一顶小圆帽，红润的脸颊油光闪闪！再让我们瞧瞧那些来他们家拜访、脸上带着狂热而轻蔑的微笑的长发诗人又是些什么样的人！那些女娇客，都是些娇滴滴的小姐们，她们站在主人家的钢琴边尖声大笑，彰显着自己的苍白无知！由于我们俄罗斯已经形成这样的惯例：一个人不能只醉心于一种艺术，他必须对所有的艺术都稍知一二，若是能样样精通自然是再好不过的。<u>所以你们若是听到有些俄罗斯艺术家还能对戏剧评论一二，就千万不要惊奇了</u>。【写作借鉴：运用反讽，对这帮人浅陋、不懂装懂的做法进行讽刺。】

别涅沃伦斯基先生到来的第二天，塔吉亚娜·鲍里索夫娜在喝茶的时候吩咐侄儿把他的画拿来给客人看。"他还会画画吗？"别涅沃伦斯基先生不无惊讶地说，转过头亲切地看着安德留沙，眼睛里是不加伪装的假意的赞赏。"当然，会画画，"塔吉亚娜·鲍里索夫娜说，"他很喜欢画画，而且并没有什么老师教授，都是他自己摸索学习的。""噢，让我看看，让我看看。"别涅沃伦斯基先生急切地说，仿佛发现了什么稀世珍宝。安德留沙红着脸，微笑着，把自己的画册交到客人

猎人笔记

手上。别涅沃伦斯基先生摆出一副行家的样子开始翻阅画册。"画得真是不错，年轻人，"最后他说，"画得非常好，很不错。"他还伸出手摸摸安德留沙的头。安德留沙顺便吻了吻他的手。"您看看，真的很有才华啊！……祝贺您，塔吉亚娜·鲍里索夫娜，祝贺您。""可是，彼得·米哈伊雷奇，要让我在这里为他请一位老师，恕我无法做到，若是去城里请，价格又很高。我的邻居阿尔塔莫诺夫家倒有一位画家，据说很出色，可是女主人不许他给别人上课，她说那样做会让他的艺术修养受到损害。""嗯。"别涅沃伦斯基先生哼了一声，沉思起来，皱着眉头看了看安德留沙。"没关系，这件事情我们再商量商量！"他突然补充了一句，搓着手站了起来。就在这一天，他请示塔吉亚娜·鲍里索夫娜和他单独谈谈。他们关上门交谈了有半个钟头，然后把安德留沙叫了进去。别涅沃伦斯基先生站在窗口，脸上微微泛红，眼睛里的光彩快要溢出来。【名师点睛：生动形象地描写出别涅沃伦斯基在做出重大决定后的喜悦与激动。】

塔吉亚娜·鲍里索夫娜却是在屋角抹着眼泪。"有件好事情，安德留沙，"她终于开口说，"你得感谢彼得·米哈伊雷奇，他想要照顾你，带你到彼得堡去。"安德留沙一下子惊呆了。"您坦白告诉我，"别涅沃伦斯基先生浑身散发着长辈特有的威严，郑重地问道，"您想不想做一名画家，年轻人，您是不是要肩负起艺术交给您的使命？""我真诚地希望我能成为一名画家，彼得·米哈伊雷奇。"安德留沙战战兢兢地说。"如果是这样，我非常高兴。"别涅沃伦斯基先生继续说，"我了解，让您离开您敬爱的姑母，一定会非常难以接受，不过我想，您一定会非常感激她。""我非常爱我的姑母。"安德留沙打断他的话，急切地想要表达自己的想法。他眨着眼睛，极力做出乖巧顺从的模样。"当然，当然，这是完全可以理解的，这是很值得赞赏的品质。但是，想想看，如果你在将来有了非常大的成就，您的姑母会有多么高兴……""拥抱我吧，安德留沙。"善良的塔吉亚娜·鲍里索夫娜喃喃地说。【名师点睛：即使不喜欢这个孩子，也还是因为他能得到更好的生活而开心，体现女主人的善良。】安德留沙扑过去，搂住她的脖子。"好了，快去感谢一下你的大恩人……"安德留沙抱住别涅沃伦斯基先生的肚子，费劲地踮起脚尖，才勉强亲吻到他的手。恩人想要收回自己的手，但却明白得让这个孩子有些安慰，满足他的愿望也能够让自己开心，何乐而不为呢？不过两三天，别涅沃伦斯基先生就带着自己新收养的孩子离开了这里，往彼得堡去了。

在那之后的三年里，安德留沙频频写信来，有时还在信里夹几张图画。别涅沃伦斯基先生偶尔也会在信中夸赞安德留沙。不过到了后来，信越来越少，最后甚至杳无音信。整整一年，侄儿音信全无，塔吉亚娜·鲍里索夫娜越来越担心，正在她焦躁不安的时候，收到了一封短信：

亲爱的姑母！

三天前我的保护人彼得·米哈伊雷奇去世了。他非常不幸地被中风夺走了生命，我最后的依靠已经离我而去。当然，我现在已经十九岁，离开的这七年我已学有所成，我坚信自己的才能，卖画度日没有任何问题。我并不气馁，但是，如果可以，我还是希望您能够尽快汇给我二百五十卢布。吻您的手，余不再叙，云云。

塔吉亚娜·鲍里索夫娜没有任何多想，急切地给侄儿汇了二百五十卢布。【名师点睛：塔吉亚娜没有丝毫犹豫地为侄儿汇去一大笔钱，体现了她的善良和对侄儿的爱。】过了两个月，他又来要钱，她将钱汇给他。第二次汇款以后，还没过六个礼拜，他第三次来要钱，说是要为捷尔捷列舍涅娃公爵夫人向他预订的肖像画买颜料。塔吉亚娜·鲍里索夫娜已经身无分文，无法再支撑他。"既然如此，"他写信对她说，"我打算在今年回到乡下您家来休养休养。"果然，当年五月份，安德

猎人笔记

<u>留沙回到了小布雷基村。</u>【写作借鉴：通过简短的一句话，承上启下，安德留沙告别了彼得堡，开始乡村生活。】

塔吉亚娜·鲍里索夫娜最初没有认出他来。根据他的来信，她以为他一定是一副面黄肌瘦的病态，而站在她面前的却是一个膀大腰圆、身强力壮、红光满面、梳着油头鬈发的成年小伙子。当年瘦弱苍白的小安德留沙如今已长成了强壮的成年人安德烈·伊凡诺夫·别洛夫佐罗夫。<u>他变化的不只是外表，当年的拘谨腼腆、细心整洁变成了放荡不羁和让人难以接受的邋遢懒惰</u>。【名师点睛：从侧面可以看出别涅沃伦斯基先生对安德留沙缺少严厉的管教与正确的引导。】

他走起路来左摇右摆，常常是一屁股坐到圈椅里，一下子趴倒在桌子上，举手投足都是一副懒洋洋的样子，对着人的面就张大了嘴巴打起哈欠，对待姑母和仆人十分粗暴。他说："我是个画家，自由的哥萨克！你们得知道我们是不一样的！"他往往一连几天不动笔，一旦有了所谓的灵感，他就会抓耳挠腮、装腔作势，喝醉了酒一样忧愁粗笨，并且时不时狂躁乱跳；他两颊烧得通红，目光无神；大谈自己的才能、成就，说他眼下再怎么发展，再如何进步……其实，他口中所谓最优秀的才能也不过就是凑合画一些差强人意的肖像画。他根本就是不学无术，什么书也不读。可不是吗，画家有什么好读书的呢？大自然、自由、诗歌——他所谓生存的基础。他总是满不在乎地甩动头发，高谈阔论，吸吸茹科夫烟！俄罗斯人的豪放值得称道，但并非每个人都是随性放任，那些没什么才能的讽刺作家们创作的垃圾作品让人难以忍受。

我们的安德烈·伊凡诺夫就在姑母家长住了下来，免费的面包显然很合他的胃口。他总会让客人们烦闷无聊。他常常坐在钢琴前（塔吉亚娜·鲍里索夫娜家有一架钢琴），用一个指头找着琴键弹《剽悍的三套马车》；不然就是敲着键盘弹着和弦，或是随意敲击着琴键；有的时候他还会整日哀号着<u>瓦尔拉莫夫</u>［19世纪俄国作曲家、歌唱家］的浪漫曲《孤松》或《不，医生请你不要来》。他的眼睛胖得鼓起来，腮帮子也像鼓面一样撑得焕发红光……有时候，他会突然吼叫起来："平静些吧，狂热的激情……"把塔吉亚娜·鲍里索夫娜吓一跳。【写作借鉴：通过女主人的反应，侧面描写出安德留沙歌声的难听。】

"真奇怪，"有一次她对我说，"现在的歌曲怎么都是些鬼哭狼嚎的嘶吼，我们那时候就不是这样，也有让人哀伤的歌曲被创作出来，不过还是很让人喜欢的，就像：

来吧，快到草原上寻找我，
我在这里一直盼望你；
来吧，快到草原上寻找我，
在那里，我的眼泪已汇成河流……
啊，当你来到草原我的身旁，
为时已晚啊，我亲爱的朋友！"

塔吉亚娜·鲍里索夫娜调皮地笑了笑。

"我好绝望，我真悲伤。"侄儿在隔壁房间哀号起来。

"够了，够了，安德留沙你不要再唱了。"他亲爱的姑母终于还是忍不住想要制止他。

"离别的时候，我的心都要碎了。"不肯安静的歌手继续唱着。

塔吉亚娜·鲍里索夫娜直摇头。

"唉，这些画家就是专门生出来折磨人的！……"

从那时起已经过了一年，直到现在，安德留沙还是住在姑母家中，即使他一直说马上要往彼得堡去。在乡下，他胖得腰围超过身高。他的姑母依然为他倾尽所有。让人想不到的是，许多邻家姑娘都深深迷恋着他。

不过，很多老朋友是再也没有去过塔吉亚娜·鲍里索夫娜家了。

245

▶ 猎人笔记

【名师点睛：通过描写老朋友不再上门做客，从侧面表现安德留沙惹人厌恶的程度之深。】

Z 知识考点

1.填空题。

_____在俄国逐渐地发展起来了。它猛烈地冲击着_____，使农奴制度的_____逐渐解体了。

2.选择题。

是谁将塔吉亚娜·鲍里索夫娜的侄儿带去了彼得堡？（　　）

A.阿加菲娅　　　　　　　　B.波利卡尔普

C.彼得·米哈伊雷奇　　　　D.安德留沙

3.问答题。

请你简析作者为什么在文章的最后又提到女主人的访客情况。

_____

_____

Y 阅读与思考

1.本篇文章的主人公是谁，文中蕴含了作者对她怎样的感情色彩？

2.通读本文，作者多用什么写作手法来刻画人物形象？

3.通读本文，作者在文中还运用了什么修辞手法来丰满人物形象？

死

> **M 名师导读**
>
> 死亡是每个人都摆脱不了的命运。有人挣扎，有人痛苦，有人淡然。在作者的笔下，叙述了五个人的死亡过程，最后凝聚成一句："俄罗斯人对死亡的态度真是让人感慨惊异啊！"俄罗斯人面对死亡，到底是怎样奇怪的态度呢？作者为什么会发出这样的感叹？一起看一看吧！

我的一位邻居，是一位很年轻的地主，他也很喜欢打猎。【名师点睛：为后文我的所见所感做铺垫。】在七月的一个早晨，我骑马到他那里去，并且邀请他同我一道去打松鸡。他同意了。

"不过，"他说，"我想要先顺路去瞧瞧我的那片小树林，然后再往组沙去。我先去看看恰普雷吉诺，您应该是知道我的那片橡胶林的，那儿正在伐木。"

"走吧。"他吩咐备马，穿上带野猪头像的铜纽扣的绿色常礼服，背上一个用毛线绣了花的猎袋和一个银水壶，还扛上了一支他刚从法国购置的猎枪。他不无得意地在镜子前转来转去，唤上他的猎狗——埃斯佩南斯。那是他的表姐，一个心地善良、不过头发都已经掉光了的女主人送给他的；但是不可否认，那真是位慈祥的老太太。我们出发了。我的邻居带了甲长阿尔希普同行，阿尔希普有着四四方方的脸型，还有很高的颧骨，有些矮胖。陪同的还有一个不久前从波罗的海沿岸省份雇来的管家戈特利布·冯·德尔·科克先生，十八九岁的年纪，正值青春，瘦瘦高高，有一头黄色的头发，近视度数很高，有一个塌

247

▶ 猎人笔记

肩膀，总是耷拉着脖子。我的邻居本人也是不久前才掌管这份领地的。这份领地是他的姑母作为遗产留给他的。五等文官夫人卡尔东卡塔耶娃是个特别肥胖的妇女，即使躺在床上，喘气呼吸也有些困难。我们骑马走进了"小树林"。"麻烦你们在这里的空地上稍候。"阿尔达里昂·米哈伊雷奇（我的邻居）对我们这些同行的人说。德国人戈特利布鞠了一躬，表示了解主人的吩咐，翻身下马，然后从兜里掏出了一本小书，好像是约翰娜·叔本华的小说，在灌木丛下坐下。阿尔希普仍在太阳下晒着，不可思议的是，这一个钟头里他竟然一下都没动。我们在灌木丛里转悠了一阵，连一窝小鸟也没有找到。阿尔达里昂·米哈伊雷奇说他想到树林里去。这跟我的想法不谋而合，我已经对今天能捕到猎物缺乏了信心，就当作散心跟在他的后面向前走去。【名师点睛：因为一直没能遇上猎物而灰心丧气。】等我们回到空地时，德国人在书页上做了个记号，站起来，把书放进口袋里，然后费了不少力气，才骑上了他那匹蹩脚的小母马。那匹马只要人一碰它就会嘶叫，尥蹶子踢人。阿尔希普抖擞一下精神，紧紧拉住两根缰绳，双腿狠狠勒紧了马背，终于策动了他那匹负荷过度的小母马。我们一同策马前行。

我从小就熟悉阿尔达里昂·米哈伊雷奇家的树林。我和法国家庭教师德西雷·弗勒里先生常常到恰普雷吉诺去。德西雷·弗勒里先生是一位非常善良的教师，但是他每天晚上都会让我服下一种勒鲁瓦的药水。这个药水几乎摧毁了我的身体，不过这是之后的事情了。这片树林共有两三百棵大橡树和梣树[落叶乔木，羽状复叶，叶子椭圆形，圆锥花序，没有花瓣，可放养白蜡虫，木材坚韧，可制器物。树皮可入药，叫秦皮。通称白蜡树]。每一株都笔挺地生长，有粗壮的树干，墨绿的颜色，在榛树和花楸(qiū)树[落叶乔木。喜湿，喜阴，耐寒。皮灰褐色，芽及嫩枝都有白色绒毛]金黄剔透的绿叶的衬托下格外雄壮。长到更高的地方，它们在明净的碧空中显现出清晰的轮廓，像一顶顶帐篷向四周伸展浓密繁茂的枝叶，遮天蔽日，叹为观止。苍鹰、红脚隼、红隼在怡然不动的树梢上游玩嬉乐、自由翱翔，杂色的啄木鸟使劲啄着厚厚的树皮；百灵鸟在树冠丛林间大展歌喉，还有紧跟着的黄莺悠扬婉转的歌声，树林间悦耳的鸟鸣左起右落，往来不息。在下面的灌木丛中，知更鸟、黄雀和柳莺啁啾、歌唱着；小径上跑动的是燕雀；另一边跛脚跳行的是一只雪兔，顺着林边溜了过去。一只红褐色的松鼠愉悦地在树林间上蹿下跳，突然停住，把尾巴翘到头顶上。那些高耸着的蚁冢旁边，蕨类植物伸展着自己仿佛雕刻般完美的大叶片，笼罩着下面一片花草。紫罗兰和铃兰花生长着，红菇、毛头乳菌、卷边乳菇、牛肝菌和红色的蛤蟆菇撑起自己的小伞，还有大片大片新鲜欲滴的草莓，一颗颗点缀在茂盛的灌木下。……树林里的浓荫多么令人心旷神怡！即使在最炎热的午后，也是像深夜一样的静谧、芳香、凉爽。……在恰普雷吉诺树林里，我有过一段非常美好的时光。因此，说实话，现在我走进这片极其熟稔的树林，不由自主地就勾起心中那一缕琢磨不到踪影的哀愁。1840 年的冬天，风雪和严寒给这片树林带来了毁灭性的打击，自然也不会放过我的老朋友——橡树和梣树，它们枯萎、凋零，有些地方覆盖着干枯的树叶，有些凄凉的老树残留着绿色的新叶，与新生的幼林交错，却依然保持骄傲从高处俯视前来"换班"的幼林……

[1840 年的冬天严寒急冻，12 月底还没有降雪。很多秧苗都冻死了，许多橡树也在这个冷酷的冬天死亡。无论之后如何恢复，都无法再如初，因为土地的生产力已经减弱了。在"禁伐"的（曾经捧着圣像绕行）空地上，以前的参天大树都已死亡，现在生长的是白桦和白杨。换句话说，就是我们还不懂得造林。——作者注] 有些还长着叶子的树木仿佛怀着责备和绝望的神情把它们已经枯萎无力甚至脱落折断的树枝尽力伸向远方；一些粗大、干枯、已经死去的树枝虽然还有些零落的绿叶，不过再也无法恢复当年的盛状，无法给人慰藉；有些树的树皮已经脱落；还有些树终于还是像尸体一样躺倒在地上，任身躯腐烂。【名师点睛：通过树木的死亡腐烂，为后文俄罗斯人面对死亡的态度做铺垫。】谁会想到——浓荫，恰

249

▶ 猎人笔记

普雷吉诺树林的浓荫竟然荡然无存！望着这些垂死的树木，这些残枝断叶，或许，你们也能感觉到从心底传出的羞愧与悲伤吧？……我想起了柯尔佐夫[19世纪俄国诗人，文中诗段选自诗人的《森林》]的一首诗：

> 高雅的言谈，
> 自豪的力量，
> 王者的不凡，
> 为何都隐匿不见？
> 绿色的奇观，
> 如今已找寻不到踪迹……

"怎么，阿尔达里昂·米哈伊雷奇，"我开口说，"当年怎么没有砍伐这些树木呢？现在可卖不到从前价钱的十分之一了。"

他只是耸耸肩膀："这事儿可得问我姑母了，有商人找过她，带了许多钱，纠缠了许久。"

"我的天！我的天！"德国人戈特利布走一步叫一声，"真是荒唐！真是荒唐！"

"哪里荒唐了？"我的邻居微笑着问。

"你不要误会，我只是觉得很可惜。"（大家知道，所有的德国人在花了好大力气终于学会字母л的发音后，每次都会着重发这个音。）

那些倒在地上的橡树让他感到特别可惜——确实，这些橡树是一些磨坊主花了大价钱买走的。可是甲长阿尔希普却无动于衷，保持着平静，他并不觉得可惜难过，反而觉得很快乐。他兴致高昂地从这棵树的树干跳到那一棵，还往每一棵树上抽一鞭。【名师点睛：从这里德国人和甲长的不同态度，就能看出俄罗斯人对待死亡的态度上的端倪。】

我们缓慢地来到伐木的地点，突然，在一棵树轰然一声倒下之后，传来了一阵叫喊声和说话声。没过多久，一个青年农民脸色苍白、狼狈惊恐地向我们跑过来。

"出什么事儿了？你要去哪儿？"阿尔达里昂·米哈伊雷奇问他。他立刻站住了。

"唉，阿尔达里昂·米哈伊雷奇老爷，不好了！"

"出什么事儿了？"

"老爷，马克西姆被树压伤了。"

"到底怎么回事儿？……是那个包工头马克西姆吗？"

"是的，老爷。我们在砍一棵梣树，他就站在那儿，不一会儿可能是口渴了，便走到水井那儿去打水。就在这个时候，那棵梣树格格地响起来，径直朝他身上倒下去。我们直对他喊：快跑，快跑，快跑……他要是向旁边跑就肯定能躲过去了，可是他一直朝前跑……他肯定是吓昏头了。梣树的树梢压在他身上。也不知道为什么那棵树倒得那么快，应该是因为树心已经烂空了吧。"

"那么，马克西姆被砸得严重吗？"

"那当然了，老爷。"

"压死了吗？"

"那倒没有，还活着，老爷。可是两条腿和两只手都给压断了。我正赶着去给他请谢利维尔斯迪奇医生呢。"

阿尔达里昂·米哈伊雷奇吩咐甲长快马加鞭到村里去请谢利维尔斯迪奇，自己则快马跑往林垦地……我紧跟其后。

我们看到可怜的马克西姆躺在地上，十来个农民站在他身旁。我们下马向他走过去。他痛苦得没法呻吟，偶尔睁开眼睛，睁得大大的，似乎惊疑未定，恐惧地向四周张望，咬咬发青的嘴唇……他的下巴在颤动，前额粘着许多头发，胸部不均匀地起起伏伏，呼吸也是仓促紊乱，看得出来他已经奄奄一息了。一棵小菩提树的淡淡的阴影在他脸上轻轻地浮动。

我们向他弯下身去。他认出了阿尔达里昂·米哈伊雷奇。

251

▶ 猎人笔记

"老爷,"他口齿不清地说,"麻烦您……请来神父……上帝……请您盼咐……上帝……在惩罚我……腿、手都压断了……今天……是礼拜天……可我……您看……没让伙计们休息。"

他好久都没再出声,呼吸越来越困难。

"<u>我的钱……给我老婆……我老婆……扣去欠款……奥尼西姆知道的……我欠谁……拿给他……</u>"【名师点睛:在巨大的痛苦和死亡的逼迫下,没有慌乱绝望,反而清醒淡定地安排后事,表现出他在面对死亡时的勇敢,能够冷静对待死亡。】

"我们派人去请医生了,马克西姆,"我的邻居说,"你会有救的,没事的。"他想睁开眼睛,但只是费力地耸起眉毛,强撑开眼睑。

"不,我快死了。啊,快看,那是死神,来了,喏……原谅我,伙计们,我有什么地方对不住……"

"上帝会饶恕你的,马克西姆·安德烈伊奇,"农民们低声安慰着,并且摘下帽子,"也请你原谅我们。"他突然使劲摇了一下头,痛苦地挺起胸膛,但立刻,又有气无力地落了下去。

"我们不能让他死在这里。"阿尔达里昂·米哈伊雷奇大声说,"伙计们,把马车上那个大席子拿过来,我们把他送到医院去。"

有两个农民马上往马车跑去。

"我向叶菲姆……西乔村的……"垂死的人含糊不清地说,"我昨天……买了马……付了定金……那匹马是我的……也……交给我老婆……"大家小心翼翼地把他放到席子上,他却突然如惊弓之鸟,全身战栗,抽搐片刻后突然就僵直不再动弹。

"他死了。"农民们嘟囔着。

我们没有再说什么,上了马就离开了。

可怜的马克西姆的死不禁使我陷入沉思。<u>俄罗斯农民对待死亡的态度是让人不可思议的。弥留时的状态既不能说是淡漠,也不能说是迟钝。他们在死亡来临时就像完成一件任务:冷静而从容。</u>【名师点睛:

252

作者通过这一则"笔记"向大家展示了俄罗斯农民面对死亡时的态度。】

几年前，我另一个邻居的村子里有一个农民在谷物干燥房里被严重烧伤了。（原本他很可能就那样葬身在火海里，幸运的是，一个城里人路过，发现了他。城里人先在水桶里浸湿了自己，然后跑去拆掉了正在燃烧的屋檐底下的那扇门，冲进火海把他救了出来。）我顺路到他的小屋里去看他。屋子里非常昏暗，烟雾弥漫，很闷。我问病人在哪里。"在那儿，老爷，炕上躺着。"一个农妇泪流不止哽咽着回答我。我走近去——一个庄稼汉躺在那里，身上盖着一件皮袄，困难地呼吸着。"你感觉怎么样？"病人在炕上动了动，想坐起来，可是全身都是伤，已无力挣扎。"躺着，躺着，躺着吧……你怎么样，很难受吗？""当然，很痛苦。"他说。"很痛吧？"他不作声。"你需要我为你做些什么吗？"他还是不作声。"你要不要喝杯茶？""不用。"他尽力回了我一句。我默默离开他身边，坐在长凳上。我坐了一刻钟，坐了半小时，屋子里像坟墓里一样静。屋角圣像下的桌子旁躲着一个四五岁的小姑娘，正在吃面包。她的母亲时常指着她吼叫几句。过道屋里有人在走动，敲击，说话；病人的老婆在切白菜。【名师点睛：似乎每个人对死亡都没有太大的惧怕或者更多的情绪，有序不乱地在进行自己手上的事情。这是冷漠而畸形的。】"喂，阿克西尼娅！"病人终于说话了。"有什么事？""给我一点克瓦斯。"阿克西尼娅给他克瓦斯。又是一片寂静。我悄悄问她："给他领过圣餐[基督教的重要礼仪之一，为纪念基督与十二门徒最后的晚餐]了吗？""领过了。"这样看来，一切都准备妥当，而剩下的，只是等候死神的降临。我忍受不住这种氛围，很快便离开了。

我还记得，有一次我顺路到红山村医院去看一个熟人卡皮通医士，他也是一位痴迷打猎的人。

这家医院设在从前地主庄院的厢房里，是女地主设办的，也就是叫人在门上钉了一块浅蓝色牌子，上面用白字写上"红山医院"，然后她交给卡皮通一个很漂亮的本子，专门用来记录病人的信息。登记册

▶ 猎人笔记

的第一页是这位善良女地主的倾慕者用法语写下的一首小诗：

　　在这人间充满美好的天堂，
　　美人亲手创造这座圣殿；
　　赞美她吧，感激她内心的善良，
　　红山村的居民们，愿你们如她一样美好！

在下面还有另一位绅士添上了一句：

　　我也爱大自然！

伊凡·科贝里亚特尼科夫

　　医士自己出钱买了六张病床，得到许可以后，便满怀慈悲地开始救死扶伤。除了他，医院里还有两个人：精神失常的雕刻工帕维尔和一只手已经残疾、曾经担任过厨娘的梅利基特里萨。他们两人负责配制药剂，烘干或浸泡草药；那些发热的病患也需要他们来照看。精神失常的雕刻工外表忧郁，少言寡语，<u>但是一到夜里就会引吭高歌，唱一曲《美丽的维也纳》，还要走到每个过路人跟前，想要得到他们的同意，去迎娶那位早已死去的姑娘，马拉尼亚。</u>【名师点睛：这是表现他精神的失常，似乎也是在描写他精神失常的原因——那位去世的姑娘马拉尼亚。】那位一只手残疾的厨娘还经常殴打他，叫他去管火鸡。有一次我在医士卡皮通那里聊天。我们刚刚谈起最近的一次打猎，突然一辆大车驶进了院子，车上套的是一匹只有磨坊主才有的非常肥壮的瓦灰马。一个穿着新衣、身材结实壮硕的磨坊主坐在车上，他的胡子竟然夹杂不同的颜色。"啊，瓦西里·德米特里奇，"卡皮通隔着窗子叫道，"欢迎您……是雷鲍夫希诺的磨坊主。"他轻声对我说。那个磨坊主喘着气爬下马车，径直走进医士的房间，找到圣像，画了个十字。"怎么样，瓦

254

西里·德米特里奇，有什么新鲜事吗？……不过您的脸色不太好，是有什么不舒服的吗？""是啊，卡皮通·季莫菲伊奇，我觉得有点不对劲。""您怎么啦？""是这样的，卡皮通·季莫菲伊奇。前几天我在城里买了几块石头想要做磨盘，就把它们运回家。可能是我在把它们运下来的时候用力过猛，感觉肚子里什么东西咯噔一下，好像有什么断掉了……从那个时候起，我就觉得有些不对劲，不太舒服。今天感到特别难受。""嗨，"卡皮通嗨了一声，嗅了嗅鼻烟，"这是疝(shàn)气[通常指腹股沟部的疝，症状是腹股沟凸起或阴囊肿大，时有剧痛]病。您感觉不舒服有多久了？""已经第十天了。"【名师点睛：受伤十天之后才来检查，表现他对生病死亡的漠不关心。】"第十天了？（医士倒抽了一口冷气，摇摇头。）让我为您检查一下。嗯，瓦西里·德米特里奇，"检查以后他说，"你的情况不太好啊，我很同情你。你的病有些严重，你就待在我这里吧。我会尽力医治你的，不过我也不敢担保。""我的病有这么严重吗？"吃惊的磨坊主咕哝着。"是啊，瓦西里·德米特里奇，很重；你要是早点来看就没什么大碍，可以说是不值一提。可现在已经发炎，眼看就要变成坏疽了。""怎么可能呢，卡皮通·季莫菲伊奇？""我说的都是实话。""怎么会这样！（医士耸耸肩膀。）难道我会因为这点该死的小病死掉吗？""我没有这么说……我只是希望你能留下来观察一段时间。"磨坊主想了又想，看看地上，然后望了我们一眼，搔搔后脑勺，便伸手去拿帽子。"您上哪儿去，瓦西里·德米特里奇？""还能去哪儿？当然是回家去啊。既然病得这么重，都已经这样了，我就先回去把后事给安排好了。"【名师点睛：在得知病重之后，不是思考怎样治疗，而是直接放弃，平静地安排后事，能看出俄罗斯人对死亡态度的奇异，与主题相结合。】"您这样会害了自己的，瓦西里·德米特里奇，别这样。我都觉得奇怪，您是怎么支撑到我这里来的？留下来吧。""不，卡皮通·季莫菲伊奇老兄，既然要死，就死在家里；死在这里哪行啊，天知道我家里会乱成什么样。""瓦西里·德米特里奇，现在还不确定能不能治好呢……

猎人笔记

危险是真的危险，毫无疑问……所以您最好还是留在这里。"磨坊主摇摇头。"不，卡皮通·季莫菲伊奇，我不能留下……要不您给我开些药。""光吃药是没有用的。""我不能留下，我说过了。""那就随您吧……以后可别怪我！"

医士从登记册上撕下一张纸，开了药方，并一直嘱咐有些事情不能再做。磨坊主拿了药方，给了卡皮通半个卢布，便走出去，坐上大车。"那就再见了，卡皮通·季莫菲伊奇，过去要是有什么事得罪了，请原谅我，我要是有什么不测，还要麻烦你照看照看我家那几个孩子呢……""哎，留下来吧，瓦西里！"磨坊主只是摇了一下头，用缰绳抽了一下马，马车就奔出了院子。我跟着来到街上，目送他的背影远去。道路泥泞不堪，坑坑洼洼；磨坊主不慌不忙、手法熟练地驾着车，从容不迫地向前赶着，不时还与路上碰到的熟人打着招呼……【名师点睛：这里是磨坊主在得知自己病重后的反应，与普通病患不同的是，他没有恐慌、惊惧、懊恼，而是若无其事地赶车、打招呼，用他的实际表现凸现俄罗斯人在面对死亡时的干脆冷静。】第四天他就死了。

俄罗斯人对待死亡的态度是令人惊异的。有那么多已经过世的人还在我的脑海挥之不去。我想起了你，我的老朋友，大学学业还未完成的阿维尼尔·索罗科乌莫夫，你是一个多么优秀而杰出的人啊！我又看到你那张因肺病折磨而发青的面孔，已经稀疏的淡褐色头发，【名师点睛：对生病瘦弱的身体的描写为后文的死亡做铺垫。】你那温和的微笑，你那热情的目光，纤细修长的身体，我仿佛还能听见你在我耳边亲切而微弱地呢喃。你受聘在一个俄罗斯大地主古尔·克鲁皮亚尼科夫家，教他的孩子福法和焦佳学俄语、地理和历史，耐心地忍受着古尔本人让人难堪的戏谑、管家粗暴的脾气，还有那些对你不怀好意的男孩们的胡闹。你总是苦笑着面对女主人闲极无聊的对你各种异想天开的要求。然而，在晚饭之后的傍晚，在摆脱了一天繁杂的工作之后，你可以休息了，多么惬意，多么心旷神怡。你坐在窗前，若有所思地吸着烟斗或者如饥似渴地翻阅着那本残破而油污的厚杂志【名师点睛：享受生活，不为生活带给自己的刁难而难受；为一本满是油渍的杂志而愉悦。】——那是那位和你一样保持着单身的土地丈量员从城里给你带来的。那时你多么喜爱诗歌和各种小说，你的眼睛多么容易噙满泪水，你又会笑得那么开心，像婴儿一般纯洁美好，对所有人，对一切善良美好的事物都怀有多么崇高的共同感情！应该说句实话，或许你并没有很聪明，你天生没有好的记性；你也不是很勤奋，在大学里人家都认为你是个劣等生，上课时打瞌睡，面对考试也是云里雾里；然而是谁为了同学的一帆风顺和优异成绩而高兴得眼睛放出快乐的光芒，忘乎所以地欢呼雀跃？【名师点睛：阿维尼尔不因自己的不足而自卑封闭，不为别人的优秀而恼怒嫉妒，而是真情实意对待每一位朋友。表现出他的真诚、友善和天真。】是阿维尼尔……是谁盲目地相信朋友的崇高志向？是谁真心诚意地夸赞他们？是谁倔强地保护他们？是谁从不嫉妒也从不虚荣？是谁无私地奉献自己？是谁乐于服从那些连替自己解鞋带都不配的人？……是你，全都是你，是我的故友阿维尼尔！我记得，当你为了远赴任命即将离开的时候，是怀着悲痛欲绝的心情和同学们告别的；不祥的预感折磨着你……果然，那里没有人能让你崇敬求教，没有事物让你惊奇探索，更没有谁值得你去爱护……那些草原居民，那些受过教育的地主对待你就像对待一般教师一样；或许粗暴无礼，或许熟视无睹。况且你貌不惊人，腼腆，容易脸红，出汗，说话结结巴巴……就连乡村的清新自然的空气也不能让你的健康有什么好转。你像一支蜡烛那样消融了，真的很可惜。不错，你的房间朝向花园；稠李树[蔷薇科稠李属植物，落叶乔木，高可达15米；树皮粗糙而多斑纹，老枝紫褐色或灰褐色，有浅色皮孔。可作观赏树]、苹果树、菩提树都把它们的落英撒在你的桌子上、墨水瓶上和书本上；浅蓝色的绸钟垫挂在墙上，它是那位有着金色鬈发和深邃蓝眼睛、多情善良的德国女教师在离别时送给你的；有时会有一个老朋友从莫斯科来看望你，带着别人或是自己

▶ 猎人笔记

写的诗歌给你，使你欣喜若狂。然而孤独的生活、教师的身份还有无法挣脱的哀伤，漫长的秋天与冬天，还有纠缠不休的病魔，让你几经崩溃……最后，终于，可怜的阿维尼尔！

在阿维尼尔去世前不久，我去看望过他。那时他已经几乎不能下地走路了。地主古尔·克鲁皮亚尼科夫虽然并没有赶走他，却也没有给他发放薪水了，并且为焦佳另请了一个老师……把福法送进武备中学[武备学校是专门的军事教育机构，相当于陆军学校，最早出现在17世纪中期的普鲁士，后被俄国引进。武备学校是封闭式的贵族寄宿学校，曾为俄国培养军事人才]。阿维尼尔坐在窗前一张旧的高靠背圈椅上。那天天气很好，晴空万里，还有秋风时不时拂面。一排光秃秃的深褐色菩提树上方，令人心旷神怡的蔚蓝在晴朗的秋日格外温和；最后几片金黄色的叶子在树梢颤颤巍巍，发出簌簌的声响；冰冻的土地在阳光下冒着水气，正缓缓解冻；嫣红的夕阳带着极少的温度照耀着冰霜侵虐的野草地；空中仿佛可以听到一种轻微的噼啪声；不远处花园里的雇工叽叽咕咕说着些什么。阿维尼尔披着一件破旧的布哈拉式晨衣，绿色的围巾让他整个枯瘦的脸更显得憔悴，弥漫着一层让人心中难受的灰绿色。他看到我非常高兴，伸出手来，开始跟我说话，一边咳嗽着。我让他平静下来，坐到他身边……阿维尼尔膝盖上放着一本认真抄写的柯尔佐夫诗集。他微笑着用手轻轻敲敲它。"这才叫诗人。"他竭力抑制着咳嗽，喃喃自语，然后用难以让人听清的自语絮絮朗诵起来：

　　那雄鹰的翅膀
　　是否已经被束缚？
　　供它飞翔的远方
　　是否已全部倒塌？

我劝他不要再说，医生不让他多说话。我想我知道怎样会让他高兴一些。阿维尼尔如常人所说从来不"注视"科学的发展，但是对现代大学者们关于科学的成就还是很感兴趣的。他会对每一个消息都惊喜，深信不疑，然后将这些消息介绍给别人。他特别关心德国哲学。我就跟他谈黑格尔（大家都知道，这都是些老掉牙的事情）。阿维尼尔深信不疑地频频点头，有着很高的兴致，微笑着，轻声地说："我明白！我明白的！这真是好极了！啊！真是不错！"这个命在旦夕、无依无靠，即将深埋地下的人，依然和一个孩子一样有着强烈的求知欲。<u>必须承认的是，和所有患肺病的人相反，阿维尼尔从来不讳言自己的病情……从哪里看出来呢？他从不会痛哭流涕，从不会悲观绝望，也绝对不会向所有人大谈自己的痛苦……</u>【名师点睛：没有怨天尤人，平静地接受；一方面表现他勇于接受现实，另一方面是在展示本篇主题——俄罗斯人对于死亡的态度。】

　　他振作起精神，谈论莫斯科，谈论同学的情况，谈论普希金，谈论戏剧，谈论俄罗斯文学；还会回忆我们的往昔，谈论当年小组课题精彩的辩论，甚至主动提及三两已故好友的名字。

　　"你还记得达莎吗？"最后他又说，"那是一颗金子般的心！她是我的宝贝！她曾经那么爱我！……她现在怎么样？是不是又劳累又悲伤，这可怜的姑娘。"

　　我不忍让病人失望，的确，又何必让他知道呢？他的达莎如今发胖发福，和商人康达奇科夫兄弟频繁来往，学会了浓妆艳抹，学会了打情骂俏，说话带刺，总是伤人。

　　"可是，"望着他那疲惫不堪的脸，我暗自思忖，"或许让他离开这儿，对他的病情会好很多？……"但阿维尼尔不让我把话说完。

　　"不，老兄，谢谢你，"他说，"死在哪儿都一样。今年的冬天我肯定是熬不过去……何必徒然去惊动别人呢？这里我都待习惯了，虽然这家的主人……"

　　"对你不好，是吗？"我接着说。

▶ 猎人笔记

"不，不是对我不好。不过，都是些木头人。再说，我并没有恨他们。这儿有几位邻居：地主卡萨特金有个女儿，她很有教养，温柔善良，心肠真的非常好……"

阿维尼尔又咳嗽起来。

"这些都没什么所谓了。"他歇了一口气又继续说，"只要让我吸烟就行……我不会就这样死去的，我要吸够了烟！"他调皮地眨了一下眼睛，又说，"我这辈子已经很满足了，我结交了那么多的朋友……"【名师点睛：从阿维尼尔的话中，可以看出他看淡了人生，余生也将乐观处之。】

"可你应该给亲戚写封信。"我打断他的话。

"为什么给我的亲戚写信呢？请他们帮助我吗？他们帮不了我的。我死了之后，他们当然会知道的。何必谈这件事呢……你最好还是跟我说说你在国外的见闻吧。"

我说起我的故事。他聚精会神地满怀渴望地听着。傍晚来临时，我才依依不舍地与他告别。过了十来天，我收到克鲁皮亚尼科夫先生以下一封信：

有幸告知先生：您的朋友，尊敬的阿维尼尔·索罗科乌莫夫先生已于三日前午后二时逝世，今日由鄙人出资已将其安葬于本区教堂之礼拜堂。遵照贵友嘱托，特转交其书信及笔记簿册若干，随函寄予。彼尚有款项二十二个半卢布，将与其他遗物共交与其亲戚。贵友临终时神志清楚，可谓安详淡然，与鄙人全家告别弥留之际，亦无任何哀愁悔恨之色。内子克列奥帕特拉·亚历山德罗夫娜特嘱笔向您问候。对贵友辞世，内子颇感痛心，鄙人佑于上帝，并无不恙。

古尔·克鲁皮亚尼科夫

我还能记起更多类似的事情，但却不能一一列出，只再多述一例。一个年老的女地主临终时我恰好在场。传教士在她身旁为她祈祷作福,他突然发现,病人马上就要咽气,赶忙递上十字架让她亲吻。女地主不高兴地挪开身子。"着什么急呢,神父?"她转动僵硬的舌头说,"来得及的……"她毕恭毕敬地吻了吻十字架,刚把手伸到枕头底下,便没了气息。枕头底下放着一枚银卢布:这是她为神父准备的酬金……

是啊,俄罗斯人对死亡的态度真是让人感慨惊异啊!

Z 知识考点

1.填空题。

一排光秃秃的深褐色_____上方,令人心旷神怡的蔚蓝在晴朗的秋日格外温和;最后几片金黄色的叶子在树梢_____,发出_____的声响。

2.选择题。

作者在这篇文章中共描写了(　　)位俄罗斯人在面对死亡时的态度。

A.四　　　　B.五　　　　C.六　　　　D.七

3.问答题。

请简述阿维尼尔面对病痛的态度,这样描写有什么作用?

_____

_____

Y 阅读与思考

1.通读本篇文章,你认为俄罗斯农民对于死亡的态度是什么样的?

2.通读本篇文章,思考作者是以哪一部分为切入点,开始描写本篇的主题"死"的。

3.本篇文章总共描绘了哪几个人的死亡?

261

猎人笔记

歌　手

M 名师导读

在科洛托夫村有一条深不见底的冲沟，在冲沟的顶端，有一家特别的小酒店——"安乐居"。的确，这里是农民和小市民的"安乐居"，是他们喝酒买醉、疯狂释放的地方。一天夜里，这家小酒店里传出了一阵阵炽热悠长、震撼灵魂的歌声……

科洛托夫村是一座小小的村庄，原来的主人是一位女地主（那个女地主因为生性泼辣恶毒，附近村庄的人都叫她刮婆[凶悍的妇人]，真名反而没太多人记得了），现在归彼得堡的一个德国人了。这个村子在一面光秃秃的山坡上，一条地势可怕的冲沟从上到下切开了整个村子。这条被冲得坑坑坎坎的深沟像万丈深渊一样看不见底，弯弯曲曲地从街道中心通过。它可比河流残暴多了，毕竟河流上面是可以架桥的，而它是把小村子切成两半。几丛瘦弱的爆竹柳悬挂在沙质沟坡上，在干涸得像黄铜一样的谷底，是大块大块横七竖八的黏性土质石块。不用过多描述，景象很不美观。然而附近所有的人都十分熟悉到科洛托夫村的道路，而且他们很乐意前来游玩。

在冲沟的顶端，裂缝相对狭小，几步远的地方，有一座孤零零的方形小木屋。它并没有和别的房屋建在一起，屋顶盖的是麦秸，还有一个烟囱；一扇窗子像一只锐利的眼睛直勾勾地盯着冲沟。【名师点睛：此处描写独特的地势和孤独的建筑，引起读者兴趣。】在冬天的晚上，人们隔着弥漫着的薄雾从很远就能看见这扇亮着光的窗户，它像指路星似的对许多过路的庄稼人闪烁着。有一块蓝色木牌钉在木屋的门框上——这小屋是一家酒店，名叫"安乐居"。这家店里的酒并不比市场上的价格低，然而来的顾客却比附近所有同类店铺的顾客多得多。原因不过是这家店的老板尼古拉·伊凡内奇比别人更懂得招揽客户罢了。

尼古拉·伊凡内奇当年是身强体壮、一头鬈发、面色红润的大小伙子，如今是一个满头白发的大胖子。他脸上肥肉横生，有精明而和善的眼睛，一道道皱纹已经爬上了他油腻腻的额头——他在科洛托夫村已经住了二十多年了。尼古拉·伊凡内奇同大多数酒店老板一样，是一个机灵且有心计的人。他话语不多，也不特别热情亲切，可天生就有吸引顾客、留住顾客的魅力。<u>顾客坐在他的柜台前，在这位慢性子的老板那虽然有些锐利却非常和蔼亲切的目光下，莫名地感到愉快。</u>【名师点睛：老板能让客人感到愉快舒适，是留下客人的秘诀。】他有很多正确的见解，很熟悉农民和小市民的生活习性，对地主们的生活也很了解；在别人遇到困难的时候，他给出的建议总会让人茅塞顿开［原来心里好像有茅草堵塞着，现在忽然被打开了。形容忽然理解、领会］。但是在生活中，他是一个小心谨慎和自私的人，宁愿默不作声置身事外，或者随意说一些无关痛痒的话，让自己的顾客——而且是他喜欢的顾客——明白明白事理。俄国人的兴趣爱好他也非常精通，如对马和家畜、森林、砖瓦、器皿、布匹毛呢和皮革制品，还有那些歌曲和舞蹈。在没有顾客的时候，他会像麻袋一样坐在自己门前的地上，和一切过往行人打打招呼，亲热地说上几句。他这一生见过的事情很多：他眼看着几十个常来他这儿买酒的小贵族相继去世；他了解小店周围一俄里内外发生的各种事情；就连最机警的警察局长想要知道但又无从下手的事情，他都知道，可是他从不乱说，甚至是装作什么都不知道的模样。他总是默不作声，或是面露微笑动动自己的酒杯。邻近的人都很尊敬他，就连县城里那些高高在上的地主、高等文官舍列别津科每一次路过他门前时，

▶ 猎人笔记

都要放下架子，朝他点头。尼古拉·伊凡内奇在这一带也是颇有声望的。有一次，一个臭名昭著的盗马贼偷了他朋友的一匹马，他叫那贼把马送还回去了；附近村子的庄稼人不服新的主管人，他也会去开导劝解他们。【名师点睛：通过事例鲜明地体现他的声望和交友的广泛。】诸如此类的事很多。但是，不要就此以为他就是一位热心肠、充满正义感的人——不是的！他只是尽量防止出事情，破坏他的安宁，影响他的生意。尼古拉·伊凡内奇已经娶妻，而且也有孩子。他的妻子是个做事麻利爽快、动作利索的小市民出身的女子，近来也像她丈夫一样有些发福了。他在各方面都信赖她，钱财也都交于她管着。发酒疯的人都怕她。她十分不喜欢那些人，因为赚不了他们多少钱，还总是惹些麻烦事儿，愁眉苦脸、寡言少语的人倒是更合乎她的心意。尼古拉·伊凡内奇的孩子们都还小。最早的几个孩子都夭折了，但是活下来的几个长得都很像父母。看着这几个健康的孩子那聪明的小脸，还是很让人享受的。【名师点睛：总而言之，尼古拉的人生是幸福而美满的，孩子聪明健康，夫妻和睦。】

七月里一个酷热难忍的日子，我带着猎犬，慢慢迈着步子，贴着科洛托夫村冲沟边往上走，朝"安乐居"酒店走去。天上的太阳火辣辣的，像发了疯似的，无情地烘烤着大地；空气中到处弥漫着热烘烘的灰尘。白嘴鸭撑开自己白闪闪的羽毛，连同一旁的乌鸦一起张大了嘴巴，可怜巴巴地望着行人，好像是要求人同情；只有麻雀不觉得痛苦，竖起羽毛，叫声比之前仿佛更欢快，一会儿在围墙上打架，一会儿又从尘土飞扬的大路上起飞，像灰云一样在绿油油的田地上空盘旋。我实在口干得厉害。附近没有水。在科洛托夫村，跟很多别的草原村庄一样，因为没有泉水和井水，庄稼人只好用池塘里的脏水解渴……可是，谁又能把这种令人恶心的东西叫作水呀？我就想到尼古拉·伊凡内奇那里去要一杯啤酒或者克瓦斯。

说实在的，科洛托夫村不论在什么时候都没有能让人欣赏愉悦的景象。但是特别使人愁闷难挨的，就是这样的七月：灼热的阳光烘烤着大地，那破旧的褐色屋顶，那很深的冲沟，满是灰尘已被晒得枯黄的草场，带着绝望在草场上走来走去的长腿鸡，已经破败的灰色白杨木屋，还有早已空荡荡的窗户；周围的一丛丛荨麻、杂草和艾蒿，已经晒得滚烫、飘满着鹅毛的池塘，池塘周围那半干的烂泥和歪向一边的堤坝，还有那些绵羊，踩着堤坝旁晒成细灰的土地直打喷嚏，绵羊紧紧挤在一起，拼命把头垂得更低，似乎在等待这难挨的炎热快点过去。【写作借鉴：环境描写。走来走去的长腿鸡、滚烫的池塘、炎热难忍的绵羊等，都在形象生动地展示七月的酷暑。】我迈着疲惫无力的步子来到尼古拉·伊凡内奇的酒店门前，那些孩子们像往常一样惊疑不定地望着我，瞪大眼睛，我的出现也引起几条狗的愤慨，它们直冲我狂叫，又凶狠又卖力，好像要将内脏一同炸裂似的，以至于吠叫过一阵之后都开始咳呛和喘起粗气——没过多久，又一个男子出现在酒店门口，个子很高，没戴帽子，穿着黑色的呢子大衣，浅蓝色腰带扎得低低的。看这穿着，应该是一个家仆，一张干枯的皱皱巴巴的脸，还有那一头乱糟糟的浓密杂乱的灰发。他在呼唤一个人，急促地挥动着两只手，两只手晃动得十分厉害。显然，他喝醉了。

"你来，快些过来啊！"他使劲扬着浓浓的眉毛，嘟嘟囔囔说起来，"真是的，过来啊，磨磨蹭蹭跟娘儿们一样。朋友，这可一点都不好，我可等着你呢。可是你这样磨蹭……来呀。"

"哦，来了，来了。"一个打颤的声音应声着，接着便从屋子右面走出一个又矮又胖又瘸腿的人。他穿着一件很整洁的呢子外衣，不过只套着一只袖子；高高的尖顶帽一直压到眉毛上，让他那又圆又胖的脸看起来更滑稽。他那双小小的黄眼睛滴溜溜直转，两张薄薄的嘴唇一直不自然、拘谨地微笑着，那尖尖的长鼻子很不雅观地向前伸着，像船舵一样不协调。"来了，伙计，"他一瘸一拐地往酒店里走，继续说着，

▶ 猎人笔记

"你叫我干什么？……谁在等我？"

"我叫你干什么？"穿厚呢子大衣的人带着责备的口气说，"眨巴眼儿，你这话就问得奇怪了，朋友，把你叫到酒店，你说还能干什么！好多人都在等你呢：土耳其佬雅什卡，还有野人先生，还有日兹德拉来的包工头。雅什卡和包工头可是赌了一大瓶啤酒了的——看谁能赢，就是说，看谁唱得更好！你懂我们的意思了吗？"【名师点睛：通过两人的对话引出下文，引出后文的歌唱比赛。】

"雅什卡要唱歌了吗？"外号叫"眨巴眼儿"的人兴奋地说，"你不是骗我的吧，蠢货？"

"我可不骗人。"蠢货一本正经地回答说，"你才是那个喜欢撒谎的人，他既然打了赌，那就是肯定会唱的，你这个缺心眼的笨蛋，你这混蛋，眨巴眼儿！"

"行，那咱们去吧，蠢货！"眨巴眼儿回答说。

"那么，你至少也该吻我一下呀，我的宝贝儿。"蠢货张开两条胳膊，嘟囔说。

"瞧，你这个娇宝宝伊索[古希腊寓言童话作家，在俄国被指为行为怪异的人]。"眨巴眼儿用胳膊推着他，轻蔑地说。然后他们弯下腰，进了低矮的门。

我听到他们的对话，产生了强烈的好奇。我已经不止一次听说土耳其佬雅什卡是这附近一带最好的歌手，而现在我竟然能听到他和别人的比赛。我便加快步子，走进酒店。

可能我的读者们很少光顾这些乡村酒店。而我们这些打猎的，什么地方没有到过呀！这种酒店的构造极其简单，大多是两部分，由一间幽暗的前室和一间带着烟囱的正屋组成。正屋用板壁隔成里外间，里间是十分神秘的，顾客是绝对不允许进去的。在这板壁上被开了一个长方形的壁洞，下面是一张宽大的橡木桌子，这张桌子就是老板卖酒的桌子。在正对着壁洞的架子上，并排摆着大大小小各种各样封口的酒瓶。正屋的前半部分是接待顾客的，狭小的空间里摆着些长板凳，还会有两三个空酒桶，拐角处还会放一张桌子。乡村酒店里的光线大都是很阴暗的，而且，你在这些酒店的圆木墙壁上看不见任何一张花花绿绿的通俗版画，而这些版画在平常农家小木屋里是必不可少的装饰。

　　当我走进"安乐居"酒店的时候，里面已经来了很多人了。

　　在柜台后面，照例站着差不多有壁洞宽的尼古拉·伊凡内奇，身穿印花布衬衫，肉乎乎的脸上照旧是懒洋洋的笑容，正在用又白又胖的手给刚进来的朋友眨巴眼儿和蠢货的酒杯里倒着酒。在他后面的角落里，靠近窗子的地方，他那位机灵聪慧的妻子站在那儿。房间中央站的是土耳其佬雅什卡，二十三四岁的样子，瘦瘦高高，身材挺拔，穿一件长襟土布蓝色外衣。初次见他，你会觉得他是<u>工厂里豪爽的小伙子，身体说不上十分健壮</u>。【名师点睛：将雅什卡给人的第一印象与后文他唱歌的形象做对比。】他瘦瘦的脸颊，四处游离的灰色的大眼睛，端正的鼻梁，突起而白皙的额头，向后梳的淡黄色鬈发，嘴唇有些厚却表现力十足，他丰富的面部表情表明他是一个敏感而热情的人。他非常兴奋：不住地眨巴着眼睛，呼吸也很急促，两只手不住地哆嗦，就像发了热病——他就是热病发作了，就是面对听众讲话或唱歌的人常常会表现出惶恐不安的那种突如其来的热病。他旁边站着一个四十岁左右的男子，肩膀宽厚，颧骨有些高，额头低窄，像鞑靼人一般的狭长眼睛，短短的扁鼻子，四四方方的下巴，那头浓密乌黑的头发就像鬃毛一样坚硬。他那黝黑而带铅色的脸，尤其是那煞白的嘴唇，如果不是现在这样安静，差不多可以说是凶狠的。他就在那儿，一动不动，像一头公牛从轭下慢慢朝四周打量着。他穿着一件旧的常礼服，铜纽扣光滑闪亮，粗脖子上有一条黑绸的围巾。大家都叫他野人先生。在他的正对面，圣像下面的长板凳上，坐着雅什卡的对赛歌手——日兹德拉来的包工头。大概三十多岁，不高，长得却很敦实，满脸的麻子，一头鬈发，栗色的眼睛灵活地四处转悠，还有点稀疏的胡子。他

▶ 猎人笔记

把两只手掖到大腿底下，穿着绲边的漂亮皮靴的腿悠闲地晃着，时而相撞发出吧嗒吧嗒的声音。他穿的是一件崭新的灰呢子外套，还是棉绒做的衣领，紧紧勒着喉咙的红衬衫的边儿在棉绒领子衬托下显得异常引人注目。在对面的角落里，门的右边，一个庄稼人坐在桌子旁，一件灰色的旧袍子穿在他身上，肩上有一个大洞。太阳的光线透过缝隙挤进阴暗的小屋，但这点微弱的光亮无法战胜盘踞已久的黑暗，所有物件上的光亮都很黯淡。然而在屋子里却是凉爽的，所以我一跨进门槛，就如释重负，气闷和炎热感消失了。

　　看得出来，我的到来起初使尼古拉·伊凡内奇的顾客们有些不安，但是他们一看到尼古拉·伊凡内奇像对熟人一样跟我打招呼，也就安下心来，不再惊疑不定地注视我。【名师点睛：有贵族的身份的"我"出现在平民的酒店让人惊异，但是尼古拉·伊凡内奇的态度让人轻松。】我要了啤酒，就在角落里挨着那个穿破旧长袍的汉子坐了下来。

　　"喂，好啦！"蠢货一口气喝干一杯酒，突然叫起来，舞动着两只手，用奇怪的频率挥舞着来配合他的叫喊声，很显然他要是不这样做，是一个字都说不出来的。"还等什么呀？要唱快点唱呀，跟个娘儿们一样就不好了，对吧？雅什卡？"

　　"开始吧，开始吧。"尼古拉·伊凡内奇也支持说。

　　"好的，咱们现在就开始吧。"包工头带着自信的微笑冷静地说，"我准备好了。"

　　"我也准备好了。"雅什卡难掩激动。

　　"行啦，开始吧！朋友们，快开始吧！开始吧。"眨巴眼儿尖声叫道。

　　然而，尽管大家都说要开始，却谁也没有先开始。包工头甚至没有从板凳上站起来。大家仿佛都在等什么。【名师点睛：谁都不愿先开始唱歌，一是因为紧张怯场，二是后面唱的人更有主动权；同时也突出当时气氛的尴尬紧张。】

　　"开始呀！"野人先生阴沉而威严地说道。

雅什卡身子哆嗦了一下。包工头也乖乖站了起来，把腰带掖了掖，咳嗽着清清嗓子。

"可是，谁先唱呢？"他用微微有些异样的声音问野人先生。野人先生依然一动不动地站在房间中央，两条粗壮的腿稳稳站在那儿，两只强壮的手插到裤子口袋里，就快没到了胳膊肘。

"你呗，你先唱吧，大师傅，"蠢货嘟囔说，"你先唱，大哥。"

野人先生皱着眉头瞅了他一眼。蠢货乖乖低下头，看着有些不好意思，又抬头盯着天花板，耸了耸肩膀，不说话了。【名师点睛：野人先生一个眼神就让话痨一样的"蠢货"乖乖安静，可以看出野人先生的威严。】

"抓阄吧，"野人先生一字一顿地说，"把酒放在柜台上。"

尼古拉·伊凡内奇弯下身子，费力地把搁在地上的酒搬到桌子上。

野人先生朝雅什卡看了看，说："来吧！"

雅什卡在自己口袋里掏了掏，掏出一个铜币，用牙在上面咬了一个记号。包工头从怀里掏出一个新的皮革钱包，从容不迫地解开带子，把许多零钱倒在手心里，选出一个崭新的铜币。蠢货摘下自己的破帽子放到野人先生的手边。雅什卡把自己的铜币丢进去，包工头也把铜币丢了进去。

"你来抓。"野人先生对眨巴眼儿说。

眨巴眼儿得意地笑了笑，双手捧着帽子两边就开始摇晃起来。

一时间屋子里鸦雀无声，只能听见两个铜币互相碰撞得叮当作响。我向四周观察着，所有人都屏住呼吸，都是紧张而又期待的神色。野人先生也眯起了眼睛，坐在我旁边的穿破旧长袍的庄稼人也带着好奇的神情向前伸长了脖子。眨巴眼儿把手伸进帽子里，他摸出来的是包工头的铜币。大家松了一口气。雅什卡红了红脸，包工头则是顺了顺自己的头发。

"我就说嘛，就是你先唱。"蠢货叫起来，"我都说过了。"

"好啦，好啦，不要再废话了！"野人先生轻蔑地说，"开始吧。"他

猎人笔记

朝包工头点点头。

"那我唱什么歌呢？"包工头有些激动地问道。

"你想唱什么唱什么，"眨巴眼儿回答说，"都随你的便。"

"当然，唱你最喜欢的歌。"尼古拉·伊凡内奇慢慢地把两手交叉在胸前，也附和道，"这事儿不能给你指定。你喜欢什么就唱什么吧，不过要好好地唱，最后我们大家凭着良心给你们分高低。"

"当然是要凭良心的。"蠢货接话说，并且舔了舔空酒杯的边儿。

"伙计们，我先清清嗓子。"包工头用手摸着上衣领子，说道。

"好啦，好啦，不要一直磨蹭，开始吧！"野人先生断然说，然后不耐烦地低下头。

包工头稍微思索了一会儿，甩了甩头发，便走上前来。雅什卡眼睛睁得大大的，死死盯着他。

不过，在开始描写这场竞赛之前，我得先给大家介绍介绍这篇故事里的每一个出场人物，我认为这些介绍是很有必要的。【名师点睛：丰满故事人物是为了更好地讲述故事，为故事增添色彩。】其中有几个人的情况，我在"安乐居"酒店碰到他们的时候已经知道了；还有些是我之后打听到的。

先从蠢货说起吧。这人的真名字是叶甫格拉弗·伊凡诺夫，但是附近一带的人都叫他蠢货，他自己对这个绰号也不怎么在乎，所以不久就传开了。确实，这外号对于他那很不起眼的、总是慌张失措的神情再搭配不过了。他原本就是个做事不着调、冒冒失失的家仆，因为嗜酒成性又整日颓废浪荡，原来的主人就不要他了，也就拿不到一个铜板的工钱。不过他总是有办法每天蹭些别人的酒喝。他有许多熟人，这些人都请他喝酒、喝茶。他们自己也不知道这是为什么，因为他并不能逗得大家开心。相反，他的聒噪无聊、轻狂放荡还有那些做作的大笑，会让大家感到极度厌烦。他既不会唱歌，也不会跳舞。他从来没说过一句聪明话，也从未说过什么有意义的话。总是唠唠叨叨，前

270

言不搭后语，废话连篇——是个不折不扣的蠢货！可是在方圆四十俄里以内，没有一次酒会上没有他那细长的身影在客人中间转来转去——可能大家都习惯了他的存在，把他当作躲不掉的灾祸。不错，虽然大家都轻视他，但能够制服他，让他闭嘴，不再废话连篇的，只有野人先生。

眨巴眼儿一点也不像蠢货。"眨巴眼儿"这个外号对他也很合适，虽然他眨巴眼睛并不会比别人多，但是众所周知，俄罗斯人是发明外号的能手。尽管我想方设法打听这人更详细的经历，但还是没能打听清楚。就像读书人说的，总有一些深渊是用来收藏人世间不可多说的秘密，那是我，恐怕也是很多别的人，无法知道的。我能打听到的是，他曾经给一个没有子女的老太太当过车夫，却带着老太太让他照管的三匹马逃走了，整整一年没有音信。后来想必是切身体会到流浪生活的艰难和无益，又自己回来了，不过已经瘸了。他向自己的女主人下跪求饶，在几年时间里老老实实地干活儿，想要赎清自己的罪过，终于又讨回了女主人的欢心，得到她的完全信任，成为管家。女主人一死，不知怎么，他获得了自由身份，摇身一变成了一个市民小商贩，开始向乡邻们租地种瓜，没多久就发了财，日子过得非常快活。这是一个见过世面的人，城府很深，诡计多端，不说是大恶之人，却也称不上善良，而是很有心计，精于世故，很会识人，也善于利用人。他小心谨慎，像一只狐狸一样狡诈。他像老奶奶一样爱唠叨，但从不会说漏一些不该他说的话，倒是能够套出别人的心里话。【名师点睛：由此可见"眨巴眼儿"的精明狡猾，谨小慎微。他的人情世故与他逃走瘸腿的那一段经历有关。】不过，他和另外一些狡诈的人不同，不会装傻充愣，而且他装傻也是很难的，我从来没有见过比他那双狡黠的小眼睛更敏锐、更机灵的眼睛了。他那双眼睛从来不只是单纯地看着，里面藏着的是窥探和找寻。眨巴眼儿有时会对一件非常简单的事情一连考虑几个礼拜，但是有的时候会不要命一样决心去做一件荒诞不经的事情，似乎在下一秒他就完蛋了，可是你瞧，他

▶ 猎人笔记

大功告成，一切都十分顺利。他很有运气，也非常信任自己的运气，相信预兆。总之，他很迷信。大家都不喜欢他，因为他从不会去关心帮助任何一个人，但是大家仍然都尊敬他。他家里就一个儿子，他非常娇惯那个儿子，儿子被培养得像父亲一样，想必今后也会有一番作为。"小眨巴眼儿出落得很像父亲呢。"现在有些老头子在夏日的傍晚坐在墙根下闲聊的时候，也都低声谈论着他们父子俩，大家心照不宣[彼此心里明白，不必明说]，也就不必多说什么了。

关于土耳其佬雅什卡和包工头，没有什么可以多说的。雅什卡外号土耳其佬，因为他确实是一位被俘虏来的土耳其女子生的。他在心灵上是一个十足的艺术家，然而在身份上却是一个私人造纸厂里的汲水工。至于包工头，说实话，我到现在都还没弄清楚他的身份，我只觉得他是一个机灵而活泼的城市小市民。不过野人先生，真的就值得我们好好介绍一番了。【名师点睛：着重介绍野人先生，引起读者的好奇。】

他给人的第一印象，是粗野、笨重、让人承受不住的蛮横。他身材粗笨，如我们常说的，像一个布袋，但却时时显露出威严和雄壮的气魄。而且，说也奇怪，他那熊一般的体格并不缺乏某种特有的优雅，他的从容镇定决定了他的这种优雅风度，因为他完全相信自己的威力。第一次见面，很难判断这个赫拉克勒斯[古希腊神话中最伟大的英雄。是主神宙斯与阿尔克墨涅之子，死后升入奥林匹斯圣山，成为大力神，他惩恶扬善，敢于斗争。如今，赫拉克勒斯一词已经成为大力士和壮汉的代称]是属于哪一个阶层的：不像是普通家仆，不像是混迹市野的小市民，不像是退职书吏，也不像是领地很少的破产贵族——猎犬师和打手。谁都无法判断他的身份来历，谁也不知道他是怎么流落到我们这个小县城的。【名师点睛：野人先生的神秘来历，更增添了他自身的气场和威严。】

有人说，他原是独院地主，以前好像在什么地方担任过官职，但是有关这方面的确切证据谁都没有。而且，从别人嘴里打听不到的，从他嘴里就更难听到了。再没有人比他更阴沉、更沉默寡言了。也没有谁能够确切说，他是靠什么生活的，他没有任何营生的手艺，也从不去拜访谁，几乎不同任何人交往，可是他有钱花，钱虽然不多，但是有花的。他为人处世从不谦卑——他根本没有什么好谦虚的——但是稳重。他活得似乎很自在，从不在意自己身边的人，也根本用不着什么人。野人先生（这是他的外号，他的真名是彼列夫列索夫）在附近一带是很有名气的。虽然他没有权力对任何人下命令，也从不听任何人的命令，但是很多人总是很乐意立马服从他。他说什么，别人都听他的。他总是在无形中释放他身上的威严感。他几乎不喝酒，也不爱和女人打交道，但是很热爱唱歌。这个人有很多神秘之处，似乎有一种巨大的力量深深地潜藏在他身上。他自己也像是明白这种力量的存在，一旦爆发，就是毁天灭地。如果这人一生中不曾有过这一类的爆发，或是曾遭受死里逃生的教训，才这样时时刻刻严格地管束自己，那我说的这些话都是废话而已。<u>尤其使我惊讶的是，在他身上混合着一种与生俱来的凶狠和天生自带的高尚——这种混合是我在别人身上没有见过的。</u>【名师点睛：独特的气场和天生的凶狠是他征服众人的原因。】

　　话说包工头走上前来，半闭起眼睛，用高亢的假音开始歌唱。他的声音虽然有些沙哑，不过非常悦耳。他的声音变化着，像陀螺一般盘旋着，在耳边不停荡漾，低音高音自由地转换，最后转向高音，保持着高音并且特别卖力地拉长了一阵子，又渐渐停顿下来，然后爆发出豪情万丈的气魄，铿锵有力地重唱之前的曲段。他的曲调转换有时非常大胆，有时非常滑稽可笑。这样的转换在内行人看来是非常专业的，要是德国人听了，会感到愤慨的。【名师点睛：俄罗斯人认为德国人只爱典雅的音乐，不爱这类粗犷花哨的唱法。】这是俄罗斯的抒情男高音。他唱的是一支快乐的舞曲。我透过那些稍加装饰的音阶、附加的辅音和叫声，听出下面几句歌词：

猎人笔记

我年纪轻轻，

要耕出小小土地；

我年纪轻轻，

要种出鲜红花儿。

他唱着，大家都全神贯注地听着。他明显知道这是一首唱给内行人的歌曲，因此如俗话说的，"使出了吃奶的劲儿"。确实，我们这一带的人对于唱歌都很在行，难怪奥廖尔大道上的谢尔盖耶夫村的人悠扬美妙的歌声让整个俄罗斯都有耳闻。包工头唱了很久，没有在听众中引起特别强烈的感动，可能是因为缺少伴唱和合唱。终于，在一个特别成功的转折之处，连野人先生也笑了，那蠢货更是高兴地叫出了声。大家都被他的歌声震动。蠢货和眨巴眼儿开始轻轻地随声和唱，喊叫："好极啦！……再使点劲，加油，这鬼东西！加油啊！真不错，这鬼东西！再来一段精彩的，不然会有魔鬼来追赶你了！"等等。尼古拉·伊凡内奇在柜台后面带着赞许的神色左摇右晃着脑袋。蠢货终于把脚一跺，跨起碎步，扭动起肩膀，兴奋地舞动起来。雅什卡的眼睛像炭火一样燃烧起来，身体就像被狂风肆虐的树叶一样抖动着，不由自主地微笑着。只有野人先生脸上没什么变化，但是他那凝视着包工头的目光有些柔和了，虽然嘴边的表情依然保持着轻蔑。【名师点睛：从他目光的变化我们能看出他的内心是满意的。】包工头看出大家都很满意，就越来越有劲儿，完全唱起花腔，拼命添加装饰音，打鼓一样吧嗒着舌头。等到他终于累了，脸色煞白，浑身热汗淋漓，才把身子向后仰去，唱出最后一个气息久远的高音，余音绕梁[歌唱停止后，余音好像还在绕着屋梁回旋。形容歌声或音乐优美，耐人寻味]。大家用巨雷般的喝彩声来回应他。蠢货扑上去搂住他的脖子，用他那瘦骨嶙峋的长臂把他搂得喘不过气来；尼古拉·伊凡内奇的脸上也泛出红晕，让他看起来年轻了好几岁；雅什卡像发了疯似的叫起来："太棒了！太棒了！"

就连坐在我旁边的那个穿破长袍的庄稼人也憋不住了,激动地对着桌子一拳头砸下去:"哎呀呀!真是棒极了,真不错!"并且使劲儿朝旁边吐了一口唾沫。

"嘿,伙计,太棒了!"蠢货紧紧搂着精疲力竭的包工头叫道,"真的太棒啦,没的话说!你赢定了,伙计,你肯定赢了!恭喜你——酒是你的了!雅什卡比你差远了……我跟你说,他跟你比可不够格,你得相信我!"他又把包工头往自己怀里搂了搂。

"快把他放开吧,放开吧,别一直缠着他了。"眨巴眼儿生气地说,"让他在板凳上坐一会儿,看看,他都这么累了。你这蠢货,伙计,真是蠢到家了!你干吗一直缠着他啊?"

"那好吧,就让他坐一会儿,不过,我要为了他干一杯。"蠢货说过,便走到柜台前,"伙计,你请客。"他转向包工头,又补充一句。

包工头点了点头,便坐到板凳上,拿着从帽子里掏出的毛巾擦着脸。蠢货馋巴巴地喝干一杯酒,和所有酒鬼一样,一边兴奋地咯咯笑着,一边又装出一副忧心难过的表情。

"真的不错,伙计,很好。"尼古拉·伊凡内奇亲切地说,"那么现在该你上场了,雅什卡。没关系,别害怕。让我们看看到底谁更胜一筹,我们来看看……但是包工师傅真的唱得很好啊,实在好。"

"好极了。"尼古拉·伊凡内奇的妻子在旁边附和,笑着朝雅什卡看了看。

"棒极了!"坐在我旁边的庄稼人小声重复了一遍。

"啊,窝囊废波列哈[波列西耶沼泽地南部,即从波尔霍夫县到日兹德拉县交界地带开始的森林地带里的居民,被称为"波列哈"。他们的风俗习惯、语言、生活方式有许多特别之处。因为他们多疑的性格,被称为"窝囊废"]!"蠢货忽然叫起来,然后走到衣服上有破洞的庄稼人跟前,用指头点着他,上蹿下跳地哈哈大笑:"波列哈!波列哈!哈!你,滚出去吧!窝囊废!你怎么能来这里!窝囊废!"他哈哈笑

275

猎人笔记

着叫道。

庄稼人非常窘迫，有些不知所措，已经准备站起来快点走掉，野人先生的声音突然洪钟一样地响起来：

"你这畜生怎么说话呢？"他咬牙切齿地说。【名师点睛：能看出野人先生的正义感和平等的思想观念。】

"我没说什么。"蠢货喃喃地说，"我没说什么，我就是随口……"

"嗯，好啦，闭上你的嘴巴！"野人先生说，"雅什卡，唱吧！"

雅什卡用手捏住喉咙："伙计，我怎么觉得有点儿……有点儿……唉……真不知道怎么回事……"

"哎，得了，不要害怕嘛，这就太小气了吧！扭扭捏捏就没意思了，想怎么唱就怎么唱嘛。"于是野人先生低下头，有些不耐烦。

雅什卡沉默了一会儿，望了望四周，用一只手挡住脸。大家都用眼睛紧紧盯住他，尤其是包工头。包工头的脸上是遮挡不住的自信，在得到大家的喝彩之后更是扬扬得意，不过这会儿，他也有些忐忑不安。他靠在墙上，又把两手掖到大腿底下，不过他的两条腿没有再摆动了。【名师点睛：通过手和腿的动作描写，形象地描绘出他紧张不安的样子。】等到雅什卡终于露出自己的脸，那脸像死人一样煞白；眼睛下垂着，透过睫毛有微微的光亮。他深深地舒一口气，就唱了起来……微弱的起音，气息不太稳，似乎不是从他的胸中发出来，而是来自某个不知名的远方，似乎是偶然飘进这屋子里来。这有些颤抖却又带着金属厚重感的声音对我们所有的人都发生了奇怪的作用，你看看我，我再瞧瞧你。尼古拉·伊凡内奇的妻子竟把身子挺得直直的。短暂的起音之后是一段悠长而又坚定的声音，但显然还是颤抖的，就好像弦突然被手指使劲拨动了一下，铮铮响过之后，还要颤抖片刻，并且很快地低下去。第二个音之后，是第三个音。进入第三个音，凄凉的歌声渐渐激昂起来，声音里的情绪转向雄壮，流畅了。"田野里的小道，一条又一条……"他唱着，甜滋滋的味道划过心间，回肠荡气。说实话，我很少听到这样的声音：有些微微颤抖，又略带沙哑，开头甚至有痛苦的意味，但是其中又有真挚而深沉的爱恋，眷念的青春活力，甜蜜的曲调，还有一种令人销魂的悲怆。一个俄罗斯人真挚而热情的心在歌声中回荡飘扬，紧紧抓住你的心，也死死抓紧俄罗斯人们的心肠。歌声越来越高亢，越来越嘹亮。雅什卡也沉浸其中。他已经不胆怯了，他完全沉浸于歌声之中。他的声音缓缓颤动，但这是像箭一般直击听众心灵的激情的隐隐约约的内在的颤动。这声音越来越激昂，越来越豪放亢奋，越来越洪亮。记得有一天傍晚，在海潮退去的时候，远处波涛汹涌，在那与地平线相连的沙滩上有一只大白鸥，就像一座精心雕刻的石雕一样一动不动。那丝绸一般的胸脯映着晚霞的红光，时而迎着熟悉的大海，迎着照耀整片天际的落日，慢慢展一展它那长长的翅膀——我听着雅什卡的歌声，不知为何就想起那只白鸥。【名师点睛：雅什卡的歌声被作者运用通感的手法传神地描绘出来，用细腻生动的语言将听觉转换成视觉、嗅觉和触觉；像是琴弦拨动，又像是甜滋滋的味道在口腔蔓延，还有海洋的壮阔和寂寞的白鸥；让雅什卡的歌声立体而又活泼，突出雅什卡歌唱技巧的高超和歌声的深入人心。】他唱着，完全忘记了自己的对手，忘记了我们所有人的存在。但是很明显，他能感受到我们无声的鼓舞与热情，就像游泳者受到波浪推撞，精神倍增。他唱着，歌声给人辽阔壮观又异常亲切的感受，就好像熟悉的草原在你面前展了开来，向无边无际的远方慢慢铺展。我觉得，我心中某个地方积攒的泪水汇集到了我的眼眶。突然有一阵低沉、压抑的哭声使我大吃一惊……我回头一看，店主的妻子正趴在窗台上抽噎。雅什卡急急地向她瞥了一眼，声音比之前更洪亮、更生动了。尼古拉·伊凡内奇低下了头；眨巴眼儿扭过脸去；而那蠢货真是动了情，呆呆地站在那儿张大嘴巴出着神；穿灰色长袍的庄稼人在角落里小声抽搭着，一边摇头一边伤心低语；就连野人先生那紧紧皱到一起的眉毛底下也有几滴泪珠不小心滚落出来，在那钢铁般的脸上慢慢滑动着；包工头把握紧的拳头

▶ 猎人笔记

按到额上，就再没动作……要不是雅什卡突然在一个又高又尖细的声音后收了尾作为结束，就像他的嗓音突然中断似的，我真不知道大家如何从陶醉中醒过来。没有人喝彩，甚至没有人动一动；似乎都在等待什么，看他是不是还要唱。【名师点睛：与包工头唱完之后的躁动形成鲜明对比，雅什卡演唱的结束伴随着极致的安静，谁输谁赢，立见高下。】但他只是睁大了眼睛，惊讶于我们的沉默，用询问的目光扫视了大家一遍之后，才明白过来，赢得那瓶酒的人是他……

"雅什卡！"野人先生叫了一声，将一只手搭上他的肩膀，不再多说别的话。

我们都像呆子似的站着。包工头慢慢起身，缓缓走到雅什卡面前。"你……是你……你赢了。"他等了好久终于还是说出来，接着就从屋子里冲了出去。

他那迅速果断的行动似乎击破了大家心中某个屏障。大家一下子就热热闹闹、高高兴兴说起话来。蠢货突然原地蹦跶了一下，嘴巴里嘟囔着什么，两条胳膊抡得像风车叶片一般；眨巴眼儿一瘸一拐地走到雅什卡跟前，满怀激动地亲吻他；尼古拉·伊凡内奇欠起身来，郑重地宣布：他再犒劳大家一瓶啤酒；野人先生笑得那样可亲可爱，我真是没想到他的脸上还能出现这种表情；穿灰色长袍的庄稼人用两只袖子擦着眼睛和脸颊，包括他那胡子，不停地反复说着："啊，真好，真的好啊！"尼古拉·伊凡内奇的妻子把脸憋得通红，急急忙忙站起来快步走了出去。雅什卡像小孩子似的因为自己的胜利喜气洋洋满面红光。他的脸完全变了样，尤其他的眼睛，充斥着幸福快乐的神采。几个人把他拉到柜台前，他把一直在哭的穿灰色长袍的庄稼人也叫过去，又让店老板去把包工头找回来，但是却没找着，大家也就开始喝酒了。"你再多唱一些吧，一直唱到晚上。"蠢货把手举得高高的，反复地叫着。

我又向雅什卡看了一眼，便悄声走了出去，担心破坏这份在我心中的美好。当我出来的时候天已经黑下来，但是依然热得难受。热气

278

笼罩在大地上，透过细小昏暗的灰尘，似乎能看见许多星星或明或暗地闪耀。到处都寂静无声。大自然这疲惫无声的静默，让人感到沮丧而压抑。我来到一个干草棚里，躺在刚刚割下但已经干燥的草上。我很久不能入睡，雅什卡的歌声一直在我脑海中回旋着……终于还是炎热和疲惫占了上风，我迷迷糊糊进入梦乡，睡得很沉。等我醒来，四周已经黑透。身旁散乱的草散发着浓烈的气味，因为我压在上面，有些地方已经有些湿润。透过破棚顶那一根根细细的木条，可以看见星星在天空中闪烁。我走了出来。晚霞早已消失，余留在天际微微发白的光圈是晚霞的余晖。透过夜晚的凉气，还可以感觉到热烘烘的，胸间闷热难受，渴望有些凉风拂面。没有风，也没有云，天空显得异常纯净，静静地闪烁着数不清的也看不透的星星。【写作借鉴：通过晴朗的天空和闪烁的星星，描写乡村夏夜的悠远舒适。】村子里的灯火一闪一闪的。旁边灯火通明的酒店一阵一阵的喧闹声传出来，我似乎听到其中有雅什卡的声音。不时有些大笑声从里面传出。我走到窗前，把脸贴到玻璃上。出现在我面前的是并不愉快的一幕，都喝醉了——连雅什卡也都醉了。雅什卡袒露着胸膛，一边沙哑着声音唱着一首低俗下流的舞曲，一边懒洋洋随意拨动着六弦琴，湿漉漉的头发一绺一绺地耷拉在他那苍白得可怕的脸上。【名师点睛：当我再次来到酒馆，雅什卡已经成为一个十足的醉汉，庸俗而粗鲁。】在屋子中央，蠢货已经完全失去了控制。他脱掉上衣，对着那个穿灰色长袍的庄稼人跳花样舞。那个庄稼人拖着早已绵软无力的双脚在地上跺着跳着，透过乱蓬蓬的大胡子呆呆地笑着，偶尔扬起一只手，似乎想说：“还行！”他那样子真是惹人发笑，不论怎样使劲扬自己的眉毛，他那两张眼皮就是死死垂落在他那无神却又甜蜜蜜的眼睛上。他已经喝得酩酊大醉，这时不论哪个过路人看看他的脸，必然会说："这家伙，真是够了，真是够了！"一张脸红得像虾子一样的眨巴眼儿，张大了鼻孔，藏在角落咯咯咯怪笑着。只有尼古拉·伊凡内奇，到底是见过世面的酒店店主，仍然保

279

▶ 猎人笔记

持着一贯的冷静。屋子里有很多后来进去的新顾客，但是我并没有见到野人先生。【名师点睛：野人先生并没有参加这些人的狂欢，能看出他的清醒与冷静。】

我转过身，快步走下科洛托夫村所在的小山冈。辽阔的草原在山冈下蔓延，沉浸在茫茫夜雾中的平原更是显得广袤无垠，与那黑暗低沉下来的天空连成了一片。我正顺着冲沟旁的大道大步往下走，突然一个男孩子清脆的声音从很远处的草原传了过来。"安特罗普卡！安特罗普卡……啊……啊……"他用顽强而带泪音的绝望腔调叫喊着，把最后一个音都拉得很长很长。

他停了一小会儿，又叫起来。他的声音在混沌不清的空气中渐行渐远，他呼喊安特罗普卡的名字至少有三十遍，才突然从那片平地的另一头，传来仿佛另一个世界的回音：【写作借鉴：通过对声音的描写，展现出这片平原的宽阔无边。】

"什么事……事……事？"

男孩子马上用又气恼又忍不住开心的声音叫喊回去：

"快到这儿来，你这鬼……东……西……西！"

"干什……什……么呀……呀？"过了好久那个声音才传过来。

"因为爹要……揍……你。"第一个声音急忙叫道。

那声音没有再回复，那个男孩子只得再次焦急地呼唤起来。等到天色完全黑下来，当我已经到科洛托夫村四俄里之外，那片环绕着村子的树林时，还能听到他那若有若无的叫喊声……

"安特罗普卡……啊……啊……"隐隐约约，这声音还在夜空中飘荡。

Z 知识考点

1.填空题。

他唱着,歌声给人_____又_____的感受,就好像_____在你面前展了开来,向_____的远方慢慢铺展。我觉得,我心中某个地方_____汇集到了我的眼眶。突然有一阵低沉、压抑的哭声使我_____……_____突然原地蹦跶了一下,嘴巴里嘟囔着什么,两条胳膊抡得像_____一般;_____一瘸一拐地走到雅什卡跟前,满怀激动地亲吻他。

2.选择题。

当雅什卡演唱完毕,是( )打破了沉静。

A.眨巴眼儿　　B.酒店老板　　C.野人先生　　D.包工头

3.问答题。

作者为什么要描写两人赛歌之后听众的反应?

_____

_____

Y 阅读与思考

1.本篇的文章结构可以分为哪几个部分?

2.请仔细阅读文章,说说作者是如何运用高超的写作手法来描述歌声的美妙的。

3.在文章结尾部分,作者着重描写雅什卡酒后的醉态和夜晚的草原上男孩带泪的呼喊,是想要表达怎样的思想感情?

猎人笔记

彼得·彼得罗维奇·卡拉塔耶夫

M 名师导读

都说在旧时代，门当户对最般配，若是跨了阶级就会有数不清的麻烦和坠入黑暗的危险。不过这世上最不缺的就是有情人，地主与女奴，是谁在阻扰他们相爱？他们遇到了什么样的挑战？是悲剧还是喜剧？想知道答案吗？仔细阅读吧！

大约是在五年前的秋天，在从莫斯科到图拉的途中，因为没租到马匹，我不得不在驿站里滞留了一整天。我打猎回来，因为考虑不周，把我自己的三匹马都打发回去了。站长年纪已大，那张脸总是阴沉沉的，头发直挂到鼻子上，那双眼睛总是睡眼惺忪，醒不透一样。对于我的抱怨和要求，他都只是来来回回地唠叨，进进出出都愤恨地把门摔得砰砰作响，好像自己也在烦躁遇到的这些烂事儿。他走到台阶上，斥骂马车夫，不过那些马车夫们并没有太大的情绪波动，有的只是在泥泞里抱着马轭慢悠悠地走着，有的坐在长凳上打哈欠和搔痒痒；对于上司的叫骂并不特别在意。我已经喝过三遍茶，还有几次想让自己沉睡过去，但睡不着，只好把窗上和墙上的留言都读了个遍：我实在是无聊至极。我怀着冷漠而绝望的心情望着我那四轮马车翘起的车辕。远处突然传来马铃的声音，一辆套着三匹疲乏不堪的役马的小马车在台阶前停下。来客急匆匆地跳下马车，一边大声叫唤着："快给我换马！"一边走进房间里来。当他带着常见的惊讶神色听完驿站长说"没有马"的时候，我已经怀着一个百无聊赖[意思是思想情感没有依托，精神极度空虚无聊]的人的全部好奇心把这位新来的仁兄从头到脚打量一遍了。看样子他不到三十岁。天花在他脸上留下了不可磨灭的瘢痕。他脸色枯黄，是那种让人喘不过气来的难看的蜡黄色；蓝黑色的长发在后面卷成圈儿挂在衣领上，前面是神气的鬓发；他浮肿的眼睛毫无生气，脸上没有一丝表情；嘴唇上方长着几根唇髭。他穿得像一个逛着马市的放荡地主，上半身穿着沾满油污的杂色短上衣，系着一条褪色的浅紫色绸领带，背心上钉着铜纽扣，腿上穿着灰色的大喇叭裤，裤管下稍稍露出一双没刷过的皮靴尖。很浓烈的烟酒味儿从他身上弥漫开来，他那些几乎被短上衣袖子遮住的又红又胖的手指上有一些不知道是银制还是图拉制的戒指。这样的人物在俄罗斯处处可以遇到，数不胜数，见多不怪。说实话，和他们交往并不会让你感到愉快。但是，尽管我抱着成见观察着这位来客，我还是无法忽略他脸上那种无忧无虑的善良和热情真诚。【名师点睛：即使"我"对他的第一印象并不好，但是他脸上的真诚是"我"无法忽视的。】

"瞧，这位先生也已经待在这儿等了一个多钟头了。"站长指指我说。

"一个多钟头！"他这是在拿我寻开心吗？我有些不高兴。

"他可能并不怎么着急。"新来的客人小心翼翼地试探。

"这我可不知道。"站长板着脸说。

"真的一点办法都没有吗？一匹马都没有吗？"

"没有，先生。一匹马也没有。"

"那么，也没有办法了，麻烦你给我上个茶炊吧。"

来客在长凳上坐下，把帽子扔在桌上，用手捋捋头发。

"您还要喝点茶吗？"他问我。

"不用了。"

"您能陪我再喝一杯吗？"【名师点睛：初次见面就热情邀请，能看出他开朗的性格。】

我表示同意。那红铜色的大茶炊已经是第四次被放在我面前的桌

283

▶ 猎人笔记

子上了。我拿出一瓶朗姆酒[以甘蔗糖蜜为原料生产的一种蒸馏酒，也称为糖酒、兰姆酒、蓝姆酒。原产地在古巴，口感甜润，芬芳馥郁]。根据他的言谈举止，我推测他是一位并没有多少领地的贵族。不出我所料，果然是这样。他叫彼得·彼得罗维奇·卡拉塔耶夫。

我们交谈起来。他到驿站还不到半个小时，就已经毫无戒备地对我说了他的生平经历。【名师点睛：再一次看出他待人的真诚，毫无戒备心。】

"我现在要去莫斯科。"他喝完第四杯茶，对我说，"在乡下我现在已经无事可干了。"

"为什么没有事情做了呢？"

"还能因为什么呢，不过就是产业倒闭，破产了。可怜那些庄稼人也被我连累得极度贫困，这是实话。祸不单行，荒年收成又不好。您知道，灾祸接踵而来……不过，"他愁眉苦脸地往旁边看了一眼，又说，"我可是一日日过得郁闷极了！"

"为什么这么说？"

"唉，"他没回答我的问题，"哪有我这样的当家人！您以为我，"他把头侧向一边，不停吸着烟，继续说，"您看我现在这样，可能以为我是个……可是我，实话跟您说，我只受过中等教育，没有收入。请您原谅，我坦率惯了，最终……"

他没有把话说完，摆了摆手，接着吸烟不再说话。我便诚恳地对他说，他想错了，我很开心我们能遇见，等等；然后又说，经营管理这些事物并不需要太高的教育，只需要有些头脑。

"我同意，"他回答，"我同意您的看法。不过这些工作还是得有一些特殊的管理方案，而且也不能滥用权力随意欺压人，如果那样做了，下场可不怎么样！可我……请问，您是从彼得堡来的还是从莫斯科来的？"

"我是从彼得堡来的。"

他从鼻孔里喷出一缕长长的烟。

"现在我准备去莫斯科寻一份差事。"

"您打算到哪儿高就呢？"

"我不知道，先到了那儿，船到桥头自然直嘛。我得跟您说实话，我怕当差：一旦担任公职，身上就会有不可推卸的责任。【名师点睛：从这句话我们能看出，他喜欢自由，性格洒脱，不愿受束缚。】我一直住在乡下，您明白，散漫惯了。……可是没有办法……穷啊！唉，穷得受不了了！"

"这么说您要在莫斯科定居喽。"

"在莫斯科定居……唉，我也不知道，那里有什么好的呢？到了那里再说吧，机会可能会比较多，也许很好……但是我还是最希望待在乡下。"

"难道您在乡下再也待不下去了吗？"

他叹了一口气。

"怎么还能待得下去呢？我的一切都不再属于我了。"

"为什么？"

"那边有一个好人——我的一位邻居……他开了一张期票[指由债务人对债权人开出的，承诺到期支付一定款项的债务证书]……"

可怜的彼得·彼得罗维奇用手抹了一把脸，脸上露出无可奈何的神情。

"唉，还能够怎么办呢……实话告诉您，"他停了一会儿，又接着说，"我能怨谁呢，不都是我自己做的那些事情吗？是我喜欢胡来！……真是见了鬼了，还不是因为我喜欢乱来！"

"在乡下您开心吗？"我问他。

"先生，"他直视着我的眼睛，很认真地回答我，"我有十二对猎犬，我的那些猎犬可都是难得一见的好手。"他强调最后几个字。"它们逮起兔子来真是把好手，至于捕捉珍贵的野兽，那就跟一条条灵敏的蛇一样，甚至像眼镜蛇一样凶猛。还有我的宝马也是值得夸耀的。现在这些事情都已经过去了，也没什么必要再拿出来夸耀了。我常拿着枪去打猎。我有一条狗叫康杰斯卡，在它发现猎物时那种勇猛的姿势，真

285

▶ 猎人笔记

是好看极了，嗅觉也非常灵敏。有时我到泥沼地去，对着它叫一声：快追！如果它不愿意去找，你就是换上一群猎狗追过去，也什么都找不到！但是如果是它乐意去追捕，那它就是死在那儿也心甘情愿！……在房间里它也受过很好的训练。你用左手给它面包，对它说'这是犹太人吃过的'，不管你再怎么说，它也不肯吃；你用右手给它，对它说'这是小姐吃过的'，它马上就抓过去吃掉了。我还有一只极好的小狗，原本打算带它去莫斯科的，但是被一个朋友连同一杆枪一起要去了。他说：'你去了莫斯科哪还能打猎啊，那边过得完全是另一种生活，老兄。'我便把小狗给了他，把枪也给了他；您看看，我的一切都留在那儿了。"

"其实您在莫斯科也可以打猎的。"

"不了，有什么好打猎的呢？以前我不懂得克制，自己做的孽自己承受罢了。【名师点睛：此句暗含他过往的惨痛经历，责怪自己以前不懂事。】在莫斯科生活开销大吗？"

"也不怎么大。"

"不怎么大吗？……请问，莫斯科有茨冈人吗？"

"茨冈人？"

"就是那种在集市里乱跑的茨冈人。"

"有的，在莫斯科……"

"好，这很好。我喜欢茨冈人，真是见了鬼了，我可是极喜欢他们这些……"

彼得·彼得罗维奇眼睛里现出一种无所顾忌的快乐神情。突然他有些坐立不安了，若有若无的愁绪出现在他脸上，他有些愁思地低下头，手拿一只空酒杯向我伸过来。

"麻烦您给我倒一些朗姆酒。"他说。

"可是茶已经喝光了。"

"没关系，我就想要点酒，不要茶……唉！"

彼得·彼得罗维奇把头搁在手上，把臂肘支在桌子上。我默默地

286

看着他，等待着一个喝醉酒的人表现出常有的那种带有哀愁的无谓感叹，甚至是眼泪。可是等他抬起头来，他脸上弥漫着的那种悲伤到绝望的表情还是让我意想不到。【名师点睛：悲伤到绝望似的神情让"我"惊讶，为后文那段凄美的爱情故事做铺垫。】

"您没事吧？"

"没什么……我只不过是想起来一件事情，一段不寻常的往事……我想说给您听，但是不好意思打扰您……"

"没关系的！"

"是啊，"他叹了一口气继续说，"这世上总有些让人难以接受的稀奇事儿……虽然，譬如说，我不也碰上了吗？如果您想听，我可以给您讲讲，但是，我不知道您……"

"没事儿，您说吧，亲爱的彼得·彼得罗维奇。"

"这件事虽然……您也知道，"他说了起来，"但是我，实在是，真的不知道……"

"好，别磨蹭了，快说吧，亲爱的彼得·彼得罗维奇。"

"哦，是这样。我，就是说，我曾经遇到过这么一件事。那时我住在乡下……有一个姑娘就闯入了我的心房。啊，多好的一个姑娘……一个美人，一个聪明的姑娘，而且那么善良！【名师点睛：自己心爱的姑娘在自己心中一切都那样完美。】她叫马特廖娜。她就是一位普通的姑娘，也就是说，您懂吗？她是一个农奴，或者说就是一个女奴。而且不是我家的姑娘，而是别人家的，问题就出在这儿。对，我爱上她了，一见钟情，这确实是一段不寻常的故事，当然没过多久，她也爱上了我。于是，马特廖娜就请求我，想让我去找她的女主人把她赎出来。这件事我自己也考虑过的……可是她的女主人是个财大气粗、粗鄙不堪的老太婆，住在离我家大约十五俄里的地方。【名师点睛：对女地主的初步描写，为后文她给彼得·彼得罗维奇带来的灾难做铺垫。】终于在某一天，我下定了决心，我吩咐给我套一辆三驾马车，驾辕的是我的一匹溜蹄

287

猎人笔记

马，一匹亚洲特种马，所以我给它取名叫作兰普尔多斯。我换上一套比较体面的衣服，便乘车到马特廖娜的女主人那儿去。到了那儿之后，我看见一座气派的大庄园，有厢房，有花园……马特廖娜在路口拐弯的地方等我。她原本打算跟我说说心里话，但只是吻吻我的手，便走到一边去。我进到前厅，问：'主人在家吗？……'一个高大的听差对我说：'请问您尊姓大名？'我说：'伙计，就说地主卡拉塔耶夫登门拜访，有事想要亲自商量。'听差走了。我在那儿等着，心里不停地琢磨着，那老太婆会怎么折腾我呢？也许那老太婆会让我出一大笔钱，尽管她很有钱。她也许会要五百卢布。听差终于回来了，对我说：'请进。'我跟他走进客厅。安乐椅上有一个瘦弱的脸色蜡黄的老太婆，她的眼睛不停地眨着，满是奸猾。'您有何贵干？'起初，您知道，我认为有必要说几句'很高兴认识您'之类的话。'您搞错了，我不是这儿的主人，我只是她亲戚……您有何贵干？'我便对她说，我有事要和女主人商谈。'玛丽亚·伊里尼奇娜今天身体不怎么舒服，不见客人……您有何贵干？'我心里想着，没有办法，只得向她说明来意。老太婆听完我的话。'马特廖娜？哪一个马特廖娜？''马特廖娜·费多罗娃，库利克的女儿。''费多尔·库利克的女儿……您怎么会认识她的？''偶然碰到的。''那她知道您心里的想法吗？''知道。'老太婆默不作声好一会儿，突然凶狠地说道：'我要给她点颜色看看，这个贱货！【名师点睛：不分青红皂白就要让马特廖娜吃苦头，能看出这个老太婆的心狠手辣。】实话告诉您，我当时吓了一大跳。'为什么？您怎么能这么做呢！我只是想为她赎身，希望您给我一个数目。'那老东西恶狠狠地嘀咕起来。'您以为这点钱就能把她赎走吗？您以为我们家稀罕您那点钱吗？我得让她知道知道厉害……让她再也不要耍些个狐狸精功夫。'老太婆气得连声咳嗽起来。'我们难道对她不好吗？……好哇，她这个混账东西，主啊，请原谅我嘴上的乱语！'说实话，我真的生气了。'您凭什么要恶意处置这位善良的姑娘呢？她有什么错？'老太婆画了个十字。'哦，我主耶稣基督！我自己家的家奴难道我自己还不能处置吗？''她可不是您的奴仆！''哦，这一点玛丽亚·伊里尼奇娜可比您清楚，先生，这不关您的事。那我现在可得让马特廖娜看看，让她明白自己是谁家奴仆！'说实话，我差点向这可恶的老太婆扑过去，但是我又想起我那可怜的马特廖娜，手就放下了。我心里真害怕，那种心情真的是抓心挠肝无法形容。我开始央求那老太婆：'您说说您想要些什么，我给您。''您要她干什么？''我已经爱上她了，老婆婆，求您了，愿您成全我们……请允许我吻您的手。'我真的吻了那鬼婆娘的手！'嗯，'这老太婆喃喃地说，'我去对玛丽亚·伊里尼奇娜说，这一切还是得看她怎么决定。您过两三天再来吧。'我万分不安地回了家，越来越觉得这事儿做得鲁莽了。白白让人家发现了我对她的好感，这不是害了她吗？可想到这一点已经太晚了。过了两三天，我又到那位女地主家去了。仆人把我领到书房里。房间里到处是花，陈设非常讲究，女主人十分威严地坐在一张做工讲究的安乐椅里，头向后靠在枕头上。上次遇上的她那位亲戚也在旁边。在座的还有一个浅色头发、穿着绿色连衣裙、歪嘴巴的小姐，她应该是女主人的侍女。老太婆带着鼻音说：'请坐。'我惊疑不定地坐下来。她向我提了许多问题，问我年纪多大，有些什么差事，准备做点什么事。她那傲慢自大的态度真的让我很讨厌。但是为了我心爱的姑娘，我还是详细回答了她。老太婆从桌子上拿起一块手帕，对着自己挥着……她说：'卡捷琳娜·卡尔波夫娜已经向我转告了您的意思；'她说，'但是您要明白，我曾经定下了一条规定，不许我家的仆人去服侍别人。这样做可是非常伤害主人家体面的事情，这不合规矩。'她说，'当然，这件事情您也不必再担心了，我已经处理好了。''哪儿谈得上费心啊，请别这么说……也许是您离不开马特廖娜·费多罗娃吧？'她说：'不，我可用不着。''那您为什么不愿意让我为她赎身呢？''因为我不愿意这样做，我不想，就这个原因。'她说，'我已经安排好了，把她送到草原上的村子里去了。'这句话对我真的是天大

猎人笔记

的打击。老太婆用法语对那个穿绿色连衣裙的姑娘说了几句话。那个姑娘就走了出去。她又说:'我是一位极其遵循规矩的女人,身体也羸弱不堪,这等烦忧的事情可不能打扰我。您还是个年轻人,可我已经是个老妇人,所以我有权利给您几句忠告。您最好能够找一个正经营生,然后娶一个门当户对的女孩;有钱的待字闺中的姑娘很少,不过那些家室清贫但是贤良淑德的女孩子可是有不少。'【名师点睛:在老太婆看来,马特廖娜只是一个卑微下贱、品行不端的侍女,配不上彼得·彼得罗维奇这样的小地主;彼得·彼得罗维奇需要找一个身份相当、品德相宜的姑娘。我们能看出来老太婆的封建等级思想以及她的自私。】您知道,我望着那老太婆,一点都听不进去她在那胡说八道些什么。我只听见她在谈论婚娶的事,可我耳边萦绕的却是'草原上的村子'。娶别的姑娘,全是胡扯!"

说话的人突然停了下来,看看我。

"您娶亲了吗?"

"没有。"

"是啊,看得出来,您还这么年轻。我忍不住了,就说:'老婆婆,您在胡扯些什么呀?这跟娶亲有什么关系啊?我只问您一句,您肯不肯把马特廖娜姑娘嫁给我?'老太婆哇哇叫起来:'哎哟,他这个人可真是太讨厌了!哎哟,快赶走他!哎哟!……'她那个亲戚跑到她身边,对着我吵吵嚷嚷起来。那老太婆还在那儿唠叨:'我这是作了什么孽啊?难道这个家我已经做不了主了吗?唉,唉!'她哼哼唧唧像只苍蝇一样在我耳边叫着,让我实在无法忍受。我抓起帽子,发疯似的跑了出去。"

"也许,"说话的人继续说,"您会责备我,怪我不该那样沉迷于一位奴仆。【名师点睛:害怕"我"的责备,是因为当时的大环境,封建等级制度森严。】可我不想为自己辩白……事实就是这样,您能明白吗?……您相信吗?我日夜坐卧不安……我真的很痛苦!我总在想,我是为了什么才害苦了这位不幸的姑娘!每当我想到她穿着土布衣服在赶鹅,还忍受着主人们的辱骂欺凌，甚至是那个穿涂柏油长靴的农民在对她破口大骂，我就直冒冷汗。我真的忍无可忍。打听到她被送到哪个村子，我便骑上马去那里找她。直到第二天傍晚我才到达。显然，没有人想到我会做出这样出格的事情，所以也完全没对我的出现有什么防护措施。我装作邻村的人直接去找村长。我走进院子，看见马特廖娜坐在台阶上，一只手托腮，满是忧郁。她见到我差点叫出声来，我连忙对她做了个手势，叫她别声张，我看看四周，向屋后的原野指了指。我走进屋子，和村长闲扯了一阵子，装模作样胡扯了一些蒙蔽住他，找了个机会跑出来去见马特廖娜。这可怜的姑娘立刻就搂住我的脖子。她面容憔悴，脸色苍白得像纸一样。您知道，我对她说：'没事儿的，马特廖娜，没事儿的，别哭。'但是我自己却也没忍住，泪流满面……然而，我终于感到不好意思，便对她说：'马特廖娜，眼泪不能消除痛苦，我们必须做出些行动了，像人们所说的，下定决心。跟我私奔吧，这是最好的办法了。'马特廖娜呆住了……'那怎么行？那我可完蛋了，他们一定会杀了我的！''你个傻瓜，有谁能找到你呢？''会找到的，无论在哪里他们都会找到我的，谢谢您，彼得·彼得罗维奇。这辈子我都忘不了您对我的爱，我已经认命了。您就别管了，快走吧，这就是我的命。''唉，马特廖娜，马特廖娜，我知道你是为了我好。'确实，她是个很坚强的姑娘……她心地善良，有一颗金子般的心！'你留在这儿干什么！不管在哪儿都不会比现在更糟糕了。你说说，你还没有尝够村长拳头的滋味吗，啊？'马特廖娜顿时愤恨得满脸通红，嘴唇也哆嗦起来：'可是我不能连累我的家人啊，他们不会放过我的家人的。''你一家……会把他们流放出去吗？''他们会这么做的，我的哥哥一定会被流放到很远的地方。''你父亲呢？''我的父亲是这里唯一的好裁缝，他不会被流放的。''喏，你看，就算你的哥哥被流放了，你家也不会全部完蛋的。'您相信吗，我硬是说服了她。但是她又好像意识到什么，提醒我说，我以后一定会遇到很大的问题的。我说：'这件事你就不必操心了……'后来我终于在一天夜里，驾着马车，

▶ 猎人笔记

带着她逃走了。"【名师点睛：他们都知道未来会有很多困难，但还是为了爱情不顾一切，拼尽全力，表现出爱情的伟大力量。】

"带走了？"

"是的，我带她走了。她在我那儿住下。我家的房子没有她原来女主人的房子大，仆人也很少。我的仆人，坦率地说，都很尊敬我；不管别人怎么威逼利诱都不会出卖我。我过起了逍遥自在的生活。马特廖娜休息了一阵，身体渐渐调息康复了。我跟她真是如胶似漆[是指像胶或漆一样黏在一起。形容感情深厚，难舍难分]……她真的是一个非常好的姑娘！她不知道从哪儿学来的，唱歌、跳舞，甚至弹吉他，她样样精通……我不让她在左邻右舍中露面，以免走漏风声！我有一个很要好的朋友戈尔诺斯塔耶夫·潘捷列伊——您认识他吗？他也很仰慕她，像对一位太太那样吻她的手，真的。不得不承认，戈尔诺斯塔耶夫和我不一样。他极有学问，普希金的作品他都读过，每当他、马特廖娜还有我在一块儿聊天的时候，我们总是听他讲得津津有味。他还教会她写字，真是个怪人！而我，也会尽量为她准备一些考究的衣服，那简直比省长夫人还讲究。我给她做了一件镶毛皮边的深红色丝绒大衣……这件大衣穿在她身上多么合适啊！这件大衣可是当时最流行的款式，是我在莫斯科一家外国时装店里的女裁缝那儿给她定制的，是束腰的。可是这个马特廖娜却多么古怪啊！她总是闷闷不乐，一坐就是几个钟头，眼睛直直地盯着地板，连眉毛都没有动一下。【名师点睛：马特廖娜奇怪的表现为她后文去找老太婆报仇这一疯狂的举动做铺垫。】我也坐着看着她，百看不厌，每每看她都像是第一次见到她一样。她笑一笑，我心里就怦然一动，好像有人在呵我痒痒。有时候她突然笑起来，开玩笑、跳舞，或者热切地拥抱我，我对她神魂颠倒。我常常从早到晚一直在想：怎样才能博得她的欢心？您信不信，我送礼物给她都只是为了博得她的欢心，让她能够开心快乐。我注视着，她怎样高兴得满面通红，怎样试用我的礼物，怎样穿着新衣服走到我跟前吻我。

她父亲库利克不知道怎么打听到她的消息，那老头跑来找我们，哭得好厉害……这是因为高兴才哭的，您知道吗？我们送给库利克好多礼物。马特廖娜最后亲自拿出五卢布钞票送给他。老人家竟然出乎意料地跪在我们面前。他是多么奇怪啊！【名师点睛：老人家让人惊诧的举动是因为在马特廖娜逃走后受到了老太婆疯狂的报复。】我们就这样过了五六个月，我真心希望就这样和她一辈子过下去，可是我的命运真该受到诅咒！"

彼得·彼得罗维奇停了下来。

"出什么事情了吗？"我同情地问他。

他无奈地摆摆手，满脸愧疚。

"一切都完蛋了。又是我害了她。我的马特廖娜非常喜欢乘雪橇，她还常常亲自驾着雪橇出门玩耍。她穿上毛皮大衣，戴上托尔若克绣花手套，兴之所至就不管不顾地大声喊叫。我们总是在晚上或者夜间出门。您知道这是为了免得让人家碰到。有一次我们就选了一个天气晴好的日子，虽然有些寒冷，但是天空晴朗，万里无云，我们就这样出门了。马特廖娜拿起缰绳，我就静静看着，看她想要到哪里去。难道要到库库耶夫卡，她女主人的村子去吗？我想的没错，是驶往库库耶夫卡。我吓得连忙对她说：'傻姑娘，你这是往哪儿去呢？'她回过头来看了我一眼，大笑着说：'就让我去冒一次险吧。''唉！'我想，'随她吧！'试想，一个逃跑的奴仆从自家主人的庄园面前驶过能不出事儿吗？您自己说说，怎么可能不出事儿呢？我们还是往前赶。我的溜蹄马就像在飘一样。有两只拉套马，我跟您说，那速度就像是旋风刷过去。瞧，库库耶夫卡的教堂都看得见了。忽然，老式的绿色轿车沿着马路缓慢地向我们驶过来，一个听差高高站在后脚镫上……女主人，那车上坐的是女主人！我心里好害怕，可马特廖娜抓起缰绳往马身上猛抽了几下，我们的雪橇朝那轿车式雪橇直冲过去！【名师点睛：这是被压迫到极致的灵魂反抗的开始，代表着俄罗斯农民内心的反叛精神。】那马车

293

> 猎人笔记

夫,您知道吗?那车夫看见一辆雪橇迎面向他们冲过去,吓傻了,便想让开。可是他转弯太急,那轿车式雪橇便翻倒在雪堆上了。车窗上的玻璃碎了,那女主人快没命了一样大声吆喝起来:'哎哟,哎哟,哎哟!哎哟,哎哟,哎哟!'那侍女也尖声直叫:'拦住他们,快拦住他们!'可是我们一溜烟从旁边飞快地溜掉了。我们一路飞驰,我心里想:'这下糟糕了,那老太婆肯定认出马特廖娜了,我就不该任由她到库库耶夫卡来。'您说怎么着?果然,那女主人认出了她,也认出了我,那老太婆便告了我一状,说:'我那逃跑的女奴住在贵族卡拉塔耶夫家里。'并且照例贿赂了警察局里的官员。您瞧,警察局长来找我了。那警察局长我是认识的,叫斯捷潘·谢尔盖伊奇·库佐夫金,表面上是个大好人,可是实际上,也不过是个欺软怕硬的混蛋而已。他来了,对我好一顿教训,说明了缘由:'彼得·彼得罗维奇,您怎么干出这种事来?……私藏逃奴可不是小事,法律可是明文规定了的。'我对他说:'是的,这件事我当然要和您谈一谈,不过,您远道而来,是不是先吃点什么垫垫肚子?'他同意吃点东西,但又说:'我这是公事公办,彼得·彼得罗维奇,您自己好好考虑一下吧。''那是当然,公事公办,'我说,'那是当然,对了,我听说,您有一匹小黑马,您想不想换我那匹兰普尔多斯?……至于马特廖娜·费多罗娃那姑娘,她根本不在我这儿啊。''不,'他说,'彼得·彼得罗维奇,那姑娘肯定就是在您这儿,您要明白,<u>我们这儿是俄罗斯,可不是在瑞士</u>……至于用兰普尔多斯换我那匹小马,那是可以的;不然,我现在就把它带走也是可以的。'【名师点睛:嘴上说着大义凛然的话,实际上却做着受贿贪婪的小人动作。】这一次我好歹把他打发走了。不过那老太婆更是变本加厉了,她说:'就是花上一万卢布我也不在乎。'您知道吗?她当初看见我的时候,脑子里可是有一个莫名其妙的念头,要我娶她那个穿绿连衣裙的侍女——这是我后来才知道的。就是因为这个,她才那么狠毒地对我那位姑娘。这些太太什么主意想不出来啊!……这也是我很久之后才想清楚的。我的处境

变得很糟：我不吝惜钱，还把马特廖娜藏了起来，可是这也不是长久的办法！他们把我折腾得好苦，弄得我晕头转向。就因为这些事儿，我负债累累，身体也一日不如一日……有一天夜里我躺在床上想：'我为什么要吃这么大的苦头？但是我不能抛弃她，我不能离开她。……是啊，我离不开她，就是离不开！'突然，马特廖娜跑进我的房间里来。这段时间里她被我藏在离我家两俄里的庄子里，所以我很吃惊。'怎么？你在那边是不是让他们发现了？''没有，彼得·彼得罗维奇，'她说，'在布勃诺沃没有人发现我，但是就这样一直躲下去也不是办法啊。'她说，'我实在忍受不了了，我心疼你，彼得·彼得罗维奇。我舍不得你，我亲爱的。我一辈子也不会忘记你的爱，彼得·彼得罗维奇。但是现在，我是来和你告别的。''傻丫头，你疯了，你在说什么傻话？你疯了？……怎么是告别？怎么是告别？''我要去自首。……我去投案自首。''你这个傻姑娘，你在说什么疯话，你再这样我就要把你关到阁楼里去了，你是不是想毁了我？是不是想要我的命？'姑娘一声不吭，只看着地板。'喂，你说话啊，你说话啊！''我不想再给你造成更多的麻烦，彼得·彼得罗维奇。'唉，她已经铁了心了。我真的没有办法说服她。……'可你知道吗，傻瓜，你知道，疯……疯姑娘……'"

彼得·彼得罗维奇竟号啕大哭起来。

"没过多久。"他捏紧拳头在桌子上捶了一下，泪流满面，痛苦地从嘴巴里挤出这些话。他竭力蹙紧眉头，可是眼泪还是一个劲儿顺着火热的脸颊流下来，"那傻姑娘真的去自首了，她去自首了……"【名师点睛：因为老太婆的阻挠，两人并未能成眷侣。从这里我们能看出，在旧时代俄国的封建制度下，农奴被主人们当作物品，可以随意处置，没有自己的人生，幸福和自由完全被践踏在奴隶主的脚底。】

"马准备好了！"驿站长的声音突然打断我们。

我们两人都站了起来。

"后来马特廖娜怎么啦？"我问。

> 猎人笔记

彼得·彼得罗维奇对我摆了摆手，没再说话。

邂逅彼得·彼得罗维奇一年后，我在偶然间到达了莫斯科。有一次午饭前我走进猎人市场后面的一家咖啡馆，这是莫斯科一家有特色的咖啡馆。咖啡厅里的台球室，烟雾弥漫，隐隐约约能看见一些人通红的脸、稀疏的胡子、额发、旧式匈牙利骑兵式上衣和最新式斯拉夫式上衣。几个穿朴素常礼服的瘦老头在那里看俄文报纸。轻轻踩着绿色地毯的侍者端着盘子四处穿梭，敏捷地走来走去。商人们神情极其紧张地在那里喝茶。忽然从弹子房走出一个人来。他散乱着头发，脚步不稳，双手插在口袋里，低垂着头，偶尔抬头双目无神地看看四周。

【名师点睛：通过对彼得·彼得罗维奇的外貌描写，表现他的颓废无神。】

"哎呀呀，哎呀呀！彼得·彼得罗维奇！……你最近怎么样？"

彼得·彼得罗维奇差点没奔过来搂住我的脖子，他惊喜万分，拉着我，就冲进一间小单间。

"就在这儿，"他亲热地把我按坐在安乐椅里，说，"这儿您可以舒服些。来人，拿啤酒来！不，要香槟！真是想不到，真的没想到，没想到啊……来很久了吗？您要在这里待很久吗？这真像俗话所说的，缘分天注定啊！……"

"是啊，您还记得吗……"

"怎么不记得，怎么会不记得呢？"他连忙打断我的话，"但是都是已经过去的事儿了，都已经过去了……"

"啊，那您现在靠什么过日子呢，亲爱的彼得·彼得罗维奇？"

"我过的日子就像您看到的。每天混迹在这里，这儿的人都很亲切。每天过得都很舒心。"

他叹了一口气，抬起眼睛望着天花板。

"您担任什么公职了吗？"

"不，我还没有当上差，不过不久我就要去任职了。但是当差有什么意思？……广交好友才是最重要的啊。我在这儿认识了好多朋友啊！……"

一个小厮用黑色盘子端来一瓶香槟酒。

"瞧,这个是瓦夏,也是个好人,对吗?祝你健康!"

小厮站了一会儿,有礼貌地摇摇头,笑了笑,走出去了。

"是这样的,这儿的人都很好,"彼得·彼得罗维奇继续说,"都很有人情味儿,心地善良……要不要我给您介绍一下?这是一群非常优秀的朋友,与他们相识大家都会很开心的。我告诉您……博勃罗夫去世了,太不幸了。"

"哪个博勃罗夫?"

"谢尔盖·博勃罗夫。也是个很优秀的人;他接济过我这个粗野的乡下人。戈尔诺斯塔耶夫·潘捷列伊也去世了,死了,都死了。"

"您一直住在莫斯科吗?没有回去过乡下吗?"

"为什么还要回去呢……我的村子卖掉了。"

"卖掉了?"

"拍卖了——可惜不是您买的!"

"那您以后的日子怎么过,彼得·彼得罗维奇?"

"我不会饿死的,上帝会保佑!没有钱,可是我的朋友们有啊,钱算得了什么?——粪土!黄金不也就是一堆粪土嘛!"【名师点睛:视金钱如粪土,是彼得·彼得罗维奇在经历那么多事后得出的感悟,金钱买不来真诚的感情。】

他眯起眼睛,手在口袋里掏了半天,拿出两枚十五戈比和一个十戈比的钱币,摆放在手掌上。

"这是什么?不过是粪土!(钱被他用力地摔在地上)您最好还是告诉我,您读过波列扎耶夫[19世纪俄国诗人,因诗作批判君主而被流放]的诗没有?"

"读过。"

"那您看过莫恰洛夫扮演的哈姆雷特吗?"

"没有看过,没有看过。"

▶ 猎人笔记

"没有看过，没有看过……（他的脸一下子变得煞白，眼睛不安地转动着，他惶恐不安地扭过脸，嘴唇轻轻颤抖。）啊，莫恰洛夫，莫恰洛夫！"他声音低沉地说。

　　死，就是沉眠——
　　就这样；沉眠就是生命的终结
　　心灵的创伤和着无数肉体的痛苦
　　皮开肉绽，血肉身躯
　　求之不得的长眠！死，就是沉眠……

"沉眠吧，沉眠吧！"他喃喃地说了几遍。【名师点睛：他想要麻痹自己忘却痛苦。】

"请您告诉我，"我刚开始说，他又慷慨激昂地念了下去：

　　谁甘心忍受人世的鞭挞和嘲弄，
　　忍受压迫者虐待、傲慢者凌辱，
　　忍受失恋的痛苦、法庭的拖延、
　　衙门的横暴，做埋头苦干的大才、
　　被作威作福的小人一脚踢出去，
　　如果他只消自己来使一下尖刀
　　就可以得到解脱啊？……你做祷告
　　别忘掉也替我忏悔罪恶。

他的头突然无力地低垂到桌子上，结结巴巴说着胡话。

"过了一个月，"他又振作起精神念起来：

　　短短一个月，她哭得就像一个泪人儿，

连给我父亲送葬去穿的鞋子
还是那样的发光闪亮，哎呀，你看她，
（只要不是畜生谁不会哀痛！）

他把香槟举起放到嘴边，但没有喝，而是接着念道：

为了赫古芭？
赫古芭对他或者他对赫古芭
有什么值得他哭她呢？……
可是我，
一个糊涂蛋，可怜虫，萎靡憔悴……
我是个懦夫吗？
谁叫我坏蛋……把手直戳我的脸
骂我说谎？谁对我这样的，嗨？
活该，我活该忍受！因为我怎样说
也总是胆小如鼠，没有心肝，
不以饱受欺压为苦……

彼得·彼得罗维奇松开手，酒杯摔落，他抓住自己的头，揪着自己的头发。【名师点睛：这是来自彼得·彼得罗维奇无声的绝望。】我想我能明白他此刻的感受。

"好吧，这些事还有什么好说的呢？"最后他说，"旧事不能重提……不是吗？（他笑起来）来，为了您的健康干一杯！"

"您还打算留在莫斯科吗？"我问他。

"我死也要死在莫斯科！"

"彼得·彼得罗维奇！"隔壁房间里响起喊叫声，"彼得·彼得罗维奇，你在哪儿？快到我这儿来，我亲爱的！"

299

猎人笔记

"在叫我了,"他费力地从座位上站起来,"再见,改日再聊,有时间去我那坐坐,我住在……"

因为突发事件,我第二天就不得不离开莫斯科,后来也没能再见彼得·彼得罗维奇·卡拉塔耶夫一面。

Z 知识考点

1.填空题。

他穿得像一个逛着马市的_____,上半身穿着沾满油污的杂色短上衣,系着一条褪色的浅紫色_____,背心上钉着_____,腿上穿着灰色的大喇叭裤,裤管下稍稍露出一双没刷过的皮靴尖。

2.选择题。

彼得·彼得罗维奇·卡拉塔耶夫第一次去女地主家拜访见到的是谁?(　　)

A.玛丽亚·伊里尼奇娜　　B.女地主的亲戚　　C.女地主的侍女

3.问答题。

在故事的最后,马特廖娜自首了,请你浅谈你的看法。

_____

_____

Y 阅读与思考

1.为什么老太婆要在谈话的最后告诫彼得·彼得罗维奇·卡拉塔耶夫让他找一个门当户对的女子?

2.彼得罗维奇对自己性格有什么认知?你对他的性格又有什么样的认知呢?

3.请你简述本篇文章的内容。

幽 会

M 名师导读

　　白桦树林里雨过天晴，景色正好，正是男孩女孩们恋爱诉衷情的好地方。坠入爱河的女孩就像低到尘埃里的花儿，只要心爱的男子对自己温柔耳语，含情脉脉，便觉得整个世界都变得美好起来。那么，坠入爱河的男孩会是怎样的表现呢？

　　离别见真情。有一次，"我"在雨后的白桦林小坐时，无意间遇上了一对离别的情侣，他们之间将会发生什么样的故事呢？我们一起看一看吧。

　　大概是 9 月中旬的秋天，我坐在白桦树林里。毛毛雨从清早就开始下，一阵又一阵，阳光时不时地温暖着大地。秋日的天气变化无常，天空有时被蓬松轻柔的白云遮住，有时又透过层层树梢悄悄放晴。这时蓝天拨开云彩，清澈而可爱，如水波一般温柔。【写作借鉴：运用拟人的手法，让蓝天"拨"开云彩，清新自然，生动活泼。】我坐着，安静地眺望、倾听着。微风刮动树叶在我头顶沙沙作响，单凭树叶的响声就可以知道现在是什么季节。这不是春天那般生机勃勃的欢声笑语，也不是夏天浓密绿叶间轻柔的絮语唠叨，不是深秋那冷漠到让人战栗的呼啸，而是一种隐约可闻、催人入眠的闲声碎语。微风轻轻地吹拂着树梢，太阳时而大放光芒，时而掩身隐退，因此，不断被雨水冲洗的树林也在千变万化着。有时整个树林里面亮堂堂的，所有的一切都在对着我温柔微笑。稀疏的白桦树的细长的树干

▶ 猎人笔记

泛着白色绸缎一般柔亮的光泽，落在地上的小小树叶就像乌金一样耀眼璀璨，已经染上熟透的葡萄色的那茂密生长的羊齿植物[形容蕨类植物特有的羽片状叶，中文往往翻译为"羊齿植物"或"真蕨类植物"]也在眼前绕来绕去，纵横交错。再过一会儿，眼前的一切又都透出淡青色，所有的光鲜亮丽都无影无踪，白桦树只是白，没有了光泽，白得像刚刚落下、闪烁不停的还没融化的新雪，【写作借鉴：通过白桦树上的光泽、色彩的变化，描绘不同时段白桦树的美丽多姿。】于是毛毛细雨又悄悄地在树林里活泼嬉笑起来，发出悦耳动听的淅淅沥沥声。白桦树的叶子虽然明显有些苍白了，但还倔强地保持着自身的绿；不过在某个地方有那么一棵小小的白桦树，整个都是红色的或金色的。你可以看到，当灿烂的阳光一下子照耀到这些被晶莹的雨水冲洗过的由细枝交错而成的密网时，那小小的白桦树在阳光中是如何的光彩夺目。听不到一声鸟叫。鸟儿都安歇在自己的窝里，默不作声，只是偶尔能听到山雀那讥讽般的笑声。我来这片白桦林歇脚之前，曾带着我的狗穿过了一大片高大的白杨林。说实话，我不怎么喜欢白杨树。我不喜欢它们那白中透紫的树干，那擎得高高的、像被扇动的扇子一样招摇在空中的金属般带着灰绿色光泽的新叶；不喜欢那些呆呆地挂在长叶柄上的凌乱的圆叶不停地摆动。只有在某些夏日的黄昏，当它孤零零地在一大片低矮的灌木丛中竖立的时候，沐浴着落日的余晖，闪烁着，颤动着，金黄灿红的颜色从根到树梢洒满一整片；或者，在晴朗而有风的日子里，整个白杨树在碧空中飒飒摇动和絮絮低语，每一片树叶都争先恐后地摇摆，仿佛都想挣脱，它们想要起飞，飞向远方——只有这个时候的白杨树，才是可爱的。但是总的来说，我不喜欢这种树，所以我从不会停歇在白杨树下，而是来到白桦树林里，来到一棵小树下。因为这棵树的枝条浓密而低矮，用来遮雨是多么惬意。在欣赏了一会儿周围的景色之后，我便沉沉地睡去。这样安稳和甜蜜只有奔波劳累的猎人才能感受到。

不知道睡了多长时间，当我睁开眼睛的时候，阳光已经洒满整片树林。透过那些鲜活亮丽的树叶的间隙，可以看到小块小块的明亮的蓝天。渐渐强劲的风吹散了云朵，无影无踪。天放晴了，空气中有一种树林特有的干爽气息，使人心中充满振奋感。这一切预示着在一天的阴雨之后，即将到来一个晴朗温柔的夜晚。我已经准备站起身来，再去试试我的运气，突然看见不远处一个静止不动的身影。我定神一看，那是一个年轻的农家姑娘。她坐在离我有二十步远的地方，低垂着头，满腹心事的样子。两只手搁在膝盖上，其中一只半张开的手上放着一束五颜六色的正盛开的野花，她每呼吸一下，就会有花瓣慢慢飘落在她的花格子裙上。领口和袖口都扣得紧紧的，洁白的衬衫在她的腰部形成许多短短的皱褶，两条黄色串珠从胸前垂落。【名师点睛：精心的打扮表现她对等候之人的看重。】这姑娘长得很不错。漂亮的浅灰色头发被仔细地梳成两个半圆形，上面还束着窄窄的红色发带，束得很低，几乎压到白得像象牙一般的前额上。她的肌肤被晒成古铜色，只有细嫩的皮肤才会晒成这颜色。她一直没有抬头，所以我总不能清楚地看见她的眼睛。但是我能看到她那高高的、细细的眉毛和长长的睫毛。睫毛是湿的，脸颊上还有很明显已经干了的泪痕，那泪痕一直延伸到有点儿苍白的嘴唇边。除了那有些大的鼻子，整体来说她长得非常可爱。我特别喜欢她脸上的表情，是那样纯真和温柔，那样忧愁，似乎是对自己的忧愁充满了稚气天真的不解。她显然是在等候什么人。树林里有什么东西发出轻微的沙沙声。她立刻抬起头来，四下张望着。终于，我看见了她那鹿一样灵动而怯懦的眼睛，在透亮的阴影中很快地在我面前闪了闪。她睁大了眼睛注视着发出轻微响声的地方，细细听了听，没有发现什么，微微叹了口气。她慢慢把头扭回来，垂得更低，并且慢慢拨弄起野花儿。我能看见她的眼眶发红，嘴唇痛苦地扭动了几下，不过一会儿就有泪珠顺着她浓密的睫毛滑落下来，停留在腮

猎人笔记

上，闪闪发亮。就这样过了很长时间，那可怜的姑娘一动不动，只是偶尔苦闷地挥一挥手，侧耳听着，一直默默等候着什么……树林里又有什么声音响起来——她精神一振。那声音没有停息，而是越来越清楚，越来越近，那是一阵急切而坚定的脚步声。她挺直了身子，那样怯懦的表情又出现在她脸上。她那凝神的目光颤抖起来，放射出期望的光彩。一个男子的身影很快从树林里露出来。姑娘定神一看，脸唰的红了，嘴角止不住地上扬，是格外幸福开心的神色。她想立刻起身，却又低下头，脸也白了，发起窘来——直到那个男子来到她身边站住，她才颤颤巍巍，用恳求的目光看着他。【名师点睛：对姑娘在心上人到来时的神情、动作的描写，生动而又形象，一位青涩纯洁的怀春少女就那样站在了我们面前。】

　　我好奇地暗暗打量了他一下。老实说，我对他的第一印象并不怎么好。从种种迹象来看，他不过是一位资产颇丰的地主宠爱着的侍仆或者亲信。他的服装表明他喜欢追求时髦和漂亮潇洒：他穿着古铜色的短大衣，纽扣一直扣到上面，这衣服应该是他的主人赏赐给他的。系一条两头雪青色的粉红色领带，还戴着一顶镶着金边的黑丝绒的帽子，帽子一直压到眉毛。白衬衫的圆领硬邦邦地撑着他的耳朵，他的腮帮子也被紧紧扎住，浆硬的袖口遮盖住他的手，只有戴着镶有绿松石的金银戒指的红润的手指露在外面。他那红润、鲜艳而厚颜的脸，虽然不丑，却是那种吸引女孩子但却让男人十分厌恶的脸。他正竭力用他那粗鄙的蠢相表演一副轻蔑而厌倦的表情：一直眯着那一双本来就很小的乳灰色眼睛，一边皱紧眉头，一边撇着嘴角，不时还故作漫不经心地打着哈欠，而且摆出不怎么地道的潇洒姿态，时而用手拢拢卷得雄赳赳的火红色鬓发，又或者捻一捻那厚嘴唇上让人恶心的黄色胡须——总之，做作得令人作呕。他一看到在等他的那个年轻农家姑娘，就开始装模作样了。他慢吞吞迈着方步走到她面前，站了一会儿，耸耸肩膀，把两手插进大衣

304

袋里，佯装不耐烦地轻扫了可怜的姑娘一眼，就坐到地上。【名师点睛：详细描写这位男子的做作，与姑娘的真情形成鲜明对比，突出他的丑态，也表现他对姑娘的轻视、不屑。】

"怎么，"他的眼睛依然漫不经心地瞟着别处，摇晃着腿，打着呵欠，懒洋洋地说，"你在这儿等很久了吗？"

姑娘没能够立刻回答他。

"很久了，维克托·亚历山大勒奇。"她用低到几乎听不见的声音回答他。

"噢！（他脱下帽子，用手傲慢地捋了捋从眉毛就开始向两边生长的浓密的头发，威严地朝四周望了望，再小心翼翼把帽子盖在头上。）我不小心给忘了，而且，你瞧，又在下雨！（他又打了一个呵欠）我也挺忙的，要做的事情也不少，不能件件事都照顾到，我出现这么会儿，说不定还要被主人骂呢。我们明天就要动身了……"

"明天吗？"姑娘有点惊慌，惊慌失措地看着他。

"明天……行了，行了，你别哭了。"他看到她浑身打起哆嗦而且慢慢低下头来，立刻有些烦躁地吼道，"阿库丽娜，你不要再哭了，你知道，我受不了这个。（他那圆头的鼻子整个皱了起来）你再这样我就走了，……你真傻，哭什么呀！"

"好，不哭，不哭了，"阿库丽娜急忙说，使劲忍着自己的眼泪，【写作借鉴："使劲忍着自己的眼泪"，将阿库丽娜为了讨好心上人的神态生动形象地描写出来。】"那么，您真的明天就要离开了吗？"她停了一下之后，接着小心翼翼地问，"那什么时候才能跟您再见面呢，维克托·亚历山大勒奇？"

"总还会再见的，或许明年就能见到，不是明年，就是以后。老爷大概是想到彼得堡去做官。"他带着些鼻音漫不经心地回答，"不过，也可能直接去国外吧。"

"那您会忘了我的，维克托·亚历山大勒奇。"阿库丽娜伤心

305

▶ 猎人笔记

地说。

"不，怎么会呢？我不会忘记你的。以后你可要懂事机灵点，别稀里糊涂的，要听你父亲的话……我怎么会忘了你呢？绝不会。"他泰然自若地伸了一个懒腰，打着一个又一个哈欠，很不耐烦的样子。

"您一定不要忘了我呀，维克托·亚历山大勒奇。"她又用恳求的声音说，"我真的很爱您，我的一切都属于您……维克托·亚历山大勒奇。您刚才说，我要听父亲的话……可是我怎么能听父亲的话呀……"【名师点睛：让姑娘听父亲的话，父亲为姑娘安排了什么呢？设下悬念，引起读者兴趣。】

"怎么不能听了？"他用手掌撑住脑袋，一副不耐烦的样子，这话仿佛是从胃里说出来的。

"我怎么能听他的话呢，维克托·亚历山大勒奇？您是知道的……"

她不说话了。维克托一直摆弄着自己的钢表链子。

"阿库丽娜，你是个聪明的女孩子，"他终于说起话来，"所以你不要说傻话。你也知道，我说这些都是为了你好。当然，你不傻，可以说，你又不是那些乡巴佬女孩子，你的母亲同样不是。但是不管怎么说，你并没有读过书，所以，别人对你说什么，你都该顺从。"

"但是那样多可怕啊，维克托·亚历山大勒奇。"

"咦……别瞎说，亲爱的，这有什么可怕的。你手上拿着什么？"他向她移近些，又说，"花儿吗？"

"是花儿。"阿库丽娜闷闷不乐地说，"这是我采的艾菊。"她多少提了提精神，又说道，"牛犊很喜欢吃。对了，这花还有个名字叫鬼针草，可以入药。您再看，这些花儿多好看啊，我还从未看见过这么好看的花儿呢。还有，这是勿忘草，这是香堇菜……还有这一些，都是我专门为您采的。"她说着，从黄黄的艾菊下面拿出一小束已经用细细的小草捆扎好的浅蓝色矢车菊，【名师点睛：用心地挑选和准备，体现着少女一颗纯洁爱慕的心。】"您要吗，喜不喜欢？"

维克托懒洋洋地伸出一只手，漫不经心地接过花，随意闻了闻，在手中胡乱地转着，一面带着若有所思的高傲神气朝天上望着。阿库丽娜看着他……那位姑娘带着些惆怅的眼光，十分倾心地望着他，那眼神中是无法抑制的爱慕之情。她怕他，不敢哭，又要跟他道别，也许是最后一次这样近地看他。他却像土耳其皇帝一样摊开胳膊和腿躺着，而且带着宽宏大量的忍耐和俯就态度接受她的膜拜。说实话，看着他那张脸，我一直是愤怒的状态。那张脸上，透过装出来的轻蔑淡漠表情，实际上是一种虚伪的满足和让人恶心的自负。阿库丽娜此时此刻非常动情：她整个的心灵又信任又热情地向他打开，向他表示自己最深沉的热爱，表达自己的依赖，但是……他把矢车菊扔在草地上，从大衣旁边的口袋里掏出一片镶铜边的圆玻璃，戴在眼睛上。但是不论他怎样皱拢眉头、耸面颊，甚至耸鼻子，想让那个玻璃片卡在脸上，那玻璃片还是往外滑，最后掉到他的手掌里。

"这是什么？"阿库丽娜有些惊讶。

"单眼镜。"他神气活现地回答说。

"这是干什么的呢？"

"戴了可以看得更清楚。"

"能给我看一下吗？"

维克托皱起眉头，但还是把玻璃片递给了她。

"小心一点，别打破了。"

"放心吧，不会打破的。我一点也看不见呀。"她一边天真地说，一边有些怯懦地把玻璃片按到一只眼睛上。

"你把另一只眼睛闭上啊。"他用不满意的老师的口气说。她把罩上玻璃片的那只眼睛闭上。

"不是那只眼睛，笨蛋，是另外一只！另外一只！"维克托叫道，

▶ 猎人笔记

而且没有让她矫正错误，直接从她手中抢走了单眼镜。【名师点睛："抢"字能表现他对单眼镜的宝贝和爱护，另一方面来看，也是他对姑娘的漠视和不在乎。】

阿库丽娜脸红了红，对他的粗鲁没有任何抱怨。

"可见，这种东西我们这些人是用不了的。"她说。

"那当然！"

可怜的姑娘沉默了一会儿，深深地叹了一口气。

"唉，维克托·亚历山大勒奇，您要是走了，我该怎么办呢？我们的婚事……"她突然说。

维克托用衣襟擦了擦单眼镜，就又装到口袋里。

"是啊，是啊，"他终于说起话来，"的确，你开头会非常难受的。哦，是啊，是啊，我知道你是个好姑娘。"维克托一边说着一边故作体贴地拍拍她的肩膀。而那姑娘轻轻地从自己的肩膀上拉下他的手，害羞地亲吻。他得意地笑了笑，接着说："可是有什么办法呢？你自己想想看！我也是身不由己啊，我和老爷是肯定不能留在这里过冬的，你知道的，乡下的冬天可有得受。在彼得堡那就不同了！在那儿，真是妙极了，像你这样的傻姑娘，是做梦也想不到的。那里有高楼大厦，宽敞明亮的街道，还有来来往往博学多识的人们——简直不得了！……"

阿库丽娜像孩子一般微微张着嘴，贪婪地吸收着他说的那些信息。

"不过，"他在地上翻了个身，又说，"我跟你说这些有什么用？反正你不会懂。"

"为什么不说呀，维克托·亚历山大勒奇？我懂的，我都懂的。"

"就你那样子。"

阿库丽娜低下了头。

"你从前跟我说话可不是这样的，维克托·亚历山大勒奇。"她说，并没有抬眼睛。

"以前？……以前呢！你怎么能说这种话，说什么以前！"他似乎很恼火地说。

他们两个都不作声了。

"行了,我要走了。"维克托说过,已经用胳膊肘把身子撑起来……

"您再陪我一会儿吧。"阿库丽娜用恳求的声音说。

"还等什么等,我们已经告别了。"

"再陪我一会儿吧。"阿库丽娜又说一遍。

维克托又躺下了,而且吹起了口哨。阿库丽娜的眼睛一直没有离开他。我能懂她,她在急切地期待着什么。她的嘴唇哆嗦着,苍白的面颊有些红了……

"维克托·亚历山大勒奇,"她断断续续鼓起勇气说着,【名师点睛:"断断续续""鼓足勇气",是担心心上人生气,也是不愿再忍耐。】"您变了,您真的太狠心了,维克托·亚历山大勒奇,真的!"

"我怎么就狠心了?"他皱起眉头问道,并且微微抬起头,终于正面对着她。

"太狠心了,维克托·亚历山大勒奇。至少在分别的时候对我说几句好话儿呀,就算一两句也行啊,对我这个可怜的人……"

"那我对你说什么呢?"

"我不知道。这您更清楚,维克托·亚历山大勒奇。您就要走了,总该跟我说些温柔体贴的话啊……以后就只有我一个人了。"

"你真的很奇怪,我又能怎样呢?"

"总应该说句话呀……"

"哼,你还是这一套。"他懊恼地说,站起身准备离开。

"您别生气,维克托·亚历山大勒奇。"她勉强憋住眼泪,急忙说。

"我没生气。你就是个蠢货,你还想我怎么样?不就是我不能娶你吗?不就是不能吗?嗯,那你还想我怎么做?还想怎样?"【名师点睛:维克托的粗俗无情与姑娘的一片痴情形成鲜明的对比,凸显男人的无情和狠心。】他把脸伸出来,似乎是等候回答,同时张开着手指。

309

▶ 猎人笔记

"我什么也……什么也没想。"她结结巴巴地回答说，有些胆怯地颤抖着把手向他伸过去，"在分别的时候，您就算对我说一句体贴关心的话也好啊……"

终于，她的泪水收不回去了，泉涌一样流下来。

"瞧，老是这样，又哭起来了。"维克托冷冷地说，并且把帽子从后面往前拉了拉，压到眼睛上。

"我能想什么呢？"她抽搭着，并且用两手捂住脸，又说下去，"可是今后叫我在家里怎么办，怎么办呀？我以后要怎么活下去呢？我这个苦命人能怎么样呢？他们会把我这个孤苦伶仃的人随意打发一个人嫁了。……我的命好苦啊！"

"老是这样，老是这样。"维克托在原地倒换着两只脚，不耐烦地嘟囔着。

"就算只说一句安慰我的话，一句也好啊……就说，'阿库丽娜'，就说，'我……'"

突然，她撕心裂肺地痛哭起来，说不下去了。她扑倒在草地上，伤心欲绝地号啕大哭……她的整个身子不住地抽搐着，后脑勺一个劲地颠动着……一直隐忍的痛苦终于爆发，无尽无穷地涌出来。维克托在她旁边站了一会儿，很不耐烦地等了一会儿，耸了耸肩膀，转过身去，就这样走了。【名师点睛：没有去劝慰，没有心疼，也没有内疚，一走了之。体现这个男人的冷漠和责任感的缺失。】

过了一会儿……她不哭了，抬起头，腾地站起来，四处看了看，发现他已经不见了，懊恼地拍了一下手，就想追上去。可是她两腿发软，猛地跪倒在地上。我实在于心不忍，就向她奔过去。可是她一看见我，不知从哪里来了一股劲儿，轻声尖叫一声，迅速地爬起来躲进了密林中，只有那些被主人抛弃的花儿洒落在原地。

我站了一会儿，拾起那束矢车菊，走出树林，来到田野上。澄澈而淡白的天空上太阳低低地挂着，阳光似乎也淡了，冷了。它的光芒不再有强烈的热量,慢慢变弱成一片均匀而柔和的亮光。离黄昏不过半个钟头了,晚霞刚刚出现。那金黄干燥的庄稼被一阵一阵的风扫动摇摆,迎着我急急地吹来;一片片卷曲的小小落叶迎风扬起,贴着树林,沿着旁边的大路向远方飞去;田野边的大树迎着风摇曳生姿,颤抖着,闪烁细碎微弱的光,是那般柔和;在微红的草地上、麦秸上,蜘蛛丝无处不在地闪烁着。我站着,有些惆怅,万物凋零是属于秋季的本色,但面对这凄凉的场面,心中备感压抑,似乎可以看到不远的冬天正静悄悄、凄凄惨惨地迫近。一只小心谨慎的乌鸦,猛烈地划过长空,在我的头顶一掠而过,又转过头来,朝我斜睨了一眼,嘎嘎叫着,飞到树林那边去了。打谷场上,一群鸽子迅速腾飞起来,在空中盘旋成白柱状,稍后就散落在田野上——这是秋天的特征!光秃秃的小丘后面有人驾车而过,那空车轰隆轰隆地响着……

我已经回家了,但是可怜的阿库丽娜的悲伤一直在我脑海里显现着。那束被她丢弃的矢车菊已经枯萎了,但我一直珍藏着,就当作这一段故事的纪念。

知识考点

1.填空题。

稀疏的_____的细长的树干泛着白色绸缎一般柔亮的光泽,落在地上的小小树叶就像乌金一样耀眼璀璨,已经染上熟透的_____的茂密生长的_____,也在眼前绕来绕去,纵横交错。

2.选择题。

屠格涅夫在( )的深刻影响下创作出《猎人笔记》。

A.文艺复兴运动　　　　　B.俄国解放运动

C.五四运动　　　　　　　D.十月革命

▶ 猎人笔记

3.问答题。

作者是怎样向读者展现姑娘等待心上人时的情景的?

阅读与思考

1.请简述本篇大致内容,并说说本篇主题与其他篇目的不同。

2.作者在本篇小说中运用了大量的环境描写,请做简要赏析。

3.请根据你的理解,分析作者是如何刻画人物心理状态的。

希格雷县的哈姆雷特

M 名师导读

在一次打猎的旅途中，"我"受到邻村一个小地主的邀请，去参加他家为某个显贵人士举行的聚会。那天晚上，"我"和一个自称"哈姆雷特"的客人睡在同一间房。难以入眠的夜晚，这个陌生人向"我"敞开心怀，讲述他曲折离奇的人生遭遇⋯⋯

有一次在游猎途中，我应邀去一位富裕的地主和猎人亚历山大·米海雷奇·格家赴宴。他的村子离我当时所住的小村子大概五俄里远。我穿上燕尾服——我衷心地奉劝各位只要出门就穿上这么一套服装，即使是去打猎，也要穿上它——就到亚历山大·米海雷奇家去了。宴会定于六点钟开始，我五点钟的时候就到达了那里，在那里碰到了许许多多穿制服、便服和其他一些名贵服装的贵族们。主人亲切地接待了我，但很快又向管着餐厅的奴仆的房间跑去。他正激情澎湃地等待一位大人物，心情有些激动，这和他在社会上和财富上所处的独立地位是完全不相称的。【名师点睛：他的地位与财富本身就是属于"大人物"级别，现在让他激情澎湃等候的，一定是一位身份更加尊贵而独特的"大人物"。】亚历山大·米海雷奇对女人不感兴趣，孤身一个人，那些和他交往的聚会的人大多也是些单身汉。他生活阔绰，把祖传的府邸加以扩建，装修得奢华堂皇，每年从莫斯科订购一万五千卢布的酒。他在这一片是极有名望的。亚历山大·米海雷奇早已退休，但是他并没有得到任何的名誉和头衔⋯⋯那么究竟是什么原因使他一定要

▶ 猎人笔记

请一位当官的客人光临，而且在这场宴会即将举办的清晨就激动不已呢？这正如我熟悉的一位法官在有人问及他是否会非常乐意别人赠送他财富时所说的：无可奉告。

　　同主人分开后，我便在不同的房间穿梭。客人我几乎全不认识。已有二十来个人围着牌桌在打牌。在这些朴烈费兰斯的爱好者当中有两个军人，他们气度威武不凡，但是看着有些衰老憔悴。还有几个文官，领带打得又高又紧，染了色的八字胡垂挂下来。这样的胡须往往只有那些果敢勇毅而且克己守礼的人才会蓄的(这些心地善良的人一本正经地理着牌，对那些在身边来往经过的人头都不会转动一下，只是斜着眼看看他们)。【名师点睛：克己守礼的人会因为娱乐而斜视、无视来人吗？反讽这些人的虚伪。】还有五六个县里的官吏，一个个大腹便便，脑满肠肥，两只胖乎乎的手满是汗渍渗出来的油腻，两条腿规规矩矩的，动也不动一下。这些绅士说话时轻声细语，对着不同方向扮着亲切和蔼的笑容，把手里的牌紧靠着胸前拿着，出王牌的时候也不敲响桌子，而是颇为优雅地将牌甩到桌上，收拢牌时发出一种轻轻的、极度斯文的摩擦声。其余的贵族或坐在长沙发上，或成群挤在门口和窗户旁边。还有一位年纪不太轻，举手投足都像个小姑娘一样的地主站在屋角，打着哆嗦，红着脸，把玩着肚子前面挂着的表坠，虽然并没有人注意他。有几个绅士穿着莫斯科裁缝——终身行会师傅菲尔斯·克留欣做的圆摆燕尾服和格子西装裤，肆无忌惮地高谈阔论着，他们那早已秃了却抹着非常厚重的头油的头随意转动着。一个高度近视、浅色头发、二十来岁的年轻人，一身黑色装扮，看似腼腆实则刻薄地冷笑着……

　　然而我已经感到有些寂寞了，突然有个名叫沃伊尼岑的人来到我跟前。他是一位还未完成学业的年轻人，寄住在亚历山大·米海雷奇家里，是亚历山大·米海雷奇家的……我也很难说清楚他到底是一个什么样的人。他枪打得非常好，又善于训练猎犬。在莫斯科的时候我就已经与他结识。他属于这样一种年轻人：他们在每一次考试时往往"装木头人"，也就是说，不管教授们提出什么问题，他们一句都回答不上来。为了追求音节的美妙，人们称这些先生为"蓄络腮胡子的人"（大家都能想得到，这都是很久之前的事情了）。事情是这样的：譬如，让沃伊尼岑去应试。在叫到他的名字之前，沃伊尼岑会端正身体老实地坐在自己的座位上，这时他却浑身上下大汗淋漓，缓慢地转动脑袋四处环顾，站起身来，急急忙忙地把纽扣一直扣到制服上面，侧着身挤到考试桌前。"请拿一道题目。"教授很愉快地对他说。沃伊尼岑伸出手去，胆战心惊地去那堆试题里抽选。"请不要挑选。"一个外来的参加监考的很容易激动的小老头，声音颤抖着对他说。那是别的专业的教授，突然愤恨起这个不幸的蓄络腮胡子的人。沃伊尼岑乖乖地顺从自己的命运，取了一张试题，出示了号码，便走到窗口坐下，静静等待前面的考生回答完题目。沃伊尼岑坐在窗口，眼睛盯着试题，偶尔像刚才一样静悄悄地环顾四周，但肢体却一动不动。这时前面的考生回答完了问题，教授们按照他的才能，对他说了一句："可以了，你可以回去了。"甚至对那些很满意的回答说："很好，好极了。"这回叫到沃伊尼岑了。沃伊尼岑站起来，坚定地迈着步子走到考试桌前。"请把试题念一下。"教授对他说。沃伊尼岑双手把试题拿到鼻子底下，慢腾腾地念着，然后缓慢地把手垂下来。"现在你可以开始答题了。"那位教授懒洋洋地说，他把双手抱在胸前，靠在背后的椅靠上。<u>考场里像坟墓一样寂静</u>。【写作借鉴：恰当而又夸张的比喻，将考场的安静形象生动地描绘出来。】"你有什么问题吗？"沃伊尼岑一声不吭。外系来的小老头有些不耐烦。"你说话呀！"沃伊尼岑还是一声不吭，像是突然傻掉一样。全班的同学都惊奇又有些嘲笑地盯着他那剃得光光的后脑勺。那外系来的小老头的眼珠子几乎要弹出来：他恨透了沃伊尼岑。"这太奇怪了，"另一个监考人说，"你为什么像个哑巴一样一言不发？如果你回答不出来，你可以跟我们说呀。""请允许我另拿一张试题。"不幸的人用低沉的

猎人笔记

声音说。教授们交换了一下眼色。"好，你换吧。"主考人挥了一下手回答。沃伊尼岑又拿了一张试题，再次回到窗前，坐到考试桌前，又像死人一样一声不吭。外系来的小老头恨不得把他整个儿生吞下去。最后教授们把他赶出去，给了他极大的一个"零蛋"。您以为现在他至少会跑出去了吧？没有这回事！他仍然坐在自己的座位上，像之前一样一动不动地坐着，直到考试结束，边向外走边大声地感叹着："唉，挨了一顿骂！这考试怎么这么难啊！"这一整天他就在莫斯科闲逛，有时抓抓自己的头皮，痛苦地咒骂自己这种无能的命运。当然，那些书本他是懒得去碰一下的，到了第二天早晨，一模一样的一幕上演了。【名师点睛：没有勤奋努力、追求上进的精神，只有一味地怨天尤人，能看出此人的慵懒愚昧。】

现在，就是这个沃伊尼岑来到我跟前。我和他聊莫斯科，聊打猎。

"您愿意不愿意，"他突然轻声对我说，"给您介绍一位本地废话最多的人？"

"那就劳驾了。"

沃伊尼岑把我领到一个小个子、有着高高的额发和留着胡须，身穿咖啡色燕尾服、还打着一个花领结的人面前。他那肝火旺盛、狡猾善变的面容显示出他的聪明和刻薄；还有他嘴角不时露出的笑容，给人一种讽刺而轻蔑的感受；一双眯细的黑眼睛从不整齐的睫毛底下露出粗鄙恶心的眼神。他身边站着一个地主，那位地主身材肥硕，态度随和，是一副甜蜜而温柔的样子——十足是个甜得发腻的人——还是个独眼。他在小个子说出俏皮话之前已先笑了，开心得全身上下都酥软激动。沃伊尼岑把我介绍给这位爱说俏皮话的人。他叫彼得·彼得罗维奇·鲁皮欣。我们对彼此致以最深厚的敬意。

"请允许我给您介绍我一位最好的朋友。"鲁皮欣抓住那甜蜜的地主的手，用那种腻到刺耳的声音对着我说道。"别固执了，基里拉·谢利法内奇，"他说，"我又不会吃了你，来吧。"他继续说，而这时手足无措的基里拉·谢利法内奇一个劲地对他弯腰表示感激，那样子就像是肚子掉了下来似的。"来吧，让我来给各位介绍一下，这是一位极其出色的贵族。他五十岁以前身体极好，但是他某一天心血来潮想要治一治自己的眼疾，结果把自己一只眼睛给治瞎了。后来他给自己的农民治病，也得到了差不多的效果……【名师点睛：在自己失明之后没有及时收手，而是让自己的农民接着做自己的小白鼠。体现基里拉·谢利法内奇对农民的轻视与无情。】不过，当然啰，他们对他还是忠心耿耿……"

"您这个人真是的。"基里拉·谢利法内奇喃喃地说，但很快又放声大笑起来。

"您说下去啊，我的朋友，喂，接着说啊。"鲁皮欣接着说，"您这个人哪，就算要去竞选做官，也肯定会被选上的。您等着瞧吧。到那时，当然会有陪审员来帮您出主意的。不过，有时候您还是得亲自出面的。万一有什么事的话，哪怕说说别人的见解也好。要是省长大驾光临，他会问：'法官为什么说话结结巴巴的？'那么，就会有人回答说：'他得了麻痹症。'省长就会说：'要不给他放放血试试。'您处于这样的地位，一定会同意。您要知道，这样的事情是相当损颜面的。"

甜蜜的地主笑得前仰后合。

"您看他笑的，"鲁皮欣继续说，幸灾乐祸地看着基里拉·谢利法内奇颤动的肚子，"他怎么可能忍住不笑呢？"他转过身来对我说，"他啊，吃得饱穿得暖，健康无害，没有孩子，不需要拿农奴去抵押，甚至为他们看病，他的太太又粗陋愚蠢。"基里拉·谢利法内奇稍稍扭过身子，仿佛没有听见他的话，仍在哈哈笑着。【名师点睛：任由外人侮辱自己的妻子，能看出这个男人非常懦弱。】"我也要哭，我老婆跟一个土地测量员跑了。您不知道这件事？怎么会！她突然就下定决心私奔了，还给我留下一封信：亲爱的，她说，彼得·彼得罗维奇，原谅我，我被爱情陶醉了，和我的心上人走了……而土地测量员之所以吸引她，不过就是不爱剪指甲，总是穿一条紧身裤而已。您感到奇怪吗？您会说，

317

▶ 猎人笔记

这个人真坦率。生在我们草原上的兄弟就是这么坦诚！不过我们还是走到旁边点好……干吗跟未来的法官站在一起……"

他挽住我的手，一起来到窗户边。

"这儿的人都认为我是个俏皮的人，"谈话中他对我说，"您可别相信他们的鬼话。我只不过是个不满现实的人，性情有些浮躁，一有不顺心就会大声咒骂。实际上，我为什么要跟人家客客气气呢？别人对我的看法我从来不在意，我也不想得到什么好处，我就是个坏人——这到底是怎么回事呢？坏人至少不必整日低眉顺眼去讨好别人。【名师点睛：不管人品如何，通过他的话语，我们能了解他不顾别人眼光、我行我素的直爽个性。】这有多么快活，您真不会相信……您看，譬如说，您看看我们的主人！他每日那样奔忙，为了什么呢？一会儿看看表，一会儿扮笑脸，一会儿又被吓得全身是汗，装出一副煞有介事的样子，却让我们饿肚子？这又有什么呢——不过是个当官的罢了！瞧，瞧，他又忙起来了，还瘸着腿呢，您看。"

于是鲁皮欣尖声笑了起来。

"只有一点不足，没有太太们，"他长长地叹了一口气，又接着说，"是个单身汉的宴会，要不然我们这些弟兄就快活了。您看，您看，"他突然大声喊叫起来，"科泽尔斯基公爵来了，就是那个高个子男人，蓄着大胡子，戴黄手套的，一眼就看得出是到过外国的……他总是姗姗来迟。我告诉您，他是个傻瓜，就像商人的一匹马。您要是看见过就好了，他跟我们这帮人说起话来是多么客气，对我们那些如饥似渴的母亲和女儿们的恭维话又表现得气度不凡！……他有时也说几句俏皮话，尽管只是顺路来这里歇歇脚。可他是怎么说俏皮话的！就像钝刀子割绳索一模一样。他看我不顺眼……我去跟他打个招呼。"

于是鲁皮欣向公爵跑去。

"您瞧，这就是我的仇人，"他突然又走到我身边跟我说，"您看到了吧，就是那个棕黄色皮肤，头上长着硬毛的胖子。就是那个人，那

318

个手里抓着帽子，沿着墙角过来，像饿狼一样四处张望的人。我曾经将一匹价值一千卢布的马，卖给他四百卢布，这个可恶的家伙如今有权轻视我了。你对他说：'您好。'可他却回答：'什么事？'您看，一位高级官员来了，"鲁皮欣继续说，"一位退休的高级文官，破产的高级文官。他有一个甜菜糖女儿，一座患瘰疬病的工厂，【名师点睛：实际语序是：一座甜菜糖的工厂和一个患瘰疬病的女儿。】对不起，我说错了……不过，您是懂得的。啊！建筑师也到这儿来了！一个德国人，蓄着唇髭，可是业务一窍不通，真是咄咄怪事！……不过，他又何必精通业务呢？他只要收受贿赂，替我们这些柱子贵族[即世袭贵族，俄语"世袭"词根为"柱子"]多竖几根柱子就行了！"鲁皮欣又哈哈大笑起来……但是突然，一种兴奋的激动情绪传遍了整座屋子，一位显贵驾临了。主人急忙向前厅奔去。几个忠实的家人和殷勤的客人也跟着奔去……热烈的谈话声变成柔和愉快的絮语声，宛如春天的蜜蜂在蜂房里发出的嗡嗡声。只有一只不肯安静的黄蜂——鲁皮欣，和一只耀武扬威的雄蜂——科泽尔斯基没有压低自己的声音……瞧，蜂王——那位显贵终于进来了。【写作借鉴：用蜂王比喻那位显贵的"大人物"，生动形象地表达他的身份，也展现出人们一窝蜂拥过去奉承的讽刺场面。】人心都向着他飞去，坐着的身子也欠起身来，甚至那个廉价向鲁皮欣买了一匹马的地主，也低下下巴，抵住胸膛。那位显贵始终保持着自己的威严。他频频仰起头，似乎在向别人点头致意，说了几句赞许的话，每说一句话，首先总要用长长的鼻音"啊"一声。他极其愤怒地看了看科泽尔斯基公爵的胡子，向拥有工厂和女儿的破产高级文官伸出左手的食指。过了几分钟——在这几分钟里，这位显贵已经两次表示他很高兴，他赴宴没有迟到——所有的人便向餐厅走去，大人物走在前面。

　　不必向读者详细描述，如何将那位显贵人士放到首席，高级文官和省首席贵族之间——这位首席贵族表情放松而庄重，跟他那件浆硬的胸衣、宽敞的背心以及装着法国烟草的圆形鼻烟壶搭配很得当。主

猎人笔记

人如何张罗，奔走，忙乱，敬客，路过那位显贵身边，对着他的脊背微笑着，就像小学生一样。在屋角，他如何匆忙喝下小盆汤，或是吃一块牛肉。管家如何端上一条大概一俄尺半的大鱼，鱼的口里还有一束花。一些穿制服的仆人如何板着脸，侍奉着每个贵族，一会儿为他们斟上马拉加葡萄酒，一会儿替他们斟上马德拉葡萄酒；差不多每个贵族，尤其是年纪大的，是如何配合地勉强喝下一杯又一杯；最后，人们怎样嘭嘭响地打开香槟酒，举杯互祝健康。所有这一切，读者想必都了如指掌了。但我觉得特别精彩的是那位显贵在众人高高兴兴地洗耳恭听[恭敬而专心地听（请人讲话时说的客气话）]的时候亲口讲述的一段趣事。

有一个人，大概是那位破产的高级文官，他很熟悉最新的文学动态，提到了女性的一般影响，尤其是对年轻人的影响。"对，对，"那位显贵接着说，"这话说得对。对年轻人就应该严加管教，要不然他们一看见女人的裙子就会神魂颠倒。"所有的客人脸上都掠过一阵孩子般快乐的微笑，有一个地主的目光里甚至闪烁着感激之情。"因为年轻人都很懵懂。"这位显贵强调了"为"字，想必是为了表示他的权威，有时要改变单词通行的重音。"就譬如说我的儿子伊凡吧，"他继续说，"这个傻瓜只有二十岁，可他却突然对我说：'爸爸，让我结婚吧。'我对他说：'傻瓜，你先得谋个差事……'嘿，他又是失望，又是流泪……可是我……不理他……"这位显贵说出"不理他"这句话似乎不是从嘴里，而是从肚子里说出来的。【名师点睛：通过说话的方式展示自己的威严，以打击、伤害自己的儿子为乐趣，体现了他的无知愚蠢。】他沉默了一下，对身旁的高级文官威严地看了一眼，把眉毛高高扬起，高得让人无法想象。高级文官愉快地向一侧点点头，极快地眨巴着，瞧着显贵的那只眼睛。"结果怎样呢，"那位显贵又说了起来，"如今他给我写信，跟我说，爸爸，感谢您教育我这个笨蛋……看来，事情就应该这样办。"在场的客人当然一致赞同那位显贵的看法，似乎因为得到满足和教导而

高兴起来……宴会结束后，所有的客人都站了起来，来到客厅，发出巨大而且不太体面的、好像这种场合能够忍耐的嘈杂声……坐下来打牌。

我好不容易等到晚上，关照马车夫明天早上五点钟给我套好马车，就去睡觉了。但是就在这一天里，还有一个很奇特的人等着我去认识。

由于来客很多，谁也不可能单独睡一个房间。亚历山大·米海雷奇的管家把我带进一个绿莹莹的潮湿的小房间，那里已住着一个脱光了衣服的客人。看见我进来，他立即钻进被子里，把被子一直盖到鼻子上，【名师点睛：快速躲起来体现这个人的警惕与胆怯。】在松软的羽毛被子下翻腾了一会儿才安静下来，接着便从他那棉布睡帽的圆帽圈底下满怀戒心地注视着我。我走到另一张床（房间里共有两张床）跟前，脱了衣服，便躺到潮湿的被褥里。邻床的人在床上翻来覆去……我向他道了晚安。

半小时之后，我无论尝试什么方法，都没能睡着：一些朦朦胧胧的想法如同扬水机上的吊桶一样，七上八下，一个接一个不停歇地涌现在我的头脑里。

"您好像睡不着吧？"我的邻床说。

"是啊，"我回答，"您也睡不着吧？"

"我始终没睡着。"

"怎么会这样？"

"就是这样。我自己也不知道为什么，躺着，躺着，可就是睡不着。"

"既然您不想睡觉，那您干吗躺到床上去？"

"那您叫我干什么呢？"

我没有回答邻床人的问话。

"我特别好奇，"他想了一会儿，继续说，"为何这里没跳蚤，哪里会有跳蚤呢？"

我说："看来你有些怜悯它们。"

"不，不是怜悯，只是我喜欢所有的事情都符合逻辑。"

321

猎人笔记

"原来如此，"我想，"他用的是什么词儿啊。"

邻床的人又沉默了下来。

"您愿意跟我打赌吗？"他突然高声说。

"赌什么事？"

邻床的人开始让我感兴趣了。

"唔……赌什么事？就赌这件事：我相信，您把我当作傻瓜了。"【名师点睛：突如其来的一句话让"我"吃惊，同样也是体现邻床的人的自卑。】

"没有的事。"我吃惊地嘟囔着。

"把我当乡下人，当大老粗了……您承认吧……"

"我还没有认识您的荣幸，"我并不认同这个观点，"您为何会这么认为呢？"

"为何这样认为？因为您说话的声音，您这样随意回答我的问题……可是，我跟您想象中的那种人绝对不一样。"

"请听我说……"

"不，您听我说。首先，说法语我不比您差，说德语甚至比您好；其次，我在国外待了三年，光在柏林就住了八个月。我研究过黑格尔，先生，我能背诵歌德的作品；此外，我曾长期恋着一位德国教授的女儿，回国后我娶了一位患肺病的小姐，她虽然掉了头发，人品却极好。可见我可以跟您平起平坐。我不像您认为的那样，是个乡下人……我也经常痛苦地反省，我从来都是直言不讳的。"【名师点睛：没有听"我"过多解释，自言自语地自我辩解。从邻床的自白我们能看出他的自卑与敏感，一再强调自己的经济条件与自我修养；即使与"我"没有太多交集，但是固执地认定"我"和仆役们因为他的外表和经济看不起他。】

我抬起头，以双倍的注意力看看这个怪人。在夜灯幽暗的光线下，我勉强看清了他的面貌。

"喏，您看看我，"他将睡帽整理一下，接着说，"您大概疑惑：为何我今天没有留意他？我跟您说，您为何没注意我——那是因为我说话声音不大；因为我躲在其他人身后，站在门后，同别人都没说话；因为管家端盘子从我这里路过时提前将臂肘抬到我胸口那么高……为何会有这种事情呢？原因有两点，一是因为我贫穷，二是因为我与世无争……您实话实说吧，是不是没有留意到我？"

"我确实没有这种荣幸……"

"不错，不错，"他打断我的话，"这我知道。"

他抬起身子，把手抱在胸前。他的睡帽的长长影子折射到天花板上。

"请您坦率地说，"他突然侧目看了我一眼，又说，"您一定觉得我是个很古怪的人，也就是通常所说的怪物，或许更坏，也许您以为我是假装的怪人吧？"

"我还是要再次表示，我对您不了解……"

有一瞬间，他低下了头。

"为何我要跟您这个从未见面的人谈这些呢？——天啊，我不知道！（他哀叹一声）并不是因为我们心有灵犀[原比喻恋爱着的双方心心相印。现在泛指彼此的心意相通。灵犀：旧说犀牛是灵兽，它的角中有白纹如线，贯通两端，感应灵异]！您和我都是正直之人，换句话说，都只管自己的事情。您和我，我和您，并没有什么关系，是这样吧？但我们都失眠……那为何不聊天呢？我很有兴致，对我来说，这点很难得。您也看得出，我很怕难为情。我怕难为情，并非因为我是个外乡人，没有一官半职，是个穷人，而是因为我是个自尊心很强的人。可是有时候，我心境很好，这种偶然发生的情况我自己既不能决定，也不能预见。在这种情况下，我完全不怕难为情了，譬如现在就是这样。可是，也许您想睡觉了吧？"

"相反，"我连忙回答，"跟您聊天我很愉快。"

"您是说，我令人感到愉悦——那太好了——如果是这样，我就跟您说，这里的人大部分都叫我为怪物，也就是说，那些人闲来无事聊天的时候偶尔说起我，都是这样叫我的。'没有一个人在乎我的死活。'

▶ 猎人笔记

【名师点睛:此句出自莱蒙托夫的抒情诗《遗嘱》。】他们打算欺辱我——啊,我的天,如果他们知道……我被大家议论纷纷,其实我什么也不怪,我就是有些出格。例如,现在我跟您聊天,就是有些出格。只是这些出格并没有妨碍他人,这是很普通的,根本不值得一说的怪癖。"

他向我转过脸来,两手挥了一下。

"先生!"他喊了一声,"我认为,总的说来,只有怪人才能活在世界上,只有他们才有生存的权利。'我的杯子虽不大,但我喝的是自己杯里的水。'【名师点睛:出自法国诗人缪塞的诗句《杯与嘴》。】有人这么说。您看,"他低声插了一句,"我的法语说得多纯正。【名师点睛:一再强调自己法语发音的纯正,也是一再体现他的不自信。】我认为:即使您的脑袋很大,能装下很多东西,您什么都能理解,见多识广,紧跟时代的步伐,可是您还是没有一点自己的、特别的、本身独有的东西!这不过是在世界上增加了一个装着老生常谈的仓库,又能给谁带来满足呢?不,即使您很愚蠢,但您也应该有自己的见解!应该有自己的风貌,自己特有的风貌,就是这么回事!您不要以为我对这种风貌的要求很高……才不呢!这样的怪人很多:不管您往哪儿看,到处都是怪人。每一个活人都是怪人,可我不在其中!"

"其实,"他稍稍停顿一下,继续说,"当我年轻的时候,抱负多么远大啊!出国前和回国后的那段时间里,我多么清高啊!是的,在国外的时候,我时刻保持着高度的警觉,就好像我们这种人应该那样,总是一个人。我们不断探索着,探索着。只是到了最后,您瞧,最浅显的问题都没弄明白!"

"怪人,怪人!"他带着责备的神情摇摇头,接着说,"人人都叫我怪人……可实际上,世界上再没有一个人比我更正常了。我大概生来就是一个模仿别人的人……真的!我的生活也仿佛是在模仿我研究过的各种各样的作家,我活得很累。我读过书,谈过恋爱,最后还结了婚,这一切都好像不是自愿的,而仿佛是在履行一种义务,或者在上一门课——谁搞得清！"

他从头上摘下睡帽，把它扔在床上。

"不如我为您讲述一下自己的生平经历吧，"他声音断断续续地询问着，"或者，将我生活中的几个关键事件讲给您听？"

"那就请吧。"

"不，还是让我告诉您我是怎么结婚的吧。结婚原是一件大事，是每个人的试金石。它就像一面镜子，反映出……不，这种比喻太陈旧了……【名师点睛：不断运用华丽的辞藻和带有书面形式的口语表达自己的观点，反而更能体现他的不自然和自卑；也表现出他强烈的自尊心。】对不起，我要嗅嗅鼻烟。"

他从枕头底下取出鼻烟壶，打开盖子，摇着打开的鼻烟壶，又说起话来。

"先生，请您设身处地替我想一想……请您自己判断一下，我能从黑格尔的百科全书中得到什么样的，请问，得到什么样的好处？请问，在这种百科全书和俄罗斯生活之间有什么共同之处？您叫我怎么把它运用到我们的生活中来，不光是这种百科全书，而且一般说，还有德国哲学……甚至——科学？"

他在床上跳起来，咬牙切齿地小声嘟囔着：

"哦！原来是这样啊，原来是这样！……照这么说，你为何还要去国外呢？你为何不在家里待着呢，不就近研究你身边的生活呢？如果这样，你就能明白生活的要求和未来，也能了解你的所谓使命了……唉，不说了。"他又用另一种声调，似乎在替自己辩护，有些怯弱，继续说，"那些在先哲们书里写的东西，让我们去哪里研究啊！我乐意向它，向俄罗斯生活学习——只是，我的宝贝，它默不作声。【名师点睛：为自己的学业不精找一些冠冕堂皇的借口。】它说，您就这样理解我吧。可我没有这种能力。您就给我下个论断，给我一个结论吧……结论？——喏，有人说，这就是结论。听听我们莫斯科人是怎么说

325

> 猎人笔记

的吧：不都像夜莺一样吗？可是问题就在于，他们像库尔斯克夜莺那样啼啭着，而不像人在那里说话……于是我想啊想啊——我想，科学到哪儿都是一样的，真理只有一条——我就打定了主意，到国外去……有什么办法呢！年轻人血气方刚，心比天高。您知道，我不愿意过早地发胖，虽然人们都说，发胖是健康的标志。再说，造物主要是不给谁长肉，谁身上也不会发胖！"

"然而，"他思考片刻，继续说，"我记得答应您要告诉您我是如何结婚的。请您听我说。我先要说的是，我的妻子已经去世了，还有……接下来，您瞧，我理应跟您谈谈我年轻的时候，不然，您会听不明白的……您目前还不想睡觉吧？"

"是的，不想睡。"

"那就太好了。您听听……隔壁房间里康塔格留欣先生那样打鼾，实在叫人无法恭维！我父母并不是很富裕——我说父母，是因为，根据传说，除了母亲，我还有父亲，我已经不记得他了。据说，他智力有限，鼻子很大，满脸雀斑，头发火红，用一个鼻孔吸鼻烟。我母亲的房间里挂着他的肖像，他穿着红色制服，黑领子直竖到耳朵上，相貌非常难看。我常常被带到他的肖像前去挨鞭子，在这种情况下，母亲总是指着他的肖像对我说：要是他还在世，才不会对你这么客气呢。您可以想象，这对我是多大的鞭策。我既没有兄弟，也没有姐妹。不，应该说，有过一个不中用的兄弟，后脑上生了英国病［佝偻病别称。工业革命使英国环境质量急速下降，许多儿童患上佝偻病。两岁以内的婴幼儿是这类疾病易发的高危人群，典型的临床表现是严重的膝盖内翻或外翻］，不久便可怜地夭折了……真奇怪，英国病怎么会传到库尔斯克省的希格雷县来呢？然而这个没什么关系的。我的母亲作为一个草原女地主，她把所有的期盼倾注在我的身上，教育我。从我刚出生那天起，就对我进行教育，直到我十六周岁……您正听我说话吗？"

"当然，您说下去吧。"

"噢,很好。我一满十六岁,母亲就立刻赶走了我那个教法语的家庭教师——从涅任希腊区来的德国人菲利波维奇。她把我带到莫斯科,给我在大学里报了名,就把自己的灵魂交给了万能的上帝。事前,她把我托付给了我的亲叔叔,法院监察官科尔通巴布尔照管。他是个大名鼎鼎的人物,他的名声不限于希格雷县。我的亲叔叔法院监察官科尔通巴布尔照例把我的财产侵吞得一干二净……但这也无关紧要。【名师点睛:我们可以从他的自述中了解到他的生活,寄居在叔叔家,连财产都被全部侵吞。这可能就是他不自信的原因。】我进了大学——应该为我的母亲说句公道话——那时我的素质已经很好了,只是我还不够特别。我的童年和其他人的童年没什么区别:我比较愚笨,又有些呆头呆脑,似乎从羽毛褥子下面生长的。很早的时候我就借口有一种幻想的倾向,开始背诵诗歌,表面上看起来愁绪万分……我能幻想什么呢?对,幻想美啊……大学时期,我没什么其他路可以走,就参加一个小组。那是另一个时代……估计您并不清楚小组是什么吧?记得席勒曾经说过:

惊醒狮子将十分危险,
老虎牙齿是莫大的祸害,
但最可怕的事情却是,
一个人处于疯狂状态!

"请您相信,他要说的不是这个,而是:'小组'……是莫斯科城里的'小组'!"

"那么您认为小组有什么可怕呢?"我问。

我的邻床抓住睡帽,把它扣到鼻子上。

"我认为有什么可怕?"他高声说,"小组呢,其实是这样的,它能让一切特殊的发展都销毁。小组,就是交往、女人和生活的肮脏的替代品。小组……啊,等一等,我告诉您,什么叫小组!小组,这是懒

> 猎人笔记

散,同时还是萎靡不振[形容精神不振作,意志消沉]的生活,可人们却赋予它以理性事业的意义和外表。小组用高谈阔论代替谈话,让你习惯于徒劳无益的空谈,诱使你离开独自进行的美好工作,让你染上文学的疥疮,最后将把你灵魂的清新和纯洁剥夺殆尽。小组,这是打着博爱和友谊旗号的庸俗和无聊,是以坦率和同情为借口,进行无休无止的争论,以实现个人的野心。在小组里,凭借每个朋友的权利,随时随地都可以把自己肮脏的手指探进同伴的内心深处,因而,无论是谁,心灵上都不可能有一个纯洁的未经触动的地方。在小组里,人们崇拜那些夸夸其谈的人、自尊心很强并自作聪明的人、少年老成的人,把那些怀着'隐秘'思想的平庸诗人视为珍宝。在小组里,十七岁的小伙子故作深沉地谈论女性和爱情,可是一旦到了女人面前,他们一句话都说不出来,或者跟女人们交谈,就如同跟书本交谈一样——他们谈论的都是什么东西啊!在小组里,到处都是巧言令色、蛮不讲理。在小组里,彼此之间监督如同侦探一样……啊,小组!你哪里是小组啊,分明就是个魔鬼乐园,在里面摧毁的正直之人不止一个!"【名师点睛:用极夸张的讽刺和批评来掩盖自己的不善交际。】

"啊,我看您有点夸大其词了。"我打断他的话。

我的邻床默默地看看我。

"可是我们这些人就只有一件令人高兴的事情了,那就是夸大其词。我就是在这种环境下,在莫斯科待了四年。先生,我无法向您描述这段时光多么飞快,快得惊人,回忆时真让人难过和懊悔。经常是这样的,早上从床上起来就如同坐在雪橇上从山顶一直滑落向下……等你睁眼一看,都已经滑到山底了。看吧,时间已经到了晚上。那打着瞌睡的仆人将一件常礼服穿在你的身上。您穿好衣服,来到朋友家做客,抽了一袋烟,又喝了几口淡茶,聊起德国的哲学、爱情、精神的永恒源泉,以及其他无关紧要的话题。不过在那儿,我也见到一些有独到见解、卓尔不群的人。有的人无论怎样折磨自己,无论怎样压制自己，他还是保持着自己的本色。只有我这个不幸的人，把自己像块柔软的蜡那样捏来捏去，我那可怜的本性却一点也不表示反抗！这时候我已经满二十一岁了。我开始管理继承下来的遗产，或者更正确地说，管理我的监护人认为应该给我留下的那部分遗产。我把全部领地交给一个获得自由的家仆瓦西里·库德里亚舍夫管理，到国外，到柏林去了。在国外，正如我荣幸地告诉过您的那样，我待了三年。结果怎么样？在那儿，在国外，我仍然是个毫无作为的人。首先，没什么可说的，对于欧洲本身，对于欧洲生活，我丝毫不了解；我不过是在当地听德国教授的课，读德国人写的书罢了……全部区别就在这儿。我像个修道士，过着遗世独立[指不与浊世为伍的品格]的生活。我和几个退伍的俄国陆军中尉混在一起，他们也像我一样为渴求知识而苦闷，不过他们的理解力很迟钝，又不善言辞。我还和一些从奔萨和其他农业省份来的蠢笨人家来往。我常上咖啡馆去坐坐，看看杂志，每天晚上去看戏。我和当地的人很少来往，和他们谈话的时候，不知怎么有点紧张。他们当中也没有任何人来看我，只有两三个纠缠不清的犹太血统的花花公子常常到我这儿来借钱，以为俄国人容易上当。【名师点睛：详细描写他的不善言辞、懦弱胆怯，甚至被花花公子们看中勒索。体现了他在国外生活的不幸。】之后，也是阴差阳错，我来到一个教授家。这件事是这样的：我报名去他那里听讲座，他竟然邀请我去他家参加晚会。这个教授只有两个女儿，都是二十七八岁，都是矮胖身材，她俩的鼻子很出众，鬈发卷成螺旋形，眼睛是浅蓝色的，红扑扑的手上长着白白的指甲。一个叫林亨，另一个叫明亨。我开始到教授家里去走动。我应该告诉您，这位教授并不笨，但是精神上似乎受过打击。他在讲台上讲得有条有理，在家里说话却说不清楚，而且总是把眼镜架在额头上。不过，他是个极有学问的人……后来怎么样呢？我忽然觉得，我爱上了林亨，整整六个月里，我都有这种感觉。我虽然很少和她说话，却总是看着她。我常常给她读各种各样动人的作品，偷偷握

329

▶ 猎人笔记

住她的手，晚上和她在一起幻想，久久地凝望着月亮，不然就望着天空。而且她咖啡煮得极好！……这样，我怎能不满足呢？只是有一点令我心里不舒服，在那言语无法形容的幸福时刻，我竟莫名地感到心里隐隐疼痛，一阵苦闷的颤抖在我的胸口一闪而过。最终，我无法享用这种幸福，转身逃走了。【名师点睛：在遇到真爱之时，没有努力追求而是不敢面对，选择逃走。胸中的痛苦就是他对自己的不自信，认为自己配不上这么好的姑娘。】此后我又在国外度过整整两年时间。我到过意大利，在罗马欣赏过《基督变容》[即《基督显圣》，意大利画家拉斐尔的画作，描绘人们在约旦河接受洗礼的景象]，在佛罗伦萨欣赏过维纳斯。我忽然极度兴奋起来，仿佛着了魔似的，每天晚上写起诗来，开始记日记，一句话，过着和别人一样的生活。可是，只要您看一看，做个怪人是多么容易。我，譬如说，对绘画和雕塑一窍不通……我本来可以公开表明这一点……可是不，这怎么行！还是找个向导，跑去看看壁画吧……"

他又低下头，再次摘下睡帽。

"最终我回到自己的国家，"他的声音很疲惫，继续说，"回到莫斯科。到了莫斯科，我改变特别大。在国外我常常沉默少语，可是在这里，我变得特别健谈。谁知道我为什么那么自命不凡。我碰到一群宽容大度之人，他们甚至将我当成天才；女士们聚精会神地听我侃侃而谈；但我并不会维护自己的声望。有一天早上，有人散播关于我的谣言（我并不知晓何人散播出来的：估计是具有男人性格的老女人散播的吧。在莫斯科，这样的老女人不胜枚举），谣言一经散播，就如同草莓一样分蘖生须。我被缠住，很想跳出来，扯断这些纠缠不清的线。可是做不到……我便一走了之。这一次我又表现出自己是个怪人；我本可以沉着冷静地等待这次攻击烟消云散，就像等待荨麻疹自己消失一样。那时那些豁达大度的人又会向我伸出双手，那些女士又会对我的言谈报以微笑……但糟就糟在，我不是一个怪人。您看，我的良心突然苏醒

330

了:我已经羞于再夸夸其谈下去,喋喋不休地谈啊谈的——昨天在阿尔巴特谈,今天在特鲁巴谈,明天在西弗采夫弗拉日克谈,总是老一套……要是有人想听又怎么样呢?您看看这方面的一些真正的斗士吧。他们对此满不在乎,相反,他们需要的就是这个。有的人二十年来就是不断地饶舌,而且谈的就是这一套……这就叫作自信和自尊!我也有过自尊心,而且现在也没有完全消失……但是糟就糟在这儿,因为,我再说一遍,我不是怪人,而是个中间人物:造物主应该要么赋予我多得多的自尊心,要么干脆不给我。最初我的处境确实很糟糕,况且,在国外游历也最终耗尽了我的钱财,而我又不愿意娶一个虽然还年轻、而身体已经孱弱得像果子冻一样的商人家姑娘,【名师点睛:不愿为了钱财随意娶一位娇弱的商人家姑娘,体现了他的自尊与不将就。】因此我便千里迢迢回到自己的村子里。"我的邻床又侧目看了我一眼,补充了一句,"有关我乡村生活的最初印象、大自然的美景、孤寂生活的宁静美妙等等,我可以略去不谈吧……"

"可以,可以。"我回答。

"况且,"这人继续说下去,"这些都是胡说八道,至少我碰到的都是这样。我在乡下特别孤独,如同一只关在笼子的小狗。虽然我承认,春天里第一次在回去的路上经过熟悉的白桦林,因为心里有着朦胧而甜蜜的憧憬,我觉得有些头晕,心怦怦乱跳。但您也清楚,这种朦胧的憧憬是无论如何都无法实现的。相反,又碰上让人措手不及的事情,例如:兽疫啊,拍卖啊,诸如此类的事情。在庄园管理人雅科夫的帮助下,我勉强度日。这个庄园管理人替代了之前的管家。之后我发现,他可能跟之前的管家一样是个掠夺者。此外,他那双涂焦油的长靴发出的气味也毒害了我的生活。有一次,我想起了邻近一个熟悉的人家,家中有一位退伍上校的太太和她的两个女儿,便吩咐套车到我的邻居那里去。这一天是我永远铭记在心的日子。过了六个月,我娶了这位上校太太的二女儿!……"

331

▶ 猎人笔记

说话的人低下头，高高举起双手。

"然而，"他继续热烈地说，"我不想让您对我过世的妻子产生不好的看法。她是个极高尚、极善良的人，是个懂得爱人、甘愿做出任何牺牲的人。虽然我应该向您坦白承认，如果我不曾经历丧妻之痛，今天我大概不会在这儿和您聊天。因为到现在为止，我家防霜棚里的梁木还完好无损，我曾不止一次想在那儿悬梁自尽！"

"有些梨子，"他停了一会儿又说起来，"必须在地窖里的泥土底下埋上一段时间才能产生所谓真正的味道。【名师点睛：这里的梨子指代自己的亡妻。体现其亡妻的美丽、聪慧经过岁月的沉淀更加有韵味，而他与亡妻曾经一起度过的时光更显得质朴珍贵。】我那去世的妻子看来也属于这一类生物。只有到现在我才能为她说句真正的公道话。只有到现在，譬如说，在回忆婚前我和她共同度过的那些夜晚时，我不但没有产生任何痛苦的心情，相反，我还感动得几乎要掉下眼泪。他们家并不富裕，房子是老式的木屋，但很舒适，它造在山上一座荒芜的花园和一个杂草丛生的院子之间。通过浓密的树叶隐约可以看到山脚下有条河流。从屋子往花园的方向有一座宽大的凉台，凉台前面有一座美丽的长满玫瑰花的长方形花坛。花坛的两边种着两棵金合欢，已经过世的主人在它们还是嫩芽的时候就将它们绞成螺旋形状。再远一些，荒凉的悬钩子丛中是一座凉亭。那里装饰非常别致，只是外面特别破败，看到它，让人觉得心惊肉跳。凉台的玻璃门通往客厅，客厅里面的摆设会让参观者特别惊讶。每个角落里都有一个瓷砖做成的火炉，火炉右手边是一架旧钢琴，钢琴上面放着一些手写的乐谱，还有一张已经褪色的浅蓝底白花纹绸缎的长沙发，一张圆桌，两个放着叶卡捷琳娜时代瓷器玩具和玻璃球玩具的玻璃橱，墙上挂着一幅著名的肖像画，上面画着一个胸前抱着鸽子、眼睛往上看的淡黄头发少女，桌上放着一个插着新鲜玫瑰花的花瓶……您看，我描绘得多么详细。就在这个客厅里，在这座凉台上，演出了我的爱情的全部悲喜剧。这位邻居太太是个凶恶的婆娘，嗓音嘶哑而凶狠，是个蛮横而好斗的泼妇。两个女儿一个叫维拉，跟一般县城里的小姐毫无差别，另一个叫索菲娅，我爱上的是索菲娅。姐妹俩另外还有一个房间，是她们的共同卧室，里面有两张简朴的木床、发黄的纪念册、木樨草香水，有用铅笔画得很糟的男女朋友们的肖像画（其中一幅某绅士的画像特别引人注意，他的脸部表情非常刚毅，上面的签名更加苍劲有力，年轻的时候曾使人对他怀有过高的期望，结果却同我们大家一样——一事无成），有歌德和席勒的胸像、许多德文书籍、干枯的花环和其他纪念品。但这个房间我难得进去，也不愿意进去。在那儿我不知为什么感到很压抑。而且——很奇怪！索菲娅使我感到最可爱的时候，是在我背对她坐着，或者在思念她或更多地想象她的时候，尤其是傍晚在凉台上。那时候，我欣赏着晚霞，欣赏着树木，欣赏着已经暗淡、但在晚霞中仍轮廓分明的细碎的绿叶。在客厅里，索菲娅正坐在钢琴前不断地弹奏着贝多芬乐曲中一个她喜欢的非常深沉的乐句。恶老太婆正坐在长沙发上安安稳稳地打鼾；在被晚霞照亮的餐室里维拉正准备着晚茶；茶炊奇妙地咝咝响着，仿佛为什么事感到快乐；面包撕开时发出悦耳的扯裂声，茶匙碰到茶杯时发出的叮当声；金丝雀扰人地唰啾了一整天，突然静息下来，只偶尔叽叽地叫几声，仿佛有什么事情要发问；从透明、稀薄的浮云中偶尔滴落稀疏的雨点……我坐着，坐着，听着，听着，欣赏着，感到心旷神怡，于是我又感觉到我在恋爱了。就在这种傍晚的情绪影响下，我请求老太婆同意我向她女儿求婚。过了两个月，我便结婚了。我觉得，我是爱她的……到现在该知道了。而我，说实话，到现在还不知道，我到底是不是爱索菲娅。她聪慧、善良，也很文静，待人真诚，只是不知什么原因，可能是因为长期居住在农村，或是其他原因，她的内心里面藏着一个伤疤，更确切地说，有个鲜血直流的创伤，这个创伤无法治疗，不管是她还是我，都说不清是什么创伤。她心底的这个创伤，是我在婚后慢慢感觉到的。不管我对她如何费尽心思，

猎人笔记

却一点用也没有！我在童年时期曾豢养过一只黄雀。有一天，这只黄雀被猫抓住。我把它给救出来了，又治好了伤，可是我这只可怜的黄雀始终不能复原。它一直闷闷不乐，慢慢变得虚弱，不再鸣啭了……【名师点睛：用黄雀的命运暗示亡妻的命运。】结果，有一天夜里，一只老鼠钻进开着的鸟笼，把鸟喙给咬掉，黄雀终于一命归天了。我不知道是哪一只猫抓住了我的妻子，她也同样闷闷不乐，慢慢变得虚弱，像我那只不幸的黄雀一样。有时候她自己显然也想振作一下，到新鲜空气里，到阳光下，到自由天地里去纵情驰骋一番，她试了试，又缩成一团了。她说她是爱我的，好几次向我保证，她再没有别的愿望——呸，见她的鬼去吧！——说着，她的眼睛就失去光芒了。【名师点睛：妻子一再的保证并没有让他放心，反而令他更加多疑。怀疑自己无法让妻子敞开心扉，是他对自己的不自信，也是对自己妻子的不信任。】我暗自思忖，是不是以前发生过什么事情。我到处打听，结果一无所得。好吧，现在您就自己去判断吧。如果是个怪人，他就会耸耸肩膀，叹一两口气，照旧生活下去。可我不是个怪人，便想要悬梁自尽。未出嫁的女人的那一套习惯已深深扎根在我妻子心中——她离不开贝多芬、夜晚的娱乐、木樨草香水、和朋友们通信、纪念册等等，对于任何别的生活方式，尤其是主妇的生活，她无论如何不能习惯，以至于沉浸在无名的烦恼中，每天晚上唱《别在黎明时唤醒她》。这对于一个已经出嫁的女人来说实在是太可笑了。

"就这样，我们过了三年幸福生活。第四年，索菲娅第一次分娩时死了，真是让人难以置信，我似乎之前就有预感，她不会为我生育子女，为世界增添新的生命。我还记得她丧礼的情形。那是个春天，我们教区的教堂破旧矮小，圣像发黑，墙上什么也没有，地上的砖头已经破裂了不少，每一个唱诗班席位上都摆放着一个很大的圣像。棺材被抬过来，放到圣幛中门前正中的位置上，罩上褪色的盖棺布，周围摆着三个烛台。仪式开始了，一个老态龙钟、脑后留着一根小辫、腰间低低地系着一条绿腰带的教堂职员在诵经台前悲痛地喃喃诵读着经文；一个教士，也是个老人，面相和善、老眼昏花，穿着绣黄色花纹的紫色教袍，兼任着助祭的角色，主持着仪式。窗子敞开着，窗外满是白桦的新鲜嫩叶在摇曳，发出簌簌的响声；青草的芳香一阵阵从院子里飘进来；蜡烛的红色火焰在明媚的春光里变得黯淡了；麻雀在整个教堂上空叽叽喳喳地叫着，偶尔有一只燕子飞进来，在教堂圆顶下发出响亮的叫声。为数不多的几个农民正在为死者虔诚祈祷，他们那长着栗色头发的脑袋在飞扬着金黄色尘埃的阳光里迅速地起伏着，一缕淡蓝色的烟正从香炉的洞眼里袅袅上升。我望着妻子的遗容……就算是死亡也没能让她解脱，不能将她的创伤治愈。她的表情还是那么病恹恹的，有些怯弱、隐忍——就算到了棺材里也那样痛苦……我的内心流着血。她是个特别和善之人，但对她来说，死亡倒也是不错的结局！"

说话的人双颊涨得通红，眼睛却黯淡无光。

"我终于，"说话的人又说了起来，"摆脱了妻子亡故的沉痛，想去干一番所谓的事业。我在省城里谋得一个差事，但是在公家机关的大办公室里，<u>我感到头痛得厉害，眼力不济，当时正好另有一些原因……</u>【名师点睛：不管在哪儿他都无法过得长久，总在怀疑别人的用心，却从未想过自己的问题。】我便离了职。我本想到莫斯科去，可是，首先，手头拮据，其次……我之前告诉过您，我与世无争，这种与世无争的生活态度是瞬间产生的，并不是偶然的。我内心早就与世无争了，只是脑袋还不愿低下来。我觉得自己情感上的谦让是因为在乡村生活以及遭遇过不幸……另一方面，我早就发现，几乎所有的邻居，不管是年轻的还是年老的，起初还因为我有学问、去过外国以及受过教育等因素而敬重我，后来不但对我已经完全看惯，甚至开始用粗暴或轻慢的态度对待我，不肯听完我说的道理，对我说话也毫不客气了。我还忘了告诉您，在我新婚的第一年里，我由于无聊而尝试过文学创作，甚至寄过一部作品到杂志社去。如果我没

猎人笔记

有记错的话，那是一个中篇小说。但是过了一些时候，我收到编辑一封很有礼貌的信。信中说我的智慧不应该遭到拒绝，但缺的是才华，可是文学所需要的只是才华。此外，我听说，有一个过路的莫斯科人，不过是个很善良的年轻人，在省长的晚会上顺便对我发了几句议论，说我是个毫无出息、胸无点墨[形容读书太少，文化水平极低]的人。但是我那一厢情愿的盲目性还继续存在着。您知道，我不愿意自己打自己'耳光'。终于有一天早晨我睁开了眼睛。事情是这样的：县警察局长来找我，是想提醒我，在我领地上有一座桥塌陷了，只是我还没有能力修葺这座桥。这位豁达大度的秩序监督者用一块咸鱼下了一杯伏特加，像长辈一样指责我的疏忽；然后，他从我的处境考虑一下，劝告我，派农民在那儿堆一些农肥。接着，他抽起烟，转移话题，聊起即将进行的选举来。当时有一个叫奥尔巴萨诺夫的人正在谋取省首席贵族这一荣誉职务。他是个不学无术的空谈家，外加是个受贿者。况且，他既没有多少财富，又没有什么地位。我说出了对他的看法，语气也非常随便。说实话，我很看不起奥尔巴萨诺夫先生。县警察局长看看我，亲切地拍拍我的肩膀，温和地说：'唉，瓦西里·瓦西里耶维奇，这样的人不是你我应该议论的，我们哪儿配？……还是安分守己些吧。''得了吧，'我没好气地回答，'我和奥尔巴萨诺夫先生之间有多少差别啊？'县警察局长从嘴里取下烟斗瞪大眼睛，忍不住扑哧一笑。'嘿，你真会说笑话。'最后，他噙着眼泪说，'你怎么说出这种笑话来……啊！你算老几啊？'一直到他临走时，他还在不断地嘲笑我，有时还用胳膊肘碰碰我的身体，对我说话也称'你'了。他终于走了。我已经忍无可忍，肺都差一点要气炸了。我在房间里来回走了几次，在镜子前站住，久久地看着自己狼狈的脸，慢慢吐出舌头，苦笑着摇摇头。我恍然大悟：我清楚地看到，比在镜子里看自己的脸更清楚地看到，我是个多么空虚、渺小、无用、平庸的人！"【名师点睛：不断地被别人打击、看不

起，使他对自己也失去了信心，认为自己庸俗而一无所有。】

说话的人停了一下。

"伏尔泰的一部悲剧里，"他又沮丧地说下去，"有一个绅士由于太过不幸反而高兴起来。虽然我的一生没碰上什么大的悲剧，但实话实说，我也品尝过悲伤，体验过绝望后的那种有些苦楚的狂喜，体验过整个上午悠闲地躺在床上咒骂自己出生时的那种欢喜——我并不能一下子就与世无争。您就踏踏实实地替我着想吧。贫穷将我困在可恶的农村里；没有产业，没有工作，没有文学——什么都跟我没有关系。我不跟其他地主交往，也对书籍感到厌恶；至于那些不断甩着鬈发、狂热地侈谈'人生'、患着水肿病、多愁善感得几成病态的小姐，自从我不再对她们高谈阔论，也不迷恋她们之后，她们已对我不感兴趣了。我不会也不可能完全离群索居……我就开始……您猜怎么着？我就开始到邻居家去串门。我仿佛一心一意要自暴自弃，故意招惹各种琐细的屈辱。吃饭时人们故意不给我斟酒送菜，冷漠而傲慢地对待我，最后竟完全不理睬我。人们不让我参与谈话，而我故意在屋角里附和最愚蠢的饶舌者的意见，这种人若当年在莫斯科是会非常高兴吻我脚上的灰尘和大衣的衣角的……我甚至不愿想到自己常常在别人的冷嘲热讽中苦中作乐……算了吧，我孑然一身[形容孤独一人]，冷嘲热讽又算得了什么！一连好几年，我一直这样立身处世，到现在我还是采取这种态度……"

"这也太不像话了，"隔壁房间康塔格留欣先生像说梦话似的声音在嘀咕，"是哪个傻瓜半夜三更还在聊天？"

说话的人连忙钻进被窝里，怯生生地露出头来看看我，伸出一个指头对我发出警告。

"嘘……嘘……"他嘴里发出嘘声，仿佛向康塔格留欣发出声音的方向表示歉意和赔礼，恭恭敬敬地说："是，是，对不起，先生……他要睡觉了，他必须睡觉了，"他又低声继续说，"他必须养精蓄锐，哪怕

> 猎人笔记

为了明天吃东西时胃口同样好。我们无权干涉他。更何况,我打算跟您说的话似乎都说完了。您也许想要休息了吧。祝您晚安。"

说话的人极快地翻过身去,把头埋在枕头里。

"至少我想请教,"我问,"您贵姓……"

他立即抬起头来。

"不,"他将我的话打断,说,"请别询问我,也不要跟其他人打探我的姓氏。让我在您的心目中永远成为一个不知姓氏的人,一个受命运压制的瓦西里·瓦西里耶维奇。更何况,我就是一个庸庸碌碌之人,并不配享有独特的姓氏……<u>假如你非要给我一个称呼,请叫我希格雷县的哈姆雷特吧。这样的哈姆雷特,任何一个县都有很多,只是您没有碰到罢了……再见。</u>"【名师点睛:与本章题目相呼应,点出主题。不错的出身因为自己不懂人情世故而处处碰壁,给人一定的启示。】

他又钻进羽毛被里。第二天早上,有人来唤醒我的时候,他已经不在房间里。他在拂晓前就离开了。

Z 知识考点

1.填空题。

"我"应邀参加了一位富裕的_____的家宴,并于_____到达了那里,主人正_____地等待一位大人物。主人每年都会从_____订购_____的酒。

2.选择题。

结合本文,以下选项理解有误的是( )

A."我"发现房间里有二十多个打牌的人,其中有两个军人、五六个官吏,几个文官和绅士等。

B.沃伊尼岑是一个考试时"装木头人"的中年人,人们称这样的人为"蓄络腮胡子的人"。

C.沃伊尼岑向"我"介绍了鲁皮欣,他是个爱说俏皮话的小个子。

338

D.鲁皮欣告诉"我",他是个不满现实、心情浮躁的人,并且他并不在意别人的看法。

3.问答题。

请简要概括本文中主人公的性格。

_____

_____

阅读与思考

1.跟"我"同住一间房的人为何认为"我"没有注意到他?

2."邻床的人"是如何向"我"介绍他的家庭的?

3.是谁因为何事打断了"我"与"邻床的人"的谈话?文章最后"怪人"让"我"如何称呼他?

猎人笔记

契尔托普哈诺夫和聂道漂斯金

M 名师导读

一天,"我"打完猎回家,途中路过一片树林,"我"开枪打了一只松鸡,突然出现了一位脾气火暴、傲慢无礼,自称是该树林主人的贵族地主……由此,"我"与他相识而进一步交往,继而结识了贵族地主的亲密伙伴——一个胆小怕事、怯懦软弱的小地主。性格差异如此之大的两个人,怎么会成为一对形影不离的莫逆之交呢?

  有一次,在一个酷热的夏天,我打完猎坐马车回家。叶尔莫莱在我旁边打着瞌睡。沉睡的猎狗如同死了一样,随着马车的不断颠簸,它也不断跳动着。马车夫时不时甩动鞭子,驱赶着马匹身上的马蝇。白茫茫的灰尘像轻云一般跟着马车飞跑。我们的马车进了灌木丛。道路更加崎岖不平了,车轮不时地碰着树枝。叶尔莫莱振作起精神,朝周围打量了一下……"嘿!"他叫起来,"这儿一定有松鸡,咱们下车吧。"我们就下了车,走进树丛里。我的狗找到一窝松鸡。我打了一枪,正要重新装弹药,忽然听到身后响起很大的唰唰声,一个骑马的人用手拨着树枝,朝我走来。"请问,"他用傲慢的声调说,"先生,您有什么权利在这儿打猎?"陌生人语速非常快,声音有些断断续续的,还夹杂着鼻音。【名师点睛:从来人的语气和态度就能看出此人脾气的火暴和急切。】我打量着他,有生以来,我从来没有碰到过像他这样相貌的人。亲爱的读者们,请想象一个五短身材的人,头发淡黄,鼻子红红的、比较翘,还留着很长的火红色的胡子。大红色呢顶的尖顶波斯帽

340

一直抵到眉毛，把整个额头都盖住了。他穿的是一件破旧的黄色短上衣，胸前有一个黑色波斯绒弹药袋，所有的衣缝都镶着褪了色的银色绦(tāo)带［用丝编织而成的带子，可以镶衣服，也可以镶枕头的边］；他肩上背着一个号角，腰带上挂一把短剑。一匹瘦弱的高鼻子枣红马在他座下不要命地折腾着；两条瘦瘦的歪爪子猎狗也在马腿边不停地转悠着。这个陌生人的脸庞、神情、声音、言谈举止以及整个人都显得粗鄙不堪和傲慢无礼。他那双无神的淡蓝色眼睛像醉汉似的不停地转悠着，斜睨着。他把头向后仰着，鼓着两腮，鼻子哼哧着，浑身颤抖着，好像威风得不得了——活像一只吐绶鸡［即火鸡。嘴大，头部有红色肉质的瘤状突起，脚长大，羽毛有黑、白、深黄等色］。他把问话又重复了一遍。

"我不知道这儿不能打猎。"我回答说。

"先生，"他又说，"您是在我的地盘上呀。"

"对不起，我这就走。"

"不过，请问，"他又说，"您也是贵族吗？"

我说了说我的姓名。

"要是这样的话，那就请您打猎吧。我自己也是贵族，很高兴为贵族效劳……我叫潘捷莱·契尔托普哈诺夫。"

他弯腰，大吼一声，冲马脖子狠狠抽了一鞭子，马儿摇晃着脑袋，直立起来，一下子窜到一旁，踩到一只狗的脚上。狗立刻尖叫起来。契尔托普哈诺夫生气了，恶狠狠地咕哝起来，用拳头照马的两耳中间捶了一下；而后比闪电还快地跳下马来，仔细看了看狗爪子，往伤口上涂了些唾沫，又朝狗肚子上踢了一脚，让狗不要再叫，便抓住马鬃，把一只脚插进马镫。马昂着头，将尾巴竖起来，侧着身子跑向灌木丛中。他用一只脚蹦跳着跟着马跑，终于跨到马鞍上来。他使劲挥动着马鞭，吹着号角，赶着马儿向前方奔去。我惊愕契尔托普哈诺夫意想不到的出现，还没有回过神来，突然又有一个四十来岁的胖胖的人骑

341

▶ 猎人笔记

着一匹青色小马几乎毫无声息地从灌木丛中走了出来。他勒住马，摘下绿色的皮帽，用尖细而柔和的声音问我，【名师点睛：柔和细腻的嗓音与前面契尔托普哈诺夫的急躁火暴形成对比。】是不是看到一个骑枣红马的人？我回答说，看到了。

"那位先生朝哪个方向去了？"他还是用那样的声音说，而且还没有把帽子戴上。

"朝那边去了。"

"多谢您了。"

他吧嗒着嘴唇，用腿使劲夹马肚子，马儿飞快地朝着我指的方向跑去。我用目光注视着他，直到他的绿色帽子完全隐没在树丛中。这个陌生人从外貌上看，与前一个陌生人完全不同。他的脸蛋圆润饱满，如同皮球一样圆溜溜的，神情腼腆而温顺；鼻子也是圆溜溜的，上面充满青筋，足以见得他非常好色。在他的头上，前面一根头发也没有了，后面翘着稀稀拉拉的淡褐色发卷儿；好像是用芦苇叶子画出来的一双小小的眼睛，亲切地眨巴着；红润的嘴唇甜甜地笑着。他穿的一件有硬领和铜纽扣的常礼服非常破旧，但是十分干净；【名师点睛：常礼服虽然破旧但是干净，能看出来此人家境不好但爱好整洁。】他的呢裤子吊得很高；长筒靴的黄色镶边之上，露出肥胖的小腿肚。

"这人是谁呀？"我问叶尔莫莱。

"这人吗？是季洪·伊凡内奇·聂道漂斯金。住在契尔托普哈诺夫家里的。"

"怎么，他是个穷人吗？"

"是没有什么钱。不过，契尔托普哈诺夫也是一个铜子没有呀。"

"那他为什么要住在契尔托普哈诺夫家里呀？"

"啊，您没看到，他们俩多么要好吗？他们形影不离……真正是穿连裆裤的呀……"

当我们从灌木丛中走出来的时候，在我们身边的两条猎狗突然使

342

劲叫了起来,一只肥大的雪兔窜进高高的燕麦地里。紧接着,有几条猎狗和灵猩(tí)[犬名],从树丛中跳了出来,契尔托普哈诺夫也跟着狗跑了出来。他不叫喊,也不吆喝狗去追捕,气喘吁吁几乎上气不接下气了,张开的嘴巴里发出断断续续、毫无意义的声音。他瞪大了眼睛骑在马上奔跑着,用鞭子疯狂地抽打那匹可怜的马。【写作借鉴:"疯狂地抽打"再次描述此人的脾气狂躁疯狂。】几条猎狗撵上了雪兔……雪兔蹲了一下,陡地往后一转,就从叶尔莫莱身边跑过去,进入灌木丛……几条猎狗扑了个空。"快……追,快……追!"发呆的猎人好像口齿不清似的使劲儿嘟囔说,"伙计,注意!"叶尔莫莱开了一枪……中弹的雪兔像陀螺似的在平坦而干枯的草地上打了几个滚儿,朝上一蹦,就被扑上来的一条猎狗咬住,凄惨地叫了起来。一条条猎狗立刻都拥了过来。

契尔托普哈诺夫翻身从马上跃下来,拔出匕首,跑到猎狗附近,叉着腿,气冲冲地辱骂着,将遍体鳞伤的兔子从猎狗嘴里扯出来,歪着脑袋,将整个匕首都插进兔子的喉咙,只有刀把留在外面……刀一插进去,他就哈哈大笑起来。【名师点睛:没有丝毫迟疑地将匕首插进兔子的喉咙,甚至还能大笑出声。为后文描写他粗犷、说动手就动手的性格做铺垫。】聂道漂斯金也在树林边上出现了。"哈哈哈哈哈哈哈哈!"契尔托普哈诺夫又大笑起来……"哈哈哈哈!"他的同伴也悠然自得地跟着他笑。

"说实在话,夏天是不应该打猎的。"我指着被踩得乱糟糟的燕麦,对契尔托普哈诺夫说。

"这是我的地。"契尔托普哈诺夫依然喘着粗气说。

他割下兔爪子,分给猎狗吃了,把兔子拴到马鞍的皮带上。

"亲爱的伙计,请帮我装一下子弹吧。"他按照打猎的规矩对叶尔莫莱说,"您呢,先生,"他的声音还是断断续续、有些刺耳,"我很感谢你。"

他骑到马背上。

343

▶ 猎人笔记

"请问……我忘了……请问您叫什么名字？"

我又重新将自己的名字说了一遍。

"非常高兴和您结识。如果有空，欢迎您到我家来玩儿……"然后他又气呼呼地说，"福姆卡这家伙到哪儿去了，聂道漂斯金？追捕雪兔的时候他怎么不在？"

"他骑的马完蛋了。"聂道漂斯金微微笑着回答说。

"怎么完蛋了？奥尔巴桑完蛋了吗？嘿，嘿！……他在哪儿？在哪儿？"

"在那边，林子后面。"

契尔托普哈诺夫用鞭子照马面上抽了一下，那马就拼命跑起来。聂道漂斯金向我鞠了两个躬——一个是为他自己，一个是代表他的同伴，就驱马走进了灌木丛。【名师点睛：能看出此人的礼貌温和，两个鞠躬也能看出他对契尔托普哈诺夫的在乎和维护。】

我的强烈好奇心被这两位先生激起了……到底什么原因把两个性格截然相反的人联结在一起呢？甚至还建立起如此亲密的友谊？我打听了一下，原来情况是这样的：

潘捷莱·叶列美奇·契尔托普哈诺夫是附近一带出了名的危险和乖戾的人，头等的狂夫和莽汉。他在军队里没干多久，就因为"不愉快事件"退职。退职时的军衔，按当时流行的说法，是"不算鸟的母鸡"〔准尉，不算正式军官，是很低的军衔〕。他出生在一个曾经富裕的家庭里。他的祖先日子过得非常富足，对那些邀请的和未邀请的客人全都热情款待，让他们尽情吃喝，还为每位客人准备一俄石〔旧时俄国容量单位：1俄石=209.91升〕燕麦；家里养着乐师、歌手、食客和狗，在节日里让大家喝足葡萄酒和麦酒；每到冬天都坐着自己的大马车到莫斯科去；然而有时候一连几个月没有一文钱，靠吃家禽和家畜度日子。契尔托普哈诺夫的父亲所继承的是已经衰败的家业。他又尽情挥霍了一番，到他死的时候，留给唯一的继承人契尔托普哈诺夫的，只

344

有已经抵押出去的别索诺夫村和三十五名男性、七十六名女性农奴，另外还有科罗布罗道沃荒原上十四又四分之一俄亩无用的土地。不过在先人的文件柜中没有这片土地的任何地契。他的先父是以极其奇怪的方式破产的：是"经济核算"害了他。照他的见解，贵族不应该依靠商人、市民和诸如此类的所谓"强盗"。他在自己的村子里兴办了各种手艺作坊。"又好，又合算，"他常常说，"这就是经济核算！"他一生都未抛弃过这种致命的观点，正是这个观点让他破产的。然而他也因此畅快了一段时间！不管想法如何稀奇古怪，他总要尝试一番！有一次，他凭着自己的想象打造了一辆巨型家庭马车，虽然他将全村子的马匹和马匹主人都找来，一起帮忙赶车，然而马车还是在第一个斜坡就翻倒了，一下子摔得粉碎。叶列美·卢基奇（契尔托普哈诺夫的父亲名号）叫人在斜坡上立了一个纪念碑，他一点也没感到不安。他还别出心裁要造一座礼拜堂，当然是自己设计，不要建筑师插手。他为了烧砖瓦而烧掉了整片树林，打的地基十分宽大，足够建造省城教堂；垒好墙，就开始搭圆屋顶，圆屋顶却掉了下来；又搭一次，又塌下来；又来第三次，第三次也垮下来。这位叶列美·卢基奇就寻思起来，心想：事情不对头……一定是有人兴风作浪……于是他下令将全村的老太婆都鞭打了一顿。【名师点睛：自己的设计不科学导致圆屋顶崩塌，不思考自身问题却怪别人，正是他愚蠢和无情的体现。】老太婆们挨了打，圆屋顶仍然没有造出来。于是，他按照新的计划改建农民的房屋，所有的花销都核算过了。他将三个农户编在一起，组成三角形状，里面竖起一根旗杆，旗杆上面挂着已经喷过漆的椋鸟笼和一面旗帜。他每天都能想出一个新花样：有时用牛蒡叶子做汤，有时剪下马尾给家仆做帽子，有时想用荨麻代替亚麻，拿蘑菇喂猪……有一天，他在《莫斯科时报》上读到哈尔科夫的地主赫略克·赫鲁表尔斯基的一篇关于道德在农民日常生活中的效用的文章，第二天就下令要所有的农人立即把哈尔科夫地主的这篇文章读熟背诵。农人都读熟了。这位

猎人笔记

东家就问他们:"懂不懂得文章里说的是什么?"管家回答说:"怎么没读懂啊!"正是那时,他吩咐,为了维持秩序并进行经济核算,所有的农民都要进行编号,每人的衣服领子上都要缝上自己的号码。这些人碰到主人时都要高喊:"我是某某号!"这时主人会热情地回答着:"知道了,你走吧!"

然而,不管他怎样注重秩序和经济核算,还是渐渐地陷入了十分困难的境地:他先是把自己的几个村子抵押出去,后来就一个一个地卖掉了;而最后的祖居地,就是那个有一座未建成的礼拜堂的村子,是由官府拍卖的,幸而不是在叶列美·卢基奇生前——如果是在他生前,他是受不了这个打击的——而是在他去世后两个星期。他还来得及死在自己家里、自己的床上,有家里人围着,而且是在医生照料之下。但是,可怜的契尔托普哈诺夫得到的只是一个别索诺夫村了。

契尔托普哈诺夫得知父亲患病时,他已经在部队里服兵役了,正当那个"不愉快事件"闹得最激烈的时候。他刚刚十八周岁,从未离过家,在极其善良而又愚蠢的母亲瓦西里萨·瓦西里耶芙娜的培养下,成了一个娇惯的小少爷。【名师点睛:因为善良而愚蠢的母亲的娇惯,使他善良而又脾气火暴,不懂克制。】她一个人管他的教养,叶列美·卢基奇沉溺于他的经济设想,顾不到这些。虽然有一次叶列美·卢基奇因为儿子读错了字母也亲手打过他,不过这一天叶列美·卢基奇心里是有很深的隐痛,因为他的一条最好的狗撞到树上死了。其实,瓦西里萨·瓦西里耶芙娜对儿子教育方面的操劳仅仅做过一次痛苦的努力:她奔波劳碌,费尽心血才请来一位家庭教师——阿尔萨斯的一个退伍军人,名叫比尔科普甫。而且她直到死,都是战战兢兢地对待这位家庭教师。因为她想:他要是不干了,我就完了!那我怎么办呀?我到哪儿去另找老师呀!就这一个还是我好不容易从邻村女地主家里挖来的呢!比尔科普甫头脑灵活,他常常依仗自己地位的特殊性,喝得烂醉如泥,从早到晚一直昏睡。契尔托普哈诺夫一结束"学业",就去服役了。这时瓦西里萨·瓦西里耶芙娜已经不在人世了。她是在这件大事之前半年受惊而死的。她梦见一个穿白衣的人骑着一只熊,胸前有个写着字的标志。叶列美·卢基奇不久也随着自己的老伴走了。

　　契尔托普哈诺夫得知父亲病重的消息,就骑上马飞奔回家,但还是晚了一步,没有见到父亲最后一面。令这个孝顺的儿子惊讶万分的是,他从一个富有的继承人变成了一个身无分文的穷光蛋。这时他震惊极了!很少有人能够接受这样的巨变。契尔托普哈诺夫成了一个粗鄙不堪又冷酷至极之人。虽然他原来也性情暴躁,但还算是个慷慨和善之人,如今却是蛮横无理,还很喜欢闹事,不想跟邻居们打交道了——<u>他羞于见富人,又瞧不起穷人</u>——【名师点睛:由原本的世袭贵族落魄至此,巨大的落差让矜贵自傲的他难以接受。】而且对所有的人都极其粗鲁无礼,甚至对当权者也是如此,因为他觉得自己是世袭贵族。

　　有一次,警察局长没脱帽走进他的房里,差点儿被他开枪打死。当然,当权者对他也不会客气,一有机会就叫他尝尝当权者的厉害。然而大家还是有点儿怕他,因为他的脾气异常暴躁,一句话不和,便白刃相见。稍有不顺意,契尔托普哈诺夫的眼睛就骨碌碌直转,说话声音也不连贯了。"啊哇……哇……哇……哇……哇,"他含糊不清地说,"我这命不要了!"……他气得抓狂。不过,他却是个清高之人,从来不做见不得人的事情。当然,也没什么人去拜访他……<u>虽说是这样,他确实是个善良之人,从他的行为来看,甚至可以称之为伟大:只要是碰到不公平之事或是有人欺负弱小者,他绝不会容忍的,</u>【名师点睛:此处与后文他解救聂道漂斯金相照应。契尔托普哈诺夫既有火暴的脾气和胆识,也有照顾弱小的善良。】他是庄稼汉的保护神。"怎么?"他常常发狂似的敲着自己的脑袋说,"想欺负我的人,欺负我的人吗?只要有我契尔托普哈诺夫在,休想!"

　　季洪·伊凡内奇·聂道漂斯金的出身不像潘捷莱·叶列美奇那样可以自诩。他的父亲是独院地主出身,只是在服役四十年后,才获得

▶ 猎人笔记

贵族称号。老聂道漂斯金先生是一个不走运的人，灾难像冤家对头似的到处紧紧地追随着他。这可怜的人在整整六十年中，从出生到死去，一直在同小人物所特有的贫困、疾病和灾祸做斗争。【名师点睛：代表着旧时代俄国最普遍的小地主，劳累一生，至死无法解脱。】他在困境中像鱼撞冰似的挣扎着，吃不饱，睡不足，弯腰低头，东奔西走，忧愁，憔悴，为挣每一个戈比兢兢业业，为公务"鞠躬尽瘁"，到头来死在不知是阁楼上，还是地窖里，既没有为自己，也没有为孩子们挣得可以糊口的东西。命运把他捉弄得筋疲力尽，简直像被猎狗追逐的兔子。他是一个善良而正直的人，收受贿赂也"规规矩矩"——从十戈比到两个卢布。老聂道漂斯金有过一个患肺病的瘦弱的妻子，也有过一些孩子；幸而大都不久就死掉了，只剩下聂道漂斯金和女儿米特罗道拉。米特罗道拉外号"土里俏"，经历过许多可悲而又可笑的事情之后，嫁给了一个退职的司法监察官。老聂道漂斯金先生好歹在生前给聂道漂斯金谋得一个编外办事员的职位。但是父亲一死，聂道漂斯金就退了职。他整日整夜地担心着，与严寒饥饿做着斗争，每天看着母亲忧愁，父亲无路可走，遭受主人和老板的欺辱……这些每天都发生的接连不断的苦难都让聂道漂斯金产生了一种懦弱的性格：他一看到长官就会颤抖不已、两眼发直，如同一只即将被捉住的小鸟。他退了职。漫不经心的、也许是喜欢开玩笑的造物主，往往在赋予人种种本性和爱好时，一点也不考虑其社会地位和财产；而是凭着固有的关怀和仁爱之心，把这个穷官吏的儿子塑造成一个多愁善感、懒惰、温和、逆来顺受的人——一个特别注重享受、具有极其灵敏的嗅觉和味觉的人……造物主塑造好了，又精心加工一番之后，就让自己的作品去靠酸白菜和臭鱼生长了。这件作品长成了，就开始所谓"生活"。这就热闹了。折磨得老聂道漂斯金死去活来的命运，又折磨起儿子：显然，它的胃口明显变大了。【写作借鉴：此句承上启下，我们已经了解老聂道漂斯金的悲惨，他的儿子又会受到命运怎样的捉弄呢？引起读者兴趣。】但它对付聂道漂斯金用的是另一种方式：它并不是折磨他，而是寻他开心。它并不将他逼到绝境，不让他忍受食不果腹的饥饿，却驱使他在俄罗斯到处漂泊，从大乌斯秋格到皇科克舍斯克，谋得一个低贱而可笑的职位，又换一个。有时命运照顾他，让他在又爱唠叨又暴躁的贵族女善人家里当"大管事"，有时安排他在又有钱又吝啬的商人家里做食客，有时委派他给一个暴眼睛、留有英国式发型的先生当家庭秘书长，有时又让他在养犬的猎人家里担任半家仆、半小丑的角色……总之，命运使得可怜的聂道漂斯金尝尽了寄人篱下的苦楚。他一生都在为那些无所事事的贵族老爷们劳心劳力，极力满足他们各种各样刁钻古怪的难题，替他们排解忧愁……有多少次，成群的客人拿他开心取乐，尽兴之后把他放了。他一个人回到房间里，羞臊得无地自容，眼里噙着绝望的冷泪，发誓到第二天一定偷偷地逃走，到城里去试试自己的运气，哪怕当一个小小的抄写员也好，要么干脆饿死在大街上。可是，第一，他没有志气；第二，他一向胆小；还有第三，到底怎样去给自己谋职位，去求谁呢？"不会要我的，"这个苦命人常常灰心丧气地在床上翻来翻去，小声说，"不会要我呀！"【名师点睛：悲惨痛苦的命运导致他性格的胆怯和懦弱。】因而到了第二天，他仍然要继续做着这些苦差事。他的遭遇让他越发痛苦难过，对他关怀备至的大自然也没有赋予他一些能力和天赋，【名师点睛：引出下文聂道漂斯金所遭遇的一切惨痛经历。】比如，他不善于反穿熊皮大衣跳舞跳到要倒的程度，也不善于在面临皮鞭挥舞的情况下插科打诨，献献殷勤；在零下二十度的时候他一丝不挂，会让他伤风；他的胃既不能消化掺墨水和其他污水的酒，也不能消化加了醋的小小的蛤蟆菌〔这是一种被称作"神蘑菇"的真菌类植物，有毒性，名叫蛤蟆菌，生长在印第安人居住的地方〕和红菇。要不是他最后的恩人，一个发了财的专卖商，在高兴的时刻想起在遗嘱中添写了一笔，天知道以后聂道漂斯金会怎样呢。那遗嘱中写的是："至于焦济亚·聂道漂斯金，将我自购的别谢林杰耶夫村连同所属土地交给他

▶ 猎人笔记

作为永远的世袭产业。"几天之后，这位恩人就在喝鲟鱼汤的时候中风死了。一下子乱套起来，法院来了人，把财产都查封了。家里人都来了，打开遗嘱，看过遗嘱，就叫人去找聂道漂斯金。聂道漂斯金来了。在场的人大部分都知道这位聂道漂斯金是在恩人手下干什么的，所以大家都纷纷朝他闹哄哄地叫喊，用嘲笑的口气向他祝贺。"地主来了，这不是，新地主来了！"另外一些继承人这样叫喊。"这就是那玩意儿，"一个出了名的爱说笑话和俏皮话的人接话说，"一点也不错，可以说……这的的确确就是……那玩意儿……就是所说的……那玩意儿……继承人。"于是大家都哄的一声大笑起来。聂道漂斯金很久都不肯相信自己有这样的福气。他看到遗嘱，脸色通红，眯着眼睛，挥动着双手，放声大哭起来。于是，大家的欢笑一下子变成闹哄哄的叫嚷了。别谢林杰耶夫村总共有二十二个农奴，没有谁感到太可惜，那为什么不借此机会寻寻开心呢？只有一个彼得堡来的继承人，一个长着希腊式鼻子、带有十分高贵的面部表情的气概非凡的男子，叫罗斯济斯拉夫·阿达梅奇·什托别尔的，忍不住了，侧着身子来到聂道漂斯金跟前，傲慢地扭过头去看了看他。"照我看来，先生，"他语气轻蔑，有些随意地说，"您是可敬的菲多尔·菲多雷奇手下的一名所谓逗趣的家仆吧？"这位来自彼得堡的先生操着纯正、流利的口音说着。聂道漂斯金正心烦意乱，并没有听清楚这位先生说的话，但周围的人马上安静下来。有一个爱说笑话的人笑了一下。什托别尔先生搓了搓手，又把他的问话重复了一遍。聂道漂斯金惊愕地抬起眼睛，张大了嘴巴。什托别尔先生恶狠狠地眯起眼睛。

"恭喜您呀，先生，恭喜您，"他又说，"虽然，可以说，不是每个人都愿意用这种方式挣得糊口之粮的；不过，不是每个人都一样，也就是说，各有各的口味……不是吗？"

后面有一个人由于又惊讶又高兴，很快又不失礼貌地尖叫起来。什托别尔先生看到大家的微笑，说着："请问，您有什么能耐才拥有这种幸运呢？您完全不必害羞，请尽管说吧，我们这里都是自家人。我说的没错吧？各位，我们都是自家人吧？"

什托别尔先生拿这话随便去问一位继承人，可惜那人不懂法语，所以只是带着赞同的神气轻轻地哼了一声。另外一个继承人，一个额头上有黄斑的年轻人，连忙接话说："是的，是的，当然啦。"

"也许，"什托别尔先生又说，"您会两腿朝天用手走路吧？"

聂道漂斯金很苦恼地朝周围看了看，所有的脸都不怀好意地笑着，所有的眼睛都笑出了眼泪。

"要么，也许，您会学公鸡叫吧？"

又是一阵哄堂大笑，而且立刻又鸦雀无声，等候下文。

"要么，也许，您会在鼻子上……"

<u>"够了！"突然有一个又尖又响亮的声音打断什托别尔的话，"你们欺侮一个可怜的人，怎么不害臊！"</u>【名师点睛：契尔托普哈诺夫见到聂道漂斯金被众人侮辱，挺身而出，为其仗言，体现他善良、勇敢的性格特征。】

大家都寻找声音的方向，原来讲话的是站在门口的契尔托普哈诺夫。他是已经去世的专卖商人的远方侄子，接到请帖前来参加家庭会议。在宣读遗嘱的时候，他像以往一样独自一个人站在离大家很远的地方。

"够了！"他傲然昂起头，又说一遍。

<u>什托别尔先生急忙转过脸去，看到一个衣着寒酸，其貌不扬的人，就小声问旁边的一个人（小心谨慎总是不错的）：</u>

<u>"这是什么人？"</u>

<u>"契尔托普哈诺夫，不是什么了不起的人物。"那人对着他的耳朵回答说。</u>

什托别尔先生便摆出不可一世的架势。【名师点睛：当他确认契尔托普哈诺夫的身份后，认为其对自己没什么威胁才敢表现出不可一世；包括

351

▶ 猎人笔记

【后文他迫于契尔托普哈诺夫的威势,向两人道歉,都在体现此人欺软怕硬、见风使舵的性格。】

"你是谁?居然在这里下命令?"他哼着鼻子,眯起眼睛,说,"你,到底是什么东西?"

契尔托普哈诺夫像火药碰到火星似的爆发了。他愤怒得连气都透不过来了。

"这……这……这……这……"他好像被什么东西卡住了喉咙,嘴里发不出声音。突然间,大吼着:"我是谁?我到底是谁?我是潘捷莱·契尔托普哈诺夫,是世袭贵族,我的祖先是为皇帝效过力的,你又是什么人?"

什托别尔先生脸色煞白,向后退了两步。他没料到这样的回击。

"我是……我,我是……啊,啊,啊!……"

契尔托普哈诺夫冲上前去。什托别尔先生惊骇得连忙向后倒退。客人们一齐朝怒气冲天的地主拥过来。

"决斗,决斗,马上隔着一块手帕拿枪对射!"气得发了疯的契尔托普哈诺夫叫喊着,"要么就向我赔礼,也向他赔礼……"

"道个歉吧,跟他道歉吧。"一些被吓破胆的继承人在什托别尔先生周围不停嘀咕着,"他是个疯子,会动刀子的。"

"对不起,对不起,我是不知道,"什托别尔先生讷讷地说,"我是不知道……"

"也向他赔礼!"不肯罢休的契尔托普哈诺夫大声喝道。

"也请您原谅。"什托别尔先生又对聂道漂斯金说。这时聂道漂斯金正像害热病似的浑身打着哆嗦。

契尔托普哈诺夫的气消了。他走到聂道漂斯金跟前,拉住他的手,旁若无人地朝四下里望了望,也不理睬任何人的目光,就在一片静默中带着别谢林杰耶夫村的新主人威风凛凛地从房里走了出来。

就从这一天起,他们两人形影不离。【名师点睛:性格的互补或许是两人成为至交好友的原因。】(别谢林杰耶夫村离别索诺夫村只有八俄里。)聂道漂斯金无比感激的心情立刻化为卑躬屈膝的仰慕。软弱、温顺而不完全纯真的聂道漂斯金对无所畏惧、公正无私的契尔托普哈诺夫崇拜得五体投地。"真是不容易的事呀!"他有时心里想,"他跟省长说话,直看着他的眼睛呢……真的呀,直对着他看哩!"

他对契尔托普哈诺夫佩服至极,甚至到了不可思议的地步。他尊敬契尔托普哈诺夫,认为契尔托普哈诺夫是一个博学多才、睿智非凡之人。倒也是的,虽然契尔托普哈诺夫所受的教育不论多么差,比起聂道漂斯金所受的教育,还是要多得多。确实,契尔托普哈诺夫俄文书读得很少,法文也很差,差得不得了,以至于有一次一个瑞士家庭教师问他:"先生,您会法语吗?"他回答得驴唇不对马嘴。然而他总还记得,世界上有一个富有机智的作家伏尔泰,记得法国人和英国人打过很多仗,还记得普鲁士国王腓特烈一世[欧洲中世纪罗马帝国的皇帝,也是德意志历史上著名的政治家、军事家]也是一个战功赫赫的人。在俄罗斯作家中,他崇拜杰尔查文[俄国诗人,生于小贵族家庭],喜欢马林斯基[俄国浪漫主义诗人],并且给最好的一只狗取名为阿玛拉克·贝特[马林斯基代表作《阿玛拉克·贝特》中的主人公]……

我同这两位朋友初次见面之后,过了几天,就到别索诺夫村去拜访契尔托普哈诺夫。从远远的地方就能望见他家的小房子。房子就在离村子半俄里路程的荒地上,也就是所谓"矗立在高地上",如同一只老鹰立在耕地上。契尔托普哈诺夫的宅院共有四座大小不同的破旧房舍,即厢房、马厩、板棚和澡堂。每一座房舍都是独立的,没有围墙,也没有大门。我的车夫犹豫不决地把车停在一口已经淤塞的、井栏破烂的井边。在板棚旁边,有几条瘦瘦的、毛蓬蓬的猎狗在撕啃一匹死马,大概那就是奥尔巴桑了;其中有一只小狗满嘴沾满了血迹,吠了几声,又啃起那裸露的肋骨。死马的旁边有一个十六七岁的小伙子,这个小伙子脸色发黄,面部浮肿,身上穿着小厮的服饰,光着脚。他正

▶ **猎人笔记**

在认认真真地看管着狗，时不时用鞭子抽打一下那些最贪吃的狗。

"老爷在家吗？"我问道。

"谁知道他在不在！"那小厮回答说，"您敲敲门吧。"

我跳下马车，走到厢房的台阶前。

契尔托普哈诺夫先生的住房特别简陋：木头已经发黑，中间部分像"大肚子"一样凸了出来，烟囱也倒掉了，屋檐腐烂倾斜，灰蒙蒙的灰蓝色小窗耷拉着，在那些乱草屋檐下显得毫无生机，如同眼皮下垂的眼睛。【名师点睛：形象贴切的环境描写，直观地向我们展现契尔托普哈诺夫经济条件、生活环境之差。】我敲门，无人应声，但是我听到屋里面有人高声说话：

"一、二、三；快念呀，笨东西，"一个嘶哑的声音说，"一、二、三、四……不对！一、二、三、四！……快念，笨东西！"

我又敲了敲门。

刚才那个声音喊起来：

"进来，是哪个呀？"

我走进又空又小的前室，就从敞开的门里看到了契尔托普哈诺夫。他身上穿的是油腻的布哈拉长袍和肥大的灯笼裤，戴的是红色圆便帽，坐在椅子上，一只手抓着一只小卷毛狗的嘴，另一只手里有一块面包，面包正悬在狗鼻子的上面。

"哎呀！"他很庄重地说，但是坐着没有动，"欢迎欢迎。请坐吧。这不是，我在训练文佐尔呢……"他又提高嗓门儿说："聂道漂斯金，快到这儿来。客人来了。"

"就来，就来，"聂道漂斯金在隔壁房里回答说，"玛莎，把领带拿来。"

契尔托普哈诺夫又转过脸去朝着文佐尔，并且把面包放到它的鼻子上。我朝四下里看了看。这间房间几乎没有任何家具，除了一张能拉开的、桌面翘着、有十三只长短不一的腿的桌子，还有四把已经坐坏的麦秆椅子。很久以前粉刷过的墙壁上露出很多个星星形状的蓝色斑点，大部分地方都脱落了，两个窗户中间挂着一面镶有红木框的破碎而模糊的镜子。角落里靠墙放着长烟杆和猎枪；天花板上挂着一条条又粗又黑的蜘蛛丝。

"一、二、三、四、五，"契尔托普哈诺夫慢慢念着，突然气呼呼地叫起来："五！五！五！……多么蠢的畜生！……五！……"

但那个倒霉的卷毛狗仍然哆嗦着身子，就是不张嘴。它还坐着，痛苦地夹着尾巴，扭着脸，眯着眼睛，似乎在那里说：是啊，随你怎么样处置都行！

"吃吧，给你！抓住！"地主反复地说。

"您把它吓坏了。"我说。

"好啦，那就让它去吧！"

他冲着狗踢了一下。那可怜的狗悄悄站了起来，鼻子上的面包掉了下来。它踮着脚尖，满脸沮丧，去了前厅。确实，陌生人第一次前来，主人竟这么对它。

另外一个房间的门小心地打开了，聂道漂斯金愉快地弓着身子、微微笑着走了进来。

我站起来，鞠了一个躬。

"请坐吧，请坐吧。"他讷讷地说。

我们都坐下来。契尔托普哈诺夫到旁边一个房间里去了。

"您来到我们这地方很久了吧？"聂道漂斯金用手捂着嘴咳嗽了一下，并且为了表示礼貌，手在嘴上捂了一会儿之后，才用柔和的声音说起话来。

"有一个多月了。"

"哦，是这样。"

我们沉默了一会儿。【名师点睛：能感觉到"我们"之间气氛的尴尬。】

"今天天气真好，"聂道漂斯金继续说着，满脸感激地望着我，如同天气好坏跟我有关，"庄稼长得很好。"

▶ 猎人笔记

我点点头,表示赞同。我们又沉默了一会儿。

"契尔托普哈诺夫的猎狗昨天逮到了两只灰兔,"聂道漂斯金加大了嗓门说起来,显然是想说得起劲些,"是啊,两只肥大的灰兔呢。"

"契尔托普哈诺夫的猎狗很好吗?"

"好得不得了!"聂道漂斯金得意地回答说,"可以说,是全省最好的。(他朝我跟前凑了凑)哎呀呀!契尔托普哈诺夫这人真了不起呀!他只要希望什么,只要想到什么,瞧吧,什么都成了,什么都热腾起来。契尔托普哈诺夫这个人呀,我可以告诉您……"

契尔托普哈诺夫走了进来。聂道漂斯金微笑着,不说话了,用眼神向我示意,让我看看他,似乎在说:您看了就相信了。我们开始聊起打猎的事情。

"您要不要看看我的猎狗?"契尔托普哈诺夫问我,不等我回答,就呼唤起卡尔普。

一个健壮的小伙子走进来,穿的是一件蓝领和带号衣纽扣的绿色土布外套。

"传话给福姆卡,"契尔托普哈诺夫断断续续地说,"叫他把阿玛拉克和赛加带来,要齐齐整整的,明白吗?"

小伙子咧开大嘴笑了笑,应了一声,就出去了。福姆卡过来了,他的头发梳得光光的,衣服很紧,穿着靴子,牵着两条狗。为了表示礼貌,我对那些愚蠢的畜生赞赏了一番(这些猎狗都是特别愚蠢的)。

【名师点睛:契尔托普哈诺夫最好的猎狗在"我"看来也不过如此。】契尔托普哈诺夫往阿玛拉克鼻孔里吐了两口唾沫,然而看样子那狗对此一点也不感到愉快。聂道漂斯金也从后面抚摩着阿玛拉克。我们又聊起来。契尔托普哈诺夫渐渐变得十分和善,不再盛气凌人了。他脸上的表情变了。他看看我,又看看聂道漂斯金……

"喂!"他高喊出声,"干吗让她独自坐那里?玛莎!喂,玛莎!快到这儿来!"

旁边的房间里有人走动起来，但是没有回答声。

"玛——莎，"契尔托普哈诺夫又亲热地叫道，"到这儿来呀。没关系，不要怕。"

门被轻轻地推开了，我看到一个大概二十岁的女子，她身材窈窕，有着一张茨冈人的黑黑的脸，黄褐色的眼睛，漆黑的辫子；又大又白的牙齿在红润饱满的嘴唇的衬托下，显得又白又亮。她穿着一条白色长裙，肩上披着浅蓝色的披巾，在靠近喉咙的地方用一枚金别针扣着。她那纤细而健壮的手臂被披巾遮住了一半。她浑身散发着乡野女子特有的羞涩和惊慌，向前跨了两步，又停了下来，低着头。【名师点睛：这一刻的羞涩和惊慌与后文的粗犷大方形成鲜明对比。】

"哦，我来介绍一下，"契尔托普哈诺夫说，"虽说不是我的妻子，可是和妻子差不多。"

玛莎的脸上泛起微红，有些扭捏地笑了笑。我冲她深深地鞠个躬。我很喜欢她。她有着纤细的鹰钩鼻，半透明的鼻孔，眉毛高高的，脸颊略微凹陷，有些苍白。她的整个相貌显出一种热情和豪爽。那盘好的发辫底下有两绺短发耷拉在黝黑的脖子上——这是有血性和刚强的特征。

她走到窗前坐下。我不愿再使她发窘，就和契尔托普哈诺夫说起话来，玛莎悄悄转过头来，偷偷地、怯生生地、很快地打量了我一眼。她的目光像蛇芯子[蛇的舌头]一般闪耀着。聂道漂斯金坐到她身旁，对着她的耳朵轻声说了两句话。她又笑了笑。她笑的时候，微微皱起鼻子，翘起上嘴唇，这样就使她的脸上出现了又像猫又像狮子的表情……

"啊，你真是一棵含羞草。"我在心里说，同时也偷偷地看着她那柔软的身躯、平平的胸部和似乎有些别扭的、快捷的动作。

"哦，玛莎，"契尔托普哈诺夫问道，"应该拿点东西出来款待款待客人，不是吗？"

"咱们有果酱。"她回答说。

▶ 猎人笔记

"好的，把果酱拿过来吧，顺便拿一瓶伏特加吧。喂，听我的，玛莎，"他对着她喊着，"六弦琴也一起拿过来吧。"

"为什么要用六弦琴啊？我不想唱歌。"

"为什么不唱？"

"不愿意唱。"

"哎，哪儿的话，你会愿意的，只要……"

"只要什么？"玛莎立刻皱起眉头问道。

"只要请你唱。"契尔托普哈诺夫不免有些尴尬地把话说出来。

"噢！"

她走了，过了一会儿，就拿回来果酱和酒，又坐到窗前。她的额头还有一条皱纹，两条眉毛一会儿上扬，一会儿又下去，如同黄蜂的触须……亲爱的读者，不知道您是否留意过，黄蜂的脸多么可怕？【写作借鉴：将玛莎比作黄蜂，似乎我们眼前就出现一位横眉竖眼满脸怒气的女子。】我感觉到暴风雨马上就要降临了，谈话也不那么顺畅了。聂道漂斯金一声不响，勉强微笑着；契尔托普哈诺夫喘着粗气，红着脸，瞪着眼睛；我已经准备要走了……玛莎突然站起来，砰的一声把窗子推开了，探出头去，怒气冲冲地喊一个路过的娘儿们："阿克西尼娅！"那娘儿们吓了一跳，本想转过身来，谁知滑了一跤，咚的一声跌倒在地上。玛莎身子向后一仰，哈哈大笑起来；契尔托普哈诺夫也笑了，聂道漂斯金高兴得尖叫起来。我们的精神都为之一振。只是打了一个闪电，大雷雨就过去了……天空又晴朗了。

过了半小时，谁也认不出来我们了，我们如同孩子一样欢笑着。【名师点睛：这是一群单纯的人汇集在一起的快乐。】玛莎玩得最尽兴，契尔托普哈诺夫的目光总是围着她转。她的皮肤发白，鼻孔张开，眼光炯炯有神，这个女子玩得入迷极了。聂道漂斯金拖着他那又粗又短的腿一拐一拐地跟在她后面，好像公鸭追赶母鸭。就连文佐尔也从前室里的大板凳底下爬出来，在门口站了一会儿，看了看我们，突然也跳起来，

358

开始吠叫。玛莎飞也似的跑到另一个房间里，拿来六弦琴，扯下肩上的披肩，很敏捷地坐下来，抬起头，唱起茨冈歌儿。她的声音清脆而带有颤音，好像一只有裂痕的玻璃铃铛，那声音一会儿高昂，一会儿低沉……使人觉得又甜蜜又惊心动魄。"啊，燃烧吧，说吧！……"契尔托普哈诺夫跳起舞来。聂道漂斯金跺起脚，迈着碎步跳起来。玛莎浑身扭动着，仿佛火里的桦树皮；那细细的手指在琴弦上敏捷地来回滑动着，那黝黑的脖子在琥珀项链底下慢慢起伏着。有的时候，她突然不唱了，无精打采地坐下来，好像无可奈何地拨弄着琴弦，【名师点睛：体现了她和契尔托普哈诺夫性格相似，随性自由。】契尔托普哈诺夫暂停下来，只是扭动肩膀，原地倒换双脚，聂道漂斯金就摇着脑袋，如同中国的瓷器娃娃；有的时候，她又如同疯子一样高声唱歌，伸着腰，挺着胸膛，契尔托普哈诺夫又蹲到地上跳起来，几乎要碰到天花板，像陀螺一般旋转着，高声叫着："快呀！"……

"快，快，快，快！"聂道漂斯金像连珠炮似的跟着叫道。

那天晚上我很晚才离开别索诺夫村。

Z 知识考点

1.填空题。

＿＿＿＿＿＿在"我"旁边打着瞌睡，＿＿＿＿＿＿随着马车的颠簸不断跳动。马车进了＿＿＿＿＿＿的时候，"我们"下车去猎捕＿＿＿＿＿＿，结果遇到一个＿＿＿＿＿＿，＿＿＿＿＿＿，鼻子红红的、＿＿＿＿＿＿，留着很长的＿＿＿＿＿＿的陌生人。

2.选择题。

以下选项对全文理解正确的一项是（　　）

A.潘捷莱·契尔托普哈诺夫戴着绿色的皮帽向"我"打听一个骑枣红马的人。

B.契尔托普哈诺夫向"我"鞠了两个躬之后，就和伊凡内奇一起驱马

359

▶ 猎人笔记

走进了灌木丛。

C.契尔托普哈诺夫在善良又愚蠢的母亲瓦西里萨的培养下,成了一个娇惯的小少爷,而作为父亲的叶列美只顾着自己的经济设想。

D.在父亲死后,契尔托普哈诺夫由一个富家继承人变成了一个穷光蛋,但原本暴躁的性格也因此有所好转。

3.问答题。

为什么说契尔托普哈诺夫是个善良的人,他的哪些行为值得称赞?

_____

_____

Y 阅读与思考

1.被成群的客人寻开心后,聂道漂斯金回到房间后有怎样的反应?

2."我"去拜访契尔托普哈诺夫时,进门看到了怎样的一幅画面?

3."我"第一次看到玛莎的时候,她是什么形象?

活骷髅

> **M 名师导读**
>
> 　　这一次要给大家介绍的,是一个能歌善舞、美丽动人的姑娘。她心地善良,却因一次蹊跷的意外事故瘫倒在床,日渐消瘦,成为一具"活骷髅",但她从未怨天尤人,而是乐观积极、心怀感恩地面对生活。她每天躺在床上,不能动弹,是如何度过这六七年漫长的日日夜夜的?让我们一起来看看吧。

　　法国有一句谚语:"干渔夫,湿猎人,一副狼狈相。"我从来不喜欢打鱼,也不能判断渔夫在晴天里是什么感受,也不知道他们在阴雨天气打鱼收获的快乐多大程度上超过被雨淋湿的不悦。但我知道,对于猎人来说,下雨的确是真正的灾难。有一次我和叶尔莫莱到别廖夫县去打松鸡,正遇到了这种灾难。<u>从清晨起,雨一直没有停。</u>【名师点睛:下雨的天气为"我"后文前往阿列克谢耶夫村做铺垫。】为了避免淋雨,我们什么办法都想了,把橡胶雨衣披到头上,还在树底下站了一阵子,为的是少淋些雨……众所周知,这种防水雨衣妨碍打枪,可没想到,它竟混蛋到漏雨。我们躲在树下刚开始还淋不到雨,可后来树叶上积攒的雨水一下子灌下来,每根树枝都如同排水管道一样淋到我们的脑袋上,冰凉的雨水灌进脖子,顺着脊背淌下来……正如叶尔莫莱说的,这真是再糟糕不过的事了。

　　"不行,彼得·彼得罗维奇,"叶尔莫莱终于叫起来,"这样不行!……今天没法打猎了。狗鼻子一淋雨,就不灵了;枪也打不着火了……呸!

361

▶ 猎人笔记

真倒霉！"

"那该怎么办呢？"我问。

"那就这样吧。咱们到阿列克谢耶夫村去。您也许不知道，有这样一个村子，是属于老夫人的，离这儿有八九俄里。咱们就在那儿过夜，等明天……"

"明天再回到这儿来吗？"

"不，不到这儿来了……阿列克谢耶夫村那边许多地方我都很熟悉……在那儿打松鸡比这儿好多了！"

我没有仔细盘问我那忠实的朋友为何一开始不带我到那里去，于是那天，我们一起去了母亲所在的村庄。说真的，我从没想过还有那么一个庄子。这个田庄有一间厢房，已经荒废破败了，因为那里没人住，所以比较干净。我们在这里度过了一个安静祥和的夜晚。

<u>第二天，我早早地醒来。</u>【写作借鉴：晚上的休息一笔带过，而对下文遇见"活骷髅"的情况进行详写，详略得当，笔墨均匀。】太阳刚刚出来，天上没有一片云彩，周围闪耀着强烈的、来自两方面的亮光：初升朝阳和昨日大雨的亮光。我趁着套马车的时候，信步到小园子里走走——以前这是一个果园，现在荒芜了，芳香而茂密的树丛环绕着这座厢房。啊！在这宽敞的郊野、明媚的阳光下，云雀唱着优美的歌谣，嘹亮的鸣叫声如同一串串银铃从空中撒落，这是多么令人舒心的事情啊！它们的翅膀上应该挂着朝露，歌声如同得到露水的浇灌那样清脆。我情不自禁地脱下帽子，尽情畅快地呼吸着……在一条不深的溪谷的斜坡上，紧靠篱笆，有一个养蜂场。通向养蜂场的一条羊肠小道从密密<u>丛丛的杂草和荨麻中穿过，在杂草和荨麻上面耸立着不知从哪儿来的许多暗绿色植株的尖尖的茎秆。</u>

我顺着这条小道走去，来到养蜂场。养蜂场旁边有一座柳条编成的小棚屋，即所谓过冬蜂房。我朝半开着的门里望了望：<u>里面阴暗而沉寂，还散发着薄荷和蜜蜂花的香气。</u>【名师点睛：根据后文能得知

362

这是本章主人公"活骷髅"的住房，虽说阴暗但是干净舒适，香气缭绕。】在角落里搭了一张板床，上面有一个小小的人正盖着被躺着……我就想走开了……

"老爷，老爷！彼得·彼得罗维奇！"我听到一个微弱、缓慢而沙哑的声音，好像沼泽地上苔草的瑟瑟声。

我站住了。

"彼得·彼得罗维奇！请您到这儿来！"那声音又说。声音是从角落里我刚看到的那张板床上传来的。

我走到跟前一看，惊呆了。在我面前躺着的是一个活人样的躯壳，可这是个什么样子的人啊！

她的头干瘪了，呈现出一种颜色——青铜色，如同古代绘画中的圣像一样；细鼻子跟刀锋一样；嘴唇似乎都消失了，只有牙齿和眼睛是白色的，从头巾下面露出的几绺稀少的头发是枯萎的黄色。下巴边，在被子的皱褶上，如木棍一样瘦小的手指在缓慢地摸索。我仔细瞧了瞧：那张脸并不难看，相反，还很漂亮。但是看起来却很可怕，与正常人完全不一样。我看到这张金属一样的脸颊正在用力……努力想要笑一笑，然而没有笑出来。这让我觉得特别可怕。【名师点睛：因病恐怖而让人无法直视的面孔，与后文开朗乐观、直面现实的心态形成鲜明对比。】

"您不认识我了吗，老爷？"那声音又轻轻地说，好像勉强从微微颤动的嘴里冒出来的。我是露凯丽娅……您记得吗？在斯巴斯克庄上，在老夫人那里领跳轮舞的……记得吗，我还是领唱呢！"

"露凯丽娅！"我叫起来，"就是你吗？怎么会这样呀？"

"是我，老爷，是我。我就是露凯丽娅。"

我不知道说什么好，茫然若失地望着这张黝黑的、一动不动的脸和盯着我的那一双明亮而毫无生气的眼睛。怎么会这样呀？这具木乃伊般的人竟是露凯丽娅，我家所有仆役中的头号美女，那个苗条、丰满、雪白、粉红、能歌善舞、笑声朗朗的露凯丽娅！露凯丽娅，聪明

363

> 猎人笔记

伶俐的露凯丽娅，我们所有的小伙子都追求过的露凯丽娅，就连当时只有十六岁的我，也偷偷爱慕过的露凯丽娅！

"天啊，露凯丽娅，"我终于说出话来，"你这是怎么啦？"

"我真是大难临头了！不过请您不要嫌弃我，老爷，不要因我遭遇灾难而厌恶我。请您坐在那只小桶上，离我近一些，否则您听不清我说的是什么……您看，我已经没什么力气了！……哦，我见到您多么高兴呀！您怎么到阿列克谢耶夫村来了？"

露凯丽娅说话的声音又轻又微弱，但没有停顿。

"是猎手叶尔莫莱带我到这儿来的。你还是对我讲讲……"

"讲讲我的灾难吗？好吧，老爷。我出这事已经很久了，有六七年了。那时候我刚刚嫁给瓦西里·波里亚科夫——您可记得，就是那个长得很匀称、鬈头发、给老夫人管餐室的年轻人？不过，您那时已经不在乡下，到莫斯科去念书了。我和瓦西里·波里亚科夫爱得很深，我一刻也忘不了他。那时正是春天。有一天夜里……天快亮了……我睡不着。夜莺在花园里唱得那么美妙动听啊！……我忍不住，就起身走到台阶上去听夜莺唱歌。夜莺唱呀，唱呀……忽然我好像听到有人叫我，好像是瓦西里的声音，那声音轻轻地说：'亲爱的露凯丽娅！……'【名师点睛：其实没人却幻听有人呼唤，似乎是命运跟她开了个残酷的玩笑，让她遭此劫难。】我看向周围，可能是因为没能完全清醒，一下子就踩空了，整个人从台阶上跌落下来！我还以为自己没有受多少伤，因为我马上就爬了起来，回到了自己的房间里。可是我感觉身体里边——似乎是内脏——大概有东西裂开了……请让我休息一下……请等一下……老爷。"

露凯丽娅停下来了，我惊愕地望着她。特别使我惊愕的是，她在讲自己往事的时候，几乎是愉快的，不叹息也不呻吟，一点也不是诉苦和恳求人同情。【名师点睛：虽然被意外事件夺走了健康，但是她没有抱怨也没有哀伤，依然乐观积极，值得我们敬佩。】

"自从出了那件事以后,"露凯丽娅继续说下去,"我就渐渐消瘦,渐渐衰弱下来,浑身的皮肤发了黑,走路也困难了,到后来两条腿就完全不中用了,不能站,也不能坐,只能天天躺着;不想吃,也不想喝,身子越来越糟。老夫人心肠好,又给我请医生,又送我去医院。可是我的病一点也不见好。甚至没有一个医生说得出我患的是什么病。他们使用各种各样的办法来给我治病:用烧红的铁烙我的背,或是将我放到敲碎的冰里冻着——然而这些办法一点用也没有。后来,我的身体慢慢僵硬了……那些医生也认为我已经无法医治了,我这个残疾人在主人家没法待下去了……因而,他们将我送到这里——毕竟这里有我的几个亲戚。所以我就这样生活了。"

露凯丽娅又不说话了,竭力想笑出来。

"你这种状况实在太糟糕了!"我叫起来……再不知道说什么好,就问道:"瓦西里·波里亚科夫怎么样啦?"这话问得很蠢。

露凯丽娅把眼睛微微转向一旁。

"瓦西里·波里亚科夫怎么样吗?他悲伤了好一阵子,后来,就娶了另外一个姑娘,格林村的一个姑娘。您知道格林村吗?离我们这儿不远。那姑娘叫阿格拉菲娜。<u>他其实很爱我,只是毕竟很年轻,不能一直这样孤零零的一个人。【名师点睛:露凯丽娅没有因为丈夫另娶而哀天怨地,而是体谅理解他,能看出这个姑娘的善解人意。】</u>再说了,我这样怎能成为他的妻子呢?他娶的这个妻子,又善良又贤惠,已经有了孩子了。现在他在附近的一个人家里当管家:老夫人给了他自由,上天保佑,他现在日子过得很舒适。"

"你就这样一直躺着吗?"我又问。

"我就这样躺着,老爷,已经有六年多了。夏天就躺在这个小棚子里;等天冷起来,就把我抬到澡堂的更衣室里,我就躺在那儿。"

"谁服侍你,照料你呢?"

"这里有些善良之人,他们并没有抛弃我。况且,我也不需要特别

猎人笔记

的照顾。说到吃的，我基本上吃不了什么东西；水呢，就在杯子里：那里总备有干净的泉水。我自己能够得着杯子，因为有一只手是可以动的。哦，这里还有一个小姑娘，是一个孤儿，时常来看看我，真该感谢她。刚才她就来过……您没有碰见她吗？一个挺好看的、白嫩的小姑娘。她常常给我送花来，我太喜欢了，太喜欢花了。我们园子里没有花——过去是有的，可是现在没有了。不过野花也很好，比家花还香呢。就比如这铃兰花……这香味多么好闻呀！"

"我可怜的露凯丽娅，你不寂寞吗，不难受吗？"

"有什么办法呢？<u>不瞒您说，起初是很苦恼的，可是后来就习惯了，忍受下来了，也就没什么了。有些人比我还糟呢。</u>"【虽然露凯丽娅身处如此糟糕的境地，但她仍能积极乐观、心怀感恩地面对生活，体现了她的坚强和对生活的热爱之情。】

"这话怎么说？"

"有些人连栖身之所都没有！有的人是盲人或是聋人！可是我呢，眼睛不错，耳朵也没问题。田鼠在地底下挖洞的声音，我都能听得一清二楚的。任何气味我都能闻出来，即使很淡的气味我也能闻出来。荞麦开花，或是菩提树开花，根本不需要别人跟我说，我准是第一个闻出来的。只要有一点点风从那地方吹来就行。还有什么要怨恨的呢？世上不如我的人多着呢。再比如说：有的健康的人很容易犯罪，可是我不会去犯罪了。前几天神父阿列克塞来给我授圣餐，他就说：'你没有什么可忏悔的，你这种状况还会犯罪吗？'可是我回答他说：'要是思想上犯罪呢，神父？''哦，'他说着，笑了，'这种罪过算不了什么。'"

"不过，可以说，我连思想上的罪过也不怎么犯了，"露凯丽娅继续说下去，"因为我已经养成习惯：不去想，尤其不去想过去的事。这样时间就过得快些。"

说实话，我感到十分惊讶。

"露凯丽娅，你总是冷清清一个人，你怎么能不让你的脑子里想些

366

什么呢？是不是你一直在睡觉呢？"

"不，老爷！我绝对不会一直睡觉的。虽然我没有剧痛，但内脏一直疼痛，骨头也疼痛，让我没办法休息好。不……我只是这样躺着，躺着——什么都不想；我知道我活着，呼吸着——我整个人都在这里。我看看，听听。蜜蜂在蜂巢里嘤嘤嗡嗡；鸽子落到屋顶上，咕咕叫起来；有时一只母鸡带着一群小鸡来啄面包屑；有时飞来一只麻雀或者一只蝴蝶——我都觉得很开心。前年还有燕子在那个屋角上做窝儿，孵出了小燕儿。这多有意思啊！一只燕子飞进来，落到窝儿上，喂过小燕儿，就飞出去。一转眼，另一只燕子又飞进来接班了。有时燕子不飞进来，只是从开着的门前飞过，那些小燕儿立刻就叽叽喳喳直叫，张大了嘴巴等着……到第二年我还等燕子来，可是听说，此地有一个猎人开枪把燕子打死了，他怎么这样狠心呀？一只燕子比甲虫大不了多少……你们这些打猎的先生们多么狠心呀！"【名师点睛：体现露凯丽娅对小动物、对大自然的热爱。】

"我是不打燕子的。"我连忙说。

"有一次，"露凯丽娅又说起来，"说起来真是有趣，有一只兔子跑过来，真的！可能是有几只狗追赶着它，兔子一下就钻到门里了！……它蹲在我附近，很长时间，一直在那儿耸动鼻子，晃动胡子——就像一个军官一样！它看着我，知道不用怕我。后来它站起来，蹦蹦跳跳地跑到门边，到了门槛扭头看了一下，撒腿就跑了！真是有趣！"

露凯丽娅抬眼看了看我……那意思是问：不是很有趣吗？我为了满足她的愿望，就笑了笑。她咬了咬干燥的嘴唇。

"嗯，到了冬天，我当然不怎么舒服。因为太暗了，点蜡烛又有点儿可惜。况且点了有什么用呀？我虽然识字，而且一向喜欢看书，可是看什么书呀？这儿什么书也没有。就是有书，我怎么能拿着看呢？神父阿列克塞为了给我解闷儿，就拿了一本历书[按照一定历法排列年、月、日、节气、纪念日等供查考的书]。但他看一点用也没有，就拿回

猎人笔记

去了。只是，虽然天色暗了下来，但还有些声响：有蟋蟀叫了，或者老鼠在什么地方挖洞。这时就很好：可以不乱想了！"

"要不然我就念念祈祷词，"露凯丽娅休息了一下，又说下去，"不过我知道的祈祷词不多。而且，何必打扰别人呢？我能要求什么呢？我需要什么，我很清楚。我一念《我们的主》《圣母颂》《赞美一切受难者》，就又安安静静地躺着，什么也不想了。"

过了两三分钟。我也没有说话，坐在小木桶上一动不动。躺在我面前的这个不幸的活人那种残酷的、石头般的僵化也传染给了我：我好像也僵住了。

"你听我说，露凯丽娅，"终于我开口说了，"请听我说，我给你一个建议，我让他们送你去医院，送你到一个很好的医院，你想去吗？可能你还能治好呢，不管怎么样，你不能一个人了……"

露凯丽娅微微动了动眉毛。

"唉，不必了，老爷，"她用忧虑的口气小声说，"不要送我去医院，不要动我了。我到了医院里只会更痛苦。我的病到哪儿也治不好！……有一回一位医生来到这里，想给我检查检查。我请求他：'看在我这么虚弱的分上，不要打扰我吧。'他哪里听呀！就把我翻过来倒过去，把我的胳膊和腿又揉搓又弯曲。他说：'我这是做科学研究。我是学者，是有职务的人，就是干这种事的！你不能不让我做研究。我因为做研究是得过勋章的，而且我就是为你们这些糊涂蛋效力。'他把我折腾来折腾去，折腾了一阵子，对我说了说我的病名——那病名很难懂——说过就走了。他走后整整有一个星期，我浑身的骨头都酸痛。您说，我是一个人，总是一个人。不是的，并非总是这样。经常有人看望我。

【名师点睛：因为她懂得感恩，积极乐观，所以大家都喜欢、怜爱她，愿意来照顾、看望她。】我很安静，不会打扰他们。偶尔会有一些农家姑娘过来，在这里聊天。有时过来一个女香客，跟我聊聊耶路撒冷、聊聊基辅，还会讲一些圣城的故事。我独自一人并没感觉害怕，甚至觉得这种感觉挺好的，真的！……老爷，不要将我送到医院去了，不用帮我的……谢谢您啦，您那么善良，只要不帮我就行，亲爱的老爷。"

"好吧，那就随你，那就随你，露凯丽娅。不过，我这是为你好呀……"

"我知道，老爷，知道是为我好。可是，好老爷呀，谁又能帮得了另外一个人？谁又能懂得另外一个人的心呢？一个人只能自己帮助自己！您恐怕不相信，有时我一个人这样躺着……觉得全世界除了我，再没有别的人了，只有我一个人是活着的！突然间……我就沉思遐想起来——简直美妙得很呢！"

"这时候你想些什么呢，露凯丽娅？"

"老爷，那想法出现时就像乌云散开一样，美好而清新！假如旁边有别的人，我就不会有这样奇特的感觉，除了自己的不幸外，什么都感觉不到。"

露凯丽娅很吃力地叹了一口气。她的胸膛也和别的肢体一样，不听她使唤了。

"老爷，我看您的样子，"她又说起来，"您是很可怜我的。不过，您不要太可怜我吧，真的！比如，我可以告诉您，就是现在，我有时候还……您还记得吧，我以前是多么快活的？是一个活泼姑娘哩！……您猜怎么样？就是现在我还唱歌呢。"

"唱歌？……你？"

"是的，唱歌，唱古老的歌、轮舞歌、覆盘歌、圣歌、各种各样的歌！我以前会唱很多歌，现在还没有忘记，只是不唱伴舞歌了。我现在的情况下唱伴舞歌没有用处。"

"你怎样唱呢？……在心里唱吗？"

"有时在心里唱，有时也会唱出声音来。我没法高声歌唱，但还可以让人听清楚。我告诉过您，有一个小姑娘经常来我这里，她是个很懂礼貌的孤儿。我教她唱歌，她跟着我学会了四首歌谣。您可能不太

369

猎人笔记

相信，请等一会儿，我马上唱给您……"【名师点睛：即使身处逆境也能积极歌唱，甚至教会别人歌唱。我们能够体会到，面对再大的困难，只要微笑应对，总能度过。】

露凯丽娅鼓了鼓劲儿……我一想到这个半死的人要唱歌了，不由得产生一种恐怖感。但是不等我把话说出来，就有一种悠长、微弱，但清晰而准确的声音在我耳边颤动起来……紧接着是第二个音、第三个音。露凯丽娅唱的是"在牧场上……"她唱的时候，没有改变脸上僵化的表情，甚至眼睛也一动不动。然而那又可怜又费劲、像一缕轻烟似的颤动着的嗓音却异常动听，她是多么想把全部心曲倾吐出来……我已经不感到恐怖，而是产生了一种说不出的痛心和怜惜感。

"哎呀，我不能唱了！"她突然说，"没有劲儿了……我看见您非常高兴。"

她闭上了眼睛。

我将手覆盖在她冰冷的手指上……她望了我一眼，她那如同古代雕像一般的金黄色眼睫毛跟随黝黑的眼皮一起闭上了。又过了一会儿，眼皮在那幽闭的棚屋里闪出亮光……是泪水将它们打湿了。【名师点睛：不管怎样乐观向上，内心总有软弱的时候，特别是在亲近、关心自己的人身边，心灵深处的脆弱、委屈、无助会淋漓尽致地释放出来。】

我依然一动没有动。

"我这人真是的！"露凯丽娅突然用出人意料的劲儿说，并睁大了眼睛，想要把眼里的泪水忍住。"这不难为情吗？我这是怎么啦？我很久没有这样了……自从去年春天瓦西里·波里亚科夫来看我那一天以后，就没有这样过了。他坐在这儿跟我说话的时候，我倒没有什么，可是等他一走，我一个人哭得好厉害呀！不知从哪里来的那么多眼泪……不过，我们女人的眼泪本来就是不值钱的，老爷，"露凯丽娅接着说，"您大概有手帕……不要嫌弃我，替我擦擦眼泪吧。"

我连忙满足了她的要求，并且把手帕留给了她。起初她不肯要……

她说:"我要这样的礼物做什么?"这手帕看起来很一般,但洁白干净。后来她用虚弱的手指抓着,再也不放手了。我已经习惯我们两人所在的棚屋的黑暗,我能清晰地看到她的容貌,就连她那青铜色的脸庞上的微微红晕都能看清,也能察觉到曾经的美好容颜在这脸庞上留下的痕迹。

"老爷,您刚才问我,"露凯丽娅又说起来,"我是不是天天睡觉?我确实睡得很少,可是每次睡着了都会做梦,都是好梦!我从来不梦见自己生病,我在梦里总是非常健康、非常年轻的……只是有一点很痛苦:等我醒过来,就想好好地舒展一下,可是浑身就像被捆住了。有一回我做的梦可美妙哩!要不要我讲给您听听?……好,您听我说说……我梦见,我好像站在田野里,周围都是黑麦,高高的、金灿灿的,都已经熟透了!好像有一条火红色的狗跟着我,这狗凶得不得了,老是想咬我。我手里似乎有个镰刀,这并不是常见的镰刀,它是一个像镰刀一样的闪亮的月亮。我要用这个月亮将整片黑麦割光。但因为酷热难耐,我非常疲惫,月亮让我眼花缭乱,我开始打瞌睡了。我周围长着许多矢车菊,那么大的矢车菊!而且所有的矢车菊都朝我转过头来。于是我想:我来采些矢车菊吧,瓦西里·波里亚科夫说不定要来的——那我就先给自己编一个花冠,然后再割黑麦还来得及。我就开始采矢车菊,可是矢车菊一碰到我指头就消失了,就是采不到!我的花冠怎么也编不成。这时候我听到有人向我走来,走得很近了,并且叫我:'露凯丽娅!露凯丽娅!……'我心想:'哎呀,糟糕,来不及了!管它呢,我就把这月亮戴到头上,代替矢车菊吧。'我就像戴头巾一样把月亮戴到头上,我浑身立刻大放光辉,把周围田野全照亮了。【名师点睛:在梦中,露凯丽娅将月亮戴到头上,健康、自由、充满活力,像一个天使一样美丽。美好的梦境寄托了露凯丽娅的期望和幻想,使她能够暂时摆脱病魔的折磨,体现出露凯丽娅纯洁美好、乐观积极的心灵。但是越美好的梦境,其与现实的撞击就越是猛烈,两相对比,更凸显露凯丽娅命

> 猎人笔记

运的坎坷与悲惨。】这时,有一个人从麦穗顶上快步向我走来——不过不是瓦西里·波里亚科夫,竟是基督驾临!为什么我认出这是基督?我说不上来——画像上的基督并不是这样的——不过我明白这就是基督!没有蓄胡子,个子高高的,年纪很轻,一身白衣服,只有腰带是金色的——他向我伸过手来,说:'不要怕,我的打扮得漂漂亮亮的姑娘,跟我走吧。你要到我的天国里去跳轮舞,还要唱天堂的歌儿。'于是我紧紧拉住他的手!我的狗立刻跑过来咬我的脚……可是我们顿时腾空而起!他在前面……他在空中展开翅膀,那翅膀像海鸥翅膀一样——我就跟着他!那狗就只好离开我了。这时我才明白,这狗就是我的病,是不会去天国的。"

露凯丽娅停了一小会儿。

"我还做过一个梦,"她又说起来,"也可能这只是我的幻觉——我没有弄明白。我感觉自己就在这个小屋里躺着,已经去世的父亲母亲来到这里,对我深深地鞠了一躬,他们并没有开口说话。我就问他们:'爹,妈,你们为什么向我鞠躬呀?'他们说:'因为你在人世受了很多苦,所以你不但解救了自己的灵魂,而且减轻了我们很大的罪过,我们就轻松多了。你已经完全赎清了自己的罪过,现在你是在为我们减轻罪过了。'他们说完这些话,又向我鞠了一个躬,就不见了,只能看见四面墙壁了。后来我非常疑惑,不知道这是怎么一回事儿,于是在忏悔的时候说给神父听了,可是他认为这不是幻觉,因为幻觉只有神职人员才会有。"

"我还做过这样一个梦,"露凯丽娅又说下去,"在梦里,我似乎坐在马路旁的一棵爆竹柳下面,手里握着一根削得光溜溜的手杖,肩上背着背囊,脑袋上戴着头巾,如同一个女香客!我要去远方拜神,从我身旁走过去的都是香客。他们悠闲地走着,似乎有些不高兴,每个人都朝同一个方向前行。他们的脸上都是灰头土脸的,彼此都有些相像。我又看到:有一个女人在他们中间转悠着,前前后后地跑着,她比别人高出整整一个头。她的服装也很特别，好像不是我们俄罗斯的服装。她的脸也很特别，阴沉沉的，绷得紧紧的。别的人好像都在躲她，她却猛地一转身，直向我走来。她站定了，看着我：她的眼睛像老鹰眼睛，黄黄的，又大又明亮。我问她：'你是什么人？'她对我说：'我是你的死神。'我不但没有害怕，相反我高兴极了，画起十字！那女人，也就是我的死神，对我说：'我很可怜你，露凯丽娅，可是我不能把你带走。再见吧！'天呀！这时我多么难过呀！……我说：'把我带走吧，好大婶儿，把我带走吧！'于是我的死神又转过脸来朝着我，对我说起话来……我知道她是在指定我的死期，可是说得含含糊糊，叫人听不懂……说是在圣彼得节之后……【名师点睛：圣彼得节之后的死期，是她对自己的暗示，也是与下文的呼应。】这时候我就醒了……我就是常常做这样奇怪的梦！"

露凯丽娅向上抬了抬眼睛……沉思起来……

"只是有一点很糟糕：有时我整整一个星期都会睡不着。去年有一位夫人从这里路过，看到我，给了我一小瓶治失眠的药。她叫我一次服十滴。我服了这药很有效，能睡着了。可是这一小瓶药早就服完了……您知道吗？这是什么药，怎样可以买到？"

路过的夫人给露凯丽娅的显然是麻醉药。我答应给她送一瓶来，而且我对她的忍耐劲儿不能不表示惊讶。

"哎呀，老爷，"她回答说，"您怎么说这话呀？这算什么忍耐劲儿呀？苦行僧西蒙的忍耐精神才真了不起呢：他在柱头上站了三十三年！还有一位圣徒，叫人把他埋到地里，一直埋到胸口，有许多蚂蚁在咬他的脸……还有，一个读过许多经卷的人对我说的：从前，有一个被阿拉伯人占领的国家，那里的百姓遭受阿拉伯人的迫害和残杀，百姓们无论如何反抗，却怎么也获得不了自由。这时候，百姓中出现一个圣处女。她手握一把宝剑，身披两个沉重的铠甲，与阿拉伯人作战，将他们驱赶到大海的另一边。她一边赶走侵略者，一

373

猎人笔记

边对阿拉伯人说：'你们把我烧死吧，因为我曾经发过誓愿：我要为我国人民死于火刑。'就这样，阿拉伯人将她抓起来，并且将她烧死。正是从这时候开始，人民重获自由！这才是真正伟大的事情呢！而我算得了什么呢？"

我心中暗暗吃惊，不知道为什么有关法国女英雄贞德的传说会以这样的方式传到这里。沉默了一会儿之后，我问露凯丽娅："你多大岁数？"

"二十八……也许是二十九……不到三十。还算岁数有什么意思呀？我还有一件事要对您说说……"

露凯丽娅突然低沉地咳嗽了一声，叹了一口气……

"你说话说得太多了，"我向她指出，"这样对你身体不好。"

"您说得对。"她声音非常低微，说，"我们早就应该停止交谈了。其实也没什么关系！等您离开后，我尽量不说话了。起码我将自己的心事已经倒出来了……"【名师点睛：从她的话语中，我们能够了解到，她是很少向别人吐露心声的，尽量保持安静，不打扰别人。】

我起身向她告别，答应她我一定会给她送药来，并且再一次请她想想，告诉我还需要什么。

"我什么也不要。我什么都有了。"她十分吃力且非常感动地说，"愿大家都健康！对了，老爷，您最好劝劝老夫人：这里的庄稼人都很穷，请她把他们的代役租减轻些，哪怕减轻一点点儿也好呀！他们的地不够，出产量也很少……如果能减轻一些，他们会为您祈祷的……我倒是什么都不需要，一切都满足了。"【名师点睛：尽管身处苦难之中，却还在为穷困的庄稼人着想，体现了露凯丽娅的善良。】

我向露凯丽娅保证，一定实现她的心愿。我已经快要走到门口了……她又把我叫了回来。

"老爷，您是否还记得，"她的眼神和嘴巴上有一种奇特的表情一闪而过，"之前我梳的是什么样的辫子？您还记得吗？一直梳到膝盖那里呢！我好长时间都下不了决心……头发这么长……我该用什么梳理啊？……于是我将头发剪断了……唉……就这样了，老爷，再见吧，我不能继续说了……"

就在这一天，在出猎之前，我和村子里的甲长谈起露凯丽娅。<u>我从他嘴里了解到，村里的人都管她叫"活骷髅"，不过她从来不给人添麻烦</u>;【名师点睛:与题目相对应。露凯丽娅像"活骷髅"一样，整日躺着，不能动弹，整天安安静静，尽量不给他人添麻烦，但是心灵美好，乐观积极，她从不抱怨、心怀感恩的精神鼓舞着人们，所以人们由衷地喜爱她、敬佩她。】也听不到她诉苦，听不到她抱怨。"她什么要求也没有，相反，她对什么都很感激，安安静静，真是安安静静。天生的傻姑娘，"甲长这样下结论说，"大概是因为前生有罪受到上帝惩罚吧！不过这事儿我们管不着。我们不会指责她什么，随她去吧！"

几个星期之后，我听说露凯丽娅死了。死神还是把她带走了……正是在"圣彼得节之后"。据说，她在死的那一天一直能听到钟声，虽然阿列克谢耶夫村离礼拜堂有五俄里还多，而且那一天也不是礼拜天。不过，露凯丽娅说，那钟声不是来自礼拜堂，而是"从上面"传来的。大概，她不敢说是"从天上"传来的。

Z 知识考点

1.填空题。

"我"知道，对于猎人来说，下雨的确是＿＿＿＿＿＿＿＿＿＿。有一次"我"和＿＿＿＿＿＿＿到＿＿＿＿＿＿＿去打松鸡，正遇到了这种灾难。我们把＿＿＿＿＿＿＿披到头上，还在树下站了一阵子，结果我们的防水雨衣不仅＿＿＿＿＿＿＿，而且还＿＿＿＿＿＿。

2.选择题。

结合全文，以下选项分析有误的一项是(　　)

A.经过糟糕的打猎之旅后,叶尔莫莱带"我"到阿列克谢耶夫村一个

375

▶ 猎人笔记

荒废破败的厢房里住了一晚。

B."我"沿着小道来到了养蜂场,朝着半开的门里望了望,准备离开的时候,却被人叫住了。

C.露凯丽娅是"我"家所有仆役中的头号美女,苗条丰满,能歌善舞,那时"我"还是个十六岁的孩子。

D.露凯丽娅从台阶上跌落下来后并没有什么大碍,但在嫁给瓦西里·波里亚科夫之后,渐渐消瘦,衰弱,走路都越来越困难。

3.问答题。

露凯丽娅生病多久了,她是如何生存下来的?

_____

_____

阅读与思考

1.露凯丽娅是如何看待自己的悲惨遭遇的?

2.露凯丽娅讲给"我"听的一个好梦是什么?梦里她的病化身成了什么?

3.村里人是如何看待露凯丽娅的?

车轮响声

M 名师导读

在人们眼中，庄稼汉菲洛费是一个愚笨粗俗之人。一次打猎时，"我"因霰弹不足，便雇菲洛费和"我"一起，连夜赶马车到图拉去买霰弹。谁料，这看似平常的夜行竟然危机四伏……最后，"我们"究竟是如何化险为夷、绝地逢生的呢？

"我来向您报告。"叶尔莫莱走进农舍对我说。这时候我刚吃完饭，正躺在行军床上。这次去猎松鸡，非常顺利，但却很劳累，所以需要休息一下，况且，这时正是七月中旬，天气酷热难耐……"我来向您报告：我们的霰弹全部用光了。"

我从床上跳了起来。

"霰弹用光了？怎么会！我们从村里带来差不多三十磅[俄磅：俄制重量级单位，1俄磅约等于410克]！满满一袋的霰弹呐！"

"的确如此，还是满满一大袋子，足够使用两个星期的。可是谁知道发生了什么事情呢？没准袋子上有裂缝，总之所有的霰弹都没有了……现在只有十来发了。"

"那我们现在怎么办？最好的地方还在前面——明天我们还准备打六窝松鸡呢……"

"您派我去一趟图拉吧。那地方不远，不过四十五俄里路。只要您吩咐一声，我一口气就飞奔到那里，带一普特霰弹回来。"

"你什么时候动身呢？"

> 猎人笔记

"哪怕现在也行。何必耽搁呢？不过要雇几匹马。"

"为什么要雇马！自己的马养着干什么？"

"自己的马不能用了。辕马的脚瘸了……瘸得很厉害！"【名师点睛：这是"我"需要借马的原因，为后文菲洛费出场做铺垫。】

"从什么时候开始瘸的？"

"两天前，车夫牵着它钉过铁掌。可能是碰到了一个不靠谱的铁匠，虽然马掌已经钉好了，可马的一只前蹄没法踩地了。它一直缩着这只腿……像狗那样。"

"那怎么办？至少应该把马蹄铁拿掉啊！"

"没有，没有拿掉。应该把它拿掉，大概钉子一直钉到肉里去了。"

我吩咐把车夫叫来。叶尔莫莱没有撒谎：辕马真的有一只脚踩不到地上了。我连忙吩咐把马蹄铁拿掉，让马站在潮湿的泥地上。

"怎么样？您允许雇几匹马到图拉去吗？"叶尔莫莱缠着我问。

"这么荒凉的地方能够租到马吗？"我非常恼火地喊着……

我们停留的这座村庄荒凉无比。这里所有的村民都特别贫困。我们费了九牛二虎之力才找到一间虽不太干净但还有些宽敞的房屋。

"能租到，"叶尔莫莱以他惯有的温和态度回答我，"关于这座村子的情况，您说得很对，确实荒僻。但是这儿有一个农民，很灵巧！又很有钱！他有九匹马。他本人已经死了，现在一切都由他大儿子掌管着。这人是个大笨蛋，可是父亲的财产倒没有糟蹋。我们可以到他那儿去租几匹马。只要您吩咐一声，我就去把他叫来。听说他的几个兄弟很机灵……可他还是他们的头儿。"

"为什么会是这样？"

"因为他是老大！就是说，做弟弟的必须听他的！"这时叶尔莫莱毫不留情地以极难听的语言把那些做弟弟的大骂了一顿，"我把他找来。他是个老实人，跟他怎么会谈不好呢？"

叶尔莫莱去找那"老实人"，我心里想：我亲自到图拉走一趟岂不更好？第一，我从过去的经验中已经得到了教训，我对叶尔莫莱很不信任。有一次我派他到城里去买东西，他答应一天之内就办好我交代的事，可是却整整一个礼拜不见他的踪影，他把所有带去的钱都喝光了，却步行回来——他去的时候是乘竞跑马车去的。第二，我在图拉有一个熟悉的马贩子，我可以到他那儿买一匹马，以替换我那匹瘸了腿的辕马。

"就这么决定了！"我想，"我自己走一趟，还可以在路上睡觉——这辆四轮马车很平稳的。"

"我带来了！"过了一刻钟，叶尔莫莱大声喊着闯进农舍。跟着他走进来的是个身材高大的庄稼汉。他穿着白布衫、蓝裤子和树皮鞋，长着浅黄色头发，近视眼，蓄着楔形棕色胡子，鼻子又大又长，嘴巴咧开着。看样子确实是个"老实人"。【写作借鉴：通过外貌、穿着描写，从外观给人感觉此人很"老实"，与后文表现出的机智、聪明做对比。】

"您跟他谈吧，"叶尔莫莱说，"他有马，也愿意出租。"

"其实，是这样的，我……"这个庄稼汉声音沙哑，小声说着，他抖动着那稀少的头发，用手指摆弄着手里面的帽子边沿。"我，我就是……"

"你叫什么名字？"我问。

庄稼汉低下头，好像在想什么。

"我的名字吗？"

"是的，你叫什么名字？"

"我的名字叫菲洛费。"

"那好，菲洛费老弟，我听说你家有几匹马。你去牵三匹马来，我要把它们套在四轮马车上。这辆马车很轻便，你拉我到图拉去一趟吧。这两天夜里有月光，很亮的，赶车也凉快。你们这儿的路好走吗？"

"你问的是路吗？路倒还好，从这里到大马路一共就二十来俄里。只是有一个地方……那里不太好走，其他没什么问题。"

379

▶ 猎人笔记

"哪个地方不太好走呢？"

"是个浅滩，马车要蹚水过去。"

"难道您要亲自到图拉去吗？"叶尔莫莱问我。

"是的，我要亲自去。"

"那好吧！"我的忠心耿耿的仆人摇头说，"那样也行！"他啐了一口，走出去了。

到图拉去对他来说显然已没有什么吸引力了，已经成为一件毫无意义、毫无兴趣的事了。【名师点睛：因为"我"决定自己去，他就没办法在图拉做自己想做的事情了，例如喝酒，所以他表现得很沮丧。】

"这条路你很熟悉吗？"我问菲洛费。

"路我们怎么会不熟悉？不过我……就是说，听您的吩咐，不过总不能……因为这么突然……"

原来叶尔莫莱去雇菲洛费的时候曾对他说，要他不必担心，总会付钱给他这个傻瓜的……就说了这么一句话！菲洛费，照叶尔莫莱的说法，虽然是个傻瓜，却不能满足于这么一句空话。他向我要五十卢布——这是一个很高的价钱。我还到十卢布——是一个低价。我们便开始讨价还价。菲洛费起初坚持着，后来开始让步，但很不痛快。这时叶尔莫莱走进来，对我说："这个傻瓜（菲洛费听见，悄悄说：'他老是喜欢这么说！'）完全不懂得算账。"他又跟我随口提了一件事情：大概是二十年前了，我母亲在两条马路交叉处的繁荣地段开了一家旅店，只是那个负责经营旅店的老仆人完全不懂得如何换算银币、铜币，最终将这家旅店搞垮了，关了门。那个老仆人只知道数多是好事。例如，将二十五戈比当成六个五戈比的铜币付给顾客，而且还喜欢大声骂人。

"唉，你啊，菲洛费，你真是个不懂得转弯的菲洛费！"最后叶尔莫莱大声叫着，气呼呼地把门碰上，走了出去。

菲洛费什么也没有回答他，仿佛明白叫菲洛费这个名字确实不太好，一个人应该为这个名字挨骂；虽然这件事原是神父的错，在洗礼的

380

时候，没有好好向他表示一下谢意，所以就给取了这样的名字。

最后我们终于谈定为二十卢布的价钱。他回去牵马，过了一小时，他牵来整整五匹马供我挑选。这些马都不错，虽然它们的鬃毛和尾巴显得很乱，肚子大大的，绷得像鼓一样紧。菲洛费的两个弟弟也跟着他来了，他们的相貌和他一点也不像。他们个子小小的，长着黑眼睛、尖鼻子，确实给人以"很机灵"的印象。他们说话又多又快，就像叶尔莫莱所说的，"啰里啰唆"，但都听老大的。

他们将我的四轮马车从屋檐下推出来，便开始套车，忙了一个半小时，一会儿将挽绳弄松，一会儿又将它拉紧。两个弟弟一定要把"灰斑马"套到车辕上，因为"它下坡时拉得稳当"，但是菲洛费决定用"长毛马"驾辕！于是把长毛马套到车辕上。【名师点睛：菲洛费决定用长毛马是为了后文遇险做准备。在这里已经开始体现看似蠢笨的菲洛费与看似精明的弟弟们的差别。】

他们给四轮马车铺上干草，把瘸腿辕马上的套具塞到座位底下备用，以便在图拉把它套到新买的马匹上……菲洛费还跑回家去，回来时穿的是他父亲宽敞肥大的白长袍，戴着高毡帽，脚下是上了油的靴子，得意扬扬地登上驾车台。我坐上车，看看表：十点一刻。叶尔莫莱甚至不来和我告别，而去揍他的狗瓦列特卡。菲洛费拉拉缰绳，用极细的声音吆喝了一声："哎，你们这些小东西！"他的两个弟弟从两边跑过来，用鞭子抽了一下拉套马的肚子，马车便启动了，从大门口转到街上。长毛马想回到自己家里去，但是菲洛费抽了它几鞭子，让它清醒清醒。于是我们出了村子，走上两边长着浓密榛树丛的平坦大道。

夜晚宁静而明朗，最适合驾车赶路了。风儿时不时吹在榛树丛中，发出沙沙的响声，树枝摇晃着，有时完全停了下来；天上有的地方出现一些静止的银色云朵；月亮挂在高空中，将地面照得一清二楚。我舒舒服服地躺在干草上，原本想要睡一会儿……只是一想到那个"不太好走"的地方，总会精神一振。

▶ 猎人笔记

"怎么样，菲洛费，离浅滩还很远吗？"

"离浅滩吗？还有七八俄里。"

"七八俄里，"我想，"一小时内走不到，可以睡一会儿。"

"菲洛费，这条路你很熟悉吗？"我又问了一次。

"怎么不熟悉？我又不是头一趟……"

他又说了些什么，但我已经听不见了……我睡着了。

有时我想小睡一会儿，之后往往自己就醒过来了。只是这一次让我醒过来的却是耳边响起虽然微弱但很奇特的扑哧声和嘟囔的声音。我把头抬起来……

多么奇妙！我仍旧躺在四轮马车里，而马车的周围，离它的边沿不超过半俄丈的地方是一片映着月光、泛着涟漪的水面。我向前面看看，菲洛费低着头，躬着背，像个木头人似的坐在驭座上；再前面一点，在潺潺的流水上面看得见弯弯的马轭、几个马头和马背。所有的东西都停滞不动，毫无声响，如同被施了魔法，如同在梦境之中，这是一个奇特的梦境……多么奇怪啊？我掀开篷布往后面瞧去……原来我们停在河中央了……岸边距离这里只有三十多步！

"菲洛费！"我叫了一声。

"什么事？"他回答。

"还说什么'什么事'？得了吧！我们到底在什么地方？"

"在河里。"

"我知道在河里。这样下去我们马上会被淹死的。你就想这样蹚过浅滩吗？啊？你睡着了，菲洛费！你回答我呀！"

"我有点搞错了，"我的车夫说，"方向偏了一点，这是我的错，现在要等一等。"

"怎么等啊！我们要等什么啊？"

"先让这匹长毛马去辨认一下路。它往哪个方向走，我们就往哪里走。"【名师点睛：看出他很沉得住气，也是与前文他选择长毛马相呼应。】

382

我从干草上坐起来。辕马的头在水面静止不动。在皎洁的月光照耀下,我看到它的一只耳朵忽前忽后地稍稍扇动着。

"它也睡着了,你这匹长毛马!"

"不,"菲洛费回答,"它这会儿在嗅水的气味。"

一切又归于平静,只有河水仍在轻轻地潺潺流动着。我也呆呆地等着。

月光,夜色,河水,还有困在河水中的我们……

"这是什么东西在咝咝响?"我问菲洛费。

"这声音吗?是芦苇里的小鸭子……要不然就是蛇。"

突然辕马的头摇动起来,竖起耳朵,打起响鼻,并开始转动身子。

"驾——驾——驾——驾!"菲洛费突然声嘶力竭地吆喝起来,他稍稍抬起身子,挥动马鞭。马车马上撤离原来的地方,将水浪横截过去,向前跑去,接着摇摇晃晃地走动起来……一开始我以为在往下沉,走到深处了,经过两三次震动和下沉之后,水面好像降了下来……水面越来越低,马车从水面上升出来了——已经看得清车轮和马尾巴了。瞧,马儿激起一大片一大片钻石般的浪花,不,不是钻石般的,而是在朦胧的月光下像蓝宝石放射出来的光束一般的浪花。马儿共同欢快地把我们拉上沙岸,竞相迈动光亮而潮湿的马腿,顺着大路往山坡上跑去。

我心里想,现在菲洛费该会说:"你瞧,我没说错吧!"或者诸如此类的话,可是他什么也没有说,【名师点睛:没有因为自己的判断正确而扬扬得意,而是波澜不惊,体现他性格上的"老实"。】因此我也认为没有必要责备他的疏忽大意,便躺到干草上,再度试图入睡。

可是我睡不着了——倒不是因为没有打猎而不觉得疲惫,也不是因为碰上这场虚惊让我的睡意消失,只是因为我们来到一处景色优美的地方。那是一片辽阔、广大、低洼、茂盛的草原,其中有许多小块的草地、小湖、小溪,尽头丛生着柳树和各种藤蔓的小河湾,完全是俄

▶ 猎人笔记

罗斯人所喜爱的具有典型俄罗斯风光的地方，如同古老传说中勇士常来打白天鹅和灰鸭子的地方。被车轮压平的道路像一条黄丝带蜿蜒伸展着，马儿跑得很欢快——我无法闭上眼睛，一切都是那么赏心悦目！所有这些景色都在祥和的月光下从容而和谐地从我身边掠过。就连菲洛费也被打动了。

"我们管这个地方叫圣叶戈尔草原，"他对我说，"再过去就是亲王草原，在全俄罗斯再找不到第二块这样的草原了……"这时辕马打了个响鼻，浑身抖动了一下……"多么美啊！……"菲洛费一本正经地低声说了一句，"多么美啊！"他又说了一遍，叹了一口气，然后又拖长声音啧啧称赞一番。"快开始割草了，从这片草地上可以耙到多少干草啊——真不得了！小河湾里也有很多鱼。这么大的鳊(biān)鱼[鳊鱼亦称长身鳊、鳊花、油鳊，是从野生的鳊鱼群体中，经过人工选育、杂交培育出的优良养殖鱼种之一。肉质嫩滑，味道鲜美]！"他拖长声音又说了一句，"活着多痛快啊！"

他突然举起一只手。

"嘿！看啊！那湖上……那里是不是有一只苍鹭停留着？难道它晚上也捕鱼？啊，那是树枝啊，不是苍鹭。是我看错了！月亮总是让人看不清东西！"

我们的马车就这样不停地跑着，跑着……很快就跑到草地的尽头，这里出现一片小树林和一片耕地；路旁的小村庄里闪现出两三点灯光——离大马路只有五六俄里地了。我睡着了。

我又一次不是自己醒过来。这回是菲洛费把我叫醒的。

"老爷……喂，老爷！"

我稍稍抬起身子。四轮马车停在大路当中一块平坦的地方。菲洛费在驭座上向我转过脸来，眼睛睁得很大（我甚至感到很惊奇，没想到他的眼睛有这么大），他意味深长而神秘兮兮地小声对我说：

"车轮的响声！……车轮的响声！"【写作借鉴：点题，行文高潮即将

到来。】

"你在说什么？"

"我刚才说，有车轮的响声！您弯腰仔细听，听到了吗？"

我从车子里伸出头来，屏住呼吸，果然听到很遥远的地方传来轻微、断断续续的响声，如同车轮滚动的声音。

"您听见了吗？"菲洛费又问了一遍。

"嗯，是的，"我回答，"有一辆轻便马车正驶过来。"

"您还没有听见……听！喏……铃铛声……还有口哨声……您听见了吗？您把帽子脱下来……听得清楚些。"

我没有脱下帽子，只是侧耳倾听。

"嗯，是的……也许是。可这有什么关系？"

菲洛费把脸转向马匹那边。

"一辆大车驶来了……空车，轮子是包铁皮的。"他说着，抓起缰绳，"老爷，有坏人来了，这儿是图拉城外……拦路抢劫的事……是常常发生的。"

"胡说八道！你凭什么以为这一定是坏人？"

"我说的是真话。带着铃铛……而且是一辆空车……还能是什么人呢？"【名师点睛：菲洛费通过车轮、口哨、铃铛声就能判断远处大车的状况以及驾车人的意图。由此看来，菲洛费并非叶尔莫莱口中所说的愚笨之人，相反，他机智、冷静，而且经验丰富。】

"那么——到图拉还有多远？"

"还有十五俄里路，可这儿一户人家也没有。"

"那么就快点赶路吧，千万别耽搁了。"

菲洛费挥了一下鞭子，四轮马车又跑动了。

我虽然不太相信菲洛费的话，但已经睡不着了。万一真的如此，那该如何是好啊？我内心产生一种很不舒服的感觉。我在车子里面坐起来，朝四周望去。当我睡觉的时候，涌现一层薄雾——薄雾并没有

385

▶ 猎人笔记

罩住地面,而是腾在空中。月亮在雾中悬挂,成了一个淡白色的点。一切都变得黯淡、混沌,只是下面的景物还算清楚。周围都是平坦荒凉的地方:田野,无尽的田野,偶尔可以看到几堆树丛、几道冲沟——接着又是田野,大多是休闲地,上面长着稀疏的杂草,空旷——死气沉沉!哪怕鹌鹑在哪儿叫几声也好啊。

我们走了半个小时光景。除了菲洛费时而挥挥鞭子,吧嗒着嘴唇,他和我都一言不发。接着,我们登上一片山坡……菲洛费勒住马车,立刻对我说:

"车轮的响声……车轮的响声,老爷!"

我又从马车里探出头去看看,其实,我待在车篷里也一样听得见,虽然距离还很远,但现在已经可以很清楚地听见大车的车轮声、口哨声、铃铛声、马蹄声,甚至好像听见了歌声和笑声。风确实从那个方向吹过来的,不可否认的是,那些陌生的路人跟我们靠近了一俄里,也可能靠近了两俄里。【名师点睛:声音的靠近侧面佐证了菲洛费的判断。】

我和菲洛费交换了一下眼色,他只是把帽子从后脑勺推到前额上,俯身在缰绳上,策马前进。马儿放开大步急驰起来,但不能持久,一会儿又变成小跑了。菲洛费继续鞭打它们。必须摆脱这种险境!

我自己也弄不明白,为什么起初我不相信菲洛费的怀疑,而这一次却突然相信跟在我们后面的确实是一些坏人……我没有听见什么新的声音:还是那铃铛声,还是那空车的车轮声,还是那口哨声,还是那隐约的嘈杂声……可是我已经不再怀疑。菲洛费说的不会错的!

二十分钟就这样过去了……在这二十分钟里,除了我们这辆车子发出车轮声和隆隆声外,另外一辆大车也发出车轮声和隆隆声……

"停车,菲洛费,"我说,"反正结局都是一样的——完蛋了!"

菲洛费胆怯地喝住马。马儿立刻停住,似乎很高兴能休息一下。

天哪！铃铛声就在我们背后放肆地叮当响着，大车发出铁皮轮子的隆隆声，车上的人在吹口哨、喊叫、唱歌，马匹在打响鼻，马蹄嘚嘚地敲着地面……

追上来了！

"倒——霉了，"菲洛费一字一顿地轻声说，犹豫不决地吧嗒一下嘴唇，催着马儿往前走。正在这一刹那，似乎有什么东西猛力冲击，响起狂喊声、轰隆声，一辆由三匹矫健的马儿拉着的大车，如同飓风一样追上我们，一下子跑到我们前面，接下来放慢了速度，挡住了前路。

"正是强盗路数。"菲洛费低声嘀咕。

说实话，我的心一下子揪紧了……我在雾气弥漫的朦胧月光下紧张地观察着。在我们前面的大车上，有六个穿布衫、敞开着上衣的人也不知是坐着还是躺着。其中两个人头上没戴帽子，穿着长皮靴的粗腿挂在车栏外晃荡着，手臂无缘无故地举起来又放下去……身体摇晃着……事情明摆着：这是一群醉汉。有几个人在那儿乱喊乱叫；有一个在那儿吹口哨，声音尖利而清脆；有一个在骂街，驭座上坐着一个穿短皮袄的大汉。他们的车慢慢地走着，仿佛没有注意到我们。

怎么办？我们也跟在他们后面慢慢地走着……没有别的办法。

就这样，我们走了大概四分之一俄里的路程。这种等待真是让人煎熬……逃跑、自我保护……根本都行不通！他们有六个人，可我的手上连一根棍子都没有！如果掉头往后跑呢？他们马上就会赶上来。我不由得想起了茹科夫斯基［俄国19世纪初的浪漫主义作家、翻译家，曾任沙皇亚历山大二世的老师，代表作有《十二个睡美人》《海》等］的诗（他描写卡敏斯基元帅被杀的章节）：

强盗无耻的斧头……

▶ **猎人笔记**

要不然，就是用一根肮脏的绳子勒住喉咙……再扔到水沟里……让你像一只掉进圈套里的兔子一样在那里惨叫，挣扎……

唉，糟糕透了！

可他们仍旧慢慢地往前走着，并没有注意我们。

"菲洛费，"我轻声悄悄地说，"你试试看，从右边超过去。"

菲洛费试了试，把车赶到右边……但他们也立刻把车赶到右边……过不去。

菲洛费又试了试，把车赶到左边……但他们也不肯让路，甚至笑了起来。这说明，他们不肯放我们过去。【名师点睛：不肯放"我们"过去，佐证了他们的强盗身份。】

"确实是一伙强盗。"菲洛费回过头来对我轻声说。

"可他们在等什么？"我也轻声问他。

"前面有个小洼地，小河上面有座桥……他们会在那儿将我们处置的！他们总是这样……在桥的周围。老爷，这件事肯定是这样的！"他叹着气，继续说，"他们多半不会让我们活命的，因为他们想要灭口。我只是遗憾，老爷，我这三匹马弄丢了，我那两个弟弟得不到了。"

我感到很惊奇，在这种时刻，菲洛费竟然还操心自己的马。老实说，我已经顾不上这些了……"难道他们真的要杀人？"我心里反复想着，"为了什么？我可以把身上所有的东西都给他们呀。"

小桥越来越近，越来越清楚了。

这时突然传来刺耳的吆喝声，在我们前面的三驾马车如同长了翅膀，飞了起来，一直向前冲。它飞驰到小桥那里瞬间就停住了，一动不动。我的心沉了下去。

"啊，菲洛费兄弟，"我说，"我们走上死路了。算是我害了你，请原谅我吧！"

"您有什么错，老爷！自己命中的劫数是躲不过的！哦，长毛马，我忠实的马儿，"菲洛费转而对辕马说，"走吧，老弟，往前走！干你的

最后一次活吧！反正是一样了……"【名师点睛：在面对强盗时，菲洛费没有胆怯与退缩，而是迎面而上，体现出他的勇敢和沉着。】

于是他让三匹马小跑起来。

我们走到小桥那里，走近那辆静止的恐怖的大车……车里一片寂静，一点声响都没有。这种寂静如同梭鱼、老鹰及其他猛兽等待猎物靠近时的寂静一样。此时我们和大车已经并行了……突然，穿短皮袄的大汉一下子从驭座上跳下来，直接朝我们这里走过来！

他一句话也没对菲洛费说，但菲洛费立刻就勒住马……马车停了下来。

大汉把两手放在车门上，向前探过他那毛发蓬松的头，咧开嘴笑笑，用轻轻的平缓的声音和工人的语气说了下面的话：

"可敬的先生，我们是去参加一个隆重的宴会，刚从婚礼上回来的。我们给一个朋友成了亲，把他完全安顿好了。【名师点睛："宴会""朋友""安顿"这些词汇与后文的消息对应，让人不寒而栗。】我们这些伙伴都是年轻人，个个都很豪放——喝了很多酒，可是没有什么东西好醒酒。您能不能行个好，赏给我们一点钱，让我们每个兄弟都能喝上半瓶酒解解醉？我们要为您的健康干杯，并记住您这位先生，要是您不方便的话，那我们也请您不要怪罪！"

"这是什么意思？"我心里想，"开玩笑？……愚弄人？"

大汉仍站在那里，低着头。就在这一瞬间，月亮从云雾中露出脸来，照亮了他的脸。这张脸露出得意扬扬的微笑——连眼睛和嘴唇都在笑。从中却看不出什么威胁的意味……只是整个脸上似乎充满了戒备……他的牙齿那么白，那么大……

"好的，好的……您拿着吧……"我从口袋里掏出钱包，从中拿出两个银卢布，那个时候在俄罗斯还通用银卢布，连忙说，"拿着吧！如果不嫌少的话！"

"实在是感激不尽！"那大汉如同士兵一样大喊着，马上将粗大的

▶ 猎人笔记

手指伸出来,将我手里的东西抓走——不是整个钱包,只是两个银卢布。"感激不尽!"他甩了甩头发,朝大车方向跑去。

"弟兄们!"他大叫着,"过路的先生赏给我们两个银卢布!"车上的那些人突然哈哈大笑起来……大汉登上了驭座……

"祝您幸福!"

我们马上看到了这一幕!马儿瞬间奔向前方,大车轰隆隆地向山坡方向行驶,在幽暗的天地分界线上再次闪现,很快就没有踪迹了。

【名师点睛:马车来去无踪的速度和大汉出人意料的举动,都在表现这些人的凶狠和让人捉摸不定的恐惧。】

这会儿再听不见车轮的响声、人的喊叫声和铃铛声了……

周围死一般寂静。

我和菲洛费并没有立刻清醒过来。

"啊,开了这么个玩笑!"菲洛费终于开口说话,他摘下帽子,画起十字来。"真的,开了个玩笑,"他很高兴地向我转过身来,又说了一句,"这可真是一个好人,真的。喔——喔——喔,小东西!快点跑!你们没事了,我们也没事了!就是他不让我们过去的,是他驾的马。这小伙子真会开玩笑。喔——喔——喔!快跑!"

我什么话也没有说,但已经高兴起来。"我们没什么事了!仅仅少了一些钱!"我对自己这样说着,躺在干草上。

我甚至感到有点惭愧,刚才竟想起了茹科夫斯基的诗句。

我突然想到一件事。

"菲洛费!"

"什么事?"

"你娶亲了吗?"

"娶亲了。"

"有孩子吗?"

"有孩子。"

"刚才你怎么没有想到他们啊？你顾惜那几匹马，可妻子呢？孩子呢？"

"他们有什么可顾惜的呢？他们又没被强盗捉住。只是我一直惦念着他们，现在还在惦念……就是这样的。"菲洛费沉默了一会儿。"也许……就是因为他们，我们才会平安。"

"他们大概不是强盗吧？"

"谁知道呢？谁能知道别人的心思？俗话说：知人知面不知心。心里有别人总是好的。不……我心里总想着家里……喔——喔——喔，小东西，快跑！"

我们快到图拉的时候，天几乎已经亮了。我迷迷糊糊地躺着……

"老爷，"菲洛费突然对我说，"您看，他们就在酒店里……那是他们的大车。"

我抬头一看……果然是他们，正是他们的车马。此时一个熟悉的穿短皮袄的大汉突然窜出来。

"先生！"他挥着帽子叫道，"我们在用您的钱喝酒呢！怎么样，马车夫，"他又对菲洛费摇摇头说，"你刚才大概吓坏了吧？"

"是个快活人。"菲洛费把马车赶离酒店约莫二十俄丈后说。

最终我们来到图拉，买了霰弹，又买了点茶叶和酒，还从马贩子手里买了一匹马。到了中午，我们才出发回去。<u>路过第一次听到车轮声的地方时，在图拉喝了酒的菲洛费此刻特别爱说话，还给我讲了些故事。</u>【名师点睛：这里是劫后余生止不住的喜悦。】突然，他笑了起来。

"老爷，您还记得我是怎么对您说的吗？车轮的响声……车轮的响声，我说，有车轮的响声！"

他把手挥了几下……他觉得这句话很有趣。

当天傍晚我们回到了村子。

我把我们碰到的事说给叶尔莫莱听。此时的他头脑清晰，未说一句表示同情的话语，只是哼了下，不知是赞美还是指责，我猜想，连

391

▶ 猎人笔记

他自己也不清楚。但是过了两天,他很高兴地告诉我,就在我和菲洛费到图拉去的那个夜晚,也在那条路上,一个商人遭到了抢劫,并被杀死。起初我不相信这个消息,但后来不得不相信了:一个警官骑马经过这里去调查这件事,这就证明这件事的真实性。这些好汉莫非就是参加了这场"婚礼"回来的,那个喜欢开玩笑的大汉所说的"朋友",莫非就是被他们"安顿"的?【写作借鉴:用反问的手法描写,与前文照应。没有直接明确地表示,具有戏剧性,也更让人体会到一种劫后余生的喜悦。】我在菲洛费的村子里又待了五六天。每一次遇见他,都要对他说:"喂,有车轮的响声吗?"

"真是个快活人。"他每次都这样回答我,自己也笑起来。

知识考点

1.填空题。

"我"刚吃完饭,正_____的时候,_____走进农舍告诉"我"_____的消息。"我们"出发时带了差不多_____的霰弹,足够使用_____。之后,_____提议派他去_____买霰弹。

2.选择题。

结合全文,以下选项中理解有误的两项是(　　)

A.由于铁匠的不靠谱,导致辕马的一只前蹄受伤,像狗一样一直缩着那只腿。

B."我"打算亲自去图拉,完全只是想去图拉一个熟悉的马贩子那儿买一匹马来替换那匹瘸了的辕马。

C.叶尔莫莱带来了一个穿着白布衫、蓝裤子和树皮鞋,长着棕色头发,近视眼,蓄着棕色胡子的庄稼汉。

D.菲洛费的两个弟弟都是个子小小的,黑眼睛,尖鼻子,说话又多又快,一副机灵的样子。

3.问答题。

"我"在浅滩醒来以后发现了什么？

_____
_____

阅读与思考

1.马车顺利上岸后，"我"为什么睡不着了？是因为刚刚那场虚惊吗？

2.一辆什么样的马车跑到了"我们"的马车前面？"我"当时是怎样的心情？

3.在那座小桥上发生了什么？"我"和菲洛费对此有什么反应？

猎人笔记

树林与草原

M 名师导读

> 猎人的笔记到此就结束了。在猎人的打猎生涯中，除了猎物，遇到更多的就是那些形形色色的人，接触更多的就是俄罗斯令人陶醉的山山水水。这一章作者以猎人的视角描写了树林、草原、山冈……四季分明的自然风光。或许对猎人来说，真正的乐趣不仅在于狩猎，更是策马驰骋、尽情饱览四季变换的自然美景。没有过多的破坏，没有经历砍伐，都是最原始的那一份美好，美不胜收。

可能读者已经厌倦我的笔记了，我答应大家，只限于已经发表的几篇，不再写了。但在跟读者道别的时候，我免不了要多说几句有关打猎的话。

扛枪带狗去打猎，本身就是一件绝妙的事。就算您生来就不喜欢打猎，但您总是喜欢大自然的。因此，您不能不羡慕我们这些打猎的……那您就听我说说吧。【写作借鉴：引出下文，也是对作者喜爱的树林和草原的归纳总写。】

比如，您可知道，在春天里，黎明前乘车出猎是何等惬意？您走到台阶上……黑灰色的天上有些地方还闪烁着星星；湿润的轻风有时会像细微的波浪一般飘过来，使得夜发出低沉而隐约的絮语声；一棵棵笼罩在阴影中的树发出轻轻的响声。车毯铺好了，装茶炊的小箱子也放到了脚下。两匹拉套的马蜷缩着，打着响鼻，雄赳赳地倒换着四条腿；一对刚刚睡醒的白鹅静悄悄、慢腾腾地穿过大路。篱笆那边，花园里，更夫安静地在打鼾；每一个声音似乎都凝在一动不动的空气中。

394

您坐上马车,几匹马一齐举步,马车隆隆响起来……您的马车走动了——马车过了教堂,下了坡,往右转弯——从堤上穿过……池塘上刚刚开始起雾。您觉得有点儿冷,就用大衣领子把脸遮住;渐渐打起瞌睡。马蹄踩到水洼里,发出很响的啪叽声;车夫吹起口哨。但这时您的马车已经走出四五俄里,天边渐渐红了;寒鸦渐渐醒来,笨拙地在桦树林里来来回回地飞着;麻雀在黑乎乎的麦秸垛旁边叽叽喳喳叫着。空中越来越亮,道路更清楚了,天色越来越明净,云彩越来越白,田野越来越绿了。许多农舍里点起松明,松明发出红红的火光,可以听到大门里面那带有睡意的人语声。这时候朝霞燃烧起来,瞧吧,一条条金黄色光带伸向天空;山谷里升起一团团雾气,云雀嘹亮地歌唱着,黎明前的风吹动了——红红的太阳冉冉升起来。阳光如同湍急的流水一下泻了出来,你的心情像鸟儿一样欢腾。清新、欢快、可爱!周围的景色全都映入眼帘。看吧!树林后面是一座村庄;看吧!再远一些是另一座拥有白色教堂的村庄;看吧!山那边有成片的白桦树;在那后面就是你想去的那片沼泽……快点向前奔跑吧,马儿,尽快向前跑吧!甩开步子向前冲吧!……<u>只有三俄里路程了,没多远了。</u>【名师点睛:由近及远,跟随马车的移动描写眼前绝妙美丽的风景。】太阳很快升起来,天上一点儿云彩也没有了……天气将是极好的。一群牲口出了村子,迎着您走来。您爬上山坡……多美的景色啊!一条河蜿蜒伸展有十来俄里,透过朝雾可以隐隐看到蓝蓝的河水,河那边是一片片翠绿的草地,草地过去是一道道缓坡的山冈,远处有凤头麦鸡咯咯叫着在沼泽地上空盘旋;透过散布在空气中的带水分的阳光,远方的景物清清楚楚地显现出来……胸膛呼吸得多么舒畅,四肢动作多么带劲儿,一个人沉浸在春天清新的气息中,浑身多么矫健!……

啊,夏日七月的清晨!如果不是猎人,还有谁能感受到清晨在灌木<u>丛</u>中流连忘返的乐趣?您的脚在沾满晶莹剔透的露珠的草地<u>上</u>留下足迹。您用手拨开湿漉漉的灌木<u>丛</u>,夜里蕴积的暖气会向您扑面而来;

395

▶ 猎人笔记

空气中充满野蒿清新的苦味儿、荞麦和三叶草[拥有三片指状复叶的草本植物的通称。三叶草的叶片有着真爱、健康和名誉的美好寓意。在西方很多国家(如英国、美国),三叶草代表着幸运,因为它被认为是只有在伊甸园中才有的植物]的甜味儿;远处是一片密密的橡树林,在阳光下亮闪闪的,红红的;这时还是凉爽的,但是已经感觉出要渐渐热起来了。闻着太多的香气,头脑晕晕乎乎的。灌木丛没有尽头……远处有些成熟的黑麦露出一片橙黄色,还有一些狭长的荞麦地泛出红色。这时马车发出轱辘轱辘的响声,一个农夫走来,提前将马拴在树荫下……您同他打过招呼,就走开去……您后面响起镰刀的叮当声。太阳越升越高。草地很快就干了。天已经热起来。过了一个钟头,又一个钟头……天边渐渐暗起来,静止的空气热烘烘的。

"大哥,这儿什么地方可以弄点儿水喝?"您问割草的人。

"那边山沟里有一口水井。"【名师点睛:通过和农民质朴的对话引出下一段风景。】

您从缠绕着藤蔓的茂盛的榛树丛中穿过,一直走到沟底。的确,就在山崖下面藏有一眼泉水。橡树丛如同手掌一样茂盛的树枝伸向泉水里,好多银白色的水泡从长满天鹅绒般青苔的水底晃悠悠地升了上来。您一下子趴到地上,喝足了水,但是懒得再动了。您在凉荫里,呼吸着芬芳的湿气。您太舒服了,可是您对面的灌木丛在阳光下烤得烫手,变得焦黄。不过,这是什么?风突然吹来,急急地吹过;四周的空气颤动起来;这不是雷声吗?您从山沟里走出来……天边那铅一般的一片是什么?是暑气越来越浓了?还是乌云涌上来了?……哦,您瞧,一道微弱的闪电划过……啊,原来是大雷雨要来了!周围依然是明亮的阳光,还是可以打猎的。可是乌云涌上来了。那乌云前面的边儿像衣袖一般渐渐伸展开来,像穹隆似的压了过来。青草、灌木丛,周围的一切,一下子就变暗了……快跑!那边好像有一座干草棚……快点跑吧……您跑到了,躲了进去……这雨下得多猛啊!闪电多么明亮啊！有好些地方的雨水透过草棚的屋顶一滴滴掉落在芳香的干草上……然而，您看看，太阳又出来了。暴风雨已经消失了。您走出干草棚。我的天啊，空气多么清新扑鼻啊，草莓和蘑菇散发着芬芳的味道！……

哦，您瞧，黄昏来临了。【写作借鉴：以时间为线索，清晰明了地描绘出各时段美妙奇特而独一无二的景色。】晚霞像火一样燃烧起来，映红了半边天。太阳就要落山了。近处的空气不知为什么变得格外清澈，像玻璃一样；远处弥漫着柔和的、看来似乎很暖的雾气；红红的落日余晖和露水一起落到不久前还洒满淡金色阳光的林中空地上；一株株大树、一丛丛灌木、一个个干草垛投射出长长的阴影……太阳落山了，一颗星星在落日的火海里燃烧起来，不停地颤抖着……【写作借鉴：承上启下，通过时间段的特征描写，引出随时间推移而变化的景色。】瞧，那火海渐渐白了，天空渐渐蓝了，一个个阴影渐渐隐去，暮霭渐渐在空中弥漫开来。该回家了，该回到您过夜的村子里的小屋去了。您背起枪，不顾疲劳，快步往回走……这时夜色渐渐浓了，二十步之外已经什么也看不见了，狗在黑暗中隐隐发白。瞧，在一丛丛黑黑的灌木上方，天边模模糊糊地亮了……这是什么？是失火吗？……不，这是月亮要升上来了。下面，往右边看，村子里的灯火已经亮了……您过夜的小屋终于到了。您从小小的窗户里可以看到铺着白桌布的桌子、点着的蜡烛、饭菜……

或者您命人套上一辆竞走的马车，去树林里捕捉松鸡。【写作借鉴：直接点明本段主题，是对于打猎风光的描写。】驾着马车在这狭窄的路上行走，看到两旁长到墙那么高的黑麦，这种心情是非常愉悦的。麦穗轻轻地触碰你的脸颊，矢车菊有时会将你的脚绊住，四周有鹌鹑的啼叫，马儿懒洋洋地跑着。树林到了，又阴凉又寂静。一株株挺拔的白杨树高高地在您头顶上絮絮低语着；白桦树那长长的、耷拉下来的树枝轻轻晃动着；一株强壮的橡树站在美丽的椴树旁边，像一

397

> 猎人笔记

名卫士。您的马车在绿草如茵、阴影斑驳的小路上走着；硕大的黄苍蝇一动不动地停在金黄色的空气中，又突然飞开了去；小虫儿成群成群地飞舞盘旋着，在阴影里亮闪闪的，在阳光中显得黑乎乎的；鸟儿安静地歌唱着。知更鸟亮开金嗓子，那声音带有天真而絮叨的欢乐意味，和铃兰的香气十分协调。再往前，再往前，往树林深处去……周围一下子没有声音了……心中顿时感到说不出的宁静，周围的一切都带有睡意，静悄悄的。这时一阵风突然吹过来，树梢飒飒作响，如同波浪翻滚而来。有些地方在褐色落叶下长出高高的青草；蘑菇戴着宽大帽檐的帽子静立着。一只雪兔一下子窜出来，猎狗马上边叫边追赶……

　　就是这片树林，在深秋，山鹬飞来的时候，多么美好呀！【名师点睛：通过对山鹬的描写，表达自己热爱自由，喜欢幻想的人生态度；也表达自己对美的事物的喜爱。】山鹬不待在树林深处，找山鹬必须贴着林边走。没有风，也没有太阳，没有亮光，没有阴影，没有动作，没有声音；柔和的空气中弥漫着秋天的气息，像葡萄酒的气味；远处黄黄的田野上笼罩着薄雾，透过光秃秃的褐色枝丛，可以看到宁静而发白的、一动不动的天空；椴树上有些地方还挂着最后几片金色的叶子。脚下潮湿的土地带有弹性，高高的干枯的野草一动也不动，长长的蛛丝在苍白的草上亮闪闪的。胸膛平静地呼吸着，心中却涌起一股奇怪的惆怅感。您贴着林边走着，注视着狗，这时却有许多可爱的形象，许多可爱的脸，有死去的，也有活着的，来到您的脑际，早已沉睡的印象突然苏醒过来。想象力像鸟儿一般展翅飞翔起来，一切都清楚地出现在眼前，并且活跃起来。心有时骤然颤抖，怦怦直跳，热烈地往前奔跑，有时又沉浸在往事之中。所有的生活如同一幅画卷轻轻展开，人在这种时候便拥有了自己经历过的所有的往事，所有的情感，所有的力量和整个的心灵。周围没有什么事情能够干扰他——无论是太阳、风儿、声音……

而在清晨寒气袭人、白天有点儿冷的晴朗的秋日里,白桦树像神话中的树一般,金光闪闪,在淡蓝色的天空中炫耀着优美的身姿。这时候低低的太阳已经没有暖意,却比夏天的太阳更加明亮。小片的白杨树林是透亮的,似乎觉得落光了树叶是轻松愉快的。洼地里还有白白的霜,轻风徐徐吹动,驱赶着打了皱的落叶——这时候河里欢快地翻腾着青青的波浪,有节奏地荡起悠闲的鸭子和鹅;远处的水磨轧轧响着,那水磨被柳树遮住一半;一群鸽子在水磨上空迅速地盘旋着,在明亮的空气中呈现着斑斓的色彩……

夏天,就是下雾也非常美好,当然猎人并不喜欢这样的天气。【名师点睛:夏天下雾虽然是一道美景,但从猎人的角度来看,打猎时雾对视线有影响,这也许是猎人不喜欢的原因吧。】这种天气是无法开枪的:有时鸟儿就在您的脚下腾空飞起,一瞬间就消失在白茫茫的雾色中了。然而周围多么宁静,真是静极了!什么都醒来了,什么都静默无声。您从树旁走过,树动也不动,一副悠闲自在的模样。透过均匀散布在空中的薄雾,您看到前面有黑郁郁的、长长的一大片。您以为那是远处的树林,等您渐渐走近了,树林却变成长在田界上的高高的一排野蒿。在您的头顶上,您的周围——到处都是雾……这时,风儿轻轻吹动,稀薄的雾气中一块浅蓝色的天空若隐若现,一道狭长的金黄色光束骤然射了进来,投射在田野中,漫入树林里。过了一会儿,一切又被云雾挡住了。这种搏斗要持续很久。但是当光明终于胜利,已经晒热的最后一股股雾气时而像桌布似的铺开,时而缭绕上升,渐渐消失在蓝蓝的、散发着柔和的光辉的高空中的时候,这一天会变得多么壮丽,多么晴朗呀……

现在,您已经做好准备,离开地主庄园的猎场,去往草原。您在乡间小路上费力行走十俄里,终于来到大路。您的马车路过看不到尽头的大量货车和几家客栈,这些客栈的屋檐下的茶炊吱吱沸腾着,大门敞开,里面还有一口井;您的马车从这个村子到了那个村子,穿越宽

399

▶ 猎人笔记

敞的田野，顺着碧绿的庄稼地，就这样走了好久好久。喜鹊从一棵柳树飞到另一棵柳树上；娘儿们手里拿着长长的草耙[一种农具，多用铁锻造，有多个齿尖，形如梳，耙脊有握把]，在田野上慢慢走着；行路人穿着破旧的土布褂子，背着行囊，迈着疲惫的步子艰难地行进着；地主家沉甸甸的轿式马车，套着六匹高大而疲劳不堪的马，迎面飞奔过来。从车窗里露出车垫的角儿，而在车后脚镫上，一名穿外套的仆人侧身坐在一个草包上，手抓着绳子，泥巴一直溅到眉毛上。您来到小小的县城，有一座座歪歪斜斜的木屋，看不见头尾的栅栏，没有人的石头店房，深沟上的古桥……再往前走，再往前走！……来到了草原地带。您站在坡上望去——好一派风光！一座座圆圆的、低低的丘冈，一直到顶都翻耕和播种了的，像一道道巨浪在翻腾；一条条灌木丛生的冲沟蜿蜒在一座座丘冈之间；一片片小小的树枝，像一个个椭圆形小岛；村庄与村庄有一条条小路相连，有白色的礼拜堂；柳丛掩映中有一条亮闪闪的小河，有四个地方筑有堤坝；远处田野上有一群野雁一个挨一个站着；一座古老的地主家的房子，连同棚舍、果园和打谷场，紧靠着一口不大的池塘。不过，您的马车还要往前走，往前走。丘冈越来越小，几乎看不到有什么树了。终于到了，瞧，那不是无边无际、望也望不尽的大草原吗？

　　冬天的时候，就可以在高高的雪堆上追赶兔子了。寒冷刺骨的空气里，耀眼的雪放出的光芒令您忍不住眯起眼睛，观赏着红色的树林上面的碧色天空！……到了早春的日子，这时候周围的一切都亮闪闪的，冰雪开始消融了，透过融雪的浓重的水汽，可以闻到温暖的土地气息。在雪融尽了的地方，在斜射的阳光下，云雀悠然自得地歌唱着，流水欢乐地喧闹着、咆哮着，从这条山沟涌向另一条山沟……

　　不过，该结束了。正好我说到了春天：春天里更容易别离，幸福的人也很向往远方……再见吧，我的读者，祝您永远称心如意。

400

知识考点

1.填空题。

在春天的黎明前＿＿＿＿＿＿＿＿是很惬意的；＿＿＿＿＿＿＿＿的天上闪烁着星星；湿润的轻风像＿＿＿＿＿＿＿＿一样飘过来，使得夜发出低沉而隐约的＿＿＿＿＿＿；笼罩在＿＿＿＿＿＿的树发出轻轻的响声。

2.选择题。

以下选项对全文理解正确的两项是（　　）

A.天边渐渐红起来的时候，马车已经走出四五俄里了，寒鸦渐渐醒来，并在桦树林里来回飞着。

B.一条河蜿蜒伸展十俄里，河水蓝蓝的，翠绿的草地上有咯咯叫的凤头麦鸡。

C.夏日的清晨，在灌木丛中穿梭是有趣的。拨开灌木丛就会有暖气向你迎面扑来。

D.野蒿有股清新的甜味，荞麦和三叶草有股苦味，阳光下的橡树林亮闪闪的、红红的。

3.问答题。

夏日打猎的途中，"我"是如何找到割草人所指的水源地的？

＿＿＿＿＿＿＿＿＿＿＿＿＿＿＿＿＿＿＿＿＿＿＿＿＿＿＿＿＿＿

＿＿＿＿＿＿＿＿＿＿＿＿＿＿＿＿＿＿＿＿＿＿＿＿＿＿＿＿＿＿

阅读与思考

1.文中作者是如何描述夏日里天气突变时的自然景色的？

2.文中是如何描写黄昏的？用了什么修辞手法？

3.这篇笔记为什么不同以往的第一人称，而选择用第二人称的尊称"您"来进行叙述？

401

猎人笔记

《猎人笔记》读后感（一）

　　沈从文先生说："屠格涅夫的《猎人笔记》，把人和景物相错综在一起，有独到的好处，我认为现代作家必须懂这种人事在一定背景中发生……""该作方法上可取处太多。"如此高的评价，不知在阅读过后，读者们是否也有一样的体会？

　　翻开《猎人笔记》，就像展开了一幅优美的风景画卷，让我们在诗一般的文字中畅游。

　　跟随屠格涅夫的文字，漫步于俄罗斯的乡间田野，在树林里遇见美丽的姑娘，在广袤无垠的土地上听农人们发自内心的声音。每个人物都不是极喜或大悲，也不分绝对的是非对错。作品向我们展现了真实的人性，善与恶的交织，灵与肉的结合；使我们体会俄罗斯的风情民俗，感受下层人民内心对自由的追求，批判贵族地主的伪善丑恶。每一个人都有自己独特的故事和性格。

　　或许他们行走卧立都在社会的底端，但心灵的高洁却让人敬佩。作者通过文中人物或多或少的反抗，预示着社会大变革即将到来。例如孤狼，恪尽职守，却也在最后放走了因地主压迫而无路可走的偷树贼；霍尔，生活在地主手下，却有自己丰富的生活和独立的思想，家庭美满，生活富足；露凯丽娅，尽管瘫痪在床，但思想从未受到束缚。

旧时代的毒害已深入人心，即使有人想改变也无从下手，无能为力。根深蒂固的"服从"思想烙在每一位底层民众的脑中。他们需要一个领导者，一个能够带领他们揭竿而起、追寻自由的人。

《猎人笔记》不仅是屠格涅夫的成名之作，也标志着屠格涅夫创作风格的形成以及他走向现实主义道路的开端，在他的创作生涯中占有重要地位。我们可以发现，《猎人笔记》就是屠格涅夫创作的分水岭，浪漫主义在他的笔下不见踪影，取而代之的是以笔为刃的现实主义。现实主义深深扎根于他的文字之中，在俄国封建社会中生根发芽，一篇篇"社会编年史"被创作出来。

虽然我们未曾生活于那个年代，却有幸借助屠格涅夫的文字见识旧时代的黑暗与美好。在阅读时，我们对作品的理解不能浮于表面，而要深入其中，体会屠格涅夫在作品中对人性的剖析，以及这部作品伟大的时代意义。

猎人笔记

《猎人笔记》读后感(二)

屠格涅夫创作的《猎人笔记》被后人称赞为"一部农奴生活的写照,一曲独立自由的赞歌",读完了这本书,我感受颇深。我从这本书中看到了当时地主的自私自利、伪善、冷酷与残忍,也看到了农民们的善良、智慧、勤劳与勇敢,我还看到了农民在黑暗社会里对卑劣的统治阶层的抗争。

屠格涅夫生活在19世纪的俄国,当时各大地主横行霸道,肆意欺压百姓,而农民在地主的欺凌下却依然拥有善良、勤劳等美好品格。书中描绘了形形色色的地主,如:蛮横地抢占他人土地的地主;折磨庄稼人和家仆的索夫伦;设立庄园"管理处",通过一批爪牙进行管理的女地主洛斯尼科娃等。通过对这些地主的乖僻行为和习性的描述,使读者联想到,在他们主宰下的黑暗国度里,广大的农民会有怎样悲惨的命运。

书中出现的人物有善良的农民、受欺凌的农奴、落魄的小地主和冷酷无情的贵族地主。地主们身上穿着绫罗绸缎,而农奴们要每天穿着整洁的"制服",为的是让主人体面;地主们衣食无忧,而农奴们要起早贪黑地干活,只为挣得面包;地主们的餐桌上都是山珍海味,而农奴们则是吃了上顿没下顿,只有到过节时才能吃到馅饼。地主们常为一点小事打骂农奴，而农奴们只能忍气吞声……通过这些现象，作者表达了对农民和农奴的深切同情，同时也对那些高傲而自私的贵族地主给予无情的嘲讽和鞭挞，批判了使广大的农民陷入悲惨生活境地的农奴制。

　　法国作家德·沃盖说："屠格涅夫的才华正好表现于保持现实和理想之间的惊人的匀称，每个细节都停留在现实主义的领域……而整个说来却漂浮在理想的领域。"法国作家莫洛亚更干脆地称屠格涅夫的现实主义为"诗意的现实主义"。我想，用这个词来评价《猎人笔记》的创作风格也恰如其分。

猎人笔记

参考答案

霍尔和卡里内奇

知识考点

1.（1）屠格涅夫　农奴
　（2）天空　一动不动　懒洋洋　倦意　清新的空气

2. A

3. 文中,"我"主要通过听觉来展示这幅乡村夜景图。"我"伴着干草香,听着母牛呼吸、犬吠、猪的哼哼以及马的咀嚼等声音,表现出乡村夜晚的静谧,让人身临其境,仿佛置身于乡野,清风围绕。

叶尔莫莱和磨坊主妇

知识考点

1. 肥头大耳　公牛　圆滚滚

2. A

3. 因为他害怕磨坊被烧。前年磨坊被火烧过一回,是一群牲口贩子借住在他家,不知道什么原因让整个磨坊都烧了起来。"我"和叶尔莫莱是猎人,磨坊老板担心我们的枪药会引起大火,整个磨坊又要被烧。

草莓泉

知识考点

1. 作坊　马车库　澡堂　温室

2. B

3. 弗拉斯是整个俄国农奴制下受苦受难的农民代表。通过描写弗拉斯的惨痛遭遇,从侧面表现出整个俄国农民在地主、贵族手中没有人身自由,没有自主权利,一生做牛做马还要惨遭无情压迫的痛苦与艰难。

县城的医生

知识考点

1. 狩猎活动　随笔集

2. A

3. 首先,他是一位救死扶伤的医者,出诊治病与姑娘相遇;其次,是一位陷入爱情的普通小伙,突破一切世俗障碍与姑娘相爱;最后,是现实中的一位失意丈夫,无限忍耐自己粗俗蛮横的妻子。

我的邻居拉季洛夫

知识考点

1. 《现代人》

2. C

3. 在旧时代封建俄国农奴制时期，作为地主的拉季洛夫会让人给"我"的随从叶尔莫莱倒上好酒，能看出他不同于一般的贵族地主，可能与他的落寞生活有关，但更多的是在展现他待人平等和善、心灵美好。

独院地主奥夫谢尼科夫

知识考点

1. 贵族革命　资产阶级民主主义革命

2. B

3. 通过奥夫谢尼科夫的叙述，塑造了一个蛮横霸道、残酷无情的旧时代地主形象。棍棒下强迫人低头还要求对方感恩戴德，是对百姓的任意侮辱。激起读者对被压榨、欺凌的百姓们的极大同情。

利戈夫

知识考点

1. 利戈夫　弗拉基米尔　苏乔克

2. C

3. 从文中能看出女地主的无知愚蠢和跋扈嚣张。她狂妄自大，发号施令全凭自己的心情，不考虑现实条件，不按能力分配任务，只因不满意苏乔克的外貌就安排他打鱼。同时，也说明了她的荒谬、可笑。

别任草地

知识考点

1. 山崖　平原　黑色镜子　火焰

2. B

3. 我认为有两个方面的原因。一方面是赋予农民的孩子们健康和开朗活泼的性格，期望他们有能力开拓未来，改变时代的现状，给予他们高度的赞美。另一方面是因为这些孩子小小年纪就放牧劳作，为他们失去学习机会而惋惜；也正因如此，混迹市井的孩子们才能了解这么多的志怪故事，才能将这些故事一一讲述给大家。

美丽的梅恰河畔的卡西扬

知识考点

1. 车轴　跳蚤

2. C

3. 因为她已经经受太多的生活磨炼，即使是自己最亲的人去世，也未能击破脸上的面具，依然保持着端庄，与年轻女子撕心裂肺的表现形成鲜明对比。

总　管

知识考点

1. 雄赳赳　气昂昂　鸡冠

407

猎人笔记

2. A

3. 庄稼人见到地主就像老鼠见到猫，不敢有任何放松的举动，经年累月的压迫让他们本能地害怕和胆怯；另外，在夏天还戴着冬帽，可以看出庄稼人生活的困窘和贫乏。狗和鸡见到地主也纷纷逃走，说明地主的恶人畜皆知。

管理处

知识考点

1. 农奴制　劳动人民

2. C

3. 主要人物就是胖子尼古拉·叶烈梅伊奇。他仗着女主人的势力欺压人。他背着女主人跟商人讨要好处，利用手中权力随意刁难奴仆，还破坏医生和洗碗女工的爱情。

孤　狼

知识考点

1. AC

2. ①"孤狼"是一个坚强的人。就算穷困潦倒，妻子弃他而去，他也没有堕落、放弃自己，而是放平心态，认真生活。②他是一个善良的人。在树林里见到"我"，带"我"回家避雨；捉到可怜的庄稼汉，最终将他放回。③他还是一个忠于职守的人。认真为主人看护林园，责任心强。

两地主

知识考点

1. 花斑母鸡　凤头白母鸡　苹果树

2. A

3. 寥寥几笔叙述出马尔达里·阿波洛内奇购买脱粒机的事情，就已经显示了他的无知、虚荣和目光短浅。他只想到购买脱粒机能为自己装点门面，但完全没想到去利用它为自己提高劳动效率，赚取更高的收益。

列别江

知识考点

1. 大波浪　大走马　雄狮

2. C

3. "我"认为打猎带给自己的好处"就是当你想要打猎的时候，会乘上马车东奔西跑"，不会每日无所事事，对于当时整日无聊的地主来说是非常打发时间而且开阔眼界的。

塔吉亚娜·鲍里索夫娜和她的侄儿

知识考点

1. 资本主义　农奴制度　经济

2. C

3. 文章最后特意提到老朋友们不再上门做客，与客人络绎不绝的情景形成强烈对比。从侧面表现安德留沙惹人厌恶的程度甚至超过了塔吉亚娜受朋友、邻里欢迎爱戴的程度,借此讽刺安德留沙不学无术、贪图安逸。

死

知识考点

1.菩提树　颤颤巍巍　簌簌

2.B

3.阿维尼尔面对病痛没有怨天尤人,而是平静地接受。①表现了他敢于直面现实的勇气,不畏惧死亡,依然有强烈的求知欲和乐观平和的心态。②切合文章标题,展示本篇主题:俄罗斯人对于死亡的态度。

歌　手

知识考点

1.辽阔壮观　异常亲切　熟悉的草原　无边无际　积攒的泪水　大吃一惊　蠢货　风车叶片　眨巴眼儿

2.D

3.①通过两人演唱完毕后,听众不同反应的对比,来衬托雅什卡歌声的美妙;②没有宣判也没有比较,高低立现;③与包工头唱完之后的躁动形成鲜明对比,雅什卡演唱结束后极致的安静,却能达到余音绕梁之效,用环境来衬托效果。

彼得·彼得罗维奇·卡拉塔耶夫

知识考点

1.放荡地主　绸领带　铜纽扣

2.B

3.因为老妇人的阻扰,两人并未能成眷侣,从这里我们能看出,在旧时代俄国的封建制度下,农奴被主人们当作物品,可以随意处置,没有自己的人生自由,幸福和自由完全被践踏在奴隶主的脚底。

幽　会

知识考点

1.白桦树　葡萄色　羊齿植物

2.B

3.作者运用神态、动作描写,将姑娘等待心上人到来时的情景描写得生动而又形象;幸福而紧张的内心世界的展现,使得一位青涩纯洁的怀春少女如临眼前。

希格雷县的哈姆雷特

知识考点

1.地主和猎人　五点钟　激情澎湃　莫斯科　一万五千卢布

2.B

3.本文的主人公是一个怀才不遇、愤世嫉俗的破产地主;一个有个性、有思想、有才华、有自尊心但却十分自卑、不懂人情世故的青年。

▶ 猎人笔记

契尔托普哈诺夫和聂道漂斯金

知识考点

1. 叶尔莫莱　猎狗　灌木丛　松鸡　五短身材　头发淡黄　比较翘　火红色胡子

2. C

3. 因为只要碰到不公平的事或者有人以强凌弱，以众暴寡，契尔托普哈诺夫是绝对不会容忍的，会挺身而出，伸张正义，他是庄稼汉的保护神。

活骷髅

知识考点

1. 真正的灾难　叶尔莫莱　别廖夫县　橡胶雨衣　妨碍打枪　漏雨

2. D

3. 露凯丽娅生病有六七年了。周围的善良人士在夏天把她抬到小棚子里，到冬天抬到澡堂的更衣室里。她除了水几乎不需要其他的东西，杯子里会有存储的水，她自己可以动手拿。除此之外，还有一个孤儿小姑娘时常会来看她，给她送花。

车轮响声

知识考点

1. 躺在行军床上　叶尔莫莱　霰弹用光　三十磅　两个星期　叶尔莫莱　图拉

2. BC

3. "我"醒来后发现自己仍然躺在马车里，马车的周围是泛着涟漪的水面，菲洛费弓着背坐在驭座上。原来是菲洛费搞错了路，把马车驾到了河中央。

树林与草原

知识考点

1. 乘车出猎　黑灰色　细微的波浪　絮语声　阴影中

2. AC

3. "我"从缠绕着藤蔓的茂密的榛树林中穿过，一直走到沟底，就在山崖下面藏有一眼泉水，橡树丛如同手掌一样茂盛的树枝伸向泉水里，好多银白色的水泡从长满天鹅绒般青苔的水底晃晃悠悠地升上来。